HEYNE <

Das Buch

Der vierzehnjährige Benny wird von seinem Vater auf das schottische Eliteinternat Glenshee geschickt und ist überhaupt nicht begeistert. Warum wird er nach Schottland in die windgepeitschte Einöde abgeschoben? Erst nach und nach lebt Benny sich in der fremden Umgebung ein. Dabei ist es nicht gerade förderlich, dass er sich gleich am ersten Tag mit dem Schulsprecher und Anführer der ortsansässigen Schüler anlegt. Aber damit fangen Bennys Probleme gerade erst an – denn in den Hallen und Gängen des alten Schlosses, in dem das Internat untergebracht ist, geht es nicht mit rechten Dingen zu. Erst kann Benny die Gruselgeschichten von Feen, Kobolden und menschenfressenden Kelpies gar nicht glauben. Doch nach und nach häufen sich die seltsamen Ereignisse – bis einer seiner Mitschüler verschwindet und Benny erfährt, dass er sich den Zorn der Feenwesen zugezogen hat. Zusammen mit dem Mädchen Leslie und seinen engsten Freunden beginnt für Benny ein unglaubliches Abenteuer …

Die Autorin

Maike Hallmann wurde 1979 in Hamburg geboren. Sie studierte Germanistik und begann nach ihrem Abschluss als freie Autorin in ihrer Geburtsstadt Hamburg zu arbeiten. Sie hat u. a. einen Jugendkrimi, diverse Kurzgeschichten und mehrere Shadowrun-Romane veröffentlicht, bevor sie mit *Die Feen* ihr erstes großes Fantasy-Epos schrieb. Maike Hallmann lebt mit ihrem Mann und ihrem Kind in Hamburg.

MAIKE HALLMANN

DIE FEEN

ROMAN

Originalausgabe

WILHELM HEYNE VERLAG
MÜNCHEN

MIX
Papier aus verantwortungsvollen Quellen
FSC® C014496

Verlagsgruppe Random House FSC-DEU-0100
Das für dieses Buch verwendete
FSC®-zertifizierte Papier *Super Snowbright*
liefert Hellefoss AS, Hokksund, Norwegen.

Originalausgabe 11/2011
Redaktion: Catherine Beck

Printed in Germany 2011
Umschlaggestaltung: Nele Schütz Design, München
Karte: Andreas Hancock
Satz: C. Schaber Datentechnik, Wels
Druck und Bindung: GGP Media GmbH, Pößneck

ISBN: 978-3-453-52851-2

www.heyne-magische-bestseller.de

Für zwei,
die von Anfang bis Ende dabei waren.

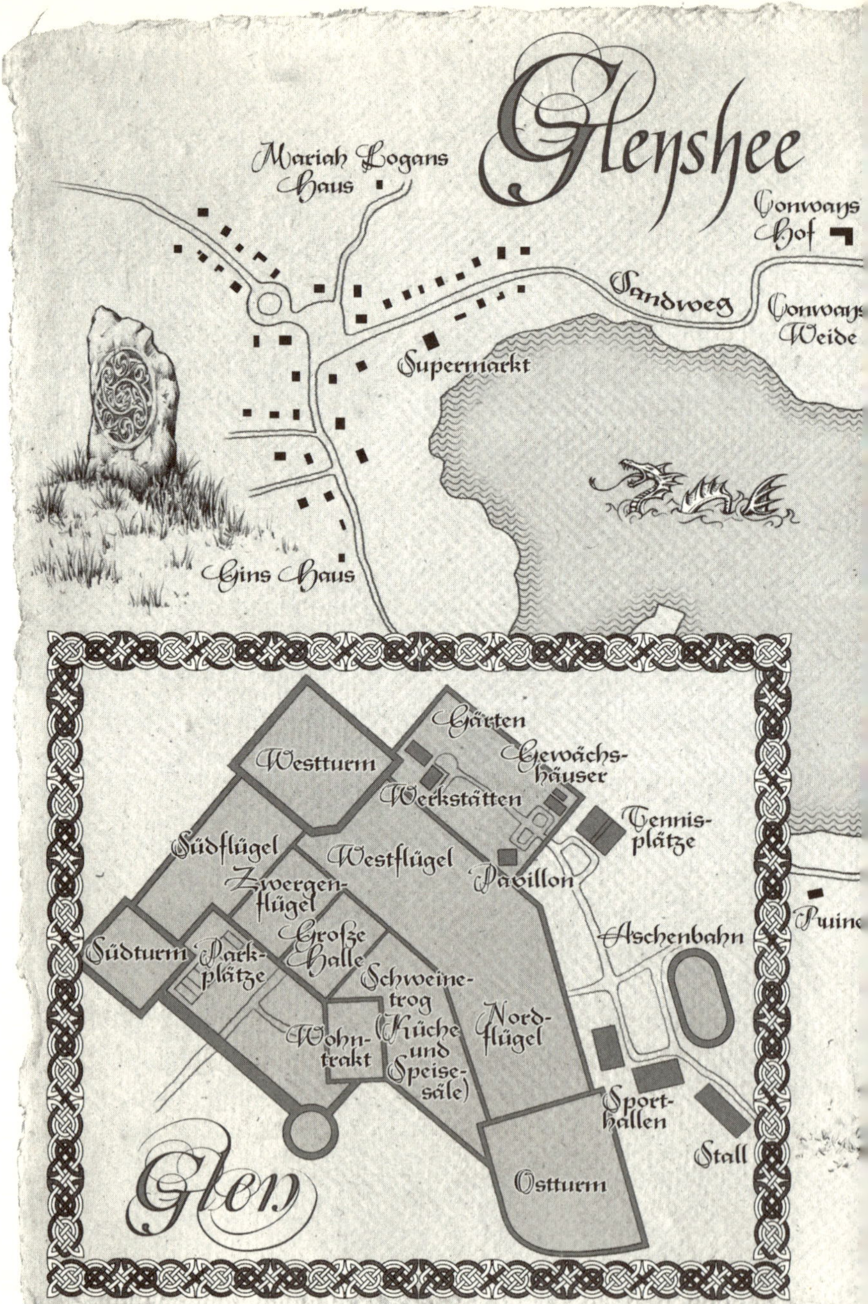

Glenshee
Mariah Logans Haus
Conways Hof
Sandweg
Conways Weide
Supermarkt
Gins Haus
Gärten
Westturm
Gewächs-häuser
Werkstätten
Tennis-plätze
Südflügel
Westflügel
Pavillon
Zwergen-flügel
Große Halle
Südturm
Park-plätze
Aschenbahn
Schweine-trog (Küche und Speise-säle)
Wohn-trakt
Nord-flügel
Sport-hallen
Stall
Ostturm
Glen

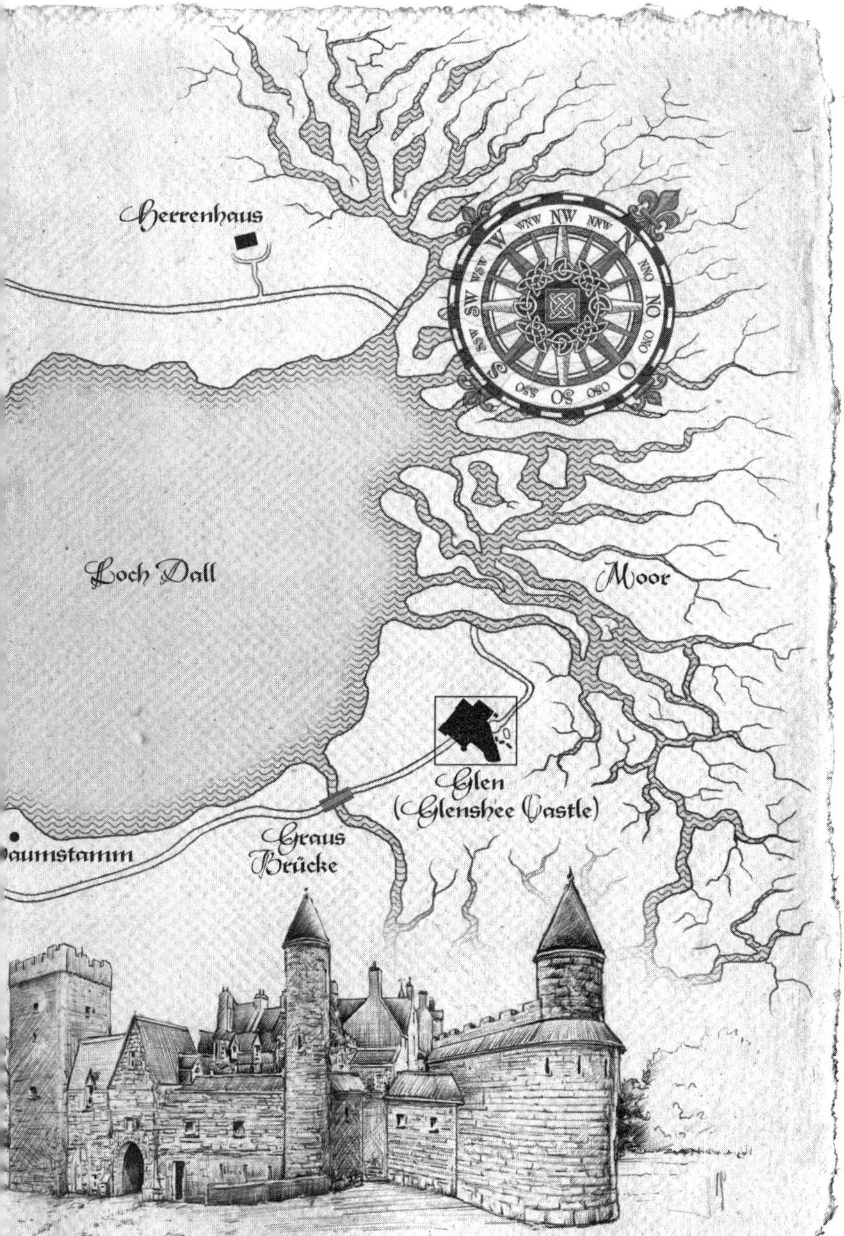
Herrenhaus
Loch Dall
Moor
Glen
(Glenshee Castle)
Graus
Brücke

ERSTES BUCH

1 ABWÄRTS

Es ging so steil abwärts, dass Benny kurz glaubte, er wäre zu weit über die Kante getreten und stürzte nach unten, den Felsen entgegen und dem grauen, wilden Meer, das sie umspülte. Aber es war nur sein Blick, der stürzte, sein Körper stand sicher oben, mit vor der Brust verschränkten Armen und einem Ausdruck im Gesicht, als hätte er noch nie etwas Alberneres gesehen als die schottische Steilküste. Neben ihm stand sein Vater und strahlte ihn an, Benny wusste es, ohne hinzusehen. »Toll, nicht?«, glaubte er über dem Sausen des Winds und dem Tosen der fernen Brandung dort unten zu hören. Er hob die Brauen, sammelte Speichel im Mund und spuckte aus. Wo der Speichelklumpen landete, konnte er nicht sehen, er dachte, dass er Glück gehabt hatte, dass der Wind ihn nicht zurück in sein Gesicht geschleudert hatte, aber am verletzten Schweigen und der Körperhaltung seines Vaters, den er sorgsam aus dem Augenwinkel beobachtete, erkannte er, dass die Botschaft angekommen war, und nur darauf kam es an.

Stumm standen sie da und starrten hinunter. Benny hob den Blick, kniff die Augen zusammen und schaute übers Meer, grau unter dem verhangenen Himmel, dann wieder hinunter. Viel tiefer, als er erwartet hatte, sah er unten die schroffen Felsen. Schottland starrte ihn mit derselben Gleichgültigkeit an wie umgekehrt. Angesichts dieser alten Felsen und ungeheuren Tiefe war Benny ein Nichts, nur ein winziger Mensch, der kurz vorbeikam und wieder ging und die Felsen und das Meer nicht interessierte. Er atmete tief ein, und in ihm löste sich ein fester Knoten. Plötzlich erfüllte ihn, wenn schon nicht Heiterkeit, dann doch Leichtigkeit, als fließe Blei aus seinen Poren und lasse ihn hohl und leer und fast schwerelos zurück. Er dachte: *Es wäre so einfach.* Ein kleiner Schritt, ein Sturz. Oben sein entsetzter, sein fassungsloser Vater, unten Benny, zerschmettert auf den Felsen. Und vorbei. So viel Bedeutung hatte ein menschliches Leben, dass es binnen eines Lidschlags ausgelöscht werden konnte. Gar keine also. Er lächelte.

»Siehst du?«, brüllte sein Vater zufrieden. »Hab's doch gewusst, das gefällt dir!«

Benny wandte ihm das Gesicht zu und betrachtete ihn. Joachim Reutter, Ende vierzig, das müde Gesicht voller Falten und die Augen erfüllt vom zwanghaft wilden Entschluss, dem Leben etwas abzugewinnen. Alt war er geworden, fand Benny. Oder er war schon immer alt gewesen. Seine Mutter hatte gefunden, sie sähen einander ähnlich. Tatsächlich hatten sie beide die schmale Statur eines Läufers und das gleiche aschblonde Haar. Da aber, fand Benny, endete die Ähnlichkeit.

Er wendete den Blick wieder ab, aber der Gedanke zu springen hatte seinen Reiz verloren, ihm war viel zu kalt dafür, und vom dummen Gesicht seines Vaters hätte er ja dann ohnehin nicht viel gehabt. Statt auf die Felsen sah er aufs Meer hinunter. Es lud nicht gerade zum Baden ein. Aber ganz unten lag ein kleiner, sichelförmiger Strand, und Benny fragte sich, ob man irgendwie hinunterkäme, wenn man es darauf anlegte.

Sein Vater warf einen Blick auf die Uhr, eine silberne Armbanduhr, etwas zu locker für sein Handgelenk. Ihr Anblick war Benny ebenso vertraut wie die Bewegung, mit der sein Vater den Arm vorstreckte, um den Ärmel zurückzustreifen, und dann mit so bedeutsam zusammengekniffenen Augen auf das große Ziffernblatt schaute, als gebiete er persönlich über die Zeit aller Menschen auf diesem Planeten. Manchmal hatte sich Benny gefragt, ob er dabei wirklich auf die Zeit achtete oder ob dieser Blick auf die Uhr nur dazu diente, seine Autorität bezüglich des Zeitplans zu unterstreichen.

»Wir sollten mal«, brüllte sein Vater gegen den Wind an.

Leck mich doch, dachte Benny. Er blieb stehen, statt seinem Vater hinterherzutraben, und betrachtete das Meer, das sich wütend gegen die Felsen warf. Ein Wunder, dass Schottland nicht pro Jahr um einen Kilometer zusammenschrumpfte, weil sich die Wellen durch die Küste fraßen.

Plötzlich verebbte der Wind. Für die Dauer eines tiefen Atemzugs war es ganz still. Ein leiser Windzug strich über Bennys Wange, ganz sachte, und im nächsten Augenblick brüllte der übermütige Küstenwind wieder los, riss an Bennys Kleidung, ließ sie knattern und schlug ihm die Kapuze seiner zu dünnen Jacke um die Ohren.

Verwirrt blinzelte Benny und griff sich an die Wange. Dann wandte er sich vom Abgrund ab und trottete seinem Vater hinterher, der schon ungeduldig im Auto wartete. Der kleine knallblaue Leihwagen sah in dieser Landschaft aus, als habe jemand versehentlich einen leuchtend blauen Klecks Farbe auf ein Gemälde gespritzt. Benny stieg ein und knallte die Tür hinter sich zu.

»Wunderschön, oder?«, beharrte sein Vater unerbittlich.

»Na ja«, brummte Benny. Statt den Motor zu starten, starrte sein Vater ihn an. Benny suchte den Reiseführer aus dem Handschuhfach heraus und schlug irgendeine Seite auf.

»Dass du dich für nichts interessierst!«, hörte er seinen Vater vorwurfsvoll sagen.

»Tu ich doch«, erwiderte Benny und überflog die aufgeschlagene Seite. »In Schottland gilt, wie in ganz Großbritannien, die *Greenwich Mean Time*, damit liegt Schottland eine Stunde hinter Deutschland zurück. Zu Hause wäre also schon eine Stunde mehr von diesem verschissenen Tag rum. Das finde ich hochinteressant.«

Er hörte förmlich, wie sein Vater innerlich bis drei zählte. »Benny«, sagte er dann betont kameradschaftlich und locker.

Begeben Sie sich auf die Ebene Ihres Kindes, zitierte Benny in Gedanken aus einem der Elternratgeber, die zu Hause hin und wieder auf dem Klo oder auf dem kleinen Tisch im Wohnzimmer auftauchten.

»Es tut mir leid, wenn du sauer bist wegen des Internats. Sieh mal, ich will doch nur …«

»Lass stecken«, sagte Benny, kramte im Handschuhfach und schob sich die Stöpsel seines MP3-Players in die Ohren. Ohne weitere Umstände drückte er auf *Play*, und weil es alphabetisch ganz vorn stand, jammerten ihm als Erstes *Creed* mit *My Own Prison* ins Ohr. Er drehte die Lautstärke auf. »… dein Bestes«, echote der unvollendete Satz seines Vaters trotzdem in seinem Kopf. Seit dem Tod der Mutter war er zum wandelnden Phrasenschwein geworden, Benny bekam gar nicht genug Taschengeld, um ihm für jeden ausgelutschten Spruch einen Euro zwischen die Lippen zu schieben.

Lange passierte gar nichts. Erst als zum zweiten Mal der Refrain begann, wandte der Vater mit schmalen Lippen den Kopf ab und startete den Motor. Er würgte ihn ab. Beim zweiten Versuch klappte es.

Erleichtert sah Benny aus dem Fenster und sah draußen das Hochland vorbeisausen – hier und da weiße Schafkleckse auf graugüner Weite, erschütternd schön, aber es ging ihn nichts an. Das alles hier ging ihn nichts an. Er hatte jedenfalls nicht darum gebeten, nach Schottland abgeschoben zu werden, und hatte nicht vor, Gefallen an irgendetwas hier zu finden, außer vielleicht am Essen. Er schloss die Augen und dachte eine Weile an gar nichts mehr.

2 GLENSHEE

Sie waren an einem groben, großen Stein abgebogen, auf dem etwas stand, das Benny auf die Schnelle nicht hatte lesen können. Die schiere Weite des leicht gewellten Landes, durch das sie fuhren, flüsterte in seinem Kopf, es fiel ihm schwer, die Augen auf Details zu fokussieren. Alles verlor sich in grauer Ferne, saftiges Grün, gedämpft von so feinem Nieselregen, dass sich die Tröpfchen wie Wasserdampf auf die Fensterscheiben des Wagens legten.

Hier und da sprenkelten noch immer einsame Schafe das Grün, ab und an stand da auch ein Baum, gebeugt vom übermütigen Wind, der an ihm zerrte und riss, seit er die Kühnheit besessen hatte, dort Wurzeln zu schlagen, und ihn mit den Jahren und Jahrzehnten in alle Richtungen verdrehte. Manchmal zogen sich Mauern durch die Landschaft, niedrige Mauern aus Stein, doch was genau sie begrenzten, erschloss sich Benny nicht. Auf der Fahrt die Küste entlang hatten überall kleine Ortschaften in Senken oder auf Hügeln gekauert, manchmal nur eine Kirche und ein halbes Dutzend kleiner, niedriger Steinhäuschen. Seit sie jedoch ins Land hineinfuhren, gab es nur noch Weite und Schafe und vereinzelte Bäume, und einmal hatte Benny eine winzige Hütte gesehen, aus deren Schornstein Rauch aufstieg. Weit und breit kein Auto. Die Straße war auch nicht sehr gut, zwar asphaltiert, aber schmal und voller Schlaglöcher. Es kam ihm vor, als würde die Landschaft immer wilder und öder.

»Da«, überbrüllte sein Vater *My Own Prison* in der Wiederholungsschleife. »Schau.«

Gehorsam schaute Benny und nahm sogar die Stöpsel aus den Ohren. Voraus standen links und rechts der Straße ein paar Häuser. »Sind wir da?«

»Wart's ab.«

Drei Häuser waren es, alle recht klein und seltsam geduckt, als würden sie sich zum Schutz vor dem Wind niederkauern und das Dach tief in die Stirn ziehen. Dahinter schwang sich die Straße in kühnem Winkel abwärts, und das Land wich zurück, als habe ein Riese mit beiden Händen eine tiefe Furche hineingeschaufelt. Weitere Häuser säumten wie Stufen die abfallende Straße, weiter unten verbreiterte sich die Ansiedlung zu einem kleinen Dorf. Es wirkte fast verwunschen, wie aus einer anderen Zeit, aber die Straße war asphaltiert und frei von Schlaglöchern.

»Glenshee«, verkündete sein Vater stolz, als hätte er diese klägliche Ansammlung von Häuschen eigenhändig erbaut.

Benny hob die Brauen, ohne etwas zu sagen.

Kaum bogen sie um die nächste Ecke, war das Dorf auch schon fast wieder zu Ende. »Wo ist denn …«, murmelte der Vater und beugte sich vor, um durch das feine Gestäube des Regens in die Ferne zu schauen. Sie fuhren an einem winzigen Haus vorbei, dessen Steinfassade mit irgendeiner bläulich blühenden Rankenpflanze bewachsen war. Und dort saß auf der hohen Mauer, die sich ans Haus anschloss, ein Mädchen und schaute Benny direkt an. Er sah sie erst, als sie fast schon daran vorbei waren, so still saß sie, und als er mit dem Kopf herumruckte, um nachzuschauen, war sie fort. Nur der Eindruck sehr heller, fast weißblonder Haare, die dünn und flusig im Wind wehten, blieb in ihm zurück, und das Gefühl, von scharfen Augen eingehend gemustert worden zu sein.

»Was ist?«, fragte sein Vater.

»Nichts«, brummte Benny und wandte sich widerwillig wieder nach vorn.

»Ah!«, rief sein Vater aus. »Da!« Mitten auf der Straße hielt er an und deutete nach vorn.

Benny sah nur eine weite graue Fläche, die sich hinter dem Dorf erstreckte. Zuerst glaubte er, es sei ein endloser betonierter Platz, aber es war ein riesiger See, der direkt hinter dem Dorf in bleigrauer Reglosigkeit dalag. Und ein ganzes Stück dahinter, wo das Tal leicht anstieg, wuchs eine Burg empor, ausladend und so schroff und wuchtig, als hätte derselbe Riese, der das Tal ausgehoben hatte, sie mit einem gewaltigen Hammer direkt aus einem riesigen Felsbrocken gehauen. Durch den Tröpfchenregen verschwammen ihre Umrisse, als läge sie hinter einer feinen Nebelwand. Sie war noch so weit fort, dass Benny sie mit der Fingerspitze verdecken konnte, spielzeugklein, aber selbst auf diese Entfernung wirkte sie gewaltig.

»Glenshee Castle.« Sein Vater lächelte selbstzufrieden. »Dein neues Zuhause.«

Mit einem Ruck verschloss sich etwas in Benny, er spürte es in sich nachhallen, als wären große Torflügel zugeschlagen. »Ah«, sagte er. »Nett.«

»Nett? Was heißt denn hier *nett*?«

»Halt eine Burg, oder? Willst du hier eigentlich ewig stehen bleiben?«

Kopfschüttelnd gab sein Vater Gas. Immerhin sagte er nicht wieder *Ich verstehe dich nicht*, sondern hielt den Mund. Nur sein Gesicht sprach Bände, aber Benny schaute einfach nicht hin.

Stattdessen blickte er aus dem Fenster, sah auf halbem Weg die Ruine eines Steinhäuschens vorbeisausen, die wie ein abgebrochener Backenzahn am Wegrand steckte, und schloss die Augen, als sie über eine kurze, aber breite Brücke fuhren und die Mauern der Burg über ihnen aufragten. Sie waren da.

Glenshee Castle überwältigte ihn. Allerdings auf andere Art als seinen Vater, der leuchtete wie eine Hundertwattbirne. Er schaute sich mit funkelnden Augen um, die verrieten: Er als Junge hätte *alles* dafür gegeben, auf ein solches Burginternat zu gehen.

Benny hingegen kam Glenshee Castle aus der Nähe noch bedrückender vor. Alles war wie auf den mehrfachen Maßstab vergrößert, die Mauern ragten steil und grau und himmelhoch auf, die schmalen Fenster lagen deutlich höher, als er groß war, und das offene Tor, auf das sie zuhielten, war mehr als doppelt mannshoch, als wäre Glenshee Castle nicht für Menschen erbaut worden. Zu seiner eigenen Überraschung schüchterte die Burg ihn ein. Er fühlte sich verloren, als sie durchs Tor traten, in einen Hof, in dem ein Bus parkte – nein, zwei, hinter dem ersten stand noch einer.

Kurz schaute sich sein Vater um, dann steuerte er auf ein weiteres Tor zu, das ins Innere der Burg führte. Schweigend folgte ihm Benny. Das eigenartig hohle Gefühl in seinem Innern ähnelte Hunger, aber er hätte keinen Bissen herunterbekommen. Er wusste nicht, was er denken sollte. Hier zu sein war so unwirklich, als würde er träumen.

Hinter dem Tor öffnete sich eine weite Halle. Als sie eintraten, hörte Benny Stimmen: Ganz am anderen Ende der kargen Halle, in der Wandteppiche und Waffen hingen, Schwerter und Äxte und einige Morgensterne und eine Reihe wappenverzierter Schilde, standen gut zwanzig dunkelblau uniformierte Kinder und lauschten einem älteren Schüler in der gleichen Uniform, der ein paar Treppenstufen höher stand und in schnellem, nicht ganz akzentfreiem Englisch auf sie einredete. Schuluniformen – ach ja. Einer der Punkte, die seinem Vater besonders gefallen hatten. Von Gemeinschaftsgefühl hatte er gesprochen und von Tradition und Gleichberechtigung und davon, dass sich niemand durch seine Kleidung hervortun konnte – innerhalb von fünf Minuten waren sicher dreißig theoretische Euro fürs Phrasenschwein zusammengekommen, woraus Benny schloss, dass sein Vater befürchtete, Benny fände Schuluniformen schrecklich. Tatsächlich hatte er dazu aber keine besonders ausgeprägte Meinung, es war ihm einigermaßen egal, was er trug, und was die anderen anzogen, erst recht. Schuluniformen, Kartoffelsäcke, seinetwegen auch Schottenröcke, das kümmerte ihn wenig, solange er zum Laufen seine Trainingsklamotten anziehen konnte.

Kurz betrachtete er den kleinen Haufen Leute. Sie sahen einander so ähnlich in ihren Uniformen, alle vielleicht elf, höchstens zwölf Jahre alt. Sie alle schauten so aufmerksam drein, dass er grinsen musste – nie im Leben interessierten sie sich alle derart brennend für die Geschichte dieser blöden Burg oder die Hausregeln oder was auch immer der Ältere ihnen gerade verkündete.

Nach einem raschen Rundumblick hielt sein Vater schnurstracks auf die Gruppe zu. Benny folgte ihm mit ein paar Schritten Abstand.

»Entschuldigung«, rief sein Vater auf Deutsch, dann, sich besinnend: »Excuse me«, und fuhr auf Englisch fort: »Mein Sohn und ich sind gerade erst angekommen. Ich darf mich vorstellen: Reutter ist mein Name. Dieser junge Mann hier ist mein Sohn. Wir suchen das Büro der Direktorin.«

Peinlich, dachte Benny. Wirklich peinlich. Sein Vater betonte jede Silbe so, wie er es für besonders schottisch hielt, die Grammatik war so überkorrekt wie aus dem Lehrbuch.

Alle Blicke wandten sich ihm zu – ihm, nicht seinem Vater. Der ältere Schüler musterte ihn eingehend.

Ruhig erwiderte Benny den Blick der kalten grauen Augen.

Der Fremde hob die Brauen, sie waren so dunkel wie das Haar und bildeten zwei perfekte Bögen. Das schmale Gesicht mit der fein geschnittenen, etwas zu langen Nase war wie dafür gemacht, abfällig auf andere hinunterzusehen. »Reutter«, sagte der Schüler. »Herr Joachim Reutter?«

»Richtig«, sagte Bennys Vater überrascht.

»Und Robin Benedict.« Ein kurzes, förmliches Lächeln. »Nun, wir haben Sie bereits vermisst. Ihren Sohn, um genau zu sein. Eigentlich hätte er gestern Abend ankommen sollen – da fand die offizielle Begrüßung statt.«

»Ja«, sagte Bennys Vater. »Wir sind ein wenig – nun, ich hatte noch einen wichtigen Termin, und dann haben wir uns ein wenig an der Küste aufgehalten. Aber in den ersten Tagen, habe ich mir sagen lassen, findet ja ohnehin noch kein regulärer Unterricht statt. Und jetzt sind wir ja da.«

»Offensichtlich.« In der Stimme des Jungen lag kühle Missbilligung. Er ließ den Blick über die jüngeren Schüler schweifen, die reglos dastanden. »Gerome.«

Einer der Zwerge zuckte zusammen, als hätte er eins mit der Peitsche übergezogen bekommen. »Ja, hier.«

»Sir.«

Verwundert sah Benny, wie dem Kleinen das Blut in die runden Wangen stieg. »Ja, *Sir*«, schmetterte der Zwerg markig. Unwillkürlich schnaubte Benny, nur ganz kurz, es war nicht mal ein richtiges Lachen, aber er sah, wie sich der Kiefer des älteren Schülers spannte: Er hatte es gehört.

»Bring Herrn Reutter bitte ins Büro von Direktorin Rutherford. Sieh zu, dass du nicht trödelst. Melde ihn ordnungsgemäß an und komm zurück. Ich gehe davon aus, dass du den Weg findest.« Er wandte sich an Benny. »Du bleibst direkt hier. Die halbe Führung hast du verpasst, du wirst selbst zusehen müssen, wie du dich im Westflügel zurechtfindest.« Er runzelte die Stirn. »Gerome!«

»Ja, Sir!«

»Worauf wartest du?« Mit einem Nicken entließ der Schüler den Kleinen und damit auch Bennys Vater. Mit entschuldigendem Blick eilte Joachim Reutter, 49 Jahre alt und Professor für Anglistik, hinter dem Kleinen her, der ein Tempo an den Tag legte, als sei ein Rudel ausgehungerter Wölfe hinter ihm her. Perplex starrte Benny hinterher und war versucht, einfach mitzugehen, aber da waren die beiden schon um die nächste Ecke verschwunden, und der ältere Schüler fuhr in seinem Vortrag fort, als sei nichts gewesen. Er klang routiniert, etwas blasiert und war Benny so herzlich unsympathisch, dass ihm davon wenigstens zum ersten Mal richtig warm wurde, seit sie in Inverness aus dem Flieger gestiegen waren.

»In dieser Halle spielte sich früher fast alles ab, was in irgendeiner Weise mit dem Gesinde zu tun hatte oder mit dem Volk aus den umliegenden Dörfern. Gesindespeisungen fanden hier ebenso statt wie die Rechtsprechung, wenn es einen Zwist zu entscheiden gab. Auch wurden hier Waffen an das einfache Volk ausgegeben, wenn es Burg und Land zu verteidigen galt, und Verwundete konnten sich hierher zurückziehen.«

Irgendwelche Gesindespeisungen interessierten Benny ungefähr so sehr wie die Frage, was es morgen zum Frühstück geben würde. In diesem Moment nämlich beschloss er, dass er nicht bleiben würde. Er hatte keinen Schimmer, was er hier sollte. Die Uniformen, der blasierte Affe dort oben auf der Treppe, diese zugige Burg, das ganze schöne, aber fremde Postkartenschottland dort draußen mit seinen Steinhäuschen und Felsen und riesigen grünen Weiten und Schafen … all das ging ihn nichts an. Die Vorstellung hierzubleiben, erschien ihm mit einem Mal so lächerlich, dass er sich nicht gewundert hätte, wenn es nur ein seltsamer Traum gewesen wäre. Aber er wachte nicht auf, und als er den Handlauf des Treppengeländers berührte, war das dunkel gemaserte Holz kühl und glatt und echt unter seinen Fingern. Jawohl, es war offiziell – hier stand er wahr- und leibhaftig mitten in Schottland in einer Burg herum, in einem Elite-Internat, in dem er die nächsten Jahre seines Lebens verbringen sollte. Fast hätte er laut aufgelacht.

»Für uns heute ist die Halle, außer aus historischer Sicht«, dozierte der blasierte Typ weiter, »nur noch zu besonderen Gelegenheiten von Bedeutung. Es ist bis auf die Rote Halle der einzige Raum – von der Bibliothek mal abgesehen, die aber aus mehreren ineinander übergehenden Räumen besteht –, der sämtliche Schüler von Glenshee Castle, Lehrer und Angestellte problemlos gleichzeitig aufnimmt. Gestern Abend hat hier, wie ihr wisst, der Empfang der neuen Schüler stattgefunden.« Kurz huschte etwas Ähnliches wie ein Lächeln über seine Züge, das Benny eindeutig an seine Adresse zu gehen schien, auch wenn er ihn nicht anschaute. »Und eines Tages werden hier eure Abschlussfeierlichkeiten stattfinden, wenn ihr Glenshee Castle erfolgreich verlasst. Die Porträts, die ihr an den Wänden …«

Der Rest ging an Benny vorbei, als hätte er sich Watte in die Ohren gestopft. Er strich über den Handlauf, betrachtete die Waffen und Teppiche an den Wänden, schaute zur meterhohen Decke auf und unterdrückte ein Gähnen. »Wie heißt der Typ eigentlich?«, flüsterte er einem der uniformierten Kleinen zu, als sich Sir Wichtig nach Beendigung seiner Rede umdrehte und die Treppe emporstieg, offensichtlich in dem festen Glauben, man würde ihm andächtig schweigend folgen.

Der uniformierte Kleine warf ihm einen zögerlichen Blick zu. »Alasdair MacGregor«, flüsterte er.

»Und warum tut er so wichtig?«

Statt zu antworten, eilte der Kleine den anderen hinterher. Benny seufzte leise und folgte ihnen. Er in Jeans und Pulli mitten zwischen diesen Kindern in ihren blitzneuen Schuluniformen – das kam ihm vor wie ein Sinnbild dafür, wie fremd und unpassend er sich hier fühlte. Er sah sich auch nicht in der Lage, Sir Alasdair mit der gebührenden Hochachtung zu lauschen. Sehr viel lieber hätte er sich auf seinen Rücken gesetzt und ihm das überhebliche Gesicht in den Dreck draußen vor dem Burgtor gedrückt. Während er den anderen hinterherschlenderte, versuchte er, nur zum Spaß, seine Chancen realistisch abzuschätzen. Vermutlich war es besser, es nicht zu versuchen – Alasdair mochte zwei, drei Jahre älter sein als er, und trotz des schmalen Gesichts und der blasierten Art machte er keinen schwächlichen Eindruck.

In dem zugigen Gang, den sie betraten, lagen die Schlafsäle für die Zweitklässler, insgesamt drei Stück, für jede Klasse einer. Mit den höheren Klassen stieg man auf, wie Alasdair seinen ehrfürchtig lauschenden Zuhörern erläuterte. In den ersten beiden Klassen nächtigte man auf Glenshee Castle im Schlafsaal, dann im Sechsbettzimmer, in der fünften und sechsten Klasse gab es Vierbett, und in der Abschlussklasse teilte man sich mit je einem Mitschüler ein großes Zimmer im Ostflügel, zu dem Schüler der unteren Jahrgangsstufen keinen Zutritt hatten. Überhaupt erwarb man sich mit jedem Schuljahr mehr Privilegien.

Benny überlegte kurz. Bliebe er, würde er in der vierten anfangen – also dieses Jahr in einem Sechsbettzimmer schlafen, die beiden nächsten im Vierbettzimmer. Nein, danke. Leute strengten ihn schon genug an, wenn er den halben Tag lang mit ihnen zu tun hatte, er hatte keinen Bedarf, vierundzwanzig Stunden am Tag, sieben Tage die Woche, mit Typen eingepfercht zu sein, die möglicherweise so waren wie Alasdair oder eine ältere Version des eifrigen kleinen Gerome. Scheinbar aufmerksam musterte er einen Wandteppich, der ein wenig zu verschlissen und blass war, um noch von Pracht sprechen zu können, und ließ sich weiter zurückfallen. Da keuchte von hinten Gerome heran wie eine übereifrige kleine Dampflok. Ehe er ihn überholen konnte, packte Benny ihn am Arm. »He«, sagte er leise. »Wo ist denn das Büro dieser Direktorin?«

Gerome starrte ihn an, als hätte er gedroht, ihn ohne Umschweife aus dem nächstbesten Fenster zu werfen. »Dort hinten den Gang lang, dann die Treppe … ich … ich kann das nicht gut beschreiben. Und …«

»Die sind ein bisschen bescheuert hier, oder?«, erkundigte sich Benny. »Musst du diesen Typen wirklich *Sir* nennen? Was soll denn das?«

Geromes entsetzter Blick vermittelte ihm das deutliche Gefühl, dass der Kleine nicht weniger Wert auf seine Gesellschaft legen könnte, wenn er mit der Pest infiziert wäre. »Das ist die korrekte Anrede für Schüler höherer Jahrgänge«, presste er heraus.

»So.« Benny verzog das Gesicht. »Dann musst du mich also auch mit Sir anreden?« Was ihn dazu trieb, den Zwerg zu quälen, wusste er selbst nicht, normalerweise hackte er nicht auf Kleineren herum. Jedenfalls nicht sehr oft.

Gerome blinzelte. »Ja … Sir.«

»Kommst du dir dabei nicht dämlich vor?«, hakte Benny unerbittlich nach.

»Und was geht dort hinten vor, wenn ich fragen darf?«, hallte Alasdairs Stimme durch den Korridor.

Hastig riss sich Gerome los und verschwand in der Masse dunkelblauer Uniformen. Benny seufzte. »Nichts«, sagte er, gerade laut genug. »Gar nichts. Ich wollte nur wissen, wo hier ein Klo ist.«

Mit einem Kopfnicken deutete Alasdair den Gang hinunter. »Neben den Schlafsälen. Ich gehe aber davon aus, dass du in der Lage bist, es noch eine Weile auszuhalten.«

»Echt nicht«, bedauerte Benny. »Ich muss schon die ganze Zeit wirklich dringend. Tut mir fürchterlich leid.«

»Mit Sicherheit«, versetzte Alasdair kalt, drehte sich um und bog um eine Ecke. Die anderen folgten ihm.

Benny blieb stehen. War das nun eine offizielle Erlaubnis oder nicht? Im Grunde genommen ja auch egal. Er drehte einfach auf dem Absatz um, trabte an den Toiletten vorbei und die Treppe zur Halle hinunter.

Und nun? Der See fiel ihm ein. Warum sich nicht ein wenig die Beine vertreten, während sein Vater unnötige Gespräche mit einer Direktorin führte, die Benny in wenigen Stunden nichts mehr angehen würde? Sollte er ruhig noch ein bisschen schottischen Akzent imitieren, über die Probleme seines Sohns schwadronieren und dann feststellen, dass besagter Sohn nicht daran dachte, sich mit lauter kleinen Kindern brav in dieser lausig kalten Burg herumführen zu lassen, eine dämliche Schuluniform zu tragen und in einem Zimmer mit fünf fremden Internatszombies zu schlafen.

Vorbei an den Bussen, raus aus dem Tor, im Vorbeigehen einmal auf den Leihwagen geklopft, ganz kameradschaftlich, man kannte sich ja inzwischen – nachher, wenn sie zurückfuhren, würde ihm der vorhin noch so fremde Geruch im Wageninneren wahrscheinlich schon ganz vertraut vorkommen. Dann der Rückweg in eisigem Schweigen, in Inverness den Flüchen seines Vaters über den Linksverkehr lauschen, in irgendeiner kleinen Pension übernachten. Und morgen früh nach Hause. »Was für ein blödsinniger Ausflug«, brummte er. »Einmal Schottland und zurück.« Seine Laune hob sich spürbar. »Sir«, näselte er im Vorbeigehen einen struppigen kleinen Baum an. »Es heißt *Sir* Benny! Schließlich bin ich in einer höheren Klasse als du.«

Der See lag noch immer bleigrau und stumm da, aber aus der Nähe sah Benny, wie die feinen Regentröpfchen seine Oberfläche mit winzigen Explosionen sprenkelten – es sah aus, als zittere auch er in der Kälte. Gern hätte er seine Jacke geholt, aber die lag im verschlossenen Wagen. Genau wie der MP3-Player, fiel ihm ein, den hatte er vorhin auf Wunsch seines Vaters im Handschuhfach verstaut, bevor sie ausgestiegen waren. *Sei's drum,* dachte er und suchte nach flachen Kieseln, um sie über das Wasser flitschen zu lassen. Riesig war der See, das Ufer hier und da so dicht bewachsen, dass man sich mit einer Machete den Weg zum Wasser hätte hindurchbahnen müssen, aber es gab auch flache Uferabschnitte. Der durchnässte Sand war grau und schwer, sah aber recht fein aus. Vielleicht war es hier im Hochsommer richtig schön – soweit es in Schottland überhaupt einen richtigen Sommer gab. Jetzt war September, und eigentlich hätte zumindest noch ein wenig Restsommer da sein dürfen, aber laut Reiseführer stiegen die Temperaturen ohnehin selten über achtzehn lausige Grad.

Benny kam nicht annähernd an seinen eigenen Rekord von achtzehn Sprüngen heran und hörte auf zu zählen, als er

Eriks Rekord aus dem letzten Sommer eindeutig übertroffen hatte. Als er daran dachte, musste er grinsen. Sie waren sich nicht einig geworden, wer richtig gezählt hatte, ob es neun oder elf Sprünge gewesen waren, aber als Benny direkt danach unzweifelhaft achtzehn geschafft hatte, hatte so ein Kleinkram natürlich keinen mehr interessiert. Erik – vermutlich der Einzige, den er vermisst hätte. Und der Einzige, der sich wirklich freuen würde, wenn Benny zurückkam. Benny neigte nicht dazu, viele Freundschaften zu schließen.

Lustlos warf er einen letzten Stein, der zweimal aufkam und dann versank. Mit einem Mal kam ihm auch Hamburg nicht reizvoller vor als Schottland. Die Altbauwohnung am Park mit Ausblick auf den Weiher, der nur einen Bruchteil so groß war wie dieser See, die Wohnung, die für zwei Leute viel zu groß geworden war und ihm trotzdem meistens erstickend eng vorkam – kein Zuhause, das einen mit glühender Sehnsucht erfüllte. Er stellte sich vor, wie sein Vater allein in die 102 Quadratmeter zurückkehrte, dem Echo seiner Bewegungen lauschte und morgens einsam seinen schwarzen Kaffee trank. In der Küche, in der noch die Kissen mit den komischen bunten Troddeln lagen, die Bennys Mutter auf einem ihrer blöden Flohmärkte erbeutet hatte. Jabba, der fette Kater, hatte die Troddeln zur Hälfte abgefressen, was nach Bennys Meinung eine erhebliche Verbesserung des Designs darstellte.

Der hartnäckige Regen kribbelte auf seiner Haut wie tausend Käferfüße, allmählich wurde er trotz der Winzigkeit der Tröpfchen nass. Die letzte Handvoll Steine verstaute er einem alten Reflex folgend unter einem Busch, was albern war, da er nicht wiederzukommen gedachte. Dann blickte er sich seufzend um und wühlte in seiner Hosentasche nach Geld. Da war noch das Wechselgeld von heute Morgen, als er am Flughafen ein leichenweißes belegtes Brötchen von der Konsistenz eines durchweichten Lappens gekauft hatte. Ein paar Münzen nur. Vielleicht fand er ja im Dorf einen Kiosk oder etwas Ähnliches. Er wandte sich vom See ab und trabte den langen Weg zum Dorf entlang.

Die Straße stieg steiler an, als er gedacht hatte. Wer kam eigentlich auf die blödsinnige Idee, ein ganzes Dorf an einen Hang zu bauen, wenn oberhalb des Tals oder im Tal selbst genug Platz war, um dort zehnmal so viele Häuser auf derselben Höhe unterzubringen?

Als er an der Mauer vorbeikam, auf der vorhin jemand gesessen hatte, wurde er unwillkürlich langsamer und hielt Ausschau. Aber er sah nichts. Die kleinen blauen Blüten der Pflanze, die sich mit dem Mut der Verzweiflung in die Fugen zwischen den kindskopfgroßen Steinen klammerte, hingen nass und trübselig herunter. Behutsam hob er eine davon an, sie war so schlaff wie ein nasses, welkes Blatt. »Auch wurde hier im Notfall Dünger an das einfache Pflanzenvolk ausgegeben«, blödelte er und imitierte Alasdairs gespreizten Tonfall ebenso wie seinen affigen Akzent. »Gerome, schreib das mit! Gerome, mach Platz! Gerome, steck den Kopf in den Arsch! Und dann sag: Ja, *Sir!*«

»Ich sehe …«, sagte jemand von oben, und Benny fuhr erschrocken zusammen. Er blinzelte hoch, gegen den feinen Regen. Dort oben saß ein Mädchen auf der Mauer, etwa in seinem Alter.

»Ich sehe«, feixte sie, »du hast Alasdair kennengelernt. Gar nicht schlecht. Vielleicht die Nasenflügel noch ein wenig blähen, dann kommst du recht nah dran.«

Dünn und mickrig war sie, das Haar klebte ihr feucht am Kopf, so fein und hell, dass es aussah, als wüchse ihr nur nasser Flaum am Schädel. Als sie grinste, bewegten sich ihre

Ohren mit und schoben sich ein wenig nach oben. Es waren die prächtigsten Segelohren, die er je gesehen hatte; an diesem kleinen, etwas schiefen Gesicht sahen sie aus wie die Henkel altmodischer Teetassen.

»Hallo«, sagte er verlegen und ließ die Blüte los, was gar nicht so einfach war, weil sie vor Nässe an seinem Finger kleben blieb. »Ich habe dich vorhin gesehen.«

»Oh, ich dich auch. Da warst du noch nicht so nass. Was machst du hier?«

»Ich soll dort zum Internat gehen.« Er deutete mit dem Daumen hinter sich. »Aber ich habe mich dagegen entschieden.«

»Hast du das.« Sie hob die fast farblosen Brauen, einen Augenblick erinnerte es ihn an Alasdair. Nachdenklich neigte sie den Kopf. »Nun, das wird niemand gern sehen.«

»Was?«

»Wenn du Glen verlässt«, sagte sie salbungsvoll. »Wenn du die Möglichkeit ausschlägst, dazuzugehören zur großen, glücklichen Familie. Wenn du nicht teilhaben willst an der großen Erfolgsgeschichte. Wenn du … es wird einfach niemand gern sehen. Niemand verlässt freiwillig Glenshee.«

»Das werden wir ja sehen«, stellte er trocken fest. »Du kennst dich hier wohl aus?«

Nickend schwang sie die Beine über die Mauer und wackelte mit den Füßen, die in zu großen Turnschuhen steckten.

»Gut. Ich suche einen Kiosk oder so etwas. Gibt es das hier?«

Sie schüttelte den Kopf.

»Einen Bäcker? Irgendwas?«

Sie zuckte mit den Schultern. »Einen Supermarkt.«

»Klingt gut. Hat der geöffnet?«

Nicken.

»Wärst du vielleicht so ungemein freundlich, mir zu sagen, wo ich den finde?«, erkundigte er sich belustigt.

»Ich zeig ihn dir.« Unvermittelt sprang sie von der Mauer, landete neben ihm und grinste ihn an. Sie war einen guten Kopf kleiner als er.

»Auch gut«, stimmte er zu. Nebeneinander trabten sie die Straße hinauf. Erstaunt stellte er fest, dass sie kein Problem hatte, Schritt zu halten – eher musste er darauf achten, nicht zurückzubleiben.

»Wie heißt du eigentlich?«

»Leslie.«

»Leslie also.« Er nickte. »Ich bin Benny.«

»Ich weiß. Robin Benedict Reutter aus Hamburg in Deutschland. Ich dachte allerdings, du nennst dich eher Robby. Oder Rob.«

Abrupt blieb er stehen. »Woher …?«

»Oh, schau nicht so doof.« Sie blieb ebenfalls stehen, legte den Kopf in den Nacken und lachte. »Weißt du denn nicht, dass du seit Wochen Tagesgespräch bist? Alles zerreißt sich das Maul.«

»*Was?*«

»Normalerweise wird niemand Neues aufgenommen. Es ist nicht üblich. Erstklässler, ja. Viertklässler – nein. Das ist noch niemals vorgekommen. Die oberen Jahrgänge dünnen eben zusehends aus. Aber kaum ist die neue Direktorin da, schwupps, wird mit der ehrwürdigen Tradition gebrochen. *Die* musste sich was anhören! Die arme Rutherford. Fast wäre sie deinetwegen gleich wieder geflogen, noch vor ihrem ersten richtigen Arbeitstag.« Leslies Augen blitzten boshaft.

»Das … das wusste ich nicht.«

»Woher auch? Aber du willst ja sowieso nicht bleiben.«

»Richtig. Richtig, das will ich nicht. Also kann's mir ja auch egal sein.«

Sie lachte und lief weiter. »Du bist Alasdair weggelaufen, stimmt's?«

»Und woher weißt du das jetzt schon wieder?«

»Ich weiß es einfach. Er wird toben vor Wut!«

»Er kommt mir nicht vor wie jemand, der tobt.«

»Oh, das täuscht.« An einem winzigen Häuschen mit blütenweißen Spitzenvorhängen hinter schmutzverkrusteten Fensterscheiben bogen sie ab, und vor ihnen öffnete sich ein gepflasterter Platz, klein und hübsch und malerisch.

»Woher kennst du ihn?«, wollte er wissen.

»Ist ein kleiner Ort, nicht wahr? Und Alasdairs Familie ist hier sehr ... bekannt. Sie wohnen dort drüben. Im Herrenhaus.« Nachlässig deutete sie quer über den Platz.

»Wo?«, fragte er verwirrt. Keins der einstöckigen Steinhäuser ähnelte seiner Vorstellung eines Herrenhauses auch nur im Entferntesten.

»Kannst du von hier aus nicht sehen, ist ein bisschen abseits vom Dorf. Da sind wir schon.«

Der Supermarkt entpuppte sich als besserer Tante-Emma-Laden. Rasch zählte Benny sein Geld. Leslie folgte ihm hinein und winkte der molligen Frau zu, die an der einzigen Kasse saß. Bei Leslies Anblick erhellte sich ihr müdes Gesicht, als fiele plötzlich ein Lichtstrahl darauf. »Leslie MacGregor«, rief sie heiser aus. »Du bist ja schon wieder patschnass! Was treibst du bei solchem Wetter draußen?«

»Touristen aufsammeln.« Leslie grinste frech. »Schau mal, das ist Robin Benedict Reutter – der geheimnisvolle Unerwünschte, der in die vierte Klasse aufgenommen werden sollte.«

»Sollte?«

»Er will nicht. Er fährt direkt wieder nach Hause. Er kann Alasdair nicht leiden, und ich glaube, ganz Schottland nicht, wenn ich mich nicht sehr irre.«

Unbehaglich ließ Benny die Musterung der Frau über sich ergehen. »Vielleicht besser so«, befand sie am Ende jedoch nur. »Sucht euch ruhig was Schönes aus. Heiße Schokolade hätte ich auch da, in der Thermoskanne. Mögt ihr?«

»Gern«, sagte Leslie, ehe Benny etwas sagen konnte. Sie folgten der Kassiererin in einen kleinen Nebenraum mit einer winzigen Küchenzeile und einem kleinen Tisch, an dem zwei Stühle standen. Leslie bekam eine große rosa Tasse ohne Henkel, für Benny goss die Frau die heiße Schokolade direkt in den Deckel der Thermoskanne. Obenauf kam ein gewaltiger Schuss Sprühsahne. Vor Wohlbehagen seufzte Leslie leise auf.

So verlegen Benny auch war, so gut tat die heiße Schokolade. Erst jetzt merkte er, wie durchgefroren er war.

An der kleinen Küchenzeile lehnend, betrachtete die Kassiererin Leslie wohlwollend. Dann wandte sie sich an Benny. »Ich bin Gin.«

»Benny.« Er runzelte die Stirn. »Das wissen Sie ja schon.«

»Sag ruhig du, niemand siezt mich. Du siehst ganz durchgefroren aus. Wenn du hierbleiben würdest, solltest du dir angewöhnen, bei diesem Scheißwetter eine Regenjacke zu tragen. Solchen Regen haben wir hier im Hochland oft. Man unterschätzt ihn, wenn man hier fremd ist, er kriecht bis in die Knochen. Wahrscheinlich bist du morgen krank. Ich mache dir besser noch einen schönen Tee.«

»Ich werde nie krank«, wehrte er ab. »Vielen Dank!«

»Schaden kann's nicht.« Trotz seines Protests setzte sie heißes Wasser auf. Der Wasserkocher war von außen verschmiert, als sei er seit Jahren nicht abgespült worden. »Du sprichst sehr gut englisch!«, stellte sie wohlwollend fest.

»Meine Mutter war Engländerin.«

»Oh!« Sie schaute ihn an. »Schottin?«

»London. Sie kam aus London.«

»Mensch, Gin«, mischte sich Leslie ein, die dem Gespräch mit stillem Vergnügen gefolgt war. »Das hört man doch! Er klingt wie eine alte britische Lady.«

»Sei nicht so frech«, wies Gin sie zurecht. »Er hat eine sehr schöne, saubere Aussprache. *Du* hingegen klingst, als hätte ein Brauereipferd deine Vokale plattgetrampelt.«

Leslie grinste nur. »Gin stammt nämlich auch aus England«, verriet sie Benny. »Aus Gloucestershire.«

»Aha.«

»Und sie behauptet, dort wäre es wärmer, würde weniger regnen, und die Leute wüssten sich allesamt besser zu benehmen als die gottverdammten engstirnigen, schroffen, unmanierlichen Schotten, die die Zähne nicht auseinanderbekommen, wenn sie mit jemandem reden sollen, dessen Familie nicht seit mindestens zehn Generationen in genau demselben Haus an genau demselben Ort lebt und auch nirgendwo anders hinwill.« Sie zog eine Grimasse und dozierte gestelzt: »Gin findet, Schotten sind genau wie das Land – seelisch karg, die Laune ständig verregnet, das Herz so verschlossen wie die Türen.«

Erbost warf Gin einen Teebeutel nach ihr. Leslie schüttelte sich vor Lachen. »Ist doch so!«

»Stimmt ja auch! So seid ihr, und so bleibt ihr. Du bist die einzige Ausnahme. Bis auf die Sache mit den Manieren, die hast du auch nicht.« Kopfschüttelnd hob Gin den Teebeutel vom Boden auf, der Benny nicht allzu sauber vorkam, schüttelte ihn nachlässig ab und steckte ihn in eine angeschlagene blaue Tasse, die sie mit heißem Wasser aus dem fauchenden Wasserkocher auffüllte und vor Benny hinstellte.

»Äh – danke«, brachte er heraus und fragte sich, ob er pingelig war oder ob auf der Oberfläche des Tees wirklich eine feine Staubschicht schwamm.

»Gern.« Sie strahlte ihn an. »Ach, schade, dass du nicht bleibst. Aber es ist eine kluge Entscheidung. Dieser arrogante, verrotzte Haufen Neunmalkluger da oben … die Erstklässler kommen an und sind ganz liebe kleine Kerle, ein bisschen ängstlich, sagen Ja und Nein und Danke und Bitte, und schon ein paar Wochen später tragen sie die Nase so hoch, dass ich die Popel darin zählen kann. Ja und Nein und Danke und Bitte sagen sie noch immer, aber es klingt ganz anders.«

»Danke. Bitte. *Sir*«, dozierte Benny blasiert.

Gin starrte ihn an. »Genau!«

»Kann er gut, nicht?« Als würde sie lauschen, legte Leslie den Kopf schräg. Irgendwo draußen fuhr ein Auto vorbei. Fast schien es Benny, als würde sie aufatmen. »Läufst du gern?«, wandte sie sich unvermittelt an ihn.

Überrascht nickte er. »Ja.«

»Ich auch. Man sieht es mir nicht an, aber ich laufe auch gern.« Sie seufzte. Mit einem Mal schien sie in Gedanken weit fort zu sein. »Trink deinen Kakao aus. Wir sollten allmählich mal zurück.«

Verwirrt gehorchte er. Danach griff er zögernd nach der Teetasse, aber Leslie winkte ab und stand auf. »Danke, Gin«, sagte sie und umarmte die Kassiererin.

Gin strich ihr übers feuchte Haar. »Immer gern. Kommt bald wieder vorbei, wenn ihr mögt.«

»Ich bin ja dann nicht mehr da«, bemerkte Benny. »Also – danke für die heiße Schokolade. Und, äh … den Tee. Bis dann. Also – auf Wiedersehen. Mach's gut, meine ich.« Er streckte die Hand aus, die sie ergriff und einen Moment lang festhielt.

»Alles Gute«, sagte sie ernst. Ihre Augen waren grün mit winzigen goldbraunen Sprenkeln darin. Unwillkürlich dachte er, dass sie zu den Leuten gehörte, deren Alter schwierig zu schätzen war. Als sie hereingekommen waren, hatte er sie für alt gehalten, mindestens sechzig, aber jetzt sah sie viel jünger aus. Ihr Haar war kastanienbraun und dicht, fast ein bisschen struppig, und die Haut im runden Gesicht ganz glatt, bis auf tiefe Fältchen um Augen und Mund.

»Ja, äh – danke«, murmelte er verlegen, als er merkte, dass er sie angestarrt hatte.

Die wohlige Stimmung war ganz verflogen. Verwirrt folgte er Leslie, die eilig hinausstrebte. »Ist vielleicht besser«, sagte sie, als sie wieder in das graue, klamme Nieseln hinaustraten, »wenn du sie nicht allzu lange warten lässt. Komm.«

»Ich …«

Aber sie lief schon los. Verärgert folgte er ihr. Stimmte mit ihr irgendwas nicht? Erst ganz gemütlich, fast aufdringlich, und jetzt schien es fast, als wollte sie ihn so schnell wie möglich loswerden. Sollte ihm aber auch recht sein, schließlich ging auch sie ihn bald nichts mehr an.

Auf halbem Weg fiel ihm ein, dass er jetzt keine Schokolade oder etwas anderes für den Rückweg gekauft hatte. Das war blöd, weil die Stimmung später sicher nicht so entspannt sein würde, dass sein Vater bereitwillig anhielt, damit er noch etwas kaufen konnte. Beim Gedanken an das, was ihm gleich bevorstand, wurde ihm mulmig, aber er straffte den Rücken und beschloss, es einfach auszusitzen.

In Sichtweite der Burg blieb Leslie abrupt stehen. »Denk daran«, sagte sie leise und so eindringlich, dass er unwillkürlich lauschte. »Alasdair will dich nicht dort haben, und er ist es nicht gewöhnt, respektlos behandelt zu werden. Leg dich nicht unnötig mit ihm an. Und auch nicht mit den anderen. Sei ein bisschen vorsichtig. Der Rest wird sich finden.«

»Bitte was?«

Sie lächelte zu ihm auf, stupste ihn mit der Hand nicht gerade sanft vor die Brust und wandte sich ab, um im Galopp die Straße wieder hinaufzulaufen. Sie sah aus wie ein Kind, das spielt, es sei ein Pony. Irritiert starrte er ihr hinterher. Dann schüttelte er verärgert den Kopf. Ganz bei Trost schien hier keiner zu sein.

Ohne noch einen Blick zurückzuwerfen, drehte er sich um und marschierte auf Glenshee Castle zu, das hoch und kalt und grau vor ihm aufragte.

3 WILLKOMMEN AUF GLEN

Der kleine knallblaue Mietwagen war fort, und es dauerte einige Herzschläge lang, bis sein Verstand begriff, was die Augen sahen. Stumm stand er im allmählich kräftiger werdenden Regen und starrte auf den leeren Fleck. Es war so absurd, dass er einen verstörenden Augenblick lang glaubte, sich einfach geirrt zu haben – sicher hatte das Auto nicht hier gestanden, sondern woanders. Aber da waren die tiefen Reifeneindrücke im Kies. Und dort der Busch, dessen tief hängende Zweige beim Parken über die Flanke des Wagens gescharrt hatten, so dass sein Vater beim Aussteigen besorgt nachgesehen hatte, ob es einen Kratzer gegeben hätte.

Hatte er vielleicht den Wagen im Burghof geparkt? Benny schaute hinüber zum Tor. Waren da Reifenspuren? Er war nicht sicher, immerhin waren dort auch die Busse entlanggefahren. Nach der Starre setzte das Herzklopfen so plötzlich ein, dass ihm schwindlig wurde. Fast stolperte er, als er in den Hof rannte. Dort standen die Busse, wie zuvor. Keine Spur des Leihwagens. Wie ein Idiot sah er hinter den Bussen nach, dazwischen, sogar *darunter*, er suchte an den unmöglichsten Stellen. Als er nichts fand, schaute er noch einmal nach, um zu prüfen, was offensichtlich war. Nichts. Keine Spur. Absolut nichts.

Sein Puls jagte dahin wie ein Pferd, das ihn abzuwerfen versuchte, und er hatte längst begriffen, was er nicht begreifen wollte. Mit rasendem Puls stürmte er in die Halle, den verwischten, verschwommenen Gedanken im Kopf, er müsste zu dieser Direktorin laufen, sie würde es ihm erklären, dort säße sein Vater, ungeduldig, starrte ihn an und sagte: *Benny, den Schreck hast du verdient, siehstewohl, lass uns jetzt fahren.*

Stattdessen standen an der Treppe Alasdair und ein anderer Schüler in ihren blauen Uniformen und starrten ihm entgegen. Benny wurde langsamer und atmete tief ein. Er spürte seine Beine nicht mehr, aber er stolperte auch nicht. Alasdairs Blick war kühl. Der zweite Schüler, ein etwas untersetzter Junge mit glatten schwarzen Haaren, streckte zögernd die Hand aus. »Elvis Bloomsfield«, sagte er. »Ich bin dein Pate.«

Benny wollte toben, schreien, sogar nach seinem Vater brüllen, aber eine seltsame Lähmung hatte ihn erfasst. Wortlos ergriff er die dargebotene Hand. »Benny.« Seine Stimme klang fremd.

Alasdair hob die Brauen, wandte sich ab und ging voran. Elvis folgte ihm. Weil es offenbar von ihm erwartet wurde und er ohnehin nicht wusste, wohin, schloss sich Benny an. Etwas in Alasdairs Blick war tief in sein Innerstes gedrungen, als sähe der andere genau, was in ihm vorging. Er verschloss sein Gesicht, so gut es ging, und schwieg. Wie ein Strafgefangener kam er sich vor. In seinem Kopf jagten sich die Gedanken. Vor allem einer: Verrat. Er fühlte sich so verraten, dass er hätte kotzen mögen. Aber er war ganz leer. Magen leer, Kopf leer, Herz leer. Ihm war übel.

»Wann ist mein Vater weggefahren?«

»Vor zwanzig Minuten«, antwortete Alasdair.

Bennys Beine zuckten, als wollten sie sagen: *Lauf, den holen wir noch ein!* Er ballte die Fäuste. »Mein Gepäck?«

Alasdair blieb stehen. Eine Reisetasche, vor einigen Tagen neu gekauft, und Bennys Rucksack standen einsam im Gang, unter dem verblassten Wandteppich, bei dem sich Benny vorhin abgesetzt hatte. Mit zusammengebissenen Zähnen wuchtete er den Rucksack auf den Rücken, die Tasche an ihrem breiten Riemen über die Schulter. Die beiden anderen flankierten ihn, als sie weitergingen.

»Morgen nach dem Frühstück«, teilte ihm Alasdair mit, während sie durch lange Korridore eilten, durch die ihnen ab und zu jemand entgegenhuschte und wieder verschwand, »hast du einen Termin mit Direktorin Rutherford. Sieh zu, dass du sie nicht warten lässt.« Seine Stimme war die von jemandem, der es gewohnt war, dass man tat, was er anordnete, und gar nicht auf die Idee kam, es könnte sich jemand widersetzen.

Eine weitere Treppe hinauf, einen weiteren Gang entlang, dann hielten sie vor einer der vielen Türen an. Benny hatte den Eindruck, sie hätten kilometerweise immer gleichbleibender grauer Korridore im Laufschritt hinter sich gebracht. Er war nicht sicher, ob er den Rückweg finden würde. Seine Schulter schmerzte vom Gewicht der Tasche.

Alasdair griff nach der Tür und stieß sie auf. Dahinter lag ein dämmriges Zimmer mit mehreren Betten und einem Kamin, in dem ein Feuer brannte. Ohne weitere Umstände trat Benny ein, ließ sein Gepäck auf den Boden plumpsen und schaute sich um. Bei seinem Eintreten war der dickliche Junge, der vor dem Kamin kauerte, erschrocken hochgefahren und starrte die drei an.

»Robin Benedict Reutter«, stellte Alasdair Benny vor. »Und das dort ist Felix von Hauenstein. Von Hauenstein hält man sich besser fern.«

»Ich wollte nur … Sir«, stammelte Felix. »Das Feuer. Ich habe nach dem Feuer gesehen.«

Als wäre er gar nicht da, wandte sich Alasdair ab. Unter seinem Blick straffte Benny den Rücken. *Arschgesicht,* dachte er. Solche Leute hatte er noch nie leiden können.

Alasdairs graue Augen glitzerten spöttisch, als er ihn eingehend musterte. »Einmal Schottland und zurück dauert etwas länger als gedacht, nicht wahr?«, fragte er leise. Zwischen zwei Herzschlägen wusste Benny nicht, weshalb ihm auf einmal so kalt wurde. Dann fielen ihm seine eigenen Worte ein, vorhin am See. *Einmal Schottland und zurück – was für ein blödsinniger Ausflug.*

Alasdair ließ ihn stehen. Elvis folgte ihm, ohne Benny anzusehen. Die Tür fiel zu.

Ich war vollkommen allein am See, dachte Benny benommen. Es musste ein Zufall sein.

Im Zimmer war es ganz still bis auf das Knistern des Feuers. Irgendwann drehte sich Benny um. Felix stand noch immer in derselben Haltung da und starrte ihn an. Erst als Benny ihn ansah, kam Leben in ihn. »Das dort ist deins«, sagte er eilig und wies auf das Bett am Fenster. »Und das daneben dein Schrank. Räum am besten gleich alles ein – warte, ich helfe dir. Es muss ordentlich sein, darauf legt man hier Wert. Mann, du machst Sachen. Ich habe gehört … na, egal. Lass uns schnell einräumen.«

Der Schrank war alt und aus massivem Holz, desgleichen das Bett. Keine Sperrholzmöbel, die das Flair einer Jugendherberge verbreiteten, sondern wuchtige, schöne alte Möbel. Auf dem Kopfkissen lag blau-weiß karierte Bettwäsche. Benny strich darüber. Der Stoff war kühl und steif und ein wenig rau. Ganz allmählich klärte sich sein Kopf. Sein Vater war also weggefahren, ohne Abschied, ohne ein Wort, ohne zu fragen, ob er bleiben wollte.

Gut, dachte er. Dann wusste er ja, woran er war. Ihm war zumute, als gäbe es ihn zweimal. Der eine Benny war betroffen, vielleicht sogar verzweifelt. Der andere betrachtete den ersten, als ginge ihn das alles gar nichts an. Als er sich auf die

Bettkante setzte, fühlte er sich so schwer, als könnte er nicht wieder aufstehen. Er sah sich um. Ein einziges dieser sechs wuchtigen Betten, die sich in diesem Zimmer fast verloren, hätte in seinem Zimmer zu Hause gewirkt, als hätte sich ein Elefant in einen Kaninchenkäfig verirrt. Vor dem Kamin, in respektvollem Abstand zum offenen Feuer, standen zwei mit grünem Samt bezogene Sessel, auf einem lag ein dickes gelbbraunes Schaffell. Ein Stück neben dem Kamin standen ein Bücherregal und eine wuchtige Holztruhe mit eisernen Beschlägen. Zwei der Betten hatten dicke Pfosten, die hoch aufragten, und Vorhänge aus schwerem Stoff, die zurückgebunden waren. Sein eigenes gehörte nicht dazu. Noch einmal strich er über die Bettwäsche und über die Decke, dick und weich. Die Erkenntnis, dass er in Schottland war, sickerte in ihn ein. Er war in Schottland, und er würde in Schottland bleiben. Jedenfalls erst einmal. Zu seinem Vater wollte er jedenfalls mit Sicherheit nicht zurück. Er fragte sich, wo der jetzt war – irgendwo auf der Strecke die Steilküste entlang vermutlich, in einem kleinen knallblauen Mietwagen. In dessen Handschuhfach, fiel ihm siedendheiß ein, sein MP3-Player lag, falls sein Vater nicht daran gedacht hatte, ihn in Bennys Gepäck zu stecken, bevor er weggefahren war. Er sprang auf und durchwühlte den Rucksack. Ein verschmähter Müsliriegel fiel ihm in die Hände, zwei Romane, jede Menge Kleinkram. Kein Player. »Scheiße«, murmelte er.

Jetzt erst fiel ihm auf, dass Felix seine Tasche geöffnet hatte und die Sachen fein säuberlich in den Schrank räumte. »Sag mal …«

»Ja?«

»Hast du einen MP3-Player gefunden? Irgendwo in einer der Taschen?«

Hastig beugte sich Felix hinunter und schaute in den Seitentaschen nach. Kopfschütteln und ein Blick, als erwarte er dafür Prügel.

»Scheiße.« Seufzend ließ sich Benny wieder aufs Bett plumpsen. Fing ja gut an. Er lief gern und viel, vor allem, wenn er sich nicht gut fühlte oder seine Gedanken nicht zur Ruhe kamen, und Musik gehörte zum Laufen dazu. Am liebsten hätte er seinen Vater angerufen, aber auf Glenshee Castle waren keine Handys erlaubt, und er hatte nicht daran gedacht, seins mitzuschmuggeln. »Was machst du da eigentlich?«, erkundigte er sich, obwohl es ihn nicht wirklich interessierte.

»Ich räume deine Sachen ein.«

»Sehe ich. Warum? Ich bin schon groß, weißt du? Ist ja sehr nett von dir, aber ich kann das auch selbst.«

»Bin ja gleich fertig«, murmelte Felix.

»Schläfst du auch hier im Zimmer?«

»Nein. Du bist mein Pate. Ich will nicht, dass du Ärger bekommst.«

»Ich bin dein *was*?«

»Mein Pate.« Sorgfältig, fast penibel, als gäbe es Tote, wenn Pullover nicht genau Ecke auf Ecke lagen, packte Felix die letzten paar Klamotten in den Schrank, strich noch einmal darüber, stellte die Tasche unten in den Schrank und schloss die Tür.

»Wird man da nicht gefragt?«, fragte Benny.

»Danke«, erwiderte Felix.

»Sorry. Ich mein ja nur. Werde ich nicht gefragt? Wirst du nicht gefragt?«

»Nein. Es wird zugeteilt.« Felix saugte die Unterlippe in den Mund und biss darauf, es gab ein schmatzendes Geräusch. Er hatte eins dieser Gesichter, die einen zum Prügelknaben qualifizierten, rund, fast ein wenig dicklich, blass wie Magermilch, die Augen groß und verschreckt. »Will war mein Pate. Du erbst mich, sozusagen. Tut mir leid. Ich bin nicht unbedingt … also … ich verstehe es, wenn du das nicht toll findest, aber so ist es eben.«

»Moment.« Benny betrachtete ihn genauer, die hochgezogenen, runden Schultern, die schlaffe Körperhaltung, den braven Seitenscheitel. Einer von den Jungs, wegen denen man in seiner alten Schule die Tradition der Mannschaftswahlen abgeschafft hatte, weil sie sonst am Ende immer den Tränen nahe übrig blieben und zuschauten, wie sogar die Mädchen vor ihnen in die Mannschaften gewählt wurden, die sich beim Fangen eines Basketballs den Finger verstauchten oder gleich kreischend davor wegrannten. Einer von denen, bei denen es einem schwerfiel, nicht mit drauf einzuhacken, weil es einem leicht einfach so passierte, ohne dass man es recht bemerkte.

»Was macht ein Pate?«, wollte Benny wissen. Hatte nicht Alasdair vorhin gesagt, dieser Elvis Bloomsfield sei der seine?

Ein Schulterzucken, ohne ihn anzusehen. »Er ist der Ansprechpartner, wenn der andere Probleme hat. Oder wenn andere mit ihm Probleme haben, dann können sie auch den Paten ansprechen und ihn bitten, sich darum zu kümmern. Der Pate schaut auch ein bisschen darauf, wie die Leistungen seines Schützlings so sind. Und wenn es Probleme gibt, spricht er ihn an.« Jetzt hob er doch den Blick. »Ich werde dir keine Probleme machen.« So schnell, wie er wieder wegschaute, schien er sich da selbst nicht ganz sicher zu sein.

»Will war vorher dein Pate, ja?«

»William. Ja.«

»Und war er in Ordnung?«

Ruckartig ging Felix' Kopf hoch. »Ja. Ja, Will war in Ordnung.«

»Was ist mit ihm passiert?«

Wieder ein Schulterzucken, die aufrechte Körperhaltung verlor sich. »Er hat es halt nicht geschafft. War ihm zu viel. Der Druck und so. Hatte einen Nervenzusammenbruch, und seine Eltern haben ihn abgeholt.« Während er sprach, bewegten sich seine Augen schnell hin und her, die Stimme wurde ganz monoton, er war kaum zu verstehen.

Benny kniff die Augen zusammen. Das war eindeutig nicht alles, aber er beschloss, nicht weiter nachzuhaken. Er war todmüde, und im Grunde interessierte es ihn auch nicht, weshalb William oder Will, Pate von Felix, dem kleinen Prügelknaben, nicht mehr hier war. Es interessierte ihn sehr viel mehr, dass er selbst jetzt hier war – und offenbar erst einmal bleiben würde.

»Wer schläft mit hier im Zimmer? Sind die nett?«

Der Blick, den Felix ihm zuschoss, war unerwartet spöttisch. *Träum weiter,* sagte der Blick. »Sicher«, sagte Felix jedoch tonlos. »Da wäre Nicholas Hunter, der sagt nicht viel, hat meistens schlechte Laune, aber tut keinem was. Da drüben an der Tür schläft Daniel Green, das Mathegenie der Schule. Patrick Callahan, der redet auch nicht so viel, aber der ist prima, zu Callahan kannst du immer gehen, wenn du mal ein Problem hast. Und dann sind da noch Richard Dickenson und … Oliver.«

»Aha«, sagte Benny. »Und wie sind Richard Dickenson und Oliver?«

»Ganz okay«, erwiderte Felix reglos.

»Also Arschgesichter«, stellte Benny fest.

»Nein, das habe ich nicht gesagt. Bestimmt nicht. Sie sind … witzig. Und sehr gute Fechter. Und Oliver – na ja. Er ist eben ein Prinz.«

»Ein Prinz.«

»So nennen wir solche Leute hier halt. Wirst du schon noch merken. Aber für einen Prinzen ist er ziemlich okay, wirklich. Er ist halt nur …«

»Was?«

Felix zuckte schwach mit den Schultern. »Wirst dich schon mit ihnen vertragen, da bin ich ganz sicher. Im Schrank hängen übrigens deine Schuluniformen. Du hast zwei. Manche ziehen sie schon zum Frühstück an, andere erst zum Unterricht, das steht dir frei. Wenn sie zur Reinigung müssen, hängst du sie außen an die Tür, dann holt der Wäschedienst sie ab. Dein Name ist hinten eingenäht. Mit dem Unterricht und so, das ist hier alles ein bisschen anders, das erklärt dir morgen bestimmt Bloomsfield. Deine Schulbücher stehen da drüben schon im Regal, ich habe für die Pflichtfächer alles rausgesucht, was du brauchst. Das Frühstück ist um halb sieben. Das ist erst mal alles, was du wissen musst, glaube ich.« Mit hängenden Schultern blieb er stehen, als warte er auf den Befehl, sich ebenfalls zusammenzufalten und im Schrank zu verstauen.

Angesichts so bereitwilliger Duckerei überkamen Benny plötzlich eine Mischung aus Jammer und Ekel und die Frage, ob es vielleicht in ein paar Jahren möglich sein würde, Rückgrattransplantationen vorzunehmen. »Danke«, sagte er und bemühte sich um eine freundliche Stimme. »Danke für alles.«

»Gern«, erwiderte Felix leise und huschte davon. Hinter ihm fiel die schwere Tür ins Schloss, erstaunlich leise.

Mit einem Mal war es sehr still im Zimmer. Feuerschein und das sickernde Dämmerlicht von draußen zeichneten die Konturen der Möbel nach. Der Schlafraum war voller Schatten.

Benny trat ans Fenster. Es war doppelt verglast. Fast hätte er gelacht, als er feststellte, dass er darüber staunte, dass es nicht vergittert war. Es ließ sich problemlos öffnen. Als hätte er vor dem Fenster auf ihn gewartet wie ein treuer Hund, trieb ihm der Wind zur Begrüßung übermütig einen ganzen Schwall Regen ins Gesicht. Benny wischte sich das Wasser aus den Wimpern. Unter dem Fenster lag eine Wiese, weiter hinten hoben sich verschwommen die Umrisse einer Mauer ab, und dahinter erstreckte sich das Tal von Glenshee, ein paar kleine Felder, die von Wildnis abgelöst wurden. Etwas an den Formen und Farben, auch wenn sie in der hereinbrechenden Dämmerung verschwammen, tat etwas mit ihm, ließ ihn tiefer atmen. Es ließ sich nicht leugnen, dass in den kargen Linien Schönheit lag. Eine schroffe Schönheit, die ihm recht gut gefiel.

Mit klatschnassem Gesicht wandte er sich ab, ließ das Fenster offen und den Wind hereinjauchzen und betrachtete das Bett, das vor ihm einem William gehört hatte. Will, Pate vom kleinen, dicken, etwas feigen Felix, den er jetzt wohl irgendwie geerbt hatte, was immer das bedeuten mochte.

»Schottland«, murmelte er. »Na, dann mal willkommen, lieber Benny.« Seufzend beugte er sich über das Bett und machte sich daran, die brettsteife Wäsche aufzuziehen.

4 BEKANNTSCHAFTEN

Der Korridor wurde von kleinen runden Lampen erhellt, die im Abstand von einigen Metern von der hohen Decke hingen und freundliches, fast warmes Licht verbreiteten. Benny lauschte, aber es war nichts zu hören außer dem leisen Grollen seines Magens. Rasch rechnete er nach – soweit er sich erinnerte, waren es pro Jahrgang drei Klassen mit etwa vierundzwanzig Schülern. Das hieß, auf diesem Gang mussten sich elf weitere Schlafräume befinden, und insgesamt gab es bei sieben Klassen knapp 500 Schüler auf dem Internat. Wo zum Teufel steckten die alle? Die Burg war groß, sicher, aber irgendwo mussten sich all diese Leute doch herumtreiben.

Erneut grollte sein Magen. In der Tasche hatte er gar nichts gefunden, im Rucksack nur den lausigen Müsliriegel mit Rosinen, den er normalerweise nicht angerührt hätte. Die Wasserflasche war auch leer. So früh sechs Uhr dreißig fürs Frühstück auch sein mochte – und er fand es *reichlich* früh –, angesichts der Tatsache, dass es laut seiner Uhr noch nicht mal halb zehn war, war das Frühstück noch so lange hin, dass er nicht wusste, wie er die Zeit überstehen sollte. Seit heute Morgen hatte er nichts gegessen.

Er schaute in beide Richtungen, entschied sich für rechts und marschierte den Flur entlang. Allzu hell waren die Lampen nicht. Ihm war seltsam zumute in diesem leeren Korridor in einer Burg, die er nicht kannte, seine Schritte hallten schwach von den Wänden wider, als marschiere er in einer Kolonne unsichtbarer Geister. Den Weg zurück in die Halle würde er finden, und auch den zu den Schlafsälen der Erstklässler. Das war es aber auch schon. Kilometerweise Gänge, Türen und Hallen waren ihm fremd. Er fühlte sich wie auf einem riesigen Raumschiff.

Als die breite Treppe in Sicht kam, die er vorhin mit Alasdair und Elvis heraufgekommen war, hörte er jemanden lachen. Im nächsten Augenblick öffnete sich eine Tür, ein Junge wischte heraus und trabte an Benny vorbei, ohne ihn mit mehr als einem raschen Blick zu bedenken. Ehe Benny recht begriff, dass er nicht mehr allein auf weiter Flur war, schossen drei weitere Jungs aus derselben Tür, alle etwa in seinem Alter, und folgten dem ersten. Bis auf einen trugen sie alle Schuluniformen, Benny erntete ein paar flüchtige, neugierige Blicke, dann waren sie fort, den Gang hinunter.

In seinen Füßen kribbelte es, ihnen zu folgen, aber er widerstand dem unsinnigen Drang, ging weiter und öffnete die Tür, die die Jungs ausgespuckt hatte.

»Mach die verdammte Tür zu«, scholl es ihm entgegen. Mit einem raschen Blick erfasste er einen weitläufigen Raum mit Kamin, drei um einen Tisch gruppierten wuchtigen Sofas, neben denen Leselampen vor sich hinfunzelten, himmelhoch ragenden Bücherregalen und an den Fenstern, die von langen, schweren Vorhängen verdeckt wurden, einige Tische samt hochlehnigen Stühlen. Er trat ein und schloss die Tür. An zweien der Tische saßen Leute und beugten die Köpfe über Bücher oder Hefte, auf den Sofas lümmelten sich andere, die einen deutlich weniger fleißigen Eindruck machten, und vor dem Kamin hockte jemand, der im Feuer herumstocherte, ohne aufzusehen.

»Ach«, sagte dieselbe Stimme, die eben von ihm verlangt hatte, die Tür zu schließen. Sie gehörte einem schlaksigen Jungen auf einem der Sofas, der von seinem Buch aufschaute. Das kurze Haar und die Brauen waren so hell, dass sie Benny im Licht des Kaminfeuers fast weiß erschienen. »Du musst Robin sein.«

»Benny.« Er taumelte zum Sofa und ließ sich neben dem anderen hineinfallen. Für Schüchternheit war er zu müde. Mit einem Mal war der Hunger wie weggeblasen, dafür schwappte bleierne Erschöpfung über ihn hinweg. »Einfach nur Benny.« Blinzelnd schaute er sich um. Auf dem Sofa gegenüber saß jemand, der nicht aufblickte, auf dem dritten Sofa lag lang ausgestreckt ein dunkelhaariger Junge, der ihn durch halb geschlossene Lider wortlos betrachtete.

»Wo hast du die ganze Zeit gesteckt?«, wollte der Blonde wissen. Er klang aufgeräumt, als begrüße er einen lang vermissten Freund, Benny fand das irritierend. »Ich habe vorhin gehört, dass du angekommen sein sollst, aber niemand hat dich gesehen.«

»Hier und da«, sagte Benny vage.

Es war sehr still, und ihn beschlich der Eindruck, dass alle aufmerksam lauschten. Sollte ihm auch egal sein. Das Sofa war tief und nicht zu weich, sehr bequem, alles andere kümmerte ihn nicht.

Der andere nickte. »Umgesehen hast du dich also. Und, wie gefällt es dir?«

Benny zuckte mit den Schultern. »Ganz okay.«

»Ich hätte am ersten Tag kotzen können.«

Überrascht blinzelte Benny. »Was?«

Der Blonde griff nach einem Glas mit Wasser und lehnte sich zurück, seine Mundwinkel bogen sich spöttisch nach unten. »Na, ich fand's nicht *ganz okay*. Meine Eltern haben beschlossen, dass ich hierher gehen soll, direkt nach der Grundschule, und haben mir die ganze Zeit erzählt, wie wichtig das sei und wie privilegiert ich mich fühlen müsse, bla bla bla. Ich hab gar nix gerafft. Ich bin natürlich seit der ersten Klasse hier, da war ich elf. Sind hergekommen, es war Herbst, genau so einer wie jetzt auch. Arschkalt, hat die ganze Zeit nur geregnet, überall war es kalt und klamm und riesengroß, auf einmal hatte ich Schiss, was die hier wohl von mir wollen und ob ich es überhaupt kann, im Schlafsaal waren ein paar Idioten, die nichts Besseres im Kopf hatten, als jedem blöde Streiche zu spielen, und mein Bett lag ausgerechnet neben einem der ihren … na, kannst es dir ja vorstellen. Am ersten Morgen waren die Ärmel meiner beiden Uniformen mit doppelseitigem Klebeband verklebt. Die Hosenbeine auch. Weiß der Teufel, wie die das in der Nacht geschafft haben, ohne dass ich was gemerkt habe. *Ich* hatte nämlich das Gefühl, ich hätte die ganze Nacht kein Auge zugetan.« Grinsend schüttelte er den Kopf. Sein Mund war groß und voller gerader, blitzend weißer Zähne. Unwillkürlich grinste Benny zurück. »Und inzwischen?«

»Was?«

»Na, wie findest du es inzwischen hier?«

Der Blonde musterte ihn mit schräg gelegtem Kopf. »Man überlebt's. Viel Arbeit, das steht mal fest. Aber der Unterricht ist teilweise ganz brauchbar. Und hast du schon die Sportanlagen gesehen?«

»Ich habe noch gar nichts gesehen außer ein bisschen Dorf, den See, die große Halle unten und lauter wahnsinnig aufregenden Korridoren. Und den Schlafraum natürlich.«

»Doch so viel.« Der andere nickte. »Wenn du willst, zeig ich dir morgen früh ein bisschen die Gegend. Nach dem Frühstück haben wir ungefähr eine halbe Stunde Zeit, bis die erste

Stunde anfängt. Ach – ich bin übrigens Oliver. Oliver Hegeling. Aus München.« Er streckte die Hand aus.

Benny schüttelte sie. Olivers Händedruck war kurz und fest und hätte Bennys Vater, der viel auf den richtigen Händedruck gab, maßlos beeindruckt. »Ach«, sagte Benny. »Der Prinz.«

Verwundert musterte ihn Oliver, dann entblößte er wieder grinsend die langen weißen Zähne. »Richtig. Einer von vielen. Aber ich bin sozusagen der König der Prinzen. Der Bayernprinz.«

»Wieso Prinz?«

»Weil meine Eltern so viel Geld haben, als würden sie es scheißen, und so viel Einfluss, dass ich mir hier auf Glen fast alles erlauben kann.«

Benny hob die Brauen.

»Tja.« Oliver breitete entschuldigend die Hände aus. »Was soll ich machen? Das ist nun mal die offizielle Definition.«

»München«, sagte Benny zweifelnd. »Du klingst wie …«

»Sprich's ruhig aus. Wie ein Schotte.« Oliver lachte. »Steckt an. Wirst schon sehen.«

»Nettes Angebot, das mit dem Rundgang, aber ich soll morgen früh zur Direktorin.«

»Zur Rutherford! Oh.«

»Wie ist die?«

Oliver zuckte mit den Schultern, leerte das Glas mit einem Schluck und knallte es auf den Tisch. »Hab noch nicht mit ihr zu tun gehabt – hier klären wir ja das meiste untereinander. Und sie ist ja ganz neu hier. Nur ihre Begrüßungsrede gestern Abend, mehr habe ich von ihr noch nicht gesehen oder gehört. Und das war halt das übliche Gefasel.« Er nickte zum gegenüberliegenden Sofa hinüber. »Das da ist Nicholas Hunter, er ist auch in unserem Zimmer.«

Mit mürrischem Gesicht streckte Nicholas eine Hand über den Tisch. Benny beugte sich hinüber, um sie zu schütteln.

»Hunter geht zum Lachen nicht nur in den Keller, sondern zieht sich außerdem noch einen Sack über den Kopf. Nimm's nicht persönlich, er weiß einfach nicht, wozu man Energie mit so etwas Unrentablem wie einem Lächeln verschwenden soll.«

»Ha ha«, erwiderte Nicholas, ohne eine Miene zu verziehen. »Kann ja nicht jeder so urkomisch sein wie du. Willkommen jedenfalls.« Es klang wie das Grunzen eines leicht gereizten Kettenhunds.

»Er ist wirklich ganz harmlos«, versicherte Oliver wohlwollend.

»Ich geb dir gleich harmlos«, knurrte Nicholas, lehnte sich zurück und vertiefte sich wieder in sein Buch.

»Das da ist Callahan.« Mit einem Kopfnicken deutete Oliver auf einen Jungen, der neben dem Kamin in einem Sessel hockte, die Beine über die Lehne geschwungen, und offenbar nichts anderes tat, als sehr konzentriert mit den Füßen in der Wärme des Kaminfeuers herumzuwackeln. »Patrick Callahan. Und ja, er ist Ire. Nein, er hat keine roten Haare. Du kannst ihn trotzdem Paddy nennen.«

»Oder du kannst es lassen«, ergänzte Callahan grinsend und winkte Benny lässig zu. »Hi. Willkommen und so.« Seine Segelohren waren fast so prächtig wie die von Leslie.

»Mister Daniel Green lernst du später kennen, er ist in der Bibliothek. Unser Mathegenie. Tja, und als Letzter wäre da noch Dickie.«

Der lang ausgestreckte Junge auf dem dritten Sofa richtete sich auf einen Ellbogen auf. »Richard Dickenson«, sagte er würdevoll. »Ganz einfach Richard. Ein ehrwürdiger alter Name, gut genug, um ihn auch zu benutzen. *Rich* lasse ich mir noch gefallen, dann muss gut sein. Diese Abkürzerei ist doch für'n Arsch. Wieso nennst *du* dich Benny, wenn du Robin heißt?«

»Benedict. Robin Benedict. Hat sich irgendwie so ergeben, dass mich alle Benny nennen.«

»Benedict. Gefällt mir. Was ist gegen Benedict einzuwenden?«

»Könnte man auch Dickie abkürzen«, sinnierte Oliver. »Allerdings … wenn es nach den Speckrollen geht, Rich, behältst du den Namen. Erwähnte ich schon, dass mir auffiel, dass du über den Sommer ganz schön gewachsen bist … in die Breite?«

Richard schnaubte. »Nur keinen Neid, Mister Vogelscheuche. Während du dich in Tokio als Mister Hegeling junior auf irgendwelchen langweiligen Geschäftsreisen wichtig gemacht hast, hatte *ich* Zeit für die schönen Dinge des Lebens. Zum Beispiel für Schokoladentorte und jede Menge Eisbecher.«

Oliver grinste spöttisch. »Robin Benedict Reutter, was? *Rob Roy.* Wie passend. Stiehlst du Rinder?«

»Wie bitte?«

Tadelndes Kopfschütteln. »Du willst mir aber nicht erzählen, dass du die Geschichte unseres schottischen Volkshelden Rob Roy nicht kennst? Also, pass auf, das war …«

»Ich glaub, es wird Zeit«, unterbrach ihn Richard.

»Oh.« Oliver warf einen Blick auf die Uhr. »Richtig. Höchste Eisenbahn. Es geht um meine Ehre.«

»Es geht um Geld«, korrigierte Richard.

»Das auch, das auch. Aber vor allem ist es eine Ehrenwette unter Gentlemen. Rob Roy, du hast sicher die Herren bemerkt, die rausgingen, kurz bevor du reinkamst, richtig?«

»Richtig«, sagte Benny vorsichtig.

»Das waren die Herren Cooper und seine tapferen Möchtegernschneiderlein.«

Benny schaltete schnell. »Du meinst, die, die dir deine Uniform zugeklebt haben?«

»Beide. Beide Uniformen. Ganz genau die. Nun, es gibt entwicklungsfähige Menschen, und es gibt Miles Cooper und seine treue Gefolgschaft. Du musst wissen, in Coopers Kopf ist ganz genau genug Platz, um seine riesige rosa Zunge unterzubringen, ein Kaugummi und die knappe Handvoll eher weicher Hirnmasse, die für die Aufrechterhaltung grundlegender Lebensfunktionen zuständig ist. Wenn er einmal etwas hatte, was er für eine gute Idee hält – meistens irrtümlich –, dann hält er daran fest, bis er tot ist. Da er aber noch nicht tot ist, sondern ausgesprochen lebendig, wird er es auch noch immer für eine äußerst originelle Idee halten, einem Neuen die Uniformen zuzukleben. Jetzt, wo es endlich mal einen Neuen gibt.«

»Ich glaube ja«, ließ sich Richard vernehmen, »er hat sich für Benny hier was Neues ausgedacht.«

»Sicher ist jedenfalls«, fuhr Oliver fort, »dass just in diesem Augenblick einer von ihnen im Flur Schmiere stehen wird, ganz unauffällig …«

»… ich tippe auf Stone«, warf Richard gemütlich ein.

»… während die anderen in unserem Zimmer sind und Unheil anrichten. Und zwar an deinen Sachen. Ob sie gekautes Kaugummi in deine Socken stecken, alle linken Socken stehlen, die Uniformen zukleben …«

»… irgendwelche garstigen Insekten unter dein Kopfkissen legen …«

»… oder«, sagte Oliver, »wie ich vermute, ihr unvermeidliches Klebeband ausrollen – es ist jedenfalls besser, sie baldmöglichst zu unterbrechen. Etwas Gutes kommt dabei nicht heraus. Bist du bereit, dein Hab und Gut zu verteidigen, notfalls mit deinem Leben?«

»Lieber würde ich was essen«, gab Benny zu, den das wohlkoordinierte Pingpong der beiden amüsierte, obwohl er sie ein bisschen blasiert fand. »Aber natürlich, wenn sie mir garstige Insekten in die Socken stecken …«

Richard pfiff durch die Zähne. »Eine schöne Variante!«, rief er aus.

»… dann muss ihnen Einhalt geboten werden.« Benny zuckte mit den Schultern. »Wie viele sind es? Vier?«

»Richtig«, sagte Oliver und nickte anerkennend. »Ein gutes Auge für den Feind hat er, unser Rob Roy, das muss ich schon sagen. Und wir sind fünf – du und ich und Dickie hier und natürlich Callahan, der sich als Ire, wenn er auf Glen schon nicht trinken darf, wenigstens zünftig prügeln muss.«

Patrick Callahan wackelte mit den Ohren und prostete ihm mit einer imaginären Flasche zu.

»Und Nicholas«, fügte Oliver hinzu. »Allerdings nicht, weil es ihn interessiert, sondern weil er muss. Denn uns nicht bei der Verteidigung unserer Räumlichkeiten zu helfen, wäre unverzeihlich.«

»Leck mich«, knurrte Nicholas, schlug aber seufzend sein Buch zu. »Ja, gut, ich komme mit. Glaube aber persönlich nicht, dass die bei uns im Zimmer sind. Und dann?«

»Du kannst gern in die Wette mit einsteigen«, bot ihm Oliver zuvorkommend an. »Zwanzig Pfund in den Topf. Und den Topf, also sechzig, bekommst du, wenn sie nicht in unserem Zimmer sind. Verkleben sie die Uniformen, ist es mein Geld. Pinkeln sie in Rob Roys Bett, hantieren mit Insekten, kauen Kaugummi zur Verwendung für schändliche Zwecke oder sind anderweitig kreativer als erwartet, ist die Kohle Eigentum von Dickie, und ich nenne ihn einen Monat lang Sir Richard, und wenn ich mich dabei übergeben muss.«

»Mach nur«, sagte Richard, offenbar angetan von der Vorstellung. »Ich würde dir sogar den Eimer halten, will mal nicht so sein.«

Zögernd schaute Nicholas von einem zum anderen. »Gut«, brummte er. »Zwanzig.« Er streckte die Hand aus, schüttelte erst die von Oliver, dann die von Richard, der die Beine vom Sofa schwang, aufstand und sich streckte. »Auf«, sagte er.

Gemeinsam verließen sie das Kaminzimmer. Als sie den Gang hinunterschlenderten, überkam Benny so plötzlich ein so fremdes und irritierendes Gefühl, dass er im ersten Augenblick nichts damit anzufangen wusste. Es war lange her, dass er es verspürt hatte – damals, in der Grundschule, als er und Erik und Liam und Jan zusammen so irrsinnig aufregende Abenteuer erlebt hatten wie etwa das, verbotene Streifzüge durch die Gärten benachbarter Reihenhäuser zu unternehmen, wobei sie einmal sogar fast erwischt worden wären. »Wir vier«, hatte Erik gern gesagt, und sie hatten mit bedeutungsvollen Mienen die Handflächen gegeneinander geschlagen. Ein bisschen unbehaglich registrierte Benny, wie ihn das unerwartete Rudelgefühl im Innersten wärmte. Er rief sich in Erinnerung, dass er die anderen nicht kannte, ebenso wenig wie sie ihn. Und er hatte schließlich nicht vor, sich auf Glen mit irgendwem anzufreunden.

Tatsächlich stand vor der Tür ihres Schlafraums eine einsame Gestalt, die bei ihrem Auftauchen hektisch wurde und gegen die Tür klopfte, ihnen dann unsicher entgegenlächelte und zwei Schritte zurückwich.

»Hallo Stone«, grüßte Oliver. »Wir sind plötzlich alle gleichzeitig sehr, sehr müde geworden. Seltsam, oder?«

»Äh – sicher«, erwiderte Stone. Er war klein, hatte ein Spitzmausgesicht und einen topfartigen Haarschnitt, von dem Benny nicht gewusst hatte, dass er in diesem Jahrhundert noch vorkam. »Kommt vor. Dann schlaft mal gut.« Verunsichert schaute er mit kleinen Nagetieraugen von einem zum anderen. Ohne ihn weiter zu beachten, stieß Oliver die Tür auf und marschierte hinein. »Oh!«, rief er überrascht aus. »Wir haben ja Besuch! Wie unerwartet – und wie schön!«

Mitten im Zimmer standen drei Jungs. »Hegeling«, sagte einer von ihnen, es war der, der Benny vorhin als Erster entgegengekommen war. Ein bemühtes Lächeln flackerte über sein Gesicht. »Du … du fragst dich sicherlich …«

»Was ihr hier treibt?« Oliver legte eine Hand ans Kinn und musterte ihn. Hinter ihm flankierten Richard und Callahan die Tür, Benny und Nicholas standen eher unsortiert in der Gegend herum. »Du hast Recht, Cooper«, sagte Oliver schließlich. »Das frage ich mich tatsächlich.«

»Nun.« Miles Cooper räusperte sich. Er war untersetzt, hatte sehr kurzes, akkurat gescheiteltes, schmutzig blondes Haar und die winzigste Nase, die Benny je gesehen hatte. Sie sah aus, als hätte jemand einen kleinen, dreieckigen Knopf unter die Haut gesteckt. Seine Augen huschten unruhig hin und her. Er sah nach nichts aus. Niemand, mit dem sich Benny freiwillig beschäftigt hätte. »Wir dachten uns, wir schauen mal, ob der Neue da ist.«

»So.«

»Ja. Um hallo zu sagen. Aber da ist er ja. Hi. Willkommen.« Coopers Blick irrte zu Benny, er nickte ihm zu, ohne ihn richtig anzuschauen.

»Wir haben uns schon gesehen«, sagte Benny, der sich von Olivers lässigem Spott anstecken ließ. »Vorhin, im Flur. Erinnerst du dich? Da muss dir irgendwie vollkommen entgangen sein, dass wir uns nicht kennen und ich dann wohl vermutlich der Neue bin.«

Oliver drehte den Kopf und betrachtete ihn kurz, es schien Benny, als läge Anerkennung in seiner Miene.

»Ja, äh«, murmelte Cooper. »Im Flur war es recht dunkel. Ich habe dich wohl nicht erkannt.«

»Du hast nicht erkannt, dass du ihn nicht erkannt hast, willst du wohl sagen«, half ihm Oliver zuvorkommend aus.

»Richtig. Jedenfalls – willkommen auf Glenshee Castle. Ich hoffe, du fühlst dich hier wohl.«

»Du lohnst dich einfach nicht, Cooper«, stellte Oliver betrübt fest. »Du bist von Kopf bis Fuß so blöd, dass es raucht. Komm schon, was habt ihr gemacht – die Uniformen zugenäht? Fuchskacke in den Schuhen? Sag es mir und erspar es uns, nachzusehen.«

Ein kurzer Blick von Cooper, und er und die beiden anderen Jungs stürmten wie einer geheimen Absprache folgend vorwärts. Einen von ihnen packte Oliver am Kragen. Cooper musste auf seinem Fluchtweg zur Tür an Benny vorbei – das Problem, dass dort zwei weitere Leute standen, schien er erst einmal auf später zu verschieben. Halbherzig und mehr einem Reflex folgend griff Benny nach ihm. Da bekam er einen so harten Stoß in den Magen, dass er taumelte.

Übelkeit wallte in ihm auf. Und mit der Übelkeit kam etwas anderes, etwas Vertrautes. Es ging so schnell, dass sein Verstand nicht mitkam, so wie immer. Es war, als breche etwas Riesiges aus der Tiefe seines Bewusstseins hervor, dessen Oberfläche eben noch so still gewesen war wie der bleifarbene See vor den Toren von Glen. Das, was da auftauchte, hatte Zähne und Klauen und tausend Tentakel. Benny taumelte einen halben Schritt zurück, der Schmerz breitete sich von seinem Magen in den ganzen Körper aus und wurde dann weggewischt, von blinder Wut weggeschwemmt wie eine lächerlich winzige Sandburg von einer meterhohen Flutwelle. Es war, als werfe ihn der Zorn aus seinem eigenen Körper. Er *sah*, wie er vorwärtssprang, sah es, als wäre es nicht er selbst, sah, wie er Cooper von hinten am Schopf packte und zurückriss, und zugleich spürte er es, spürte die haargelsteifen, trockenen, harten Borsten zwischen den Fingern, fühlte den Ruck, der durch den Leib ging, den er da gepackt hatte, spürte die rohe Kraft, die durch seinen Körper flutete.

Er sah, wie er Cooper immer noch gepackt hielt und ausholte. Er hatte sogar noch genug Zeit zu denken. Das Geschehen hatte sich absurd verlangsamt. *O Scheiße, nein,* dachte er. Aber es war unausweichlich, und die Kraft, die seinen Körper erfüllte, was ungleich stärker. War köstlich. War unwiderstehlich. Er hörte sich knurren. Seine Faust stieß hinunter, direkt in Coopers Gesicht mit den weit aufgerissenen Augen, direkt auf die lächerlich winzige Nase. Benny spürte, hörte und sah, wie sie brach. Ein trockenes Knacken, die plötzliche Nachgiebigkeit unter seiner Faust, ein Blutschwall.

Stopp!, hallte ein schwaches Echo durch seinen Kopf. Es war, als riefe es eine schwächliche, dünne Stimme aus vielen Kilometern Entfernung, während mitten durch seinen Kopf ein Güterzug raste.

Er holte noch einmal aus und schlug mit aller Kraft zu, mitten in dieses dumme Gesicht, das sich in tausend Fragmente aufgelöst hatte, da ein Auge, weit aufgerissen, da noch eins, ein schreiender Mund, die blöde kleine Nase, es machte nichts, mitten hineinzuschlagen. Über dem Rauschen und Brausen in seinem Schädel hörte er nichts anderes mehr. Keinen Schrei, nicht seinen Namen, gar nichts.

Als er zum dritten Mal ausholte, packte ihn jemand und zerrte ihn von den Augen, dem Mund, der Nase weg. Knurrend wehrte er sich, befreite sich fast aus dem Griff, weitere Hände packten zu, seine Füße schleiften über den Boden, traten zu und trafen Schienbeine. Falls jemand aufschrie, hörte er es nicht. Er selbst riss den Mund auf, brüllte vor Wut, wollte nur wieder zurück, wollte frei sein und weiter zuschlagen. Bis das Gesicht kaputt war.

Ein Schatten tauchte vor ihm auf. Jemand schlug ihm ins Gesicht. Er spuckte und fauchte und schnappte. Eine weitere Ohrfeige. Dann, mitten durch das Getöse, plötzliche Kälte und Nässe. Das erreichte ihn. Mühsam schüttelte er den Kopf, blinzelte durch nasse Wimpern. Seine Zähne waren noch immer in einem besinnungslosen Knurren entblößt. Aber die Tentakel zogen sich zurück, sie hinterließen blutige Spuren in ihm, Leere. Der Zorn war noch da, aber das Rauschen ebbte ab. Blinzelnd starrte er in ein Zimmer, dessen Konturen wieder auftauchten, als verwehe dichter Nebel. Sah eine aschfahle, ovale Fläche vor sich. Es dauerte drei oder vier Herzschläge, bevor er die Fläche als Gesicht identifizierte. Ein bleiches Gesicht, das ihm vage, sehr vage bekannt war. Zwei weitere Herzschläge, dann folgte der Erkenntnis ein Name: Richard. Es war Richard, der direkt vor ihm stand und ihn anstarrte, eine halb leere Wasserflasche in der Hand.

Die Kraft wich aus seinem Körper. Auf einmal fühlte er sich schwach wie ein kleines Kind. Er klappte die Lippen zurück über die Zähne, die Lippen waren zu klein, die Zähne zu groß, es erforderte Präzision, sie mit dem bisschen Fleisch und Haut zu verdecken. Die Welt war wie ein Puzzle, das er allmählich zusammensetzte. Da stand Richard. Dort krümmte sich Miles Cooper am Boden, zwei seiner Freunde beugten sich über ihn. Links und rechts von ihm Leute, die ihn festhielten. Riesige Betten, ein hoher Raum. Schottland. Er war in Schottland. Die Fremdheit der Welt ließ ihn zurückschaudern.

Dann kehrten auch die Geräusche zurück, sein heftiger Herzschlag, ein hohes Wimmern, das von Cooper stammte, keuchender Atem – sein eigener. Er schluckte Speichel und atmete tief aus.

»Geht's wieder?«, fragte Richard tonlos. Seine Lippen bewegten sich, bevor die Worte ankamen, die Wirklichkeit war nicht gut synchronisiert.

Benny nickte. »Ja. Ja, geht wieder.« Ganz glaubte er sich selbst nicht, und seine Stimme klang fremd und heiser. Das hohe Winseln von Cooper ging ihm auf die Nerven.

»Heilige Scheiße«, stieß Richard hervor. »Heilige … heilige Scheiße, Mann.«

Vorsichtig ließen die beiden ihn los, es waren Oliver und Callahan, beide ebenso bleich wie Richard. Mit dem Ärmel wischte sich Benny über das Gesicht. Mit der Klarheit kam die Scham. Coopers Winseln wurde zu Worten. »Du hast«, keuchte er, »du hast mir … du hast … mir … die Nase gebrochen. Du hast …«

Nicht einmal Oliver machte irgendeinen Spruch. Stattdessen reichte er Cooper ein Taschentuch. Cooper riss es ihm aus der Hand und drückte es an die Nase, schrie auf und warf es fort. Es war blutgetränkt. Fassungslos starrte er seine blutige Hand an.

»Tut mir leid«, sagte Benny tonlos. Er war weit fort, oder das hier war weit fort, auf jeden Fall war er ziemlich sicher, dass das hier nicht echt war. Als könne er die Zeit anhalten, im Raum umhergehen und alles berühren, zurechtrücken, es war eine Kulisse voller Requisiten, und vielleicht stand auf dem einen oder anderen Möbelstück oder Jungen oder der Fensterbank *Made in China*. Er unterdrückte ein Lachen, es wäre schwierig zu erklären gewesen.

»Es tut dir *leid*?«, kreischte Cooper, und Benny schaute ihn stumpf an und versuchte, interessiert auszusehen.

»Glaub mir, *noch* tut es dir nicht leid, aber das wird es, es wird dir leidtun, worauf du dich …«

Er verstummte. Alle verstummten. Benny folgte den Blicken. In der Tür stand Alasdair, hinter ihm zwei weitere Schüler.

Alasdairs Blick erfasste rasch und kühl die Anwesenden, das blutige Taschentuch, ruhte schließlich auf Benny. Er kam herein, zwei gemessene Schritte.

»Er hat mir die Nase gebrochen«, zischte Cooper und zeigte anklagend auf Benny. »Er hat mir einfach die …«

»Ist ja noch dran«, erwiderte Alasdair leise.

»Aber …«

Ein Blick brachte ihn zum Schweigen. Keiner rührte sich.

»Interessanter Einstand«, bemerkte Alasdair schließlich und betrachtete Benny wie einen Gegenstand, der am falschen Ort herumstand. Da Benny im Grunde ganz seiner Meinung war, schwieg er. Sie betrachteten einander. In Alasdairs Blick schlich sich Irritation.

»Morgen nach dem Frühstück findest du dich wie geplant bei der Direktorin ein«, versetzte er schließlich. »Und du«, er wandte sich an Cooper, »du auch. Jetzt gehst du erst einmal auf die Krankenstation und lässt deine Nase anschauen.«

»Ich muss ins Krankenhaus«, jaulte Cooper empört auf.

»Die Krankenstation wird fürs Erste reichen«, erwiderte Alasdair nüchtern. Dann warf er Oliver einen langen Blick zu, den der unbehaglich erwiderte, wandte sich ab und ging. Die beiden anderen folgten ihm beflissen. Benny war, als fiele ein imaginärer Vorhang. Stille senkte sich über das Zimmer.

»Das wirst du …«, giftete Cooper.

»Raus«, sagte Oliver tonlos.

»Du …«

»Du hast mich gehört. Raus. Und zwar jetzt. Du und dein Gesocks.« Mit einem gereizten Nicken umfasste er alle drei. »Packt euch.«

Tatsächlich rappelte sich Cooper auf, warf Benny einen hasserfüllten Blick zu und humpelte hinaus, gestützt von seinen Getreuen. Hinter ihnen fiel die Tür zu. Die fünf verbleibenden Jungs standen mit hängenden Armen da und schauten im Zimmer umher, als wüssten sie nicht recht, wo sie sich befanden.

»Tja«, sagte Oliver irgendwann.

»Hm«, machte Richard.

»Pfui Teufel«, sagte Patrick Callahan, hob mit spitzen Fingern das blutige Taschentuch auf und warf es aus dem Fenster. »Coopers Blut und Rotz muss ich wirklich nicht im Zimmer haben. Himmel, was hat der geflennt. Man hätte ja meinen können …« Ratlos verstummte er.

»Man hätte meinen können, du willst ihn umbringen«, sagte Oliver und schaute Benny forschend an.

»Tut mir wirklich leid. Ich weiß nicht, was …« Unangenehm berührt davon, dass er im Begriff war zu behaupten, so etwas sei ihm noch nie passiert, verstummte Benny. »Ich meine«, setzte er neu an, »ich werde manchmal – wütend. Aber selten so sehr. Ich weiß nicht genau … es tut mir jedenfalls leid. Ehrlich. Es tut mir leid.«

»Och«, machte Oliver. »Um ehrlich zu sein, wollte ich schon lange mal sehen, wie jemand Cooper die dumme Fresse einstampft. Keine halben Sachen, richtig?«

Verlegen kratzte sich Benny an der Schulter. Seine Haut prickelte. Er sehnte sich nach der Kraft, die ihn eben noch durchflutet hatte. Jetzt fühlte er sich so schlapp wie ein nasses Stück Klopapier. Und elend. Hundeelend.

»'nen ganz schönen Schlag hast du drauf, muss ich schon sagen«, bemerkte Nicholas. Dabei sah er nicht freundlicher aus als sonst, obwohl er sich offenbar bemühte, aufmunternd zu klingen.

Benny zuckte nur mit den Schultern.

»Mal schauen«, murmelte Oliver, riss sich sichtlich aus der Starre und marschierte direkt zu Bennys Schrank. Er öffnete ihn und schaute hinein. Dann nahm er eine der Uniformen heraus und hielt den anderen einen Ärmel entgegen. Er war zugeklebt.

»Leck mich doch«, knurrte Richard.

»Eigentlich wollte ich Cooper und seine fleißigen Mädchen zwingen, die Ärmel wieder aufzutrennen.« Olivers Grinsen geriet etwas schief. »Aber dafür, dass ich zusehen konnte, wie ihm jemand die Nase bricht, tu ich's auch gern selbst, das ist es mir wert. Hat man schon mal jemanden so jammern hören?«

»Ja«, brummte Richard, wühlte in einem anderen Schrank herum und förderte zwei Zehn-Pfund-Noten hervor, die er Oliver reichte. »Mich. Verdammte Scheiße.«

Widerwillig bequemte sich auch Nicholas zu seinem Schrank, beglich seine Schulden und ließ sich aufs Bett plumpsen, wo er finster vor sich hinstarrte.

»Und was passiert jetzt?«, erkundigte sich Benny. Alle Farben schienen ihm zu intensiv, Olivers helles Haar gleißte, die Flammen waren orangerot wie glühende Lava, der schwache Schimmer des polierten Holzfußbodens blendete ihn.

»Jetzt bringen wir erst einmal die Uniformen wieder auf Vordermann«, sagte Oliver munter. »Schau, sie haben nur zwei Ärmel und ein Bein geschafft. Verdammtes Pack. Können sie nicht wenigstens nähen, statt alles zuzukleben? Sei vorsichtig, dass du keine Fäden rausziehst.«

»Wegen der Sache, meine ich. Wegen … der Nase und so. Was passiert jetzt?«

»Das sehen wir morgen«, stellte Oliver fest. »Hast du Nähzeug? Nein? Dachte ich mir. Aber ich hab welches. Sehr hilfreich, um das Zeug abzubekommen.«

Nebeneinander auf dem Bett sitzend, machten sie sich daran, das Klebeband wieder zu entfernen. Im Kamin knisterte das

Feuer, und nach einer Weile fingen Richard und Oliver wieder an, rumzublödeln. Callahan, der es sich mit einem Buch im Sessel beim Kamin gemütlich gemacht hatte, warf irgendwann Benny einen kurzen Blick zu, lächelte, als Benny ihn dabei erwischte, und vertiefte sich wieder in die Seiten. Es war seltsam gemütlich, und Benny spürte zu seinem Erstaunen Furcht vor dem nächsten Morgen in sich aufsteigen. Furcht davor, rausgeworfen zu werden? Er wusste es nicht.

Du musst dich in den Griff bekommen, hatte Erik gesagt. *Ehrlich, Mann. Krieg dich in den Griff. Das ist nicht mehr witzig.*

Er wünschte, er wüsste, wie er es anstellen sollte. Der Idiot vom Anti-Aggressionstraining hatte gesagt, er solle innerlich bis zehn zählen. Und für so billige Tipps wurde tatsächlich jemand auf dieser verkorksten Welt bezahlt. Wenn Benny bei solchen Anfällen die Zeit gehabt hätte, einen klaren Gedanken zu fassen, dann wäre es nicht nötig gewesen zu zählen, dann wären ihm sicher durchaus bessere Argumente eingefallen, nicht zuzuschlagen, als die Tatsache, dass auf die Eins eine Zwei folgte und dann die Drei und so weiter. Den darauffolgenden Ärger war es jedenfalls sicher nicht wert. Immerhin hatte sich Benny, um weitere Sitzungen zu vermeiden, daraufhin aus allem rausgehalten, was auch nur ansatzweise danach aussah, als könnte es ihn aufregen – was auch bedeutete, dass er nach Möglichkeit nicht mehr mit seinem Vater sprach. Das war auch wieder nicht richtig gewesen.

Und als er dann nach einem halben Jahr wieder zugeschlagen hatte, weil so ein Arschgesicht aus der Zehnten ihm einen glühenden Zigarettenstummel ins Gesicht geschnippt hatte, war die Aufregung groß gewesen. Ein schlimmer Rückfall, hatten alle gefunden, und sich gefragt – angesichts seiner immerhin drei Gespräche mit diesem angeblichen Therapeuten, dessen Energie kaum ausreichte, um sich aufrecht zu halten, und der von Zorn etwa so viel verstand wie eine Made vom Marathonlaufen – ob er *überhaupt therapierbar* sei. Benny war zu müde gewesen, um zu erklären, dass es kein Rückfall gewesen sei, sondern einfach nur der nächste geeignete Anlass, um das Tentakelwesen wieder zu wecken, und im Grunde stimmte er ihnen ja zu, was die Frage seiner Therapierbarkeit betraf. Dieser Zorn hatte so wenig mit ihm zu tun, fand er, dass er gar nicht gewusst hätte, wo da jemand ansetzen sollte, um ihn aus Benny zu entfernen.

Irgendwann kam ein kleiner blonder Typ herein, mit den knallblauesten Augen, die Benny je gesehen hatte, und bekam eine Kurzversion der Ereignisse zu hören, in der Benny drei Leute zusammengeschlagen hatte, sich gebärdete wie Hulk persönlich, wenn man ihn schief anschaute, und Cooper mit dem Hubschrauber ins nächste Krankenhaus geflogen worden war, weil er wegen innerer Blutungen in akuter Lebensgefahr schwebte. »Keine Hirnblutungen, versteht sich«, betonte Oliver vergnügt.

»Cool«, sagte der Blonde ungerührt, der Benny als Daniel Green vorgestellt wurde. »Na, dann mal weiter so.«

Endlich waren sie fertig, und alles verzog sich in die Betten. Als das Licht gelöscht war, blieb nur schwacher Mondschein, der vom endlich halbwegs klaren Himmel durchs Fenster direkt auf die Bettdecke über Bennys Füßen fiel, ab und zu durchbrochen von vorbeiziehenden Wolken. Er fühlte sich wie auf einem Schiff, als schwanke die ganze Burg unter den Füßen des Betts. Ihm war ein wenig übel vor Erschöpfung.

»Erzähl der Rutherford morgen die Wahrheit«, sagte Oliver irgendwann aus der Dunkelheit. »Sie wird es ohnehin schon wissen.«

Mühsam tauchte Benny aus der anderen Wirklichkeit auf, in der er auf einem Schiff unterwegs gewesen war zum Ende der Welt, das es dort wirklich gab – ein Ort, an dem das Meer abwärts stürzte, niemand wusste, wohin. Es dauerte einen Augenblick, bis er seine Stimme wiederfand. »Und woher?«

»Von MacGregor.«

Eine Weile Stille. »Aber der weiß doch auch nicht genau, was passiert ist«, wandte Benny dann ein. »Er ist doch erst ganz am Schluss dazugekommen.«

»Glaub mir, Sir Alasdair MacGregor weiß es.« Olivers Stimme klang belustigt, aber Benny glaubte auch einen anderen Unterton darin zu hören, er wusste nur nicht, was es war. Spott? Widerwillen? »Erzähl einfach, was passiert ist. Falls sie dich überhaupt danach fragt. Erzähl es einfach so, wie es war.«

»Okay.«

»Die Rutherford ist nicht das Problem«, sagte Oliver da. »Sei einfach höflich und gib zu, dass du Scheiße gebaut hast. Sie entscheidet nicht darüber, ob du bleibst.«

»Sondern?«

»Die MacGregors natürlich. Alasdair, seit sein Vater nicht mehr da ist.«

»Alasdair? Aber der ist …«

»Nur ein Schüler?« Oliver lachte leise. »Ja, so ist es. Und er verwaltet die Angelegenheiten auf Glen. Nicht allein, sicher. Vielleicht hält er genau jetzt Rücksprache mit seinem Herrn Papa. Egal. Jedenfalls: Wenn die Rutherford dir morgen nicht sagt, du sollst deinen Koffer packen, dann ist es gutgegangen. Dann fliegst du nicht. Aber damit ist es nicht vorbei. Denn dann kommen die Paten.«

»Die Paten?«, fragte Benny verwirrt.

»Die Rutherford erledigt die Sache offiziell. Inoffiziell werden die Paten euch noch zur Seite nehmen. Bloomsfield dürfte jetzt dein Pate sein, richtig?«

»Elvis. Elvis Bloomsfield, ja, ich glaube schon.«

»Und Ned Finley ist Coopers Pate. Sie werden beraten. Sie werden einen Beschluss fassen, und wenn du keinen Ärger haben willst, wirst du dich an diesen Beschluss halten. Bei der Rutherford ist wichtig, dass du nickst und einsichtig bist und dein Verhalten bereust. Bei den Paten ist wichtig, dass du tust, was sie sagen.«

Im Dunkeln runzelte Benny die Stirn. »Klingt … komisch.«

»Ist hier aber so«, erwiderte Oliver ruhig.

»Und wenn ich nicht tu, was sie sagen?«

»Dann kommst du hier auf keinen grünen Zweig. Verdirb es dir nicht gleich am zweiten Tag mit deinem Paten. Wenn er nicht mit dir fertig wird, dann bleibt es an ihm hängen. Er gibt es dann weiter an seinen Paten. Dann kümmert der sich.«

»Und was machen die – schlagen die einen zusammen?« Er versuchte, es ganz trocken zu fragen, aber er hörte selbst, dass seine Stimme ein wenig belegt klang.

Kurz herrschte Stille.

»Natürlich nicht«, erwiderte Oliver zurückhaltend. »Es gibt nicht viel Gewalt auf Glen. Das war in deiner alten Schule vielleicht anders?«

Im Dunkeln zuckte Benny mit den Schultern. Nein, durch besondere Gefährlichkeit war seine Schule wirklich nicht aufgefallen. Zu den erschreckenden Statistiken, die nahelegten, dass sich eine kleinere Armee auf einer durchschnittlichen Schule kriegsfertig ausrüsten könnte, hatte sie jedenfalls nicht viel beigetragen – bei Licht betrachtet eine erschreckend nette und erschreckend langweilige Schule, auf der Bennys Wutanfälle noch für wirkliches Entsetzen sorgten statt für resigniertes Schulterzucken.

»Gewalt wird hier wirklich nicht gern gesehen. Auf Glen gibt es andere Methoden. Wird schon nicht so schlimm – tu einfach, was sie sagen. Bring es hinter dich und vergiss es.«

»Hm«, machte Benny. »Mal schauen.«

Wieder senkte sich Schweigen herab, es war wie eine dicke, flauschige, schwarze Decke und begrub ihn unter sich. Zutiefst erschöpft wollte er sich ihr gerade ergeben, da fuhr ihm plötzlich ein Gedanke durch den Kopf, so scharf und schneidend wie ein heißes Messer. »MacGregor!«, rief er aus.

»Bitte was?«, murmelte jemand, es klang nach Richard.

»Leslie MacGregor«, sagte Benny. Sein Herz schlug schnell.

Kurz sagte niemand etwas. Dann Olivers Stimme, träge und heiser vor Müdigkeit. »Ach, hast du sie getroffen? Leslie MacGregor, richtig. Alasdairs reizendes kleines Schwesterchen.«

In Bennys Brustkorb hämmerten die Schläge, als schmiede jemand seine Rippen in eine neue Form. »Ach so«, sagte er.

Obwohl er glaubte, jetzt hellwach zu sein, schlief er überraschend schnell ein. Ganz plötzlich riss es ihn in den Schlaf, als habe ihn etwas gepackt und unter Wasser gezogen. Ganz kurz vorher, schon mit einem Fuß im Reich der Träume, glaubte er unter dem Fenster ein seltsames Schnaufen zu hören, tief unten und weit entfernt, als schnüffle ein riesiger Fuchs oder irgendein anderes Vieh an dem blutigen Taschentuch, das Callahan aus dem Fenster geworfen hatte. Bevor er das jedoch gruselig finden konnte, war er eingeschlafen.

5 HENKERSMAHLZEIT

Der nächste Morgen katapultierte ihn mit solcher Wucht aus dem Schlaf, als hätte ihn jemand aus dem fünften Stock geworfen. Irgendwer hämmerte an die Tür, ringsum quollen Geräusche auf, fremd riechende Luft drang in seine Lungen, irgendetwas knallte, jemand schrie, ein anderer lachte. Keuchend fuhr Benny hoch und sah sich umzingelt von Fremdheit. Die riesigen Betten, blau gemusterte Tapeten, ein Zimmer voller Schatten und grellem Licht, das von der Decke flutete. Er blinzelte.

»Auf, auf«, rief ein dunkelhaariger Junge mit fast mädchenhaft hübschem Gesicht. *Richard,* erinnerte sich Benny.

»Ich zeig dir das Bad. Hopp, aus den Federn.«

Taumelnd stolperte er aus dem Bett, der Holzboden biss ihm mit kalten Zähnen in die bloßen Füße, er fand seine Pantoffeln erst nicht, dann nur den rechten, den linken entdeckte er halb unter dem Schrank, wie immer er dort hingekommen sein mochte. Der Kulturbeutel fiel ihm eher durch Zufall in die Hände, als er den Schrank öffnete. Verschwommen rauschte der kalte, hohe Korridor an ihm vorbei, dann öffnete sich eine Tür, dahinter gähnte ihn ein blau gefliester Waschraum an. Irgendwo rauschten Duschen, warmer Dampf ließ die langen Reihen der Spiegel beschlagen. Die Waschbecken waren emailliert und so riesig wie Futtertröge. Erst das kalte Wasser machte ihn wacher. Er machte eine Katzenwäsche und sah sich blinzelnd um. Lauter unvertraute Gesichter, etliche bloße Oberkörper, die meisten so dünn und jungenhaft wie sein eigener. Richard war fort, unter der Dusche, neben Benny stand Nicholas. Er war erstaunlich muskulös. Neidisch bemerkte Benny, wie selbstverständlich sich der Bizeps wölbte, als Nicholas mit ruhigen, gleichmäßigen Bewegungen die Brust mit einem nassen Waschlappen abrieb.

»Kaltes Wasser«, sagte er, als er Bennys Blick bemerkte. »Härtet ab. Ich wasche mich immer kalt.«

Benny spuckte Zahnpastaschaum und nickte. Jetzt, endlich wach, bemerkte er die verstohlenen Blicke, die ihm zugeworfen wurden. Gut zwei Dutzend Jungen drängten sich an den Waschbecken, es herrschte ein ständiges Kommen und Gehen, durch die auf und zu klappende Tür wehte ein kühler Luftzug nach dem anderen herein. Miles Cooper, Stone und die anderen entdeckte er nicht. Ihm fiel ein, dass er gleich das Gespräch mit der Rutherford haben würde. Unbehaglich fragte er sich, ob Coopers Nase wirklich gebrochen war. Er erinnerte sich nur verschwommen, aber es war ordentlich Blut geflossen. Bei der Erinnerung kroch ihm Röte ins Gesicht. Zugleich kam trotzige Resignation auf. Sollten sie ihn ruhig rauswerfen, wenn sie wollten – ihm konnte es gleich sein. Er mochte es nicht, geschubst zu werden, und in den Magen geschlagen zu werden, mochte er schon gar nicht. Das war seine letzte ganz klare Erinnerung – der Schlag in den Magen. Danach war alles ein Chaos aus wenig zusammenhängenden Erinnerungsfetzen.

Zusammen mit Nicholas Hunter und Patrick Callahan ging er zurück in den Schlafraum. Oliver schlief noch immer. »Der verpennt immer fast das Frühstück«, erklärte Callahan und wackelte vergnügt mit seinen riesigen Ohren. »Das ist ganz normal.« Sie zogen sich an, kurz darauf schloss sich ihnen ein vor Sauberkeit blitzender Richard an, und sie trabten nach unten und dort einen vor Leuten überquellenden Korridor entlang. Wie eine Flut aus Münzen, die in einen Automaten eingeworfen wurden, schwemmten die Schüler in verschiedene Säle, fein säuberlich nach Alter sortiert. Der Saal, der Benny und die anderen schluckte, war riesig und fasste bestimmt hundertfünfzig Schüler. Die Decke war schwindelerregend hoch, mehrere Kronleuchter ergossen ihr weiches Licht auf zwei lange gedeckte Tafeln. Und dort stand alles, was Bennys Herz begehrte. Kein Käsebrot oder so etwas Albernes, sondern dampfende Schüsseln mit dickem Porridge, über das man reichlich Zucker streuen konnte, gebackene Bohnen in einer herrlichen Tomatensauce, die ganz sicher nicht aus der Dose stammte, Cornflakes, heißer und kalter Kakao, duftender Toast, riesige Kannen mit Milch und Tee und Orangensaft. Vor lauter Glück schaufelte sich Benny den Teller so voll, dass es fast über den Rand quoll. Die gesalzene Butter schmeckte anders als die, die seine Mutter in Deutschland gekauft hatte, sie war fast sahnig und stand in tönernen Töpfen auf dem Tisch.

Jemand sagte etwas. Benny, gerade mit dem Porridge beschäftigt, drehte den Kopf. »Wasch?«

Richard grinste ihn an. »Ich sagte, dass du dir jedenfalls durch die Nervosität nicht den Appetit verderben lässt.«

Benny schluckte den Mundvoll Brei hinunter. »Hab seit gestern Morgen nichts gegessen«, erklärte er verlegen und fügte hinzu: »Außerdem ist es meine Henkersmahlzeit, richtig?«

Richard lachte und deutete mit seinem Löffel auf einen Jungen schräg gegenüber. »Morgan«, sagte er. »Lester Morgan. Das daneben ist Gil Darcy.«

Benny nickte in zwei fremde Gesichter. Lester Morgan war so dürr wie ein trockener Ast, Darcy hatte die Statur eines kleinen Arbeitsochsen und kniff beim Lächeln nicht nur die Augen zusammen, sondern das ganze Gesicht.

»Falls du nicht gleich von der Schule fliegst«, sagte Richard, »würden sie dich gern bei ihrem Haufen sehen.«

»Bei ihrem Haufen?«

»Na ja«, schränkte Darcy ein. »Nicholas hat erzählt, du hast einen ordentlichen Schlag drauf und keine Angst vor Körperkontakt. Das ist erst mal gut. Aber natürlich braucht es mehr als das. Leute, die sich nicht im Griff haben, können wir nicht brauchen.« Wieder verkniff er das ganze Gesicht zu einem Lächeln und zeigte dabei erstaunliche Mengen rosa Zahnfleisch, in dem kleine, runde Zähne steckten. »Ich leite die Anfängergruppe der Ringermannschaft. Morgan hier ist Boxer. Müsste man schauen. Wenn du Lust hast, sieh es dir mal an.«

»Danke«, sagte Benny. »Aber wenn ihr Leute braucht, die sich im Griff haben, bin ich ganz offensichtlich der Falsche.«

»Lernt sich alles«, versicherte ihm Morgan. »Ich war fast ein Jahr lang in einem Anti-Aggressionstraining. Durchatmen, bis zehn zählen, sich in das Gegenüber einfühlen, überlegen, welche Farbe die Wut hat. All so ein Scheiß. Hat nichts geholfen. Dann bin ich hergekommen und habe mit dem Boxen angefangen, und heute bin ich die Ruhe selbst. Du kannst mir die ganze Schüssel Porridge ins Gesicht knallen, kümmert mich nicht. Versuchs mal.«

Benny starrte ihn blöde an. Nach einem Augenblick brachen die beiden in Gelächter aus, Darcy klang wie ein asthmatischer Esel mit Schluckauf, Morgan wieherte heiser dazu, es klang erstaunlich harmonisch. Aus dem Augenwinkel sah Benny, wie sich Richard und Callahan mühsam das Lachen verbissen. Nicholas Hunter blickte nicht einmal auf.

»Scherz«, sagte Morgan vergnügt.

»Irgendwann macht das mal einer wirklich«, grunzte Darcy. Wieder wieherten beide los. Benny warf Richard einen ratlosen Blick zu, aber der zuckte nur mit den Schultern.

»Also«, sagte Benny, als sich die beiden beruhigt hatten. »Nettes Angebot, wirklich. Aber mit Boxen oder Ringen und so hab ich es nicht so, glaube ich.«

»Schade.« Darcy blinzelte ihn an. »Ewig schade. Was ist denn dein Sport?«

»Laufen«, sagte Benny. Ging das hier als Sport durch? An seiner alten Schule hatte nur richtig gezählt, was mit Bällen zu tun hatte. »Ich laufe sehr gern.«

»Ein Leichtathlet«, stellte Darcy fest.

»Noch einer«, sagte Morgan und verzog bedauernd das knochige Gesicht. »Welche Zeit läufst du?«

»Schnell genug.«

»Na, zutrauen tut er sich jedenfalls was. He, Graham!«

Fast am anderen Ende des Tischs wandte sich ihnen ein fragendes Gesicht zu.

»Hier ist jemand für euch. Ein Läufer.«

Graham nickte und winkte. Zögernd winkte Benny zurück. Da sah er Stone und die beiden anderen Typen von gestern. Von Miles Cooper keine Spur, aber seine Kumpels maßen Benny mit eisigen Blicken.

»Kannst morgen dann ja mal probelaufen. Mal schauen, ob es für die Mannschaft reicht.« Darcy tat sich schwer mit der Entscheidung zwischen einer zweiten Portion Porridge oder Cornflakes und nahm schließlich von beidem etwas. »Wahrscheinlich«, sinnierte er, »eher nicht. Die haben große Auswahl unter den Leichtathleten. Haben das Turnier in der Leichtathletik auch in den letzten Jahren immer gewonnen. Nur bei uns gibt es Nachwuchsprobleme.« Er schaute Benny so anklagend an, als sei das seine Schuld.

»Es gibt ein Turnier?«

»Sicher. Jedes Jahr. Ist aber noch lange hin, erst nächsten Sommer. Gegen die Willoughby High, ist halb Internat, halb Dorfschule. Proletenpack. Aber gute Sportler dabei.«

»Keine Fechter«, bedauerte Richard.

»Ein Elend«, behauptete Callahan, von der Tragik offenbar gänzlich unberührt, und schmierte sich reichlich Butter auf seinen Toast.

»Ja, das ist schade«, stimmte Darcy halbherzig zu. »Edler Sport.«

Benny schob den Teller von sich, ihm war der Appetit vergangen, ohne dass er recht wusste, weshalb. Allmählich breitete sich Nervosität in ihm aus, kleine elektrische Impulse, die durch sein Rückgrat zuckten. Noch einmal schaute er zu Stone und Konsorten hinüber und sah Felix, der gerade zwei volle Krüge anschleppte.

Richard, der seinem Blick gefolgt war, grinste. »Hoffentlich badet er nicht wieder den halben Tisch in heißem Kakao«, sagte er. »Hauenstein hat eine bemerkenswerte Neigung, über seine eigenen Füße zu stolpern. Du bist doch jetzt bestimmt sein Pate, oder?«

»Ich fürchte, ja.« Besorgt beobachtete Benny, wie Felix umständlich mit den Krügen herumbalancierte, sie aber schließlich glücklich auf dem Tisch abstellte und weiter in die Mitte schob. Stone sagte etwas, das er aus der Entfernung nicht verstand, einige Jungs lachten. Mit glutrotem Gesicht schnappte sich Felix zwei leere Krüge und hastete davon. Zu Bennys Erleichterung blieb er auf den Beinen, die Krüge in seinen Händen.

»Na, gratuliere«, sagte Richard. »Mit dem wirst du viel Spaß haben.«

»Weia, ja«, stimmte Morgan zu. »Ich persönlich glaube ja, dass der arme Will seinetwegen zusammengeklappt ist. Ich meine, er hatte ja noch andere Gründe, sicher, aber Hauenstein war der berühmte heiße Tropfen.«

»Letzte Tropfen«, korrigierte Richard.

Callahan sagte gar nichts, sondern biss in seinen Toast, mit einem Mal so konzentriert, als gäbe es auf der Welt nichts Wichtigeres.

Nicholas Hunter schnaubte. »*Will.* Schwacher Charakter. Ich hab ja schon immer gesagt …«

»Isst du noch was?«, wollte Richard wissen.

Benny schüttelte den Kopf.

»Dann zeig ich dir am besten mal den Weg zum Büro. Je schneller daran, desto eher davon.«

»Je schneller daran, desto eher Kopf ab«, grinste Callahan. »Aber dann hast du es wenigstens hinter dir.«

»Herzlichen Dank«, erwiderte Benny. Wie er eben noch so viel hatte essen können, verstand er nicht, jetzt klumpte sich in seinem Magen alles zusammen; am liebsten hätte er es wieder von sich gegeben. Die warmen Gerüche, die aus den Schüsseln aufstiegen, verursachten ihm Übelkeit.

Aber tatsächlich, je eher daran, desto schneller davon – möglicherweise auch wieder zurück nach Hamburg. Was immer er dort sollte. Immerhin aber war Erik auch dort, auch wenn sie nicht mehr an dieselbe Schule gehen würden. Das war ein kleiner Lichtblick. Unwillkürlich straffte er die Schultern und stand auf. »Dann mal los.«

6 EIN WENIG TROST

Das Büro von Direktorin Rutherford lag im Westturm, fast ganz oben. Die Korridore unterschieden sich nicht von denen in der restlichen Burg. Vielleicht war der Teppich ein klein bisschen weniger verschlissen, aber das war auch schon alles.

Als sie die letzte Treppe hinaufgekeucht waren, bogen sie in einen Gang ein, in dem eine riesige, aber recht klapprig wirkende Rüstung stand. Im Vorbeigehen grüßte Richard sie spöttisch, indem er eine Faust vor die Brust schlug und den Kopf neigte. »Sir Alasdair MacGregor, der Erste«, erklärte er. »Der erste MacGregor, der zum Ritter geschlagen wurde – das war seine Rüstung. Keine drei Jahre später ist er angeblich im Kampf gefallen. Andere Quellen behaupten, er ist von seiner Gemahlin vergiftet worden. Will aber kein MacGregor hören. Nein, natürlich starb er, nachdem er ungefähr anderthalb Dutzend Engländer abgeschlachtet hat.«

»Engländer? Das muss aber ... das ist ewig her, oder?«

»Frühes 18. Jahrhundert. Die MacGregors gehörten zu den letzten Aufständischen. Sind heute noch stolz drauf. Versucht auch immer wieder mal einer von ihnen, in der Politik Fuß zu fassen, vermutlich, um sich von der englischen Regierung zu distanzieren und erneut die schottische Unabhängigkeit zu erklären. Tja, und nun ist Sir Alasdairs lieber Papa tatsächlich auf dem besten Weg ins Parlament, wie man so hört.«

Richards breites Grinsen machte es schwierig zu entscheiden, ob er herumwitzelte oder nur den Umstand als solchen amüsant fand. »Ein stolzer Clan«, erklärte er. »Und sehr alt. Und noch immer irgendwie davon überzeugt, dass England der Feind ist.«

»Bist du Schotte?«

»Ich? Um Himmels willen, nein. Ich stamme aus York.«

Am Ende des Gangs stand eine Bank. Darauf saß jemand. Als sie näher kamen, stand er auf.

»Morgen, Cooper«, sagte Richard freundlich.

»Dickenson«, grüßte Cooper zurück. Seine Stimme klang näselnd, über dem Nasenrücken saß ein dickes weißes Pflaster, fast eher eine Art Klebverband.

»Morgen«, murmelte Benny. Cooper warf ihm einen verächtlichen Blick zu.

»Ja, dann«, sagte Richard. »Wir sehen uns. Ohren steifhalten und so.« Er grinste. »Vertragt euch, ja?«

Benny nickte, und Richard schlenderte davon.

»Tut mir leid mit deiner Nase«, sagte Benny. »Ich …«

»Lass stecken«, fauchte Cooper.

»Ist sie gebrochen?«

»Was glaubst du? Natürlich ist sie gebrochen, du Vollidiot. Das passiert, wenn man mit aller Kraft auf eine Nase schlägt, sie bricht. Hat dir das keiner erklärt? Hm?«

»Sicher, hab ich schon irgendwann mal gehört«, gab Benny zu. »Hör mal, ich hab dich aber auch nicht drum gebeten, meine Uniformen zu verunstalten. Also …«

»Lass uns reingehen«, zischte Cooper. »Bevor ich dir die Fresse poliere.« Er hob die Hand und klopfte an der Tür. Trotz Coopers großer Klappe fiel Benny auf, dass er es tunlichst vermied, ihm den Rücken zuzuwenden, und ihn sorgfältig im Auge behielt. Er zuckte mit den Schultern. Dann eben nicht.

»Herein«, hörten sie. Die beiden traten ein.

Das Büro war kleiner, als Benny erwartet hatte, aber vielleicht lag das auch nur an den wuchtigen Bücherregalen, die nahezu jede Wand in Beschlag nahmen. Wo keine Regale standen, hingen Bilder – Bilder von schottischen Landschaften, Schülern und Porträts irgendwelcher Leute. Im Kamin prasselte das unvermeidliche Feuer, Glenshee Castle musste Unmengen Holz verbrauchen. Kurz hatte Benny das Bild eines sich langsam über Schottland schiebenden, kriechenden Molochs vor Augen, der gierig ganze Wälder verschlang. Hinter einem riesigen Schreibtisch saß eine sehr kleine Frau und schaute ihnen entgegen. Als sie näher kamen, stellte Benny jedoch fest, dass sie so klein gar nicht war … im Verhältnis zu diesem Ungetüm von einem Schreibtisch musste jeder wie ein Zwerg wirken, der nicht mindestens zwei Meter lang war.

»Reutter, Cooper«, sagte sie kühl und deutete auf zwei Stühle vor dem Schreibtisch. »Setzt euch.«

Synchron gehorchten sie. Dann saßen sie da und warteten. Lange musterte die Rutherford sie nur schweigend. Sie war jünger, als Benny erwartet hatte.

Schließlich seufzte sie. »Ich erwarte, dass ihr beide wisst, dass euer Verhalten für einen Schulverweis ausreichen würde.«

Empört fuhr Cooper auf. »Ich …«

»Beide habt ihr zugeschlagen. Sie, Mister Cooper, zuerst, wenn ich recht informiert bin. Das bin ich doch, richtig?« Unter ihrem unbarmherzigen Blick schmolz Cooper in sich zusammen. »Aus Versehen«, murmelte er. »Also … nicht richtig. Vielleicht ein Stoß, kein Schlag. Ich meine …«

Die hellen Augen der Rutherford richteten sich auf Benny. »Ihr Fehlverhalten, Mister Reutter, wiegt durchaus ebenso schwer. Möglicherweise sogar schwerer. Wir legen hier viel Wert auf die Einhaltung einer gewissen Disziplin. Es kann nicht sein, dass einer unserer Schüler besinnungslos auf einen anderen einschlägt. Es wäre ein vollkommen ausreichender Grund, um Sie auf der Stelle wieder nach Hause zu schicken, noch bevor Sie richtig angekommen sind.«

Das triumphierende Aufblitzen in Coopers Gesicht entging Benny nicht. Er straffte sich. »Ich weiß.«

»Schön. Haben Sie dazu noch etwas anderes zu sagen?«

»Es wird nicht wieder vorkommen.«

In ihrem Gesicht war keine Regung zu sehen. Prüfend musterte sie ihn, dann Cooper. »Nun gut«, sagte sie schließlich. »Ich habe mich in beiden Fällen gegen einen Schulverweis entschieden. Ich erwarte jedoch, dass Sie lernen, miteinander auszukommen. Der planmäßige Stalldienst ist für zwei Monate ausgesetzt. Sie beide werden diese Aufgabe gemeinsam übernehmen.«

Coopers Mund klappte auf, dann überlegte er es sich anders und klappte ihn wieder zu, aber es sah so mühsam aus, als müsste er eine riesige Kröte schlucken.

»Haben Sie dazu etwas zu sagen, Mister Cooper?«, erkundigte sich die Rutherford.

Mit fest zusammengebissenen Zähnen schüttelte Cooper den Kopf.

»Und Sie, Mister Reutter?«

»Nein«, sagte Benny. Er wusste nicht, ob er erleichtert oder enttäuscht sein sollte. Genau genommen fühlte er gar nichts.

»Gut. Sie beide sind glimpflich davongekommen. Ich wünsche, dass das nicht missverstanden wird. Hier im Hause hält keineswegs eine mildere Gangart Einzug. Ihre Bestrafung findet in Abstimmung mit Mister MacGregor statt. Sie beide erhalten die Gelegenheit, unter Beweis zu stellen, dass Sie sich zu benehmen wissen und den Willen haben, miteinander auszukommen. In Ihrem Fall, Mister Reutter, führt ein weiterer Vorfall zu sofortiger Suspendierung und gegebenenfalls zum Ausschluss von der Schule. In Ihrem Fall, Mister Cooper, sieht es ähnlich aus, auch Sie leisten sich besser in diesem Schuljahr keine weitere Verfehlung. Sind Sie beide der Meinung, dass ich mich klar und verständlich ausgedrückt habe?«

Wider Willen erneut synchron, nickten beide.

»Ausgezeichnet. Dann betrachte ich diese Angelegenheit hiermit als erledigt. Ihr Stalldienst beginnt ab heute. Die Schlüsselübergabe findet um Viertel nach sieben statt, nach dem Abendessen. Mister Cooper, Sie sind damit entlassen. Mister Reutter, Sie bleiben noch.«

Häme schoss über Coopers Gesicht. Eilig sprang er auf, neigte grüßend die zugepflasterte Nase und machte sich von dannen. Benny war mit der Direktorin allein.

So ruhig er konnte, erwiderte er ihren prüfenden Blick. Richtig jung war sie nicht mehr, aber auch noch nicht wirklich alt, und ihr Gesicht hatte nicht gerade weibliche Züge – die Nase war scharf geschnitten, die Brauen schnurgerade und ziemlich dicht. Sie erinnerte ihn an eine Sportlehrerin, die seine Klasse kurz unterrichtet hatte, bevor sie aus ungeklärten Gründen von der Schule verschwunden war. Die hatte er eigentlich recht gern gemocht, aber er erinnerte sich nicht mehr an ihren Namen.

»Ich hoffe«, sagte sie nachdenklich und fast wie zu sich selbst, »es war kein Fehler, Sie aufzunehmen, Mister Reutter.«

Er zuckte mit den Schultern. Er wusste es ja selbst nicht.

Sie schaute auf Unterlagen hinunter, die vor ihr auf dem Schreibtisch lagen, und blätterte darin. Es war ganz offensichtlich nur pro forma, ihre Augen huschten flüchtig über die offenbar vertrauten Seiten. »Es gab einige ähnlich gelagerte Vorfälle an Ihrer alten Schule.«

»Zwei«, sagte er.

»Das sind zwei zu viel, würden Sie mir da zustimmen?«

Er nickte. Natürlich waren das zwei zu viel. Mit der Prügelei gestern sogar drei.

»Ihr Vater sagte mir, Sie seien schon immer jähzornig gewesen.«

Benny nickte.

»Dass Sie aber noch nie zugeschlagen hätten. Nicht vor dem Tod Ihrer Mutter.«

Der Ruck, der durch seinen Leib ging, war schmerzhaft, sein Magen krampfte sich zusammen und erklärte dem etwas zu üppigen Frühstück den Krieg. Mühsam drückte Benny den Kloß in seiner Kehle zurück. »Richtig.«

»Er sagte auch, dass an Sie nicht mehr heranzukommen sei. Dass Sie sich verschlossen hätten wie eine Auster. Dass Sie sich kaum noch mit Freunden treffen und Ihre schulischen Leistungen stark nachgelassen haben. Dass er sich Sorgen macht und nicht weiß, wie er Ihnen helfen soll.«

Bennys Brust war ganz eng, sein Kopf wie in eine dicke Schicht Watte gepackt. Und was hatte sein Vater ihr noch alles erzählt? »Das geht Sie nichts an«, hörte er sich selbst sagen. *Arschloch,* dachte er und spürte sehr deutlich, wie sich in seinem Bauch einer der Tentakel regte.

»Sie sind hier«, erwiderte sie trocken. »Somit geht es mich etwas an.«

»Ich habe nicht darum gebeten, herzukommen.«

»Möchten Sie wieder zurück?«, erkundigte sie sich. »Wieder nach Hause zu Ihrem Vater?«

Er hob den Kopf und starrte sie an. Das war der Blick, der seinen Vater nervös werden ließ, aber sie neigte nur den Kopf, betrachtete ihn und seufzte schließlich. »Ich kannte deine Mutter«, sagte sie unvermittelt. »Dein Vater und ich haben uns lange über dich unterhalten. Schau, ich hatte nie viel mit ihm zu tun – Annie und ich waren Nachbarinnen und recht gute Freundinnen, aber das ist lange her. Sehr lange. Etwa so lange, wie es dich gibt. Sie ist mit deinem Vater nach Deutschland gegangen, und kein halbes Jahr später bist du auf die Welt gekommen. Wir haben einander noch geschrieben, uns ansonsten aber weitgehend aus den Augen verloren. Du und ich, wir sehen einander heute zum ersten Mal. Trotzdem weiß ich einiges über dich. Das ist sicher ein eigenartiges Gefühl. Ich habe deine Mutter sehr gern gehabt. Es tut mir leid, dass du sie verloren hast.«

Ausdruckslos starrte er sie weiter an. *Ich kenne dich nicht*, dachte er. Mehr nicht, nur: *Ich kenne dich nicht.*

Sie blinzelte, und auf einmal war der Blick, als betrachte sie einen Freund oder zumindest jemanden, den sie sehr gut kannte, wieder verschwunden. »Dass ich Ihre Mutter kannte, kann und darf Ihnen hier keinen Vorteil verschaffen«, hörte er sie weiterreden. »Für Sie gelten die gleichen Regeln wie für alle anderen Schüler. Aber dennoch hoffe ich bei Ihnen ganz besonders, dass Ihnen Glenshee Castle gut tun wird.« Sie fuhr sich mit einer Hand übers Haar, an dem es nichts zu richten gab. »Es ist ein neuer Anfang, und Sie sind weit fort von Ihrem Vater. Ich hatte den Eindruck, dass Ihr Verhältnis sehr kompliziert geworden ist. Hier haben Sie viel zu tun, Sie können sich ganz aufs Lernen konzentrieren. Und ich habe festgestellt, dass das Land gut ist, um Wunden heilen zu lassen.« Sie schaute ihn so eindringlich an, als sei sie sicher, ihm eine große, wertvolle Weisheit zu verkünden. Fast hätte er aufgelacht.

»Es kümmert sich nicht um unsere Belange«, sagte sie salbungsvoll. »Es ist uralt, es war da, lange bevor einer von uns auf der Welt war, und es wird da sein, wenn wir lange nicht mehr sind. Hier in Glenshee hat sich seit Jahrhunderten nicht viel verändert. Außer im Dorf und an der Schule natürlich, aber der Rest ist noch so wie seit Hunderten von Jahren. Wir haben hier nicht viel Bedeutung. Darin liegt, so seltsam es klingt, ein gewisser Trost, jedenfalls für mich. Ich hoffe, dass Sie das auch so empfinden.«

Trost, hallte es in Benny nach. Er hob den Blick und schaute die Rutherford direkt an. »Ich brauche keinen Trost«, sagte er spöttisch. »Ich will keinen Trost, und ich brauche keinen. Was haben alle immer mit ihrem Scheißtrost? Früher oder später verrecken wir alle. Ende. Ich wüsste nicht, was es da zu trösten gäbe. Man kann Blumen auf ein Grab werfen, solange man Lust dazu hat, aber es bleibt ein Scheißgrab. Man kann sich erinnern und weinen und fluchen, solange man will, aber das ändert gar nichts, und es macht nichts besser. Wir sterben, wir verwesen, es bleibt nichts übrig, und das war's. Das ist alles. Das ist das große Geheimnis des Todes. Fertig. Diese ganze beschissene Heuchelei, diesen *Trost*, von dem alle reden, das können sie sich alle in die Haare schmieren. Und Sie auch. Ich will keinen Trost. Und Glenshee ist mir vollkommen egal.«

Er spürte die schreckliche Wucht hinter seinen Worten, die fürchterliche Wahrheit, die in ihm widerhallte. Aber die Rutherford sah nicht besonders beeindruckt aus. Er überlegte, ob er noch einmal bekräftigen sollte, dass sie alle verrecken und verwesen, dass sie von Fäulnisgasen aufgetrieben in lächerlich blumengeschmückten Gräbern herumliegen und von Würmern gefressen werden würden. Er hätte gern Erschrecken auf ihrem ruhigen, spröden Gesicht gesehen, aber dann kam es ihm doch zu kindisch vor.

»Wenn Sie keinen Frieden damit machen wollen, wird Glenshee Ihnen auch keinen aufzwingen«, sagte sie schließlich und schob ihm über die glatte, polierte Endlosigkeit des

Schreibtischs eine kleine lederne Mappe entgegen. »Das sind ein paar Informationen zum Unterricht. Soweit ich weiß, haben Sie sich nicht unbedingt eingehend mit den Gegebenheiten auf Glenshee vertraut gemacht, hier ist alles Wichtige noch einmal zusammengefasst. Elvis Bloomsfield wird Ihnen ein wenig dabei zur Hand gehen, Ihre Stundenpläne zusammenzustellen. Er wartet im Gemeinschaftsraum Ihres Jahrgangs auf Sie. Sie wissen, wo das ist?«

Wortlos nickte Benny. Er war ein bisschen beleidigt darüber, dass sie so wenig reagierte.

»Gut. Dann sind Sie hiermit entlassen.«

Er stand auf.

In diesem Moment knackte etwas im Kamin. Es war laut, fast ein Knall, vermutlich ein Harzeinschluss in einem Scheit, der explodierte. Benny hätte es nicht weiter beachtet, aber er sah die Rutherford zusammenzucken. Einen Lidschlag lang starrte sie zum Feuer hinüber wie ein Kaninchen, wenn es donnerte – sie sah regelrecht erschrocken aus.

In der nächsten Sekunde war es auch schon wieder vorbei, sie schaute ihn an, als wäre nichts gewesen. »Ist noch etwas?«, fragte sie.

Er blinzelte. Hatte er es sich nur eingebildet? »Nein. Äh – danke.« Ohne ein weiteres Wort nahm er die Mappe und ging. Seine Gedanken tobten wie kochendes Wasser, und es war aussichtslos, einen davon zu fassen zu bekommen. Elvis Bloomsfield wartete also im Gemeinschaftsraum? Vermutlich war das Kaminzimmer gemeint, in dem er gestern Abend Oliver und die anderen kennengelernt hatte. Gut, sollte Elvis dort warten. Benny musste erst einmal raus.

Sein ganzer Leib schmerzte vor Anspannung, der Magen war ein fester Knoten, er spürte ganz deutlich, wie er hart und schwer in seinem Leib lag wie ein bleierner Fremdkörper, sein

Sichtfeld war seltsam eingeschränkt, an den Rändern tanzten bunte Funken, und in den Ohren rauschte es vertraut. Kein guter Zeitpunkt für andere Menschen. Ein guter Zeitpunkt für Musik. Verdammt sollte sein Vater sein. Verdammt sollte er selbst sein, er verfluchte sich dafür, den MP3-Player im Auto liegen gelassen zu haben. Er verfluchte das ganze Glenshee, die kalten Mauern, das dämliche Schottland, alles. Übel war ihm.

Im Vorbeigehen knurrte er die Rüstung des seligen Sir Alasdair MacGregor an, erster Ritter seines Clans und vergiftet von seiner Frau oder gefallen durch die Hand seiner Feinde. Dass er schon seit Jahrhunderten tot war, hinderte Benny nicht daran, ihm die Zähne einschlagen zu wollen.

Dass er nicht allein war, merkte er nicht. Aber daraus war ihm kein Vorwurf zu machen, und es lag auch nicht daran, dass sein Zorn ihn blind machte. Was ihm folgte, war klein genug, um übersehen zu werden. Und es war unsichtbar.

7 FEUER

Tat weh. Tat immer ein bisschen weh. Schmerz gehörte zu dieser Welt, nicht zu der anderen. Sil mochte das und mochte es nicht, manchmal ja, manchmal nein. Diesmal gefiel es ihm nicht, er zischte die Flammen an, diese beißenden Flammen von dieser Welt, und sie zischten zurück und schlugen nach ihm. Ein brennendes Holzscheit knallte zornig. Das war das Feuer dieser Welt, es war heimtückisch. Er streckte dem knallenden Scheit und den bissigen Flammen die Zunge heraus und huschte in den riesigen Raum, immer zwischen zwei Lidschlägen. So war es sicherer, immer verborgen. In diesem hallenden hohlen Berg, den die Menschen eine Burg nannten – dass sie für alles so eigenartige Wörter hatten!

Ein Kichern stieg in seiner Kehle auf, er zerbiss es rechtzeitig und schluckte es hinunter, es lag schwer in seinem Bauch und zappelte dort herum. Später würde er es herauslassen müssen, aber nicht hier. Nicht jetzt. *Nichtjetzt,* ermahnte er sich streng mit dem Menschenwort. *Nichtjetzt!*

Der Fraumensch starrte ins Feuer. Sil erschrak und huschte vor dem nächsten Lidschlag weiter fort. Kurz glaubte er, sie habe ihn gesehen. Aber sie war dumm, dumm, dumm, triumphierte er, als sie wieder den anderen anschaute, den, der nicht Kindmensch war und nicht Mannmensch. Nichts gemerkt, nichts gemerkt!

Ein zweites zerbissenes Kichern gesellte sich zu dem ersten, sie schlugen in seinem Bauch um sich wie Würmer. Erbost hieb er die Faust hinein, und vor Schreck, dass das hier in dieser Welt wehtat, verstummten das erste und das zweite Kichern, und auch er zuckte zusammen. Dann wollte er über seine eigene Dummheit kichern, es war hoffnungslos. Bis er fertig war, würde er angefüllt sein mit Kichern, das nicht hinausdurfte, es war schrecklich, aber er konnte nichts dagegen tun. *Nichtjetzt!*

Nicht-Kindmensch-nicht-Mannmensch verließ das Zimmer, seine großen Füße machten *schlupp-schlupp* in den Schuhen, weil die Bänder, die Sil gern aufgemacht hätte, schon auf waren. Zwei Lidschläge abpassend, huschte er mit hinaus.

Vorsichtig. Das war auch so ein Menschenwort. Vor-sich-tig. Verborgen. Es hieß, dass man sich zusammennehmen musste. Aber das hätte Sil ohnehin getan. Stolz richtete er sich auf. Er war ja nicht dumm. Diese Ermahnungen waren ganz unnötig. Er wusste, dass er sich in Feindesland befand. Er *sah*, dass er sich in Feindesland befand. In den Winkeln von Glenshee Castle klebten Schatten, die sich träge regten. Sie waren nicht erwacht, aber sie konnten es jederzeit tun. Schlupp-Schlupp merkte davon nichts, er lärmte mitten hindurch. Zeigte dem eisernen Menschen, der leer war, die Zähne. Und da sah Sil, dass sich einer der Schatten an Schlupp-Schlupp angeheftet hatte. Dick und schwarz und zugleich wie Nebel hatte er sich um seine Brust geschlungen und wisperte ihm ins Ohr. Vor Schreck wäre Sil fast gestolpert, gestolpert wie ein Großfuß, der seine riesigen Füße nicht im Griff hatte. Aber er steckte sich die Faust in den Mund, biss fest darauf und hopste in den nächsten verborgenen Winkel zwischen zwei Lidschlägen. Nichts passiert. Unsichtbar geblieben.

Schlupp-Schlupp hastete voran, eiligeilig, seine Füße traten wütend den Boden. Eingeschüchtert folgte ihm Sil.

Die Schatten mochte er nicht. Sie hatten keine Gestalt, kein Gesicht, und sie mochten keinen Brei und keine Schokolade. Überhaupt mochten sie nichts außer Zorn. Sil mochte Zorn nicht. Zorn war laut und gemein. »Bäh«, wisperte er. »Bäh!«

Es war nicht leicht, Schlupp-Schlupp zu folgen, denn Zorn war nicht nur laut und gemein, sondern auch eilig, und die großen Füße stampften schnellschnell voran. Treppe runter, noch eine Treppe, Treppetreppe, es waren viele Stufen, jede fast so hoch wie der ganze Sil. Dann ein Gang und mehr Treppen. Es war viel verlangt, so schnell zu sein und gleichzeitig verborgen, schnell-verborgen, gekränkt verzog Sil das Gesicht, es war wirklich sehr viel verlangt. Er war besser darin, in einem Winkel zu sitzen und zu lauschen. Warum durfte er nicht machen, was er am besten konnte? Das war gemein. Am liebsten hätte er mit dem Fuß aufgestampft, aber dafür hatte er keine Zeit. Armer Sil! Im Dahinhasten schlang er die langen dünnen Arme um sich. Armerarmer Sil. So tapfer!

Hinaus wollte Schlupp-Schlupp, und hinaus folgte ihm Sil. Es ging über einen krautigen Platz und vorbei an hohen Mauern und dann hinaushinaus. Das war nicht Sils Welt, er mochte es gern behaglich, nicht draußen, er mochte Wärme und Feuer und Essen, nicht Wind. Aber Schlupp-Schlupp mochte Wind, das war ganz eindeutig, und der Wind mochte ihn auch. Es dauerte nur einige Schritte, da griff der Wind nach ihm, und der Schatten musste seinen Griff um Schlupp-Schlupps Brust lockern, weil sie sich so weit dehnte. Sil beobachtete, wie der Großfuß stehen blieb und tief durchatmete. Dem Schatten gefiel das nicht, er zog sich wieder zusammen und zuckte unruhig. Schlupp-Schlupp bückte sich und band die schönen Schuhbänder zu. Und dann stand er auf und lief los. Ungläubig sah Sil, wie er lief. Nicht wie ein Großfuß, nicht stolperig, nicht krachkrach ein Fuß nach dem anderen, sondern ganz leicht. Und er sah, wie sich jubelnde Windgeister aus der Verborgenheit lösten, um ihn zu begleiten. Einer von ihnen zerrte an dem Schatten, fuhr unter ihn und biss spielerisch nach ihm. Ein anderer fuhr Schlupp-Schlupp durchs Haar und schrie, ein lang anhaltender Schrei, der durchs Tal von Glenshee hallte. Sie stoben mit ihm davon, mit diesem langsamen Großfuß, der nicht mit ihnen mithalten konnte, sie sausten voran und kehrten wieder zurück, ihre Gegenwart machte seine Füße leichter. Sil kam nicht hinterher. Keuchend rannte er, vergaß die Verborgenheit, rannterannte, aber Schlupp-Schlupp entkam. Und er entkam nicht nur Sil, sondern auch dem Schatten. Noch nicht mit Zorn vollgesogen, wehrte er sich, aber dann fiel er ab, gerade als Sil aufgab und mit dem dummen Rennen aufhörte. Wie eins der schleimigen Geschöpfe aus dem Moor, die so gern Blut tranken, fiel der Schatten ab, wand sich am Boden und zischte.

Scheu näherte sich Sil. Der Schatten hatte keine Augen. Trotzdem bemerkte er Sil, richtete sich auf wie ein Wurm und spie ihm eine Wolke aus Zorn entgegen. Sil war nicht zornig, deshalb blieb nichts davon an ihm haften. Weil er vorsichtig sein sollte, hielt er dennoch Abstand. Das war besser so. Im Nebel, aus dem der Schatten war, sah er etwas sich regen, eine Gestalt, noch ganz schwach, aber eindeutig eine Gestalt. Der Schatten wollte Gestalt sein. Ganz versunken hockte sich Sil hin und beobachtete. Wenn der Schatten Gestalt wurde, dann würde es eine hässliche Gestalt sein. Vielleicht auch gefährlich. Er machte sich bereit, zwischen zwei Lidschlägen zu verschwinden.

Aber der Schatten wurde nicht Gestalt. Ganz plötzlich verloren sich die schwachen, sich windenden Konturen, und der Nebel verwehte in einem kräftigen Windstoß. Der Schatten war fort. Er kroch nicht zurück zur Burg, wie Sil geglaubt hatte, sondern verging. Gutgut! Stolz, als hätte er selbst dafür gesorgt, dass es so war, richtete er sich auf. Da fiel ihm ein, dass er Schlupp-Schlupp verloren hatte.

Unschlüssig stand er da. Was jetzt? Sollte er Schlupp-Schlupp suchen? Das war nicht gut, er war viel zu schnell. Er könnte auf ihn warten. Aber im Warten war er nicht sehr gut, manchmal vergaß er mittendrin, was zu tun war. Vielleicht sollte er berichten gehen. Aber es gab weit und breit kein Feuer, in das er schlüpfen konnte, und der Weg zurück zur Burg war beschwerlich.

Tief seufzte Sil auf und musste dann darüber kichern. Das zerbissene Kichern von vorhin kam mit heraus, es war eine Menge Kichern. Riesengroß war die Versuchung, einfach weiterzukichern und zu vergessen, was er tun sollte. Es gehörte sich nicht für einen Pixie, etwas tun zu sollen. Aber seine Empörung darüber, etwas tun zu sollen, war nicht allein in ihm. Da war auch noch die Erinnerung an sanften süßen Brei. Vielleicht sogar warm. Warmer Brei, der auf ihn wartete. Und da war der Gedanke an den Feuersänger. Den Feuersänger hatte Sil gern. Manchmal sogar gerngern. Fast so gerngern wie heißen Brei. Er wartete auf ihn, wartete auf Sils Bericht. Stolz warf er sich in die schmale Brust. Empörung und Stolz und Brei rangen miteinander, eine Weile lief Sil im Kreis, immer schneller. Dann gewann der Stolz oder vielleicht auch der Brei, und er machte sich auf kleinen Füßen zurück auf den Weg in die Burg, um zu erzählen, was er beobachtet hatte.

8 DAS PATENGERICHT

Als Benny mit ausgreifenden Schritten das Kaminzimmer betrat, war Elvis noch da. Zu laufen hatte ihm gut getan, fast wäre es mit ihm durchgegangen, und er hätte geschaut, ob man den ganzen See umrunden konnte, aber in der Nähe des Dorfs hatte ihn ein riesiger Hund entdeckt und war ihm ein Stück gefolgt. Ihn anzulocken und die dicken grauen Locken hinter den Schlappohren zu streicheln, hatte Benny wieder auf den Boden gebracht, und er hatte gemerkt, dass er nicht mehr wütend war. Verwirrt, ja, und voller Fragen, auf die er eigentlich keine Antworten haben wollte, aber der Zorn war abgeklungen, als habe der Wind ihn fortgeblasen. Auf dem Rückweg hatte er es nicht eilig gehabt, der Hund war ihm bis zur Brücke hinterhergetrottet, und als er deutlich machte, dass er keine Pfote auf die Brücke zu setzen gedachte und sein Revier hier zu Ende war, hatten sie noch eine Weile zusammen dagesessen, Benny auf einem Stein, der auf einer Seite von samtigem Moos überzogen war, der Hund dicht neben ihm, und Benny hatte bemerkt, wie schön man es hier finden konnte, wenn man nicht entschlossen war, dass es einen ankotzte. Wirklich schön war es, fast zu sehr, alles voll samtiger Farben, samtbraun und samtgrau und samtgrün, alle Steine überwuchert, überall Leben, selbst die Schatten von Steinen, Bäumen, Gräsern waren samtschwarz, und die Luft roch, als wäre sie gerade erst erfunden worden.

Er wäre sicher noch länger geblieben, hätte sich nicht der Hund ganz unvermittelt verabschiedet und wäre den Weg zum Dorf wieder hinaufgetrottet, das schwere graue Fell regenfeucht.

Im Kaminzimmer wartete nicht nur Elvis Bloomsfield. Neben ihm saß ein anderer Junge, und auf dem Sofa gegenüber kauerte Cooper.

»Oh«, sagte Benny.

»Schön, dass du kommst«, sagte Elvis. Vermutlich war es ironisch gemeint, aber seiner Stimme fehlte jeglicher Unterton, der es deutlich gemacht hätte. Er wies auf das Sofa, auf dem bereits Cooper saß. »Setz dich doch.«

Benny setzte sich. Die beiden älteren Jungs musterten ihn. Der Typ neben Elvis war drahtig und trommelte mit kleinem Finger und Ringfinger einer Hand unrhythmisch auf seinen Oberschenkel, es sah aus, als merke er selbst es gar nicht. Elvis betrachtete Benny so ratlos, als wäre er etwas Unidentifizierbares, das ihm bei einem Strandspaziergang vor die Füße gespült worden war und nicht besonders gut roch. Wenn das hier das von Oliver angekündigte Patengericht war, dann musste Benny offen zugeben, dass er mehr erwartet hatte und ein wenig enttäuscht war.

»Ziemlich unangenehmer Einstand«, sagte Elvis schließlich und seufzte. »Na gut. Eine Frage vorweg: Willst du überhaupt bleiben?«

Erstaunt blickte Benny auf – fast synchron mit Cooper. Elvis' blasse Augen ruhten auf ihm, weder neugierig noch forschend noch mit irgendeinem anderen erkennbaren Ausdruck. Er wartete einfach nur.

»Hm«, machte Benny etwas verunsichert. »Ja. Schon. Also – warum nicht.«

Cooper schnaubte. Die beiden Paten wechselten einen Blick.

»Warum nicht«, wiederholte der drahtige Typ. »Na, gratuliere.« Er lachte leise. »Du hast vielleicht ein Glück mit deinen Schützlingen, Bloomsfield. Erst ein Geistesgestörter, jetzt ein jähzorniger Unentschlossener.« Sein Lachen klang nicht boshaft, sondern belustigt. Elvis massierte sich mit Daumen und Zeigefinger die Nasenwurzel.

»Stalldienst habt ihr bekommen, ja?«, fragte er.

Benny nickte.

»Täglich. Zwei Monate lang.« Elvis schaute von ihm zu Cooper.

Beide nickten.

»Scheiße«, murmelte Elvis. »Das ist schon nicht ohne.« Er warf einen Blick auf ein paar Zettel, die vor ihm lagen. »Du wirst viel Arbeit haben, um im Unterricht mitzukommen. Ich nehme an, deine Leistungen auf deiner alten Schule waren nicht das Beste, was du draufhast, ja? Du hast recht viel gefehlt.«

Benny runzelte die Stirn. »Meine Leistungen auf meiner alten … woher …«

»Als dein Pate habe ich Einsicht in deine Akte«, versetzte Elvis, zum ersten Mal wirkte er ein wenig ungeduldig.

»Einsicht in meine Akte«, wiederholte Benny. »*Du* hast Einsicht in *meine* Akte?«

»Richtig. Hast du damit ein Problem?«

Benny blinzelte. Elvis klang, als wäre das eine saublöde Frage. Und vermutlich war es das auch. Natürlich hatte ein anderer Schüler Einsicht in Bennys Akte, warum auch nicht? Privatsphäre wurde allgemein schwer überschätzt. Väter erzählten Direktorinnen alle Einzelheiten über das Privatleben ihrer Kinder, Schüler hatten Einsicht in die Akten anderer Schüler, und wahrscheinlich gab es Kameras auf den Klos, und man konnte Glens Schülern auf YouTube beim Scheißen zusehen. Er beschloss, sich nicht aufzuregen. »Nein«, sagte er. »Gar keins.«

»Gut«, sagte Elvis. »Also, du wirst ohnehin viel arbeiten müssen, dazu der Stalldienst. Bei allem, was man von deinem Betragen halten mag, müssen wir im Auge behalten, dass du immerhin eine Chance haben solltest, mitzukommen. Eine Bestrafung, die dich noch mehr Zeit kostet, wäre also kontraproduktiv. Das hilft ja keinem.« Er seufzte lustlos. »Dir sollte aber klar sein, dass du nur diesmal so glimpflich davonkommst. Falls so etwas noch einmal vorkommen sollte …«

»Moment mal«, sagte Cooper. »Was heißt hier glimpflich? Ich will nicht, dass er glimpflich davonkommt.« Mit großer Geste deutete er auf sein Gesicht. »Er hat mir die *Nase* gebrochen! Die Nase! *Gebrochen!* Kann ja wohl nicht sein, dass er dann nur … was denn überhaupt? Was heißt glimpflich? Wie bestraft ihr ihn?«

Coopers Pate und Elvis schauten einander an. Im Gesicht des drahtigen Jungen zuckte es. »Wir dachten daran, alle Ausflüge fürs laufende Halbjahr zu streichen«, sagte er.

»Was?«, zischte Cooper. »Das ist ja wohl gar nichts!«

»Auch den Weihnachtsausflug nach Inverness«, sagte sein Pate, es klang wie ein Handelsangebot.

Cooper lief dunkelrot an, und durch den Kontrast schien das weiße Pflaster auf seiner Nase zu leuchten. »Gebrochen!«, sagte er angeklagt. »Meine Nase ist *gebrochen*!« Er grunzte gekränkt. »Ich finde nicht, dass es reicht, wenn er ein paar popplige Ausflüge nicht mitmachen darf!«

»Na, na, na«, mahnte sein Pate sachte.

»Sir!«, lieferte Cooper pflichtschuldigst nach.

Um die Mundwinkel seines Paten zuckte es, während Elvis' Gesicht ganz reglos blieb.

»Und was würdest du vorschlagen?«, erkundigte sich Coopers Pate interessiert. »Die Ausflüge fürs *ganze* Jahr streichen?«

»Einmal das«, stimmte Cooper zu und nickte heftig. »Und dann …« In seinem Gesicht zuckte es boshaft. »Ich würde sagen, dass jemand, der grundlos auf andere Leute losgeht, unsere Schule nicht öffentlich vertreten sollte. Ich würde also vorschlagen, dass er auch von Wettkämpfen und ähnlichen Veranstaltungen ausgeschlossen werden sollte.«

»Für dieses Jahr«, ergänzte sein Pate. »Oder meinst du: für immer?«

Cooper starrte ihn an. »Na ja«, ruderte er etwas zurück. »Dieses Jahr?«

»Einverstanden«, sagte sein Pate. »Bloomsfield?«

»Meinetwegen«, stimmte Elvis zu. »Keine Ausflüge und Wettkämpfe dieses Jahr.«

War das eine schlimme Strafe? Benny wusste es nicht. Wie viele Ausflüge und Wettkämpfe entgingen ihm da wohl, wie viele gab es? Er beschloss, dass er nicht vermissen würde, was er nicht kannte, und zuckte mit den Schultern. Dafür, dass er eher damit gerechnet hatte, über Nacht mit Teer und Federn bestrichen an den Füßen aus dem Fenster gehängt zu werden, schien ihm das reichlich tragbar.

»Für euch beide natürlich«, sagte Coopers Pate und konnte diesmal das Grinsen nicht unterdrücken.

»Was?«, fuhr Cooper auf.

»Na ja – du begrüßt einen Neuen, indem du ihm einen lächerlichen Streich spielst und ihm in den Magen schlägst. So viel besser als sein Verhalten ist …«

»Das kann ja wohl nicht wahr sein!«, zischte Cooper. »Ich bin *verletzt*! Er hat mir die *Nase* gebrochen!«

»Du solltest halt ein bisschen besser aufpassen, wo du sie hinhältst«, versetzte sein Pate gemütlich, stand auf und streckte sich. »Na komm, Bloomsfield und Reutter haben noch ein bisschen was zu besprechen. Lassen wir sie mal allein.«

»Ich …«

Ein unerwartet scharfer Blick aus den fröhlichen blauen Augen seines Paten brachte Cooper zum Verstummen. Er rang sichtlich um Beherrschung. »Ja, Sir«, murmelte er schließlich gepresst.

»Na also.« Sein Pate schaute Elvis an. »Bloomsfield.«

»Wir sehen uns«, erwiderte Elvis. Sie nickten einander zu, und Coopers Pate schritt vergnügt zur Tür, einen deutlich weniger vergnügten Cooper im Schlepptau.

Einen Augenblick lang saßen Elvis und Benny stumm da und betrachteten einander. »Na gut«, sagte Elvis dann. »Ich hab dir was vorbereitet. Hab gesehen, dass Mathe nicht dein stärkstes Fach ist. Hier auf Glen ist es so, dass zusätzliche Kurse angeboten werden für Fächer, in denen du besonders stark oder besonders schwach bist. Einer ist gemischt, der andere …«

»Gemischt?«

Elvis seufzte. »Ich bin scheiße im Erklären. Also: Wenn du besonders gut in Mathe bist, gibt es zwei Zusatzkurse. Einmal so eine Art Leistungskurs, da sind nur die guten, und zwar immer aus zwei Klassen. Wenn du den besuchen willst, musst du noch eine Stunde im selben Fach aussuchen, in der du im Förderkurs bist und schwächeren Schülern hilfst. Weil das nicht klassengebunden ist, weil man halt immer schauen muss, wann man Zeit hat, das einzurichten, und weil pro Kurs maximal fünfzehn Leute teilnehmen können, deshalb sind da manchmal Leute aus allen Klassen. Ich weiß nicht, in was du richtig gut bist, deshalb habe ich noch nicht geschaut, welche Kurse infrage kommen. Aber für Mathe würde sich der Samstag anbieten, da ist nämlich einer von zwei noch nicht voll besetzten Förderkursen, und zwar einer, in dem auch Daniel Green aus deinem Zimmer ist.« Er räusperte sich. »Natürlich nicht, weil er Förderbedarf hätte.«

»Samstag«, wiederholte Benny. Viel mehr von dem, was Elvis gesagt hatte, hatte er nicht mitgeschnitten. »Am *Samstag* ist Unterricht?«

»Förderkurse, Leistungskurse und Sport«, bestätigte Elvis.

»Und was wird sonntags so geboten?«

»Arbeitsgruppen und Sport.«

»Und wann hat man frei?«

Elvis musterte ihn rasch. »Na ja, das ist ja freiwillig am Sonntag. Man *muss* ja in keiner Arbeitsgruppe sein.«

»Gut«, befand Benny erleichtert.

»Schau, ich würde ganz gern irgendwann in den Unterricht – lass uns das hier schnell erledigen, ja?« Elvis zog einen Zettel heran. »Das hier ist ein vorläufiger Stundenplan. Die Stunden, bei denen ich ein X in die Ecke rechts oben gemacht habe, sind Pflichtstunden. Die eingekreisten sind Optionen, da musst du mal schauen, was sinnvoll ist. Ich bin so ein bisschen nach deinem Zeugnis gegangen.«

»Aha«, brummte Benny nur und beugte sich über den Plan. Zuerst dachte er, es ginge noch, dann wurde ihm klar, dass eine Schulstunde auf Glenshee Castle neunzig Minuten dauerte, nicht fünfundvierzig, es gab sozusagen nur Doppelstunden. Fünf Tage waren gerammelt voll von morgens bis zur Mittagspause, danach ging es lückenlos weiter bis zum Abendessen, und auch am Samstag und Sonntag waren bereits Stunden eingetragen. *Heilige Scheiße,* dachte er und wünschte, er könnte das Ding Erik zeigen. Sie hatten sich immer über den Dienstag aufgeregt, an dem sie von der ersten bis zur neunten Unterricht hatten, wobei die beiden letzten Stunden nur Sport gewesen waren.

Rasch zählte er zusammen – insgesamt waren drei Einheiten Mathe eingetragen. Er hatte gar nichts gegen Mathe, aber bisher hatten ihm die drei Stunden in der Woche vollauf gereicht … also genau die Hälfte von dem, was ihm hier bevorstand.

»An deiner Stelle würde ich mir von den optionalen Kursen für den Anfang drei oder vier raussuchen«, empfahl Elvis. »Du kannst bis zwei Wochen nach Unterrichtsbeginn immer noch ergänzen oder Kurse weglassen. Und die Vertiefungsstunden – hier auf diesem Plan –, die kannst du immer anhängen, wenn du meinst, dass es notwendig ist, das sind eher Arbeitsgruppen als Schulstunden. Hier hast du noch einen Blankoplan, die Pflichtstunden habe ich schon eingetragen, da kannst du dann deinen endgültigen Stundenplan vervollständigen, sobald er feststeht.«

Der Plan mit den reinen Pflichtstunden sah schon deutlich besser aus, stellte Benny erleichtert fest. »Muss man so viele Kurse mitmachen?«

Elvis betrachtete ihn, diesmal ein bisschen länger, auch wenn seine Augen noch immer ein klein wenig verschleiert wirkten, als sei er eigentlich weit weg, ungefähr in Inverness, oder wünschte sich zumindest, es zu sein. »Man *sollte*. Wenn du mitkommen willst, *solltest* du.« Mit der müden Bewegung eines alten Mannes griff er nach einer Karte. »Das hier ist der Nordflügel. Auf deinem Stundenplan steht bei jeder Stunde dabei, wo sie stattfindet. Kannst du dann hier nachschauen. Die meisten Räume sind im Nordflügel. Wenn kein N vor der Bezeichnung steht, ist es woanders. Zum Beispiel Chemie und Physik, das ist zum Teil im Südturm.« Er schaute Benny an, als habe er es mit einem Idioten zu tun, und sagte: »Das sind dann Räume, bei denen ein S vor der Nummer steht.«

»Und wofür steht das wohl?«, fragte Benny.

Immerhin schien Elvis sein ironischer Unterton aufzufallen, er ging nicht auf die Frage ein, sondern fuhr fort: »Da ist auch die Bibliothek. Wegen der Bibliothek würde ich dich bitten, dir das mal zeigen zu lassen. Kannst du mit einer Bibliothek umgehen?«

»Mit einer … öh. Ja, denke schon. Da leiht man Bücher aus, richtig? Diese komischen Dinger aus Papier, wo ganz viele Buchstaben drin sind und die man von vorn nach hinten umblättert, oder?«

Wenn etwas feststand, dann, dass man bei Elvis mit Ironie keine Punkte machen konnte. »Richtig«, sagte er nur spröde. »Ich meine aber, ob du in der Lage bist, dir selbstständig Literaturlisten zu ausgewählten Themen zusammenzustellen. Das zu lernen, ist hier Bestandteil der ersten Klasse. An den meisten öffentlichen Schulen lernt man das nicht, die Leute gehen nach dem Abi ins Studium und stehen dann wie Idioten da, weil sie nicht fähig sind, anständig zu recherchieren. Die halten dann Wikipedia oder Google für eine zulässige Quellenangabe.« Der Schatten herablassenden Mitgefühls huschte über sein Gesicht, nur ein Schatten, als wäre sein Gesicht nicht in der Lage, mehr als das blasse Echo eines richtigen Ausdrucks zustande zu bringen. »Ich nehme an, es wäre dir unangenehm, mit den Erstklässlern gemeinsam einen Bibliothekskurs mitzumachen.«

»Richtig«, sagte Benny ausdruckslos. Für seinen Geschmack gab es auf Glen zu viele Verlockungen, jemandem eine reinzuhauen. Wie war sein Vater auf die absurde Idee verfallen, hier sei er richtig, um – wie hatte die Rutherford es ausgedrückt? – um Frieden mit irgendetwas zu schließen?

»Dann bleibt dir nur, es selbst nachzuholen. Ich empfehle es dir dringend. Es gibt keine Kurse für Späteinsteiger, weil Späteinsteiger nicht vorgesehen sind. Sprich bitte so bald wie möglich Miss Fish an. Sie betreut die Bibliothek und wird dich sicher auf einen Stand bringen, mit dem du in Glen vorankommst. Oder dich zumindest nicht blamierst. Bei ihr holst du übrigens auch die Bücher für die Kurse ab, die du noch dazunimmst. Sobald du dich also entschieden hast, schau dir die Literaturlisten der Kurse an, sofern es welche gibt, und organisier dir die Bücher.«

Gestern hatte Benny zu Elvis noch keine besondere Meinung gehabt und gedacht, er wäre einer von denen, bei denen man auch keine brauchte. Eine dieser blassen Gestalten, die immer am Rand der Wahrnehmung herumhuschten und einem egal waren und egal blieben und die eigentlich problemlos ohne Maskierung Banken hätten überfallen können, weil sich die Leute sowieso nicht an ihre Gesichter erinnerten oder an die Körpergröße oder sonst ein aufschlussreiches Detail. Zu seiner Überraschung stellte er jetzt fest, dass er eine herzliche Abneigung gegen seinen Paten fasste. Aber die Abneigung prallte an Elvis' glattem Gesicht einfach ab. Plötzlich gruselte sich Benny vor ihm. Wenn man ihn schnitt, blutete er mit Sicherheit, aber das tat der Terminator schließlich auch. »In der Bibliothek gibt es sicher einen Kopierer?«, erkundigte er sich.

»Selbstverständlich.«

»Gut. Wie viel Zeit … Moment.« Benny warf einen Blick auf den Stundenplan und dann auf die wuchtige mahagonibraune Standuhr. »Halbe Stunde ist ja noch bis zum Unterrichtsbeginn. Na, fast.«

Auf Elvis' gleichgültigem Gesicht zeigte sich der Schimmer leisen Tadels. »Du kannst durchaus auch verspätet in die laufende Stunde kommen. Besser jedenfalls als gar nicht.«

»Das wäre sehr unhöflich«, befand Benny. »Wirklich. Nein, dann lieber pünktlich in die nächste. Ich will ja nicht stören. Außerdem kann ich dann mit Miss Fish direkt einen Termin machen, wann sie mich in die Geheimnisse der Bibliothek einweiht – und das sollte ich doch so schnell wie möglich tun, ehe ich mich noch blamiere?«

Reglos schaute Elvis ihn an. »Wie du meinst. Hast du sonst noch Fragen?«

Ich wüsste ganz gern, ob es noch mehr mit deiner Seriennummer gibt, dachte Benny. »Nein«, sagte er laut. »Erst mal nicht. Ich werde schon klarkommen.«

»Wenn noch etwas ist, ich stehe jederzeit zur Verfügung«, versicherte ihm Elvis mit der warmen Herzlichkeit einer Energiesparbirne.

»Super«, bedankte sich Benny.

Der Südflügel, in dem die dritte und vierte Klasse auf unterschiedlichen Gängen untergebracht waren, befand sich zwischen West- und Südturm. Trotzdem brauchte Benny eine Weile, bis er die Bibliothek erreichte, weil es nicht auf jedem Stockwerk einen Zugang zum Turm gab und die vielen Treppen und Gänge ihn verwirrten. Hier ging es aufwärts, dort wieder hinunter, manche Gänge beschrieben plötzlich eine scharfe Kurve, andere führten schier endlos weit geradeaus, ohne dass man irgendwo abbiegen konnte. Fast fühlte er sich verspottet von den alten Mauern, als wäre das Gebäude lebendig und baute sich selbst ständig neu, um zuzuschauen, wie er in die Irre lief und versuchte, ein System zu erkennen, das es nicht gab. Fragen konnte er niemanden – die nächste Stunde hatte bereits angefangen, und die Gänge waren menschenleer.

Schließlich aber fand er, was er suchte, ganz oben im Turm, wo die Bibliothek zwei volle Etagen einnahm. Er trat durch eine pompöse Flügeltür, die mehr als doppelt so hoch war wie er und ihm das Gefühl vermittelte, er wäre höchstens fünf Jahre alt. Die Türen standen offen und sahen uralt aus, als hätten sie schon vor Jahrhunderten eine Bibliothek bewacht, und von hoch oben, fast zwei Meter über seinem Kopf, schaute die Skulptur irgendeines Geschöpfs auf ihn herunter, das über dem Rahmen hockte. Genaueres konnte er nicht erkennen, dort oben unter der Decke verlor sich alles im Halbdunkel.

Vorn gab es mehrere unterschiedlich große Tische, um die dunkelrot plüschige Lehnsessel gruppiert waren. Einen Kamin gab es auch, allerdings war er kahl und leer, direkt daneben entdeckte Benny die Rippen einer nicht allzu modernen Heizung. Der Temperatur nach war sie nicht eingeschaltet, es war so eisig, als hätte er soeben die Arktis betreten. Einen wuchtigen Tresen gab es, und direkt daneben führten lange, schummrige Gänge zwischen Regalen hindurch in die Tiefen der Bibliothek. Mit der eher gemütlichen Bibliothek aus Bennys Vorstellung, in der sich deckenhohe Regale an den Wänden reihten und eine kleine, hutzlige Bibliothekarin eifrig auf einer verschiebbaren Leiter herumturnte, hatte das hier nicht viel zu tun, es war enttäuschend nüchtern. Nicht ganz so kahl wie die Bücherhallen in Hamburg und auch nicht so klein und eng wie die Bibliothek an der Uni, in der er manchmal auf seinen Vater gewartet hatte, aber eindeutig nicht das pompöse Ding, das er erwartet hatte. Auch wenn an den Wänden die Regale tatsächlich bis an die gut fünf oder sechs Meter hohe Decke reichten. Aber die obersten Regalfächer waren leer, und die anderen Regale waren ganz stinknormale Dinger, keine alten und schönen Holzmöbel, sondern Sperrholz und Chrom, das im Licht der eher spärlich verteilten Lampen kühl glänzte. An einer Wand reihten sich mehrere Computer.

Es war niemand zu sehen. Er ging zum Tresen. Auch dort war niemand. »Hallo?«

Nichts. Er bildete sich ein, das Echo seiner Stimme durch die Gänge aus Bücherregalen hallen zu hören.

»Miss Fish?«

Nichts. Unschlüssig schaute er hinter den Tresen, als sei die Wahrscheinlichkeit hoch, dass sie sich dort versteckte, ging ein paar zögerliche Schritte in einen, dann in einen anderen Gang hinein. »Hallo?«

»Hallo«, sagte jemand direkt hinter ihm. Vor Schreck fuhr er heftig zusammen.

»Ich wollte dich nicht erschrecken«, sagte die Stimme.

Benny drehte sich um und stand vor einem dunkelhaarigen Mädchen, das ihn um fast einen halben Kopf überragte.

»Wenn du jemanden nicht erschrecken willst«, raunzte er, »solltest du dich nicht so anschleichen. Nur mal so als Tipp.«

»Tut mir leid«, sagte sie und betrachtete ihn, wie ihm schien, spöttisch. »Was kann ich denn für dich tun?«

»Ich müsste zu Miss Fish. Und einen Kopierer brauche ich.«

»Die Kopierer stehen da drüben im Nebenraum.« Sie zeigte mit einem blassen, langen Finger auf eine kleine Tür neben den Computern. »Und Miss Fish bin ich.«

Benny lief rot an. »Ich …«

Sie hob die Brauen, jetzt eindeutig spöttisch.

»Aber Sie sind …«, stammelte er.

»Vierundzwanzig«, erwiderte sie trocken.

»Das meine ich nicht. Also, ich dachte …«

»Dass ich ungefähr siebzig bin. Ja, dachte ich mir. Bibliothekarinnen sind überhaupt immer mindestens fünfzig. Das liegt daran, weil man Bibliothekswesen so ungeheuer lange studieren muss, es ist unglaublich kompliziert. Man kann erst anfangen zu arbeiten, wenn man schon fast wieder in Rente geht.« Sie verdrehte die Augen.

»Äh«, sagte er. »Nein. Nein, es muss natürlich auch jüngere Bibliothekare … Bibliothekarinnen geben. Klar.« Er hätte sich gern selbst geohrfeigt.

Sie betrachtete ihn. Unter den Augen hatte sie tiefe Schatten, als habe sie zu wenig geschlafen. »Was wolltest du denn von mir?«

»Was?«

»Na, du wolltest etwas kopieren, und du wolltest zu mir«, erinnerte sie ihn.

»Ja, stimmt. Also, ich bin neu hier. Ich meine … also, mein Pate hat gesagt, ich soll …« Verärgert spürte er, wie ihm das Blut in die Wangen stieg. *Mein Pate hat gesagt, ich soll lernen, wie man sich Bücher ausleiht.* Na super.

Sie nickte. »Du brauchst vermutlich eine Schnelleinweisung ins Bibliografieren. Du bist Robin, oder?«

»Benny.«

»Huch?«

»Robin Benedict Reutter. Benny.« Er war immer noch knallrot, und es wurde nicht besser dadurch, dass ihm plötzlich bewusst wurde, dass er sie hübsch fand. Auf so eine schmale, blasse, müde Art hübsch. Vielleicht lag es auch an dem Spott in ihren Augen.

»Hast du jetzt Zeit, oder wollen wir einen Termin vereinbaren?«, fragte sie.

»Äh. Ja.«

Belustigt blitzte sie ihn an. »Was ja – Zeit oder Termin?«

»Zeit. Äh, Termin. Also, ich muss gleich in den Unterricht. Ich weiß nicht, wann …« Im Stehen klappte er die Mappe auf, in die er die ganzen Zettel von Elvis gestopft hatte. Der Inhalt geriet ins Rutschen, und ein Zettelregen ergoss sich auf den Boden. Fassungslos starrte er hinterher.

»Ah!«, sagte sie und fischte zielsicher den Stundenplan heraus. »Liebe Güte, das ist aber ambitioniert.«

Vom innigen Wunsch beseelt, es möge ein Amokläufer hereinstürmen und ihn erschießen, beugte er sich hinunter und sammelte die Zettel wieder ein. Vor Verlegenheit über seine

Ungeschicklichkeit wurde er immer ungeschickter, es kam ihm vor, als würden die Zettel vor seinen Händen fliehen und wären glitschig wie in Öl eingelegte Aale. »Die mit X markierten Stunden sind Pflichtstunden. Bei den eingekreisten muss ich mal schauen, was ich mache und was nicht.«

»Mhm. Na, aber dann bietet sich ja trotzdem an, dass du entweder abends kommst oder am Sonntag.« Sie bückte sich nach einem übersehenen Zettel und reichte ihn Benny. »Passt dir heute Abend vielleicht?«

»Ja. Klar.« Er starrte ihre Hand an, riss mit Mühe den Blick davon los und nahm den Zettel entgegen. An einem ihrer Finger fehlte das oberste Glied.

»In einem Lexikon eingeklemmt«, sagte sie und verzog das Gesicht. »Gefährlicher, als man denkt, die Arbeit als Bibliothekarin.« Er vermochte nicht zu sagen, ob es ein Scherz war oder nicht.

»Komm doch einfach nach dem Abendessen vorbei«, schlug sie vor, »und ich zeig's dir schnell. Bring eine Stunde Zeit mit, dann hast du die Grundlagen. Ist halb so wild.«

»Oh. Nein. Mir fällt gerade ein …«

»Was denn?«

»Heute Abend habe ich Stalldienst«, murmelte er verlegen. Sterben. Einfach sterben wäre schön. Warum wurden Menschen nicht einfach mit einem Knopf geboren, den man jederzeit drücken konnte, wenn einem danach war, tot umzufallen? Jetzt gerade hätte er ohne jedes Bedauern mit beiden Fäusten draufgehämmert.

»Stalldienst, so.« Einer ihrer Mundwinkel zuckte. »Na, dann wohl doch besser Sonntag. Nach dem Mittagessen?«

Er nickte. »Prima«, würgte er heraus.

»Okay. Dann – also, die Kopierer sind ganz einfach zu bedienen.«

»Die Kopierer?«

»Du wolltest etwas kopieren.«

»Stimmt! Meinen Stundenplan. Ich will ihn einem Freund schicken, der glaubt im Leben nicht, wie viel … wir haben uns schon immer aufgeregt, wenn … also – ja. Ja, ich wollte noch etwas kopieren. Stimmt.« Vor Übelkeit war er ganz schwach. Das wurde ja immer schlimmer! Fühlten sich Leute wie Gerome ihr ganzes Leben lang so? Er zog in Erwägung, seinen Kopf eine halbe Stunde lang auf den Boden zu hämmern. »Wo sind denn …«

»Dort drüben.« Sie zeigte auf die Tür, er drehte sich um und hatte ein Déjà-vu. Stimmt. Hatte sie ihm bereits gezeigt. Sein Gesicht war wie aus Holz, die Stimme klang blechern in seinen eigenen Ohren. »Danke.«

»Nichts zu danken. Falls du mit den Kopierern nicht zurechtkommst, sag einfach Bescheid. Nimm den großen gleich links, müsste alles richtig eingestellt sein.«

Er nickte, bedankte sich noch einmal und wandte den feuerroten Kopf zur Tür, drehte den Rest des Körpers hinterher und wankte drauflos. Endlich erreichte er die Tür, ohne zu stolpern, floh hindurch und um die Ecke, endlich sicher vor Blicken. Er legte die prall gefüllte Mappe auf einem kleinen Tisch ab, stützte sich mit beiden Händen auf den Kopierer und atmete tief durch. Schweißnass war er. Was zum Teufel war das gewesen? So bescheuert hatte er sich noch nie gefühlt. Jetzt zusammenreißen. Damit musste Schluss sein. Sie musste ihn für einen völligen Idioten halten, und es war ihr nicht zu verdenken, er stimmte ihr darin vollkommen zu. Dabei wusste er nicht mal, was los war. Irgendwie hatte sie ihn auf dem falschen Fuß erwischt. So hübsch war sie auch gar nicht, da waren in seiner Klasse wesentlich hübschere Mädchen gewesen, und mit denen hatte er ganz normal geredet.

Sie hatte ihn erschreckt, so einfach war das, ihn einfach blöd erwischt, er musste schlimmer durcheinander sein, als ihm klar gewesen war. Und außerdem war sie alt. Vierundzwanzig!

Wütend über seine eigene Blödheit, klappte er den Kopierer auf, legte den Zettel hinein, klappte den Deckel wieder zu und drückte auf den großen grünen Knopf. Es surrte, und der Kopierer spuckte ein Blatt aus. Na also. Nicht, dass es eine große Kunst war, einen Stundenplan zu kopieren, aber dass er das Blatt richtig herum eingelegt hatte, erfüllte ihn trotzdem mit wildem Triumph. Sorgfältig verstaute er Original und Kopie in der Mappe, schloss sie und ging festen Schrittes wieder hinaus.

Miss Fish stand hinter dem Tresen und schaute auf, als er aus dem Nebenraum kam. »Alles geklappt?«

»Klar. Dann also bis Sonntag«, sagte er lässig.

»Bis Sonntag, Benny«, erwiderte sie und schaute wieder auf das Buch, das aufgeschlagen vor ihr lag.

Zufrieden marschierte er hinaus. Alles wieder in Ordnung. Und so hübsch war sie wirklich nicht. Nur ganz ... wie hatte seine Mutter solche Gesichter einmal genannt? Apart. Recht apart. Kein Grund, sich aufzuregen. Ein schmales, blasses Gesicht, umrahmt von langen dunklen Haaren, an die Details erinnerte er sich schon kaum noch.

9 NIMMERMEHR

Zur nächsten Stunde – Englisch – war Benny überpünktlich, er hatte sogar daran gedacht, die Schulbücher aus dem Zimmer zu holen. Im Klassenraum saßen schon ein paar Leute – es war ein großes Zimmer mit holzgetäfelter Decke und ganz normalen Schultischen. Erleichtert entdeckte er Oliver und Richard und steuerte auf sie zu.

»Hey«, sagte Oliver. »Da ist ja der verlorene Sohn.«

»Man fragte sich schon, ob du vielleicht im Moor ertrunken bist«, fügte Richard hinzu. »Der arme Mister Ross befürchtete, seinem neuen Schützling sei etwas zugestoßen. Er hätte dich so gern kennengelernt.«

»Mister Ross?«, wiederholte Benny.

»Unser Klassenlehrer.«

»Ups.«

»Macht nichts. Wir haben ihm erklärt, dass du noch zur Rutherford musstest«, beruhigte ihn Oliver. »Wieso hat denn das überhaupt so lange gedauert? Wie war's?«

»Ganz okay. Cooper und ich haben ab heute Abend gemeinsam Stalldienst.«

Die beiden schauten einander an.

»Ein schreckliches Schicksal«, sagte Oliver todernst.

»In so jungen Jahren schon ein derart ruiniertes Leben«, fügte Richard hinzu und wackelte erschüttert mit dem Kopf.

»Ich bin gar nicht fähig, so viel Mitleid zu empfinden, wie angemessen wäre.« Besorgt legte Oliver das Gesicht in lauter Falten.

»Ja ja, ist ja gut. Wo ist hier eigentlich noch frei? Wo kann ich sitzen?«

»Neben mir.« Oliver grinste. »Dickie und ich dürfen nicht mehr nebeneinander sitzen. Der Platz neben mir ist frei. Wenn du also keine Vorbehalte hast ...«

»Nö.« Benny legte seine Bücher auf den Tisch, einen ganzen Stapel. Es war kein Arbeitsbuch dabei – nur Gedichtbände und Romane.

»Fleißig«, bemerkte Oliver. »Hat gleich alles mitgebracht. Heute nur Poe, junger Rekrut.« Zielsicher fischte er eins der Bücher raus und legte es obenauf. »Die anderen kannst du erst mal wegpacken. Die Teagle hält sich gern die ersten drei Stunden mit demselben Gedicht auf.«

»Oder länger«, merkte Richard sorgenvoll an. »Es ist immerhin recht lang.«

Benny griff nach dem Buch. Es war eine Ausgabe von Edgar Allan Poes *Der Rabe*. Unwille stieg in ihm auf. Von Poe hatte er einiges gelesen, auch im Original. Sein Vater schätzte ihn nicht sehr, Benny hatte ihn eine Weile recht gern gemocht. Weshalb er sich über das Wiedersehen ärgerte, wusste er nicht genau, aber wild war er nicht darauf, ausgerechnet den Raben noch einmal durchzukauen. »So viel ist darüber ja nicht zu sagen«, befand er.

»Hast du eine Ahnung.« Oliver rollte mit den Augen. »Zeig mal deinen Stundenplan her. Hast du dich schon für eine Sportrichtung entschieden?«

Miss Teagle war klein und rund und trug eine randlose Brille auf der außerordentlich spitzen Nase. Sie kam hereinspaziert wie die Königin von Schottland, blieb beim Lehrerpult stehen und maß die Klasse mit einem langen Blick, bis alle saßen und schwiegen. Der Blick hätte an Bennys alter Schule nicht einmal gereicht, um zwei streitende Schüler auf einen Lehrer aufmerksam zu machen, hier dauerte es keine zwei Sekunden, bis alle aufmerksam nach vorn schauten. Auf Miss Teagles dünnen Lippen breitete sich ein ebenso dünnes Lächeln aus. »Guten Morgen.« Ihre Stimme erinnerte an das Pfeifen eines Wasserkessels. »Ich hoffe, Sie alle hatten schöne Ferien. Und ich hoffe, die Vorbereitung auf unseren Lehrplan dieses Jahr hat Ihnen nicht die Stimmung verdorben.« Sie tippte auf das Pult, und hinter ihr gleißte die Projektion eines Beamers auf der weißen Wand auf.

Überrascht hob Benny die Brauen. Miss Teagle und ein Beamer, das schien ihm so gut zu passen wie ein Dinosaurier, der im ICE zu seinem nächsten Weidegrund fuhr.

Der Tod in der Literatur stand auf der Wand. Erneut tippte Miss Teagle das Pult an, und unter der Schrift erschien ein animierter Totenkopf, der die Klasse ankicherte. Vereinzelt kicherte jemand mit, und über Miss Teagles Gesicht huschte ein verschmitztes Lächeln. »Sie haben sich hoffentlich mit der Literaturliste beschäftigt«, sagte sie. »Und vielleicht haben Sie ja auch schon Vorlieben gefasst und sich überlegt, mit welchem Schriftsteller oder Text Sie sich in diesem Halbjahr beschäftigen möchten. Heute steigen wir mit einem recht einfachen Text ein, auch einem vergleichsweise kurzen – Edgar Allan Poes *Der Rabe*. Mister Stone, haben Sie es gelesen?«

Miles Cooper und seine Leute saßen ganz hinten. Benny wandte sich um und sah, wie Stone kaum merklich den Kopf schüttelte.

»Sie lernen wohl nie dazu?«, seufzte Miss Teagle. »Na, wer hat es gelesen? Alle anderen, möchte ich doch hoffen. Mister

Green, wie sieht es mit Ihnen aus, möchten Sie uns eine kurze Zusammenfassung geben?«

Daniel Green, der zwei Tische vor Oliver und Benny saß, nickte und stand auf. »Gern. Edgar Allan Poes *Der Rabe*, verfasst von Edgar Allan Poe in, den Angaben des Autors zufolge, zehn Jahren Arbeit, erstmalig veröffentlicht 1845 im New Yorker *Evening Mirror*. Achtzehn Strophen, auffallend originelles Versmaß.« Er ratterte eine rasche Beschreibung herunter, in der Benny nur das Wort *Metrik* verstand. Anschließend setzte er sich wieder.

»Schön«, sagte die Teagle. »Dann haben wir ja die nackten Zahlen schon mal abgehakt. Möchte noch jemand ein paar Worte über den Inhalt dieser in originellem Versmaß verfassten Zeilen verlieren?«

»Ich möchte das sehr gern«, sagte Richard.

»Mister Dickenson, ich habe es befürchtet. Bitte.«

Richard stand auf und räusperte sich. »Fürchterlicher Sturm draußen. Ein Gelehrter sitzt in seinem Zimmer und schmachtet seiner toten Geliebten hinterher. Ein Klopfen schreckt ihn auf, ein Klopfen an der Tür, doch als er nachschaut, ist niemand da. Müssen wohl die losen Fensterläden gewesen sein, die das Gewitter kürzlich losgerissen …«

»Wenn Sie es nicht ein wenig mehr raffen, können wir auch gleich das ganze Gedicht lesen«, tadelte Miss Teagle.

»Verzeihung.« Richard senkte den Kopf. »Es klopft erneut, ein Rabe kommt herein. Er fliegt auf die Büste der Pallas und bleibt dort sitzen. Der Gelehrte richtet einige Fragen an ihn, beginnend mit der nach seinem Namen. Auf jede Frage antwortet der Rabe: *Nimmermehr.* Unser Gelehrter stellt immer weiter Fragen, abschließend die, ob er seine Geliebte dereinst wiedersehen wird. Die naheliegende Antwort gefällt ihm nicht, und er bringt sich um.«

»Aha.« Miss Teagle lächelte. »Eine interessante Interpretation.«

»Danke!«

»Sie können sich gern wieder setzen.«

»Ich danke nochmals.« Richard strahlte sie an und setzte sich wieder.

»Welchen wichtigen Punkt hat Mister Dickenson gerade übersehen?«

Richard sprang auf.

»Mister Dickenson?«

»Die Klimax«, sagte er. »Das lyrische Ich stellt natürlich nicht einfach nur irgendwelche Fragen. Es beginnt mit einfachen und alltäglichen, man könnte sogar sagen, allgemeinen Fragen. Zunehmend werden sie konkreter, und am Ende stellt es die einzige Frage, deren Antwort es wirklich interessiert.«

»Sehr schön. Setzen Sie sich bitte wieder.«

»Danke.«

»Da sieht man mal, wie nötig er es hat, sich aufzuspielen«, flüsterte Oliver Benny zu. »Schau, wie aufgeplustert er ist.«

»Möchte noch jemand etwas zum Selbstmord des lyrischen Ichs am Ende des letzten Verses sagen?«, fragte Miss Teagle.

Ein Schüler, an den sich Benny vage vom Frühstück erinnerte, meldete sich.

»Mister Flint?«

»Das ist Unsinn. Es gibt keinerlei Hinweis auf einen Selbstmord.«

»Vielen Dank.«

»Weil ihr nicht weiterdenkt«, empörte sich Richard. »Man muss über den Horizont des Textes hinausschauen. Nur weil da nicht wortwörtlich steht …«

»Mister Dickenson!«

»Ich bin aber ganz sicher, dass er sich umbringt«, beharrte Richard. »Weshalb sonst sollte er im Schatten des Raben liegen und sich nie mehr erheben?«

»Vielleicht, weil er nicht will?«, rutschte es Benny heraus. Miss Teagle wandte ihm die scharfen kleinen Augen zu. »Mister Reutter, richtig?«

»Ja, richtig«, murmelte er. Zum zweiten Mal heute stieg ihm das Blut in ausreichender Menge in den Kopf, um auch einen weit größeren Schädel als seinen zum Platzen zu bringen.

»*Weil er nicht will*«, wiederholte sie. »Vermutlich spielen Sie auf die Anmerkungen des Autors zu seinem eigenen Gedicht an. Sie alle werden es sich selbstverständlich so bequem gemacht haben, sie zu lesen.«

»Ich habe nichts gelesen«, gestand er. »Ich kenne das Gedicht, aber ich habe nicht gewusst, dass wir es zu Beginn des Schuljahrs gelesen haben sollen.«

»So. Das ist ein Versäumnis, das Sie sich vermutlich selbst anzulasten haben.«

Verlegen nickte er. »Vermutlich.«

»Umso interessanter Ihre Bemerkung. Das lyrische Ich erhebt sich also nicht wieder aus dem Schatten, weil es nicht will, so sagten Sie?«

Es war eine ganze Weile her, dass Benny Poe gelesen hatte. »Der Rabe«, versuchte er sich mit dem, was er in Erinnerung behalten hatte, »der Rabe ist ein Symbol für die, äh, für die Vergänglichkeit. Nach dem Tod seiner Frau kann der Erzähl… das lyrische Ich sie nicht mehr verdrängen. Das Wissen um die Vergänglichkeit bleibt bei ihm. Es lässt sich nicht mehr vertreiben. Er lebt in seinem Schatten.« Er runzelte die Stirn. Ging doch. »Alles, was ist, vergeht«, schloss er dramatisch.

»Verzeihung«, mischte sich jemand ein. Es war Cooper. Er grinste abfällig. »Aber der Rabe ist ein Symbol für etwas ganz anderes. Und zwar für die Erinnerung selbst.« Seine Stimme wurde salbungsvoll. »Das Sinnbild der trauervollen Erinnerung, die nie endet.«

Benny zuckte mit den Schultern. »Das kann man sicher so sehen. Aber ich finde …«

»Man sollte nicht finden, sondern belegen«, erwiderte Cooper hochnäsig.

»Und du kannst das sicher prima belegen«, spottete Oliver, hob sein Buch und las vor: »… doch erst in der letzten Zeile der letzten Strophe lässt sich die Absicht, ihn zum Sinnbild trauervoller und nie endender Erinnerung zu machen, eindeutig erkennen.« Er ließ das Buch wieder sinken. »Glaub nicht, ich habe nicht gesehen, wie du eben schnell nachgeblättert hast.«

Cooper lief knallrot an, das weiße Pflaster quer über seiner Nase schien im Kontrast dazu regelrecht aufzuleuchten. »Ich habe es nachgeschlagen, ja. Aber trotzdem geht es nicht darum, was man findet, sondern was man belegen kann. Und es geht ja nicht um die Frage, ob irgendwas vergänglich ist, sondern ob das lyrische Ich seine Tussi im Himmel wiedersieht. Und da sagt der Rabe eben Nein. Und dann klappt der Typ zusammen. Darum geht es!«

»Meine Herren.« Miss Teagle hob die Hände. »Es freut mich von Herzen, wenn Sie sich so sehr für Literatur begeistern, dass regelrechte Streitgespräche entbrennen. Wirklich. Das ist ganz herrlich. Ganz besonders von Ihnen, Mister Cooper, bin ich ausgesprochen positiv überrascht. Da haben Sie doch tatsächlich mal die Sekundärliteratur bemüht, zumindest zeilenweise. Aber ich würde gern noch einmal auf die Vergänglichkeit zu sprechen kommen. Gerade Edgar Allan

Poe hat so viel Wert auf Mehrdeutigkeit gelegt, dass wir ihm den Gefallen tun sollten, nach eben dieser Mehrdeutigkeit zu suchen. Was ein Autor in seinen Texten mitzuteilen beabsichtigt, ist das eine. Was tatsächlich darin mitschwingt, oft genug etwas anderes, mitunter sogar etwas Vielschichtigeres. Und das ist tatsächlich etwas, das ich gern mit Ihnen im kommenden halben Jahr herausarbeiten würde – die verschiedenen Lesarten von Texten. Bleiben wir jedoch erst einmal …«

Benny schaltete ab. Es war vertraut, er konnte nicht viel dagegen tun. Mit einem Mal wurde es nicht nur uninteressant, was geredet wurde, sondern ging einfach an ihm vorbei. Mit aller Macht hätte er sich konzentrieren können, die Worte ergaben schlicht keinen Sinn.

Oliver beugte sich zu ihm. »Dieser Vollidiot von Cooper«, flüsterte er. »Da …«

»Ich brauche keine Schützenhilfe«, flüsterte Benny zurück. »Nett gemeint, aber nicht nötig.«

Erstaunt hob Oliver die Brauen. »Schon gut. Ich habe nicht gedacht, dass du Hilfe brauchst, mir ist nur aufgefallen …«

»Mister Reutter, möchten Sie uns Ihre Deutung des Raben noch einmal näher ausführen?«, erkundigte sich Miss Teagle.

»Nein«, erwiderte Benny. »Im Augenblick nicht.«

»Bedauerlich. Falls Sie es sich anders überlegen, lassen Sie es mich wissen.« Ihr Blick war nicht unfreundlich. Cooper hingegen grinste in sich hinein.

Wenn du noch eins auf die Schnauze willst, lass es mich wissen, dachte Benny und wünschte sich, er besäße die Gabe der Gedankenübertragung. Es wäre zu schön gewesen, wenn Cooper als Einziger seine Worte gehört hätte, laut wie eine dröhnende Kirchenglocke in seinem Kopf, unhörbar für alle anderen. Für den Rest der Stunde vertiefte er sich in unterschiedliche Variationen dieser Vorstellung, die allesamt nicht gut für Cooper ausgingen.

In Geschichte und Politik beschäftigten sie sich anderthalb Stunden lang mit aktuellen Nachrichten, was Benny zu seiner Überraschung ganz interessant fand. Mister Ross, ihr Klassenlehrer, war deutlich jünger als sein Vater und hatte ein Loch in der Augenbraue, als hätte er vor kurzem noch ein Piercing getragen. Er lief etwas breitbeinig, als würde er nach dem Unterricht gleich durch das Fenster auf ein bereitstehendes Motorrad springen und an einen deutlich cooleren Ort fahren als Glen, und begrüßte Benny kurz, aber herzlich in der Klasse. Zwar hielt sich Benny in der Stunde sehr zurück, aber seine Gedanken schweiften kaum ab.

Beim Mittagessen bekam er einen Brief. Offenbar gab es nicht nur einen Stall-, sondern auch einen Briefdienst, denn zwei eifrige Drittklässler namens Timmy Parker und Irgendwas Woodrow verteilten die Post unter fröhlichem Gebrüll.

»Parker«, flehte Patrick Callahan, als Timmy Parker den Brief bei Benny ablieferte, und hielt ihn am Ärmel fest. »Komm, schau nochmal, du *musst* was für mich haben!«

»Ehrlich nicht, Sir«, versicherte ihm Parker, ein flinker, etwas stupsnasiger Bengel mit sommersprossenübersätem Gesicht, blätterte den dünnen Stapel aber sicherheitshalber noch einmal durch. »Nichts dabei!«

»Sie hat dich vergessen, Callahan«, feixte Gil Darcy.

»Nein«, jammerte Callahan und ließ theatralisch den Kopf auf die Arme sinken. »Nein, das kann ich mir nicht vorstellen. Wir waren so *glücklich*!«

»Drei Tage lang«, sagte Oliver und hieb ihm mitfühlend auf den Rücken. »Das ist immerhin eine halbe Ewigkeit. Bewahre die Erinnerung in deinem feurigen irischen Herzen.«

»Sie wird schreiben«, versicherte ihm Callahan. »Wart's ab, morgen kommen drei Briefe auf einmal. Oder vier. Ich spüre doch, wie sie an mich denkt! Das ist eine Verbindung, die kannst du dir gar nicht vorstellen! Es ist … schicksalhaft.«

»So wie Jane Heathrow letztes Jahr?«, spottete Richard.

»Ach.« Callahan winkte ab. »Da waren wir noch Kinder. Das zählt nicht. Janie, die süße Janie, die hab ich längst vergessen. Aber Meagan …« Er seufzte. »Wenn sie morgen nicht geschrieben hat, werde ich wohl meinen Kummer in Orangensaft und schwarzem Tee ertränken müssen. Mangels Whisky. Eine Schande. Gänzlich ohne Stil. Wenn sie mich vergessen hat, ist das mein Untergang, das sage ich dir, du kannst ruhig spotten, aber du wirst schon sehen.«

Ein paar Jungs kicherten vor sich hin, als er trübselig mit dem Fingernagel gegen sein leeres Glas klopfte.

»Und wer schreibt dir?«, erkundigte sich Richard bei Benny. »Etwa auch ein Mädchen?«

»Mein Vater«, brummte Benny und ließ den Brief schnell in der tiefen Brusttasche der Schuluniform verschwinden.

»Willst du den Brief nicht lesen?«

»Nein. Nicht jetzt.«

»Vielleicht schickt er ja Geld?« Richard grinste. »Meine Eltern haben sich im ersten Jahr auch nicht an die Taschengeldbegrenzung gehalten. Ständig hier noch ein paar Pfund, da noch ein paar Pfund – sie müssen sich daran gewöhnen, dass man nicht mehr zu Hause ist, weißt du? Sie schauen ständig auf deinen leeren Stuhl, schleichen um dein leeres Zimmer rum und fragen sich, ob es dir wohl gut geht in der Ferne. Das muss man ausnutzen. Sobald sie sich daran gewöhnt haben, funktioniert es nicht mehr.«

Bestätigend nickte Oliver. »Eltern vergessen schnell. Erst der reine Jammer, und dann sagen sie auf einmal, was hast du denn, dir geht es doch gut, sei dankbar für die Chance, wir zahlen schließlich genug. Treuloses Pack. Du musst ihn melken, solange es geht!«

Zweifelnd holte Benny den Brief wieder heraus und betrachtete ihn. »Ist in Inverness abgestempelt.«

»Na siehste? Schlechtes Gewissen. Zeig mal.« Oliver nahm ihm den Brief weg und wog ihn prüfend in der Hand. »Na, entweder seitenlanges Geflenne darüber, dass du jetzt so einsam und verlassen und so weiter, oder mindestens fünfzig Pfund in Zehnern.«

»Mach ihn auf, wenn du allein bist«, riet Richard. »Wenn es keiner sieht, war es ein langer Brief. Wenn jemand zuschaut, musst du das Geld beim Blakefield abgeben.«

»Rutherford«, korrigierte Oliver. »Bei der Rutherford.«

»Ach, stimmt ja. Die Direktoren wechseln in letzter Zeit so schnell wie Callahans Mädchen.«

Drohend hob Callahan, der schon wieder ganz vergnügt aussah, eine Faust.

»Er kann so viel Geld schicken, wie er will.« Benny schob den Brief wieder in die Tasche. »Für mich ist er gestorben.«

»Darauf einen Orangensaft«, sagte Oliver und schenkte ihm aus dem Krug ein, den Felix gerade an den Tisch brachte. »Meine Alten können mich auch mal.« Er goss sich selbst ebenfalls Saft ein, beiden nur zwei Fingerbreit. »Einen Doppelten auf die Eltern, die uns mal können. Callahan, trinkst du einen mit? Auf Meagan, die Vergessliche?«

»Morgen«, brummte Callahan. »Falls sie morgen nicht geschrieben hat, dann trink ich einen mit.«

»Ein Mann, ein Wort.« Oliver hob das Glas.

Nach kurzem Zögern hob Benny das seine ebenfalls. Sie stürzten den Saft hinunter, und seltsamerweise brannte er in der Kehle und hinterließ eine Spur Wärme. Er musste lachen.

»Siehste«, sagte Oliver selbstzufrieden. »Hilft immer.«

Im Technikunterricht, einem der optionalen Kurse, stieß Benny an seine Grenzen. Zwar half ihm Oliver, der sich als wahres Ass entpuppte, aber der Kurs baute auf einem im Vorjahr auf und setzte einiges Grundwissen über Statik voraus, das Benny nicht besaß. Sie experimentierten mit kühnen Hausentwürfen, und Benny hatte weder mathematisch noch intuitiv nennenswerten Zugang dazu. Was immer er entwarf, stürzte laut Oliver und den anderen spätestens ein, wenn ein größerer Hund an die Wand pinkelte.

»Vielleicht ist Maschinentechnik eher was für dich«, schlug Oliver am Ende der Stunde vor. Er hatte angefangen, einen Bungalow auf Stelzen zu entwerfen, den er für unbedingt erdbebensicher erklärte und der im Falle einer Flut mit einem Dutzend einfacher Handgriffe zum hochseetauglichen Hausboot umfunktioniert werden konnte.

»Vielleicht ist Technik überhaupt nichts für mich«, seufzte Benny, als sie von den Werkstätten zur Burg zurückschlenderten. Es regnete nicht, aber in der Luft lag genügend Feuchtigkeit, um die Haut klamm werden zu lassen. »Hast du jetzt auch Französisch?«

»Gott bewahre, wer braucht denn das? Nein. Chinesisch.« Oliver verdrehte die Augen, hob im Gehen einen kleinen Stein auf und warf ihn über die halbhohe Mauer, hinter der die ausgedehnten, aber momentan triefnassen Burggärten lagen. »Die Firma meiner Eltern unterhält wichtige Geschäftsbeziehungen nach Tokio, und Japanisch wird hier nicht angeboten. Also lerne ich immerhin eine asiatische Sprache und eigne mir Japanisch nebenher an.«

»Nebenher«, wiederholte Benny.

»Na, am Wochenende gibt es eine Arbeitsgruppe dafür.«

»Also sprichst du Chinesisch und Japanisch?«

»Leidlich.« Olivers zahnblitzendes Grinsen ging von einem Ohr bis zum anderen. »Was sprichst du noch außer Französisch und Englisch – und Deutsch natürlich?«

»Spanisch. Bisschen.«

»*Hombre*, du denkst nicht wirtschaftlich. Oder willst du den südamerikanischen Markt erobern? Da gibt es nicht viel zu holen. Chinesisch ist die Sprache der Zukunft! Der asiatische Raum will annektiert werden! Beziehungsweise er überschwemmt uns. So oder so: An dem kommen wir nicht vorbei.« Oliver grunzte, und wenn sich Benny nicht irrte, stand Abscheu in seinen Augen. »Du willst nicht in die Wirtschaft, richtig?«

»Ich habe keine Ahnung.«

»Gut so. Ich habe seit meiner Geburt so eine *Ahnung*, dass ich die Firma meiner Eltern übernehmen werde. Genauer gesagt führt kein Weg daran vorbei. Ich bin ja der einzige Nachkomme. Da hat Richard es gut, die Erwartungen verteilen sich auf sieben Brüder.«

»Sieben!«

»Na, er ist der siebte.«

Beeindruckt stieß Benny die Luft aus. »Und was haben deine Eltern für eine Firma?«

»Wenn man es auf das Wesentliche reduziert: Papierfabrikanten.« Oliver grinste. »Komm, sag schon, das ist aufregend, oder?«

»Ich kann mich kaum halten.«

»Sag ich doch.« Sie stießen eine kleine Tür auf und betraten die Rote Halle, an der nichts rot war außer vielleicht hier und da ein paar Fasern in den Wandteppichen. Die Halle war klein im Vergleich zur Großen Halle beim Eingang, aber trotzdem hätte die Wohnung von Bennys Eltern mehrfach hineingepasst.

»Wieso eigentlich Rote Halle?«, fragte er, als sie die breite Treppe hinauftrabten.

»Erzähl ich dir ein anderes Mal. Ist eine lange Geschichte. Ich muss noch mal in die Bibliothek rennen.«

»Dann bis später«, verabschiedete sich Benny und machte sich auf die Suche nach seinem Französischkurs. Als er ihn endlich gefunden hatte, wünschte er sich bereits nach zwei Minuten in den Technikkurs zurück. Mit Ach und Krach brachte er seine Vorstellung auf Französisch zustande, aber bereits die erste auf Französisch auf ihn abgefeuerte Frage war zu schnell für ihn, und er verstand rein gar nichts. Er beschloss, in seinem Zeugnis nachzusehen, ob da wirklich noch vorletztes Jahr eine Eins gestanden hatte, bevor seine Leistungen abgesackt waren. In dem kleinen Kurs mit vierzehn Schülern jedenfalls fühlte er sich, als habe er ungefähr gestern zum ersten Mal in seinem Leben eine französische Vokabelliste gesehen.

»Mister Reutter, bitte bleiben Sie noch kurz«, bat ihn Mister Delacroix auch folgerichtig am Ende der Stunde. Schicksalsergeben trottete Benny nach vorn.

»Sie trauen sich noch nicht recht«, sagte Mister Delacroix, als die anderen Schüler den Raum verlassen hatten. Er war fast kahl, spinnendünn und trug eine Brille, mit der andere Leute zum Tiefseetauchen gegangen wären. »Sie müssen sich trauen, Fehler zu machen. Das Geheimnis beim Erlernen einer Sprache ist das Spielerische. Keine Angst haben.«

»Ich verstehe im Unterricht hier kein Wort«, sagte Benny. »Ich war immer gut in Französisch, aber …«

»Aber hier ist der Unterricht ganz anders.« Mister Delacroix lächelte. »Sie haben sicher viel nachzuholen, das ist nicht zu bestreiten. Nur Mut, Sie werden das schon schaffen. Besuchen Sie bitte unbedingt den Vertiefungskurs am Sonntag, das möchte ich Ihnen doch sehr ans Herz legen. Und suchen Sie sich jemanden, mit dem Sie ab und zu Gespräche auf Französisch führen. Ganz normale Gespräche über die Familie, das Wetter und die politische Lage im Nahen Osten.« Sein Gesicht war wie aus Pergament und schlug feine, trockene Falten, wenn er lächelte. »Haben Sie Spaß an der Sprache. Und wenn Sie ihn nicht haben, dann legen Sie ihn sich zu. Entwickeln Sie Gespür für die Schönheit des Französischen. Lesen Sie Bücher auf Französisch, die Sie bereits kennen, lesen Sie sich selbst Ihre Lieblingspassagen laut vor. Und sprechen Sie mit anderen auf Französisch. Unbedingt: sprechen. Sprachen lernt man nicht auf dem Papier, sondern indem man sie spricht. Ihre Grammatik ist solide, ebenso Ihre Aussprache. Es fehlt Ihnen nur erheblich an Praxis. Übrigens das Problem nahezu aller Schüler, die von deutschen Schulen kommen. Da müssen Sie sich keine Gedanken machen. Einfach nur tapfer voran. Ich werde in diesem ersten Halbjahr nicht Ihren aktuellen Stand benoten, sondern Ihre Fortschritte.«

Überrascht schaute Benny von seinen Turnschuhen auf. »Meine …«

»Ihre Fortschritte, ganz genau. Wenn Sie deutlich erkennbare Fortschritte machen und ich sehe, dass Sie anfangen, das Französische nicht mehr wie ein leidiges Übel zu betrachten, sondern als gute Freundin und ein Vergnügen, dann steht einer guten Note nichts im Wege.«

Sprachlos starrte Benny ihn an. »Das ist …«

»Das ist ein Vertrauensvorschuss, Mister Reutter, weil ich davon ausgehe, dass Sie sich ernsthaft bemühen werden. Nun laufen Sie. Wenn ich mich nicht irre, gibt es gleich Abendessen.«

Auf dem Weg zum Schweinetrog, wie auf Glen der Trakt mit den Speisesälen genannt wurden, fühlte sich Benny eigenartig leicht und beschwingt. Als er in sich hineinlauschte, fand er dort etwas, das er schon lange nicht mehr empfunden hatte – ein schwaches Echo des Ehrgeizes, den er einmal gehabt hatte. Das war sehr viel mehr, als er seit gut einem Jahr empfunden hatte, wenn es um die Schule ging.

»Die Schönheit der französischen Sprache«, murmelte er und bemühte sich aufrichtig um die gewohnte Verdrossenheit. »Eine gute Freundin und ein Vergnügen. Bücher lesen. Sprechen. AG am Sonntag. Sonst noch was? Ich habe ja schließlich nur ein einziges Fach, um das ich mich kümmern muss.«

Ein Windzug wehte an seiner Wange vorbei, es war, als würde ihn ein langer, kalter Finger streicheln. Unwillkürlich zuckte er zusammen. Da hörte er ein Kichern.

Er wandte sich um, doch da war niemand, der Gang hinter ihm war leer. Lauschend blieb er stehen. Aber er hörte nichts mehr, und auch der Luftzug war verschwunden. Plötzlich fühlte er sich beobachtet.

»Jetzt fang ich schon an zu spinnen«, brummte er.

Stille antwortete ihm. Schulterzuckend drehte er sich wieder um und sah zu, dass er in den Speisesaal kam.

10 WILLIAM DAVENPORT

Pferdeställe kamen in Bennys Leben nur sehr am Rande vor. Ställe – das waren Orte, an denen einige Mädchen aus seiner Klasse absurd viel Zeit verbracht hatten. Eins von ihnen – eine der beiden Nicoles – sogar so viel, dass ihre Versetzung gefährdet gewesen war. Er hatte das Ergebnis der Lehrerkonferenz nicht mehr mitbekommen, nachdem die Entscheidung über seine schulische Karriere getroffen worden war. Jetzt, da er neben Cooper aus der Roten Halle trottete, an den Sporthallen vorbei und auf ein langgestrecktes, zweistöckiges Gebäude zu, fragte er sich, ob Nicole es wohl geschafft hatte. Sie gehörte zu den netteren Leuten aus der Klasse, und sie hatten vor der Konferenz ihre Befürchtungen ausgetauscht. Streng genommen: Nicoles Befürchtungen, die etwa lauteten, dass Sitzenbleiben ihr Leben zerstören könnte, weil sie dann vermutlich nicht mehr reiten durfte. Benny hatte keine Befürchtungen gehabt. Wenn sie ihn von der Schule warfen, hatte er gesagt, würde es eben irgendwie weitergehen oder auch nicht. *So cool wär ich auch gern,* hatte Nicole hektisch kaugummikauend und nicht ohne Bewunderung gesagt. Selbst bei der Erinnerung daran fühlte er sich schlagartig ein paar Zentimeter größer.

»Was bläst du dich denn so auf?«, erkundigte sich Cooper missmutig und trat nach einem Grasbüschel, das sich zu nah an den Kiesweg herangewagt hatte.

»Nichts«, sagte Benny.

»Gut. Da drin wartet nichts als ein Haufen Scheiße auf uns. Herzlichen Dank noch mal.«

An der Stalltür erwartete sie jedoch zunächst einmal ein kleiner Mann mit krummen Beinen, dessen Gesicht aussah wie ein verwitterter Baumstumpf, der nur durch Zufall Ähnlichkeit mit einem menschlichen Gesicht hatte. Er redete nicht viel, führte sie nur durch eine saubere, von einem Dutzend Boxen gesäumte Gasse, wies in einer kleinen Kammer auf Schubkarre, Mistgabeln und eine Leiter, die zu einer Luke in der Decke führte, deutete vage den Gang hinunter, brummte etwas von *Besen* und *Achtung, die Rowana beißt*, und verschwand. Cooper und Benny standen da und schauten einander blöd an.

»Der Murray ist doch echt ein Arsch«, maulte Cooper. »Soll uns eigentlich helfen. Jetzt dürfen wir's allein machen, und er geht einen saufen. Wette?«

Benny zuckte mit den Schultern.

»Schon mal eine Box ausgemistet?«, fragte Cooper und beäugte ihn prüfend.

Benny schüttelte den Kopf.

»Leck mich«, murrte Cooper, drückte ihm zwei Mistgabeln in die Hand und machte sich mit der Schubkarre davon ans andere Ende der Stallgasse.

Pferde waren unnatürlich große Tiere, fand Benny, als er ihm folgte und im Vorbeigehen in die Boxen schaute. Die glänzenden, glatten Leiber schienen ihm in verdächtig unruhiger Bewegung zu sein, es waren insgesamt ein paar Hufe zu viel dran, und das Geräusch der mahlenden Zähne, mit denen sie Heu kauten, erfüllte ihn mit Unbehagen. Hatte Nicole nicht davon gesprochen, es gäbe nichts Friedlicheres auf der Welt? Ihm erschien es drohend. Als wetzten sie die Zähne.

»Da«, sagte Cooper, nahm ihm eine der Mistgabeln weg und drückte ihm dafür ein Halfter samt buntem Strick in die Hand. Klug genug, nicht unnötig zu fragen, wie er damit zu verfahren habe, wartete Benny ab und sah zu, wie Cooper in eine der Boxen trat, dem darin stehenden Pferd das Halfter überstreifte und es auf die Gasse führte, wo er es anband. Sah einfach aus.

Benny schaute in die gegenüberliegende Box, fand das Tier darin für den Anfang arg groß und wandte sich der nächsten Box zu. Er öffnete die Tür, sagte *Ho ho ho* zu dem vergleichsweise kleinen Rappen darin, wie er es einmal in einem Film gesehen hatte, hob das Halfter und bekam den nachtschwarzen Pferdekopf kräftig unters Kinn gerammt. Als er wieder etwas anderes sah als bunte Flecken, stand das Pferd mit dem Hintern zu ihm und warf ihm über die Schulter einen scheelen Blick zu.

Vor der Box stand Cooper und kriegte sich vor Lachen nicht mehr ein. »Schon mal ein Pferd angefasst?«, fragte er.

»Klar«, sagte Benny und rieb sich das lädierte Kinn. »Das gerade eben. Aber es scheint es nicht besonders zu mögen.«

»Sag mal, Reutter«, Coopers Stimme klang lauernd. »Hast du etwa Angst vor Pferden?«

»Nicht die Spur«, behauptete Benny, biss die Zähne zusammen und ging um den Rappen herum zum Kopf. Ihm missfiel das schiere Ausmaß dieser Tiere immer mehr. Wenn in der Ferne Leute darauf saßen, wurde einem nicht unbedingt klar, was für Riesenviecher das waren. Schäferhunde fand er schon recht groß, aber Hunde mochte er wenigstens. Etwas so Unberechenbares wie ein Pferd sollte nicht so groß sein. Die Pferde, auf denen er in seinen Fantasien ritt, benahmen sich wesentlich zuvorkommender.

Einladend hob er dem Pferd das Halfter entgegen. »Na komm«, sagte er schmeichelnd. »Steck den Kopf rein.«

Das Tier zeigte ein wenig Weiß im Auge und schlug mit dem Kopf. Es sah nicht sehr kooperativ aus. Cooper hatte sich vor der Box auf seine Mistgabel gelehnt und schaute interessiert zu.

»Hast du nichts Besseres zu tun, als so zu glotzen?«, fragte Benny ungnädig.

»Gerade nicht«, versicherte Cooper. »Finde Stalldienst gerade nicht mehr so schlimm. Hat auch was, finde ich.«

»Ja ja«, knurrte Benny, packte das Pferd kurzentschlossen am Schopf und fand sich im nächsten Moment an die Stallwand geknallt wieder. Er betastete alle Stellen, die kräftig mit Pferdeleib oder Stallwand in Berührung gekommen waren, und fand sie zu seinem Erstaunen unbeschädigt. Das Pferd stand wieder mit dem Hintern zu ihm und versenkte das Maul in der Futterkrippe, als wäre es der Meinung, jetzt sei die Angelegenheit erledigt.

»Tja.« Coopers Stimme troff vor dümmlichem Spott. »Ich würde gern weiter zuschauen, aber ich hab heute noch was vor. Ich mach die linke Seite der Gasse, du die rechte, ja? Und vergiss nicht, nachher die Boxen mit frischem Stroh wieder aufzuschütten.« Er machte mit gespreizten Fingern eine eigenartige Geste, deren Bedeutung Benny schleierhaft blieb. »Viel Spaß dann noch!«

Als Cooper mit seiner Reihe fertig war und winkend den Stall verließ, kam Benny gerade aus der zweiten Box. Er war schweißnass, sein Kiefer schmerzte, wo der Pferdekopf ihn getroffen hatte, und ihm standen noch immer vier Boxen bevor. Wenigstens war das zweite Pferd verträglicher gewesen.

Er trat zur nächsten Box, warf einen kurzen Blick auf das glänzende runde Messingschild mit dem Namen und erstarrte. *Rowana.* War das nicht der Gaul, der laut Stallknecht biss? Er betrachtete die Stute. Sie war dicker als die beiden Pferde, in deren Boxen er schon gewesen war, glänzte im Schein der Neonröhren kastanienbraun und hatte einen so schmalen Kopf, als hätte man ihr den Schädel eines Ponys aufgepflanzt.

»Du siehst eigentlich ganz lieb aus«, behauptete er.

Sie reagierte nicht. Benny kratzte sich am Kopf. Aber alles Warten half ja nichts, rein musste er. Also holte er tief Luft, schob die Tür auf und betrat die Box.

Wie spät es war, als er mit der letzten Box fertig war, wusste er nicht. Rowana war friedlich gewesen, ebenso die anderen Pferde, trotzdem hatte Benny noch immer Herzklopfen, als er auf gut Glück mit der Schubkarre hinausfuhr, wie Cooper es getan hatte, und nach einem Misthaufen Ausschau hielt. Im kalten Neonlicht hinter dem Stall fand er eine halb gefüllte riesige Grube, fiel beim Entleeren der Schubkarre fast mit hinein, stellte das sperrige Ding ab und ließ vorsichtig die Schultern kreisen. Ein bisschen beschämend, wie erledigt er war, nachdem er aus nur sechs Boxen Pferdekacke und ein bisschen feuchtes Stroh herausgeholt hatte. Vermutlich hätte Nicole ihn ausgelacht.

Peinlich berührt und froh, dass ihn außer dem dämlichen Cooper niemand gesehen hatte, rieb sich Benny mit beiden Händen das Gesicht und gähnte. Ihm fiel ein, dass er wohl noch die Stallgasse fegen musste. Kurz fragte er sich, wozu eigentlich, so viel Wert legte er schließlich nicht darauf, hierzubleiben. Andererseits aber auch nicht darauf, wieder nach Hause zu fahren.

Müde trottete er zurück zum Stall. Erst als er schon in der Stallgasse stand, fiel ihm auf, dass er die Schubkarre bei der Mistgrube gelassen hatte.

Na toll, dachte er.

Davenport, drang ein eindringliches Flüstern an sein Ohr.

Irritiert hob Benny den Kopf. Ein sanfter kleiner Wind strich über seine Wange, und kurz war ihm, als habe dieser Wind ihm das Wort ins Ohr geflüstert.

William Davenport, flüsterte der Wind.

Benny zuckte zusammen. Es klang, als flüstere jemand direkt neben seinem Ohr, aber es war niemand da, die Stallgasse rauf und runter sah er nichts als verstreutes Stroh.

Hörst du?, flüsterte eine unsichtbare Gestalt ihm zu. *Merk es dir. William Davenport.*

Seit Benny denken konnte, waren seine Tagträume recht lebendig, und er hatte schon ein paarmal nur mühsam abschütteln können, was er sich selbst ausgedacht hatte. In letzter Zeit jedoch war es eher anders herum – vor den Einflüsterungen und Störungen der Wirklichkeit zerstob, was er sich mühsam zusammenfantasiert hatte. Und noch nie war ein solcher Tagtraum ungebeten …

Konzentrier dich!, zischte die Stimme. *William Davenport! Wiederhol das!*

Benny schaute sich um. Nach wie vor niemand zu sehen. War das ein blöder Streich? Er dachte an Miles Cooper und seinen Haufen Idioten. Saßen die etwa irgend…

Devnpott, zischte eine andere Stimme, dürr und trocken wie ein kleines Ästchen. *Willim Devnpott.* Ein Kichern.

Schau her. Wieder die andere Stimme. *Das W sieht aus wie … hm. Wie zwei nach oben offene Dreiecke. Merk dir das hier. Und das D… na ja. Hier siehst du es. Merk dir einfach, wie die Buchstaben aussehen. Kannst du das?*

Klar!, zischte die andere Stimme. *Klar, ja ja! Kann ich! Merken! Buchstaben! Willim Devnpott. Ja ja!*

Benny stand wie erstarrt. Für den Fall, dass ihn jemand beobachtete, runzelte er skeptisch die Stirn, aber in Wirklichkeit breitete sich am ganzen Leib kitzelnd Gänsehaut aus.

Gut, antwortete die andere Stimme. *Dann wirst du …*

Schlagartig brach sie mitten im Satz ab. Zugleich war der Wind fort. Auf einmal war es totenstill – beziehungsweise kam es ihm einen Augenblick lang so vor, bis ihm das gleichmäßige Kauen aus einigen Boxen wieder ins Bewusstsein drang, das kaum hörbare zufriedene Schnauben dann und wann, die leisen Tritte von Pferdehufen auf Stroh, wenn die Tiere das Gewicht verlagerten oder sich umdrehten.

Atemlos lauschte Benny, aber es rührte sich nichts mehr. Keine Stimme, kein Wind, kein Nichts. Nur er und die leere Stallgasse, in der Neonlicht auf verstreuten blonden Strohhalmen schimmerte.

Am anderen Ende der Stallgasse öffnete sich die Tür zu dem kleinen Raum, aus dem sie die Schubkarren geholt hatten. Heraus kam ein Junge, der Benny merkwürdig bekannt vorkam – bei so vielen neuen Gesichtern dauerte es einen Herzschlag lang, bis er ihn erkannte: Es war Coopers Pate. Der Name fiel ihm nicht ein.

So reglos stand Benny, dass Coopers Pate ihn zuerst nicht sah. Er huschte die Stallgasse hinunter – und prallte zurück, als er zwei Meter vor Benny aufschaute. Sie starrten einander an.

»Äh – hi«, sagte Benny irgendwann.

Der andere starrte ihn weiterhin nur an. Seine Augen waren weit aufgerissen. Einen Augenblick lang glaubte Benny, im Gesicht seines Gegenübers stünde nackte Angst. Aber dann fasste er sich, und Benny war nicht mehr sicher.

»Ach, Reutter. Seid ihr nicht längst fertig mit dem Stalldienst?«

»Na ja«, erwiderte Benny und warf einen Blick auf das herumliegende Stroh.

»Na ja. Dann mal … tapfer voran. Ist ja nicht mehr viel.«

Benny nickte.

Mit knappem Nicken drückte sich Coopers Pate an ihm vorbei und verschwand, sobald er den Lichtkegel der Stallbeleuchtung hinter sich gelassen hatte, in der Finsternis.

Dümmlich starrte Benny ihm hinterher. Was zum Teufel war das denn gewesen? Er schaute zur Tür hinüber, aus der Coopers Pate gekommen war. Als er sich in Bewegung setzen wollte, zögerte er zu seiner eigenen Überraschung, als hätte sein Körper einen eigenen Willen und eine durchaus andere Meinung als er selbst. Er musste sich regelrecht zwingen, durch die Stallgasse zu gehen und nach der Tür zu greifen. Sie stand noch halb offen, dahinter war Licht. Benny zog die Tür auf und schaute in den kleinen Raum. Mistgabeln hingen an Haken in den Wänden, Coopers Schubkarre war fein säuberlich in einer Ecke geparkt, auf hölzernen Böcken ruhten einige wie poliert glänzende Sättel. Niemand zu sehen. Und außer dieser Tür gab es keinen anderen Ausgang.

»Hallo?«, hörte sich Benny flüstern und fühlte sich sofort reichlich blöde, zumal natürlich niemand antwortete. Eine Weile stand er abwartend da, aber es geschah nichts. Endlich riss er sich zusammen und griff nach einem der Besen, ohne der leeren Kammer den Rücken zuzuwenden. Als hätte er Angst, dass irgendetwas ihn anspringen würde, sobald er das tat.

Es passierte nichts Außergewöhnliches mehr, während er fegte, zusammenräumte, erfolglos nach dem Lichtschalter suchte und schließlich aufgab, weil er nicht sicher war, ob das Licht wirklich ausgeschaltet werden oder über Nacht brennen sollte. Trotzdem konnte er das Gefühl, von unsichtbaren Augen beobachtet zu werden, nicht ganz abschütteln. Im Gegenteil, es wurde stärker. Als er endlich fertig war, hatte er große Mühe, würdevoll den leeren Stall zu verlassen, statt regelrecht in die wartende Dunkelheit draußen zu fliehen.

»Davenport«, wiederholte Oliver.

Benny hatte ihn, Richard und Nicholas Hunter im Gemeinschaftsraum gefunden, wo sie genauso dasaßen wie am Abend zuvor. Nur Callahan war nirgendwo zu sehen, sein Platz am Kamin war verwaist.

»William Davenport«, sagte Benny und nickte.

»Wie kommst du auf den?«, wollte Oliver wissen und wechselte einen bedeutungsvollen Blick mit Richard. Selbst Nicholas Hunter beugte sich interessiert vor, die dicken dunklen Brauen warfen Schatten über die Augen.

»Komische Geschichte«, sagte Benny möglichst leichthin. »Ich war im Stall, und auf einmal habe ich Stimmen gehört. Immer wieder ein Name: William Davenport. Ich dachte zuerst, ich spinne. Aber dann ist Coopers Pate aus der Sattelkammer gekommen …«

»Finley?«, fragte Oliver erstaunt. »Ned Finley?«

»Keine Ahnung, heißt der so? Auf jeden Fall war es Coopers Pate. Er ist weg, und ich habe in die Sattelkammer geschaut. Da war aber niemand sonst. Entweder gibt es da eine ganz komische Akustik, oder er hat mit sich selbst geredet. Oder vielleicht mit diesem Davenport?«

Wieder wechselten Oliver und Richard einen Blick.

»Wohl kaum«, sagte Oliver dann. »Wohl kaum. Der arme Will.«

»Der verrückte Willie«, ergänzte Richard mitfühlend. »Nein, mit dem hat er kein Wort gewechselt, so viel ist sicher.«

»Was daran liegt«, sagte Oliver, »dass niemand ein Wort mit ihm wechselt. Wechseln erfordert ja bekanntlich Nehmen und Geben. Und Will – nun ja. Wie soll ich sagen? Er ist in dieser Hinsicht …«

»… nicht besonders großzügig«, ergänzte Richard und seufzte. »Nie gewesen, möchte ich anfügen.«

»Aber noch weniger nach den Vorkommnissen letztes Jahr.« Oliver schüttelte den Kopf. Trotz der Theatralik war sein Blick aufmerksam, und seine Frage klang ernsthaft interessiert: »Bist du sicher, dass du wirklich *diesen* Namen gehört hast?«

»Na ja«, erwiderte Benny ein wenig verärgert. »Jetzt, wo ich darüber nachdenke, könnte es auch ein anderer gewesen sein. Vielleicht war es gar nicht William Davenport. Vielleicht war es auch Humphrey Meyers. Oder …«

»Schon gut«, beschwichtigte Oliver. »Blöde Frage. Es ist nur …«

»Ja?«

»William Davenport …«

»Sprich dich aus«, forderte Benny ihn auf. »Das ist doch der Will, der vor mir in unserem Zimmer gewesen ist, richtig?«

Schweigen. Blicke wurden gewechselt. Benny seufzte. Schließlich nickte Oliver. »Richtig«, sagte er. »Ganz richtig. Vor dir. Bevor …«

»… er Stimmen gehört hat«, sagte Richard.

Alle drei starrten Benny an.

»So«, sagte Benny trocken. »Dann bin ich ja jetzt endgültig sicher, dass es ein blöder Streich war.«

»Ein Streich?«, fragte Richard. »Hör mal, wir würden nie mit dem Andenken des guten Will Schindluder treiben. Wie kommst du auf die Idee, dass wir …«

»Nicht ihr. Cooper.«

»Hm«, machte Oliver.

»Hm«, ergänzte Richard. Nicholas Hunter grunzte nur, als wollte er sagen, so absurd sei der Gedanke nicht.

»Was für Stimmen hat er denn gehört?«, fragte Benny. »Will, meine ich?«

»Feenstimmen«, sagte Richard und kicherte unwillkürlich. »Entschuldige. Aber so schlimm es ausgegangen ist, so putzig war es am Anfang. Am Anfang wollte er wissen, ob wir *es* nicht auch hören, das war Ende der zweiten Klasse, glaube ich. Dann wurde er immer komischer. Aber richtig schlimm ist es erst letztes Jahr geworden. Er hat teilweise nicht mehr gehört, wenn jemand ihn angesprochen hat, hat herumgeschaut und ganz verklärt gelächelt. Hat ihm überhaupt nichts ausgemacht, dass sich alle lustig gemacht haben.«

»Ich glaube eher, er hat es nicht mehr mitbekommen«, sagte Oliver ruhig. Die anderen schauten ihn an.

»Reutter, hör zu. Will ist nicht mehr hier, weil er völlig ausgerastet ist. Das war gegen Ende des Schuljahrs – er hatte auf einmal nachts Alpträume. Hat geschrien und wie wild um sich geschlagen. Aber er ist nicht aufgewacht. Wir haben Licht angemacht, ihn geschüttelt, ihm Wasser ins Gesicht geschüttet, aber es hat manchmal minutenlang gedauert, bis er die Augen aufgemacht hat. Nach ein paar Tagen haben sie ihn auf die Krankenstation verlegt. Und da haben sie ihn dann am nächsten Morgen gefunden.«

»Gefunden?«

»Er saß aufrecht im Bett, hat ins Nichts gestarrt und geschrien. Schwester Harper war völlig fertig. Es hat nichts geholfen – er hat geschrien, geschrien und geschrien, und seine Augen waren angeblich vollkommen leer. Als hätte er sich vollständig in einem dieser Alpträume verirrt und nicht mehr hinausgefunden. Sie haben alles Mögliche versucht, aber nichts hat geholfen. Als sie ihn am nächsten Tag abgeholt haben, hat er noch immer geschrien. Er war völlig heiser, aber er hat immer noch geschrien.«

»Und ich wette«, mischte sich Nicholas Hunter unerwartet mit düsterer Stimme ein, »ich wette mit euch, er schreit noch heute.«

Schweigen.

»Hm, ja«, sagte Benny schließlich und räusperte sich. »Das klingt … übel. Aber was …«

»Auf Glen ist es besser, keine Stimmen zu hören«, sagte Oliver. Es klang vollkommen ernst, als wäre er sich der Absurdität dessen, was er sagte, gar nicht bewusst.

»Ich habe keine Stimmen gehört«, verteidigte sich Benny verblüfft, für den es wie eine Anklage klang. »Ich habe nur Ned Finley gehört, der …«

»Du sagtest, du habest Stimmen gehört«, unterbrach ihn Oliver streng.

»Ich *dachte*, ich habe Stimmen gehört«, sagte Benny irritiert. »Aber offenbar war es ja doch nur die eine. Ned Finley nämlich, der sich offenbar mit sich selbst unterhalten hat.«

Wieder wechselten die drei Blicke. Allmählich wurde es Benny zu blöd, und er bekam, so albern es war, eine derart starke Gänsehaut davon, dass es fast wehtat.

»Ned Finley kann sich unterhalten, mit wem er will, und Ned Finley darf auch Stimmen hören, wenn er das möchte«, sagte Richard schließlich.

»Was?«

»Zirkel«, warf Oliver ein.

»Aha. Ich wiederhole mich nur ungern, aber: was?«

»Zirkel.« Die unheimliche Stimmung war fort, so wie Buchstaben auf einer Tafel mit dem Schwamm ausgelöscht werden. »Ned Finley ist seit Anfang dieses Jahres ein Mitglied des Zirkels. Damit erübrigen sich alle Fragen nach seinem Geisteszustand oder der Rechtmäßigkeit seines Tuns von ganz allein. Was Ned Finley tut oder lässt, ist in Ordnung, er hat nur dem Zirkel darüber Rechenschaft abzulegen. Die Würde des Menschen und die Machenschaften des Zirkels sind unantastbar.«

Benny griff nach seinem Gesicht und massierte sich mit Daumen und Zeigefinger die Nasenwurzel. »Und was zum Teufel ist der Zirkel nun schon wieder?«

»Ein Haufen elitärer Affen, die sich für was Besonderes halten«, erklärte Richard. »Alasdairs Busenfreunde. Eine Art Geheimgesellschaft«, er machte ein albernes Geräusch, das seinen Spott ausdrücken sollte, »die Elite von Glen.«

»Deren Mitglieder erstaunlicherweise Dinge wissen, die sie nicht wissen können«, fügte Oliver an. »Und wenn man sich mit dem Zirkel anlegt … nun ja.«

»Was dann?«, fragte Benny, der mittlerweile eher erschöpft war als gespannt.

»William Davenport«, sagte Nicholas Hunter bedeutsam.

»Davenport?«, wiederholte Benny erstaunt. »Du meinst, William Davenport hat sich mit dem Zirkel angelegt, und dafür ist er … was? Wahnsinnig geworden?«

Nicholas Hunter öffnete den Mund, aber Oliver wiegelte ab, ehe er etwas sagen konnte. »Niemand weiß nichts Genaues nicht. Aber es stimmt schon – wenn du es auf Glen zu etwas bringen willst, beziehungsweise wenn du auf Glen deine Ruhe haben willst, dann tust du besser daran, dich vom Zirkel fernzuhalten. Vor allem du. Alasdair dürfte ohnehin schon nicht allzu gut auf dich zu sprechen sein. Am besten, du lässt es auf sich beruhen.«

»Tu ich doch«, murmelte Benny. »Ich wollte ja nur wissen …«

»Wer William Davenport ist. Ja. Nun weißt du es.«

Unangenehm berührt erwiderte Benny seinen Blick. Aber Olivers Augen waren freundlich, nicht herablassend, und er glaubte eine freundliche, aber deutliche Warnung darin zu lesen. Offenbar war es den Alteingesessenen auf Glen ernst mit dem, was sie sagten – man hörte hier besser keine Stimmen, und man legte sich nicht mit dem Zirkel an. Mit einem Mal wünschte sich Benny, er wäre doch wieder nach Hause gefahren. Er war hier gänzlich fremd und offenbar von Bekloppten umgeben. »Schon gut«, sagte er. »War ein langer, ereignisloser Stalldienst. Und wie war euer Abend so?«

»Fantastisch«, sagte Richard enthusiastisch. »Wir waren fechten.«

»Nun ja«, brummte Oliver. »Wenn man das Fechten nennen will? Aufwärmübungen und ein bisschen Gehampel. Ich muss sagen, ich habe …«

»Du bist doch nur sauer, weil Higgs deine Beinarbeit kritisiert hat«, frotzelte Richard. »Unser lieber Hegeling hier«, sagte er zu Benny, »bildet sich nämlich sonst was auf seine Fechtkünste ein. Und tja, wie soll ich sagen … diesen Sommer hatte er offenbar anderes zu tun. Und schwupps, wer rastet, der rostet. Dass er nicht über seine eigenen Füße gestolpert ist, ist ein wahres Wunder. Das Gegenteil von Fortschritt heißt Oliver.« Er grinste übers ganze Gesicht.

»Ja ja«, knurrte Oliver. »Freu dich nicht zu früh. Ich bin vielleicht über den Sommer ein wenig eingerostet, aber ich …«

»Ich bin gern bereit, dir ein bisschen Nachhilfeunterricht zu geben«, versicherte Richard ihm leutselig. »Ehrlich wahr. Macht mir überhaupt nichts aus!«

»Lass stecken«, versetzte Oliver. »Noch jemand Tee?«

Sie unterhielten sich noch ein bisschen über dies und jenes, ab und zu begleitet von Nicholas' Brummen, aber es kam keine richtige Stimmung mehr auf. Benny erwischte sich dabei, wie seine Gedanken immer wieder um William Davenport kreisten. Den verrückten Willie, der geschrien hatte, als wollte er nie wieder damit aufhören. William, der vor ihm in demselben Bett geschlafen, dem der Schrank gehört hatte, in dem sich alles befand, was Benny momentan sein Eigen nannte. Der verrückte Willie, Pate von Felix.

William Davenport, der Stimmen gehört hatte. Mit einem unangenehmen Prickeln im Nacken fragte sich Benny, wie es wohl bei William angefangen hatte. Ob es zuerst auch nur ein Flüstern hinter einer geschlossenen Tür gewesen war.

Sil hatte gewartet. Gewartet und gewartet und gewartet. Die ganze Welt war Warten geworden, diese und auch die andere, er hatte am Feuer gesessen, wartenwarten, weil er nicht wusste, was er tun sollte. Sein Bauch war dick und prall von dem, was er zu erzählen hatte, es staute sich und wühlte in ihm wie ein dicker Wurm, lebendig hinuntergeschlungen, der um sich schlug und wieder hinauswollte. Vor lauter unberichtetem Bericht hatte er Schluckauf, es half nur ein wenig, die Arme um sich selbst zu schlingen. Immer wieder versicherte sich Sil, dass er tapfer war und gut, aber es tröstete ihn nicht. Schlimm war es gewesen, was er gesehen hatte. Schlimmschlimm!

Zeit, das war ein Menschenwort. Früher hatte Sil damit nichts anzufangen gewusst. Aber an diesem Abend spürte er, dass es sie gab. Sie hatte einen Körper, der kein Körper war, ein Nichtkörper, er spürte ihre Schwere in der Luft. Beim Warten musste man ertragen, dass nichts passierte, das war schwer. Er versuchte es damit, in jeden Finger und in jeden Zeh zu beißen, schön langsam, in jedes lange, dünne Glied einmal, aber als er damit fertig war, wusste er nicht, ob Zeit vergangen war. Wie sollte man das wissen? Sie fiel nicht um, sie löste sich nicht auf, sie rannte nicht davon, man konnte sie nicht in Gefäße stecken und nachschauen, wie viele Marmeladengläser oder Fingerhüte oder Socken sie füllte. Sie war nicht da und gleichzeitig doch. Die Unbegreiflichkeit der Zeit, die er so deutlich spürte, ohne sie zu sehen, quälte ihn schrecklich. Wimmernd wartete er, wartete, wartete. Bis endlich das Feuer zu summen anfing, weil woanders der Feuersänger mit seinem Stab Melodien hineinkratzte. Unbeholfene Melodien, nicht so schön wie sonst, aber man hörte doch, wer es war, weil es Melodien waren und nicht nur Knistern und Knacken.

Sil streckte die Hände aus, streckte sie nach den hellen, lichtblauen Flammen aus, die hier in seinem Versteck tief unter der Erde für ihn tanzten, steckte sie tief hinein. Das Feuer biss nicht. Hinter den blauen Flammen spürte er das orangefarbene, heiße Feuer der anderen Welt knistern, in der das Schreckliche geschehen war, spürte den Feuersänger dahinter, der die Flammen heißer und lauter machte und dafür sorgte, dass sie sangen. Sil wimmerte, weil all das Gewicht der schrecklichen Zeit noch immer auf ihm lastete, auch wenn sie jetzt vorbei war, auch wenn er genug gewartet hatte, dann stürzte er sich in die blauen Flammen. Sie wurden orange und heiß, sie bissen nach ihm, und er purzelte auf der anderen Seite des Feuers hinaus, direkt vor die Füße des Feuersängers, der ihn verdutzt anstarrte.

»Schlimmschlimm«, stöhnte Sil hilflos. »Schlimmschlimm!«

»Schscht«, machte der Feuersänger erschrocken, sah sich rasch um und ergriff Sil, um ihn in seine Tasche zu stecken. Darin war es warm und sehr eng und roch nach Schokolade. Schnüffelnd und ein wenig getröstet machte sich Sil daran, in der Enge nach der Quelle des Geruchs zu suchen, fand aber nur ein leeres Papier und einige Reste. Schändlich! Die Tasche bewegte sich, weil sich der Feuersänger bewegte, viele große, trampelige Großfußschritte, dann griff eine große Hand in die Tasche und zog Sil unsanft heraus. Er tauchte in den Moment zwischen zwei Lidschlägen und sah sich um. Niemand da außer ihnen. Nur ein paar träge Schatten in den Winkeln, die sich nicht interessierten. Gutgut. Er klammerte sich an die Hand des Feuersängers, die gut roch, nach Schokolade und Trost, und biss hinein.

»Au!«, zischte der Feuersänger und schüttelte ihn ab. »Bist du verrückt geworden?«

»Schlimm«, schniefte Sil erbärmlich und hoffte auf Mitgefühl und Verständnis.

»Was ist passiert?«, flüsterte der Feuersänger und beugte sich dicht zu ihm. Das Gesicht war sehr groß, und die tiefen, dunklen Nasenlöcher verlockten dazu, etwas hineinzustecken.

»Schlupp-Schlupp«, brachte Sil heraus. »Und Wind im Stall … huiiii! Ein Kichern! Und Stimmen! Der Wind auf seiner Schulter, ein Windmädchen, das ihm ins Ohr flüstert. Sie trägt Worte. Und dann …« Er warf die Hände in die Luft, weil er nicht weiterwusste. Wie sollte man das begreiflich machen?

»Weg«, brachte er kläglich heraus. »Kobold.« Er spie aus. »Scheußlicher, scheußlicher Kerl. Dunkel und garstig. Packt sie – und weg. Kein Flüstern mehr. Kein Kichern. Weg!« Er winselte.

Ratlos starrte der Feuersänger auf ihn nieder.

»Schokolade«, wimmerte Sil kläglich.

»Ich hab nichts mehr«, flüsterte der Feuersänger. »Tut mir leid. Mein Taschengeld ist alle. Ich besorg dir welche. Morgen Abend. Wenn es einmal hell und dann wieder dunkel geworden ist, dann gibt es Schokolade.«

»Schokolade«, klagte Sil.

»Schlupp-Schlupp«, erinnerte ihn der Feuersänger. »Das ist Benny, richtig?«

Sil nickte. Ganz sicher war er nicht, aber ein bisschen. Jedenfalls war er nicht sicher, dass es nicht Benny war, also würde es schon stimmen.

»Er hat etwas gehört?«

»Windmädchen«, nickte Sil eifrig und erinnerte sich an lichtblaues Funkeln und Durchsichtigkeit und ein feines, winziges Gesicht. »Schööön«, schwärmte er. Dann war die Erinnerung wieder fort. Es war schwer, sich an etwas zu erinnern, das es nicht mehr gab.

»Und dieses Windmädchen – sie war auf seiner Schulter?«

»Schulter«, bestätigte Sil und nickte ganz schnell mit dem Kopf auf und ab. »Und dann fort. Und wieder da. Und wieder fort. Holt neue Worte. Schlupp-Schlupp ist einsam. Sie bringt ihm Worte.«

»Hat er sie gesehen?«, erkundigte sich der Feuersänger, seine Augen wurden noch größer als sonst und verlockten dazu, sie anzufassen, große, glänzende Kugeln. Aber der Feuersänger mochte es nicht, wenn man seine Augen anfasste. Schadeschade!

»Ich habe dich gefragt, ob er sie gesehen hat«, zischte der Feuersänger. Erschrocken duckte sich Sil und verstand nicht.

»Hat Schlupp-Schlupp das Windmädchen gesehen?«, wiederholte der Feuersänger hurtighurtig.

»Nein«, versicherte ihm Sil feierlich, froh, dass er eine Antwort wusste. »Nicht gehört, nicht gesehen. Nur die Worte, die sie ihm bringt.«

»Und dann war da ein Kobold, sagst du? Was für einer?«

An das Windmädchen zu denken war schwer, aber schön. An den Kobold zu denken war nicht schwer, aber garstig. Sil wollte lieber nicht an ihn denken. Er zischte. »Groß und dunkel und gemein. Krötenmaul und Krötenfüße. Springt hoch und fängt das Windmädchen. Und …« Er versuchte das Geräusch nachzumachen, das er gehört hatte. Es war ein schlimmes Geräusch, das aus vielen kleinen schlimmen Geräuschen bestand. Da war das Fauchen, als der Kobold hochsprang, der kleine erschrockene Schrei des Windmädchens, das seltsame

Zischen, als Koboldhände einen Windkörper berührten, und die Stille, als das Windmädchen verschwand. Stille ließ sich sehr schwer nachmachen, aber Sil versuchte sein Bestes.

Der Feuersänger verstand nicht und redete mitten in die Stille hinein. »Er hat sie getötet? Der Krötenkobold hat das Windmädchen getötet?«

Verständnislos starrte Sil ihn an. »Sie ist weg?«, versuchte er es.

»Sie ist wirklich weg?«

Sil nickte verärgert. Wenn der Feuersänger zu Ende zugehört, sich die ganze Stille angehört hätte, dann hätte er verstanden und müsste nicht so dumme Fragen stellen.

Der Feuersänger rieb mit der großen Hand die große Stirn. Sie glänzte fast so schön wie die Augen. Reglos beobachtete ihn Sil. Die Schokolade fiel ihm wieder ein. Hell – dunkel – Schokolade. Wieder Warten. Er seufzte tief.

»Was für Worte hat sie ihm gebracht?«

Die Frage war schön. Sil strahlte. Die Worte hatte er sich alle gemerkt, er hatte sie gehört und fein säuberlich in sich aufbewahrt. Stolz plusterte er sich auf.

»Davenport. William Davenport. Hörst du? Merk es dir. William Davenport. Konzentrier dich! William Davenport! Wiederhol das!«, ließ er die Worte aus seinem Innern wieder hinaus.

Der Feuersänger zuckte zusammen. »Das …«

»Nichtfertig«, tadelte ihn Sil. *»Devnpott, Willim Devnpott.«* Er holte tief Luft.

»Will…«

»Nichtfertig!« Sil warf sich in die Brust. Jetzt wurde es schwer. *»Schau her. Das W sieht aus wie … hm. Wie zwei nach oben offene Dreiecke. Merk dir das hier. Und das D… na ja. Hier siehst du es. Merk dir einfach, wie die Buchstaben aussehen. Kannst du das?«* Er schüttelte sich und sprach mit der anderen

Stimme weiter: *»Klar! Klar, ja ja! Kann ich! Merken! Buchstaben! Willim Devnpott. Ja ja!«*

Zum Zeichen, dass er noch nicht fertig war, hob Sil mahnend einen langen, dünnen Zeigefinger. Erwartungsvoll starrte ihn der Feuersänger an.

»Gut. Dann wirst du …«, sagte Sil pompös.

»Und weiter?«, fragte der Feuersänger nach, als Sil schwieg. Sil wiederholte das schreckliche Geräusch, das aus vielen bestand. Auch diesmal wartete der Feuersänger nicht, bis er mit der Stille fertig war, sondern redete ihm mitten hinein. »Ach du heilige Scheiße«, sagte er matt. »Wer hat denn da geredet? Ich meine, wer hat da jemanden … wieso denn Will? Das waren ein Mensch und ein … ein was war es denn?«

»Pixie«, sagte Sil, das war eins der Menschenwörter, die ihm recht gut gefielen, und nickte. Er hatte den anderen aus der Kammer huschen sehen, mit bangem Blick auf den Kobold, der sich wieder zwischen die Schatten gekauert hatte, und vorbei an Schlupp-Schlupp, der nichts sah und nichts verstand. Etwas größer als er selbst, genauso langgliedrig. Aber nicht so gut wie er. Nicht so tapfer und gut wie Sil.

»Welcher Mensch war es?«, wollte der Feuersänger wissen. »Weißt du seinen Namen?«

Sil schüttelte den Kopf. Er versuchte, das Gesicht des Großfußes nachzumachen, aber das war schwer ohne so viele Haare. Ersatzweise plusterte er die Wangen auf, machte große Augen und stampfte mit ein paar besonders wuchtigen Schritten im Kreis, um zu zeigen, dass der andere größer war als der Feuersänger. Aber natürlich verstand der Feuersänger das nicht. Er verstand nicht besonders viel, fand Sil, es war sehr schwer, ihm etwas zu erklären.

Jetzt, wo es keinen Grund mehr dafür gab, war der Feuersänger still. Er war so lange still, dass Sils Hände und Füße kribbelig wurden. Er kletterte am Feuersänger hoch und zupfte vertraulich an den Knöpfen an der Brust. Knöpfe waren sehr schön. Unter der Erde beim blauen Feuer hatte er viele Knöpfe.

»Du musst mir zeigen, wer es war«, sagte der Feuersänger schließlich.

Erschrocken starrte Sil ihn an. Es wäre viel schöner gewesen, wenn der Feuersänger nichts gesagt hatte. Schnell krabbelte er auf die große Schulter und hielt sich die Ohren zu.

»Du hast mich sehr gut gehört«, dröhnte die garstig laute Stimme unbarmherzig mitten durch seine Hände. »Gleich morgen kommst du mit zum Frühstück und schaust, ob du ihn siehst.«

Wimmernd drückte Sil die Hände fester auf die Ohren. Nein, er wollte nicht länger daran denken, und er wollte auch nicht nach dem Großfuß suchen. Beim Frühstück war es schlimmschlimm. Vieleviele Großfüße, und darunter einige, die sahen, man musste sich verbergen, immer verbergen, und das, obwohl überall Brei und Schokolade und andere Köstlichkeiten dufteten und versuchten, einen abzulenken – Köstlichkeiten, die man nicht anrühren durfte!

»Sei nicht so ein Feigling«, schimpfte der Feuersänger. »Zeig mir, wer es war. Und danach gehe ich zu ihr und erzähle es ihr. Ich glaube, wenn es mit Will zu tun hatte, sollte sie es wissen.«

11 EXISTENZGRÜNDUNG

Spanisch war genau so schlimm wie erwartet, der Lehrer Mister Perez nicht annähernd so nett wie Mister Delacroix. Nachdem er schnell festgestellt hatte, dass Bennys Spanischkenntnisse nicht ansatzweise an das Niveau der nur sieben anderen Schüler im Kurs heranreichten, schüttelte er den Kopf und ließ ihn von da an links liegen.

Gil Darcy war ebenfalls in dem Kurs, er gluckte eng mit einem anderen, ähnlich quadratisch gebauten Jungen zusammen, der Denver hieß – zuerst hielt Benny das für seinen Nachnamen, bis Mister Perez ihn am Ende der Stunde kräftig zusammenpfiff und im Lauf seiner Schimpftirade mehrfach »Señor Colton« nannte. Mister Perez' cholerischer Anfall trug nicht gerade dazu bei, dass sich Benny mehr für die Spanisch-Stunden erwärmte. *Möglicherweise,* dachte er, als er glücklich entronnen den Gang entlangtrabte, *wäre es eine gute Idee, ein bisschen was nachzuholen.* Wann genau er das tun sollte, war ihm noch nicht ganz klar, aber nötig war es, so viel stand fest.

»Hey, Reutter.«

Benny blieb stehen und sah die quadratischen Herren Darcy und Colton auf sich zumarschieren. Darcy blieb bei ihm stehen, während Colton mit knappem Gruß weiterstapfte. Er grinste. »Wohin rennst du denn so eilig? Hast du wieder eine Verabredung mit Miss Fish?«

Benny hob fragend die Brauen.

»Na ja«, sagte Darcy. »Ich hab gehört, du warst über eine Stunde bei ihr.« Er wackelte vielsagend mit den Augenbrauen, was eigenartig aussah, weil er fast keine hatte.

»Bibliografieren«, sagte Benny und spürte Hitze in seinem Gesicht aufwallen. »Sie hat mir gezeigt, wie man bibliografiert.«

»Ach«, amüsierte sich Darcy. »So nennt man das also. Wusstest du, dass Graham sie mal nackt gesehen hat?«

»Was?«

»Ja doch! Am See. Er war morgens mal laufen, da kommt sie gerade ans Ufer geschwommen und zieht sich an. Hat so getan, als ob sie ihn gar nicht bemerkt hätte.«

»Vielleicht hat sie ihn nicht bemerkt.«

»Blödsinn.« Darcy machte eine wegwerfende Handbewegung. »Klar hat die ihn bemerkt. Hat ihr gefallen, wetten? Manche mögen's doch, beobachtet zu werden. Graham sagt, sie hat echt geile …«

»Ich muss lernen«, unterbrach ihn Benny brüsk.

»Pffft«, machte Darcy. »Sag mal – bist du zehn, oder was? Sag bloß, du hast noch nie die …«

»Ich muss wirklich lernen«, knurrte Benny. »Hast du doch eben gesehen, oder?«

»Möpse, Titten, ficken«, sagte Darcy. »Macht dich das verlegen? Arsch, Titten …«

»Titten war doppelt.«

»Ist ja auch besser so.« Darcy feixte. »Was soll man mit einer allein?« Er musterte Benny, seufzte, als er begriff, dass der nicht darauf einstieg, und erklärte: »Am Sonntag haben wir eine AG. Vielleicht hast du ja Lust?«

»Nötig wär's«, stimmte Benny resigniert zu. »Was macht ihr denn da?«

»Bisschen auf Spanisch quatschen. Unterrichtsstoff nochmal durchkauen. Halt so Zeug. Vor allem quatschen. Ist ganz nett.«

»Und wann?«

»Nach dem Abendessen im Gemeinschaftsraum.«

Benny nickte zögernd. »Ich hab Stalldienst, aber wenn ich mich beeile …«

»Schneller essen.« Darcy zeigte ihm sein dickes rosa Zahnfleisch. »Komm einfach vorbei.«

In Wirtschaft wurden Firmen gegründet. Mister Ross, der auch Geschichte und Politik unterrichtete, war ordentlich in Schwung. »Sortiert euch«, sagte er gleich zu Beginn der Stunde. »Wir werden in den nächsten Wochen schauen, mit welchem Konzept man am ehesten durchkommt. Unsere Strategien sind: vorsichtig, aggressiv, kooperativ, chaotisch-kreativ und strategisch.« Mit dem breitbeinigen Gang eines langjährigen Motorradfahrers marschierte er herum und befestigte fünf verschiedenfarbige Pappen an den Wänden, auf denen die Namen der Strategien zu lesen waren. »Aggressiv« war ferkelrosa, was große Heiterkeit auslöste. »Beschwert euch bei Mrs. Lieberstein«, empfahl Mister Ross ungerührt. »Sie hat den gesamten Jahresvorrat an roter Pappe für irgendein Projekt mit der zweiten Klasse an sich gerissen und behauptet, es müssten noch mal so viele nachbestellt werden. Vermutlich verkleiden sie die halbe Burg rot. Und die andere Hälfte hellgrün, die Pappen sind nämlich auch weg. Stellt euch also vor, die rosa Pappen wären rot, und die Schrift auf der dunkelgrünen Pappe könnte man lesen.«

An jeder Pappe waren fünf kleine Karten befestigt. »So«, sagte Mister Ross, kehrte zu seinem Pult zurück, setzte sich halb darauf und schaukelte mit dem frei schwebenden Fuß. »Jetzt möchte ich, dass ihr alle einmal in euch geht. Ernsthaft und selbstkritisch. Welche Strategie verfolgt ihr selbst in eurem Leben? Ich weiß, das ist schwierig, ihr seid noch jung. Trotzdem habt ihr Tendenzen. Der eine benutzt gern die Ellbogen, der andere fragt eher nach Hilfe, wenn er nicht gut weiterkommt. Wir wollen im Rahmen dieses kleinen Experiments Erkenntnisse darüber gewinnen, mit welcher Strategie man in einer simulierten Wirtschaftssituation welche Erfolge erzielen kann und welchen Problemen man begegnet. Ihr habt fünf Minuten Zeit, ganz für euch zu überlegen. Nein, Hegeling und Dickenson, ihr sprecht euch nicht ab. Ihr schaut euch auch nicht an. So ist's richtig. Hegeling, ziehen Sie nicht so ein Gesicht. Das gilt auch für die Herren Cooper & Co. Jeder geht in sich und überlegt, welche Strategie sein eigenes Vorgehen am meisten prägt. Wenn ihr zu einem Schluss gekommen seid, schreibt ihr es … noch nicht jetzt, Cooper, Stift weg. Dann schreibt ihr es auf, und wenn ihr noch genug Zeit habt, sortiert ihr auch die anderen Begriffe in eine Rangfolge, die eurer eigenen Natur am meisten entspricht.« Unter dichten dunklen Brauen ließ er den scharfen Blick durch die Klasse schweifen. »Alle schön auseinanderrücken. Ich will niemanden dabei erwischen, wie er auf den Zettel eines anderen schielt.«

Benny und Oliver rückten voneinander ab. Benny fing Olivers Blick auf, und er erwiderte sein Grinsen. Auf jeden Fall, fand er, mal was anderes.

Die Freude klang jedoch schnell ab, als die fünf Minuten anbrachen. Es wurde so still, dass man das Kratzen der Stifte hörte. Einige Schüler warfen ihre Liste nur so aufs Papier und schauten dann gelangweilt umher, andere taten sich schwerer. Benny begegnete dem Blick von Gil Darcy, der bereits fertig war, und schaute wieder weg, zur Tafel, wo Mister Ross die Stichworte noch einmal aufgelistet hatte. Lustig, dachte er, dass Miss Teagle in englischer Literatur einen Beamer benutzte und der viel jüngere Mister Ross in Wirtschaft die altmodischere Tafel. Die Gedanken halfen ihm allerdings bei der Frage, was für ein Typ er war, nicht weiter. Kooperativ wohl eher nicht so. Allerdings hatte er fest vor, zu der AG am Sonntag zu gehen. War das kooperativ oder strategisch? Spielte es eine Rolle, dass er Wutanfälle hatte, seit er klein war, machte ihn das zu einem aggressiven Menschen, oder meinte Mister Ross damit etwas anderes? Dass er so lange überlegte – bedeutete das, dass er vorsichtig war?

Fünf Minuten waren schnell vorbei. Als Mister Ross signalisierte, sie sollten zum Ende kommen, hatte Benny noch nicht ein Wort auf seinen Zettel geschrieben. Rasch warf er »aggressiv« hin und fragte sich sofort, ob nicht »vorsichtig« die bessere Wahl gewesen wäre – schließlich hielt er sich im Unterricht bisher eher zurück, oder? Und mit was für Leuten würde er jetzt in eine Gruppe kommen?

»So«, sagte Mister Ross. »Wer von euch hat nur einen Begriff aufgeschrieben?«

Zögernd hob Benny die Hand und schaute sich um. Sechs oder sieben weitere Hände streckten sich in die Höhe.

»Ihr verteilt euch schon mal«, sagte Mister Ross. »Einfach zu der Pappe gehen, auf der euer Begriff steht.«

Gemeinsam mit Gil Darcy, der zur Begrüßung vergnügt sein Zahnfleisch fletschte, fand sich Benny unter dem ferkelrosa Zettel ein. Daniel Green marschierte allein zum grauen »Strategisch«-Zettel, die anderen verteilten sich auf chaotisch-kreativ (Patrick Callahan und ein Schüler, dessen Namen sich Benny nicht merken konnte) und kooperativ (Neill Graham und Gil Flint).

»Interessant«, befand Mister Ross zufrieden. »Interessant, dass keiner von denen, die sich nur eine Ausrichtung zutrauen, unter dem gelben Zettel steht. Nun gut. Vielleicht seid ihr ja auch alle schon so gefestigt, wir werden sehen.« Er lächelte. Benny schaute zum gelben Zettel – *Vorsichtig* stand darauf. War er vorsichtig? Verunsichert war er, das auf jeden Fall. Und er fragte sich, wer wohl noch in seine Gruppe schneien würde.

Es dauerte eine Weile, bis alle Gruppen sortiert waren, weil »Vorsichtig« kaum Zulauf fand, während die Kooperativen einander auf den Füßen herumstanden. Oliver, Daniel Green und zwei weitere Schüler stellten die einzigen Strategen dar. Richard beschloss, auch eher Stratege zu sein, zu Bennys Überraschung ließ Mister Ross es zu, und Richard trabte vergnügt zu Oliver hinüber. Schließlich gab es vier Fünfergruppen und vier Leute bei den Vorsichtigen. Cooper hatte dankend und dankenswerterweise darauf verzichtet, aggressiv zu sein, weil die Gruppe zu voll war, stand nun bei den Kreativen und starrte missmutig zu Benny hinüber.

»So«, sagte Mister Ross. »Nun nimmt sich jeder von euch einen der kleinen Zettel, die dort hängen. Nicht reinschauen, nur nehmen.«

»Oh-oh«, sagte Oliver plötzlich ahnungsvoll und zog ein Gesicht, als habe er Zahnschmerzen.

Als jeder einen Zettel hatte, durften sie sie aufklappen. In Bennys Zettel klebte ein dicker gelber Punkt.

»Und nun gehen alle zu dem Schild, dessen Farbe dem Punkt in ihrer Karte entspricht«, ordnete Mister Ross an. »Mister Hegeling, wenn Sie es wagen, auch nur daran zu denken, Ihr Schild zu tauschen, dann … so ist gut. Meine Herren, ich darf um etwas Bewegung bitten, solange wir alle noch jung sind.«

»Nee, oder?«, sagte das Spitzmausgesicht Robert Stone entrüstet, als sich Benny bei den Gelben einfand. Stone schaute zu Cooper hinüber, der bei den Dunkelgrünen stand und nur mit den Schultern zuckte.

»Meine Herren«, rief Mister Ross und klatschte in die Hände. »Die Gruppen, in denen Sie sich soeben zusammengefunden haben, sind die neu gegründeten Firmen einer noch unbekannten Natur und eines jeweils noch ungefundenen Namens! Und es sind die Gruppen, in denen Sie die nächsten Wochen und Monate zusammenarbeiten werden. Falls in der einen oder anderen Gruppe keine allzu große Freude über die Zusammensetzung herrschen sollte, so bitte ich Sie, sich bewusst zu machen, dass man sich seine Kollegen in den seltensten Fällen aussuchen kann. Wie Sie sehen, hat unsere Gruppe gelb nur vier Firmengründer – das macht nichts. Ihnen fehlt eine vorsichtige Person, die Sie ein wenig bremst, wir werden sehen, welche Auswirkungen das hat. Denken Sie alle noch einmal kurz darüber nach, welche Aufgabe Sie in Ihrer neuen Firma haben werden – liefern Sie die Ideen? Sind Sie für die strategische Planung zuständig? Sorgen Sie dafür, dass Projekte abgeschlossen werden? Jede Ihrer Firmen ist mit allen menschlichen Ressourcen versorgt, die benötigt werden.«

»Sie haben uns aufs Glatteis geführt«, sagte Oliver vorwurfsvoll und warf einen wirklich nur ganz kurzen Seitenblick auf Cooper, der so weit wie möglich von ihm entfernt stand, aber doch unzweifelhaft in seiner Gruppe war.

»Nicht wahr?«, strahlte Mister Ross. »Schieben Sie sich die Tische zu Konferenztischen zusammen. Setzen Sie sich innerhalb Ihrer Firmen miteinander hin und arbeiten Sie ein Firmenprofil aus. Hier bei mir gibt es Bögen mit einigen Hinweisen, was Sie bedenken sollten. Ihre Firma braucht einen Namen, die Aufgabenbereiche wollen verteilt werden, und Sie sollten sich überlegen, ob in Ihrer Firma alle gleichberechtigt sind oder ob Sie gemeinsam jemanden wählen, der letzten

Endes, etwa im Streitfall, die Entscheidungen trifft. Auch die Betreuung der Finanzen ist ein nicht ganz unwesentlicher Bestandteil des Erfolgs. Es würde mich begeistern, wenn wir am Ende dieser Stunde bereits den ersten Auftrag besprechen könnten.«

»Au, das wäre fein!«, jubelte Richard in hohem Falsett und klatschte in die Hände.

»Mister Dickenson, ich wäre sehr unglücklich, wenn ich Ihrer Firma einen Teil des verfügbaren Startkapitals entziehen müsste. Immerhin ist es wesentlich für Ihrer aller Noten, ob Ihre Firmen erfolgreich sind oder nicht.«

»Die *Rosarote Panther AG* wird eine solche Benachteiligung keinesfalls klaglos hinnehmen!«, empörte sich Richard. Bedauernd dachte Benny, wie viel netter es wäre, mit ihm und Oliver in einer Gruppe zu sein. Aber immerhin hatte er Callahan. Und statt Cooper war nur die Spitzmaus in seiner Gruppe gelandet. Und, am allerwichtigsten: Die Firmenbesprechungen würden nicht auf Spanisch stattfinden. Man musste dankbar für das sein, beschloss er, was man bekam.

12 EINE STÜRMISCHE NACHT

Der Stalldienst verlief ungefähr so herzlich wie immer – in der vergangenen Woche hatte sich eine Routine aus kurzen Brummlauten eingeschlichen, mit der sie sich über das Nötigste verständigten. Die einzige Unterbrechung bestand aus Coopers Bemerkung, bei *Graham & Sons* – der neu gegründeten Firma von Benny – sei ja alles noch sehr unkoordiniert, und nach allem, was er von Stone gehört hätte, sei es wohl unwahrscheinlich, dass sich das noch ändere. Benny erwiderte darauf nichts, weil es ihm zu blöd war, und Cooper schaute hochzufrieden drein, als sei er sicher, Benny tief getroffen zu haben.

Benny scherte sich nicht drum. Inzwischen fiel ihm an Cooper zunehmend mehr auf, was ihm missfiel. Die dünne, zu hohe Stimme, der schlurfende Gang, dazu offenbar die phänomenale Fähigkeit, im Lauf weniger Minuten neue dicke Pickel hervorzubringen, die beim letzten unfreiwilligen Blick auf das feiste Gesicht noch nicht dagewesen waren … es ekelte ihn, Cooper auch nur anzuschauen. Also vermied er es und lauschte stattdessen auf seltsame Geräusche, die durch die Stallgasse wehen mochten, aber das seltsame akustische Phänomen vom ersten Tag hatte sich bisher nicht wiederholt und tat es auch heute nicht; der Stalldienst verlief vollkommen ereignislos.

Weil er das Bedürfnis hatte, ein bisschen allein zu sein, lief er nach dem Stalldienst noch eine kleine Runde. Zum Laufen war er bisher kaum gekommen. Überhaupt war er zu nicht viel gekommen, fand er, tagsüber war zu viel Trubel, es war immer irgendwas zu tun, und abends lernte er oder hing mit Oliver, Richard und Callahan herum, als wäre es schon immer so gewesen. Ihm war, als sei er seit Monaten hier, nicht erst seit knapp zwei Wochen. Von kurzen Wegen abgesehen, war er nur beim Einschlafen mehr oder weniger allein, und er hatte angefangen, diese paar Minuten sehr zu schätzen und sich darauf zu freuen. Die Einsamkeit, die er am ersten Tag empfunden hatte, war jedenfalls verflogen. Sicher waren manche Bereiche der Burg menschenleer, aber die Gänge und Räume, durch die er tagein, tagaus trottete, lief oder hetzte, waren von Schülern, Lehrern und Stimmengesumm erfüllt, dass es regelrecht brodelte.

Als er an den mittlerweile leeren Busparkplätzen vorbeitrabte und in die Dunkelheit eintauchte, in die sich wie ein schwach leuchtender Speer der laternengesäumte Weg hineinbohrte, wurde ihm vor Erleichterung ganz warm und wohlig, so kalt ihm der Wind auch um die Ohren pfiff. Allein sein – es war, als würde er nur dann spüren, wo er anfing und wo er aufhörte. Oder vielmehr: Wenn er allein war, dann war es nicht wichtig. Er konnte sich ganz in Ruhe so ausbreiten, wie es ihm gefiel, konnte traurig oder wütend oder gar nicht dreinschauen, ohne dass jemand fragte, weshalb. Die ganze Welt, dachte er, nicht ganz in der Lage, es in Worte zu fassen, die Welt war dann ganz anders, viel weiter und weicher und zugleich klarer. Er verlor sich darin. Das gefiel ihm.

Erik gefiel das nicht, der war nicht gern allein und war es mit seinen drei Geschwistern auch selten, aber Benny hatte die allermeisten guten Momente seines Lebens gehabt, wenn er allein war. Vielleicht, dachte er, war das irgendwie krankhaft – vielleicht hatte das, was er empfand, einen Namen und konnte behandelt werden. Dann dachte er daran, dass er dringend Erik schreiben sollte, ehe auf einmal nicht nur zwei Wochen rum waren, sondern ein Monat oder sogar zwei oder drei. Im Aufschieben von solchen Vorhaben war er gut.

Der abendliche Himmel war zwar noch von einem klaren Grau, aber es war längst dunkel, die Schatten waren tief und seltsam, und der See lag da wie eine riesige Ölpfütze, die sich in der Schwärze verlor. Es war so kalt, dass er sich wunderte, dass sein Atem keine weißen Wolken vor seinem Gesicht bildete. Andererseits tat er das vielleicht, und Benny konnte es nur nicht sehen.

Er hatte vor, einmal zum Dorf zu laufen, über den Marktplatz und dann im Bogen wieder zurück, am Ufer des Sees. Irgendwann in den nächsten Tagen wollte er ausprobieren, ob man den See umrunden konnte und wie lange man dafür brauchte. Nur war ihm nicht ganz klar, wann er Zeit dafür finden sollte. Am Sonntag war am wenigsten zu tun, aber selbst da hatte er einige Stunden, die Spanisch-AG und Lauftraining – alle anderen Tage kamen ihm so vollgestopft vor, dass er es beeindruckend fand, wenn er es zwischendurch schaffte, aufs Klo zu gehen. Vielleicht Sonntag direkt nach dem Frühstück.

An der Brücke hielt er an, um ein paar Dehnübungen zu machen. Ab hier war der Weg schlechter beleuchtet und bog sich in einer sanften, etwas ungleichmäßigen Kurve. Unter den dicken Holzbohlen der Brücke schwappte sachte das ölig schwarze Wasser, er hörte, wie die winzigen Wellen gluckernd ans Ufer schlugen. Der Wind schlug plötzlich um – eben hatte Benny ihn noch im Rücken gehabt, jetzt blies er ihm auf einmal so kräftig ins Gesicht, dass ihm die Luft wegblieb.

Benny, der eine Vorliebe für ungestümes Wetter hatte, lachte auf, hielt mit geschlossenen Augen das Gesicht in den Wind und legte dann einen Fuß aufs Brückengeländer, um das Bein ein wenig zu dehnen. Zu früh, noch war er kaum gelaufen, aber die Brücke war für eine längere Wegstrecke die einzige gute Gelegenheit für Dehnübungen, redete er sich ein, jedenfalls die einzige gut beleuchtete. Dass er im Dunkeln dort draußen nicht gern stehen bleiben wollte, gestand er sich nicht ein. Stattdessen legte er sich eine Geschichte zurecht, an der er während des Laufens herumträumen wollte. Ein Bote, der von der Burg ausgesandt wurde und eiligst das Dorf erreichen musste. War der Burgherr krank? Nein, entschied Benny, lieber seine Tochter. Das kurz aufblitzende Bild dieser Tochter hatte verdächtige Ähnlichkeit mit der blassen Miss Fish, was er schnell verdrängte. Sie war nicht krank, beschloss er, sondern durch ein Attentat schwer verletzt. Ihre einzige Hoffnung, einen Arzt, der bis auf sein schon fortgeschrittenes Alter gänzlich gesichtslos blieb, quartierte Benny in dem Haus ein, wo er Leslie zum ersten Mal gesehen hatte. Bis dorthin wollte er laufen und dann umkehren – etwas langsamer als auf dem Hinweg, dem langsamen Runterkommen des Pulses und natürlich der Langsamkeit des betagten Arztes geschuldet.

So versunken war er in die angefangene Geschichte, dass er das Geräusch erst verspätet registrierte. Ein lautes Platschen, das erst seine Ohren erreichte und dann, mit gut zwei Herzschlägen Verspätung, seinen Verstand. Er zuckte zusammen und starrte in die Dunkelheit, die neben der Brücke über dem Wasser kauerte, aber er war nicht ganz sicher, wo das Platschen hergekommen war. Nur, dass es nach etwas Großem geklungen hatte, das ins Wasser fiel. Oder sprang.

Ein paar größere Wellen schwappten aus der Richtung des Sees auf die Brücke zu, dann glättete sich die Oberfläche wieder bis auf ein leichtes Kräuseln. Benny bekam eine Gänsehaut, es war, als liefen Dutzende winziger, eiskalter Käfer über seinen Rücken und schwärmten vom Nacken aus über Schultern und Arme.

»Hallo?«

Keine Antwort. *Natürlich nicht*, dachte er und starrte weiter ins Dunkel, aber seine Augen waren vom Laternenlicht geblendet, und jenseits des schwachen Scheins sah er rein gar nichts.

Vielleicht war es ein Instinkt, vielleicht auch nur seine etwas überreizte, durchs Tagträumen geschulte Fantasie, aber auf einmal wusste er, dass ihn etwas beobachtete. Er wusste es mit einer Sicherheit, die keine Fragen zuließ. Spürte unsichtbare Augen, die auf ihm ruhten, und die Gegenwart von etwas, das nicht von dieser Welt war. Etwas Großes.

Etwas Hungriges.

Das Etwas dort draußen im Dunkeln schnaubte kurz auf.

Bennys Mund wurde trocken, die Eingeweide zogen sich zu einem dicken Knoten zusammen. Ein seltsamer Geschmack perlte auf seiner Zunge auf, dazu drang ihm der passende Geruch in die Nase: Algen. Fisch und Algen.

Sein Herzschlag kam ihm langsam und sehr regelmäßig vor, die Zeit seltsam gedehnt. All seine Muskeln spannten sich. Furcht schoss ihm durch den Leib, ein unvertrautes Gefühl, er war nicht oft ängstlich, aber jetzt war ihm hundeelend vor Angst.

Etwas knurrte. Ein leises, drohendes Grollen. Der Ursprung dieses Grollens schien Benny grässlich weit über dem Erdboden zu liegen, als wäre das Geschöpf, das dort knurrte, gut mannshoch. Ihm wurden die Knie weich. Gleichzeitig feuerte sein Hirn den Befehl ab, zu laufen wie noch nie in seinem Leben. Er taumelte einen Schritt zurück und hielt sich am Brückengeländer fest. Er konnte nicht laufen, es war unmöglich, seine Beine würden beim ersten Schritt nachgeben, als wären sie mit Yorkshire Pudding gefüllt.

Das Grollen verklang. Es platschte erneut, diesmal noch lauter, und in der nächsten Sekunde trat ein hochbeiniges, zottiges Geschöpf in den Schein der nächsten Laterne.

Wolf, durchfuhr es Benny.

Das zottige Wesen senkte den Kopf und hechelte.

»Scheiße«, brachte Benny kläglich heraus. »Scheiße!« Er versuchte zu lachen, aber es wurde nur ein Krächzen. »Du!«

Der riesige graue Hund legte den Kopf schief und betrachtete ihn eingehend. Es war ein Wolfshund – wenn es davon in Glenshee nicht mehrere gab, dann derselbe, der ihm an seinem ersten Tag bis zur Brücke gefolgt war. Im Laternenlicht glänzten seine Augen gelb.

»Ich bin's«, sagte Benny verunsichert. »Du kennst mich doch?«

Der Wolfshund gähnte und entblößte lange Zähne, die im Laternenlicht ebenfalls gelb schimmerten. Dann trottete er auf Benny zu, brummte freundlich und schob seine Schnauze unter Bennys Hand. Er kam Benny noch größer vor als bei ihrer ersten Begegnung. »Schon gut«, flüsterte er. »Schon gut. Scheiße, bin ich froh, dass du es nur bist. Ich dachte …« Er lachte leise und zittrig auf. »Darf ich keinem erzählen, was ich dachte. Was dachte ich eigentlich? Dass Nessie von Loch Ness hierhergetaucht ist und mich fressen will?«

Der Hund schaute ihm ins Gesicht. Kurz hätte Benny schwören mögen, dass es im Gelb seiner Augen amüsiert funkelte.

»Du bist schon scheißgroß«, versicherte er dem Hund. »Echt scheißgroß. Hier – magst du das?« Mit einer Hand wühlte er einen Karamellriegel aus der Jackentasche, während die andere weiter den Hundekopf kraulte und an den langen Ohren zog. »Magst du das? Dürfen Hunde überhaupt Schokolade essen? Na, egal, ein bisschen was wird dich nicht umbringen. Magst du?« Hastig riss er das Papier auf.

Der Hund schnaufte, schnüffelte kurz an dem dargebotenen Riegel und wandte sich ab.

»Warte«, rief Benny, aber der Hund trabte davon und war nach wenigen ausgreifenden Schritten in der Dunkelheit verschwunden. Perplex starrte Benny hinterher. »Na, dann eben nicht«, murmelte er schließlich und biss selbst in den Riegel. Er schmeckte nach nichts und hatte die Konsistenz eines Gummistiefels.

Die Dunkelheit, die den Hund verschluckt hatte, schien heranzuschwappen wie Wasser. Zweifelnd schaute Benny den spärlich beleuchteten Weg entlang – kleine, blasse Lichtpfützen inmitten der Schwärze. Eigentlich war es schon ziemlich spät, und die Lust zu laufen hatte ihn auch verlassen. Glen sah viel einladender aus als je zuvor. Er wandte sich um und trottete zur Burg zurück, nicht langsam, aber auch nicht zu schnell. Keinesfalls so schnell, dass man auf die Idee hätte kommen können, dass er sich fürchtete.

Benny hatte keine Lust, jetzt in den Gemeinschaftsraum zu gehen und den anderen zu begegnen, also beschloss er, der Bibliothek noch einen Besuch abzustatten und ein wenig Spanisch zu lernen. Zwar fühlte er sich wie ein Streber, aber in der Bibliothek würde es angenehm still sein, und niemand würde ihn stören.

Miss Fish war an diesem Abend nicht da – offenbar lebte sie nicht, wie er ohne weiter darüber nachzudenken angenommen hatte, Tag und Nacht in der Bibliothek, und heute hatte ein älterer Schüler die Aufsicht übernommen. Benny suchte sich ein paar Lehrbücher zusammen und fand einen leeren Tisch mit zwei hohen Ohrensesseln. In einem davon kauerte er sich zusammen und schaute in eins der Bücher. Leute namens Miguel, Carmen und Mercedes gingen zum Einkaufen, unterhielten sich über den Kauf eines Autos oder darüber, wer am Abend was genau zum Essen mitbringen sollte. Nach einer Weile schlug er das Buch wieder zu und ein anderes auf. Dort waren Lückentexte auszufüllen. Mercedes und Inéz unterhielten sich über einen jungen Hund und kauften verschiedene Früchte. Benny erinnerte sich an die Empfehlung seines Französischlehrers: zu lernen, indem er Französisch sprach, statt zu viel in Bücher zu schauen. Vermutlich hielt Delacroix nicht viel von Lückentexten. Im Stillen stimmte ihm Benny zu. Was für ein Blödsinn – er war doch wohl nicht auf irgendeinem komischen schottischen Elite-Internat, um dort dieselben dämlichen Lückentexte auszufüllen wie zu Hause. Nein, da musste es andere Wege geben, an die Sache ranzugehen. Seufzend schlug er auch das zweite Buch zu und schaute sich um. Am Nebentisch saß ein schlaksiger Typ mit zum Pferdeschwanz zusammengefasstem hellblondem Haar und schrieb hochkonzentriert einen karierten Zettel nach dem anderen voll, ohne auch nur einen Blick in eins der Bücher auf dem Tisch zu werfen. Interessiert beobachtete Benny ihn eine Zeit lang. Ihm fiel auf, dass er bisher auf Glen noch niemanden gesehen hatte, der die Haare lang trug.

Nach einer Weile hob der andere den Kopf. Er war ein paar Jahre älter als Benny und musterte ihn nicht unfreundlich. »Kann ich was für dich tun?«

»Falls du zwei oder drei Zettel für mich hättest und mir vielleicht einen Stift ausleihen könntest, wäre das toll.«

»Klar.« Der Blonde riss einige Zettel von seinem Block und angelte einen neongelben Kugelschreiber aus seinem Rucksack. Benny stand auf, stiefelte hinüber und holte die Sachen ab. »Danke!«

»Kein Problem.« Der Ältere lächelte kurz und vertiefte sich wieder in seine Arbeit. Kurz betrachtete ihn Benny noch und fragte sich, ob lange Haare bei ihm eigentlich gut oder albern aussehen würden, dann beugte er sich über die karierten, leeren Papierbögen und fing an zu schreiben.

Hallo Erik,
bin einigermaßen gut angekommen. Schottland ist arschkalt, es regnet dauernd. Ist aber trotzdem schön, irgendwie. Die Burg würde dir gefallen. Ich bin noch nicht ganz sicher. Aber der Unterricht ist ganz cool. Echt anders als zu Hause. Ich habe viel nachzuholen, aber ich weiß nicht genau, wann ich das tun soll, wir haben von morgens bis abends Unterricht, sogar am Wochenende. Deshalb schreib ich dir auch erst jetzt, mir wird gerade klar, dass ich schon über zwei Wochen hier bin. Es kommt mir vor wie eine Ewigkeit, ich kann mir gar nicht mehr vorstellen, dass ich vor kurzem noch in Hamburg war. Überleg mal, zwei Wochen! Das ist doch eigentlich nix. Und trotzdem, ich komme irgendwie zu nichts anderem als zu lernen und ein bisschen mit den Leuten aus meinem Zimmer rumzuhängen, und abends bin ich echt scheißmüde. Ich habe dir meinen Stundenplan mal kopiert, kannst ihn dir ja mal anschauen. Du fällst um, garantiert. Ich glaube, die wollen, dass man vor lauter Lernen nicht auf blöde Ideen kommt. Dabei wüsste ich nicht, welche blöden Ideen das sein sollten. Man kann hier nämlich NICHTS machen. Es gibt die Burg, einen riesigen See, ein Dorf und einen kleinen Laden, den sie hier Supermarkt nennen. Ha ha. In Hamburg wäre das gerade mal ein besserer Kiosk.

Er hielt inne und dachte an das Regal mit den Dutzenden unterschiedlicher Schokoriegel. Für Schokolade, aus der sich

Benny nicht allzu viel machte, war Erik immer zu haben. Er würde ihm eine Auswahl davon schicken – wann immer er dazu kommen würde. Eine Weile ließ er sich über die anderen aus seinem Zimmer aus, berichtete von seinem Vorgänger, der den Verstand verloren hatte, gab noch ein bisschen mit dem Unterrichtspensum an, zögerte und entschied sich dann, nichts von Miles Coopers gebrochener Nase und dem Stalldienst zu erzählen. War ja nicht nötig, dass sich Erik unnötig aufregte.

Tja. Ich glaube, viel mehr gibt es nicht zu erzählen, außer eben, dass ich verrückt werde, viel zu tun habe und es hier irgendeine Geheimgesellschaft gibt, über die einem niemand was Näheres verrät. Und das Essen ist ziemlich gut, Haggis gab es allerdings noch nicht.

So viel erst mal zu Schottland und mir. Viele Grüße und so. Und schreib mal zurück, wenn du Zeit hast. Ist Nicole S. jetzt eigentlich versetzt worden oder nicht?

Grüße aus dem fernen, nassen, kalten Exil,
Benny

Als er fertig war, war es kurz vor zehn. Sein Schädel wummerte leise und angenehm vor Müdigkeit. Er brachte die Bücher zurück, bedankte sich beim Zurückgeben des Kugelschreibers bei dem Blonden, der nur kurz nickte, und verließ in stummer Begleitung einiger anderer Schüler, die ebenfalls aufbrachen, die Bibliothek. Hier und da verlor sich einer in einem der Gänge oder über die Treppen, und als Benny den Korridor der vierten Klasse erreichte, war er allein.

Vor einem der Schlafräume standen Gil Flint und ein pausbäckiger Schüler, der Travis Kendall hieß oder so ähnlich, wenn sich Benny richtig erinnerte. Beide nickten ihm knapp zu, beachteten ihn ansonsten aber nicht, was ihm sehr recht war. Der Gedanke an sein Bett war ungeheuer verlockend.

»Perfekt – da ist er. Reutter, du kommst gerade richtig«, begrüßte ihn Richard, als er die Tür zum Schlafraum aufstieß. »Schnell, auf geht's – du bist mit sofortiger Wirkung zu meinem Sekundanten befördert.«

Benny blinzelte, sah Oliver, der in seine Jacke schlüpfte, und Callahan, der wartend an der Wand lehnte und ihm zublinzelte. »Äh – was?«

»Wirst schon sehen. Du wurdest für eine außerordentlich ehrenvolle Aufgabe ausgewählt.«

»Ja, außerordentlich ehrenvoll«, sagte Callahan gedehnt. »Was für eine Freude!«

»Sekundant?«, fragte Benny. »Worum geht es denn?«

»Verstehst du etwas vom Fechten?«, fragte Oliver. Er wirkte nicht im Geringsten müde, im Gegenteil, seine Augen blitzten vor Tatendrang.

»Klar, jede Menge«, murmelte Benny. »Man fasst den Degen nicht am spitzen Ende an. Und … nee. Das war's schon.«

Oliver grinste. »Das wird reichen. Den Rest bringen wir dir bei. Auf auf, in die Jacke – worauf wartest du?«

»Er fällt gleich um«, sagte Callahan. »Rich, dein Sekundant ist todmüde, siehst du das nicht?«

»Quatsch, geht schon«, wehrte Benny ab. »Wollt ihr etwa noch raus?«

»Ja, und zwar zackig«, sagte Oliver. »Bevor irgendwem auffällt, dass Sperrstunde herrscht. Der rosarote Panther hier hat Genugtuung für meine unablässigen Schmähungen verlangt. Und Genugtuung soll er haben – wenigstens die Gelegenheit dazu. Also Galopp, Rob Roy!«

»Ach du Scheiße«, murmelte Benny, während Richard drohend mit einem Zeigefinger Richtung Oliver herumwedelte.

»Scheiße, ja«, stimmte Callahan zu und lachte. »Komm – je schneller daran, desto eher davon.«

»Pass auf, du«, tadelte Richard. »Das ist, mit Verlaub, *mein* Lebensmotto. Such dir ein eigenes.«

»Ich zitiere dich ja nur«, besänftigte ihn Callahan. »Na, dann mal los. Komm, Bruder Graham – oder brauchst du vielleicht eine Stütze, damit du nicht im Laufen einschläfst?«

Sie liefen nur ein kurzes Stück den Korridor entlang und bogen um die Ecke in eine Nische ab. Dort standen um einen runden Tisch einige weinrot bezogene Sessel. An einem davon quetschte sich Oliver vorbei und schob eine kleine Tür auf, die Benny erst auffiel, als sie sich öffnete und die Dunkelheit dahinter ihn tiefschwarz angähnte.

»Ein Geheimgang?«, entfuhr es Benny.

»Dienstbotentrakt«, sagte Oliver, grinste ihn vergnügt an und quetschte sich hinein.

»Los«, sagte Richard hinter Benny und schob ihn voran. Hinter ihnen schloss er die Tür und fummelte an irgendetwas herum. Ein leiser Fluch, dann stach der Strahl einer Taschenlampe durch die Dunkelheit und malte einen zittrigen Lichtkreis auf die unverputzte graue Wand. »Ich vergesse immer, wie rum man das Ding drehen muss«, entschuldigte er sich.

Zu Bennys Erstaunen roch es nicht modrig oder wenigstens, als sei die Luft lange nicht geatmet worden, wie man es von einem anständigen Geheimgang erwarten durfte. In der Luft hing leichter Zitronenduft. Er schnüffelte. Viel war nicht zu sehen, der Gang war schmal, und kurz fiel der Lichtschein in eins der Zimmer, es schien leer zu sein.

»Leider nicht so aufregend, wie es sein könnte«, flüsterte jemand bedauernd, es klang nach Richard. »Sie haben alles ausgeräumt, und einmal die Woche geht der Putzdienst durch und fegt Spinnweben weg. Keine uralten Leichen, keine Tagebücher längst toter Dienstbotinnen, keine geheimnisvollen Dinge, die man hier finden könnte. Nur drei kahle kleine Zimmer und … die Dienstbotensteige. Vorsicht.«

Eine kleine, steile Treppe schraubte sich in einem engen Schacht nach oben und unten. Der Schein der Taschenlampe wanderte über hölzerne Stufen, die durch jahrelange Abnutzung leicht geschwungen aussahen.

»Es gibt natürlich ein paar alte Geschichten«, räumte Oliver ein, als sie die Treppe hinunterschlichen. Manche Stufen knarrten. Bennys Herz schlug heftig, von Müdigkeit war nichts mehr zu spüren.

»Die üblichen weißen Frauen«, dozierte Oliver, »bisschen Kettengerassel und ein junges Mädchen, das von ihrem Dienstherrn geschändet wurde und dann schwanger war, sie soll ganz allein in ihrer Kammer gestorben sein. Man hat nur noch das Baby retten können, das zeitlebens klein und seltsam geblieben ist. Manche sagen, es sei ein Wechselbalg gewesen.« Er blieb stehen, sein Flüstern verlor sich wispernd im Treppenschacht:

»Seamus, Sohn von Molly
Man schuf dich aus einem Darm
Der Haut einer Kuh
Etwas Speck und, nanu
Einem prächtigen Schwarm
Toter Fische aus Glenshee.«

»Gruselig.« Benny musste lachen. »Hast du das gedichtet?«

»Ich? Himmel, nein. Das ist uralt. Molly, das geschändete Dienstmädchen, hat damals mit dem Kleinen Volk einen Pakt geschlossen – sie hat ihnen ihr Kind versprochen, wenn sie dafür sorgen, dass nie wieder ein Mann sie anrührt. Nun, sie hat das Kind ganz allein in ihrer Kammer zur Welt gebracht und ist dabei verblutet. Insofern muss man wohl sagen, das Kleine Volk hat seinen Teil der Abmachung erfüllt. Vielleicht ein bisschen anders, als die arme Molly es sich vorgestellt hat.« Er setzte sich wieder in Bewegung, und der Schein von Richards Taschenlampe wanderte weiter. Vorsichtig tastete Benny mit den Füßen nach den Stufen, sie hatten unterschiedliche Abstände zueinander.

»Das Kleine Volk?«, fragte er.

»Feenwesen«, wisperte Oliver vor ihm. »Es gibt hier so viele Geschichten über sie, da könntest du Bücher füllen. Fast jedes Haus im Dorf hat seinen eigenen Geist, seinen eigenen Leprechaun oder Pixie oder sonst etwas. Sie vererben ihre Geschichten über Generationen. Manche glauben wirklich daran. Der alte Conway, dem die Rinder gehören, die hinten beim See grasen, der verlässt sein Haus nie, ohne ein Schälchen Milch vor den Herd zu stellen. Er glaubt, sonst würden die wütenden Kleinen Leute in seiner Abwesenheit alles auseinandernehmen oder seine Rinder krank machen. Und seinen Kühen bindet er rote Bänder um die Schwänze – angeblich schützt sie das vor unheiligen Einflüssen.« Olivers Stimme klang, als grinse er übers ganze Gesicht. »Im See darf auch im Sommer nicht gebadet werden – erstens, weil es ein Naturschutzgebiet ist. Zweitens, weil er voller Algen ist … dir ist bestimmt aufgefallen, dass das Wasser völlig undurchsichtig ist, fast schwarz?«

Benny nickte, erinnerte sich, dass Oliver das im Dunkeln nicht sehen konnte, und schob ein »Ja« hinterher.

»Nun, Agnes MacKenzie – ihr gehört die kleine Schneiderei – behauptet steif und fest, das seien alles vorgeschobene Gründe. Weder Naturschutz noch Algen seien der wahre Grund für das Schwimmverbot.« Zu Bennys Erleichterung erreichten sie das untere Ende der Treppe, ohne dass er gestolpert war, und schlichen einen Gang entlang.

»Sondern?«, fragte Benny.

»Na, der Kelpie.« Oliver blieb stehen, nahm Richard die Taschenlampe weg und leuchtete sich damit von unten an. Sein schmales Gesicht wurde hohlwangig, als schimmerten die Knochen hindurch, die Augen waren schwarz.

Unbeeindruckt runzelte Benny die Stirn. »Der Kelpie? Ist das nicht so eine Art Pferd?«

»Fast richtig.« Oliver nickte langsam und bedeutungsschwer. »Ein Wassergeist. Er nimmt gern die Gestalt eines wunderschönen Pferdes an, das am Ufer entlangtrabt und seine prächtige Mähne schüttelt. Wehe dem Wanderer, der vorbeikommt und es einfangen will! O ja, es lässt sich willig einfangen, und der Wanderer kann nicht widerstehen, er schwingt sich auf seinen Rücken. Aber dann – hui! – geht es auf und davon im Galopp, mitten in die schwarzen Fluten des Sees. Der Wanderer greift vor Schreck in die Mähne, wenn der Kelpie losgaloppiert, um sich festzuhalten, und wenn sich die Wasser des Sees über ihm schließen, will er natürlich loslassen und fliehen. Aber die Mähne ist verzaubert, seine Hände geben sie nicht frei. Und so geht es tief und tiefer, man sagt, der Loch sei an seiner tiefsten Stelle zweihundert Meter tief oder gar mehr, und ganz nach unten geht es mit dem armen Wanderer. Ihm schwinden die Sinne, er weiß nicht, wie ihm geschieht. Und dann wendet der Kelpie den Kopf, wie ein richtiges Pferd es gar nicht könnte, wendet ihn einmal ganz herum, als hätte er keine Knochen unter der glitschigen Haut. Er schaut den armen, vor Angst ganz irren Wanderer an, und dann beginnt er, ihn bei lebendigem Leib zu fressen. Denn auf Menschenfleisch ist so ein Kelpie aus.«

Benny dachte an das Geräusch am See. Das Platschen. Dann ein Schnauben wie das eines riesigen Pferdes. Einen kurzen Augenblick fragte er sich, ob es wirklich der Hund gewesen war – oder ob der Hund nur im richtigen Moment gekommen war.

»Ich dachte, man entkommt ihm nicht mehr?«, erkundigte sich Richard.

»Tut man auch nicht«, erwiderte Oliver.

»Aha«, spottete Richard. »Und woher weiß man dann, was so ein Kelpie tut oder nicht tut, wenn ihm niemand entkommt, um es zu erzählen?«

Oliver grunzte beleidigt. »Das ist ganz einfach Allgemeinwissen. Schottisches Allgemeinwissen. Klar, dass *du* davon keine Ahnung hast!«

Callahan gluckste.

»Pfff«, machte Oliver und schaltete die Taschenlampe aus. Es wurde stockfinster. »Genug Geschichten für heute«, verkündete er, seine Stimme entfernte sich langsam. »Ihr seid ihrer nicht würdig. Immer diese Skepsis. Unmöglich.«

»Warte«, zischte Richard. »Mach das Licht wieder an.«

Weiter vorn klirrte es leise, dann knackte und knisterte es. Ein schwacher Lichtschimmer drang in den engen Gang, mehr zu erahnen als zu sehen.

»Gestatten«, flüsterte Oliver selbstzufrieden, als sie ihn erreichten. »Die Rote Halle.«

Sie kamen durch eine kleine Tür unter der Treppe heraus. Die Rote Halle lag friedlich da, nur schwach erleuchtet von einem Kronleuchter über der Treppe und einer nüchternen runden Lampe bei der Tür, die nach hinten zu den Sportanlagen führte. Die zahllosen Wandteppiche und Bilder waren nur als Umrisse zu erahnen.

»Okay«, murmelte Benny. »Cool. Das ist … cool. Wohin kommt man noch?«

»Überallhin«, sagte Richard. »Die ganze Burg ist von diesen Dienstbotengängen durchzogen. Sie hängen nicht alle zusammen, manchmal muss man leider über einen Gang von einer Tür zur anderen, oder auch durch die Küche, da führt auch kein Gang komplett vorbei. Und die Dienstboten müssen früher einen kiloschweren Schlüsselbund gehabt haben. Wir haben nur den einen Schlüssel, damit kommt man in genau zwei Gänge – den hier und einen im Westflügel. Aber immerhin besser als nichts.«

»Und woher wisst ihr dann, dass …«

Das Licht der Taschenlampe gleißte auf und stach ihm direkt ins Gesicht. »Skeptisch!«, tadelte Oliver. »Immer alles hinterfragen!«

»Will«, sagte Richard schlicht. »Will hat jedes Schloss aufbekommen. Er war in all diesen Gängen unterwegs.«

»Will – William Davenport?«, fragte Benny sicherheitshalber, aber unnötigerweise nach.

Die anderen schwiegen.

»Du wolltest mir noch erzählen«, erinnerte Benny Oliver, als das Schweigen unangenehm wurde, »weshalb die Rote Halle so heißt.«

»Ein andermal«, vertröstete ihn Oliver. »Die Geschichte ist lang und verwickelt.«

»Und glaub mir …«, sagte Callahan. Benny fiel auf, wie tief seine Stimme schon klang, viel tiefer als die von Richard oder Oliver. »Du möchtest sie lieber tagsüber hören.«

Die Nacht hatte die weitläufigen Rasenflächen verschluckt, die Mauer zu den Gärten war verschwunden. Nicht einmal die Umrisse der Sporthallen ragten aus den Schatten. Weil hinter den Hallen das Moor begann, wo krumme kleine Bäume wuchsen, und sich weit dahinter die Wände des Tals erhoben, versank alles in einheitlicher Schwärze. Und wieder war Benny, als starrten unsichtbare Augen ihn an. Verärgert versuchte er das Gefühl abzuschütteln, aber es war hartnäckig und wisperte ihm ins Ohr, dass er hier draußen nicht sicher war.

Sie suchten sich ihren Weg eher mit den Füßen als mit den Augen, die knirschenden Kieswege boten brauchbare Orientierung. Einmal kam Benny fast vom Weg ab und schreckte zurück, als sein Fuß weiche, nachgiebige Erde und nasses Gras berührte. Die Weichheit unter seinem Fuß fühlte sich an, als sei er auf eine Leiche getreten. »Scheiße, ist das dunkel«, flüsterte er, um irgendetwas anderes zu hören als das Knirschen des Kieswegs.

»Allerdings«, murmelte Callahan ein Stück voraus. »Aber auf dem Rückweg ist es ein bisschen besser, da sieht man wenigstens, wo man hinwill. Und vielleicht kommt bis dahin ja wenigstens der dämliche Mond raus.«

Benny warf einen Blick über die Schulter. Der Westturm ragte so hoch auf, dass er sich schwach gegen den Himmel abzeichnete, in einigen der schmalen Fenster brannte Licht, und über der Tür zur Roten Halle glomm eine schwache kleine Lampe, deren Schein höchstens ein oder zwei Meter weit reichte. Immerhin aber genug, damit man wusste, wo man in dieser undurchdringlichen Schwärze hinsteuern musste.

»Warum ist das hier nachts denn nicht beleuchtet?«, flüsterte er. »Da gibt es doch Flutlichtanlagen, oder habe ich das falsch gesehen?«

»Sparmaßnahmen«, flüsterte Oliver zurück. »Und außerdem *wollen* sie ja nicht, dass wir hier abends noch herumrennen. Wenn noch irgendwelche Veranstaltungen sind, dann ist das Licht natürlich an.«

Endlich erreichten sie die Kurve, der Weg führte zwischen den Hallen entlang. Hier, durch die Halle gegen die Burg abgeschirmt, schaltete Richard die Taschenlampe ein. Sehr viel brachte jedoch auch das nicht, und außerhalb des Lichtkegels war es umso schwärzer. An einer Tür leuchtete Richard Oliver, der einen Schlüssel herauskramte und aufschloss. Schweißfußdunst und der Geruch nach Linoleum schlugen ihnen entgegen.

»Aaah«, machte Richard zufrieden. »Der Duft des Siegs.«

Oliver schnaubte nur. Sie huschten in eine Umkleide, wo sie endlich Licht einschalteten. Die Umkleide ähnelte der an Bennys alter Schule sehr, wie vermutlich alle Sportumkleiden sich ähnelten, nur dass es hier Spinde gab, die offenbar bestimmten Schülern gehörten, denn Oliver und Richard kramten ihre Sachen heraus. Schuhe, jeder ein Florett. Dann marschierten sie in die dunkle Halle. Ein lautes Surren und Rattern ertönte, erschrocken zuckte Benny zusammen.

»Callahan lässt die Rollläden runter«, erklärte Richard. »Sonst sieht man den Lichtschein von der Burg aus.«

»Wie verboten ist das hier eigentlich, so in Stalldiensten ausgedrückt?«, erkundigte sich Benny.

»Och«, machte Richard. »Kommt ganz drauf an. Wenn man sich nicht erwischen lässt, ist es gar nicht verboten.«

»Klingt nach einer verqueren Logik, ist aber so«, bestätigte Oliver vergnügt und schwang im Dunkeln ein paarmal das Florett, Benny hörte es durch die Luft zischen. Dann verstummte das Rattern der Rollläden mit einem erbärmlichen Quietschen, an der Decke gleißten Lampen auf und überschwemmten die Halle überreichlich mit kaltem, grellem Licht.

Weinrote Teppichstreifen unterteilten den glänzenden Boden in vier lange Bahnen. Oliver reichte Benny sein Florett, Callahan, der gerade aus einer kleinen Kammer kam, bekam das von Richard.

»Und was habe ich zu tun?«, erkundigte sich Benny.

»Schau einfach, was Callahan macht«, riet ihm Richard. »Und tu ungefähr dasselbe, nur bei mir, nicht bei Oliver.«

Benny schaute zu Callahan hinüber, der ein wenig die Augen verdrehte, als wollte er sagen: *Lass sie spinnen.*

Oliver und Richard liefen ein paar nachlässige Runden, machten ein paar eher alibimäßige Dehnübungen und nahmen Aufstellung auf einer der mittleren Bahnen.

»Mach ein wichtiges Gesicht«, flüsterte Callahan Benny zu, zog eine abenteuerliche Grimasse und glättete dann seine Züge zu der höflichen Miene eines englischen Butlers. »Das ist das Wichtigste.«

Wie zwei aufgeplusterte Gockel standen sich Richard und Oliver gegenüber und musterten einander. »Ich fordere Genugtuung«, rief Richard theatralisch. »Für eine Beleidigung meiner Person, zu schwerwiegend, um sie hinzunehmen. Ich fordere also vor den hier versammelten Zeugen Euch, Sir Oliver Hegeling, zum Duell aufs dritte Blut!«

»Genugtuung könnt Ihr fordern, und auch ein Duell gewähre ich Euch gern, ehrenwerter Sir Richard Dickenson aus dem Hause des Rosaroten Panthers«, erwiderte Oliver und verbog die langen Gliedmaßen zu einer formvollendeten Verneigung. »Ich gebe nur zu bedenken, dass die Genugtuung ganz auf meiner Seite liegen wird – das soll Euch aber nicht daran hindern, es recht herzlich zu versuchen, damit mir nicht langweilig wird, während wir die Klingen kreuzen.«

»Erneut!«, rief Richard entrüstet. »Erneut eine Beleidigung – wenn Ihr nur den Mund auftut, werdet Ihr unverschämt! Das werde ich Euch austreiben, ein für alle Mal! Sekundanten – unsere Waffen! Dies muss hier und jetzt beendet werden!«

Heilige Scheiße, dachte Benny und konnte Erik vor seinem geistigen Auge sehen, der das Gesicht zusammenkniff und sich an der Schläfe kratzte, um unauffällig anzudeuten, dass die beiden nicht mehr alle Tassen im Schrank hätten. Nur mit Mühe unterdrückte er ein Grinsen und wahrte die würdevolle Miene.

Callahan setzte sich in Bewegung, Benny folgte ihm, und beide reichten den Kontrahenten die Floretts, auf deren Spitzen je ein kleiner roter Plastikkopf aufgesteckt war, der ihrer Eleganz ein wenig Abbruch tat. Eilig trat Callahan zurück, Benny tat es ihm gleich, und das war ein Glück, denn kaum hatte Richard das Florett in der Hand, schwang er es wild herum. Oliver zog ein paar eher träge wirkende Kreise mit dem seinen.

»Trägt man nicht eigentlich so eine Art Schutzkleidung?«, erkundigte sich Benny leise bei Callahan. »Wenigstens einen Helm?«

»Klar, eigentlich. Den Helm zum Schutz, und eine Weste, die gültige Treffer anzeigt. Die Weste ersetzen wir beide als Schiedsrichter, und der Helm … tja.« Ein Schulterzucken. »Frag nicht. Wenn es ums Fechten geht, haben die beiden einen völligen Knall.«

Mit vorgehaltenen Floretts standen sich Oliver und Richard gegenüber. In ihren Mienen spiegelte sich tiefer Ernst. Dann, unvermittelt, griff Richard an. Einige blitzschnelle Schritte und Hiebe, vor denen Oliver ebenso blitzschnell zurückwich. Dann machte Oliver zwei gewaltige Schritte, als könnte er die Beine teleskopartig ausfahren, brachte Richard damit aus dem Konzept, wehrte einen zu kurzen Hieb ab und setzte Richard das Florett mitten auf die Brust. Es war fast zu schnell gegangen, um es richtig zu sehen.

»Stopp!«, rief Callahan, obwohl die beiden bereits voreinander zurückwichen.

»Erstes Blut, Punkt für Sir Oliver Hegeling«, verkündete Callahan. Fragend richteten sich die Blicke der drei auf Benny.

»Äh – ja, denke ich auch«, sagte er.

»Verdammt sollst du sein«, zischte Richard Oliver an. »Was war das?«

»Beinarbeit«, feixte Oliver.

»Beinarbeit geb ich dir gleich«, knurrte Richard und starrte ihn unverwandt an, während sie zur Ausgangsposition zurückkehrten.

»Drittes Blut heißt …«

»Bis zum dritten Punkt.« Callahan gähnte. »Eigentlich heißt es, bis zum Tod eines Duellanten, glaube ich, aber da hätten wir dann ein bisschen zu viel zu erklären; glaub, das wär mit Stalldienst nicht getan. Dürfte schnell gehen, meistens entscheidet sich eine Runde sehr zackig.«

»Erklär mir das«, forderte Richard, bevor Callahan die nächste Runde freigeben konnte. »Da ist irgendwas … anders. Hast du den Sommer über trainiert, oder was?«

»Sechs Wochen lang«, sagte Oliver feierlich.

Richard wurde so bleich, dass Benny die Adern unter der Haut zu sehen glaubte. »Du hast *was*?«

»Trainiert habe ich«, wiederholte Oliver so betont langsam, als spräche er mit einem kleinen Kind. »Die Besprechung in Tokio ist ausgefallen, der Deal ist geplatzt. Da hat mein Alter gesagt, ich soll mir aussuchen, was ich den Sommer über tun will. Na, und ich wollte trainieren.«

»Bei wem?«, erkundigte sich Richard tonlos.

Benny schaute von einem zum anderen. In ihm breitete sich das ungute Gefühl aus, dass sich hier etwas anbahnte, das mehr war als nur ein bisschen Frotzelei. Als würde er an Schienen lauschen und das stärker werdende Vibrieren eines nahenden Zugs wahrnehmen. Richard war bleich, die Stimme ausdruckslos, und Oliver stand reglos da, ein leichtes, so herablassendes Lächeln auf den schmalen Lippen, dass selbst

Benny es ihm gern aus dem Gesicht geprügelt hätte. Merkte er nicht, dass Richard ernstlich wütend war?

»Ach so.« Richards Stimme war belegt – Benny hatte Olivers Antwort nicht mitbekommen, aber der Name irgendeines Fechters hätte ihm ohnehin nichts gesagt, und wenn es der Gewinner der letzten drei Goldmedaillen gewesen wäre.

»Beinarbeit, ja? Über den Sommer ein bisschen eingerostet? Leck mich am Arsch.«

»Ich wollte dich überraschen.«

»Ist dir gelungen.« Richard raffte mühsam seine Gesichtszüge zusammen, rang sich ein kurzes Lächeln ab und hob das Florett. »Gut. Auf ein Neues.«

»Tapfer in den Untergang.« Oliver grinste ungefähr so, wie ein Wolf ein Kaninchen angrinsen mochte, das er hilflos auf dem Waldboden fand, mit dem Hinterbein in einer Falle.

Richard schwieg, ließ ihn aber nicht aus den Augen. Benny bemerkte, dass auch Callahan angespannt aussah, als er die Runde freigab.

Die Leichtigkeit, mit der sich Oliver bewegte, war auch für Benny nicht zu übersehen. Er überließ Richard die Initiative, wich so schnell zurück und den Schlägen aus, als ahnte er sie schon, bevor Richard selbst wusste, was er tun würde, und übernahm kurz vor dem Ende der Bahn mit solcher Entschiedenheit und Sicherheit die Führung, dass Richard fast gestolpert wäre, als er hastig und alles andere als elegant zurückwich. Jetzt trieb Oliver Richard mit einem Hagel von Hieben zurück, so dicht und undurchdringlich wie Sperrfeuer.

Und da stolperte Richard. Hielt sich noch auf den Beinen, taumelte jedoch zurück, seine Deckung war offen. Sofort nutzte Oliver die Gelegenheit, setzte mit einem fast nachlässigen Stich zu Richards Brust an.

Mitten im Taumeln fing sich Richard, schlug das Florett beiseite und stach zu. Fassungslos blieb Oliver stehen, die Spitze des Floretts auf der Brust. Die dünne Waffe bog sich durch, mit so viel Kraft drückte Richard zu. Er grinste.

»Zweites Blut, Punkt für Sir Richard Dickenson«, rief Callahan.

Richard hob die Brauen, zog das Florett zurück und verneigte sich leicht. »Hochmut kommt vor dem Fall«, sagte er leise. Am liebsten hätte Benny applaudiert, er war in den letzten Sekunden offenbar parteiisch geworden, ohne es recht zu bemerken. Oder sollte man als Sekundant ohnehin parteiisch sein?

»Billig«, schnaubte Oliver. Seine Wangen hatten sich rot gefärbt. »Dass du dir für so plumpe Tricks nicht zu schade bist.«

»Was immer den Gegner zu Fall bringt«, erwiderte Richard. »Außerdem bist du doch nur sauer, dass du auf so einen plumpen Trick reingefallen bist. Um ehrlich zu sein, hätte ich nicht gedacht, dass ich dich damit erwische. Dass ich mit so etwas *irgendjemanden* erwische, der wenigstens einmal in seinem Leben eine anständige Fechtstunde hatte. Oder wenigstens einen Funken Talent.«

Olivers Augen wurden schmal. Er nahm Aufstellung, Richard folgte seinem Beispiel. Sie waren fast gleich groß, fiel Benny auf, Richard vielleicht drei, vier Zentimeter kleiner, seine Größe fiel sonst nicht so auf, weil er die Schultern hängen ließ und ein bisschen schlurfte. Jetzt hatte er die Schultern zurückgenommen und stand hoch aufgerichtet da. Die dunklen Haare hingen ihm schweißfeucht ins Gesicht, seine Wangen waren gerötet, aber darunter war er bleich, und seine Lippen waren ein blutleerer, dünner Strich, als hätte jemand sie mit einem harten Bleistift hineingezeichnet.

»Der nächste Treffer entscheidet«, verkündete Callahan. In seinen Augen stand leise Besorgnis. »Meine Herren, ich darf daran erinnern, dass wir uns hier unter Freunden und Gentlemen befinden.«

Keiner der beiden schenkte ihm Beachtung. Sie waren ganz aufeinander konzentriert und warteten angespannt auf die Freigabe. Achselzuckend erteilte Callahan sie, und es ging los.

Es war schrecklich mit anzusehen. Olivers Gesicht war reglos und verschlossen, er trieb Richard über die ganze Bahn, überließ ihm dann mit offenkundiger Absicht die Initiative und wich quälend langsam und kontrolliert zurück, während er Richards Angriffe so mühelos abwehrte, als hätte er es mit denen eines kleinen Kindes zu tun.

»Oliver ist ... gut, oder?«, fragte Benny leise.

Callahan nickte.

»Sehr gut, oder?«

»Sehr gut«, bestätigte Callahan. »Kaum zu fassen, dass so ein Sprung in sechs Wochen möglich ist.«

»Sind die beiden sonst gleich gut gewesen?«

»Ähnlich. Oliver war immer ein bisschen besser. Aber nicht so.«

Olivers Gesicht veränderte sich nicht, das von Richard wurde immer röter. Seine Haltung verlor sich, mehrfach entkam er nur mit knapper Not, parierte Olivers Florett so spät, dass Benny fast »Punkt!« geschrien hätte, um es endlich zu beenden. Bei dem verzweifelten Versuch, endlich Boden zu gewinnen, verausgabte sich Richard zusehends. Seine Bewegungen wurden langsamer. Es war, als lasse Oliver ihn ausbluten. Und dann versetzte er ihm einen Hieb auf den Arm.

»Stopp!«, rief Callahan.

Die beiden trennten sich voneinander. Erleichtert wollte Benny schon aufatmen.

»Kontakt, kein Punkt«, sagte Callahan mit zusammengekniffenen Augen. »Aufstellung.«

Ohne einander aus den Augen zu lassen, nahmen die beiden Aufstellung. Callahan gab frei. Als hätte es keine Unterbrechung gegeben, ging es weiter. Richards Keuchen erfüllte die Halle.

»Warum macht er das?«, wollte Benny wissen.

Stumm schüttelte Callahan den Kopf.

»Er führt ihn vor«, stellte Benny fest. »Das ist kein Kampf, oder irre ich mich? Er führt ihn nur noch vor. Warum?«

»Weil es Oliver ist«, gab Callahan zurück.

Ein Beintreffer. Richard gab ein Geräusch von sich wie ein überraschter Hund, der getreten wurde. Unterbrechung, Aufstellung, weiter. Benny bohrte die Fingernägel in die Daumenballen, so fest, dass seine Hände taub wurden. Er spürte nichts. Am liebsten hätte er Oliver erschlagen. Aber er rührte sich nicht, sagte nichts, stand nur stumm da und schaute zu.

Vermutlich dauerte es objektiv gesehen nicht lange, aber die Zeit dehnte sich endlos, Richard wurde immer langsamer. Dann taumelte er. Diesmal war es echt. Oliver schlug seine Waffe beiseite. Und dann hieb er ihm das Florett über die Wange. Nur ganz leicht, es konnte kaum zu spüren sein. Richard erstarrte. Benny hörte das Geräusch, das er von sich gab, halb Ächzen, halb Stöhnen.

»Abbruch«, hallte Callahans Stimme hart durch die Halle. Niemand rührte sich. Ganz langsam hob Richard die Hand zu seiner Wange.

»Dann braucht ihr uns ja nicht mehr«, sagte Callahan kalt, drehte sich um und ging. Weder Richard noch Oliver reagierten auf ihn. Nach kurzem Zögern folgte Benny Callahan hinaus. Er glaubte seine Rippen unter den heftigen Herzschlägen vibrieren zu spüren. Ihm war übel.

Im Gang vor den Umkleiden holte er Callahan ein, der offenbar etwas langsamer ging, um auf ihn zu warten.

»Können wir sie so allein lassen?«, fragte Benny.

»Ist völlig egal«, erwiderte Callahan knapp. »Mit Publikum wird es bestimmt nicht besser.«

»Was zum Teufel ...«

»Über Richard Dickenson und Oliver Hegeling musst du eins wissen«, erwiderte Callahan. Im schwachen Licht sahen seine Augen schwarz aus. »Wenn sie sich zoffen wollen, dann tun sie es. Du kannst nichts dagegen machen. Du kannst nur aus dem Weg gehen, das ist alles, und es ist das einzig Vernünftige.«

»Machen sie das öfter?«

»Pro Jahr ungefähr zweimal.«

»Oliver ist ...« Benny verzog angewidert das Gesicht.

»Richard ist kein Unschuldslamm«, erwiderte Callahan ungeduldig. »Er ist kein Stück besser. Letztes Jahr hätte ich ihn am liebsten in einem Fass mit meiner eigenen Kotze eingelegt, ein Jahrhundert dringelassen und dann an die Schweine verfüttert.«

Überrascht starrte Benny ihn an. So eine Heftigkeit hätte er von jedem anderen erwartet, aber sicher nicht vom ruhigen Patrick Callahan mit dem stillen, ironischen Lächeln. »Wieso, was hat er ...«

»Ist egal. Glaub mir einfach, sie nehmen sich nichts. Diesmal ist es Oliver. Nächstes Mal ist es wieder Richard. In zwei Wochen sind sie wieder ein Herz und eine Seele, dass man sie kaum voneinander unterscheiden kann, und wissen nicht, wovon du redest, wenn du sie fragst, ob sie sich wieder eingekriegt haben. Und bis dahin können wir halt irgendwie damit klarkommen.«

»Wieso klarkommen?«, fragte Benny verwirrt.

»Warte es einfach ab. Du wirst schon sehen, was ich meine.« Als Callahan die Tür nach draußen aufstieß, fuhr ein kalter Windzug herein. »Scheiße. Dunkel. Hatte ich vergessen. Warte kurz, ich hole eine Taschenlampe, in der Kammer müsste eine sein.« Und weg war er.

Benny schob die Tür auf, ging hinaus und lehnte sich an die raue Wand der Fechthalle, um durchzuatmen. Unter seinen Füßen knirschte der Kies, der in einem langen Streifen neben der Halle ausgelegt war. Etwas wirr dachte er, dass er den Brief an Erik noch einmal neu schreiben musste. Er dachte an das ausdruckslose, harte Gesicht Olivers und das zunehmend verzweifelte von Richard. Auf einmal wollte er dringend nach Hause.

In der Dunkelheit, auf dem Weg, der an den Hallen vorbeiführte, knackte etwas. Erschrocken zuckte Benny zusammen. Der Kies unter seinen Füßen knirschte.

Plötzlich flammte ein paar Meter entfernt der Lichtkegel einer Taschenlampe auf und blendete ihn. »Wer ist da?«, hörte er jemanden zischen. Die Stimme kam ihm bekannt vor.

Blinzelnd starrte er ins Licht. »Wer ist da?«, fragte er zurück und versuchte, etwas zu erkennen.

Neben ihm öffnete sich die Tür, ein schwacher Lichtschein fiel heraus. Schlagartig ging die Taschenlampe aus.

»Reutter?«, fragte Callahans Stimme.

»Hast du die Taschenlampe?«, fragte Benny.

»Ja.« Callahan schaltete sie ein. Kaum zuckte der Lichtkegel durch die Dunkelheit und ergoss sich auf den Boden, nahm Benny ihm die Lampe weg und leuchtete auf das Stück Weg zwischen den Hallen. Dort war niemand zu sehen.

»Was ist denn mit dir los?«

»Da war jemand. Eben gerade noch, als du die Tür aufgemacht hast.«

»Hör bloß auf«, brummte Callahan. »Für heute habe ich genug Geistergeschichten gehört. Habe ich schon mal gesagt, dass ich Dunkelheit nicht leiden kann? Kann ich nämlich nicht. Dunkelheit und Geistergeschichten sind eine völlig überschätzte Kombination. Wenn du also …«

»Schscht«, machte Benny.

Callahan verstummte, und sie beide lauschten. Bis auf den flüsternden Wind und das kaum vernehmbare Wispern der Bäume und Büsche des Moors, das sich jenseits der Sporthallen erstreckte, war nichts zu hören. Benny vermeinte einen seltsamen Geruch wahrzunehmen, der von dort heranwehte, muffig und erdig, aber es mochte ebenso gut Einbildung sein.

»Also, ich höre nichts«, stellte Callahan fest.

»Ich auch nicht.« Seufzend reichte ihm Benny die Taschenlampe zurück. »Aber da war jemand.«

»Manchmal glaubt man …«, wandte Callahan zweifelnd ein.

»Ja, kann sein. Vielleicht hab ich es mir nur eingebildet.«

»Mach dir nichts draus«, tröstete ihn Callahan. »Lass uns einfach nur zusehen, dass wir ins Bett kommen.«

Schweigend machten sie sich auf den Weg. In Benny arbeitete es. Oliver und Richard, der Brief an Erik, sein plötzliches Heimweh. Aber vor allem war er sicher, sich die Begegnung eben nicht eingebildet zu haben. Und fast ebenso sicher war er, die Stimme erkannt zu haben, auch wenn er sie erst einmal zuvor gehört hatte – in der leeren Stallgasse. Es war die Stimme von Ned Finley gewesen, der mit Wesen sprach, die nicht da waren. Ned Finley, mitten in der Nacht auf dem Weg ins Moor.

Schon bevor er einschlief, hatte er das Gefühl zu träumen. Seine Gedanken waren durcheinanderwirbelnde Fragmente,

Bilder, auf die er kaum Einfluss hatte. Dass es draußen ziemlich stürmte, machte es nicht besser, bei stürmischem Wetter hatte er noch nie gut geschlafen. Überrascht identifizierte er das hohle, leere Gefühl in sich als Traurigkeit. Ihm war, als hätte er etwas verloren. Und das hatte er vermutlich auch. Ihm war nicht klar gewesen, dass er angefangen hatte, Oliver und Richard gernzuhaben. Ihretwegen hatte er sich an der Schule erstaunlich wohlgefühlt. Und jetzt war es damit schlagartig vorbei. Er wusste nicht mehr, was er hier sollte.

Unruhig drehte er sich auf die andere Seite. Als er einschlief, war ihm, als sei er noch immer wach, er wusste genau, dass er träumte. Aber als er aufwachte, entglitten ihm die Träume, er konnte sich nur noch an fiebrige, kurze Sequenzen erinnern, die keinen Sinn ergaben. Einen Augenblick lang lag er ganz still, war zwar wach, konnte sich aber nicht rühren. Dann hörte er Stimmen und öffnete die Augen.

Im Zimmer war es dunkel, aber die Tür stand einen Spalt offen, Licht und Geräusche drangen herein. Halblaute Stimmen, Schritte. Blinzelnd richtete sich Benny auf und sah eine Silhouette mitten im Zimmer – jemand, der sich auf die Tür zubewegte. »Was ist los?«, flüsterte er.

Es war Oliver. »Weiß nicht«, flüsterte er zurück. »Irgendwas in der Roten Halle.«

»Wie spät ist es?«

»Halb drei.«

Benommen richtete sich Benny auf, schlüpfte in seine Schuhe und stand auf. Oliver wartete, zusammen huschten sie auf den Flur hinaus. Benny dachte nicht weiter darüber nach, es war ganz natürlich, aufzustehen und nachschauen zu gehen, als wäre die Aufregung auf dem Gang ansteckend und hätte sich bereits auf ihn übertragen, als er noch geschlafen hatte.

Draußen waren weniger Schüler, als er erwartet hätte. Auf dem Weg zur Halle wurden wilde Gerüchte ausgetauscht. »Jemand ist im Moor ertrunken«, wusste Gil Flint zu berichten. »Sie stellen gerade eine Suchmannschaft zusammen.«

»Blödsinn«, wies ihn Gil Darcy zurecht. »Wenn sie erst eine Suchmannschaft zusammenstellen, ist niemand ertrunken. Um das zu wissen, müssten sie ihn ja schon gefunden haben.«

»Es kann ja trotzdem jemand ertrunken sein«, erwiderte Gil Flint, und dagegen war logisch natürlich nichts einzuwenden. Nur mit halbem Ohr hörte Benny zu, wie sich die beiden weiter stritten. Ihm fiel auf, wie blass Oliver war, er sagte gar nichts, sondern schritt so lang aus, dass es Benny schwerfiel, Schritt zu halten. Dann fragte er sich, wozu er es versuchte, und fiel zurück. Oliver bemerkte es und wurde langsamer.

Hau ab, dachte Benny. Aber Oliver blieb an seiner Seite, bis sie die Rote Halle erreichten.

Auf der Galerie brodelte es vor Schülern, sie standen einander auf den Füßen herum, reckten die Hälse und quollen grüppchenweise die breite Treppe hinab. Die meisten trugen wie Benny ihre Schlafanzüge, aber manche, bemerkte er fröstelnd, waren klüger gewesen und hatten sich ihre Jacken übergeworfen.

Ohne es recht zu merken, folgte er Oliver die Treppe hinab. Auf halber Höhe blieben sie stehen. Oliver sah sich stirnrunzelnd um, und Benny tat es ihm gleich.

Mister Ross war da, er ragte neben der winzigen Miss Teagle auf wie eine Eiche neben einer Distel und beobachtete mit gerunzelter Stirn und tief in den Taschen vergrabenen Händen ein kleines Grüppchen Schüler, das in der Nähe der Tür stand. Überrascht erkannte Benny Alasdair und den Blonden mit dem Pferdeschwanz, den er in der Bibliothek um Stift und Papier gebeten hatte. Die anderen, es waren drei, kannte er nicht, aber sie alle trugen außerordentlich wichtige Mienen zur Schau. Bis auf den Blonden waren sie alle in Schuluniform.

»Wer ist das?«

Er musste Oliver anstoßen, ehe der reagierte.

»Wer? Ach so. Welche vom Zirkel natürlich.«

»Es sieht aus, als ob Mister Ross und die anderen darauf warten ...«

»Dass Alasdair ihnen sagt, was zu tun ist?« Oliver hob die Brauen, ohne ihn anzusehen. »So ist es ja auch.«

»Wo ist die Rutherford?«

Oliver zuckte mit den Schultern. »Wenn jemand im Moor verschwunden ist, wird die Rutherford nichts machen können. Nicht ihre Baustelle. Die findet ja im Moment noch ihr Büro kaum ohne fremde Hilfe.« Er wirkte seltsam geistesabwesend. »Nun schau sie dir an.«

»Wen?«

»Na, MacGregor und Higgins und Carter und die anderen.«

Was er meinte, wurde Benny nicht klar. Achselzuckend wandte er sich ab – und bemerkte Felix, der direkt vor ihm stand.

»Finley«, flüsterte Felix, seine Augen waren weit aufgerissen. »Sie suchen Ned Finley.«

Olivers Kopf ruckte herum. »Bist du sicher?«

Felix blinzelte und zog den Kopf zwischen die runden Schultern. »Hab ich jedenfalls gehört«, murmelte er.

Oliver musterte ihn eingehend. »Und von wem?«

Flammende Röte überzog Felix' Gesicht. »Alle«, behauptete er. »Sie sagen es alle.« Er machte eine vage Geste, die alles oder nichts bedeuten konnte, jedenfalls sicher auf niemand Bestimmten deutete, der hätte widersprechen können.

»Finley.« Gil Darcy und Nicholas Hunter waren so plötzlich hinter Benny aufgetaucht, dass er beim Klang von Darcys Stimme zusammenzuckte. »Finley also.« Seufzend schüttelte Darcy den Kopf. Nicholas Hunter ließ ein bedauerndes Brummen hören.

»Netter Kerl«, sagte Darcy. »Schade drum. Aber wer mit den Großen spielen will …« Er schnaubte und verzog das grobflächige Gesicht zu einer besorgten Miene. »Das ist dann schon der zweite.«

Eine Weile sagte niemand etwas, sie alle schauten nach unten. Mister Ross schien genug vom Warten zu haben und durchquerte mit langen, entschlossenen Schritten die Halle, um auf Alasdair einzureden.

»Der zweite was?«, fragte Benny.

Unten winkten die Typen vom Zirkel Schüler heran, die sich bis an den Fuß der Treppe vorgewagt hatten. Offenbar ließ Alasdair Suchtrupps zusammenstellen. Benny fiel auf, dass einige dem Wink sehr eifrig folgten, andere deutlich zögernder.

»Der zweite was?«, wiederholte er.

Gil Darcy riss sich los und wandte sich um. Seine Augen funkelten. »Na, der zweite, der bei der Aufnahmeprüfung für den Zirkel ums Leben kommt«, erklärte er. »Es ist ganz …«

»Halt die Schnauze«, fuhr Oliver ihn an.

Überrascht brach Darcy mitten im Satz ab. Die Gespräche ringsum verstummten, neugierige Gesichter wandten sich Oliver zu. Auch Benny starrte ihn an – ein unbeherrschter Oliver war ein ungewohnter und seltsam befremdlicher Anblick.

»Sag mal«, empörte sich Darcy, »du bist ja …«

Ehe er seinen Satz vollenden konnte, schob Oliver die Schüler, die vor ihm standen, beiseite und drängte sich die

Treppe hinunter. Wortlos sahen Benny und die anderen zu, wie er schnurstracks auf Alasdair zuging und etwas zu ihm sagte. Alasdair zeigte auf eine der Gruppen, Oliver nickte und schloss sich den anderen an.

»Scheiße, nein.« Darcy lachte auf. »Oliver Hegeling und der Zirkel. So so. Wusste gar nicht, dass er es nötig hat, sich da einzuschleimen. So so.«

Benny spürte, wie sich etwas in seinen Eingeweiden verhärtete, als balle sich sein Darm zu einer Faust zusammen. Er erinnerte sich, wie Richard und Oliver an seinem ersten Abend auf Glen über den Zirkel gesprochen hatten. *Die Würde des Menschen und die Machenschaften des Zirkels sind unantastbar*, hatte Oliver gesagt. Es hatte verächtlich geklungen. Oder? Auf einmal war er sich nicht mehr ganz so sicher.

Er betrachtete die Handvoll Zirkelmitglieder. Der Blonde mit dem Pferdeschwanz, neben ihm ein hagerer Typ mit krummer Nase und dunklen Haaren, der aussah, als gäbe es in seiner Familie seit Generationen nicht genug zu essen. In Olivers kleinem Suchtrupp ein kleiner, eher rundlicher Schüler, dessen Uniform an den Oberschenkeln und Schultern zu spannen schien, als hätte er erst kürzlich viel zugenommen. Sie alle wirkten ganz normal – bis auf Alasdair, dem die Arroganz aus jeder Pore troff. Trotzdem regte sich Neugier in Benny.

»Also, bei dem Wetter hätte ich ja keine Lust, draußen im Moor nach irgendwem zu suchen«, verkündete Gil Darcy. »Wahrscheinlich geht die Hälfte der Leute auch noch verloren. Würde mich nicht wundern, wenn wir morgen gleich drei Tote hätten statt nur einem.«

Nicholas Hunter brummte zustimmend und setzte gerade zu einer Antwort an, da öffnete sich unten langsam die schwere

Tür der Roten Halle einen Spalt, und eine schmale Gestalt taumelte herein.

Es war Leslie MacGregor. Ihr dünnes blondes Haar war klatschnass und lag so dicht am Kopf, dass die abstehenden Ohren noch größer wirkten. Auch ihre Kleidung war durchweicht, und Benny sah erschrocken, wie dünn sie darunter war. Das ganze Mädchen war von Kopf bis Fuß mit Schlamm verschmiert, schwarz wie Teer, und mit ihr wehte ein eisiger Wind durch die offene Tür, fegte durch die Rote Halle und brachte einen modrigen Geruch mit sich, der sich wie ein fauliger Pelz auf Bennys Zunge legte. Dumpfer Modergeruch aus dem Moor, der Bilder von blubbernden schwarzen Tümpeln heraufbeschwor und von trügerischen Pfaden, die einem unter den Füßen wegsackten.

Das Stimmengemurmel verstummte für einen Augenblick, um in der nächsten Sekunde wieder anzuschwellen, lauter und drängender als zuvor. Nur unten standen sie alle reglos herum, als wisse keiner, was zu tun sei. Dann taumelte Leslie, und Alasdair schoss auf sie zu. Statt seine Schwester aufzufangen, packte er sie jedoch hart am Arm, beugte den Kopf zu ihr hinunter, ganz dicht, und sie sagte etwas. Er zögerte, nickte, dann ließ er sie los und eilte mit ein paar anderen aus der Halle, darunter Mister Ross.

Leslie blieb stehen, wo sie war. Ihr Gesicht und die Kleidung waren schlammverschmiert, ihre Arme hingen herab, und sie zitterte vor Kälte. Die Leute vom Zirkel beachteten sie nicht. Benny bemerkte, wie einige Schüler ihr scheue Blicke zuwarfen, andere starrten sie ganz offen an.

»Sie ist geistesgestört«, sagte Gil Darcy neben ihm fachmännisch und verschränkte die muskulösen Arme vor der breiten Brust. »Man sieht es ihr an, oder? Ganz wie ihre Mutter. Kein Wunder, dass die Familie nichts mit ihr zu tun haben will.«

Benny antwortete nicht. Unten trat der hakennasige Typ vom Zirkel auf Leslie zu.

»Ricky Shawfield«, sagte Gil Darcy, der Bennys Blick gefolgt war. »Alasdairs treuestes Hündchen.« Er lachte auf. »Nicht, dass das was Schlechtes wäre, will ich nicht gesagt haben. Aber wenn Alasdair sabbern würde, dann würde Shawfield es auflecken, das steht mal fest.«

Sie beobachteten, wie Shawfield Leslie am Arm fasste und aus der Roten Halle bugsierte, nicht grob, aber nachdrücklich und nicht gerade sanft. Sie leistete keinen Widerstand. So erschöpft sah sie aus, dass Benny, der eigentlich nicht unbedingt zu Fürsorglichkeit neigte, sie am liebsten ins Bett gesteckt hätte. »Ist sie wirklich verrückt?«, fragte er leise.

»Leslie MacGregor? So verrückt wie der Stier vom alten Conway, den sie letzten Sommer erschossen haben.«

Unten schob jemand die Tür wieder auf, durch die Leslie und Shawfield verschwunden waren. Benny fühlte sich ein wenig wie in einem Theater – hier auf der Treppe waren die Logenplätze, unten die Bühne. Mit einem weiteren Schwall eisiger Luft aus dem Moor rauschten die wieder herein, die eben nach draußen geeilt waren, in ihrer Mitte Mister Ross, der einen leblosen Körper auf den Armen trug. Eilig schritt er lang aus, und vor ihm teilte sich die Menge der starrenden Schüler wie das Rote Meer für Moses. Auch Benny wich zurück, und als Mister Ross auf seiner Höhe der Treppe war, erhaschte er einen Blick auf das wachsbleiche Gesicht Finleys. Zäher Schlamm klebte an seiner Wange und in den Brauen, im Haar hatten sich kleine Äste verfangen, die Augen waren fest geschlossen. Er sah aus wie tot.

Kaum hatte Mister Ross die Halle verlassen, brandeten Stimmen auf, als drehe jemand den Regler eines Lautsprechers bis zum Anschlag auf. Darcy redete von einem eingeschlagenen

Schädel, irgendein anderer von einem Schnitt quer über dem Gesicht, wieder ein anderer war ganz sicher, dass Finleys Augen weit offen gestanden hatten, ohne etwas zu sehen. Er sei tot, hieß es, er sei bewusstlos, er sei verrückt geworden, er sei ertrunken, draußen einem der Stiere des alten Conway zum Opfer gefallen oder im Sturm, der inzwischen hörbar um die Burg heulte, von einem Baum erschlagen worden.

Die Stimme der Teagle drang mühelos durch den Aufruhr, sie war rau und zornig. »Meine Herren«, rief sie laut, Alasdair stand mit verschränkten Armen neben ihr.

»Meine Herren!«, wiederholte sie, das Gemurmel verstummte. »Sie alle kehren jetzt augenblicklich in Ihre Zimmer zurück. Ich bitte mir aus, dass Sie alle sich ruhig verhalten. Die Nachtruhe ist keinesfalls aufgehoben. Morgen beim Frühstück werden Sie erfahren, wie es Mister Finley geht. Bis dahin wünsche ich keine Spekulationen. Mister Finley wird in der Krankenstation versorgt, er ist am Leben, es besteht kein Anlass, die Situation überzudramatisieren. Die Zimmerältesten sind jeweils dafür verantwortlich, dass die Mitschüler ihrer jeweiligen Zimmer vollzählig in die Betten zurückkehren, und zwar augenblicklich. Wenn in zehn Minuten noch jemand auf den Fluren angetroffen wird, dann hat das ernsthafte Konsequenzen. Das war es für heute Nacht, meine Herren, die zehn Minuten beginnen jetzt.«

Nur widerwillig lösten sich die Schülertrauben auf. Den Gefallen, keine Spekulationen anzustellen, tat der Teagle niemand, aber immerhin waren die Gänge zehn Minuten später tatsächlich so leer, als wäre jemand mit einem überdimensionalen Besen hindurchgegangen und hätte die Schüler fein säuberlich in ihre Zimmer gefegt.

Daniel Green hatte dem Großereignis ebenfalls beigewohnt, er hatte auf der Galerie gestanden. Nicholas Hunter hatte alles verschlafen. Richard und Callahan waren auf dem Weg von den zurückkehrenden Schülern wieder in den Schlafraum gespült worden, als schon alles vorbei war. Wieder und wieder verlangte Nicholas Hunter, dass Oliver, Benny und Daniel Green ihm schilderten, was sie gesehen hatten, und stellte Spekulationen an, die denen von Gil Darcy in nichts nachstanden. Aber Oliver war ungewohnt wortkarg, Daniel Green verstand nicht, was Nicholas Hunter wollte, und Benny war nicht bereit, sich in Mutmaßungen zu ergehen, was Finley wohl zugestoßen sein mochte.

»Mann, seid ihr Flaschen«, sagte Nicholas Hunter irgendwann und stand auf.

»Wo willst du hin?«, fragte Oliver.

»Nach nebenan. Ich wette, Gil Darcy hat ein bisschen mehr zu erzählen.« Damit steckte er den Kopf aus der Tür, spähte nach links und rechts und huschte auf den Gang hinaus.

»Tja«, sagte Callahan. »Da geht er hin.«

Benny spürte seinen prüfenden Blick. Vermutlich fragte er sich, ob Benny auch an die Gestalt dachte, die ihm bei den Sporthallen ins Gesicht geleuchtet hatte. Aber er sagte nichts, und so drehte sich Benny mit dem Gesicht zur Wand, schlüpfte unter die Decke und gab vor zu schlafen. Es war also wirklich Finley gewesen. Finley, der sich mit jemandem unterhielt, der nicht da war, und nachts aus irgendeinem Grund allein ins Moor lief.

Es dauerte lange, bis er Schlaf fand. Draußen heulte und jaulte der Wind, als sei er einsam und wolle herein, um sich am warmen Kaminfeuer zusammenzurollen wie ein gewaltiger Hund, und die wenigen Wortfetzen, die fielen, waren nicht geeignet, um ihn davon oder von seinen Gedanken abzulenken. Er musste daran denken, wie es vermutlich gestern

Abend noch gewesen wäre – er konnte förmlich hören, wie sich Richard und Oliver gegenseitig mit Geschichten übertrumpften. Jetzt war Oliver wortkarg, Richard gänzlich stumm, und am meisten von allen redete ausgerechnet Daniel Green, der ab und zu noch eine Frage in den Raum schoss. »Jedenfalls hat er sich ja das richtige Wetter für einen Moorspaziergang ausgesucht – wenn schon, denn schon«, hörte Benny ihn noch sagen, bevor er einschlief oder zumindest so tief in seine Gedanken abtauchte, dass er nicht mehr mitbekam, was rings um ihn geschah.

Es kam ihm vor, als habe er kaum die Augen geschlossen, als ihm eisiger Wind übers Gesicht strich und ihn weckte. Die Decke war verrutscht, sein Hals und eine Schulter eiskalt. Ruckartig richtete er sich auf und schloss das Fenster, da fiel ihm auf, dass das Feuer halb heruntergebrannt war und tiefe Stille im Zimmer herrschte. Offenbar hatte er doch eine Weile geschlafen. Er fühlte sich, als hätte ihn jemand verprügelt. Einige Traumfetzen trieben durch sein Bewusstsein, und als er nach einem davon griff und sich erinnerte, zuckte er zusammen. Da waren unzählige Tote im Moor gewesen, durch das er irrte, Tote, die nach ihm griffen und ihn anstarrten oder versuchten, ihm Gespräche über Verwesung aufzudrängen. Und wenn er sich recht erinnerte, war er ins Moor geflohen und konnte nicht wieder hinaus, weil Alasdair draußen auf einem Kelpie auf und ab ritt und darauf wartete, dass Benny wieder herauskam.

Mit jagendem Herzen lehnte sich Benny wieder zurück und vergrub sich unter der Decke. Auch von Ned Finley hatte er geträumt und von Leslie, die auf einem toten Stier mitten auf einer Wiese saß und mit jemandem redete, der nicht da war. Offenbar war er schwerer durcheinander, als er geglaubt hatte. Er hatte oft üble Träume, aber der hier war trotz seiner Absurdität so wirklich gewesen, dass er den Verwesungsgeruch noch auf der Zunge spürte.

Zu seiner eigenen Überraschung schlief er fast sofort wieder ein, als er die Augen schloss. Falls er in dieser Nacht noch mehr Unsinn träumte, erinnerte er sich am Morgen wenigstens nicht daran.

13 VERLETZTE GEFÜHLE

»Mister Finley geht es gut«, verkündete ihnen Mister Ross am nächsten Morgen beim Frühstück, in einem Ton, als erwarte er, dass ein Aufatmen durch die Reihen der hundertvierzig Schüler ging. Tatsächlich sah Benny überwiegend erleichterte Gesichter, aber auch enttäuschte, eins davon das von Gil Darcy.

»Er ist auf der Krankenstation«, fuhr Mister Ross fort. »Dort wird er ein oder zwei Tage bleiben müssen. Besuche sind nicht zugelassen, er hat eine schreckliche Nacht hinter sich. Wenn er jemanden sehen möchte, dann werden wir die betreffenden Schüler ansprechen und ihnen Bescheid geben. Aber er ist nicht schwer verletzt, auch wenn einige von Ihnen ihn in ihrer freundlichen Güte mit Sicherheit bereits für tot erklärt haben. In einigen Tagen wird er wieder am Unterricht teilnehmen. Die Aufregung letzte Nacht war also unbegründet. Und ehe Sie sich Hoffnungen machen – ja, Mister Darcy, ich habe von den Gerüchten gehört: Der Unterricht findet selbstverständlich statt. Also frühstücken Sie alle gut, Sie werden Ihre Kräfte brauchen nach dieser anstrengenden Nacht. Guten Appetit.«

»Mister Ross!« Darcys Hand schoss hoch.

»Was ist denn, Mister Darcy?«

»Was hat Ned Finley im Moor gesucht?«

Das war eine gute Frage. Nicht nur Darcy wartete gespannt auf die Antwort. Es dauerte einen winzigen Tick zu lange, bis sie kam, und dann klang sie eine winzige Nuance zu auswendig gelernt. »Derzeit sieht es so aus, als habe er gar nichts gesucht, Mister Darcy. Ned Finley leidet seit langer Zeit unter Schlafwandeln, und diesmal ist es unglückseligerweise nicht bei einem kleinen Ausflug ins Kaminzimmer oder in die Küche geblieben.«

Irgendjemand am Tisch der dritten Klasse kicherte unterdrückt.

»Gibt es weitere Fragen?«, erkundigte sich Mister Ross in einem Ton, der deutlich machte, dass man es dabei besser bewenden ließ. Unbeeindruckt reckte Darcy erneut die Hand in die Höhe.

Mister Ross heftete ihn mit seinem Blick fest, als spieße er einen Nachtfalter auf eine Nadel. »Mister Darcy?«

»Mister Ross, wer hat ihn denn gefunden?«

»Glücklicherweise hat Miss MacGregor ihn gefunden, am Rand des Moors, und ihn zurückgebracht.«

»Er hat geblutet.«

»Er wird sich wohl an einem Ast den Kopf gestoßen haben. Jedenfalls sind es nur oberflächliche Schrammen.«

Darcy sah zutiefst enttäuscht aus. Dann hellte sich sein Gesicht etwas auf. »Und was hat Miss MacGregor mitten in der Nacht im Moor gemacht?«

»Das weiß ich nicht, Mister Darcy, und es geht uns auch nichts an«, versetzte Mister Ross freundlich. »Guten Appetit wünsche ich Ihnen dann noch«, verabschiedete er sich. »Und denken Sie daran: Der Unterricht findet statt wie gewohnt. Zu spät zu kommen, wird heute ebenso wenig toleriert wie sonst, heute ist ein ganz normaler Tag, ganz gleich, wie lange Sie sich in der vergangenen Nacht die Köpfe heiß geredet haben mögen.«

Kaum war er fort, steckten Darcy und ein paar andere die Köpfe zusammen. Aus der nächtlichen Begebenheit wurde ein romantisches Stelldichein zwischen Ned Finley und Leslie MacGregor, und obwohl Alasdair ganz offenkundig auf der Burg gewesen war, wurde darüber spekuliert, inwiefern er mit dem unglücklichen Ausgang etwas zu tun gehabt haben mochte. Nicholas Hunter beteiligte sich mit ungewohntem Eifer an der Entwicklung immer aberwitzigerer Theorien. Oliver hingegen war still, blass und nachdenklich, Richard schwieg eisern. Ob es daran lag oder an der seltsamen Nacht, die Benny in einem Zustand in den Morgen gespuckt hatte, als sei er stundenlang auf eine Streckbank gespannt gewesen – jedenfalls staunte er, wie fremd er sich plötzlich auf einer Schule fühlen konnte, die ihm in den letzten Wochen unerwartet vertraut geworden war. Einmal fing er Callahans forschenden Blick auf, aber er wich ihm aus und blieb ebenso schweigsam wie Richard und Oliver.

Nach einem Morgen in den erstaunlich gut ausgestatteten Laboren, die Benny dennoch nicht dabei halfen, sich nennenswert für Chemie und Physik zu erwärmen, hatte er Sport. Er lief 12,3 Sekunden auf hundert Meter und erweckte damit großes Interesse bei Mister Bane, der ihn gründlich über seine sportliche Vergangenheit ausfragte, ihn für Sonntag für einen Test rekrutierte – noch ein Termin! – und ihm empfahl, beim Frühstück nicht zu sehr zuzuschlagen, was das Porridge betraf, das habe ihn bereits zwei gute Athleten gekostet. Neill Graham, der in der Leichtathletikmannschaft war, beobachtete ihn im Verlauf der anderthalb Stunden genau und sehr wohlwollend, und Benny fing an, sich wieder ein bisschen wohlerzufühlen. Allerdings wusste er nicht, ob das an der Aufmerksamkeit lag oder am Laufen – sie trainierten unter freiem Himmel auf der Aschenbahn, die sich oval und rostrot ein Stück ins Moor hinein erstreckte, der Boden war gut drainiert und von der Feuchtigkeit kaum schwerer, die Luft klar und sauber nach dem Sturm letzte Nacht, und die Bewegung tat ihm gut. Vom Moor wehte ein kühler, erdiger Wind herein, ein Nachbote des Sturms. Die frische, kalte Luft machte seine Füße leichter und wehte ihm das Gewicht von den Schultern.

Er erkundigte sich bei Neill Graham, ob man den See einmal umrunden konnte, erfuhr aber, dass er Ausläufer bis ins Naturschutzgebiet hinein hatte, dessen Betreten für Schüler streng verboten war. Graham lud ihn ein, ihm ein paar Laufstrecken zu zeigen, und als Benny sagte, er laufe am liebsten allein, nahm Graham ihm das nicht übel, sondern lachte und sagte, das ginge ihm genauso. »Ich zeig dir die Strecken einfach einmal, und dann läufst du sie allein, wann immer du Lust hast«, schlug er vor.

Benny war nach dieser Doppelstunde zumute, als wären sämtliche Atemwege bis in die tiefsten Winkel der Lungen ausgeputzt worden, er atmete so frei wie schon lange nicht mehr. Fast beschwingt machte er sich direkt vom Sportplatz aus zum Supermarkt auf, um den Brief an Erik aufzugeben. Kurz hatte er überlegt, ihn neu zu schreiben oder wenigstens um die Ereignisse der letzten Nacht zu ergänzen, aber er sehnte sich nach einer Antwort von »draußen« und hatte keine Lust, mit dem Abschicken noch zu warten. Wie er sich kannte, würde es dann wieder mehrere Wochen dauern, bis er es hinbekam. Er würde den nächsten Brief einfach bald hinterherschicken … sobald er es eben schaffte.

Normalerweise wäre er gelaufen, aber jetzt war er so gesättigt vom Sport, dass er nur zügig ging. Außerdem war die Zeit bis zum Mittagessen so knapp, dass er nach dem Sport gleich wieder in die Schuluniform geschlüpft war, die erstaunlich gut wärmte, und darin wollte er nicht so gern laufen und sich dabei die Beine bis zum Knie mit Schlamm bespritzen. So war es nicht allzu schwierig, ihn einzuholen, wenn man es wollte. Und ganz offensichtlich wollte Oliver es. Benny brauchte sich nicht einmal umzudrehen, als er jemanden herantraben hörte, er wusste aus irgendeinem Grund, wer es war, ohne hinzuschauen.

Schweigend verfiel Oliver in einen schnellen Trott, als er ihn erreichte. Schweigend registrierte Benny seine Anwesenheit. Sie liefen über die Brücke, am See entlang und aufs Dorf zu. Olivers Präsenz war, obwohl er nichts sagte, wie ein nervtötendes Summen in Bennys Kopf, das hartnäckige Sirren eines Mückenschwarms, der noch nicht zustach, es aber jederzeit tun konnte.

»Willst du zum Supermarkt?«, fragte Oliver irgendwann.

Benny nickte.

Schweigen.

»Du fragst dich sicher, was gestern los war«, stellte Oliver eine Weile später fest. »Nicht Finley, meine ich, das fragen wir uns alle. Das mit mir und Richard.«

»Nein«, erwiderte Benny.

»Nein?«, wiederholte Oliver verblüfft.

»Nein.«

Eine ganze Weile trabte Oliver schweigend neben Benny her. »Ich würde es trotzdem gern erklären«, sagte er schließlich.

»Kein Interesse.«

Verdutzt starrte ihn Oliver von der Seite an. »Sag mal!«, protestierte er.

Benny blieb nicht stehen und schaute ihn nicht an. »Ihr streitet euch gern. Gut. Ihr zieht andere mit rein. Auch gut. Ihr seid es gewöhnt, dass alle das mit sich machen lassen. Auch prima. Aber ich habe auf so etwas keine Lust. Ihr hört euch zu gern selbst reden, ihr gefallt euch selbst viel zu gut, ihr schert euch einen Scheißdreck um andere, das habe ich jetzt begriffen, das ist schade, aber immerhin weiß ich es, bevor ich mich richtig mit euch angefreundet habe. Das ist gut. So habe ich mit euch keine Zeit verschwendet.« Seine Stimme klang kalt und klar, ungefähr so wie der Wind. Benny war gut darin, etwas zu beenden, einen Schlussstrich zu ziehen. Das hatte seine Mutter irgendwann einmal festgestellt, ganz erstaunt und ein wenig erschrocken, als er Liam damals aus seinem ohnehin schon kleinen Freundeskreis aussortiert hatte, ohne mit der Wimper zu zucken. Einen besonderen Grund hatte es nicht gegeben. *Ich mag ihn einfach nicht mehr,* hatte der elfjährige Benny schulterzuckend erklärt, als seine Mutter wissen wollte, was vorgefallen war. Sie war besorgt gewesen. Vielleicht hatte sie damit Recht gehabt. Vielleicht war es nicht gut, so gut im Beenden von Angelegenheiten zu sein wie er. Und es war ja auch nicht so, dass er nicht traurig darüber sein konnte. Aber er tat es eben trotzdem. Für unnötiges Hin und Her hatte er nichts übrig.

»Du kennst mich überhaupt nicht«, sagte Oliver, nachdem er eine Weile perplex gar nichts gesagt hatte. Er klang gekränkt.

»Ich wäre ganz gern allein«, sagte Benny. »Wenn das machbar wäre.«

Ohne darauf zu reagieren, stiefelte Oliver weiter neben ihm her. Mückenschwarm im Kopf. Nervtötend. Selbst wenn Benny die Augen geschlossen hätte, er hätte seine Gegenwart weiterhin gespürt. Er fühlte, wie er sauer wurde.

»Richard und ich, wir … sind einfach so.« Olivers Stimme klang belegt. »Ich habe ihn gern. Manchmal aber auch nicht. Das ist schwierig zu erklären. Jedenfalls weiß Rich, wie er das gestern einzuordnen hat. Wir kommen klar. Das muss dich nicht kümmern. In ein paar Tagen ist alles wieder in Ordnung.«

»Kann sein.«

»Damit wollte ich sagen: Es geht dich nichts an«, erklärte Oliver, klang aber nicht unfreundlich.

»Es geht nicht um Richard«, erwiderte Benny. »Ich bin mit Leuten wie dir nicht befreundet. Das ist alles.«

»Mit Leuten wie mir.« Oliver ließ sich jedes Wort auf der Zunge zergehen. Er hustete. »Das sind starke Worte, Rob Roy. Wie gesagt, du kennst mich gar nicht.«

»Wenn du jemanden nicht leiden kannst, ist er dran. Wenn du jemanden leiden kannst, manchmal auch. Mehr muss ich nicht wissen.«

»Du … du arrogantes Arschgesicht«, stieß Oliver hervor, eher erstaunt als wütend. »Und das von dem Bengel, der Miles Cooper mal eben so im Vorbeigehen die Nase gebrochen hat. Wenn *du* Leute nicht leiden kannst, brichst du ihnen die Nase, aber wenn *ich* …«

»Ich verlange nicht, dass du mich leiden kannst«, erwiderte Benny. Die Kälte hatte sich verselbständigt. Er hörte seine Stimme, sie klang wie die eines Fremden, kalt, klar und hart. Nägel mit Köpfen, wennschon-dennschon, keine Gefangenen. Er straffte sich und legte einen Zahn zu.

Oliver hielt schweigend Schritt. »Ich kann dich aber gut leiden«, sagte er eine Weile später. »Und jetzt?«

Gleichgültig zuckte Benny mit den Schultern. Sie erreichten das Dorf, trabten über den Marktplatz und betraten den Supermarkt, ohne dass ein weiteres Wort gefallen war. Benny kaufte einen ganzen Haufen verschiedene *Cadbury*-Riegel – die hatte sich seine Mutter regelmäßig aus England schicken lassen, bevor sie keine zehn Gehminuten von zu Hause entfernt einen kleinen Laden mit englischen Süßigkeiten entdeckte, wo sie sich regelmäßig eingedeckt hatte. Die Auswahl hier war ungleich größer. Vermutlich finanzierte sich der Laden allein durch den Verkauf von Schokoriegeln an die Schüler von Glen. Elf Sorten mit Karamell zählte Benny und nahm von jedem einen, dazu fünf Twirl-Riegel, die er ganz gern mochte, und einige andere, die er nicht kannte, zum Ausprobieren. Oliver nahm drei Riegel und eine Flasche Cola. Unterwegs fiel Benny ein Regal mit Socken ins Auge. Ein ganzes Regal mit Socken in unterschiedlichen Größen, fast so ausladend wie das Regal mit den Schokoriegeln. Er hob die Brauen und wandte sich zur Kasse. Oliver folgte ihm schweigend.

An der Kasse saß Gin. Erfreut lächelte Benny sie an und sagte »Hi«.

Sie lächelte unverbindlich zurück und zog die Schokoriegel über den Scanner. »Tüte dazu?«, fragte sie.

»Ja, bitte. Und eine Briefmarke bräuchte ich. Ausreichend Porto nach Deutschland.«

»Unter zwanzig Gramm?«

»Ja, denke schon.«

Sie nickte und schob ihm eine Marke und eine Tüte über das Laufband. »Sechs Pfund dreißig.«

Er bezahlte. Verwirrt registrierte er, dass sie ihn nicht zu erkennen schien. Sie sah älter aus als an dem Tag, als er mit Leslie bei ihr gewesen war. Wäre ihr dichtes kastanienbraunes Haar nicht gewesen und hätte er sie beispielsweise irgendwo anders getroffen, wo er sie nicht klar zuordnen konnte, hätte er sie vermutlich gar nicht erkannt. Ging es ihr ebenso? Vermutlich. Vermutlich war er für sie einfach nur einer von fünfhundert Schülern, die hier hereinschneiten und Schokoriegel und Briefmarken kauften, eins von vielen, immer gleichen Gesichtern, die sie sich nicht merkte. In Erinnerung daran, wie sie über die herablassende Art der Internatsschüler geschimpft hatte, wünschte er ihr besonders höflich einen schönen Tag.

»Dir auch, danke«, erwiderte sie und wandte sich Olivers Einkäufen zu.

»Tag, Gin«, sagte Oliver.

»Tag, Oliver.«

»Hast du was von Leslie gehört?«

Erstaunt blickte Benny von seiner Tüte auf, in der er gerade die Schokoriegel verstaute.

»Wieso?«, fragte Gin unbewegt. »Was soll mit Leslie sein?«

Oliver stützte sich auf das Laufband und beugte sich ein wenig vor. »Gestern Nacht ist ein Schüler von Glen verschwunden. Ned Finley, Neuzugang beim Zirkel. Gerade als die Suchtrupps loswollten, kam Leslie herein. Sah aus, als hätte sie sich im Schlamm gewälzt. Dann haben sie Finley hereingetragen. Ehe ich mit Leslie sprechen konnte, war sie verschwunden. Und jetzt frage ich mich, ob es ihr gut geht. Sie sah ziemlich fertig aus.«

»Und du meinst …«

»Ich meine«, sagte Oliver leise, »dass sie ihn draußen im Moor gefunden und zurückgebracht hat. Und ich gehe davon aus, dass du davon weißt. Ich möchte einfach nur wissen, ob es ihr gut geht. Das ist alles.«

Eine Weile betrachtete Gin ihn. Jetzt waren ihre Augen wacher und heller, sie erinnerte Benny sehr viel mehr an die Frau, die ihm einen nachlässig ausgeschüttelten Teebeutel in die Tasse geworfen und über die Schotten geschimpft hatte.

»Ja«, sagte sie endlich. »Ja, es geht ihr gut.«

»Danke«, sagte Oliver, bezahlte und verließ den Supermarkt. Diesmal war es eher Benny, der ihm folgte, als andersrum. Und so nahmen sie nicht die Abkürzung, sondern die

Straße durchs Dorf, die an der Mauer vorbeiführte, auf der Benny Leslie bei seiner Ankunft sitzen gesehen hatte.

Dort blieb Oliver stehen, schaute Benny an, legte den Finger auf die Lippen und lauschte. Unvermittelt sprang er los, zog sich an der Mauer hoch und schaute darüber. Sein Gesicht versteinerte. Es dauerte nur einen kurzen Augenblick, dann schwang er ein Bein über die Mauer, blieb rittlings darauf sitzen und schaute hinunter. »Hauenstein«, sagte er im Plauderton, unter dem Anspannung vibrierte wie ein straff gespannter Draht. »Das ist interessant.«

14 EIN WENIG DISKRETION

Es dauerte einen Augenblick, bis sich Benny gefasst hatte, aber dann nahm er kurz entschlossen Anlauf, sprang ebenfalls an der Mauer hoch und zog sich nach oben.

Hinter der Mauer lagen ein kleiner Hof und ein geducktes Häuschen, so klein, als hätten Kinder es aus herumliegenden Steinen für ihre Puppen gebaut. Im unkrautüberwucherten Hof hockten Leslie und Felix auf einer winzigen Holzbank. Sie starrten Oliver an und wirkten erschrocken, aber das war nichts im Vergleich zu dem Schreck, der über Leslies blasses Gesicht zuckte, als sie Benny auf der Mauer auftauchen sah. Er währte nur kurz, dann sprang sie auf, als wollte sie sich schützend vor Felix stellen. Langsam schwang Benny ein Bein über die Mauer. Verlegen, als sei er in etwas hineingeplatzt, das ihn gar nichts anging – und so war es ja auch, machte er sich klar –, ließ er seinen Hintern auf die feuchte, kalte Mauer sinken. »Hallo«, murmelte er.

Sie musterte ihn sorgfältig, als würde sie ihn nach etwas absuchen. Dann zeichnete sich Erleichterung auf ihrem Gesicht ab, und sie wandte sich wieder Oliver zu, als wäre Benny gar nicht da. »Ich habe dich gestern gesehen«, sagte sie.

Benny fiel auf, dass sie jetzt, da sie sich vom ersten Schreck erholt hatte, vor Erschöpfung in sich zusammensank. Ihr Gesicht war weiß, die Bewegungen müde.

»In der Halle.«

»Oh, ich dich auch«, erwiderte Oliver. »Was macht er hier?« Anklagend deutete er auf Felix, der sich nicht rührte.

»Danke«, sagte sie und lachte leise. »Es geht mir ganz gut. Falls du das fragen wolltest.«

»Das hat mir Gin bereits versichert. Was macht er hier?«

»Sich erkundigen, wie es mir geht. Euch allen danke der Nachfrage.«

»Und weshalb interessiert es ihn, wie es dir geht?«, wollte Oliver wissen.

Leslie legte den Kopf schief und betrachtete ihn nachdenklich. Oliver erwiderte ihren Blick mit harten Augen, aber nachdem sie einander lange schweigend angestarrt hatten, wurde sein Gesicht weicher, als sehe auch er endlich, wie erledigt sie war. »Schon gut«, sagte er mit belegter Stimme. »Wir gehen.«

Leslie lächelte.

»Schön, dass es dir gut geht«, fügte er hinzu, bevor er sich von der Mauer schwang.

Benny sah zu, dass er hinterherkam. Wortlos liefen sie die Straße hinunter.

»Zu keinem ein Wort«, sagte Oliver unvermittelt.

»Bitte?«

»Zu keinem ein Wort. Von Leslie und Hauenstein.«

»Schon gut«, sagte Benny verwirrt. »Ich hatte nicht vor …«

»Das ist wichtig. Auch zu mir nicht. Nicht in der Burg. Glen hat Ohren. Das wirst du noch lernen. Glen hat Ohren, und es ist am besten, du erwähnst es nie. Außer …«

»Außer?«

»Außer, du redest Hauenstein mal ins Gewissen. Schließlich bist du sein Pate. Nimm ihn dir mal zur Seite. Am besten nicht auf der Burg. Irgendwo draußen, wo du einigermaßen sicher sein kannst, dass ihr allein seid.«

»Und weshalb sollte ich ihn zur Seite nehmen und ihm ins Gewissen reden?«, erkundigte sich Benny ironisch. »Weil es dir nicht passt, dass er sich mit Leslie trifft?«

Oliver blieb stehen. »Gut erkannt«, sagte er leise. »Sehr gut erkannt, Reutter, es passt mir überhaupt nicht. Aber das ist nicht das Problem. Das Problem ist, dass es Alasdair MacGregor nicht passt, wenn seine Schwester Umgang mit jemandem aus Glen hat. Um es so zu sagen: Es passt ihm überhaupt kein Stück, ungefähr so sehr nicht, wie es ihm nicht passen würde, wenn jemand hinginge und ihm ins Essen scheißt. Ich habe das sehr deutlich erfahren, glaub mir. Und wenn *ich* das so deutlich erfahre, was meinst du dann, wie deutlich ein Felix von Hauenstein das erfahren wird? Der steht nicht mehr auf, wenn Alasdair mit ihm fertig ist. Und weil es deine Verantwortung als sein Pate ist, ihn vor Dummheiten zu beschützen, die zu begehen er im Begriff ist, deshalb wirst du ihm ins Gewissen reden, wenn du auch nur einen Funken Verantwortungsgefühl hast. Und das hast du doch, Mister Mit-solchen-Leuten-wie-dir-bin-ich-nicht-befreundet, richtig?«

Ein paar Herzschläge lang starrte Benny ihn an.

»Wenn Alasdair erfährt«, fuhr Oliver fort, »dass sich Hauenstein außerhalb der Schule mit seiner Schwester trifft, dann kannst du das, was vom kleinen Felix übrig ist, mit einem Schwamm vom Boden aufnehmen, in einen Putzeimer drücken und in den See kippen.«

Benny runzelte die Stirn. »Und was hat er dagegen?«

»Das hat er mir nicht erklärt.«

Im Gehen musterte Benny Oliver von der Seite. »Möglicherweise hatte er nur etwas gegen dich? Nicht dagegen, dass jemand mit seiner Schwester zu tun hat?«

Oliver lachte auf. »Siehst du, Rob Roy, deshalb mag ich dich. Du bist witzig.«

»Ich mein es ernst. Vielleicht …«

»Klar meinst du das ernst. Du meinst alles ernst. Du bekommst vermutlich nie ein Problem mit Lachfalten oder so. Glückwunsch. Und wenn du mal alt bist, kannst du dir den Stock aus dem Arsch ziehen und ihn als Gehhilfe benutzen. Auch nicht unpraktisch.«

Benny schnaubte. »Ich dachte, du magst mich?«

»Und ich dachte, das ist dir egal?« Spöttisch hob Oliver die Brauen.

»Ist es auch.«

»Gut. Mir allmählich nämlich auch.«

Ungeachtet der sie verbindenden Gleichgültigkeit schritten sie weiter nebeneinander drauflos.

»Wie hat Alasdair es dir … auseinandergesetzt? Dass er nicht will, dass du mit Leslie zu tun hast? Was hat er gemacht?«

Unvermittelt blieb Oliver stehen. »Was, wenn ich dir sage, er hat mir irgendwas auf den Hals gehetzt, das mich jede Nacht durch meine Träume gejagt hat, bis ich fast wahnsinnig geworden wäre? Etwas, das mir ins Ohr gewispert hat, obwohl niemand zu sehen war? Dass mit einem Mal alles schiefgegangen ist, was ich angepackt habe, auf die unerklärlichste Weise? Dass ich das Gefühl hatte, niemals allein zu sein, beobachtet zu werden, und dass sich etwas in meinen Verstand geschlichen hat wie eine Krankheit? Würde sich das für dich überzeugend anhören oder ein bisschen so, als ob ich völlig spinne?«

Benny blinzelte ein paarmal. »Letzteres«, sagte er dann.

»Gut. Er hat mich mit ein paar anderen Leuten vom Zirkel in einem einsamen Flur gestellt und mir die Seele aus dem Leib prügeln lassen, dass ich drei Tage lang nichts essen konnte, weil ich es sofort wieder ausgekotzt habe.«

»Ist das so«, sagte Benny und folgte Oliver, der sich wieder in Bewegung gesetzt hatte.

»Such's dir aus«, beschied ihm Oliver freundlich. »Je nachdem, womit du dich wohlerfühlst. Aber sorg dafür, dass sich Hauenstein von Leslie fernhält.«

»Weil du in deiner großen Güte befürchtest, dass Alasdair ihn sonst verprügeln lässt?«

»Weil ich ihn sonst selbst verprügle«, brummte Oliver. »Dieser kleine Hosenscheißer geht mir auf die Nerven mit der Fresse, die er immer zieht. Als ob er jede Sekunde anfängt zu heulen. Eben ja auch schon wieder. Weniger Rückgrat als eine Sumpfkröte. Könntest du da *nicht* reinschlagen?«

Benny zuckte nur mit den Schultern.

»Mach doch, was du willst«, knurrte Oliver, verfiel in einen raschen Trab und brachte Abstand zwischen sich und Benny. Benny schaute ihm hinterher, wie er allein den unebenen Pfad zur Burg hinauftrabte. Es sah irgendwie witzig aus, beim Laufen war Oliver mit seinen langen Gliedmaßen, die irgendwie zahlreicher zu sein schienen als bei anderen Leuten, nicht annähernd so elegant wie beim Fechten.

Benny war ganz schön durcheinander und brauchte eine Weile, um sich wenigstens einigermaßen zu sortieren. William Davenport, der Stimmen hörte und irgendwann anfing zu schreien, um nicht mehr damit aufzuhören. Ned Finley, der mit Leuten sprach, die nicht da waren. Alasdair, der nicht wünschte, dass jemand Kontakt zu seiner Schwester hatte. Und Oliver … wollte der ihn verarschen? Unbehaglich sah Benny der Burg entgegen, als er sich der Brücke näherte. Schottland war ihm suspekt. Wenn auch vielleicht nicht das ganze Schottland, dann zumindest Glenshee beziehungsweise seine Bewohner. Sicher, es sah aus, als könnten hier haufenweise eigenartige Wesen leben. Er schaute auf den See hinaus, dachte an das Platschen in der Dunkelheit jenseits der Brücke und an Olivers Geschichten über tote Dienstmägde und Kelpies. Hatte Oliver ein paar Geschichten zu viel erzählt und angefangen, selbst daran zu glauben? Oder …

Kurz gestattete sich Benny den Gedanken, es gäbe im Tal wirklich … Wesen. Er schaute über den See zum fernen anderen Ufer, das im Nebel verschwamm. War es hier eigentlich immer neblig? Er konnte sich an keinen einzigen Tag erinnern, an dem die Sicht vollkommen klar gewesen wäre. Am Wasser sah er einen Baumstumpf, aus dem zahlreich neue, dünne Zweige sprossen, die Schnittfläche des Stamms war mit Moos überwuchert. Unwillkürlich trat er näher, hockte sich hin und strich behutsam darüber. Es war dick und weich, ein rundes grünes Kissen, und ein wenig feucht. Er stellte sich vor, wie sich ein kleines Geschöpf im Moos zum Schlafen zusammenrollte. Eine Art Fee mit einem Blütenkelch als Hut und zarten, durchscheinenden Flügeln. Dann schaute er über den Stamm hinweg wieder zum See, und mit einem Mal konnte er sich deutlich vorstellen, wie sich aus dem ölig schwarzen Wasser ebenso schwarze Nüstern hoben, eine schwarze Pferdenase, wilde, weit aufgerissene, hungrige Augen. Er erschauerte.

Es war allzu leicht vorstellbar, hier in diesem Tal mit seinen sanft gewellten Wiesen, den knorrigen Bäumen und dem allgegenwärtigen Nebel.

»Pass bloß auf, Reutter, sonst wirst du noch verrückt«, ermahnte er sich selbst und erhob sich. Er verschränkte die Arme vor der Brust und betrachtete den See mit zusammengekniffenen Augen. »Kelpie«, rief er, nur halb laut, weil es ihm ein wenig peinlich war. »Wenn es dich gibt, dann komm her. Ich verspreche auch, mich fressen zu lassen, wenn du hier und jetzt aus dem Wasser kommst. Na hopp! Ich warte!«

Sacht strich eine Böe über das Wasser und streichelte Wellen hinein. Und für einen kurzen Moment glaubte Benny zu sehen, wie sich unter der Oberfläche des Sees etwas regte. Ein riesiger Schatten. Für einen kurzen Moment war alles vorstellbar, sogar die Existenz eines menschenfressenden Wassergeists und damit natürlich auch nahezu alles andere – warum nicht? Menschenfressende Pferde, Kobolde, Feen und ein Leben nach dem Tod. Geister.

Ihm stockte der Atem. Plötzlich und sehr heftig stach Schmerz durch seinen Leib, dass er sich fast gekrümmt hätte. Er hielt sich aufrecht und spürte dem Schmerz nach. Kurz glaubte er eine Stimme im Wind zu hören, ein Streicheln zu spüren, als der Wind ihm über die Wange strich. Anwesenheit. Wenn es mehr gab als das, was man sah, dann musste der Tod nicht das Ende sein. Die schiere Möglichkeit überwältigte ihn. Seine Lungen brannten, weil er das Atmen vergaß.

Er suchte nicht nach Trost, weil er sicher war, dass es keinen gab. Wenn er sich aber irrte? Wenn man sich nicht selbst belügen musste, um irgendwo und irgendwie Trost zu finden, wenn man nicht vergessen musste, sondern … wiederfinden konnte? Er zwang sich, es zu denken: Was, wenn seine Mutter noch da war, irgendwo, irgendwie? Wenn das Leben mehr war als der ohnehin schon rätselhafte Umstand, dass es kam und ging, wenn Menschen aus mehr bestanden als aus Fleisch und Blut und Knochen? Er ballte die Fäuste und ertrug den Schmerz, der in ihm aufwallte, weil er sich auf diesen Gedanken einließ. Auf einen kurzen Moment, in dem alles möglich war.

Jemand trat neben ihn. Eilig blinzelte Benny ein paar Tränen weg, die ihm in die Augen gestiegen waren. Er drehte sich zu Oliver um und machte den Mund auf, um etwas Spöttisches zu sagen. Aber da stand nicht Oliver, sondern der graue, zottige Hund. Sein Kopf war auf Höhe von Bennys Brust. Wenn sich das Tier auf die Hinterbeine aufrichtete, musste es ihn deutlich überragen. Es betrachtete den Jungen mit ruhigen, bernsteinfarbenen Augen, dann schaute es auf den See hinaus.

Benny atmete tief durch. »Wem gehörst du eigentlich?«, fragte er und ließ vorsichtig eine Hand über das raue Fell gleiten.

Der Wolfshund wandte den Kopf, hechelte ihn freundlich an und leckte ihm kurz über die Hand.

»Hast Recht«, stimmte ihm Benny zu. »Blöde Frage. Ist ja völlig egal.«

Der Hund grinste.

»Ich halte es für möglich, dass man hier in Glenshee relativ leicht verrückt werden kann«, teilte ihm Benny mit. »So richtig meschugge.«

Der Hund schaute ihm ins Gesicht und winselte leise, dann stupste er ihn mit der großen schwarzen Nase an. Gemeinsam machten sie sich auf den Weg nach Glen. Auch diesmal zögerte der Hund an der Brücke, als wollte er sich der Burg nicht weiter nähern als unbedingt nötig. Vielleicht hatten ihn mal Schüler geärgert, mit Steinen beworfen oder nach ihm getreten. Zum Abschied kraulte Benny ihn hinter den langen grauen Ohren und kehrte allein nach Glen zurück. Er war so durcheinander, dass er sich in den falschen Flügel verirrte und von einem aufgebrachten Fünftklässler erfuhr, dass er den Westflügel nicht zu betreten habe. Achselzuckend machte er kehrt. Ihm war zumute, als gebe es – vielleicht mit Ausnahme von Callahan und Mister Ross – keinen vernünftigen Menschen in diesem ganzen bescheuerten Tal. Das vernünftigste Geschöpf, dem er bisher begegnet war, hatte vier Pfoten und stromerte vermutlich gerade draußen durch den Regen, der eingesetzt hatte, als er die Burg erreichte. Im Südflügel suchte er sich eine stille Nische, in der ein paar Sessel standen, kuschelte sich in einen davon und starrte vor sich hin. Er fühlte sich hundeelend, ohne genau zu wissen, weshalb.

15 VON MÄUSEN UND KRÖTEN

Sil behagte es nicht, das kleine Häuschen zu verlassen. Es gefiel ihm viel besser als die riesige, zugige Burg. Im Häuschen gab es zwei Feuer und manchmal ein drittes, das Feuer im Herd, das er liebte, überall war es heimelig und roch gut. Die Zeit, als diese Feuer kalt gewesen waren und das Häuschen leer, lag manchmal noch auf ihm wie ein schwerer Stein, den er mit sich herumtrug. Und manchmal, wenn er in der anderen Welt gewesen war, wo das Feuer blau war und nicht biss, dann war der Stein besonders schwer, weil es ja sein konnte, dass vielleicht die Feuer wieder kalt waren und das Häuschen leer, wenn er zurückkehrte. Wenn das eines Tages so war, dann wäre sie gegangen. Die Wärme der Feuer und die Wärme des Herds und der gute Geruch im Haus, das alles kam von ihr. Und Menschen waren nicht für immer da, das hatte Sil schon erfahren. Ohne sie wäre das Haus nur noch ein Ding aus Stein. Es war seltsam und schrecklich, er mochte nicht daran denken. Also tat er es nicht länger, sondern hockte sich vor das Feuer im großen Kamin, streckte die Finger hinein und suchte nach einem ganz bestimmten anderen Feuer drüben auf der Burg. Es war schwer, wenn der Feuersänger ihm nicht dabei half, weil es dort drüben viele Feuer gab und die meisten zum Verwechseln ähnlich flüsterten und raunten. Das riesige Feuer der Küche fand er schnell, und auch das seltsame Feuer, in das er nicht hineindurfte, das hatte sie ihm oftoft gesagt, *nicht in die Heizung,* hatte sie ihm gesagt, *auf keinen Fall in die Heizung.* Endlich war er sicher, das richtige Feuer gefunden zu haben. Er schlüpfte durch die Flammen und kam in einem fauchenden Kamin auf der Burg wieder heraus. Die Flammen waren zornig und schwach, weil sie vergessen worden waren. Keine Nahrung mehr. Kopfschüttelnd zerrte Sil ein paar Scheite herbei und fütterte das Feuer. Armes, gutes Feuer, armer, guter Sil. Beide hungrig. Aber das Feuer zischelte und knackte bald zufrieden, jetzt war es satt, nur Sil war noch hungrig. Die Nacht war schlimm gewesen, so schlimmschlimm, dass niemand an ihn gedacht hatte. Es war schlimm, wimmernd an Ärmeln zu ziehen, ohne dass man beachtet wurde. Niemand hatte für ihn gekocht, kein Brei, keine Schokolade. Es war schlimm, tapfer und gut zu sein, ohne dafür belohnt zu werden!

Er schaute sich im Zimmer um. Niemand da, es war leer. Aber es war das richtige Zimmer. Er hatte es gut gemacht. Also hatte er eine Belohnung verdient. Weil niemand da war, musste er sich selbst eine suchen. Er hopste zu dem Bett, in dem er meistens Schokolade fand. Der Großfuß, der sie für ihn versteckte, spielte gern. Sil suchte unter dem Kopfkissen, in den Ritzen zwischen der Matratze und dem Rahmen, er schaute sogar in die weichen, pelzigen Schuhe, die unter dem Bett standen. Nichts. Nachdenklich legte er einen langen Finger an den Mund und an die Nase und an die Stirn, so lang war der Finger, dass er über das ganze Gesicht reichte. Er schnüffelte. Da war nichts. Das konnte nicht sein.

Aufgeregt suchte er noch einmal, aber auch diesmal fand er nichts. Nur die Spur eines Geruchs, der zu einem der Schränke führte. Schränke waren nichtgut, auch das hatte sie ihm eingeschärft, *nicht in fremde Schränke gehen.* Manchmal wohnte etwas in fremden Schränken, das nicht gern gestört wurde, und es konnte auch passieren, dass man gerade mitten in einem schönen Schrank war und dort einschlief, dann kam jemand und schloss ihn zu, und man war gefangen. Sil zischte. Nichtgut!

Er schlich zum Schrank und überlegte. Es war ein sehr großer Schrank. Aber er sah keinen Schlüssel daran. Das war gut. Ohne Schlüssel konnte man nicht abschließen. Vorsichtig näherte er sich dem riesigen Schrank und klopfte erst einmal daran. In den Winkeln des Zimmers regten sich ein paar Schatten, aber er kümmerte sich nicht um sie, sie waren überall, und sie taten nichts, wenn man nicht zornig war.

Keine Antwort aus dem Schrank. Sil legte den Kopf schief und klopfte noch einmal. »Hallo-ooo!«, flötete er.

Nichts. Keine Antwort. Kein Fauchen, kein Brummen, keine freundliche Stimme. Nur Stille.

Sil hatte ein bisschen Angst, sie saß in seiner Brust und machte, dass es wehtat. Es war ein sehr fremder Schrank. Aber er gehörte dem, der gern spielte und für Sil Schokolade im Bett versteckte. Also war es wahrscheinlich ein freundlicher Schrank. Und Sil war tapfer und gut und nicht ängstlich. Also fingerte er an der Tür herum. Sie war schwerschwer. Es war viel Arbeit, sie aufzubekommen. Sil mochte Arbeit nicht. Er mochte Schüsseln auslecken und Asche zusammenputzen und Feuer füttern, aber Arbeit mochte er nicht. Also schimpfte er, während er arbeitete. Endlich verstand die Tür, was er von ihr wollte, und ging auf. Dunkelheit gähnte ihn an. Und aus der Dunkelheit drang ein betörender Duft. Ganz schwach nur, aber herrlich. Eilig kletterte Sil empor und suchte.

Er fand. Im dritten Fach lag alles voller Socken, und zwischen den Socken lag ein einziges kleines Stück Schokolade.

Es war in knisterndes, glitzerndes Papier eingewickelt. Nur ein einziges Stück. Verzückt betastete Sil es und roch daran. Gutgut! Vor Freude hätte er am liebsten in die Hände geklatscht, aber das ging nicht, weil er damit die Schokolade festhalten musste. Also trommelte er mit den Füßen auf die weichen Socken ringsum. Gutgut!

Schokolade auspacken war schön. Schokolade essen war noch viel schöner. Schokolade gegessen zu haben war traurig. Betrübt schnüffelte Sil am Papier, das noch immer glitzerte und knisterte und gut roch, aber jetzt allein war und leer. Sorgfältig faltete er es zusammen und steckte es dorthin zurück, wo er es gefunden hatte. Er hätte es gern mitgenommen, aber er war kein Dieb.

Gerade streckte er den Kopf aus dem Fach, da hörte er ein Trillern. Erschrocken schlüpfte er zwischen zwei Lidschläge, beugte sich vor und schaute hinaus. Dort unten saß ein winziges kleines Koboldmädchen. Sie hatte das Gesicht einer Maus und einen langen Schwanz, und so sehnsuchtsvoll starrte sie nach oben, dass Sil ganz warm und weich und freundlich wurde, wie Butter, die in einem Topf auf dem heißen Herd steht. Sie sagte nichts, sie starrte nur nach oben. Er bemerkte, dass er beim Suchen nach der Schokolade die Socken unordentlich gemacht hatte, ein Paar ragte ein wenig über die Brettkante hinaus, und das starrte sie an.

Sil überlegte. Es waren sehr viele Socken. Rasch zählte er durch. Es waren mehr als fünf. Fünf, fand er, waren viele, und da waren wirklich viel mehr als fünf, und das Koboldmädchen hatte gar keine. Also suchte er ein besonders schönes Paar aus, das, unter dem die Schokolade gelegen hatte und das noch ein wenig danach roch, rollte es mit geschickten Fingern auseinander und warf die linke Socke zu dem Koboldmädchen hinunter. Beglückt zirpte sie auf, schnappte die Socke und verschwand damit. Es sah komisch aus, wie sie die Socke hinter sich herzerrte, die viel größer war als sie selbst.

»Guter Sil«, murmelte Sil, sehr mit sich zufrieden, und faltete die einzelne Socke sorgfältig wieder zusammen. Er räumte das Fach auf und kletterte wieder hinunter.

Kaum kam er unten an, saß auf einmal das mäusegesichtige Koboldmädchen vor ihm. Verlangend richtete sie den Blick nach oben und zirpte. Sie war gierig. Gierig zu sein, war unartig.

»Nein«, sagte er. »Neinnein.«

Sie starrte ihn kurz an, schaute wieder nach oben und zirpte.

»Nein«, sagte er streng. »Einfürallemal.«

Es half nicht. Wenn er ehrlich war, half es auch bei ihm nicht, wenn man das zu ihm sagte. Er stemmte sich gegen die Tür und schob sie zu. Das Koboldmädchen stieß einen schrillen Schrei aus, dass sich die Schatten in den Winkeln unruhig bewegten, sie erinnerten Sil an die Schlangen im Sumpf, die zischten und bissen, und das war kein schöner Gedanke. »Nein!«, raunzte er das Koboldmädchen an. Es war nicht schön, wenn man jemandem etwas schenkte und er dann so gierig war.

Mit glänzenden Knopfaugen starrte sie ihn an. Dann, ohne ein Wort zu sagen, huschte sie davon und verschwand in irgendeinem winzigen Winkel. Wahrscheinlich, um sich an ihre neue Socke zu schmiegen, an ihr zu riechen, sie zu betasten und sich darin einzuwickeln. Sil seufzte. Socken zu lieben, fand er, war einfacher, als Schokolade zu lieben. Socken konnte man lieben, ohne dass sie danach weg waren. Das war bestimmt schön. Aber aus Socken machte er sich nicht viel, nicht einmal aus linken Socken. Schadeschade.

Die Schokolade war fort, das Koboldmädchen war fort. Das Feuer prasselte munter und zufrieden vor sich hin, es gab keine Asche fortzukehren. Jetzt war wieder Zeit, um zu warten. Sil kauerte sich dicht ans Feuer, es biss nach ihm, und er schlug danach. Das war nicht nett, ihn zu beißen, obwohl er es gefüttert hatte.

Er biss in jeden seiner Finger einmal, dann in die Zehen. Finger hatte er an jeder Hand vier, und Zehen an jedem Fuß drei. Die Finger gefielen ihm besser, sie rochen noch ein bisschen nach Schokolade. Er zählte sie alle durch. Es waren immer gleich viele. Das war erstaunlich und schön. Trotzdem war Warten schlimm. Das hatte sie gestern auch gesagt, als sie im Häuschen hockten und warteten und sie vergessen hatte, ihm etwas zu essen zu geben. *Das Warten ist das Allerschlimmste,* hatte sie gestöhnt und war aufgestanden, um aus dem Fenster zu schauen, einen Kreis in der Küche zu laufen und sich wieder hinzusetzen.

Sil seufzte. »Schlimmschlimm«, murmelte er und legte die Arme beruhigend um sich selbst. Er verstand nicht, warum man immer so viel warten musste, wenn man es mit Großfüßen zu tun hatte.

Als Schlupp-Schlupp endlich kam, hatte er eine Tüte dabei. Sie raschelte verlockend. Schlupp-Schlupp setzte sich aufs Bett und griff in die Tüte. Vor Aufregung wurde Sil ganz heiß. Was er dort herauszog, war Schokolade! Lange, schmale Stücke Schokolade in buntem Papier. Er tat damit, was Großfüße oft taten, er steckte sie in eine von diesen Taschen, die sich Großfüße gern auf den Rücken setzten. Früher hatte Sil geglaubt, sie täten das, damit sich nichts anderes auf ihren Rücken setzte und sich tragen ließ. Im Moor gab es ein Geschöpf, das so etwas gern tat und auf dem Rücken ritt, bis der Großfuß, dem er gehörte, vor lauter Erschöpfung umfiel. Dann huschte es kichernd davon und versteckte sich in einem hohlen Baum oder hinter einem Busch. Viel Verstand hatte es nicht, und Sil hätte es schlau gefunden, wenn die Großfüße etwas erfunden hätten, damit sich nicht etwas so Dummes auf ihren Rücken setzte und sich von ihnen tragen ließ. Aber es hatte gar keinen Sinn, sie taten es einfach nur so.

Mit großen Augen schaute er zu, wie jede Menge Schokolade in der Rückentasche verschwand, mehr Schokolade als der ganze Sil. Trotzdem war noch immer etwas in der Tüte, er sah es ganz genau, als Schlupp-Schlupp sie oben zusammendrehte und in seinen Schrank legte. Dann schwang er mit einer ziemlich müden Bewegung die Rückentasche über die Schulter und ging zur Tür.

Sil zitterte. Wenn Schlupp-Schlupp jetzt fortging, dann war er allein. Allein mit dem, was noch in der Tüte war. Er konnte ganz in Ruhe den Schrank aufmachen und nachschauen, ob es auch Schokolade war. Und wenn es Schokolade war, dann würde ihn niemand daran hindern, sie zu essen, denn es war niemand da, niemand außer den Schatten, die gar nichts aßen, weil sie gar keine Gestalt hatten, und dem Koboldmädchen, das sich nur für Socken interessierte, bestimmt nicht für Schokolade. Und wenn er sehr schnell aß, dann holte er Schlupp-Schlupp danach vielleicht noch ein.

Aber er wusste nicht, wo er hinwollte. Das war nichtgut. Schlupp-Schlupp machte sehr große Schritte, und er würde fort sein, noch bevor Sil den Schrank geöffnet hatte. Und er sollte ihn doch beobachten!

Nichtgut. Sil steckte die Hand in den Mund und biss darauf. Er sollte ihn beobachten. Das sollte er tun, und wenn er es nicht tat, dann war er faul und unnütz. Aber Sil war nicht faul und unnütz, sondern tapfer und gut. Also konnte er nicht hierbleiben und die Schokolade essen. Er musste fortgehen und Schlupp-Schlupp folgen. Leise wimmernd huschte er los und schaffte es gerade noch durch die Tür, bevor sie hinter ihm und Schlupp-Schlupp zuschlug.

Weil er sehr viel an die Schokolade dachte, die Schlupp-Schlupp in seiner Rückentasche umhertrug, passte er nicht sehr gut auf. Zweimal glitt er fast aus dem dunklen Spalt zwischen zwei Lidschlägen heraus. »Nichtgut!«, zischte er sich selbst an. »Nichtjetzt!«

Aber es war nicht nur seine Schuld. Eigentlich war es *gar nicht* seine Schuld. Es war die Schuld seines leeren Magens, der knurrte, und die Schuld der schlimmen Nacht, in der man ihn vergessen hatte, und die Schuld von Schlupp-Schlupp, der Schokolade mit sich herumtrug, ohne sie zu essen, und ihn damit ablenkte.

Durch lange Gänge folgte er dem rücksichtslosen Großfuß, in denen es kalt war, und über Treppen, die steil waren und scheußlich. Im kleinen Häuschen gab es nur eine kleine, freundliche Treppe mit niedrigen Stufen, die von der Tür in den Hof führte, und eine Leiter unter das Dach. Keine langen, kalten Gänge, in denen Wind wehte, als wäre man draußen. Hier war es nicht schön. Missmutig folgte Sil Schlupp-Schlupp, lange, weite Wege, bis seine armen Füße wehtaten. Und er wurde nicht für seine Mühe belohnt. Schlupp-Schlupp wollte zu dem großen Raum, in dem alles voller Bücher war. Im kleinen Häuschen gab es auch Bücher, Sil wusste, dass Großfüße gern hineinschauten und sich die ganzen kleinen schwarzen Dinger anschauten, die aussahen, als wären sehr kleine Vögel und Eichhörnchen mit schwarzen Füßen über das Papier gelaufen. Hier war alles so voller Bücher, als wären sie etwas sehr Wichtiges. Sie standen und lagen überall herum, und wenn Sil daran dachte, wie viele Vögel und Eichhörnchen über das Papier gelaufen sein mussten, um all diese raschelnden Seiten mit ihren Spuren zu füllen, wurde ihm ganz schwindlig. Das war nicht schlimm, aber was schlimm war: Hier gab es kein Feuer. Hier gab es nur Heizung, dieses Feuer, das keins war, dieses Nichtfeuer, von dem er sich fernhalten sollte. Sil fühlte sich gar nicht wohl in Zimmern, in denen es kein Feuer gab. Das war fast wie Draußensein.

Schlupp-Schlupp sprach mit einem Großfuß-Mädchen, das sehr schöne lange dunkle Haare hatte, die dazu verlockten, daran zu ziehen und sie durcheinanderzubringen. Dabei trat er von einem Fuß auf den anderen, die Worte kamen zögernd, er fühlte sich nicht sehr wohl. Offenbar hatte er vergessen, dass er Schokolade in seiner Rückentasche hatte, oder er war sehr dumm. Denn wenn man sich schlecht fühlte, half Schokolade sehr gut. Aber er aß keine, sondern fühlte sich einfach weiter schlecht und lachte komisch und zu laut.

Dann ging er zu einem langen Tisch, an dem viele Großfüße vor summenden Kästen saßen, wartete eine Weile, bis jemand aufstand und fortging, und setzte sich hin. Sil schlüpfte hinter einen Bücherstapel und kauerte sich nieder. Doch Schlupp-Schlupp tat nichts Aufregendes. Er schob nur ein Ding hin und her, das mit einem langen Band an dem Kasten befestigt war, schaute auf den Kasten, der sehr hell und bunt war, und machte Klick-klick mit den Fingern auf einem Brett. Das Klick-klick interessierte Sil, aber er wusste, dass er nicht Klick-klick machen durfte, wenn der Kasten summte. Er hatte das einmal getan. Der Ärger war so schlimm gewesen wie ein Gewitter direkt über seinem Kopf, und er war in die Höhle tief unter der Erde geflohen, zu seinem blauen Feuer, und hatte sich sehr lange nicht zurückgetraut. Klick-klick durfte er nur machen, wenn der Kasten auf dem Tisch nicht leuchtete, und irgendwie machte es dann nur noch halb so viel Spaß.

Nachdenklich schaute er auf die Rückentasche. Sie stand neben Schlupp-Schlupp auf dem Boden. Sil überlegte. Er fand, dass er sehr tapfer und gut war. Er sollte Schlupp-Schlupp beobachten, und das tat er, obwohl man ihn in der schlimmen Nacht ganz vergessen hatte. Und obwohl in Schlupp-Schlupps Schrank Schokolade war, vielleicht, Vielleichtschokolade, verlockend und süß. Aber hatte er nachgeschaut? Nein. Hatte er davon genascht? Nein. War er Schlupp-Schlupp brav gefolgt, wie er es tun sollte? Er nickte heftig. Wenn man gerecht war, und das war Sil, dann musste man einsehen, dass er eine Belohnung verdient hatte. Und zwar nicht späterspäter. Auf Späterspäter konnte man sich nicht verlassen. Manchmal vergaßen die Großfüße das Späterspäter, und Sil vergaß es manchmal auch, das war keine Belohnung. Die Belohnung war in Schlupp-Schlupps Rückentasche, und er hatte sie jetzt verdient, jetzt, weil er mit leerem Bauch in diesem Zimmer der Bücher hockte, wo es kein Feuer gab, und zuschauen musste, wie Schlupp-Schlupp Klick-klick machte, obwohl der Kasten leuchtete. Und es war auch kein Diebstahl, wenn er sich seine Belohnung selbst nahm. Sil war nämlich kein Dieb. Und außerdem hätte Schlupp-Schlupp die Schokolade längst gegessen, wenn er sie gewollt hätte. Hatte er aber nicht. Nachdem er all das festgestellt hatte, war Sil sehr erleichtert. Ganz sicher war er nicht gewesen, dass es richtig war, aber jetzt bestand kein Zweifel mehr.

Behutsam pirschte er sich näher heran. Er wusste genau, in welchem der vielen Winkel der Tasche die Schokolade steckte. Es gab welche in blauem Papier und in rotem und goldenem. Natürlich würde er nur eine nehmen. Aber welche? Die Entscheidung war herrlichherrlich! Solange er noch keine genommen hatte, konnten sie alle seins sein. Das gefiel ihm sehr.

Als er an Schlupp-Schlupps Füßen anlangte, fiel ihm auf, dass die schönen Bänder an den Schuhen ganz ordentlich und fest zusammengebunden waren. Rasch befreite er sie, dann wandte er sich wieder der Rückentasche zu. Da war vorn ein Fach, das die Kiefer fest zusammengebissen hatte. Aber Sil wusste, dass es nicht gut half, wenn man versuchte, die kleinen Zähne auseinanderzudrücken. Nein, er war schlau und gut und wusste, dass es einen Trick gab. Da war ein kleines, baumelndes Stück Metall, an dem man ziehen musste. Leider knurrten die Zähne dann manchmal, wenn man es zu schnell tat. Also machte er es ganz langsam. Ein bisschen knurrten die Zähne trotzdem. Aber zum Glück machte Schlupp-Schlupp weiter Klick-klick, und unter dem langen Tisch standen viele Kästen, die laut brummten. Niemand hörte das Knurren der Zähne, und Sil lachte sie ein bisschen dafür aus, ganz leise. Als daraus ein Kichern werden wollte, biss er es entzwei und schluckte es hinunter.

Endlich waren die Zähne besiegt. Mit zitternden Händen beugte sich Sil in die Tasche und griff hinein. Blau, rot und golden funkelte es ihn an! Duft! Überwältigender Schokoladenduft! Und wie herrlich würde er sein, wenn Sil das Papier aufriss und ihn freiließ, diesen Duft! Finden, auspacken, Duft freilassen, hineinbeißen … alles am Schokoladeessen war schön, außer Schokolade gegessen zu haben, weil sie dann weg war, aber daran wollte er jetzt nicht denken.

Mit großer Sorgfalt wählte Sil ein Stück Schokolade in goldenem Papier aus. Es war groß und schwer, aber er war stark, und er zog es fast geräuschlos heraus. Nichtjetzt, ermahnte er sich streng, nichtjetzt! Erst musste er es in Sicherheit schleppen, hinter den Bücherstapel. Vor lauter Aufregung musste er ein zweites Kichern zerbeißen, dann noch eins.

Und dann hätte er noch eins zerbeißen müssen. Das tat er aber nicht, weil es zu schnell war. Es flutschte ihm durch seine zu spät zuschnappenden Zähne und stieg auf, entfaltete sich und gackerte laut durch die Luft. Entsetzt starrte Sil ihm hinterher. Nichtgut!

Aber es war schlimmer als Nichtgut. Weil nicht Schlupp-Schlupp es hörte. Das heißt, er hörte es vielleicht auch. Aber das war nicht das Schlimme. Das Schlimme war, dass ein fettes Krötengesicht über der Tischkante auftauchte. Ein fettes, graugrünes Krötenkoboldgesicht mit breiten Kiefern, die mahlten, als würden sie noch auf dem Windmädchen herumkauen, das sie verschlungen hatten. Hervorquellende, trübgelbe Augen starrten Sil an. Darin war eine geschlitzte Pupille, schwarz und ausgefranst und schrecklich.

Vor Angst schrie Sil laut auf, ließ den Schokoriegel fallen und floh. Er floh auf die einzige Wärme in diesem Zimmer der Bücher zu. Das war die Heizung. *Nicht in die Heizung,* hörte er eine mahnende Stimme, *niemals in die Heizung,* aber er war wie irre vor Angst.

Es war ein großes Glück, dass er nicht über ein Feuer in die Heizung einzudringen versuchte, sondern von draußen. Denn so fing er sich nicht in den brennenden Gasen darin, sondern rannte einfach nur mit voller Wucht gegen den glänzend weißen Heizkörper, stieß sich schrecklich den Kopf und verlor das Bewusstsein.

Mitten in Bennys Gedanken hallte ein Kichern hinein, zugleich kindlich und heiser, dann ein Schrei. Verwundert hob er den Kopf. Es hatte geklungen, als sei es ganz nah, und zugleich, als wehte es aus ungeheurer Entfernung an sein Ohr. Blinzelnd schaute er sich um … und begegnete dem starren Blick von Miss Fish, die hinter dem Tresen stand. Zuerst glaubte er, sie starre ihn an, doch das tat sie nicht. Sie starrte auf einen Punkt neben ihm, den Mund offen und rund, als hauche sie ein lautloses »Oh!«. Offenbar bemerkte sie seinen Blick, ganz kurz schauten sie einander an, dann wandte sie sich eilig ab und vertiefte sich wieder in die Daten auf ihrem Monitor.

Hastig fuhr er herum und schaute auf den Bildschirm. Dort war ein Browserfenster offen. *William Davenport Glenshee Castle* hatte er bei Google eingegeben, die Ergebnisse waren zu vernachlässigen, und von dort drüben aus konnte sie wohl kaum sehen, wonach er suchte. Trotzdem war ihm unwohl. Er fing einen Blick des Erstklässlers auf, der neben ihm saß, aber der Zwerg schaute rasch weg, als Benny den Blick erwiderte und die Brauen hob.

Plötzlich fragte er sich, ob es wohl gern gesehen war, wenn er herauszufinden versuchte, was genau mit Will geschehen war. Andererseits würde er ohnehin nichts finden, das nicht bereits an die Öffentlichkeit gedrungen war. Es war erst der Anfang der Recherche, von der er noch nicht wusste, wie weit er sie überhaupt treiben wollte. Nur dass er wissen wollte, was passiert war, so viel war ihm klar. Und dass er vor wenigen Sekunden ein Kichern und einen Schrei gehört hatte, machte es nicht weniger dringlich.

Falls Will verrückt geworden war, weil er Stimmen gehört hatte, dann musste Benny wissen, wie es angefangen hatte … ob es ähnlich gewesen war wie bei ihm selbst. Zwar ging er nicht davon aus, dass Wills Verrücktheit im Schrank gelauert und ihn angesprungen hatte, als er ihn zum ersten Mal öffnete, sozusagen eine ansteckende Verrücktheit, die von einem Schüler zum anderen übersprang, aber dass etwas nicht ganz stimmte, lag auf der Hand. Stimmen, die durch Gänge wehten, der Zirkel, Ned Finley, der nachts ins Moor lief, und

Alasdair MacGregor, der sich mit siebzehn Jahren aufspielte, als sei er der Schulleiter, nicht Direktorin Rutherford … und dann war da noch die Sache an seinem ersten Tag auf Glen. *Einmal Schottland und zurück dauert länger als gedacht, nicht wahr?*

Benny erinnerte sich genau, dass er allein am See gewesen war, Alasdair *konnte* seine Worte nicht gehört haben. Und doch hatte er sie zitiert – wortwörtlich. Hatte Benny sie eigentlich auf Englisch gesagt oder auf Deutsch? Er wusste es nicht mehr genau. Aber wenn er Deutsch gesprochen hatte, war es noch entschieden seltsamer. Nein, er wollte wissen, was hier gespielt wurde, und William Davenport war sein erster – und, wenn er ehrlich war, im Grunde sein einziger – Anhaltspunkt, jedenfalls dann, wenn er nicht direkt jemanden fragen wollte. Irgendwo musste er schließlich anfangen.

Er warf dem Erstklässler, der ihn eben gemustert hatte, einen misstrauischen Blick zu – er erinnerte sich daran, wie er ihn in dem Haufen um Alasdair gesehen hatte, andächtig lauschend. Doch der andere schaute nicht auf und interessierte sich augenscheinlich nicht mehr für Benny. Gut.

Er versuchte es mit weiteren Suchbegriffen. *W. Davenport Internat Schottland.* Nichts Brauchbares. *Schüler Glenshee Castle Verstand verloren.* Er fand einen Bericht über Glenshee Castle, in dem die Schule gerühmt wurde – kein Wort über William. *Skandal Internat Schottland.* Das ergab einige Treffer von einem Artikel über Prinz Charles bis hin zum Papst, außerdem jede Menge Buchtipps. Verärgert versuchte er es weiter und wünschte, Erik wäre hier. Erik hatte das Talent, alles auf Anhieb zu ergoogeln.

Er runzelte die Stirn. Erik. Dem er gerade einen Brief geschickt hatte. Einen Brief, handgeschrieben und per Post unterwegs. Und hier saß er vor einem Computer mit Internetzugang. Er öffnete GMX und gab seine Mailadresse und das Passwort ein. Es war nichts gesperrt. Leise aufstöhnend rieb er sich die Stirn, gab Eriks Mailadresse ein und schrieb:

So. Vorhin habe ich einen Brief an dich abgeschickt. Und jetzt sitz ich hier und frag mich: Warum hab ich nicht einfach gemailt? Scheiße. Diese alte Burg und die komischen Leute und Schottland und überhaupt zu viel Unterricht, irgendwie bin ich nicht eine Sekunde lang auf die Idee gekommen. Einen BRIEF! Ja, lach dich ruhig kaputt. Egal.

Ich brauche mal deine Hilfe. Und zwar passieren hier komische Dinge. Ich glaube, ein paar Leute haben ernsthaft einen an der Waffel. Hab dir im Brief schon was darüber geschrieben, aber den hast du ja noch nicht, ha ha! Hier ist letzten Sommer ein Typ durchgedreht, der hat wohl angefangen zu schreien und hat damit nicht mehr aufgehört. Außerdem gibt es natürlich eine große fiese Geheimgesellschaft oder so, muss ja wohl so sein auf einem Internat. Der Zirkel. Und … hm. Klingt dämlich. Aber da ist wirklich irgendwas komisch. Jetzt glaubst du bestimmt, ich spinne. Tu ich vielleicht auch. Aber glaub es oder nicht, ich glaube, ich hab mich angesteckt. Mit dem Spinnen. Ich habe nämlich Stimmen gehört, eine jedenfalls, die nicht da war. Hier reden Leute mit anderen, die nicht da sind, ein Typ ist fast im Moor verschwunden, ein anderer dreht durch … irgendwas stimmt hier nicht. Ich will damit nicht sagen, dass ich auf einmal an Geister glaube, aber hey, ich wüsste schon ganz gern, was hier eigentlich los ist. Immerhin bin ich ja jetzt hier zu Hause oder so. Im Ernst, ich will wissen, was eigentlich läuft. Was mit diesem Schüler los war, der durchgedreht ist, zum Beispiel. Ich finde zu dem leider nichts. Vielleicht ja aber du? Versuch's doch mal, das wäre cool. Der Typ heißt William Davenp

Plopp.

Dümmlich starrte Benny den Monitor an. Auf dem schwarzen Bildschirm spiegelte sich sein verblüfftes Gesicht. Mit tiefem Seufzen hatte sich der Rechner verabschiedet, mitten im Wort.

»Das kann doch nicht …« Fluchend beugte er sich hinunter. Am Gehäuse blinkte nichts, die Kiste war tatsächlich aus. Abgestürzt. Dabei sah sie nicht aus wie der übliche Schrott, der an Schulen herumstand, an diesem Elite-Internat waren es natürlich auch Elite-Rechner, schnell, neu und zuverlässig. Er versuchte, den Rechner neu zu starten, aber als er auf den Knopf drückte, passierte gar nichts, es gab nicht mal ein Ächzen. Die Kiste war tot. Völlig abgeschossen. Aus Reflex krabbelte er unter den Tisch, um am Stromkabel zu wackeln.

Doch da war nichts zu wackeln. Der Stecker lag auf dem Boden.

»Witzig«, murmelte Benny. Plötzlich kam es ihm eng und stickig vor unter dem Tisch. Er drückte den Stromstecker wieder rein, so fest er konnte, vergewisserte sich, dass er gut saß und nichts wackelte, dann krabbelte er wieder heraus, setzte sich, beugte sich runter und schaltete den Rechner ein.

Mit leisem Schnurren, katzensanft und sauber, als wäre nie etwas gewesen, fuhr die Kiste hoch.

»Okay«, murmelte er. »Einmal ist Zufall.« Erneut rief er GMX auf und fing an zu schreiben. Bis zum Beginn der nächsten Stunde hatte er nur noch zehn Minuten Zeit, diesmal kam er schneller zur Sache und schrieb am Schluss:

Wär also super, wenn du mir ein bisschen bei der Recherche hilfst – der Typ, der durchgedreht ist, heißt William Davenp

Schwärze. Dazu ein Knall, kurz und hart, fast wie ein Sektkorken. Gestank explodierte in Bennys Nase – der unverwechselbare Geruch verschmorter Kabel. Und darunter, einen Augenblick später, ein weiterer, sehr viel unangenehmerer Gestank. Verschmortes Grillfleisch, Sumpfgas, Fäulnis. Bennys Mageninhalt stieg so schlagartig die Speiseröhre hinauf, dass er gerade noch die Hand vor den Mund bekam. Mühsam schluckte er hinunter, was hinauswollte. Die anderen Schüler sprangen von ihren Stühlen auf. Die Rechner in Bennys Nähe waren ebenfalls tot.

»Scheiße, was stinkt denn hier so?«, rief der Erstklässler, der so hastig hochgefahren war, dass er seinen Stuhl umgeworfen hatte, und würgte.

Benny hielt sich Mund und Nase zu und blinzelte unter den Tisch. Wenn er sich nicht irrte, qualmte es hinten aus dem Rechner. Was zum …

»Die Sicherung ist raus.« Neben ihm tauchte so unvermittelt Miss Fish auf, dass er zusammenfuhr. Sie hustete. »Das stinkt ja bestialisch – lass mich mal eben …«

Ehe sie unter den Tisch kriechen konnte, kam er ihr zuvor. Er versuchte, nicht zu atmen. Trotzdem kroch der Gestank ihm förmlich durch alle Poren. Ihm kam der Gedanke, dass vielleicht eine Ratte im Gehäuse gehockt hatte, die sich jetzt selbst gegrillt hatte. War das möglich?

Das Stromkabel war durchtrennt. Ungläubig starrte er es an.

»Sei vorsichtig«, hörte er Miss Fish rufen. Durch das Getöse des Bluts in seinen Ohren verstand er sie kaum.

Das Kabel führte vom Rechner an der Wand entlang zu einer Sammelsteckdose. Beziehungsweise: Es *hatte* dort entlanggeführt. Benny tastete nach einem der Enden und zog es heran. Es war glatt durchgetrennt, kupferne Drähte schimmerten im schwachen Licht.

Jemand zog an ihm. Bereitwillig ließ er sich am Arm herausziehen, benommen vom Gestank und dem, was er gesehen hatte. Ein bleiches Gesicht, besorgte Augen. Er starrte Miss Fish an, blinzelte und kam wieder zu sich.

»… Sicherung«, hörte er. Aus dem Augenwinkel sah er, wie die anderen Schüler aus der Bibliothek flohen. Manche hielten sich die Hände vor den Mund und würgten. Der Gestank schien sich überallhin ausgebreitet zu haben. Er war so ekelerregend, dass er Benny regelrecht betäubte.

Miss Fish packte ihn hart am Arm. »Komm«, sagte sie und zog ihn mit sich, fast wäre er über seine offenen Schnürsenkel gestolpert. In den Raum mit den Kopierern, wo sie die Tür zuschlug. Ob es gegen den Gestank half, vermochte er nicht zu sagen, er hatte das Gefühl, er sei so tief in seine Kleidung und durch die Poren in die Haut eingedrungen, dass er selbst ihn ausdünstete.

»So«, sagte Miss Fish. »Was versuchst du da gerade zu tun?«

Er hustete und starrte sie benommen an. Wenn möglich, war ihr Gesicht noch ein wenig blasser als sonst, aber ihre Augen funkelten. »Robin Benjamin Reutter«, sagte sie. »Wie lange bist du jetzt hier? Ein paar Wochen? Und schon wirklich ernsthaften Ärger am Hals. Da frage ich mich doch: Weißt du eigentlich, was du da tust?«

Er blinzelte. »Na ja«, sagte er. »Also …«

Sie musterte ihn eingehend. »Also nicht«, stellte sie fest. »Das dachte ich mir. In dem Fall rate ich dir dringend, die Finger von dem zu lassen, was du gerade versucht hast.«

»Äh«, machte er. »Ich habe versucht, eine Mail zu schreiben. Darf man das nicht auf Glen? Das ist aber eine reichlich drastische Sicherung, wenn dann bei jedem Versuch, eine Mail zu schreiben, der Rechner explodiert.«

»Frech«, stellte sie anerkennend fest. »Du musst nicht auf mich hören. Es ist nur eine unverbindliche Empfehlung. Ein Ratschlag.«

Auch Ratschläge sind Schläge, hallte das Echo eines der Lieblingssprüche seines Vaters durch Bennys Kopf, unerwünscht und überdies zusammenhanglos.

»Danke«, sagte er.

»Ich will gar nicht wissen, was du gesucht oder gemacht hast«, versicherte sie ihm. »Ich sage es nur für den Fall, dass du nicht weißt, was du tust – ich würde mich nicht mit ihnen anlegen.«

»Mit dem Zirkel?«, fragte er, herausfordernder, als er vorgehabt hatte.

Sie neigte den Kopf. »Der Zirkel«, sagte sie, mit einem Mal sanft. »Ach!« Eine wegwerfende Handbewegung, ein Kopfschütteln, dann lachte sie. »Der Zirkel! Ja, mit denen solltest du dich allerdings auch nicht anlegen. Ich sehe mal nach dem Rechner.«

Er band seine Schnürsenkel neu, folgte ihr hinaus, presste den Ärmel seiner Uniform über Mund und Nase und sah zu, wie sie sich unter den Tisch beugte. Ihr Hals war lang und schmal. Plötzlich durchzuckte ihn der Impuls, die Hände darumzulegen und zuzudrücken. Erschrocken trat er einen Schritt zurück. Wurde er etwa tatsächlich verrückt?

»Kann schon sein«, sagte Miss Fish gleichmütig und richtete sich wieder auf. Ihr schien der Gestank nicht viel auszumachen.

»Hab ich das laut gesagt?«, fragte er verblüfft durch den vor Mund und Nase gepressten Ärmel.

»Hast du das?«, fragte sie und hob die Brauen.

Er wich einen weiteren Schritt zurück. Sie betrachtete ihn reglos. »Nur ein gut gemeinter Ratschlag«, sagte sie dann.

»Deine Sache, ob du dich daran hältst oder nicht.« Sie wandte sich ab und ging zum Tresen, wo sie in einer Schublade herumwühlte.

Einen Augenblick lang starrte er sie an und erwartete, dass sie ein Messer herauszog und mit irrem Lachen auf ihn losging, aber als sie ein neues Stromkabel zutage förderte, wurde ihm klar, wie absurd das war. Vermutlich war es der Gestank. Er konnte nicht mehr klar denken.

»Ich geh dann mal«, sagte er. »Ich hab Unterricht.«

Sie schenkte ihm keine weitere Beachtung. Er ging so langsam, wie er es fertigbrachte, und redete sich ein, dass er vor dem Gestank floh. Nicht vor Miss Fish.

16 DER BRIEF

Als er aufwachte, war es stockdunkel, und der Schlaf klebte an ihm wie Morast, der ihn wieder hinunterziehen wollte in die Untiefen, denen er gerade erst entronnen war. Mühsam kämpfte er sich nach oben, blinzelte, tastete nach etwas Handfestem und spürte den rauen Stoff der Bettwäsche unter den Fingern. Daran hielt er sich fest. Seine Brust war so schwer, als läge ein riesiger Stein darauf, er bekam kaum Luft, und in seiner Nase hing eine Spur des widerlichen Gestanks aus der Bibliothek.

Überreste des Traums huschten durch sein Bewusstsein, unscharfe, aber intensive Bilder, und er wusste nicht, ob ihm davon übel wurde oder von dem Gestank. Er wusste nur, dass er nicht wieder einschlafen wollte, dass er nicht so schnell wieder zurückwollte in die Dunkelheit hinter seinen Lidern, in der er solchen Träumen hilflos ausgeliefert war. Mit dem Fuß tastete er nach seinen Pantoffeln, über die er sich so lustig gemacht hatte, als Frau Berger, die seit dem Tod der Mutter den Haushalt führte, sie mit heimbrachte und auf der Liste abhakte. Schwankend stand er auf, die Brust noch immer schmerzhaft eng, und nahm so leise wie möglich ein großes Handtuch, einen frischen Pyjama und den Beutel mit Shampoo und Zahnputzzeug aus dem Schrank. Jetzt war er Felix dankbar, weil der die Sachen so peinlich ordentlich eingeräumt hatte, er fand auf Anhieb, was er suchte.

Auf dem Korridor war niemand, das Licht war leicht gedämpft, ab zehn Uhr abends wurde es heruntergedreht. Benny wusste nicht, wie spät es war, und er wusste nicht, ob es erlaubt war, zu dieser Zeit zu duschen, aber es war ihm egal. Noch ein paar Atemzüge dieses fäulnisverseuchten Gestanks, und er würde sich übergeben. Wahrscheinlich hatte sich der Geruch in seinen Haaren festgesetzt – ein Wunder, dass am Abend niemand mit gerümpfter Nase von ihm abgerückt war.

Die Waschräume waren riesig, wenn sie nicht von halbnackten Leibern und durcheinandersummenden Stimmen erfüllt waren, links und rechts huschten bis ins Endlose gespiegelte Bennys vorbei, und die Fliesen schimmerten eisblau wie lauter kleine, viereckige Bergseen. Benny stellte sich unter die erstbeste Dusche, drehte sie auf und stellte das Wasser so heiß ein, wie er es gerade noch ertrug. Er wusch sich die Haare und seifte sich gründlich ein, dann stützte er sich mit beiden Händen gegen die Wand, schloss die Augen und ließ sich vom prasselnden Wasser die Verspannungen aus dem Leib brennen. Die Verspannungen und die Träume.

Es waren nicht die üblichen Träume gewesen. Nicht die, in denen seine Mutter bleich und skelettdürr in der Küche saß und das Leben ganz normal weiterging, nur dass sie eben so aussah wie kurz vor ihrem Tod. Auch nicht die, in denen er etwas Wichtiges vergessen hatte, was er für sie hatte tun sollen, und es zu spät war, um es noch schnell zu erledigen, bevor sie es merkte. In diesem Traum war er wie Ned Finley ins Moor gestolpert, und auch wenn er sich an nicht viel erinnerte, dann doch daran, dass er darin versunken war. Daran, wie ihm brackiges Wasser in Nase und Mund geflossen war. Und mit einem Mal hatte er gewusst, dass Leichen im Moor lagen. Im selben Wasser, dass er jetzt schluckte. Verwesende Leichen, aufgetrieben und schwammig, die Haut so weich, dass sie sich in den Wellen löste, die er beim vergeblichen Strampeln verursachte. Ganze Stücke fahler, weicher Haut, die auf der Oberfläche des dunklen Wassers trieben. Er konnte die Toten schmecken. Der Traum war vorbei, aber schmecken konnte er sie noch immer. Er würgte und spuckte ein paarmal aus, aber es wurde nicht wirklich besser.

Mittlerweile fühlte es sich an, als prassle das Wasser auf rohes Fleisch. Benny drehte es ab, und es wurde still. Nur seine Schritte platschten auf dem Boden, als er zum Handtuch ging und sich abtrocknete. Dann zog er den frischen Schlafanzug an. Es half nicht viel, er fühlte sich noch immer besudelt.

Kurz entschlossen kehrte er ins Zimmer zurück, grub so leise wie möglich in seiner Schuluniform nach dem Brief seines Vaters und schlich wieder hinaus. Schlafen würde er jetzt ohnehin nicht können. Irgendjemand grunzte im Traum, wachte aber nicht auf.

Die Standuhr im nur vom Feuer erleuchteten Kaminzimmer verriet ihm, dass es kurz nach drei Uhr war. Das Feuer im Kamin brannte fröhlich, aber er legte trotzdem zwei Holzscheite vom Stapel nach. Dann zog er sich auf Callahans Sessel zurück und schaltete die Leselampe ein.

Mittlerweile hatte er mitbekommen, dass jede Klasse über ein eigenes Kaminzimmer verfügte, die anderen hatte er jedoch noch nicht gesehen – vermutlich waren sie ebenso riesig wie dieses hier. An Platz jedenfalls mangelte es auf Glen nicht. Er hätte sich den Raum kleiner gewünscht, so verlor sich das Zimmer in der Dunkelheit, die Decken waren viel zu hoch, die Tische an den Fenstern sah er noch als Umrisse, und die Bücherregale verschwanden bereits vollständig in der Finsternis. Am Kamin war es jedoch einigermaßen gemütlich, trotz der gähnenden Leere hinter ihm, die ihm überdeutlich bewusst war.

Er holte den Brief heraus und betrachtete ihn, wandte ihn um, betrachtete auch die Rückseite und seufzte. Dann riss er ihn auf. Als Erstes fielen ihm drei Zwanzig-Pfund-Noten entgegen. Stirnrunzelnd steckte er sie weg und faltete den Brief auf.

Lieber Benny,
ich bin jetzt in Inverness und fliege in zwei Stunden nach Hause. Du bist bestimmt wütend, weil ich mich nicht von Dir verabschiedet habe. Aber glaub mir, es ist besser so. Du wirst das alles irgendwann begreifen. Vielleicht erst, wenn Du selbst Kinder hast. Dir geht es im Moment nicht gut, und das ist ja verständlich. Ich habe versucht, Dir zu helfen, aber ich bin nicht der Richtige dafür. Manchmal geht es im Leben darum, loslassen zu können. Du musst Deine Wut loslassen. Ich muss Dich loslassen. Wir müssen beide begreifen, dass wir nichts für das können, was uns zugestoßen ist.

Ich habe Dir ein wenig Geld beigelegt, das Taschengeld auf Glenshee Castle kommt mir doch sehr niedrig vor. Falls Du es nicht brauchst, leg es beiseite, für später. Wenn Du etwas brauchst, sag mir Bescheid. Ich liebe Dich sehr.

Dein Vater

Benny starrte auf die paar Zeilen hinunter. *Zwei Stunden,* hämmerte es in seinem Kopf. Das war es also, was sein Vater in zwei Stunden zuwege brachte. Zwei Stunden, um eine halbe DIN-A4-Seite mit seiner ordentlichen, gestochen scharfen Handschrift zu bedecken. Vermutlich hatte er fünf Minuten dafür gebraucht und danach noch einen Kaffee getrunken. Aber hey – immerhin hatte er Geld beigelegt. Und wenn Benny etwas brauchte, dann sollte er sich doch einfach melden!

Ekel stieg in ihm auf, so tief und umfassend, dass er sich davon schlimmer besudelt fühlte als von dem geträumten Wasser voller geträumter Leichen. Als hätte jemand einen randvollen Bottich mit Jauche und Schweinedreck über ihm ausgeschüttet. *Was ich brauche,* dachte er, *ist meine Mutter zurück. Und einen anderen Vater. Schick mir beides doch bitte so schnell wie möglich per Post.*

Er stand auf, hockte sich vor den Kamin, riss den Brief in der Mitte durch und warf beide Hälften ins Feuer. Danach den Umschlag. Dann die drei Zwanzig-Pfund-Noten.

Langsam rieb er die Hände an der Schlafanzughose, als könne er sie so von der Erinnerung, diesen Brief berührt zu haben, befreien. Ihm war eiskalt, seine Kiefer waren verkrampft, die Gedanken klar, scharf und unbarmherzig. Er begriff, dass er nicht sehr viel zu verlieren hatte. Seine Mutter war tot, sein Vater nutzlos, der Kater Jabba alt, und Erik würde sich bald neue Freunde suchen. Nein, er hatte nichts zu verlieren. Das war ein klarer, schmerzlicher und zugleich befreiender Gedanke. Er spürte, wie sich sein Rücken straffte. Sie konnten ihn mal. Sie alle. Wenn es nach ihm ging, konnte die Welt zum Teufel gehen. Wenn sie alle im Moor ersoffen, sollte ihm das recht sein.

Ihm war, als hörte er etwas rascheln. Wie Ratten, die sich in den dunklen Winkeln des Raums bewegten. Das Geräusch war überall, verstohlen, fast unhörbar, vermutlich nur das Rauschen des eigenen Bluts in seinen Ohren. Ihm war, als wickle sich Dunkelheit um ihn, schwarzer Nebel, dringe in seinen Leib, um ihn ganz anzufüllen. Trostlosigkeit. Vollkommene Trostlosigkeit. Er entblößte die Zähne. Sollte ihm recht sein. Er brauchte keinen Trost. Er brauchte nur eins – seine Ruhe. Verächtlich spuckte er ins Feuer, hörte es bedauerlich schwach aufzischen, ein spektakulärerer Effekt hätte besser zu seiner Stimmung gepasst.

Na?, hörte er seine Mutter fragen, die Stimme verriet etwas zwischen Mitgefühl und Belustigung. *Ist die Welt heute bös zu dir gewesen?*

Wenn sein Vater das je zu ihm gesagt hätte, wäre er ihm ins Gesicht gesprungen. Bei ihr hatte er lachen müssen. Meistens. Jetzt lachte er nicht. Das Echo ihrer Stimme in seinem Kopf war so klar, als hätte sie wirklich gesprochen.

»Du bist tot«, sagte er zu ihr. »Also hau ab.«

Die Dunkelheit in ihm wallte auf, als ginge Wind durch dunklen Nebel. Benny schloss die Augen. Ihm war alles egal. Für diesen kostbaren Moment war ihm alles egal.

17 RUHE VOR DEM STURM

Es war keine bewusste Entscheidung, dass Benny den Ratschlag von Miss Fish befolgte und eine ganze Weile die Füße stillhielt. Vielmehr ergab es sich einfach so. Ein paarmal dachte er daran, mit Felix zu sprechen, aber der lief ihm nie über den Weg, und immer, wenn Benny fast mit dem Essen fertig war und sich umschaute, huschte Felix gerade durch die Tür des Speisesaals. Mit der Zeit wurde ihm klar, dass er ihm absichtlich auswich. Er nahm es mit Gleichmut. Er hätte sich ohnehin albern gefühlt, wenn er Felix auf die Sache mit Leslie angesprochen hätte.

Richard und Oliver sprachen kaum noch miteinander. *Übereinander* allerdings sehr wohl. In Wirtschaftslehre entwickelte sich ein harter Konkurrenzkampf zwischen Richards *Rosaroten Panthern* und Olivers Firma *Transformers*, der darin mündete, dass die beiden alle anderen Firmen aus den Augen verloren und sich ganz darauf konzentrierten, den jeweils anderen auszustechen.

Mister Ross sagte nichts dazu, er beobachtete nur aufmerksam. Benny nahm sich ein Beispiel, schwieg viel, lernte noch mehr und beobachtete, was ringsum geschah. Ihm fielen einige Dinge auf, die er bis dahin übersehen hatte. Beispielsweise fand er es mit der Zeit immer leichter, die Mitglieder des Zirkels zu erkennen, obwohl sie keine speziellen Abzeichen trugen und sich auch sonst äußerlich nicht von den anderen Schülern unterschieden. Bis auf ihn schien jeder längst zu wissen, wer dazugehörte. Wenn die Zwerge aus der ersten und zweiten Klasse es allzu übermütig trieben, konnte es sein, dass auch die Gegenwart eines älteren Schülers sie nicht zur Räson brachte. Tauchte jedoch Arthur Grey irgendwo am Horizont auf, fiel ihnen sofort wieder ein, wie man sich benahm. Auch Sandy Carter, der Blonde, der ihm Papier und Stift für den Brief an Erik geliehen hatte, brauchte kein Wort zu sagen, damit man respektvoll tat, was er wollte. Dabei war er alles andere als unfreundlich. Im Gegenteil. Er war in Bennys gemischtem Mathekurs am Wochenende, verstand sich recht gut mit Daniel Green, mit dem er sich vorzugsweise in etwas überzogenen mathematischen Gleichnissen unterhielt, und war immer hilfsbereit.

Eine Weile fragte sich Benny sogar, ob nicht das System auf Glen eigentlich recht gut funktionierte. Jeder Schüler hatte in seinem Paten einen Ansprechpartner – weil die oberen Jahrgänge mitunter doch etwas ausdünnten, teilten sich hin und wieder mehrere Schüler denselben –, das Unterrichtspensum war zwar anspruchsvoll, aber schaffbar, und der Zirkel, nicht die Lehrer, sorgte für die Aufrechterhaltung der seltsamen Ordnung. Dadurch blieb das Verhältnis zu den Lehrern angenehm entspannt, fast neutral.

Zwar war Benny weit davon entfernt, sich auf Glen wirklich wohlzufühlen, zumal sich herausstellte, dass Callahan Recht gehabt hatte und die feindselige Stimmung zwischen Oliver und Richard wie ein schleichendes Gift die Atmosphäre verseuchte, weil die beiden sich nicht scheuten, ihren Scheiß den anderen aufzubürden und sie mit hineinzuziehen, wo immer es ging. Aber er stellte fest, dass es sich hier einigermaßen aushalten ließ. Wären nur die Nächte nicht gewesen, in denen er oft genug von dem Gefühl aufwachte, es säße ihm etwas auf der Brust und nähme ihm den Atem, und die Träume, die ihn jede Nacht ins Moor zerrten und zwischen verwesenden Leichen ertränkten.

Aber ansonsten konzentrierte er sich ganz darauf, für Spanisch zu lernen, bis ihm der müde Kopf qualmte, und in den anderen eher schwachen Fächern aufzuholen, um den Anschluss zu bekommen. Zweimal die Woche trainierte er im Unterricht auf der Aschenbahn, und fast jeden Tag lief er, manchmal mit Neill Graham, meistens allein. Einmal sah er dabei Leslie auf der Mauer sitzen, als er an dem kleinen Haus vorübertrabte, das, wie er inzwischen wusste, Gin McGowan gehörte, der Kassiererin. Aber Leslie schaute an ihm vorbei, und er sprach sie nicht an.

Seine wilde Entschlossenheit, herauszubekommen, was William Davenport zugestoßen war, war zu dumpfer Neugier verpufft. Erik hatte ihm geantwortet, sich über den übervollen Stundenplan entsetzt, erstaunlich viel über Nicole S. geschrieben, die knapp versetzt worden war, und beschämt gestanden, dass auch er über Davenport nichts finden konnte. Dafür fand er alles »sehr strange« und wünschte, er wäre dabei. Bennys Vater hatte einen zweiten Brief geschrieben, diesmal sehr kurz, in dem er fragte, ob Benny über Weihnachten nach Hause kommen würde. Dem Brief lag ein Flugticket bei, ausgestellt auf den ersten Ferientag – Benny zerriss es und warf es mitsamt dem Brief ins Feuer.

Es gab keine seltsamen akustischen Phänomene mehr, er hörte keine Stimmen, die nicht eindeutig jemandem in der Nähe zuzuordnen waren, und einmal sprach Elvis ihn an und sagte, er sei froh, wie sich Benny entwickeln würde, er höre von den Lehrern überwiegend Gutes. Es lief ganz gut. Jedenfalls tagsüber.

Nur die Nächte waren fürchterlich, oft wachte er auf und glaubte zu ersticken, und in manchen Nächten war es, als reihe sich ein Alptraum an den anderen. Vielleicht lag es auch daran, dass er die Sache mit William Davenport nicht weiter verfolgte: Ihm fehlte die Energie. Tagsüber arbeitete er, und nachts trat er immer und immer wieder die Reise durch eine Alptraumlandschaft aus stinkendem Morast, niedrigem Gestrüpp und unwegsamen Pfaden an, die jedes Mal damit endete, dass er in irgendeinem schwarzen, zähen Schlammloch versank und im Versinken begriff, dass das gesamte Moor aus den verflüssigten Überresten von Leichen bestand. Zwischen diesen Nächten und den Tagen rieb er sich auf, segelte benommen von Dämmerung zu Dämmerung und war froh, es trotzdem alles ganz gut hinzubekommen. Vielleicht hätte er es sogar auf sich beruhen lassen.

Aber dann passierte die Sache mit Felix.

ZWEITES BUCH

18 ANGST

Am liebsten hätte sich Felix in Gins Haus verkrochen und wäre dort geblieben, bis er seinen Abschluss hatte und wieder nach Hause konnte. Der Anblick von Glenshee Castle erfüllte ihn mit solchem Schrecken, dass ihm der Mund trocken wurde und die Beine fast den Dienst versagten, wann immer er die Burg verließ und sich ihr auf dem Rückweg wieder nähern musste. Der Anblick des Sees mindestens ebenso sehr. Er wünschte, er wüsste nicht, was sich darin verbarg, und aus dem Fenster seines Schlafraums schaute er schon lange nicht mehr. Von dort aus sah man aufs Moor hinaus. Ja, das eigentliche Moor lag hinter den Sportanlagen, aber für Felix war alles *das Moor*, was sich hinter den Grenzen befand, bis zu denen den Schülern von Glen das Betreten MacGregorschen Grundes erlaubt war. Moor. Sumpf. Feenland. Die Schönheit des Tals machte ihn krank. Menschen hatten hier nichts verloren; jeder Schritt, den er tat, kam ihm vor wie ein Verbrechen. Der einzige Ort, an dem es ihm besser ging, war Gins Haus. Es war so klein, so übersichtlich und sauber. Da gab es die uralten Möbel ihrer Tante und die wenigen Stücke, die sie aus England mitgebracht hatte, es gab die gemütliche kleine Bank in der Küchenecke und den gemauerten Kamin, über den sie schimpfte, weil der Abzug nicht immer funktionierte und der Kamin manchmal Rauch und Asche ins Zimmer spie. Dort im Haus war er sicher. Dort gab es nur Gin, Leslie und ihn. Und Sil. Sil, der ihm keinen Schrecken einjagte. Und Grau, den gab es natürlich auch. In welcher Gestalt er auch auftrat, seine Augen waren stets dieselben, ruhig und freundlich, sein Fell immer grau und zottig, so dass man das Gesicht darin verbergen und niemand einen anschauen konnte. Grau verlangte nichts, er forderte keine unmöglichen Dinge von ihm. Auch wenn er nie sprach, wusste Felix, dass Grau nichts Schlimmes daran fand, dass Felix vor so vielem Angst hatte, obwohl er selbst sich vor nichts fürchtete. Nur von der Burg hielt er sich fern. Dabei waren die Mauern von Glen vom selben Grau wie sein Fell.

»Wir sollten uns beeilen«, sagte Leslie leise.

Felix, der vor dem Feuer saß und gedankenverloren in den Flammen herumstocherte, schreckte auf. *Noch nicht,* dachte er flehentlich. Es war so selten, dass er hier sein konnte, und der Rückweg nach Glen war entsetzlich, vor allem, wenn es bereits dunkelte.

Aber Leslie hatte nicht seinen Aufbruch gemeint, sondern etwas anderes. Etwas noch Schlimmeres. Sie meinte, dass es Zeit war, dass etwas geschah. Und dieses Geschehen, das war nichts, was irgendein anderer erledigte. Es gab ja niemanden außer ihnen. Es gab Leslie und Gin und ihn und Sil. Und Grau. Und eine Handvoll Geschöpfe, auf die nicht so richtig Verlass war, auch wenn sie es gut meinten. Oder zumindest irgendwie, wenn man das so nennen konnte, auf ihrer Seite waren. Für den Augenblick. Und wenn man nichts falsch machte. Und sie es sich nicht aus Gründen, über die sie einem keine Rechenschaft ablegten, anders überlegten.

Die Flammen zischten und fauchten. Felix beruhigte sie und zugleich sich selbst. Er wünschte, es gäbe ein Feuerwesen. Eine Feuerfee. Wenn er vor dem Feuer saß, wartete er oft darauf, dass sie Gestalt wurde. Wenn so vieles anderes Gestalt geworden war, mitten aus dem Nichts, warum nicht auch ein Wesen aus Flammen, das er jederzeit rufen konnte und das ihn beschützte? Aber bei seinem Glück entspränge, wenn es denn geschähe, den Flammen ein grauenhaftes Ungeheuer, ein Monstrum mit unstillbarem Hunger und voller Bosheit, das einen Feuersturm entfesselte, wenn man nicht tat, was es von einem wollte. Leslie sagte ohnehin, dass frisch gestaltgewordene Feen noch unberechenbarer waren als andere. Man wusste ja nichts über sie.

Gin schaute Leslie lange an, sagte aber nichts. Sie war blass. Felix wusste, dass sie Angst um Leslie hatte.

»Ich war heute Morgen am Tümpel«, sagte Leslie. Unwillkürlich erschauerte Felix. Es gab viele Tümpel im Tal, aber der, den sie meinte, lag am Rand des Moors in der Nähe von Glen, und sie hatten öfter über ihn geredet, als ihm lieb war.

»Sie ist fort«, sagte sie schlicht. »Vor drei Tagen war sie noch da, jetzt ist sie fort.«

»Vielleicht ist sie weggegangen«, warf Felix wider besseres Wissen ein. Gin und Leslie warfen ihm lange Blicke zu. Er senkte den Kopf.

»Vorgestern«, sagte Leslie, sie klang ganz sachlich, »habe ich beim Kelpie ein graues Haar entdeckt. In der Mähne.«

Gin stand auf und setzte Wasser auf, um Tee zu machen. Daran konnte man sehen, wie es ihr ging, denn die Tassen waren noch halbvoll, und auf dem Tisch stand eine frische Kanne. Auf der Suche nach einer zweiten wühlte sie wütend im Küchenschrank herum.

»Sie sterben.« Jetzt klang Leslies Stimme brüchig. Am liebsten hätte sich Felix die Ohren zugehalten. »Sie sterben«, wiederholte sie. »Wir müssen etwas tun.«

»Und was genau schwebt dir vor?«, fragte Gin. Ihre Stimme klang ganz normal, als würde sie fragen, ob jemand Honig in seinen Tee wollte. Aber Felix sah ihre Hände zittern. Seine eigenen zitterten auch. Das Feuer knurrte unwillig unter den ungeschickten Stößen, die er ihm mit dem Schürhaken versetzte, und irgendwo drüben, auf der anderen Seite, wunderte sich vermutlich Sil, was wohl los sein mochte. Deshalb war er nicht hier – er ahnte, dass etwas in der Luft lag, das nichts mit Schokolade und warmem Brei zu tun hatte.

»Wir müssen sie töten«, sagte Leslie.

Die Ungeheuerlichkeit ihrer Worte drang Felix so langsam ins Bewusstsein wie kalter Honig, der zäh von einem Löffel tropft. Aber sie hatte es wirklich gesagt. Und das, obwohl sie ihm selbst erklärt hatte, dass manche Wesen nicht starben. Sie vergingen, wenn ihre Zeit gekommen war, aber sie starben nicht. Wie konnte man etwas töten, das nicht starb?

Klirrend stieß der Deckel gegen die Kanne. »Und wie willst du das anstellen?«, fragte Gin, als hätte sie seine Gedanken gelesen.

Leslie hob den Blick. Sie lächelte. Ihre Augen waren dunkel. »Wir werden sie abfangen, Grau und ich. Sie schleicht jede Nacht um Glen herum, und sie kommt aus dem Moor. Wir werden auf sie warten, vielleicht wird sie mich angreifen, und dann wird Grau sie töten.«

»Sie wird dich nicht angreifen.« Gins Wangen waren gerötet. »Sie wird einen Teufel tun und dich angreifen.«

»Na, dann musst du dir ja keine Sorgen machen.« Leslie klang fast fröhlich, fand Felix. Er fragte sich, ob sie den Verstand verloren hatte.

»Aber das heißt, dass es nicht funktionieren wird«, gab Gin zu bedenken. »Sie wird einen Bogen um euch schlagen und trotzdem zur Burg gelangen, und dann wird sie dort herumschleichen, und ihr seid ganz umsonst mitten in der Nacht unterwegs gewesen.«

»Na, dann musst du dir ja auch keine Sorgen machen.«

»Ich mache mir keine Sorgen wegen diesem Vieh. Ich mache mir Sorgen, was Alasdair dazu sagt, wenn er erfährt, dass du eigenmächtig Jagd auf eins seiner Ungeheuer machst.«

Leslie hob die schmalen Schultern. »Er kann nur zu Dingen etwas sagen, von denen er erfährt.«

Glen hat Augen und Ohren, dachte Felix. *Er wird es erfahren.*

»Und wenn ich nichts ausrichten kann, wird es ihn wohl kaum stören«, fuhr Leslie fort. »Also ist es einfach nur eine kalte Nacht am Rand des Moors für Grau und mich. Im schlimmsten Fall hole ich mir eine Erkältung. Dann kochst du mir dreißig Kannen von deinem widerlichen Erkältungstee, und ich muss sie trinken, während du mir erklärst, ich sei selbst schuld.«

Gin lachte nicht. Sie starrte Leslie eine ganze Weile an. Jeder andere hätte vor diesem Blick kapituliert, aber Leslie erwiderte ihn ungerührt.

»Sie darf und wird dir nichts tun«, sagte Gin.

»Richtig«, sagte Leslie freundlich.

»Aber wenn sie dir nichts tun kann und darf, dann wird es nicht funktionieren. Dann wird sie dich einfach nicht beachten und ihr seid umsonst da draußen.«

»So ist es. Warum also machst du dir Sorgen?«

Gin verschränkte die Arme vor dem üppigen Busen und lehnte sich an den Küchenschrank. »Weil ich nicht glaube, dass du dort wartest, wenn du weißt, dass es keinen Sinn hat«, sagte sie misstrauisch.

»Oh«, versicherte ihr Leslie, »nahezu alles hat einen Sinn – oder nichts hat einen, wie man es eben betrachten möchte. Falls sie nicht kommt, dann verbringen wir eben eine kalte, entbehrungsreiche Nacht im Angesicht von Glen, Grau und ich, und schleichen im Morgengrauen heim wie geprügelte

Hunde. Das nennt man dann eine Erfahrung, Gin, und Erfahrungen sind dafür da, dass man sie macht. Nichts ist völlig umsonst.«

Erbost starrte Gin sie an. »Hör mit dem Gequassel auf, Leslie MacGregor, oder ich werfe dich eigenhändig raus. Nie im Leben gehst du mitten in der Nacht mit Grau nach Glen, um dort die Erfahrung zu machen, dass *nichts* passiert. Was hast du vor – willst du etwa Alasdair provozieren? Du weißt, wie er ist!«

Leslies Blick wurde sanfter. »Wenn ich Alasdair provozieren will, kann ich das einfacher haben. Nein, Gin. Denk doch mal nach – sie hat William Davenport geholt, letztes Jahr, und Glen hatte einen Haufen Ärger am Hals. Kaum anzunehmen, dass Alasdair sie auf Will gehetzt haben wird, richtig? Nun, das kann man als Unfall betrachten. Aber jetzt Ned Finley … das ist kein Unfall mehr. Alasdair wollte Finley mit Sicherheit bestrafen, ihm auch ruhig ordentlich Angst einjagen. Ganz sicher wollte er keinen zweiten William Davenport. Genau das wäre aber passiert, wenn ich nicht eingegriffen hätte. Und Alasdair war überrascht. Mehr als das – er war fassungslos und stinkwütend. Ich glaube nicht, dass er sie unter Kontrolle hat.«

Sie sagte es leichthin, und trotzdem taten die Worte etwas mit der Luft. Sie wurde dünn. Die Wände rückten um einige wenige, aber nachdrückliche Zentimeter näher. Felix rang nach Atem.

Ich glaube nicht, dass er sie unter Kontrolle hat. Das klang, als sei man mit einem Schiff auf hoher See, ein Sturm nahte, und einer der Matrosen sagte leichthin: *Oh, schaut mal, der Hauptmast ist gebrochen, wir sind manövrierunfähig.*

Gin schien es ähnlich zu sehen. So wenig sie Alasdair leiden konnten, sie und Felix, so sehr waren sie den Gedanken gewöhnt, dass er die Geschicke auf Glen lenkte, seit sein Vater fort war. Man hielt den Kopf ein wenig unten und war in relativer Sicherheit. Alasdair mochte über Monster gebieten, aber er selbst war keins. Leslie war sicher, und wer nicht auffiel, der war es auch. Es gab Überlebensregeln auf Glen, an die man sich halten konnte. Aber wenn Alasdair die Kontrolle verlor …

»Du weißt nicht, was du redest«, zischte Gin verärgert. »Selbstverständlich hat er sie unter Kontrolle. Er wird seine Gründe gehabt haben. Damals das mit William Davenport, das mag ein Unfall gewesen sein. Aber Ned Finley war keiner. Wir kennen Alasdairs Gründe, ihm dieses Vieh auf den Hals zu hetzen, nicht, aber er wird welche gehabt haben. Und vermutlich war er ärgerlich, weil du dich eingemischt hast.«

»Er war zu Tode erschrocken«, erwiderte Leslie. »Glaub mir, er hat sie nicht im Griff. Vielleicht hat er die Kontrolle nicht gänzlich verloren, noch nicht, aber sie entgleitet ihm.«

»Dann wird er sie wieder an sich bringen«, sagte Gin fest. »Er kann es sich nicht leisten, die Kontrolle zu verlieren. Dein Vater …«

»… wird nichts davon erfahren.« Leslie hob die Brauen. »Ich war ganz zufällig im Büro, und es mag sein, dass ich einen kleinen Blick auf den letzten Bericht geworfen habe. Ihn geschönt zu nennen, wäre geschönt. Alasdair überschlägt sich geradezu vor Hymnen auf sich selbst. Ganz sicher wird er Vater nicht in einer kleinen Randnotiz davon unterrichten, dass ihm fast einer der ihm anvertrauten Schüler hopsgegangen wäre. Beziehungsweise dessen Verstand. Er wird versuchen, das Problem selbst zu lösen.«

»Siehst du!« Zufrieden breitete Gin die Hände aus. »Er wird das Problem selbst lösen. Kein Grund also für dich, ins Moor zu gehen. Du hast damit nichts zu tun.«

»Nun, er macht nicht gerade Anstalten, sich darum zu kümmern, oder? Noch ist sie da draußen.«

»Nicht mehr lange.«

»Richtig. Nicht mehr lange. Weil Grau und ich uns darum kümmern werden.« Leslie klang fürchterlich entschlossen.

Sie war so, seit Felix sie kannte – den ganzen Tag streunte sie umher, den Blick überall und nirgends, redete eigenartige Dinge und wirkte, als hätte sie nichts anderes zu tun, als vor sich hinzuträumen. Und dann plötzlich nahm sie sich etwas vor, und nichts konnte sie aufhalten. Ein Schauder rann ihm über den Rücken. Er beobachtete sie verstohlen, und ihm war, als sähe er sie zum ersten Mal. Plötzlich sah er sie vor sich, klein und hoch aufgerichtet im Dunkeln an Graus Seite, wie sie aufs Moor hinausstarrte und auf etwas wartete, das dort aus der Nacht kam und niemandem Rechenschaft ablegte. Etwas, das Will in den Wahnsinn getrieben hatte. Etwas Degeneriertes, das nicht einmal auf Alasdair hörte, weil es den Wahnsinn brachte und darüber selbst den Verstand verloren hatte.

»Ich will, dass du mit Alasdair redest«, hörte er Gin sagen, sie klang ebenso entschlossen wie Leslie.

»Und welchen Sinn soll das haben?«, erkundigte sich Leslie erstaunt.

»Vielleicht weiß er längst von dem Problem. Vielleicht ist er längst dabei, es zu lösen, und du weißt es nur nicht. Vielleicht kämst du ihm sogar in die Quere, wenn du dich jetzt auf die Jagd machst, und am Ende geht etwas schief, und es ist deine Schuld.«

Leslie betrachtete sie. In Gins Gesicht stand jetzt blanke Angst. Und offenbar begriff sogar Leslie, dass diese Angst ihr galt und berechtigt sein mochte. Ob ihr das Ungeheuer etwas anhaben konnte oder nicht, wussten sie nicht, aber wenn, dann ging es um mehr als nur um Leben und Tod. Dann ging es darum, dass man Leslie sinnlos brabbelnd im Moor herumwandern sehen mochte, oder sie ertrank mit dem Gesicht in einer zwei Zentimeter tiefen Pfütze. Oder sie saß mit leerem Blick auf einem Baumstumpf und versuchte, ihre Füße zu essen. Das war kein Witz. Felix hoffte inständig, dass Leslie das begriff. Sie konnte entsetzlich stur sein.

»Mach, was du willst«, sagte Gin wütend, als Leslie nicht antwortete. »Aber bevor du irgendeinen Unsinn anstellst, redest du mit Alasdair. Ich bestehe darauf.«

»Pffft«, machte Leslie und schob die Unterlippe vor. »Ich habe aber keine Lust, mit ihm zu reden. Ich …«

Gin schoss vor, schlug mit der Faust auf den Tisch und starrte Leslie ins Gesicht. Sie war bleich, nur auf den Wangen waren rote Flecken, als hätte jemand sie geohrfeigt. »Und wenn ich dich persönlich hinschleifen muss. Hörst du? Du wirst nicht da rausgehen und dich mit diesem Vieh anlegen! Du redest zuerst mit Alasdair und fragst ihn, was er unternimmt. Und wenn er etwas unternimmt, dann hältst du dich da raus, verstanden?«

»Also, ich …«

»Ob du verstanden hast!«, schrie Gin.

Leslie zuckte ebenso heftig zusammen wie Felix. »Liebe Güte«, murmelte sie.

»Das ist kein Spiel«, zischte Gin. »Das ist kein gottverdammtes Spiel. Ich habe nicht den Eindruck, dass dir das klar ist!«

»Streng genommen«, sagte Leslie, »ist *alles* ein …«

Gin schnaufte. Sie klang wie der Kelpie. Unter dem Tisch hob Grau den Kopf und betrachtete sie interessiert.

»Schon gut«, murmelte Leslie verschnupft. »Aber ich habe eigentlich keine Lust …« Sie schaute Gin ins Gesicht und zog die Schultern hoch. Auf einmal wirkte sie wie ein Kind. »Na gut«, brummte sie. »Ich rede mit Alasdair. Zufrieden?«

»Nein«, sagte Gin und wandte sich ab, um am Herd herumzuhantieren. Ihre Stimme klang ein wenig belegt. »Zufrieden bin ich, wenn du wieder ganz zu Verstand gekommen bist.«

Leslie stand auf, hüpfte zu ihr und schlang von hinten die Arme um ihre Hüften. »Meine arme Gin«, bedauerte sie. »*Das* kann dauern!« Sie ließ Gin los und wandte sich an Felix. »Du solltest allmählich los, oder? Soll Grau dich noch bringen?«

Wie von einem heftigen Stromstoß getroffen, schoss er in die Höhe. »Ja, bitte.«

Nachdenklich schaute Leslie zum Fenster. Dahinter lag die Dunkelheit und schaute zurück. Felix fühlte sich eindeutig beobachtet. Ihm war übel.

»Solange sich die Schwarze Banshee da draußen rumtreibt, solltest du vielleicht abends nicht mehr kommen«, stellte Leslie fest. »Vielleicht solltest du bei Dunkelheit eine Weile nicht mehr nach draußen.«

Felix' Hals war wie zugeschnürt. Er nickte.

Die Schwarze Banshee. Er wünschte, sie würde ihren Namen nicht aussprechen. Hieß es nicht, manche Wesen locke es an, wenn man ihren Namen nannte?

Grollend erhob sich Grau, er sah nicht aus, als habe er Lust, die behaglich warme Küche zu verlassen. Felix konnte es ihm nicht verdenken. Dankbar strich er ihm über den knochigen Rücken.

»Und vergiss die Ohrstöpsel nicht in der Nacht«, riet Leslie vergnügt. »Hier – nimm noch ein paar Kekse mit, für den Weg.«

Falls sie Angst hatte, merkte man es ihr nicht an. Sie wirkte schon wieder ganz wie immer. Felix wünschte sich, er besäße ihren Gleichmut. Ihm selbst wurden die Knie weich, als er Grau nach draußen folgte. Es war, als schlüge die Dunkelheit draußen über ihm zusammen wie Wasser, in das er kopfüber sprang. Eiskalt war es, und sein Atem ging schwer. Da war nichts und niemand, jedenfalls nichts und niemand, der sich für ihn interessierte, denn Grau trabte ruhig voran, und wenn da etwas gewesen wäre, hätte er es bemerkt. Trotzdem ging Felix' Atem immer schneller, und er schaffte es nicht mal bis ans Ende der Straße, bevor er Seitenstechen bekam und langsamer wurde.

Die Schwarze Banshee, dachte er. Und er dachte an Will, den armen Will, der nicht aufgehört hatte zu schreien, bis sie ihn fortgebracht hatten. Still lag Glenshee da und atmete Fremdheit. Er spürte den kühlen Wind im Gesicht, als hauche das Tal ihn spöttisch an. Zu gern wäre er zu Hause gewesen, und zu gern wäre er tapfer gewesen, aber er war beides nicht, und er fürchtete sich so sehr, dass er fast wünschte, er könnte einfach aufhören zu atmen.

19 BESUCH IM HERRENHAUS

Der nächste Tag brach mit klarem Licht und Kälte über Glenshee herein. Leslie streunte den Vormittag über im Moor umher und schaute später bei den Rindern des alten Conway vorbei. Sie grasten auf der großen Weide am See und sahen lustig aus mit den roten Bändern an ihren Schwänzen. Tagsüber mischte sich der Kelpie nie unter sie, er konnte Tageslicht nicht leiden, aber sie fand ein paar Hufabdrücke am Ufer und vermutete, dass er in der Nacht dagewesen war. Sie klopfte der alten Mabel den Hals, zupfte ihr ein paar Kletten und Gräser aus dem Fell und rieb Linus, dem Stier, die wollige Stirn, was er mit wohligem Grunzen quittierte. Auf dem See tanzten ein paar letzte verirrte Mücken herum und eine Handvoll kleiner Windgeister. Ihre winzigen Gesichter verzerrten sich zu immer neuen bizarren, durchscheinenden Grimassen, manche davon erinnerten an die Gesichter von Menschen, andere eher an die Schädel heulender Wölfe. Leslie setzte sich ans Ufer und schaute ihnen zu, während hinter ihr die Rinder lautstark zähes Hochlandgras zwischen den Zähnen zermalmten.

Die Windgeister beachteten sie nicht. Leslies Brust wurde weit und füllte sich mit ein wenig zerbrechlichem Frieden. Die Mücken würden bald sterben, sie hatten ihre Eier gelegt, und im nächsten Frühjahr würden neue schlüpfen. Die Windgeister hingegen würden so lange bleiben, wie sie wollten. Der eine zerstob vielleicht im nächsten Augenblick, während ein anderer noch hundert Jahre und länger durch das Tal sausen würde oder vielleicht nur über den See, oder er würde sich davontragen lassen, um über das Hochland zum Meer zu gelangen. Die meisten Windgeister jedoch waren flüchtige Erscheinungen, viel flüchtiger noch als Mücken.

Leslie streckte eine Hand aus, als könne sie die kleinen Wesen berühren. Schloss die Augen und spürte dem Echo der Wehmut nach, die der Anblick der spielenden Geister in ihr weckte. Deutlich spürte sie ihren Körper, dieses Gebilde aus Fleisch, Blut und Knochen, das sie an die Zeit band. Sie spürte, wie er alterte. Wie er sie womöglich über ihre Zeit hinwegtragen würde, falls sie früher müde wurde als er. Wie er sie mitreißen würde, wenn ihm etwas zustieß, ob sie zum Gehen bereit war oder nicht.

Behutsam strich sie mit den Händen über ihre bloßen Arme. Kälte machte ihr nichts aus. Die Haut war glatt und weich und fast so warm wie die Haut der Kühe, wenn man unter dem dichten Fell danach tastete. Sie spürte ihren Herzschlag, der Blut durch das feine System der Adern trieb. Und sie fragte sich, ob sie sich auch dann so seltsam alt fühlen würde, wenn sie keinen Körper gehabt hätte. Ob das Alter in ihrer Seele saß oder in Knochen, Muskeln und Sehnen. Sie wusste es nicht. Beides war nicht voneinander zu unterscheiden, Körper und Seele vereinte sich zu einem untrennbaren Ding, das man in Ermangelung eines besseren Wortes *Ich* nannte und das tagein, tagaus denselben Namen trug, obwohl es sich ständig veränderte. »Ich«, sagte sie in den Wind. »Ich, Leslie MacGregor.«

Einer der Windgeister hörte es, kam näher und lauerte darauf, dass sie erneut sprach.

»Ich, Leslie MacGregor«, tat sie ihm den Gefallen.

Jubelnd stürzte er sich auf die Worte, riss sie ihr von den Lippen und sauste mit seiner Beute davon. Sie schaute ihm hinterher. *Ich, Leslie MacGregor*, wisperte es über die dunkle Oberfläche des Loch Dall.

Einer der Windgeister kicherte wild und verwehte im nächsten Augenblick. Die Übrigen scherten sich nicht um sein Verschwinden. Sie stritten um das schwindende Echo der Worte, bis nichts mehr davon übrig war, und suchten sich dann ein neues Spiel.

Aus dem Fenster des Eckzimmers beobachtete sie, wie Alasdair den Weg zum Herrenhaus heraufkam. Ihr eigenes Zimmer lag nach hinten zum Garten und war ein gutes Stück größer, aber das Eckzimmer hatte sie immer am liebsten gemocht. Es war fast wie ein kleines Turmzimmer, die Fenster waren schmal und bestanden aus kleinen, mit Blei eingefassten Scheibchen. Die Bleieinfassung zerschnitt Alasdair in lauter kleine Stücke, runde Ausschnitte, eckige Ausschnitte, lange Streifen. Sie mochte es, wie er sich bewegte, mochte die langen Beine und die weiten Schritte, mochte auch das schmale Gesicht und den hochmütigen Ausdruck seiner Augen. Sie mochte auch, wie er in seiner Schuluniform aussah, ernst und streng und ein wenig wie ein kleiner Junge, der sich verkleidet hatte.

Kurz bevor er das Haus erreichte, schaute er hoch und sah sie. Schon immer hatte er gespürt, wenn sie in der Nähe war. Sein Gesicht verdunkelte sich. Rasch schritt er weiter aus und verschwand aus ihrem Blickfeld.

Sie sauste nach unten und erwartete ihn am Fuß der Treppe. Auf seiner Schulter saß Zee, der sich mit dünnen Fingern im Stoff der Jacke festklammerte, und zischte sie feindselig an. Unwillig schubste Alasdair ihn hinunter, der Kobold landete auf dem Boden und trollte sich unter empörten Schimpftiraden. Schon immer hatte sich Leslie gefragt, weshalb sich Alasdair ausgerechnet diesen übellaunigen Kerl als Begleiter ausgesucht hatte. Zee war staubbraun von Kopf bis Fuß, klapperdürr und immer schlechter Laune – dass er sie nicht mochte, nahm sie nicht persönlich, Zee konnte niemanden leiden. Alasdair hatte einmal gescherzt, er sei an einem dieser Tage Gestalt geworden, an denen alles schiefging, an denen man morgens das kalte Wasser aufdrehte statt des heißen, sich am Frühstück verschluckte, beim Verlassen des Hauses den Schlüssel vergaß und die Türklinke abbrach und den ganzen Tag an etwas arbeitete, um am Abend festzustellen, dass man damit gestern hätte fertig sein müssen, weil man sich im Termin geirrt hatte. Er war das Gestalt gewordene Begreifen, dass nichts mehr klappen würde, und wenn man sich auf den Kopf stellte. Wenn er Zuhörer fand, referierte er endlos über die Sinnlosigkeit allen Strebens. Ein wirklich eigenartiger Begleiter ausgerechnet für Alasdair, aber ihr Bruder fand ihn amüsant.

»Warte«, sagte Leslie, als Alasdair mit knappem Nicken an ihr vorbeieilen wollte. »Ich muss mit dir reden!«

Er blieb stehen und musterte sie. In seinem Gesicht, das etwas zu lang war, um hübsch zu sein, spiegelte sich heraufziehender Ärger. »Geht es um Finley?«

»Nein. Nicht … direkt.«

»Ich habe zu tun.« Am Wochenende fuhr der Verwalter zu seiner Familie nach Hause, und Alasdair kam jeden Sonntag ins Herrenhaus, um die Unterlagen durchzusehen.

»Ich weiß. Ich habe schon alles vorbereitet. Alles bereitgelegt und sortiert. Alle Briefe geöffnet – oh, nicht gelesen – die Mails ausgedruckt, es ist alles fertig. Du sparst eine halbe Stunde. Schenk sie mir.«

Sein Blick war so kühl wie das Quellwasser, das hinter dem Haus in einen winzigen See sprudelte. *Du bist so erwachsen geworden,* dachte sie zärtlich. Erwachsen – nicht alt. Das war ein Unterschied, den nur Sterbliche kannten, den Feen war er fremd. Alasdair war so im Einklang mit seinem sterblichen Leib, war so sehr sein Körper, dass sie ihn manchmal im Schlaf beobachtet hatte, nur um zu sehen, wie sich die Brust hob und senkte, weil es war, als spreche er durch seinen Atem mit ihr.

Er betrachtete sie und fragte sich vermutlich, ob sie sich abschütteln lassen würde. Er kam zum richtigen Schluss und warf einen ungeduldigen Blick auf die Uhr. »Eine halbe Stunde. Küche?«

Sie nickte und folgte ihm, der schmalschultrig und hochgewachsen voranschritt. Es war schade, dass er so selten ritt, er hatte genau die richtige Figur dafür.

In der weitläufigen Küche spiegelte sich die alte Feuerstelle in den chromglänzenden Flächen der Einbauküche. Die beiden Herdgeister, die für Ordnung sorgten, seit Mariah Logan fort war, spiegelten sich gern stundenlang versonnen darin, wenn sonst nichts mehr zu tun war, bogen kichernd ihre langen Nasen und krummen Rücken und nahmen ganz absurde Posen ein. Leider mochten sie es nicht gern, wenn man ihnen dabei zuschaute.

Auf der Anrichte wartete der Tee, den sie frisch aufgebrüht hatte. Sie stellte die Kanne aus bemaltem Porzellan, zwei passende Tassen und die Zuckerdose auf ein Tablett und trug es zum Tisch. Er stand mitten im Raum wie ein Relikt aus längst vergangenen Zeiten, ein wuchtiges Ungetüm aus nachgedunkelter Eiche. Leslie setzte sich und fuhr verstohlen mit dem Finger eine Messerkerbe nach, die sie oder Alasdair darin hinterlassen hatte. Es gab mehrere solcher Kerben, die sie dem

Holz beigebracht hatten, alle mit großem Eifer und in voller Absicht, als hätten sie damals schon geahnt, dass es schwierig war, in dieser Welt bleibende Spuren zu hinterlassen. Dass sie nicht mehr wusste, welche Kerben von Alasdair stammten und welche sie selbst verbrochen hatte, erfüllte sie mit geheimer Freude, als wäre es eine Verbindung zwischen ihnen, die niemand auflösen konnte.

Alasdair schenkte sich selbst eine Tasse voll, ihr nicht. Es war lange her, dass das anders gewesen war. Ein Würfel Zucker, keine Milch. So trank er seinen Tee, seit er klein war. Sie schaute zu, wie er mit raschen Bewegungen umrührte, das Klirren des Löffels in der Tasse klang, als wollte es verkünden, dass er keine Zeit für ihren Unsinn hatte.

»Leg los.« Ungeduldig starrte er sie an.

Sie nickte und faltete die unruhigen Hände vor sich auf dem Tisch. »Ich war gestern am Tümpel. Dem mit der Weide, du weißt schon, die mit dem hellen Moos an der …«

»Fass dich kurz.«

»Ich habe eine halbe Stunde«, erinnerte sie ihn freundlich. »Die kann ich ja wohl so verwenden, wie ich will.«

Spöttisch musterte er sie. »Sechsundzwanzig Minuten sind es noch. Tick-tack. Aber gut.« Eine wegwerfende Handbewegung. »Mach damit, was du willst.«

»Die Weide mit dem hellen Moos an der Seite«, fuhr sie fort. »Dieses ganz zarte, grüne Gespinst, das man kaum unter den Fingern spürt, selbst wenn man es dazwischen zerreibt. Da, wo wir als Kinder gespielt haben. Erinnerst du dich?«

»Kann sein. Und?«

»Ich bin noch oft da. In der Weide lebt ein Baumgeist.«

»Das weiß ich.« Er stellte die Tasse ab und betrachtete sie mit zusammengekniffenen Augen. »Du stiehlst mir meine Zeit, um mir zu erzählen, was ich schon weiß?«

»Warst du in letzter Zeit mal da?«

»Seit Jahren nicht. Das weißt du.«

»Ja. Ja, ich weiß. Du solltest mal wieder hingehen. Der Baum stirbt.«

»Mag sein.« Er zuckte mit den Schultern. »Das ist der Lauf der Welt.«

»Der Baumgeist ist tot.«

»Tot.« Sein Lächeln war das des Vaters. Ein kurzes, verärgertes Lächeln, bei dem die Mundwinkel nach unten zuckten. *Rede nicht solchen Unfug,* sagte es viel deutlicher, als Worte es vermochten. »Fort, meinst du.«

»Nein.« Sie beugte sich vor. »Er ist tot. Er ist gestorben.«

Es war eindeutig, wie es ihn in den Beinen juckte, aufzuspringen und zu gehen. »Eine halbe Stunde«, erinnerte sie ihn sicherheitshalber, und er verzog das Gesicht. »Zweiundzwanzig Minuten. Hör zu, wenn der Baum stirbt, stirbt auch der Baumgeist. Das weißt du. Das ist sehr schade, und es tut mir leid, wenn du deshalb mit bewegenden Kindheitserinnerungen zu kämpfen hast, aber ich fürchte, da musst du durch. Sei ein tapferes Mädchen.«

Erinnerungen fielen sie an wie kleine, hungrige Tiere – Alasdair, der ihr hinterherstapfte, ihr ins Moor folgte und dabei unablässig schimpfte, es sei verboten und außerdem gefährlich. *Sei ein tapferer Junge,* hörte sie sich selbst spotten und fragte sich, ob sie sich ganz allein erinnerte oder ob er es auch tat.

»Ich war oft da.« Sie nagelte seinen Blick fest, und im Gegensatz zu den meisten anderen Menschen hielt er ihrem Blick mühelos stand, blinzelte nicht, wich nicht aus, ließ sich nicht verunsichern.

»Ich habe den Baumgeist altern sehen«, sagte sie so sachlich, wie sie es fertigbrachte. »Er ist klein geworden und grau, er hat sich immer langsamer bewegt, seine Stimme hat sich verändert. Dann, und erst dann, fing der Baum an zu sterben. Erst hat er nur ein paar Blätter verloren, dann sind die äußersten Äste abgestorben. Und jetzt lebt er noch. Er lebt, aber er stirbt. Weil der Baumgeist gestorben ist. *Vor* dem Baum, Alasdair. Nicht mit ihm gemeinsam.«

Aufmerksam studierte er ihr Gesicht. Sie erwartete, dass er jede Sekunde sagte, sie habe nicht richtig hingeschaut oder sich einfach geirrt, aber er schwieg. Ganze Minuten ihrer Zeit verschwieg er, ohne sich zu rühren. Endlich tat sich etwas in seinem Gesicht. Er lehnte sich zurück. »Ich weiß.«

»Du … weißt? Du hast doch gesagt …«

»Ich wusste nichts von diesem einen speziellen Baumgeist. Aber dass etwas geschieht, weiß ich auch. Dass vereinzelt kleinere Geister und Nymphen … sterben, wenn du es so nennen willst. Was soll ich dazu denn sagen?«

Ungläubig starrte sie ihn an. »Dass … dass das nicht so gehört?«, schlug sie vor. »Du weißt doch ebenso gut wie ich, dass sie nicht sterben! Dass sie nicht altern! Sie *vergehen*, ja, aber sie … sie *sterben* nicht! Das weißt du doch!«

Er beugte sich vor und legte beide Hände um die Teetasse. »Du hast Recht. Ja, es ist unnatürlich. Es ist sogar besorgniserregend.«

Mit beiden Händen klammerte sie sich am Tisch fest, atemlos, und wartete.

»Es gibt eine ganz einfache Erklärung dafür«, sagte er. »Manche von den kleinen Geistern halten sich von der Feenwelt fern. Sie ziehen sich fast ganz in die Menschenwelt zurück und ziehen es vor, ihre Zeit hier zu verbringen. Nun, und das ist das Stichwort – ihre *Zeit*. Es ist nicht gut für sie. Sie werden sterblich. Sie fangen an zu altern.«

Gegen ihren Willen fingen Leslies Lippen an zu zittern. Sie biss von innen darauf und wartete, bis sie wieder ruhig sprechen konnte. Mit reglosem Gesicht betrachtete Alasdair sie und wartete ebenfalls. *Vermutlich,* dachte sie, *zählt er die Minuten ab.*

»Sie ziehen sich in die Menschenwelt zurück«, wiederholte sie.

Er nickte.

»Aus Angst vor der Schwarzen Banshee.«

In ihrer Wahrnehmung hallte das Wort in der Küche, als hätte sie einen gewaltigen Gong geschlagen. Der Klang prallte von den chromglänzenden Flächen ab und kam hundertfach als Echo zurück. *Banshee – Banshee – Banshee.*

»Richtig«, sagte Alasdair ruhig. »Aus Angst vor der Schwarzen Banshee.«

Zitternd stieß Leslie die Luft aus. »Ich dachte, du würdest es leugnen.«

Er zuckte mit den Schultern. »Wozu? Es ist offensichtlich.«

Abwartend starrte sie ihn an. Er schwieg. »Und?«, fragte sie schließlich.

»Und was?«

»Was willst du unternehmen?«

Er stellte die Tasse ab und lehnte sich zurück. »Nichts.«

»Nichts«, wiederholte sie.

»Richtig. Nichts. Es tut mir wirklich leid für die Kleinen. Aber gerade die, die tiefer im Moor leben, sind natürlich genau dort, wo sich die Schwarze Banshee aufhält, und vor der haben sie Angst. Und nahe an Glen … nun ja. Da sieht es natürlich ähnlich aus.«

»Es sind nicht nur kleine Wesen.«

»Nein?« Er hob die fein gezeichneten Brauen, die er von der Mutter geerbt hatte. Sein Gesicht war viel feiner geschnitten als der eher grobe Schädel des Vaters, der an den eines Bernhardiners erinnerte – oder an den eines Bluthunds.

Sie schüttelte den Kopf. »Der Kelpie. Beim Kelpie fängt es auch an.«

Alasdair lachte ungläubig auf. »Der Kelpie. Ist das dein Ernst?«

Mit zusammengebissenen Zähnen nickte sie.

Mit einem Mal wirkte er fast aufgeräumt. Das täuschte. Sie tanzte auf einem schmalen Grat, allmählich wurde er wütend, sie sah es an der Art, wie er die Augen zusammenkniff, und hörte es in der plötzlichen Sanftheit seiner Stimme.

»So«, sagte er und beugte sich vor. »Du hältst mir also einen Vortrag darüber, dass sich wegen der bösen Schwarzen Banshee lauter kleine, feige Geister in die Menschenwelt abdrängen lassen und dort naturgemäß altern und sterben. Und dann kommen dir die Tränen, weil der Kelpie altert? Der *Kelpie*? Herrgott, Leslie, der Kelpie steht der Schwarzen Banshee nun wirklich nicht in viel nach. Wie viele Leute hat er …«

»Das ist lange her«, fauchte sie. »Seit wir uns um ihn kümmern, hat er niemanden mehr angegriffen!«

»Seit *du* dich um ihn kümmerst. Wenn ich mich recht erinnere, war der letzte Vorfall vor – wann war das? Dreizehn Jahren? Die Nichte des alten Conway, die spurlos verschwunden ist?«

»Und seitdem ist nie wieder etwas passiert«, beharrte sie. »Und das mit der Nichte wissen wir nicht genau. Vielleicht ist sie auch im Moor geblieben.«

»Natürlich.« Verächtlich schnaubte er durch die Nase. »Ein pferdeverrücktes Mädchen, das gern abends am See spazieren geht und sich ums Verrecken nicht allein ins Moor getraut hätte, ist mit Sicherheit nicht vom Kelpie geholt worden, sondern dann doch mal ins Moor marschiert, um dort zu ertrinken, nur weil es dir so besser in den Kram passt. Hörst du dir eigentlich selbst zu?« Er lehnte sich zurück und warf einen

Blick auf die Uhr. »Neun Minuten hast du noch. Wie ich bereits sagte – tick-tack, wie doch die Zeit vergeht. Noch etwas?« Ungeduldig trommelte er mit den Fingern auf den Tisch. Gebannt starrte sie auf seine langen, schmalen Finger und riss sich nur mit Mühe von dem Anblick los.

»Gut. Dann war es vielleicht der Kelpie. Aber jedenfalls steht fest, dass er seit dreizehn Jahren keinen Schaden angerichtet hat.«

»Allerdings hat er das. Und zwar an unserer Kasse«, wandte er trocken ein. Seine Augen funkelten. »Ich habe jetzt die Rechnungen auf dem Tisch, seit Vater nicht mehr da ist, vergiss das nicht. Und ich sehe, mit was du ihn fütterst und wie viel das kostet. Ich wollte dich schon eine Weile fragen, ob es wirklich schlachtfrisches Lammfleisch sein muss. Täte es nicht auch – ich weiß nicht, Schwein? Ist Schwein nicht Menschenfleisch sogar ähnlicher? Rein genetisch betrachtet?«

»Ich will nicht über den Kelpie reden«, sagte sie verzweifelt. »Der Kelpie ist gar nicht das Thema.«

»Du hast doch selbst damit angefangen.«

»Dann höre ich damit jetzt auf. Was ich dich fragen wollte, ist Folgendes: Was willst du unternehmen?«

Er runzelte die Stirn. »Das habe ich schon beantwortet: Nichts. Wir können schlecht alle kleinen Feenwesen verpflanzen, samt Baum und Stein und Tümpel und was weiß ich, was es jeweils ist, an dem sie so untrennbar hängen. Das weißt du ja selbst. Ortsgebundene Wesen haben eben das Problem, dass sie … nun ja. Ortsgebunden sind.«

»Dann muss man es anders herum anpacken«, sagte sie mit zusammengebissenen Zähnen. »Und das weißt du. Wenn du die Feen nicht vor der Schwarzen Banshee retten kannst, indem du sie fortbringst, dann musst du die Schwarze Banshee von ihnen fernhalten. Von ihnen – und von Glen.«

Unbewegt betrachtete er sie. Lange. Als sie gerade dachte, er würde schweigen, bis sie beide alt und grau sterbend unter den Tisch fielen, sagte er: »Ich dachte, wir reden nicht über Finley.«

»Nicht nur. Im Grunde gar nicht. Wir reden davon, dass du die Schwarze Banshee nicht unter Kontrolle hast.«

So. Da war es raus. Wunderbar. Diplomatischer hätte man es nicht machen können. Das war es also – jetzt würde er aufstehen und gehen.

»Du hältst dich da raus«, sagte er. Seine Augen waren kalt, die Miene ganz starr.

»Aber es ist doch so, oder?«, fragte sie herausfordernd. Jetzt war es ja auch egal. »Ich will nur wissen, ob es dir klar ist.«

»Ob mir *was* klar ist?«

»Dass du etwas gegen die Schwarze Banshee unternehmen musst. Dass du sie töten musst.«

Stille. So dicht und schwer, wie das dunkle Wasser des Loch Dall es sein musste, ganz unten am Grund.

»Raus«, sagte er.

»Du hast mir eine halbe Stunde versprochen«, sagte sie unbeirrt. »Ich …«

»Du schuldest mir bereits drei Minuten«, sagte er schroff und stand auf. »Danke für den Tee. Und halte dich aus Angelegenheiten raus, von denen du nichts verstehst. Hörst du?«

»Ich …«

Er beugte sich vor und starrte ihr direkt in die Augen. »Du gehst jetzt zu Gin McGowan, backst Kekse oder kochst Suppe, hüpfst ein bisschen auf den Wiesen herum und hältst dich aus Angelegenheiten raus, die dich nichts angehen. Und vor allem aus *meinen* Angelegenheiten. Ich sage dir das genau einmal. Zwing mich nicht, nachdrücklicher zu werden. Die Schwarze Banshee ist nicht deine Angelegenheit, und du hältst dich von ihr fern, ebenso von Glen. Hast du verstanden?«

»Klar«, sagte sie.

»Gut«, sagte er, mechanisch, als lobe er einen Hund, der sich erwartungsgemäß setzte, wenn man es ihm befahl. Damit ging er, sie hörte seine Schritte draußen in der holzgetäfelten Diele und dann auf der Treppe zur Galerie, die zum Arbeitszimmer führte.

So schnell war eine halbe Stunde vorbei? Leslie warf einen Blick auf die große runde Küchenuhr über der Anrichte. Tatsächlich – mehr als vorbei. Wie so oft erstaunte es sie, dass sich Uhren stets so einig im Abmessen der Zeit waren, die ihr unberechenbar und vollkommen subjektiv zu sein schien. Dass man sie messen konnte, machte sie nur noch unwirklicher.

Ihr war übel. Langsam stand sie auf, räumte die Kanne und die Tassen fort und ging in den Garten hinaus. Dort im kleinen Pavillon fand sie ihre Mutter, wie jeden Abend. Sie stand da und schaute über den Garten hinweg, als wären es unendliche Weiten, die es zu überblicken galt. Ihr Blick war leer. Als Leslie den Pavillon betrat, drehte sich Moira MacGregor um. Sie trug ein dickes Wolltuch über den Schultern, aber es war halb heruntergerutscht, und auf den bloßen Oberarmen zeichnete sich Gänsehaut ab.

»Mama«, sagte Leslie und rückte das Tuch zurecht. »Ist dir nicht kalt?«

»Aber nein, Kleines.« Ihre Mutter lächelte sie an. Die Augen blieben seltsam leer, als sähe sie nichts. Fremde hielten Moira MacGregor manchmal für blind, wenn sie sie überhaupt zu Gesicht bekamen, aber das war sie nicht. Nicht auf die Art blind jedenfalls, wie man es normalerweise mit dem Wort meinte. »Hast du gespielt?«, fragte sie.

»Ja. Ja, wir haben gespielt, Alasdair und ich.«

»Das ist schön. Ich habe immer ein bisschen Angst um euch, wenn ihr im Moor spielt, weißt du? Ich habe geträumt, ihr wärt hinausgelaufen, und du wärst ertrunken. Ich habe geträumt, mein kleines Mädchen wäre ertrunken und verloren.« Sie runzelte die Stirn. »Warum träume ich so etwas?«, klagte sie. »Ich habe das Gefühl, ich träume es jede Nacht.«

»Schon gut, Mama«, beruhigte Leslie sie. »Ich bin ja da. Mir ist nichts passiert. Ich bin hier.« Sie lehnte sich gegen ihre Mutter, und gemeinsam schauten sie auf den Garten hinaus. Dämmerung senkte sich ins Tal und floss über die sorgfältig gepflegten Beete und die Steine der Wege, die dazwischen hindurchführten. Leise raunend schoben sich Dämmerungskobolde heran, kaum mehr als Schatten, und leckten gierig die letzten Lichtpfützen auf. Es gab nur wenige Orte, wo Leslie welche beobachtet hatte, aber hier sah man sie fast jeden Abend in Scharen.

Ihre Mutter sah sie nicht. Sie lächelte. »Hast du schön gespielt?«, fragte sie und fuhr Leslie liebevoll durchs Haar.

»Ja«, antwortete Leslie geduldig. »Wir haben schön gespielt, Alasdair und ich.«

20 KÖRPER

Die Luft war klar genug, um Glen von Gins Gartenmauer aus zu sehen. Auf diese Entfernung erkannte Leslie nur die Umrisse der Burg, die aus festen Steinmauern gefügt war und so unverrückbar dazustehen schien, als würde sie alle Zeiten überdauern.

Gin war noch auf der Arbeit. Leslie streckte sich auf der Mauer aus und betrachtete die Burg ausgiebig. Wenn sie die Hand hob, konnte sie sie vollständig verdecken, samt der Türme und der umgebenden Mauern. Wie seltsam, dass Größe so relativ war und trotzdem in dieser Welt so festgelegt, so messbar und abgemessen wie Zeit. Es verstörte sie manchmal sehr, ganze Tage brachte sie in Verwirrung über diesen Umstand zu. Auch Karten verwirrten sie auf ähnliche Weise – sie wusste noch genau, wie sie als kleines Mädchen in der Bibliothek eine Karte von Glenshee gefunden und eine ganze Nacht darauf gestarrt hatte, unfähig zu begreifen, dass all die geheimen Winkel, die Wege und Pfade und Tümpel und die abertausend Büsche und Bäume und Gräser auf diesem Blatt Papier zusammengefasst sein sollten, reduziert auf Linien und eine Handvoll Farben. Wie winzig einem die Dinge vorkamen, wenn sie abgemessen wurden! Wie winzig und bedeutungslos und all ihrer Geheimnisse beraubt.

Neben ihr schnurrte Grau in den Strahlen der winterblassen Sonne, er hatte die Gestalt eines fetten Katers angenommen. Sie wusste, dass er nicht schlief, denn sonst wäre er wieder größer geworden und von der Mauer gefallen. Um kleiner zu sein, als er war, musste er sich konzentrieren. Sie streckte die Hand aus und strich ihm über das raue Fell. »Nimm mich mit«, flüsterte sie.

Grau hob den Kopf und blinzelte sie an. Leichtfüßig sprang sie von der Mauer und ging ins Haus. Nach kurzem Zögern folgte er ihr. Ein Kissen im Rücken, streckte sie sich auf dem Küchensofa aus, auf dem sie nachts oft schlief. Gins Haus hatte nur drei Räume: Küche, Bad und das kleine Schlafzimmer. Dazu draußen den alten Ziegenstall, den sie im Winter als Vorratskammer benutzten. Leslie konnte sich kein schöneres Haus vorstellen.

Ihr Körper fühlte sich schwer und verletzlich an. Seufzend schloss sie die Augen. Grau ließ sich Zeit, es behagte ihm nicht, ihren Körper hier ganz ungeschützt zurückzulassen. Endlich bequemte er sich und strich vorsichtig an ihr entlang. Sein raues Fell kitzelte an ihrer Wange. Mit schmerzhaftem Ziehen im ganzen Leib löste sie sich von ihrem Körper, krallte sich in seinem Fell fest und ließ sich herausziehen aus dem Gebilde aus Fleisch, Knochen, Sehnen und Blut. Tauchte ein in seinen Leib, der viel leichter war und keine Erschöpfung kannte. Vergnügt breitete sie sich darin aus, und gemeinsam streckten sie sich, hieben die Krallen verbotenerweise tief in den Holzfußboden und schnurrten. Kein Herzschlag zählte die Sekunden, kein Schweiß verklebte das Fell, kein Atemzug dehnte die Lungen, weil die Luft direkt durch ihn hindurchging, und als Grau die Augen öffnete, sah Leslie die Seltsamkeit der Menschenwelt, wie sie es mit eigenen Augen nie sah. Die Formen so unverrückbar und festgefügt, so schön in ihrer Reglosigkeit. Die Lust, sich am Holzbein des Tischs auszustrecken und die Krallen hindurchzuziehen, um allen zu zeigen, dass sie hier lebte, war mächtig, und ebenso magnetisch zog der herrlich feste, raue, schon etwas zerschlissene Stoff des Sofas sie an. Leslie kicherte vor Entzücken, und Grau sprang mit einem gewaltigen Satz auf den Küchentisch, um sich durch den schmalen Fensterspalt zu zwängen. Kaum gelandet, dehnte er sich aus und nahm seine bevorzugte Gestalt eines Irischen Wolfshunds an. Wie ein Aufatmen ging es durch sie beide. Seit Grau sie zum ersten Mal mitgenommen hatte, glaubte Leslie, dass er in dieser Gestalt in die Welt gekommen war. Vielleicht war er aus der Trauer eines früheren Burgherrn über den Tod seines Lieblingshunds Gestalt geworden. Trauer, fand sie, passte zu Grau. Traurigkeit zog ihn an, und es tat gut, das Gesicht in seinem grauen Fell zu verbergen.

Jetzt war nicht viel Platz für Trauer. Zu behaglich war es, die stumpfen, dicken Krallen auf dem Asphalt klicken zu hören, als sie aufs Dorf zutrabten, zu schön das Kitzeln des Winds, der das dichte, raue Fell zauste. Gerüche drangen auf sie ein. Wenn Grau Hund war, dann war er es ganz. Leider so sehr, dass er auch weggeworfene Lebensmittel einsammelte. Glücklicherweise fanden sie auf dem Weg nur ein Stück Papier, das einmal einen Kaubonbon eingehüllt hatte und ausgiebig beschnüffelt wurde, und eine dicke Schnecke, auf deren Genuss Grau nach einiger Überlegung verzichtete.

Das letzte Stück zum Dorf rannten sie in gestrecktem Galopp. So sah man Grau selten. Es war Leslies Übermut, von dem er sich anstecken ließ, die langen Glieder streckten sich herrlich weit, und der Gedanke an den Tod war weit fort. So weit fort, wie er eben sein konnte, wenn seine Abwesenheit einem auffiel.

»He, Grau«, rief Mullen, der Schlachter, als sie ins Dorf einbogen und mit riesigen Sätzen an ihm vorbeistoben. Wahrscheinlich hatte er etwas für ihn, er legte gern etwas zurück für das Wesen, das er für Ginger McGowans Hund hielt. Aber sie hatten keine Zeit für ihn. Leslie hatte Sehnsucht nach Gin. Die Tür des Supermarkts ging nach innen auf, sie richteten sich mannshoch auf, drückten die Pfoten dagegen und fielen sozusagen mit der Tür ins Haus. Gins freundlicher Duft stieg ihnen in die Nase, ein sauberer Geruch nach frischer Baumwolle und Holzrauch. Sie trabten auf die Quelle des Dufts zu und fanden Gin neben dem Obstregal im Gespräch mit Mariah Logan.

In Leslies Erinnerung war Mariah schon immer alt gewesen. Natürlich wusste sie, dass die Mariah, die jetzt vor ihr stand – oder vielmehr vor Grau –, nicht mehr dieselbe Frau war, die sie als Säugling in den Armen gehalten und sich in den runden Hüften gewiegt hatte, bis die kleine Miss Leslie einschlief, und die mit eiserner Entschlossenheit Staub im Hause MacGregor gejagt und exekutiert hatte, bis auch der verborgenste prankenförmige Fuß des winzigsten Tischs im allerentlegensten Winkel des Anwesens glänzte, als ginge es auf eine Parade. Diese Mariah Logan war *wirklich* alt. Vorletzten Sommer hatte sie sich bei einem leichteren Sturz die Hüfte gebrochen, und es war, als sei dieser Bruch wie ein Sprung in einer wertvollen alten Kristallkaraffe, der sich immer weiter verzweigte und zusehends das ganze Gefäß überzog. Mariah war gebrechlich geworden. Als Leslies Schmerz ihn jäh überkam, winselte Grau leise. Trostsuchend drängten sie sich an Gin und schoben die große Schnauze unter ihre Hand.

»Ach, sieh an. Hallo, Grau!«, sagte Mariah freundlich.

Gin hingegen schaute sie erschrocken an. Ein Blick in Graus Augen genügte ihr, und sie wusste, dass er nicht allein gekommen war. Besorgnis verdunkelte ihre Augen. Zum Zeichen, dass alles in Ordnung war, wedelten sie und leckten ihr die Hand, dann rollten sie sich behaglich neben der Kasse zusammen und lauschten den Stimmen der beiden Frauen. Mariah erkundigte sich, wie es Leslie ginge, und bemerkte, sie habe sie schon lange nicht mehr gesehen. Etwas beschämt beschloss Leslie, sie in den nächsten Tagen zu besuchen. Früher war sie oft bei ihr gewesen, aber jetzt wusste sie nicht genau, wie lange ihr letzter Besuch zurücklag. Es mussten Wochen vergangen sein.

Gin traute dem Frieden nicht. Immer wieder schaute sie zu ihnen herüber. Zu der Besorgnis gesellte sich Ärger. *Und wo liegst du jetzt herum?*, fragten ihre Augen. *Wer passt auf deinen Körper auf, den du in deinem Übermut einfach verlassen hast?*

Grau und Leslie gähnten sie an. *Ist doch egal,* dachte Leslie. Mit einem tiefen Hundeseufzer drehten sie sich auf die Seite, streckten sich lang auf dem kühlen Linoleum aus und schliefen ein.

Auf dem Rückweg war Gin ungehalten. Es war bereits dunkel, in der Luft lag die leichte Ahnung von nächtlichem Schnee, der am Morgen bereits wieder geschmolzen sein würde. Gin stampfte wütend voran, sie wollte so schnell wie möglich nach Hause. »Kein Weihnachtsgeschenk dieses Jahr«, versprach sie. »Und keine Kekse. Dafür den Arsch voll. Du weißt, dass ich es nicht leiden kann, wenn du das tust.«

Grau und Leslie schwiegen. Sie spürte Graus Erheiterung über die Schimpftirade. Den langen Schweif ließen sie auspendeln und schritten lang aus. Graus Liebe zu dieser Gestalt war in jedem Schritt spürbar. Oft wünschte sie, er würde auch gern fliegen. Einmal hatte er ihr den Gefallen getan und sich in die Gestalt eines großen grauen Raben gezwängt, aber ihm missfiel das leichte Stechen der Federkiele in der dünnen Vogelhaut und das Knistern der Federn, die ihm etwas wollig geraten waren. Der leichte, wilde Flug, den sie sich erhofft hatte, war eher mühsam ausgefallen, und fast wären sie in den See gestürzt, als eine plötzliche Windböe sie erfasst hatte.

Zu Hause angekommen, setzte Gin das unvermeidliche Teewasser auf. »Los«, sagte sie und nickte zu Leslies reglosem Körper auf dem Sofa hinüber. »Rein da.«

Widerwillig trotteten sie zum Sofa. Grau schob sich unter den Tisch, der über seinen Rücken strich, obwohl er sich ein wenig duckte, und legte seinen Kopf auf die stille Brust, die sich kaum merklich hob und senkte. Leslie löste ihren Klammergriff und glitt hinüber in einen Körper, den heftige Kopfschmerzen plagten.

»Da.« Gin reichte ihr eine Aspirin und ein Glas Wasser. Ihr Gesicht war verschwommen.

Blinzelnd griff Leslie nach der Tablette und spülte sie hinunter. Sie hustete. Luftröhre und Speiseröhre lagen eng in ihrem Hals, zusammengepresst von Muskeln und Haut, der Magen war ein fester Klumpen unter den stechenden Rippen.

Mitleidlos schaute Gin auf sie hinunter, die Hände in die Seiten gestemmt. »So«, sagte sie. »Erzähl.«

»Gleich.« Leslie stellte das Glas auf dem Küchentisch ab, rollte sich zusammen und umfasste ihre Knie mit den Armen. Ihr war übel. Winselnd leckte ihr Grau die vor den Schienbeinen ineinander verkrampften Hände.

Als die Tablette endlich wirkte und Leslie die Augen öffnete, stand vor ihr auf dem Tisch eine dampfende Tasse Tee. Mühsam richtete sie sich auf. Die Kopfschmerzen waren zu einem dumpfen Pochen abgeklungen, ihr Leib noch immer schwer und fremd. Sie griff nach der Tasse und betrachtete nachdenklich die langen, schmalen Finger. Die Gelenke, fand sie, waren ein wenig knotig. Aber im Vergleich zu ihren knubbeligen Knien, die ihrer Meinung nach aussahen, als steckten große, knollige Kartoffeln unter der Haut, waren für sie fast in Ordnung.

Gin ließ sie nicht aus den Augen.

»Ich habe mit ihm gesprochen«, sagte Leslie.

»Ich hatte gestern eigentlich gedacht, dass du noch zurückkommst.«

»Ich habe im Herrenhaus geschlafen.«

»Das habe ich mir dann auch irgendwann gedacht. Und was sagt er?«

»Dass nur kleine und feige Feen sterben und dass es eine bedauerliche Begleiterscheinung sei, aber leider unvermeidlich. Dass es nicht anders geht. Dass man es nicht ändern kann. Und er sagt, um den Kelpie sei es nicht sehr schade.«

Über Gins Gesicht zuckte der schwache Schatten eines sehr humorlosen Grinsens. »Bei Letzterem kann ich nicht unbedingt widersprechen. Ich finde es nicht gut, dass du dieses Monster fütterst.«

»Sonst füttert er sich selbst mit Conways Nichten. Und davon gibt es nur noch drei.«

»Vier«, korrigierte Gin. »Seine Schwester hat gerade wieder ein Baby bekommen.«

»Ist sie dafür nicht ein bisschen zu alt?«, erkundigte sich Leslie erstaunt.

Gleichmütig zuckte Gin mit den Schultern, das Thema war erledigt. »Er macht also nichts?«

»Nein.«

»Hast du ihm gesagt, dass sie altern? Dass sie nicht nur sterben, sondern altern? Dass sie … körperlich werden?«

»Natürlich. Er wusste es schon. Laut Alasdair sind es nur die Schwachen, die, die vor Angst in die Menschenwelt flüchten. Die Ortsgebundenen nah am Moor. Ein streng lokal begrenztes Phänomen, das kein Wesen von Belang betrifft.«

»Mhm.« Gin stand auf, ging ein paar Schritte und setzte sich wieder. Sie rührte viel zu viel Zucker in ihren Tee und schob ihn dann beiseite. »Die Schwarze Banshee?«

»Ist nicht meine Angelegenheit.«

Gin runzelte die Stirn. »Hast du ihn gefragt, ob …«

»Ob er etwas unternimmt? Ja.«

»Und?«

»Ich glaube es nicht.«

»Aber … habt ihr über Finley geredet?«

Leslie hob nichtssagend die Schultern. »Na ja.«

»Was na ja? Also nein?«

»Ihm ist ja nichts passiert, Gin.«

»Weil du eingegriffen hast.«

»Das hätte ich vielleicht bleiben lassen sollen.« Leslie trank einen Schluck Tee und verzog das Gesicht, als er heiß und stark ihre Kehle hinunterfloss, sie spürte ihn in ihrem Körper, als würde er sich seinen Weg hindurchbrennen. »Vielleicht wäre es Alasdair eine Lehre gewesen«, sagte sie nachdenklich, »wenn sie sich einen zweiten Schüler geholt hätte. Er ist der Meinung, sie ist harmlos. Jedenfalls im direkten Vergleich mit dem Kelpie.«

»Harmlos.« Gin schnaubte. »Wie geht es Finley eigentlich?«

»Stabil. Er ist schon wieder im Unterricht. Bisschen blass um die Nase und ziemlich still. Seine Träume möchte ich nicht haben.«

»Dann ist es ja noch mal gutgegangen.«

»Ich weiß nicht«, brummte Leslie.

Mit zusammengekniffenen Augen musterte Gin sie. Offenbar hatte sie vergessen, dass schon reichlich Zucker im Tee war, denn sie löffelte noch ein bisschen hinterher. »Es ist doch gutgegangen, oder? Er wird sich schon noch ganz erholen. Oder meinst du nicht?«

»Ich glaube ja, dass die Schwarze Banshee ihn sucht. Grau hat sie gesehen. Sie kommt ganz nah an die Burg.«

Der Löffel klirrte hart gegen die Tasse. »Da hat sie nichts zu suchen.«

»Doch. Finley.«

»Weshalb sollte …«

»Weil sie angefangen hat«, vermutete Leslie. »Und weil sie es beenden möchte. Sie hat von ihm probiert, und jetzt will sie mehr. Du isst doch auch nie nur ein Stück Schokolade, sondern die ganze Tafel.«

Beleidigt kniff Gin die Lippen zusammen. »Das ist …«

»… wahr?« Leslie grinste kurz und wurde wieder ernst. »Ich weiß nicht, ob sie wirklich Finley will. Vielleicht ist es ihr mittlerweile egal, wen sie bekommt. Sie streunt herum und sucht und schnüffelt. Ich will nachher mit Grau …«

»Gar nichts wirst du!«, fuhr Gin auf. »Hör mal gut zu, junge Dame. Ich habe auch ein bisschen nachgedacht. Und ich finde, wir sollten nichts überstürzen. Bisher sind es drei Feenwesen, die gestorben sind. Drei – von wie vielen?«

Leslies Mund wurde trocken. »In einem halben Jahr«, erwiderte sie. »Und sie sind nicht einfach gestorben. Sie sind gealtert. Und …«

»Und sie sind ja selbst schuld. Feen haben in der Menschenwelt nichts verloren.«

»Ach.« Leslie hob die Brauen. »Ist das so?«

»Wenn Alasdair Recht hat und es nur ein paar ortsgebundene Feen sind, die …«

»Alasdair irrt sich. Es liegt in der Luft, dass da noch mehr kommt. Ich spüre es. Und Grau spürt es auch.«

Unter dem Tisch regte sich etwas. Geduckt kam Grau herausgetrottet und legte ihr den schweren Kopf aufs Bein.

»Es ist seit langer Zeit gutgegangen«, beharrte Gin stur. »Von William einmal abgesehen.«

»Oh, er freut sich bestimmt, wenn du von ihm einmal absiehst«, spottete Leslie. Ihr war kalt, aber das war keine Nebenwirkung mehr von ihrem Ausflug mit Grau. »Hör zu, Gin – es muss irgendwas passieren. Ich glaube …« Sie suchte nach den richtigen Worten und seufzte. »Ich habe den Verdacht, dass Alasdair die Kontrolle verliert«, sagte sie dann.

»Über die Schwarze Banshee. Das sagtest du bereits.«

»Über Glen.«

Gin starrte sie an.

»Ich glaube«, fuhr Leslie fort, »dass die Schwarze Banshee ein Symptom ist. Ich habe die ganze Nacht darüber nachgedacht. Sie ist ein Symptom dessen, was hier in Glenshee nicht mehr stimmt. Feenwesen im Dienst menschlicher Gier und Willkür – daraus muss doch etwas entstehen, ein schreckliches Wesen, an einem solchen Ort, nicht wahr? Das, was Vater und Alasdair tun, kann nicht folgenlos bleiben. Sie greifen viel tiefer in die Natur des Tals ein, als sie wahrhaben wollen. Und es ist etwas passiert, das sie nicht vorhergesehen haben. Sie nicht – und auch nicht die Kerrigans. Das, was sie pervertieren, ist Gestalt geworden. Ein Wesen, das die Schönheit des Todes besingt und Sterbenden den Übergang ins Vergessen erleichtert, ist zu einem Geschöpf geworden, das den Wahnsinn bringt. Es gibt dafür keine einfache Lösung, weil Alasdair nicht zugeben kann, wofür die Schwarze Banshee steht – für sein Versagen. Schlimmer noch: für das Versagen der ganzen Idee. Für die Unmöglichkeit zu tun, was sie tun.«

»Du redest völlig wirres Zeug, Leslie MacGregor«, sagte Gin. »Aber mir läuft es kalt den Rücken runter.«

»Die Schwarze Banshee ist eine Entartung.« Leslie hob den Kopf und tigerte in der kleinen Küche auf und ab. Sie fühlte sich fiebrig. »Die Idee von Glen, der Vertrag mit den Kerrigans, das ist die erste entartete Zelle gewesen. Und daraus ist ein Tumor geworden. Die Schwarze Banshee ist ein Tumor, und er ist bösartig.«

»Ich mache mir ernstlich Sorgen um dich.«

»Ich mache mir ernstlich Sorgen um Glenshee.« Leslie blieb ruckartig stehen und starrte Gin an. »Ich muss etwas unternehmen. Alasdair wird vielleicht etwas tun, vielleicht aber auch nicht, und vor allem weiß er nicht, was die Schwarze Banshee ist. Ich hingegen habe es jetzt begriffen. Es genügt nicht, sie von Glen fernzuhalten, weil sie nicht nur die Schüler von Glen bedroht. Sie ist wie eine Infektion, sie streut, sie bedroht sehr viel mehr als nur die Schule. Man muss sie nicht nur daran hindern, Schaden anzurichten. Man muss sie vernichten.« Sie holte tief Luft, von ihrer eigenen Theatralik war ihr ganz schwindelig, aber sie meinte jedes Wort genau so, wie sie es sagte.

»Leslie Mac…«, hub Gin an.

»Heute Nacht«, sagte Leslie entschlossen. »Es duldet keinen Aufschub. Heute Nacht operieren wir den Tumor aus dem Leib des Tals. Heute Nacht bringen wir die Schwarze Banshee um, Grau und ich.«

21 NACHTWACHE

Wenn sich Leslie Glenshee Castle näherte, spürte sie es pulsieren. Vor allem in der Dämmerung. Die Mauern schienen sich aufzublähen, als plustere sich die alte Burg auf wie eine gewaltige Kröte, dann fiel sie wieder in sich zusammen, blähte sich erneut auf, fiel wieder zusammen. So deutlich empfand Leslie es, dass sie Mühe hatte, es in Einklang zu bringen mit dem, was sie sah: hohe, feste Mauern, bis auf wenige Ausbesserungen beständig seit Jahrhunderten. Das war das diesseitige Glen.

Das andere Glen, das sich in der Feenwelt befand, konnte sie mit ihren sterblichen Augen nicht sehen. Zwar sah sie jene Wesen, die sich in die Menschenwelt begeben hatten – die Feenwelt jedoch blieb ihr verschlossen, sie konnte sie weder betreten noch sehen.

Neben ihr zitterte Grau. Er zitterte weder vor Kälte noch vor Angst. Er zitterte, weil er sich sonst der Burg nur bis zur Brücke näherte. Die Brücke war weiter fort als der Rand des Moors, wo sie standen. An der Brücke ertrug er es recht gut. Jetzt waren sie zu nah. Für ihn war es schlimmer als für sie, er spürte es nicht nur, er sah es auch. Er konnte gar nicht anders. Für ihn war das Glen diesseits der unsichtbaren Grenze nur ein blasser Schemen, überlagert von dem Zerrbild des wirklichen Glen, das ein einsames, im Traum verlorenes Mädchen auf der anderen Seite hatte erbauen lassen. Eine kindliche

Königin, die sich herbeischaffen ließ, was immer ihr Herz begehrte. Eine Gefangene, die nicht zurückfand in die Welt, der sie entstammte. Das andere Glen war ein Alptraum aus steil aufragenden, fensterlosen Mauern, schwarz und von kriechenden, klebrigen Pflanzen überwuchert.

»Schwester«, flüsterte Leslie und streckte die Hand aus, als wollte sie die Mauern berühren. Dort drüben, im anderen Glen, lebte seit achtzehn Jahren ihre gestohlene Schwester. Wie viel achtzehn Jahre in der Menschenwelt dort drüben sein mochten, war nicht zu ermessen. Für Leslie war sie unerreichbar, sie hatte sie nie gesehen, nur die Mauern des lebendigen Abbilds Glens auf der anderen Seite. Es erfüllte sie mit Besorgnis, wie dunkel und feucht die Mauern aufragten, wie sie sich im Wind der fremden Welt wiegten, zu der Leslie keinen Zutritt hatte. Ihr wäre wohler gewesen, wenn dort ein Schloss wie aus einem Märchen gestanden hätte. Aber ihre Schwester kannte keine Märchen. Sie lebte in einem. Nicht in einem schönen, fürchtete Leslie. Aber als Alasdair ihr auf solche Fragen noch geantwortet hatte, hatte er stets behauptet, es ginge ihr gut. Daran klammerte sie sich, denn Alasdair log selten. Allerdings hatte sie Grau nie wieder gebeten, das andere Glen durch seine Augen sehen zu dürfen.

Leslie kauerte sich nieder und reckte einen Arm hoch, um ihn auf Graus Schulter zu legen. Wenn sie hockte, war er höher als sie. Sie legte die Wange an das raue Fell seiner knochigen Brust. Dämmerungsgrau war es und verschwamm fast im versickernden Restlicht des Tages.

Aus der Tür zur Roten Halle kamen zwei Gestalten, weit entfernt und winzig. Leslie beobachtete, wie sie über den Kiesweg trabten und in den Ställen verschwanden. Sie dachte an das Pony, das sie als Kind gehabt und das sich vor ihr gefürchtet hatte, wie sehr sie es auch zu beruhigen und zu bestechen versuchte. *Fanny,* erinnerte sie sich, und lächelte. Sie hatte es zu gern gehabt, um es allzu lange zu bedrängen, und hatte es schließlich einfach sein Ponyleben leben lassen, den ganzen Tag auf einer der alten Weiden, die zum Herrenhaus gehörten, wo es unter knorrigen Bäumen gegrast und sich sonst um nicht viel geschert hatte. Jahrelang hatte sie es häufig besucht, wenn sie auch in respektvoller Entfernung geblieben war, um es nicht zu erschrecken. Obwohl es sich irgendwann an ihre Gegenwart gewöhnt hatte, war es nie näher gekommen, hatte nie aus ihrer Hand einen Apfel oder etwas Kraftfutter genommen.

Eine der beiden Gestalten war fast so schlank und geschmeidig wie Alasdair. »Das war Benny«, flüsterte sie Grau zu.

Der rührte sich nicht. Sein Blick war starr auf die Burg gerichtet. Hätte er geatmet, hätte sich seine Brust wohl unter heftigen Atemzügen gehoben und gesenkt, aber er war still, ganz still.

Sie dachte ein wenig über Benny nach. Über sein schmales Gesicht und die Augen, die so anders waren als die von Alasdair. Alasdair konnte wütend werden, und wie, fast konnte er einem Angst einjagen, aber wenn man ihn so anschaute, war es schwierig, sich vorzustellen, dass ihn etwas aus der Ruhe bringen konnte. Benny hingegen brodelte nur so vor Zorn. Sie wusste, dass Schmerz darunter lag, so bodenlos, dass sie sich davon angezogen fühlte wie von einem tiefen Abgrund, dem man sich näherte, um schaudernd einen Blick hineinzuwagen. Was aber ansonsten noch darunter lag, wusste sie nicht. Freundlichkeit, glaubte sie. Grau jedenfalls mochte ihn, und die Windgeister taten es auch. Allerdings war auf die Menschenkenntnis von Feenwesen nicht unbedingt Verlass, sie verschenkten ihre Zuneigung so spontan und unberechenbar, wie sie kamen und gingen.

Reglos warteten sie, während sich die Schatten vertieften. Die Schwarze Banshee war kein Dämmerungswesen wie die normalen Banshees, von denen es rund um Glen eine Handvoll gab. Früher hatte Leslie ihnen gern gelauscht, ihren kleinen, kurzen Gesängen, wenn das Leben einer Maus endete oder eines Vogelkinds, das sein Nest nie verlassen würde. Ihren etwas komplexeren Liedern, wenn es eine Kuh traf oder eins der rotbraunen Rehe, die sich vereinzelt im Moor herumtrieben. Und am liebsten den seltenen, langen Liedern, wenn ein Mensch starb. Bis es angefangen hatte, sie mit Schrecken zu erfüllen und zugleich mit Sehnsucht. Bis sie in der Nacht, als Conways Nichte unten im See starb und am Ufer eine Banshee für sie sang, verstanden hatte, was es bedeutete, einen sterblichen Körper zu haben.

Grau regte sich unruhig. Beruhigend strich sie ihm übers Fell. Eine ganze Weile später kamen die Jungs wieder aus dem Stall. Nebeneinander waren sie ein lustiger Anblick, der langbeinige Benny und der untersetzte Miles Cooper, der dahinstampfte, als wollte er, dass dort, wo er auftrat, nie wieder Gras wuchs. Auch er war zornig, aber auf eine Weise, die sie eher amüsierte als anzog. Sein Zorn hatte etwas Verdrossenes, ihm fehlte die Hingabe. Und die Unberechenbarkeit. Coopers Zorn war so berechenbar wie eine mit dem Lineal gezogene Linie, bedeutungslos, klein und allzu menschlich.

»Halt dich schön von Ärger fern«, flüsterte sie Benny hinterher und wusste gleichzeitig, dass er es nicht tun würde. Nicht lange. Neben ihr schnaubte Grau. Hinter den Jungs fiel die Tür zu.

Sie waren wieder allein hier draußen. Allein mit der anrückenden Nacht und der Schwarzen Banshee, die irgendwann kommen würde.

Sie warteten lange. Die Dämmerung wurde zur Nacht, und die Nacht bekam eine Weile nach Mitternacht jenen silbrigen Schimmer, in dem alle Geräusche klarer sind und zugleich leiser als zu jeder anderen Zeit. Die Welt schien sich zu weiten, als dehne sie sich in einem tiefen Atemzug aus, und die Pforten zwischen den Welten schwangen auf. Nicht weit genug, um einen Sterblichen hindurchzulassen, aber weit genug für alle, die keinen Körper besaßen.

Zuerst spürte sie es an Graus Unruhe. Und an der Stille. Es war, als würden selbst die Windgeister schweigen, das leise Murmeln und Wispern in den kahlen Zweigen der Sträucher und Bäume verstummte. Es war kein ängstliches, sondern ein respektvolles Schweigen. Erwartungsvoll. Viele Unsterbliche lauschten gern dem Gesang einer Banshee, da bildete auch diese hier wohl keine Ausnahme. Die kleinen Tiere hingegen stoben vermutlich davon, wenn sie kam. Oder kümmerte es sie nicht? Leslie wusste es nicht. Sie wusste nur, dass sich ihr Herzschlag beschleunigte und sie sich zugleich am liebsten die Ohren zugehalten und begierig gelauscht hätte, ob sie vielleicht einen zarten ersten Klang aufschnappte.

Aber da war nichts, nur Stille. Plötzlich bekam sie Angst. Schon ein paarmal hatte sie nachts das Moor durchstreift, auf der Suche nach dem Geschöpf, das William Davenport den Verstand aus dem Leib gerissen hatte. Aber bis vor kurzem waren ihre Wege unberechenbar gewesen, und sie hatte sie nie gefunden. Mit einem Mal kam Leslie der Gedanke, dass sie vielleicht nie wirklich gesucht hatte. Dass die Erschöpfung, wenn sie in der Morgendämmerung heimkehrte, nicht nur die Erschöpfung der Enttäuschung gewesen war, sondern vor allem der Erleichterung.

Grau knurrte. Längst hatte er sich umgewandt, den Rücken zur Burg, die Zähne zum Moor. Dort draußen in der

Dunkelheit war etwas. Noch war es weit fort, aber es kam näher.

Leslie legte Grau die Hand in den Nacken, und unter ihrer Hand erbebte er. Dann zerfloss er zu Nebel. Er breitete sich aus und schien zu verwehen. Man hätte meinen können, er sei fort, aber sie wusste es besser. Er ließ sie nicht allein. Nicht Grau.

Stille. Leslie stand aufrecht und wartete. Ihre Angst war zu Anspannung verklungen, die fast angenehm auf der Haut kribbelte. Sie senkte ein wenig den Kopf, als feuchter Wind aufkam, in der nächtlichen Luft lag mit einem Mal der herbe Duft nach Ozon.

Der Wind drehte sich und kam nun vom Moor. Leslie glaubte Stimmen darin zu hören, aber es war nichts zu sehen. Noch nicht. Sie wartete und wusste nicht, was sie sehen würde, wenn endlich etwas auftauchte.

Als sie Ned Finley aus dem Moor geholt hatten, wo er auf Alasdairs Geheiß hin die Nacht hatte verbringen sollen, bis einer der Kobolde ihn abholte oder die Sonne aufging, da hatte Leslie sie nicht gesehen. Nicht einmal gehört hatte sie sie. Die Schwarze Banshee hatte nur für Finley gesungen. Und als sich Grau näherte, da war sie so eilig verschwunden, dass Leslie nur noch die Ahnung ihrer Gegenwart vorgefunden hatte, als sie Finley erreichten. Einen tonlosen Klang in der Luft, dem man lauschen wollte, um darüber den Verstand zu verlieren, dass nichts zu hören war, obwohl man doch die Töne in den Knochen vibrieren fühlte. Tiefe Traurigkeit, die sich in den Boden gegraben hatte, so dass die darin wurzelnden Pflanzen sie verströmten.

Über ihren Rücken liefen winzige, eiskalte Füßchen. Sie starrte ins Dunkel und tastete nach Grau, der nicht mehr neben ihr stand. *Sie ist da,* dachte sie. Und dann noch einmal, zu mehr war sie nicht imstande: *Sie ist da.*

Und da klang ein Laut aus dem Dunkel.

Es war nur ein einziger Ton. Ein süßer, zarter Klang, der ihren Atem stocken ließ. Nicht feindselig, kein giftiges Zischen, wie sie es erwartet hatte, kein Angriff, nur ein unendlich zarter, freundlicher Klang in der Luft, der sich wie eine warme Decke um ihre Schultern legte. Eine Frage.

Bist du nicht müde?

Kein Gesicht. Keine Gestalt. Niemand war da. Nur dieser kurze Beginn einer Melodie, dann wieder Stille. Zu ihrer eigenen Überraschung wankte Leslie. Ihre Beine waren schwer, und sie war furchtbar benommen.

Aus dem Dunkel wogte ein weiterer Laut auf sie zu, etwas voller diesmal, als stimme ganz im Hintergrund eine Violine in die Melodie mit ein. *Bist du nicht …*

Blitzschnell floss zu ihren Füßen der Nebel zusammen, verdichtete sich und schoss vorwärts, noch ehe er ganz eine Gestalt bildete. Graus Grollen erschütterte den Boden. Etwas floh vor ihm, rücksichtslos brach er hinterher durch die Büsche und verschwand. Zurück blieben Leslie und die lastende Stille.

Eine ganze Weile später, so schien es ihr, atmete sie zitternd aus. Wieder ein. Aus. Die Luft schmerzte in den Lungen. Und noch mehr schmerzte die Antwort auf die Frage des Wesens, das sie nicht einmal gesehen hatte.

Bist du nicht müde?

O ja, dachte Leslie. Sie zog sich bis zur Wand einer Turnhalle zurück und lehnte sich benommen dagegen. *Sie hat für mich gesungen,* dachte sie verwirrt. *Obwohl Grau dabei war.*

Jetzt war Grau fort. Sie war allein. Zum ersten Mal in ihrem Leben war Alleinsein beängstigend. Sie barg eine zitternde Hand in der anderen und presste beide in die Magengrube. Sie spürte nichts, weder die klammen Finger, die sie ineinander verkrampfte, noch die Berührung an ihrem Bauch.

Bist du nicht müde?

Der Gesang einer Banshee war schön und schrecklich zugleich. Der Gesang der Schwarzen Banshee war keine Ausnahme. Sie hatte nicht gewusst, wie süß die Stimme sein würde, wie zart, wie verlockend. Eine Banshee sang von der Schönheit des Sterbens. Davon, loszulassen und davonzugleiten. Sie sang so schön, dass man seine Angst vergaß. Oder dass man selbst seine Angst als etwas Schönes empfand, seinen Schrecken, seine Einsamkeit.

Bist du nicht müde?

Leslie griff sich an die Brust. Unter den Rippen schlug gleichmäßig und zu schnell ihr Herz. *Ja,* sang jeder angestrengte Schlag in ihrem Blut. *Ja, ich bin müde. So müde.* In ihr brannte die Sehnsucht, das Lied der Schwarzen Banshee zu Ende zu hören, als wäre sie ein schläfriges Kind, dessen Mutter ein ersehntes Schlaflied nach zwei Takten abgebrochen hatte und sie ganz allein der Dunkelheit überließ.

Verwirrt schüttelte sie den Kopf und tastete über die körnige Wand der Turnhalle. Sie schien unter ihren Fingern nachzugeben wie weiches Fleisch. Sie fühlte sich warm an, und mit einem Mal glaubte Leslie, sie müsste nur das Ohr darauflegen, um unter der körnigen Oberfläche Blut durch lange, verschlungene Adern fließen zu hören.

Ihre Zähne schlugen hart aufeinander. Ihr Atem ging schnell, sie versuchte, langsamer zu atmen, aber ihre Lungen flatterten hektisch. Mühsam blinzelte sie, die Augenlider waren schwer. Die leisen Klänge, zart, lockend, gingen ihr nicht mehr aus dem Kopf.

Sie dachte an Ned Finley. Ned Finley, der am Rand eines Tümpels mitten im Moor gestanden hatte, ein gutes Stück von dem sicheren Flecken entfernt, an den Alasdair und die anderen Idioten ihn geschickt hatten. Seinen Blick und seine

Angst. Die unsicheren Schritte, bevor er angefangen hatte zu schreien, dass etwas mit dem Boden sei, auf dem er laufe, dass er falle, beim Laufen falle, dass die Erde weich sei, als laufe er auf dem Leib eines toten Riesen. Sie schauderte.

Ned Finley hatte wieder aufgehört zu schreien, William Davenport nicht. Vielleicht schrie er noch immer, wo auch immer sie ihn jetzt verwahrten. Was sah und fühlte er? Und was hatte sie ihn gefragt?

Sie strich über die Wand, die wieder etwas fester war unter ihren Fingern, aber noch immer nachgab und warm war wie lebendes Fleisch.

Wahnsinn. Eine gewöhnliche Banshee machte den Tod erträglich. Die Schwarze Banshee lockte mit Wahnsinn. So leicht, so einfach. Ja, sie war müde. Warum nicht die Augen schließen und schlafen? Warum nicht alles aufgeben, was sie ermüdete, und einfach ins Moor hinauslaufen?

Gin irrte sich, begriff sie, und sie selbst hatte sich auch geirrt. Die Schwarze Banshee würde niemanden töten. Eine gewöhnliche Banshee erleichterte einem Sterbenden, Geist und Körper zu trennen und Abschied zu nehmen. Die Schwarze Banshee riss beides gewaltsam auseinander und trieb den Geist aus dem lebenden Leib, als würde sie einen Knecht vom Hof prügeln. Und Leslie hatte nur wenige Klänge vernommen, ehe sich Grau zwischen sie und die Schwarze Banshee warf.

Mühsam raffte sie sich auf und schüttelte die Schwäche ab. Sah zur Burg hinüber. Zwar trug Felix nachts Ohrenstöpsel, aber sie würde ihm noch einmal einschärfen, es ja nicht zu vergessen.

Bist du nicht müde?

Sehr, dachte sie. *Aber für dich, du Mistvieh, wird es gerade noch reichen.*

Gerade wollte sie sich aufmachen, um Grau zu folgen, als er zurückkehrte. Sein Fell war voller Kletten. Er schnaufte besorgt.

»Ich bin okay«, sagte sie leise, als er sich an sie drängte. Sie schaute in die Dunkelheit, die das Moor und seine Bewohner verbarg, dann zur Burg. Wenigstens, dachte sie, fürchtete die Schwarze Banshee Grau. So wie es auch der Kelpie tat. Sie krampfte die Hände in die Seiten, um ihr Zittern zu verbergen.

Die Mauern des diesseitigen Glen hoben sich dunkel zum Himmel empor. Dahinter schliefen Menschen, die nicht wussten, was sich hier draußen herumtrieb.

»Bleiben wir noch?«, fragte sie Grau.

Hechelnd setzte er sich neben sie. Sein Fell roch ganz leicht nach nassem Hund. In der Nacht waren wieder Geräusche zu hören. Die ganz normalen Laute einer ganz normalen Nacht.

»Die ganze Nacht?«, fragte sie.

Er leckte ihr die Hand. Aufseufzend ließ sie sich neben ihm ins feuchte Gras sinken. Ihr war wohler, wenn sie hier waren. Ihr war wohler, wenn sie aufpassten, dass die Schwarze Banshee nicht zurückkehrte. Wenigstens heute nicht. Eine ruhige Nacht für Glen, in der nichts an den Toren und unter den Fenstern herumstöberte, das nicht dorthin gehörte. Und eine ganze Nacht an Graus Seite. Sie grub eine zitternde, eiskalte Hand in sein Fell, das sich so echt anfühlte, als säße tatsächlich ein Wolfshund neben ihr. Weil die Kälte nicht aus ihren Knochen weichen wollte, schmiegte sie sich an ihn. Sie war so müde, dass sie sich am liebsten dort, wo sie war, auf dem Boden zusammengerollt hätte, um zu schlafen. Die Müdigkeit reichte tief, es war, als würde sie sich in Leslies Verstand graben, darin Wurzeln schlagen und immer tiefer in sie hineinwuchern.

Grau winselte und leckte ihr die Hand. Mühsam fand Leslie die Kraft, ihn anzuschauen. Sie biss die Zähne zusammen und drängte die Taubheit zurück, die von ihr Besitz ergreifen wollte und ihr zuflüsterte, dass auf lange Sicht nichts von dem, was sie tat oder unterließ, eine Rolle spielte.

»Guter Grau«, flüsterte sie. »Guter, lieber Grau.«

Er stupste sie mit der Nase an. Sie war kalt und feucht. Leslie klammerte sich an ihn und hielt sich fest, während die Traurigkeit langsam aus ihr hinaussickerte wie ein Gift, das den Boden tränkte.

In der Morgendämmerung kehrten sie zurück. Gin hatte ihr das Sofa in der Küche vorbereitet, Leslie ließ sich darauf sinken, seufzte einmal tief auf und schlief ein.

Sie wachte erst auf, als Gin in ihrer Pause zurückkam. Da war es bereits Mittag. Schräg fielen bleiche, aber freundliche Sonnenstrahlen durchs Fenster. Leslie setzte sich auf – zu ihrem Erstaunen fühlte sie sich gut erholt, fast vergnügt. Die Nacht saß ihr nicht wie befürchtet in den Knochen. Sogar Hunger hatte sie.

Mit knurrendem Magen deckte sie den Tisch, während Gin schweigend die Kartoffelsuppe vom Vortag aufsetzte. Grau war nirgendwo zu sehen.

Irgendwann hielt Leslie das Schweigen nicht mehr aus. »Du bist doch nicht mehr böse?«, fragte sie und schlang Gin von hinten die Arme um die runden Hüften.

Überrascht griff Gin nach ihren Händen und hielt sie fest. »Froh bin ich, dass du wieder da bist. Unbeschadet.«

»Vollkommen unbeschadet«, versicherte ihr Leslie. Verlockend stieg ihr der Duft der Suppe in die Nase. »Ist das gleich fertig?«

»Setz dich hin und hampel hier nicht so herum. Hast du gestern Abend die Hände gewaschen?«

»Nö.«

»Heute Morgen?«

Leslie schüttelte den Kopf.

»Dann mach das gefälligst jetzt. Unter euch Schotten mag es Sitte sein, den ganzen Tag in der Erde herumzuwühlen und sich mit dreckigen Pfoten an den Tisch zu setzen. Aber das hier ist ein englischer Tisch, auch wenn er in Schottland steht. Und ich bestehe auf ein wenig Manieren.«

Leslie hob die Brauen. Ausgerechnet Gin, die heruntergefallene Teiglöffel nur kurz abschüttelte, bevor sie damit weiterrührte. Folgsam drehte sie den Hahn über dem großen Waschbecken auf, der zuerst nur ein paar Blasen spuckte, bevor er einen halbwegs anständigen Wasserstrahl produzierte.

»Mit Seife«, mahnte Gin streng. »Und bürste dir wenigstens einmal kurz durch die Haare.«

Beim Essen hatte sich ihre launige Knurrigkeit bereits wieder verloren. Sie fragte nicht, wie die Nacht verlaufen war, stattdessen löffelte sie stumm ihre Suppe. Fragend schaute Leslie sie an, bis Gin es bemerkte und den Kopf hob.

»Du bist doch noch sauer«, stellte Leslie fest und zog eine Schnute. »Auf deine liebe kleine Leslie bist du noch immer wütend. Das ist nicht nett.«

Blinzelnd schüttelte Gin den Kopf. »Das ist es nicht. Ich meine, ich … natürlich bin ich böse auf dich. Aber das ist es nicht.«

Hinter Gin ruckte der Zeiger der Küchenuhr vor. Unwillkürlich schaute Leslie hin und erstarrte. Es war kurz nach halb zwölf. Gins Pause begann erst um zwölf. Sie war früher nach Hause gekommen. Seit Leslie sie kannte, war das erst dreimal vorgekommen.

»Leslie …«

Mit einem Ruck zogen sich Leslies Eingeweide zusammen. »Was?«

Gin seufzte und griff nach ihren Händen. Leslie entzog sie ihr. »Sag, was los ist.«

»Ich …«

»Sag es schnell.« Vor Leslies Augen flimmerte es. Gin sah so traurig aus. Die Last von etwas Schrecklichem, das sie gleich erfahren würde, wogte ungebremst auf Leslie zu. *Meine Mutter,* dachte sie. *O Pan, meine Mutter …*

»Mariah Logan.« Gin verzog mitfühlend das Gesicht, als erwarte sie einen Aufschrei.

Leslie wurde von solcher Erleichterung überflutet, dass sie die nächsten Worte nicht mitbekam. Mariah Logan – das war schrecklich. Sie würde ihr fehlen. Aber sie war schon alt gewesen. Es war zu erwarten, dass alte Menschen starben, oder nicht? Sie griff nach ihrem Löffel.

»… ihr Sohn bei mir im Laden«, hörte sie Gin wie aus weiter Ferne sagen. »Er hat ein paar Sachen eingekauft. Er war ganz durcheinander. Sagt, sie hätte wohl einen Schlaganfall gehabt. Heute Morgen saß sie im Bett, die Augen ganz leer, und hat nur noch wirres Zeug gestammelt.«

Leslie ließ den Löffel fallen. Ihr wurde kalt.

»Und gestern haben wir sie doch noch gesehen!«, stimmte Gin die übliche ungläubige Litanei an – als wäre es unmöglich, dass einem Menschen, der gestern noch wohlauf gewesen war, heute etwas zustieß. Als müsste man mindestens ein Jahr lang schwerkrank sein, ehe es denkbar wurde, dass man starb. »Gestern haben wir uns doch noch unterhal… wo willst du hin?«

Leslie antwortete nicht. Barfuß, wie sie war, rannte sie durch die kleine Diele und nach draußen. Lief die Straße zum Dorfplatz hinauf, darüber hinweg, ohne auf Grüße und Blicke zu achten, und den Feldweg entlang, der zu Mariah Logans kleinem Häuschen führte. Spitze kleine Steinchen stachen ihr in die nackten Sohlen, sie scherte sich nicht darum.

Bist du nicht müde?

Sie und Grau waren gestern die ganze Nacht bei der Burg geblieben. Es war die erste Nacht seit langer Zeit, in der Grau nicht in der Dämmerung an der Brücke gesessen hatte. In der er nicht nachts seine unruhigen Runden durchs Dorf gezogen hatte. Leslies Herz hämmerte, ihr Kopf war angefüllt von einem Satz: *Bitte nicht. Bitte nicht. Bitte nicht.*

Mariahs Tür war nie abgeschlossen. Leslie trat ein, ohne zu klopfen, und fand ein leeres Haus vor. Menschenleer jedenfalls. Natürlich. Sie würden sie ins Krankenhaus gebracht haben. Benommen wankte sie durch die Wohnküche zum Schlafzimmer. Das Fenster stand offen. Mariah hielt viel von der kräftigenden Wirkung frischer Luft. Wenn es nach ihr ging, war an sämtlichen Krankheiten, von Erkältungen bis zu Hirntumoren, nur der Mangel an frischer, gesunder Luft schuld.

Mariahs Bett war nicht so ordentlich wie sonst. Zwar lag die Tagesdecke zusammengefaltet auf dem plüschroten Stuhl, und die hellgrünen Hausschuhe mit den kleinen Bommeln darauf standen vor dem Bett, die Spitzen nach außen gewandt, damit nachts keine Hexe hineinsteigen und dann ins Bett kriechen konnte. Doch das Bett selbst war zerwühlt, die Laken zerknittert, als hätte sie sich im Fieber darin herumgewälzt.

Mit mechanischen Bewegungen brachte Leslie es in Ordnung. Zog das Laken ab, das noch immer klamm von Nachtschweiß war, nahm frische Wäsche aus dem Schrank, bezog das Bett und stopfte die benutzte Wäsche in einen Beutel, den sie in der Vorratskammer fand, um sie zum Waschen mitzunehmen. Dann breitete sie die Tagesdecke über dem Bett aus. Als sie fertig war und sich umdrehte, sah sie gerade noch etwas davonhuschen. Sie folgte der winzigen verwischten Bewegung, setzte sich vor dem Küchenschrank auf den Boden und summte freundlich. »Hab keine Angst«, flüsterte sie, als sie spürte, dass ihr Summen Erfolg hatte und sich das Geschöpf unter dem Schrank etwas beruhigte. Mit ein wenig Anstrengung kam sie, ohne aufzustehen, an die Schublade heran, in der Mariah ihre Kekse aufbewahrte. Sie nahm einen Keks heraus, einen herrlich duftenden Zimtstern, und knabberte an einer Ecke. Unter dem Schrank regte sich etwas.

»Hier, nimm du auch etwas«, flüsterte sie, brach eine Ecke ab und legte sie unter den Schrank. Kurz darauf hörte sie eifriges Knabbern, dann kroch eine kleine Gestalt unter dem Schrank hervor, auf ihren Schoß, kauerte sich dort zusammen und schielte verlangend nach dem restlichen Keks. Sie reichte ihm eine weitere Ecke.

Lumpi, wie Mariah den Kleinen nannte, obwohl sie ihn wohl nie gesehen hatte, war der bestgekleidete Herdgeist des gesamten Dorfs. Obwohl Mariahs Augen schwach geworden waren, nähte sie ihm jedes Jahr um Weihnachten herum einen neuen Satz Kleidung, legte sie ihm hin und freute sich, wenn am nächsten Morgen alles verschwunden war. Eigentlich waren ihm die Sachen ein wenig zu eng, aber weil er so stolz darauf war, machte er sich ein wenig kleiner, als er von Natur aus war. Wenn er in seinen Sachen einschlief, im Schlaf seine eigentliche Größe wieder annahm und dadurch seine Kleidung zerriss, legte er sie Mariah morgens hin und konnte sie abends geflickt wieder abholen.

»Ihr hattet heute Nacht Besuch, du und Mariah, nicht wahr?«, fragte Leslie leise.

Mit verschreckten Augen schaute Lumpi zu ihr auf. Vielleicht war es gut, dass er für Mariah unsichtbar geblieben war, denn er war der hässlichste kleine Hauskobold, den Leslie je gesehen hatte. Sein Gesicht bestand fast nur aus einer riesigen, schiefen Nase, das Kinn war kaum zu erahnen, die Stirn so flach, dass Augenbrauen und Haaransatz miteinander verschmolzen. Dafür aber war seine rote Mütze eine wahre Pracht, und an ihrem Ende hing ein Bommel von der gleichen Art wie die an Mariahs Hausschuhen.

»Besuch!«, wisperte Lumpi furchtsam. »Aber nicht eingeladen. Hat nicht geklopft.«

»Hat der Besuch etwas gesagt?«, erkundigte sich Leslie vorsichtig. Sie wollte dem kleinen Kerl keine Worte in den Mund legen. Allzu viel schlauer als Sil war auch er nicht.

»Nichts gesagt.« Lumpi schüttelte den Kopf. Seine kleinen Augen waren tiefschwarz, man hätte ihren starren Blick ein wenig unheimlich finden können, wenn man ihn nicht kannte und wusste, dass er so harmlos war wie eine Stubenfliege. »Nichts gesagt. Gesungen.« Die schwarzen Augen waren dunkel vor Furcht, aber seine Stimme klang schwärmerisch. »So schön gesungen.«

22 ZUSAMMENSTÖSSE

Wo Grau steckte, wusste Leslie nicht. Sie ging gar nicht erst zu Gin zurück, um nachzuschauen, ob er inzwischen wieder aufgetaucht war, sondern marschierte direkt über den Marktplatz und am See entlang nach Glen. Kaum spürte sie ihren Körper, kaum konnte sie einen klaren Gedanken fassen, wie von selbst liefen ihre Füße voran, und in ihren Schläfen hämmerte das Blut. Zwar hatte sie Mariah nicht gesehen, aber in ihrem Kopf gab es dennoch ein sehr klares Bild von der alten Frau, wie eine Fotografie, wie sie mit weit aufgerissenen Augen im Bett saß, den Mund halb offen, ohne etwas zu sehen oder zu begreifen.

Bist du nicht müde?

Was hatte eine über Achtzigjährige dieser Frage wohl entgegenzusetzen?

Ihre Füße trommelten über die Brücke. Sachte wehte sie das Bewusstsein an, dass der Kelpie in der Nähe war, aber für ihn hatte sie jetzt keine Zeit. *Alasdair,* dachte sie, *o Alasdair. Jetzt wirst du zugeben müssen, dass etwas ganz und gar nicht in Ordnung ist.*

Die Mauern schienen zu erbeben, als sie durch das Tor trat, als wären sie kaum mehr als eine Illusion, nicht stabiler als eine Fata Morgana, ein Feenbild, das sich beim nächstbesten Windstoß auflösen konnte. Die schwere Tür zur Großen Halle jedoch war eindeutig stabil genug, sie setzte ihr Widerstand entgegen. Kurz hatte Leslie das Bild vor Augen, wie sich von innen etwas dagegenstemmte, um sie aufzuhalten. Dann gab die Tür nach.

Zahllose MacGregors starrten sie von den Wänden an, dazwischen Waffen. Es war niemand da. Niemand jedenfalls, der sich blicken ließ. Nur in den Winkeln regten sich träge die allgegenwärtigen Schatten, die in den Dämmerungsstunden, in denen die Verbindung zwischen beiden Welten fast offen stand, aus dem anderen Glen herübersickerten und sich in der alten Burg ablagerten wie Sediment.

Leslie nahm die Abkürzung durch die unteren Gänge. So gut immerhin kannte sie sich hier aus, obwohl sie sich auch früher höchstens in den großen Ferien hier herumgetrieben hatte. Allzu vertraut war ihr die Burg nicht, die sich seit Jahrhunderten in Familienbesitz befand. Dies war das Reich von Alasdair … und das ihrer Schwester, auf der anderen Seite. Vor allem Letzteres. Das andere Glen, auch wenn sie es nur durch Graus Augen gesehen hatte, nie mit den eigenen, war für sie wirklicher als dieses hier.

Just als sie das dachte, lief erneut ein Zittern durch die Mauern. Keuchend stützte sich Leslie an der Wand des Korridors ab, durch den sie geeilt war – und zuckte zurück. Die Steine fühlten sich unter ihrer Hand warm an.

War das ein Echo der Nacht, ein Echo des Irrsinns, den der Gesang der Schwarzen Banshee ihr eingepflanzt hatte? Oder war es etwas anderes? Reglos blieb Leslie stehen und lauschte. Ihr Herz schlug schnell.

In der Wand am Ende des Korridors erschien eine Tür. Die Steine schmolzen auseinander und machten Platz für eine schmale Holztür, die exakt so aussah wie die von Gins Schuppen.

Leslie blinzelte. Die Tür war noch immer da.

Reglos stand sie da und starrte sie an. Die Tür verschwamm, und zuerst glaubte sie, sie verschwände wieder, dann begriff sie, dass ihr Tränen in die Augen stiegen.

Bist du nicht müde?, fragte die Tür. Und dann: *Willst du nicht einfach zu mir kommen, meine Schwester?*

Schmerzhaft brandete die Versuchung auf und überschwemmte Leslie mit so tiefer Sehnsucht, dass sie sich nicht rühren konnte. Und das war gut so, denn ihre Füße zuckten und wollten auf die Tür zugehen, hinter der … ja, was wartete dahinter? Das Feenreich, in das sie ihren sterblichen Körper mitnehmen würde, der dort drüben seine Sterblichkeit vergaß? Das andere Glen. Das Dämmerungsglen, in dem es weder Tag noch Nacht wurde. Ein feuchtes, lebendes Glen, das sich regte und unter dem Blick veränderte, hier eine Mauer aufsteigen ließ, dort eine andere zurückzog, als regten sich die Tentakel eines schlafenden Kraken. Das Glen, in dem eine verlorene Schwester lebte. Die Versuchung war so groß, dass Leslie bereits einige Schritte auf die Tür zu getan hatte, ehe sie merkte, dass sie sich bewegte.

In ihrem Hinterkopf gab es ein Geräusch. Schwach. Zuerst konnte sie es nicht identifizieren, dann erkannte sie es. Es war Graus Knurren. Das leise, warnende Knurren, das fast unablässig in seiner Kehle rollte, wenn er in der Dämmerung an der Brücke stand und die Burg beobachtete. Es gab keinen Anlass zu glauben, dass es ihre Schwester war, die ihr diese Tür öffnete. Und auch keinen Anlass zu glauben, dass es sich um eine wohlmeinende Einladung handelte.

Erneut blinzelte sie, und mit einem Mal gab die Erstarrung ihre Gliedmaßen frei. Sie machte einen Schritt voran, und die Tür verschwand. Diesmal flossen die Steine nicht zusammen, wie sie zuvor auseinandergelaufen waren. Die Tür war einfach fort, als hätte es sie nie gegeben, und Leslie bildete sich ein, ein Kichern durch den Korridor wispern zu hören.

Ich sehe dich.

»Dann komm her«, forderte sie den Besitzer der unsichtbaren Augen auf. »Komm her, wenn du dich traust, wer du auch bist.«

Stille.

Leslie wartete noch eine Weile. Sie fragte sich, ob es ein Fehler gewesen war, die Tür nicht zu öffnen. Aber es war keine Lösung, dass sie sich ebenfalls in der Feenwelt verlor, und sie wusste nicht, was sie drüben erwartet hätte. Möglicherweise hätte sie auch die Tür geöffnet, um dahinter eine nackte Mauer aufragen zu sehen und jemanden kichern zu hören. Es war nicht sicher, dass die unsichtbaren Augen, deren Blick sie spürte, die ihrer Schwester waren – es war nicht einmal wahrscheinlich. Hier auf Glen trieb sich einiges Kroppzeug herum, das meiste davon jedoch glücklicherweise nicht allzu gefährlich.

Als nichts weiter geschah, lief sie auf die Wand zu, an der die Tür gewesen war, und bog ab in den Trakt mit den Speisesälen. Ein etwas verspäteter Schüler wollte sich an ihr vorbeidrücken, erkannte sie und starrte sie an. Mit rotem Kopf huschte er vor ihr in den Saal der sechsten Klasse. Sie holte tief Luft und folgte ihm.

Alasdair saß am Kopf der rechten Tafel. Neben ihm Ricky Shawfield und Aden Carlisle, beides Zirkelmitglieder. Und engagiert, wie Leslie feststellen durfte. Als sie sie in der Tür stehen sahen, wären sie fast aufgesprungen. Alasdair hingegen blieb ruhig sitzen. Sein Blick traf sie quer durch die Halle mit erschütternder Verachtung. Hatte er gewusst, dass sie kam? Hatte irgendein Geschöpf, dessen Gegenwart ihrer Aufmerksamkeit entgangen war, sie angekündigt? Gut möglich. Ihr kam sogar der Gedanke, dass die Tür kein Angebot gewesen war und auch kein Spott, sondern ein Versuch, sie aufzuhalten. Einige wenige Sekunden lang, damit genug Zeit war, um Alasdair vorzuwarnen.

Im Saal entstand Unruhe. Schüler steckten die Köpfe zusammen und flüsterten miteinander. Jeder für sich machte so wenig Lärm wie möglich, aber die leisen Geräusche, das Flüstern und Zischen summierten sich zu einem Raunen, das Leslie ohrenbetäubend vorkam. Weit über hundert Jungsgesichter, in denen Neugier stand, waren ihr zugewandt. Ihr, die sie es nicht gewöhnt war, viel angeschaut zu werden. All die Blicke machten sie ganz schwindelig.

Mehrere Herzschläge lang ließ Alasdair sie so stehen. *Mach nur,* dachte sie. *Dann komme ich eben zu dir.* Sie war nicht hier, um sich abwimmeln zu lassen.

Alasdair bewegte die Lippen, sagte etwas zu Ricky Shawfield und Aden Carlisle, und als er aufstand, blieben sie sitzen. Mit langen Schritten kam er auf Leslie zu. Ihr sank fast das Herz. Sie war wütend auf sich selbst. Die hilflose Zuneigung zu Alasdair fand keine Erwiderung in seiner Miene. Jetzt war er ernstlich wütend. Mit einer Kopfbewegung scheuchte er sie voran, aus dem Saal hinaus, und als sie nicht schnell genug gehorchte, packte er sie hart am Arm, stieß sie nach draußen, folgte ihr und drückte die Saaltür zu. Vor seiner Wut wich sie einige Schritte zurück, bevor sie sich fing.

»Was?«, zischte er.

»Weißt du es?«, fragte sie. Es kam ihr vor, als hebe sie die Frage wie einen schützenden Schild zwischen sich und ihn.

»Was weiß ich?«, fauchte er. »Dass ich dich in letzter Zeit sehr viel öfter sehe, als ich will? Dass du mir ständig über den Weg läufst? Dass du die ganze Zeit ein Gesicht ziehst wie ein

Weltuntergangsprophet? Dass du mir auf die Nerven gehst? Und dass du hier bist, obwohl du gottverdammt noch mal weißt, dass du hier nichts verloren hast, und ich dir erst gestern gesagt habe, du sollst dich gefälligst von Glen fernhalten?«

Sie wich zurück.

»Ja.« Er folgte ihr. »Ja, das alles weiß ich. Weißt du es auch?«

»Ich muss mit dir …«

»Reden? Das hatten wir gestern. Was soll das? Ich habe keine Zeit, mir ständig dein Gestammel anzuhören. Falls es dir entgangen ist – im Gegensatz zu dir habe ich zu tun. Ich hüpfe nicht den ganzen Tag auf Wiesen herum, streichle Kühe und füttere verfluchte Kelpies und rezitiere irgendwelchen dämlichen Wassernymphen Gedichte. Ich habe Unterricht, ich kümmere mich um den Zirkel, ich verwalte einen Großteil unserer familiären Angelegenheiten. Angelegenheiten, die dich übrigens, wenn ich das mal am Rande erwähnen darf, überhaupt nichts angehen. Auch wenn du dir offenbar in letzter Zeit etwas anderes einbildest.«

Sie machte den Mund auf, um etwas zu erwidern, da erreichte er sie mit zwei raschen Schritten, die ihr vorkamen wie ein Sprung, packte ihre Arme und knallte sie hart gegen die Wand. Benommen blinzelte sie zu ihm hoch. Sein Gesicht war nah vor dem ihren. So viel Zorn. So viel hilflose Zuneigung in ihr, die ihren Gliedern die Kraft raubte. *Es tut mir leid, dass du so vieles ertragen musst,* dachte sie und schaute ihn an. *Dass du so viel Verantwortung trägst mit gerade einmal siebzehn Menschenjahren. Dass du …*

»Ich … will … dich … hier … nicht … mehr … sehen«, knurrte er. Mit jedem Wort knallte er sie erneut gegen die Wand. Sie spannte den ganzen Körper an, vor allem den Nacken, um die Stöße abzufangen. Trotzdem wurde ihr schwarz vor Augen. »Ich …«

»Ich will nichts hören«, brüllte er. »Es interessiert mich nicht.« Offenbar erinnerte er sich daran, wo er war, denn er atmete tief durch, rang sichtlich um Beherrschung und senkte die Stimme. »Du hast hier nichts verloren, und du hast mit den Angelegenheiten auf Glen nichts zu tun. Du bist nichts weiter als … ein Ding. Hüpf auf den Wiesen herum, füttere deinen Kelpie, ich dulde ja einiges. Aber komm mir nicht mehr in die Quere, hast du verstanden? Und vor allem – lungere nicht nachts in der Nähe der Burg herum. Vor allem nicht zusammen mit diesem verdammten Köter!« Er sah ihren überraschten Blick und kniff die Augen zusammen.

»Ich …«

»Du hältst dich von Glen fern. Hast du verstanden?«

Irgendwo zu ihren Füßen zischte es. Zee. Letztes Mal, als Alasdair wütend auf sie gewesen war, hatte sich Zee urplötzlich auf sie gestürzt und ihr die scharfen Zähne ins Bein geschlagen, knapp unterhalb des Knies.

»Ob … du … verstanden … hast.« Wieder unterstrich er jedes Wort mit einem harten Ruck, sie passte nicht auf und knallte mit dem Kopf gegen die Mauer. Kurz sackte die Welt weg. »Mariah«, keuchte sie, als sie wieder auftauchte und das Tageslicht, das durch die hohen Fenster einer nahen Nische einfiel, ihr grell in die Augen stach. »Mariah Logan. Sie ist …«

»Mariah Logan interessiert mich nicht! Sie interessiert mich ebenso wenig wie dein Kelpie oder deine wilden Verschwörungstheorien.«

»Sie hatte einen Schlaganfall«, schrie sie auf. »Nur, dass es keiner war. Grau und ich haben in der Nacht …«

»Grau!«, knurrte er.

»Wir waren hier. Das heißt, er war nicht im Dorf. Und da hat sie …«

»Um Grau muss man sich beizeiten kümmern.«

»Sie hat sich Mariah Logan geholt! Frag Lumpi, ihren Hausgeist! Er hat sie gehört. Er hat die Schwarze Banshee …«

»Halt das verdammte Maul! Du und Grau … halt dich von dem Vieh fern. Ich werde mich um ihn kümmern, hast du verstanden? Ich kümmere mich um deinen Grau, du wirst schon sehen. Ich habe die Schnauze voll davon, dass er an der Brücke herumlungert.« Der Zorn verzerrte Alasdairs Gesicht so sehr, dass sie ihn kaum erkannte, seine Finger umklammerten ihre Oberarme so fest, dass sie spürte, wie das Gewebe darunter gequetscht wurde und Blut zu blauen Flecken zusammenströmte. Kaum spürte sie, wie ihr Tränen über die Wangen liefen. Jahrelang hatte sie nicht geweint, jetzt tat sie es offenbar andauernd. »Grau«, flüsterte sie. »Grau rührst du nicht an.«

»Wirst du schon sehen«, knurrte er. »Und jetzt …«

»Sie hat Mariah Logan geholt«, schrie sie auf. Sie stieß ihn zurück, stolperte fast und schrie ihn aus voller Kehle an: »Hast du mich überhaupt gehört? Die Schwarze Banshee hat Mariah geholt! Sie ist völlig außer Kontrolle! Verstehst du nicht, was sie ist, Alasdair? Sie ist das Ergebnis eures verdammten … eures Missbrauchs! Sie ist außer Kontrolle, und du wirst sie nicht unter Kontrolle bringen. Es gibt keine andere Möglichkeit, ob du es einsiehst oder nicht. Wir müssen sie …«

Sein Schlag schleuderte sie den Gang hinunter. Mit dem Handrücken mitten ins Gesicht, ein trockener Knall.

Grau, dachte sie benommen und sah graues Fell vor sich. Mit dem nächsten Blinzeln wurde es zu Steinboden, auf dem sie lag. Ihr Kopf dröhnte. Sie entblößte die Zähne, wandte sich um und zischte Alasdair an, der Zee gepackt hatte und davonschleuderte, ehe er sich auf sie stürzen konnte. Nicht, um sie zu beschützen, war ihr klar. Tief in ihr wünschte sich ein kleiner Teil Leslie mit hoffnungsloser Sehnsucht, sie könnte es glauben, aber sie wusste, dass es nicht so war. Zee hatte zu gehorchen und aus dem Weg zu bleiben, wenn Alasdair es wollte. So wie sie selbst. Und jetzt war ihm alles im Weg, das sich zwischen ihn und Leslie stellte.

Angst flammte in ihr auf, als er sie packte und auf die Füße riss. Zugleich warf sich etwas in ihr ihm entgegen. *Schlag zu,* schrie es. *Schlag doch zu!*

Der nächste Schlag hätte sie erneut zu Boden geschleudert, ihre Beine waren auf einmal wie Wasser, sie sackte zusammen, aber er hielt sie am Oberarm fest. Durch dicke Nebel hörte sie ihn atmen. Er rang um Beherrschung, wurde ihr klar. Wenn er tat, was er tun wollte, dann brachte er sie um, hier vor den Türen der Speisesäle.

»Wir müssen sie umbringen«, flüsterte sie. »Wir müssen die Schwarze Banshee umbringen. Ich habe sie gestern gehört, Alasdair. Ich habe sie gehört! Ich weiß, was sie ist.«

Sein Gesicht dicht vor ihrem. Sein Mund bewegte sich, ein trockenes Lachen. »Das glaube ich kaum«, sagte er.

Wieder riss er sie auf die Beine, die ihr Gewicht nicht tragen wollten, halb schleifte er sie mit sich, halb stieß er sie voran. Um sie aus der Burg zu entfernen, wurde ihr klar. Um sie hinauszustoßen, damit sie draußen auf taufeuchten Wiesen herumhüpfte, den Kelpie fütterte, den Windgeistern lauschte und ihm nicht im Weg war.

Aus dem wirbelnden Schwarz und Grau und den Schlieren vor ihren Augen, die sich allmählich klärten, formte sich ein Gesicht. Zuerst verstand sie nicht. Dann, mit einem erschreckend harten Herzschlag, erkannte sie es. Benny.

Das schmale Gesicht blass vor Zorn. Seine Augen waren blau mit kleinen grünen Sprenkeln darin. Es hieß, Menschen mit grünen Augen sähen in der Dämmerung die Feen tanzen. Das stimmte, wie so vieles, nicht. Benny sah Feen nicht, und wenn sie ihm auf die Nase spuckten. Will Davenport hingegen hatte sie gesehen, ohne jede Hilfe, und seine Augen waren braun gewesen. Braune, freundliche Augen. Bennys Augen waren blau mit grünen Sprenkeln darin, und sie waren nicht freundlich. Sie waren …

Bennys Faust zischte knapp über ihren Kopf hinweg und traf Alasdair im Gesicht.

Nein, dachte sie. *Nein.*

Alasdair ließ sie los und taumelte zurück. Ohne seinen stützenden Griff brach sie zusammen. Benny fing sie gerade noch rechtzeitig auf, der unbeholfene Griff um ihren Oberarm schmerzte.

Da standen sie. Beide lang und schmal, Alasdair ein Stück größer. Sie starrten einander an. Langsam hob Alasdair die Hand zum Gesicht. Zum Kinn. Man sah nur eine leichte Rötung. Leslies Herz wollte stehen bleiben.

An der Wand kauerte ein zu Tode erschrockener Zee. Nichts schien sich zu rühren. Selbst die Luft nicht. Die Zeit nicht. Nichts.

»Wir müssen sie umbringen«, flüsterte sie eindringlich. »Alasdair, bitte. Sie ist wahnsinnig. Sie ist vollkommen wahnsinnig.«

Sein Blick wanderte von Bennys Gesicht zu ihrem. Seine Augen glühten. »Sie ist nicht wahnsinnig«, fauchte er sie an. »Sie träumt. Sie hat Alpträume, jede Nacht, und in diesen Träumen schlägt sie um sich und versucht, ihre Familie zu beschützen. Sie meint es gut. Sie ist nicht wahnsinnig, sie meint es gut, aber wenn sie träumt, weiß sie nicht, was sie tut.«

Es dauerte lange. Seine Worte sickerten in ihren Verstand, so langsam, als bahne sich Wasser seinen Weg durch Fels. Dann, endlich, begriff sie. Sie begriff, und in ihr bäumte sich alles auf. Sie schrie auf, aber heraus kam nur ein Stöhnen.

Alasdair war totenbleich, unter seiner weißen Haut glaubte sie das dunkle Netzwerk der Adern schimmern zu sehen. Er sah aus, als käme er gerade wieder zu sich. »Du«, sagte er zu Leslie, seine Stimme war klar und ruhig. »Raus. Und zwar jetzt.« Damit wandte er sich ab und ging. Verschwand nicht im Speisesaal, sondern in einen anderen Korridor, mit schnellen Schritten, als wolle er von hier entkommen, ehe er etwas tat, das er bereuen mochte. Geduckt folgte ihm der kleine braune Zee, in seiner beflissenen Eile erinnerte er an eine nasse Ratte.

Leslie schüttelte Bennys Hand ab, stellte fest, dass sie allein noch nicht ganz sicher stand, und taumelte zur Wand, wo sie sich abstützte. Sie tastete nach ihrem Gesicht. Ihre Wange war heiß und brannte. Fühlte sich auch dick an, geschwollen, ihr Gesicht war ganz fremd. Sie selbst war ganz fremd.

»Du blutest.«

Erst nach einer Weile wurde ihr klar, dass es Benny war, der gesprochen hatte, und dass er sie gemeint hatte. Sie schaute zu ihm hoch. So blass und schmal. Die Augen glühten im Gesicht, das aussah wie frisch gekalkt. Zorn brannte darin, der der Welt galt, nicht Alasdair. Und Besorgnis. Die galt ihr. Ihr ganz allein.

Rasch wühlte er in seiner Jacke herum und förderte ein Taschentuch zutage. »Hier.« Behutsam, als könnte sie sich vor ihm erschrecken wie ein scheues kleines Waldtier, kam er ein wenig näher und reichte es ihr mit ausgestrecktem Arm. Neben ihm gab es eine Bewegung, als der Krötenkobold aus einem dunklen Winkel kroch und an ihm emporkletterte.

Deutlich sah Leslie, wie sein Gewicht Bennys Hose, dann die Jacke seiner Schuluniform nach unten zog, aber er bemerkte es nicht. Niemand, der nicht sah, hätte es bemerkt. Ebenso wenig wie die Schatten, die sich an Benny schmiegten und von seinem Zorn tranken. Kein Wunder, dass er so bleich war.

»Danke.« Sie tupfte ihre Lippe ab. Der weiße Zellstoff färbte sich rot. Fasziniert schaute sie es an. Schön war es, dieses leuchtende Rot auf Blütenweiß.

»Bist du … okay?«, fragte er scheu.

Sie starrte ihn an und wusste nicht, was sie darauf antworten sollte. Sie wusste nicht einmal, was er meinte. Weil ihr nicht einfiel, was sie sagen sollte, wandte sie sich ab und ließ ihn stehen. Sie vergaß sogar, dass er dort stand. Sie wollte nur noch hier weg.

Sie meint es gut, aber wenn sie träumt, weiß sie nicht, was sie tut.

Sie hatte sich schon wieder geirrt. Sie hatte nicht im Entferntesten geahnt, wer oder was die Schwarze Banshee in Wirklichkeit war. Und jetzt, da sie es wusste, sehnte sie sich verzweifelt danach zurück, es nicht zu wissen.

Bist du nicht müde?

Tränen stiegen Leslie in die Augen. Die Stimme so zart, so jung und, wie sie jetzt begriff, so unschuldig. Ein träumendes Kind, das nicht wusste, was es anrichtete.

Und du?, dachte sie. *Bist du auch so müde, meine Schwester?*

23 ÜBERLEBEN

Die Unruhe wühlte in Felix wie ein Tier, das sich durch seine Innereien fraß. Kaum konnte er stillsitzen, dem Unterricht folgen ohnehin nicht. Er war froh, als endlich Zeit zum Mittagessen war, fast überlegte er, es ausfallen zu lassen und zum Dorf hinüberzulaufen. Aber beim Frühstück hatte er kaum etwas herunterbekommen, sein Magen knurrte wie verrückt. Außerdem hatte er Angst vor dem, was er erfahren mochte.

Als dann beim Mittagessen Ronald Middle hereinplatzte und erzählte, dass sich eben Alasdair und der Neue – damit meinte er Benny – geprügelt hätten, und zwar wegen Alasdairs Schwester, die Alasdair mitten im Gang lauthals angebrüllt habe, war der Rest seiner Fassung endgültig dahin. Zwar wusste er jetzt, dass Leslie die Nacht überlebt hatte – aber was mochte sie bewogen haben, nach Glen zu kommen? Von der Nacht, in der sie Ned Finley das Leben oder zumindest den Verstand gerettet hatte, einmal abgesehen, war Leslie nicht auf der Burg gewesen, seit er denken konnte. Alasdair wollte sie hier nicht haben. Und jetzt stürmte sie einfach in den Speisesaal, als ob das nichts wäre. Was sie gewollt hatte, wusste er nicht, überhaupt kam kurz nach Ronald Middle Gil Darcy herein und flüsterte mit wichtiger Miene mit den anderen Viertklässlern, und binnen einer Viertelstunde kannte Felix verschiedenste Versionen ihres Auftritts, eine dramatischer als die andere. Als Benny verspätet hereinkam, schnappten die

Köpfe zu ihm herum, in Erwartung neuer Details, aber er wusste von nichts, hatte nichts gesehen, nichts gehört, und das Gespräch wandte sich schnell wieder dem Wenigen zu, was Middle und Darcy erzählt hatten. Von einem wütenden Streit im Korridor sprach man, von gebrüllten Worten, die selbst durch die schweren Holztüren gedrungen waren. Da war Felix klar, dass etwas nicht stimmte, da hätte es Sil nicht gebraucht, der vorhin, als er sich im Schlafzimmer vor dem Mittagessen rasch umgezogen hatte, um danach sofort ins Dorf laufen zu können, verstört aus dem Feuer gepurzelt war und Trost bei Felix gesucht hatte. Viel Trost – eine halbe Tafel Schokolade hatte es gebraucht, bis er seinen Kummer vergaß und kurz aufhörte zu jammern.

Die Schwarze Banshee, die um die Burg herumstrich, vielleicht jede Nacht. Die Finley suchte oder irgendetwas anderes. Vor Finleys Fenster jedenfalls war ein Kobold postiert. Nicht Finleys zarter kleiner Pixie, kaum einen halben Koboldkopf größer als Sil, sondern einer von Alasdair. Ob es half, wusste Felix nicht. Bisher war Finley nichts passiert. Allerdings war er bleich und still seit seiner Nacht im Moor, soweit Felix das beurteilen konnte, zweimal war er ihm seitdem im Korridor begegnet und hatte ihn kaum erkannt, ja, kaum wahrgenommen, als wehte der Winterwind ein welkes Blatt an ihm vorbei. Über einen Monat war es noch hin bis zu den Weihnachtsferien. Was auch geschehen mochte, Felix würde über die Ferien nach Hause fahren, hatte er beschlossen. Was auf Glen passierte, machte ihm Angst. Die Schwarze Banshee – allein wenn er an sie dachte, lösten sich seine Eingeweide fast auf. Schlimmer noch als der Kelpie. Dabei hatte er sie nie gesehen, den Kelpie hingegen schon dreimal, also dreimal mehr, als er das dringende Bedürfnis danach verspürt hatte, herzlichen Dank. Aber was er über sie wusste, reichte ihm. Das, was man über Will erzählte, reichte ihm. Auch Will hatte er nie mehr gesehen. Sie hatten ihn fortgebracht, und Felix' Briefe hatte er nicht beantwortet. Weil er es nicht mehr konnte.

Wenn Alasdair einen Kobold vor Finleys Fenster postierte, wusste er um die Gefahr. Das war der erste Schluss, den man daraus ziehen konnte. Der zweite war, dass er nicht einverstanden war. Dass er Finley nicht opfern wollte, nie hatte opfern wollen. Dass er etwas anderes im Sinn gehabt hatte als eine Begegnung mit der Schwarzen Banshee, als er ihn zur Strafe für den Versuch, Wills Akte von seinem frisch zur Seite gestellten Pixie stehlen zu lassen, nachts ins Moor geschickt hatte. Das konnte man beruhigend finden. Alasdair war nicht verrückt geworden. Nicht vollkommen.

Aber es hieß auch, dass er keine Kontrolle über die Schwarze Banshee hatte. Oder ihr zumindest nicht traute.

Bei diesem Gedanken wurde Felix furchtbar schlecht. Alles geriet aus den Fugen. Andererseits war es schon aus den Fugen, seit er zurückdenken konnte. Die Verachtung, die ihm seit dem ersten Tag auf Glen entgegengeschlagen war, als er sich vor Aufregung beim Rundgang übergeben hatte, schlimmer als Prügel. Der seltsame Trost, den ihm Will, sein Pate, angeboten hatte. Die Feen. Oh, die Feen! Will hatte so fest daran geglaubt, eine Welt voller Schönheit gefunden zu haben. Bis ihm diese Welt sozusagen mit dem nackten Arsch ins Gesicht gesprungen war. Mit entblößten Fängen. Mit ausgestreckten Krallen. Bis er hatte begreifen müssen, dass die Feenwelt nichts für Sterbliche war. Und mit ihm hatte es Felix begriffen. Wenn er es recht bedachte, war die Welt nicht aus den Fugen geraten – sie war noch nie in den Fugen gewesen. Nur hatte er sie einmal als einigermaßen berechenbar empfunden. Jetzt war sie reines Chaos, und er mittendrin.

Leslie hatte die Nacht also überlebt. Mehr wollte er im Grunde gar nicht wissen. Er wusste längst genug. Die Schwarze Banshee töten – allein bei dem Gedanken hätte er heulen mögen. Man musste, fand er, selbst vollkommen wahnsinnig sein, um freiwillig dort hinauszugehen und sich mit dem Gestalt gewordenen Wahnsinn anzulegen, als wäre es nur ein wildes Tier, das man erlegen konnte.

Zu Abend gab es Fleisch und Gemüse, zum Nachtisch Pudding, er roch ihn schon im Korridor. Er roch auch das Fleisch und das Gemüse, überdeutlich sogar, aber als er dann am Tisch saß, schmeckte er nichts.

Was sollte er tun, wenn Leslie etwas zustieß? Wenn Grau etwas zustieß? Ihnen beiden? Wenn sie ihn hier allein ließen, hier auf Glen, mit allem, was er wusste? Mit der Erinnerung an Will? Der Gedanke an seinen Paten schnürte ihm die Kehle zu. Er schuldete es ihm, an Leslies Seite zu bleiben, bis ... ja, bis was? Bis sie die Schwarze Banshee umbrachten?

Vielleicht würde der zornige Grau sie in der kommenden Nacht zerreißen, wie auch immer man es sich vorzustellen hatte, wenn ein unsterbliches Wesen ohne richtigen Körper das andere zerriss. Vielleicht wäre Will schon morgen früh gerächt. Felix' Schuld abgetragen, selbst wenn er dafür keinen Finger hatte rühren müssen. Konnte man Schuld auf diese Art begleichen? Indem man zur Verfügung stand, nicht gebraucht wurde und sich dennoch alles zum Guten wandte? Galt das? Und wer beurteilte, ob es galt – oder nicht? Wie würde er das wissen?

Er schaute zum Tisch der Viertklässler hinüber. Inzwischen sprach Benny wieder mit Oliver Hegeling und Richard Dickenson, die Stimmung drüben am Tisch war entspannter. Felix glaubte eine gewisse Zurückhaltung bei Benny wahrzunehmen, aber vielleicht war es eher sein Wunsch als die

Wirklichkeit. Es kam ihm vor, als lache Benny nicht mehr oft über Olivers Witze, als sei er öfter in sich gekehrt, als spreche er vorzugsweise mit Patrick Callahan. Das war gut, Patrick Callahan war in Ordnung.

Nicht in Ordnung war der Krötenkobold.

Will hatte die Feen gesehen, und sie hatten ihn geliebt. Oh, nicht alle. Niemand wurde von allen Feen geliebt. Es konnte sogar passieren, dass dasselbe Feenwesen einen am ersten Tag liebte und am zweiten mit boshaften Streichen peinigte oder gar wirklich böse wurde, ohne dass man sich ganz erklären konnte, was man verbrochen hatte. Und so wechselhaft das eine Wesen war, so wechselhaft waren sie in ihrer Gesamtheit. Aber einige Feen hatten Will geliebt – die freundlichen, sanften. Die, die in der Morgendämmerung spielten. Die summend und selbstvergessen über die spiegelnde Oberfläche des Loch Dall glitten. Die schönen Wesen, auf deren Flügeln Tau glitzerte und die so flüchtig waren, dass sie mit dem ersten Sonnenstrahl zerstoben. Er hatte sie gesehen, und sie hatten ihn geliebt.

Benny sah die Feen nicht. Aber sie liebten ihn. Die wilden jedenfalls. Die Windgeister. Auch der Kelpie, sagte Leslie, mochte ihn gern, auch wenn das nicht unbedingt von Vorteil war. Es waren weniger freundliche Geschöpfe als die, die Will Felix gezeigt hatte. Aufbrausende Wesen. Dämmerungsfeen, aber nicht die Geschöpfe der Morgendämmerung, sondern die des Abends. Was sagte das über Benny aus? War ihm zu trauen?

Leslie mochte ihn. Aber Leslie mochte auch den Kelpie. Auf ihren Geschmack war nicht immer Verlass. Auch Leslie, fand Felix, war ein Dämmerungswesen. Wie sollte sie also anders, als Benny zu mögen? Ihn selbst erschreckte der schwelende Zorn in Bennys Augen. Zorn war zu nichts gut. Einmal hatte er sich selbst hinreißen lassen, zornig zu werden, und es war niemandem gut bekommen. Aus Zorn erwuchs nichts Gutes. Das sah man ja an Benny – und an seiner Begleitung.

Der Krötenkobold hockte mitten zwischen den Schüsseln und starrte Benny mit gelblichen Augen unverwandt an. Seine Pupillen, das wusste Felix, obwohl er es aus dieser Entfernung nicht sehen konnte, waren schmale, schräge Schlitze, so ausgefranst wie verlaufende Farbe auf einem nassen Blatt Papier, wie Tinte, die man ins Wasser tropft. Gern übernahm der Krötenkobold diese Aufgabe nicht, da war sich Felix recht sicher. Lieber lauerte er vermutlich in dunklen Winkeln oder im Sumpf, lauerte auf Lebendes, das vorüberkam, und verschlang es. Einen Läufer wie Benny zu verfolgen, da hatte sich auch Sil schon beschwert, war keine Aufgabe für einen Kobold. Vor allem nicht, wenn draußen die Windgeister an ihm zerrten und ihn liebkosten, sobald er auftauchte. In Gebäuden, selbst in so zugigen wie Glen, waren die Windgeister meist schwache kleine Wesen, aber draußen gab es kraftvolle Geschöpfe, aufbrausend und unduldsam, die auch einem Krötenkobold schwer zu schaffen machten. Und an der Brücke wartete oft Grau, an dem sich das Biest nicht vorübertraute. Wie eine fette Made ließ er sich von Bennys Schulter plumpsen, wenn er Grau an der Brücke sah, und verzog sich schimpfend hinter Glens Mauern, um auf Bennys Rückkehr zu warten. Aber Alasdair schien mit dieser nicht ganz lückenlosen Überwachung zufrieden zu sein. Vermutlich wusste er längst, dass zwar einige Geister Benny liebten, aber längst nicht alle, und dass er nicht sah. Damit war er keine große Gefahr. Vermutlich hatte sich der Krötenkobold nur noch an Bennys Fersen geheftet, um ihn zu quälen, weil sich Alasdair fürchterlich über ihn geärgert hatte. Er war nicht in großer Gefahr.

Felix selbst hingegen – wenn jemand erfuhr, dass er sah … er wollte sich nicht ausmalen, was dann geschehen würde. Möglicherweise würde er dann die Schwarze Banshee doch noch kennenlernen.

Fett und träge und gelangweilt hockte der Krötenkobold mitten auf dem Tisch und starrte Benny mit seinen gelblichen Glotzaugen an. Er hatte genug Disziplin, um sich zusammenzureißen und nichts Boshaftes zu tun. Jedenfalls bisher. Irgendwann würde ihm der Geduldsfaden reißen, und was dann geschah, würde man sehen.

Felix fiel auf, dass Benny heute abwesender wirkte als sonst. Regelrecht blass war er. Gerade sprach Callahan ihn zum zweiten Mal an, und erst jetzt reagierte er, antwortete knapp und versank wieder ins Brüten. Oliver sagte etwas, und Benny nickte kurz, gab vor, sich ganz auf sein Stück Fleisch zu konzentrieren, zerschnitt es jedoch nur, ohne viel zu essen.

Der Krötenkobold bewegte den Kopf. Unwillkürlich schaute Felix hin und begegnete dem glotzenden Blick der starren gelben Augen. Es kostete ihn nervlich ungefähr drei Jahre seines Lebens, einfach den Blick weiterschweifen zu lassen, als habe er nur zufällig genau dorthin geschaut. In den Augen des Viechs lag ein Bann, dem man sich nur schwer entziehen konnte. Eins von tausend und abertausend Dingen, mit denen man bei Feenwesen rechnen musste. Manche sangen so betörend, dass man ihnen verfiel, auch wenn man nur kurz lauschte, andere schauten einen an, und man versank in ihren Augen und erwachte erst, wenn es zu spät war. Leslie sagte, es habe einmal eins davon in Glenshee gegeben, und es habe gern die Gestalt einer Kuh angenommen oder die eines kleinen Hunds. Wieder andere waren so schön, dass man weinte, bis man an Erschöpfung starb. Manche fraßen einen dann auf, wieder andere scherten sich gar nicht darum. Der Krötenkobold mit seinem absurd breiten, klaffenden Maul sah Felix nach der Sorte aus, die einen dann fraß, wenngleich bei ihm kaum die Schönheit dazu führte, dass einem die Glieder den Dienst versagten, sondern der schiere Ekel. Vermutlich verspeiste er einen, während man noch lebte, sich aber nicht rühren konnte.

Felix war speiübel vom flüchtigen Blick auf die rotzgrünen Warzen auf schlammbrauner Haut.

»Oh«, hörte er jemanden sagen. »Tut mir total leid, Hauenstein. Da habe ich doch glatt …«

Felix schaute auf seinen Teller hinunter und sah den Inhalt eines halben Salzstreuers auf seinem Stück Fleisch und dem Bohnengemüse liegen.

Timmy Parker, der neben ihm saß, schaute über Felix hinweg Terry Walsh, der den Salzstreuer in der Hand hielt, böse an. »Ich hab gesehen, dass du ihn eben aufgedreht hast. Das war Absicht.«

»Unsinn«, behauptete Terry. »Ich wollte ihn nur zurückstellen. Kann ich da was für, wenn Hauenstein träumt und ich ihn aus Versehen anstoße und mir dann so ein bisschen Salz auskippt? Aber lass mal sehen.« Er nahm seine Serviette, spuckte darauf und rieb kräftig über das Steak. »Na schau mal, Hauenstein, wie neu!«

Timmy Parker war flammend rot geworden, sagte aber nichts mehr. Donald Murphy und Terry Walsh grinsten einander an.

Resignierend schaute Felix auf seinen Teller hinunter. »Schon okay«, murmelte er. »Ich habe eh keinen Hunger mehr.«

Es stimmte sogar. Beim Anblick des Krötenkobolds war ihm gründlich der Appetit vergangen. Selbst wenn er sich getraut hätte, noch einmal hinüberzusehen, verspürte er keinerlei Bedürfnis danach. Außerdem hatte er es eilig – wenn er erst nach dem Abendessen aufbrach, würde es dunkel sein, bevor er wieder zurück auf Glen war.

Er stand auf, sicherheitshalber achtete er auf Terry Walshs Fuß, damit der ihm kein Bein stellte, nahm seinen Teller und trug ihn zur Küche. Die Bemerkungen vom Tisch, die vermutlich nicht sehr schmeichelhaft waren, hörte er kaum. Im Geist war er bereits wieder bei Leslie und Grau. Dass Benny kurz vor ihm den Speisesaal verließ, bemerkte er kaum.

Gins Haus war leer. Weder Gin war da noch Leslie, Sil schien auch unterwegs zu sein. Unschlüssig stand er vor der Tür herum, bis ihm einfiel, dass ihn jemand sehen und sich fragen konnte, was er, Felix, hier vor Gins Haustür trieb. Erschrocken wandte er sich um und setzte sich in Bewegung. Zum Dorf. Zum Supermarkt. Zu Gin. Allmählich und vor allem, weil er jetzt ohnehin schon hier war, wurden die drängenden Fragen lauter als seine Angst vor den Antworten.

Gin war noch da, allerdings nicht allein. Ein Mann war bei ihr und redete auf sie ein. Felix kannte ihn nicht, vermutlich war es irgendjemand aus dem Dorf, aber er kam ihm höchstens flüchtig bekannt vor. »Krankenhaus« schnappte er auf, und »unerklärlich«.

An dem eifrig redenden Kunden vorbei schaute Gin Felix an. Sie überlegte, er sah es in ihren müden, traurigen Augen. Er trat näher. »Entschuldigung«, sagte er. »Ich wollte nur ganz kurz fragen …« Seine Stimme stockte.

Der Mann unterbrach sich mitten im Satz und drehte sich um. Es war kein freundlicher Blick, der Felix traf.

»Es ist kein guter Zeitpunkt, Felix«, sagte Gin. »Komm später wieder, ja?«

Seine Schultern sanken herab. Er schaute zu dem Fremden und fragte sich, wer er war – jedenfalls war es keine gute Idee, in seiner Gegenwart offen zu fragen, was Leslie auf Glen gewollt hatte. »Okay«, murmelte er. »Bis später.«

Er wandte sich ab und hörte, wie die beiden ihr Gespräch wieder aufnahmen, dann klingelte hinter ihm die Türglocke, und er stand wieder draußen. Ein eisiger Wind fegte durchs Tal, aber noch hatte es nicht geschneit. Allzu kalt wurde es hier selten. Meistens fror er daheim in Augsburg sehr, wenn er im Winter über die Ferien heimkehrte. Trotzdem zog er den Kragen seiner Jacke enger.

Wenn es Leslie nicht gut ging, fand man sie oft am See. Dort, wo der Kelpie gern zwischen den Kühen herumstand und so tat, als grase er. Leslie sagte, er fresse nicht wirklich Gras, er imitiere nur die Kühe, denn mögen würde er nur Fleisch.

Schaudernd schob Felix die Hände in die Taschen. Jetzt, solange es noch einigermaßen hell war, würde sich der Kelpie vermutlich nicht blicken lassen. Am See war es vergleichsweise sicher. Und im Hoheitsgebiet des Kelpies trieb sich nur selten Volk von Glen herum; die meisten Geschöpfe, die sich den MacGregors angeschlossen hatten, bevorzugten eine häusliche Umgebung. Die wilderen Geschöpfe taugten nichts für die geforderte Disziplin. Es war undenkbar, dass ein Windgeist still in einem geschlossenen Raum verharrte und beobachtete, was geschah, um später davon zu berichten, und auch eine Wassernymphe konnte ebenso wenig mit irgendwelchen Alasdairs anfangen wie umgekehrt. Nicht einmal bestechen konnte man sie, und sie waren so launisch, dass man sich im einen Augenblick noch mit ihnen unterhalten mochte, im nächsten verloren sie die Lust und waren fort.

Wohl fühlte er sich nicht, als er den Marktplatz überquerte und sich auf den Weg zum See machte. Das Dorf kam ihm wie ausgestorben vor. Die meisten Menschen, die hier lebten, arbeiteten außerhalb, einige Häuser gehörten auch Lehrern von Glen. Mister Ross beispielsweise lebte allein auf einem kleinen Hof am Rand des Dorfs, wo er die meiste Zeit an einem seiner drei Motorräder herumwerkelte. Felix wusste nicht, was einen dazu trieb, hier zu leben. Es gab hier nichts, wenn man nichts von den Feen wusste, und ein reges Dorfleben hatte er auch nicht gerade beobachten können, seit er hier war. Aber vermutlich wollten die Dörfler nichts mit den Schülern von Glen zu tun haben, die in solchen Massen kamen und gingen, und sahen zu, sich von ihnen fernzuhalten. Bis auf Mullen, den Schlachter, kannte Felix kaum jemanden hier.

Kurz hinter dem Dorf verlief ein schmaler Sandweg zum See hinunter. Mitten auf diesem Weg stand Benny. Und vor ihm eine Gestalt, ein kleines Mädchen.

Zierlich, Leslies helles Haar, ein blaues Baumwollkleidchen, viel zu kalt für diese Jahreszeit.

Es war so unwirklich, dass sich die Welt schlagartig von Felix entfernte. Sie wich zurück und wurde riesig und fern. Der Sandboden verlor seine Substanz, die Luft ihren Geruch. Sogar Felix' eigener Körper war auf einmal nur noch ein Ding, wie eine Marionette, er fühlte keine Verbindung dazu. Er musste wohl noch eine haben, sonst wäre er einfach in sich zusammengesackt, aber er spürte nichts mehr. Gar nichts mehr. Nur sein Herz schlug schrecklich schnell.

Er hätte nicht zu sagen vermocht, woher er wusste, wer sie war. Zwar hatte Leslie einmal gesagt, dass ihre verlorene Schwester wohl noch ein Kind sei und es für die nächsten Jahrzehnte oder gar Jahrhunderte bleiben würde, weil sie drüben kaum alterte, aber es hätte ja auch ein Mädchen aus dem Dorf sein können. Vielleicht wusste er es, weil sie mit Benny sprach, vielleicht war es auch das lange, blonde Haar, so hell wie das von Leslie, nur dichter und glänzender. Oder es war das dünne blaue Kleidchen, das verriet, dass sie nichts von Temperaturen in dieser Welt verstand oder sich schlicht nicht darum scherte. Jedenfalls wurde sein Mund trocken, und in seiner Brust schmerzte es. Leslies Schwester. *Oh, Leslie,* dachte er, *wo bist du?* Er wusste, wie sehr sie sich danach sehnte, ihre Schwester zu sehen, wenigstens einmal.

Als er näher kam, sah das kleine Mädchen auf und an Benny vorbei. Schaute Felix an.

Ihre Augen waren vollkommen schwarz. Da war kein Augenweiß. Wie die Augen eines Tiers, aber ohne Pupille, ohne Iris.

Wie die Augen des Kelpies.

Mit dem Fuß tastete Felix nach dem Boden. Er spürte ihn nicht. Hart schluckte er und spürte auch das nicht. Vor Angst war urplötzlich sein ganzer Leib taub.

Das Mädchen runzelte die Stirn. Dann griff sie nach Bennys Hand und zog ihn mit sich. Benny folgte ihr.

Das blonde Haar, dichter als Leslies, voller, aber auch ganz fein, wehte ihr in Locken um den Kopf und lang über den Rücken, es sah unwirklich aus. Einige Windgeister sausten hindurch, zornig, aber auch ängstlich, sie blieben nicht lange genug, um etwas anzurichten, sondern stürzten im Sturzflug nieder und sahen zu, dass sie wieder fortkamen.

Ihr Gesicht war klein, herzförmig und süß – wenn man diese Augen nicht sah. Und Benny sah sie nicht. Für ihn hatte sie vermutlich Leslies Augen, hellblau wie ein Morgenhimmel, der sich noch nicht entschieden hatte, ob er sich ernstlich bewölken oder aufklaren sollte.

Felix machte den Mund auf. Heraus kam nur ein Krächzen.

Benny hatte ihn nicht gesehen. Kurz dachte Felix daran, zu Gin zu laufen und hastig hervorzusprudeln, was er gesehen hatte. Aber bis er mit Gin zurückkehrte, wären die beiden fort.

Leslies Schwester. Schwarze Augen wie die des Kelpies. Und mit einem Mal begriff er, dass dies nicht Leslies Schwester war. Dass sich ein Geschöpf ihrer Gestalt bedienen mochte oder dass es sogar Zufall war, dass sie Leslie ähnlich sah. Mit solcher Sicherheit wusste er, mit wem er es hier zu tun hatte, dass er sich fast auf seine eigenen Füße erbrochen hätte vor Angst. Am Tag! Am Tag trieb sie sich hier herum, es dämmerte kaum! Der Gedanke versetzte ihm einen solchen Schlag, dass es ihn lähmte. Er rettete sich jede Nacht von Abenddämmerung zu Morgendämmerung, so gut es eben ging, und begrüßte jeden neuen Tag wie einen Freund, der ihn aus größter Gefahr errettete. Aber wenn sich die Schwarze Banshee am Tag hier draußen herumtrieb, dann gab es keine noch so zerbrechliche Sicherheit. Dann gab es keinen Schutz.

Sie gingen Richtung Herrenhaus. Aber das war, wurde ihm klar, mit Sicherheit nicht ihr Ziel. Direkt hinter dem Herrenhaus begann das Moor.

Sie nahm ihn mit zum Moor.

Die Lähmung fiel von ihm ab. »Benny!«, schrie er und lief los. Unter seinen Füßen spritzte Sand.

Erstaunt drehte sich Benny um. An seiner Hand drehte sich das kleine Mädchen mit. Sie entblößte die Zähne und fauchte Felix lautlos an. Tränen stiegen ihm in die Augen. *O Gott o Gott O GOTT!*, dachte er und wünschte, er würde das Bewusstsein verlieren. Und nun? Was jetzt?

»Felix!«, sagte Benny erstaunt. »Was machst du denn hier?«

Und was machst du da?, wollte Felix ihn anschreien. *Weißt du nicht, mit was du es da zu tun hast?* Aber natürlich wusste Benny es nicht.

Dafür glomm in den schwarzen Augen des Mädchens Begreifen auf. Sie starrte Felix an. Er schaute weg und heftete den Blick auf Bennys Gesicht. Bennys freundliches, schmales, etwas blasses Gesicht.

»Ich wollte«, stammelte er. »Ich wollte …«

»Was denn? Hör mal, ist es sehr dringend? Leslies Schwester hier …«

»Das ist nicht Leslies Schwester!«, schrie Felix auf. Synchron hoben beide, Benny und das kleine Mädchen, die Brauen. Sie schauten einander an. Die Kleine zuckte mit den Schultern, als wüsste sie auch nicht, was sie davon halten sollte. Es war eine unschuldige und reizende Geste. Überhaupt sah sie ungeheuer süß aus. Als müsse sie erst noch lernen, dass es in der Welt auch noch etwas anderes gab als liebevolle Eltern, hübsche Kleidchen, Teddybären und Himbeermarmelade.

»Was meinst du?«, erkundigte sich Benny vorsichtig, als habe er es mit einem geistig etwas zerbrechlichen Gegenüber zu tun, das man nicht reizen sollte. »Das ist Leslies Schwester. Sie hat mir gerade erzählt, dass …« Er brach ab.

Die Kleine zog an seiner Hand. »Es geht ihr wirklich nicht gut«, lispelte sie. »Bitte, können wir zu ihr?« Jetzt traten sogar Tränen in ihre Augen. Es sah absurd aus, die schwarzen Kugeln schimmerten feucht und schienen noch größer zu werden, als würden sie sich weit öffnen. Fast hätte Felix' Blase nachgegeben. Ihm wurde bewusst, dass sie noch kein einziges Mal geblinzelt hatte.

»Er kann mitkommen«, sagte sie, deutete auf Felix und zerrte an Bennys Hand. »Bitte, schnell!«

»Tja«, sagte Benny und wandte sich zu Felix. »Dann komm halt mit. Schau, Alasdair hat … ach, es ist kompliziert. Aber ich glaube, sie steckt in Schwierigkeiten. Und Leslies Schwester hier …«

Die Kleine drehte den Kopf mit einer ruckartigen, echsenhaften Bewegung und starrte Felix an. Ihre Lippen verzogen sich zu einem wölfischen Grinsen. Dem Grinsen einer Erwachsenen, oder vielmehr dem Grinsen eines sehr viel älteren Geschöpfs, als ein menschlicher Erwachsener es jemals zu werden hoffen konnte. Benny sah es nicht.

»Geh nicht mit ihr«, schrie Felix und wich zurück. Jetzt strömten ihm Tränen übers Gesicht. »Geh nicht mit. Was sagt sie, wo Leslie ist? Im Moor? Sagt sie, sie ist im Moor?«

Verblüfft schaute Benny die Kleine an, die seinen Blick ernst erwiderte. »Sie weint«, sagte sie und nickte mit dem Eifer eines kleinen Kindes. »Sie weint ganz schrecklich, als ob sie nie wieder aufhört.«

»Im Moor?«, schrie Felix.

Verstört schaute Benny ihn an. »Ja, schon. Sag mal, was ist denn mit dir …«

»Das ist kein Mensch!« Felix war jetzt außer sich vor Panik. Jetzt war alles egal, dachte er. Es war längst zu spät. »Das ist kein Mensch! Das ist … ein Ding! Wenn du *sehen* könntest … Das da ist eine Fee! Ein Ungeheuer! Wenn du ins Moor gehst, dann …«

Sie fing an zu weinen. Er sah es und sah es nicht. Er sah, wie ihr Tränen übers Gesicht rollten, und vermutlich sah Benny, wie sich ihr süßes Gesicht weinerlich verzog. Aber Felix sah es nur schemenhaft, als würden sich zwei Bilder überlagern. Sie starrte ihn mit ihren schwarzen Augen an, ohne zu blinzeln.

Ich bin tot, begriff er benommen. *Das war's.* Und in diesem Moment ergriff Tapferkeit von ihm Besitz. Vielleicht war es auch nur das Begreifen, dass es für ihn sowieso keine Hilfe mehr gab. Es gab nichts, was er tun konnte, um es noch schlimmer zu machen. Er sah Feen. Wie Will sie gesehen hatte. Er stand auf der Abschussliste – ihr Blick machte ihm das unmissverständlich klar. Also war es tatsächlich egal.

Er bückte sich, hob einen Stein auf und schleuderte ihn nach ihr. Er zielte schlecht und streifte sie nur an der Schulter. Sie reagierte nicht, als hätte sie den Treffer gar nicht bemerkt.

»Grau!«, schrie er aus vollem Hals. »Leslie! *Kelpie!* Sie ist hier! Sie ist hier!« Er packte einen weiteren Stein und warf ihn. Hätte sich Benny nicht blitzartig dazwischengeschoben, hätte er diesmal besser getroffen, doch so streifte der Stein Benny und landete harmlos im Gras.

»Kelpie!«, kreischte Felix außer sich. »Leslie! Grau! Oh, Grau! Komm her! Reiß sie in Stücke! Reiß sie in tausend Stücke!« Er hörte kaum, was er sagte. Vor Angst liefen ihm Tränen übers Gesicht.

In Bennys entsetzte Miene kam Leben. »Felix«, rief er. »Hör auf. Spinnst du? Spinnt ihr eigentlich *alle*?«

Hinter ihm sah Felix das Gesicht des Mädchens, das keins war.

Und dann löste sich etwas von ihr. Wie ein schwarzer Schleier, der von ihrem Gesicht wehte, direkt auf ihn zu. Ein Gesicht aus Schatten, Nebel, Schleiern, körperlos und schrecklich. Der Mund öffnete sich, und Felix sah Reißzähne. *Kleiner fetter Junge,* flüsterte das Gesicht, wehte durch ihn hindurch und war verschwunden.

Grauen wallte in ihm auf. Und er wusste, was sie wusste – dass er ein kleiner fetter Junge war und es bleiben würde, solange er lebte. Sein Körper würde sich verändern, aber er selbst würde der Gleiche bleiben. Für immer Felix, klein und fett und feige. Für immer Felix, den andere verachteten, wo er auch hinkam. Ihre Stimme flüsterte in seinen Knochen, als vibriere darin leises Lachen. Ein kleiner fetter Junge war er, und ein kleiner fetter Junge würde er bleiben, er würde nicht erwachsen werden, nur alt, und es würde sich nie etwas ändern.

Unartikuliert schrie Felix auf, griff sich einen weiteren Stein und stürzte sich auf sie.

Benny hielt ihn auf. Er war schmal gebaut, aber ungleich kräftiger als Felix. Mit unbarmherziger Kraft packte er ihn und presste ihm die Arme an den Leib. »Verdammt«, zischte er, »was ist mit dir los? Felix! Komm mal zu dir. *Felix!*«

Die Kleine stolperte rückwärts, in ihrem Gesicht stand blanker Schrecken. Das war es, was Benny sehen konnte. Aber Felix sah auch das andere Gesicht. Die schwarzen Augen standen voller Hohn, und die Drohung darin war ganz unverhüllt. Heute Nacht würde die Schwarze Banshee nicht wegen Ned Finley kommen.

Felix zappelte und fauchte, er hielt den Stein fest umklammert, er wollte ihr den Schädel einschlagen. Diesen Schädel mit den riesigen, schwarzen Augen. Aber Benny ließ ihn nicht. Benny hielt ihn fest. Vor Verzweiflung schrie er auf. »Will!«, brüllte er sinnlos. Dann sah er einige Windgeister, die sich aus großer Höhe jubelnd auf das Mädchen stürzten, ihr hastig durch die Haare zischten und wieder emporstiegen, sie waren wie ein verspieltes Rudel junger Hunde, zu dumm, um zu verstehen, was geschah, und sie konnten ihr ohnehin nichts anhaben. Nichts Mächtigeres dabei, nur einige kleine Windgeister, schon nicht mehr dieselben wie vorhin, die waren fort, und neue waren gekommen.

»Wenn ihr helfen wollt«, keuchte Felix, »dann holt Leslie. Oder holt Grau. Holt Grau!«

Die Geister kicherten und stiegen empor. Alle bis auf einen. Der verharrte kurz, so dass Felix sein Gesicht sehen konnte, soweit man bei einem Windgeist von einem Gesicht sprechen konnte. Schwach ausgeformte kindliche Züge, ein Vollmondgesicht. Vielleicht war es nicht einmal sein eigenes Gesicht, sondern er versuchte, das von Felix nachzuahmen. Aber er hörte zu. *Er hörte zu.*

»Hol Grau«, flehte Felix. »Verstehst du? Hol Grau, so schnell du kannst!«

Das Mädchen haschte nach dem Windgeist, aber da nickte er schon und sauste davon. Sie griff ins Leere.

Einen Augenblick lang starrte sie ihn an. »Du bist sehr gemein«, jammerte sie dann. *Kleiner fetter Junge,* flüsterte eine Stimme hinterher, und er war nicht sicher, ob er es sich nur einbildete oder es wirklich gehört hatte. Sie tat einen Schritt auf ihn zu.

Hinter ihr eine Bewegung. Unvermittelt stand dort Grau. Sein Körper floss aus dem schwachen Nebel zusammen, der über den Wiesen hing. Abrupt löste sich Bennys fester Griff. Felix hörte ihn ächzen.

Die Kleine schaute Felix an.

Dann löste sie sich auf.

Auf einmal stand dort nur noch Grau. Er hatte die Zähne entblößt.

Felix' Herz schlug schmerzhaft langsam. Kein Körper. Sie hatte sich nicht in einem wirklichen Körper hergetraut. Sie war nicht wirklich dagewesen. Er hätte ihr nichts anhaben können. Vielleicht war sie noch weniger wirklich gewesen als bei Nacht. Kurz zweifelte er an seinem Verstand.

Er war nicht der Einzige.

»Was zum … was war das?«, flüsterte Benny. »Was … was zum Teufel *war* das?«

Felix hielt noch immer den Stein in der Hand. Er öffnete die Faust und ließ ihn fallen. Grau regte sich nicht. Er beobachtete Felix mit gelblichen Augen.

Felix versuchte, ruhig zu atmen. Er schaffte es nicht. Angst stieg in ihm auf, als käme rasch die Flut und schwemme ihn fort. Er öffnete den Mund, aber heraus kam kein Wort, sondern nur stoßweiser Atem. *O Gott,* dachte er, und dann dachte er an Leslie, die von Gott nichts hielt, und stellte fest, dass auch er nicht auf seine Hilfe vertraute, nicht hier. *O Pan,* dachte er, aber Pan war ein ebenso unzuverlässiger Beschützer, wie seine Geschöpfe unberechenbar waren, und Felix fand keinen Trost darin, ihn anzurufen.

Ruhig erwiderte Grau seinen Blick. Aber Grau hatte Will nicht beschützen können. Und was waren Ohrenstöpsel denn wert, wenn es die Schwarze Banshee auf einen abgesehen hatte? Nichts. Sie musste nur einen kleinen Kobold schicken, der sie ihm aus den Ohren zog, wenn er schlief. Und dann würde sie für ihn singen. Und er würde schreien. Schreien, ohne aufzuhören. Grau konnte ihn nicht beschützen. Leslie konnte ihn nicht beschützen. Es war vorbei. Die Schwarze Banshee wusste, dass er sah, und er hatte einen Stein nach ihr geworfen. Wills Schicksal mochte gnädig sein im Vergleich zu dem, das ihn erwartete.

Er wandte sich ab und taumelte davon. Hinter sich hörte er Benny rufen, aber er drehte sich nicht um. Er kam ein paar Schritte weit, dann holte Grau ihn ein. Lautlos wie Nebel tauchte er auf und trottete neben ihm her, riesig und verlässlich und einen Schutz versprechend, den er nicht leisten konnte.

Hinter ihnen rief wieder Benny, es klang verloren und fern, aber Felix hörte nicht hin. *Ich kann nie wieder schlafen,* dachte er noch. Dann erreichte die nackte, kalte Angst seinen Kopf, und er dachte gar nichts mehr.

DRITTES BUCH

24 VORKOMMNISSE

»Kann ich dich kurz sprechen?«

Erstaunt blickte Benny auf. Er saß mit seinen Spanischübungen im Kaminzimmer, an dem einzigen kleinen Tisch in Kaminnähe. Es hatte sich herausgestellt, dass er mit den traditionellen Lehrbüchern doch am besten fuhr, zumindest bei Spanisch. Allerdings half ihm das jetzt auch nicht weiter, er begriff nichts von dem, was er las, und blätterte nur ab und zu um, damit niemand ihn störte.

Am Kamin saß Callahan mit einem Buch, seine Nähe wirkte beruhigend auf Benny. Auf den Sofas lümmelten Oliver, Richard und Nicholas Hunter herum, dazu Neill Graham und Dave Bennett. Sie hatten eine Firmenbesprechung, ein außerordentlich wichtiges Meeting, bei dem es um die geschäftliche Annäherung der *Pink Panther AG* und der *Transformers* ging. Man hatte, so Olivers großspurige Verkündung, erkannt, dass die Konkurrenzsituation die Entfaltung des großen Potenzials beider Firmen behinderte, und eine außerordentliche Sitzung einberufen, wie Richard Benny verraten hatte, um eine Annäherung zum beiderseitigen Vorteil anzustreben und valide Kompromissvorschläge auszuarbeiten. Vor allem allerdings vertilgten sie Unmengen Chips, stürzten literweise Cola und Tee hinunter und zogen über die nicht anwesenden Firmenmitglieder her. Vermutlich war es eine sehr naturgetreue Abbildung eines richtigen Meetings, hatte Benny zwischendurch zerstreut gedacht. Oliver sah sehr zufrieden aus. Aber wann tat er das nicht?

Vor ihm stand Lester Morgan und trug eine wichtige Miene zur Schau. »Ungern«, sagte Benny. »Ich lerne.« Er hatte Kopfschmerzen. »Worum geht es denn?«

Auffordernd deutete der stockdürre Morgan mit dem Kopf zur Tür. Seufzend legte Benny das Buch beiseite und streckte sich. Seine Gelenke knackten.

»Au«, sagte Morgan. »Die Kapseln. Du musst mehr Dehnübungen machen. Oder weniger, das kommt ganz darauf an. Nimmst du Magnesium?«

»Was?«

»Gut für die Gelenke. Für die Durchblutung. Hast du nachts manchmal leichte Wadenkrämpfe?«

»Nein.«

»Falls du welche bekommen solltest, nimm Magnesium. Das hilft, ehrlich. Nimm es aber abends vor dem Schlafengehen und nie innerhalb derselben Stunde, in der du Milch trinkst. Magnesium ist ein Calcium-Vernichter.«

Aus dem Augenwinkel fing Benny Callahans Blick auf. Callahan verzog das bewegliche Gesicht zu einer verzweifelten Miene und wackelte mit einem Ohr, um sein Mitgefühl auszudrücken.

»Kommst du?«, fragte Morgan ungeduldig.

Resignierend folgte ihm Benny vor die Tür. »Worum geht es denn?«

Wortlos strebte Morgan ihm voran zur nächsten kleinen Nische, in der ein Tisch und drei Sessel standen. Als Benny hineinschaute, wäre er fast zurückgeprallt.

Dort saß Sandy Carter. Der Blonde mit dem Pferdeschwanz aus der Bibliothek. Der Typ aus dem Zirkel. »Benny«, begrüßte er ihn, seine Augen waren freundlich, das Gesicht ernst, aber nicht angespannt. »Schön, dass du Zeit für mich hast. Setz dich doch. Danke, Morgan – du hast sicher noch was zu tun. Lass dich nicht aufhalten.«

Morgan sah aus, als ersticke er fast an seiner Neugier. Ein Schüler der Abschlussklasse, dazu noch ein Zirkelmitglied, wollte Benny sprechen! Wenn das mal nicht aufregend war! Aber er verzog sich artig. Benny und Carter waren allein.

Der Zirkel also. Benny hatte den ganzen Abend darüber nachgedacht, was er vorhin am See gesehen hatte. Oder vielmehr: Was er *nicht* gesehen hatte. Wo der riesige Wolfshund hergekommen war, zum Beispiel. Wohin Leslies kleine Schwester verschwunden war.

Es gab keine Erklärung. Außer der, dass er verrückt geworden war. Oder dass ganz normale Erklärungen für das, was hier passierte, nicht ausreichten. Seit Stunden überlegte Benny sorgsam, was ihm plausibler vorkam. Jedenfalls gab er vor, das zu tun. In Wirklichkeit war er wie gelähmt, und seine Gedanken drehten sich in einem so engen Kreis, dass ihm immer schwindliger wurde.

Eine ganze Weile musterten sie einander abschätzend.

»Du bist bestimmt durcheinander«, sagte Carter schließlich freundlich.

Benny antwortete nicht. Er studierte Carters Gesicht. Es war ein ganz normales, nicht weiter auffälliges Gesicht, das Lächeln fast kameradschaftlich. Es gab keinen Anlass, Sandy Carter nicht für einen netten Kerl zu halten.

»Weshalb sollte ich durcheinander sein?«, fragte er zurückhaltend.

Carter lehnte sich zurück und betrachtete ihn nachdenklich. »Du siehst aus, als glaubtest du, ich würde in der nächsten Sekunde eine Keule zücken und sie dir über den Schädel ziehen.«

»Und?«

»Was meinst du?«

»Und – wirst du das?«

Ein kurzes Lächeln zog durch Carters Gesicht. »Eigentlich nicht, nein.«

»Nett von dir.«

Carter hob ein Bein, packte es beim Fußknöchel und legte es über das andere. Es sah ein bisschen sperrig aus und erinnerte Benny an den Versuch einer Heuschrecke, sich zu einer bequemen Position zusammenzufalten. »Ich glaube, du bist ein Typ, der Ehrlichkeit verträgt. Alasdair MacGregor hat mich gebeten, mit dir zu reden.«

Um Bennys Mundwinkel zuckte es. »Aha.«

»Du hast vorhin einer etwas unangenehmen Diskussion zwischen ihm und seiner Schwester beigewohnt.«

Zuerst wusste Benny nicht, wovon er sprach. Dann fiel es ihm wieder ein. Leslie und Alasdair vor dem Speisesaal. Er blinzelte. Es war ein ganz unwirkliches Gefühl – war das wirklich heute gewesen? Und wollte Carter wirklich *darüber* mit ihm reden? Gegen das, was am See geschehen war, kam es ihm so unerheblich vor.

»Eine … Diskussion«, wiederholte er stumpf.

»Er hat sie geschlagen«, sagte Carter offen. »Und du hast ihm eine reingehauen. Ehrlich gesagt, mir imponiert das. Es gibt keine Entschuldigung dafür, ein Mädchen zu schlagen. Eigentlich, ich ziehe da ungern künstliche Geschlechtergrenzen, gibt es keinen vertretbaren Grund dafür, *irgendwen* zu schlagen.« Sein Lächeln war nicht da, um zu verhüllen, was er meinte.

»Touché«, sagte Benny trocken. »Ich bin da kein Waisenknabe, willst du wohl sagen.«

»Ich vermute nur, dass du weißt, dass einem manchmal die Hand ausrutschen kann, wenn man ein unglückliches Temperament hat.«

»Das ist keine Entschuldigung«, sagte Benny lahm.

»Richtig«, stimmte Carter zu. »Keine Entschuldigung. Nur eine Erklärung. Entschuldigungen müssen die Betroffenen untereinander finden. Die MacGregors betrachten ihre Familienangelegenheiten als ureigenste Privatsache. Und vermutlich ist das die einzig vernünftige Herangehensweise, wenn man ein Internat leitet, das in unmittelbarer Nähe zum eigenen Wohnort liegt, dazu in einer so abgeschiedenen Ecke wie hier in Glenshee.«

Benny nickte vorsichtig. »Schon klar. Ich halte mich raus.«

Carter musterte ihn. »Du siehst nicht aus wie jemand, der sich gern in Schwierigkeiten bringt.«

»Bin ich in Schwierigkeiten?«, fragte Benny.

Wieder musterte Carter ihn lange. »Ja«, sagte er dann. »Wenn du es auf deine Position in Glen beziehst: Ja. Aber so wie ich es verstanden habe und einschätze, ist das Angebot von Alasdair Folgendes: Du hältst dich ab sofort aus seinen Angelegenheiten raus, kümmerst dich nur noch um deine eigenen, und für ihn ist die Sache erledigt. Seine Angelegenheiten, das betrifft gewisse Vorkommnisse auf Glen sowie alles, was mit der Familie MacGregor zusammenhängt.«

Vorkommnisse, dachte Benny. Plötzlich war er auf der Hut.

»Vorkommnisse«, wiederholte er.

Sandy Carter lächelte neutral. »Richtig. Vorkommnisse.«

Wusste Carter, was heute am See geschehen war? Oder war beides, der Vorfall am See und der beim Mittagessen, vollkommen unabhängig voneinander, stimmte womöglich etwas auf Glen und in Glenshee ganz empfindlich nicht, aber der Zirkel hatte damit gar nichts zu tun? Vielleicht waren sie nur ein Haufen aufgeblasener Angeber, und er interpretierte in das großspurige Wort *Vorkommnisse* zu viel hinein. Er wusste es nicht. Aber falls Sandy Carter auf das anspielte, was am

See geschehen war, dann war Benny nicht verrückt. Dann hatte er es sich nicht nur eingebildet. Denn wenn er verrückt wäre, dann hätte er eine sehr viel abenteuerlichere Ansprache zurechtfantasiert. Sandy Carters neutrale Worte und sein sachliches Auftreten entsprachen nicht Bennys Sinn für Dramatik. Das war ein reichlich dünnes Fundament für die Schlussfolgerung, nicht den Verstand verloren zu haben, aber Benny genügte es, und plötzlich lief es ihm eiskalt über den Rücken. Wolfshunde, die aus dem Nichts auftauchten. Kleine Mädchen, die sich vor seinen Augen auflösten. Und Felix mittendrin. Den würde er sich packen. Er musste es vorsichtig anstellen, wenn der Zirkel ein Auge auf ihn hatte. *Glen hat Ohren,* dachte er. Vorsichtig also. Aber wenn Felix das nächste Mal die Burg verließ, würde er, Benny, ihn sich schnappen, und dann würde Felix ihm verraten, was hier vorging, und wenn Benny es aus ihm herausprügeln musste.

»Ich bin hier, um zu lernen und einen guten Abschluss zu machen.« Bennys Stimme klang künstlich und unglaubwürdig, auch in seinen eigenen Ohren. »Nicht, um mir Ärger mit irgendwem einzuhandeln. Am allerwenigsten mit dem … den MacGregors.«

Mit seinen Blicken unterzog ihn Carter einer sorgfältigen, freundlichen, aber gründlichen Prüfung. Endlich schien er zufrieden zu sein und nickte. »Okay. Das freut mich. Freut mich wirklich.«

Benny zuckte mit den Schultern. »Kann ich jetzt gehen? Ich habe nämlich bis morgen noch ganz schön was zu tun.«

»Spanisch, richtig?«

Überrascht schaute Benny auf. »Woher …«

»Morgan.« Carter lachte aufgeräumt. »Nichts Geheimnisvolles. Ich habe Morgan gefragt, ob er dich vielleicht holen würde, und er hat ein bisschen rumgedruckst und gesagt, du lernst gerade Spanisch, und Darcy hätte ihm erzählt, dass du das auch bitter nötig hättest. Und dass er glaubt, du würdest es ganz sicher verhauen.«

»Nett von Darcy«, brummte Benny.

»Beweis ihm das Gegenteil.« Lächelnd stand Carter auf. »Du läufst gern, oder?«

Benny stand ebenfalls auf und nickte.

»Nutz doch die Zeit – in der Medienbibliothek gibt es Lernsoftware. Auch als MP3 müsste da Etliches sein. Ich weiß das leider sehr genau – Malcolm aus meinem Zimmer ist nämlich nervös wegen seiner Russisch-Prüfungen nächstes Jahr und schwört auf das bequeme Lernen im Schlaf. Die faule Sau. Jedenfalls hört er die ganze Nacht dieses Zeug und behauptet, es bringe fast genau so viel, wie im Wachzustand zu lernen, würde nur tierisch Zeit sparen. Leider quatscht er dadurch die halbe Nacht Russisch. Ich wache dauernd davon auf.«

»Klingt super.« Benny rang sich ein Grinsen ab.

»Besorg dir so was für Spanisch und hör es dir beim Laufen an. Neurologischen Studien zufolge funktionieren kognitive Fähigkeiten besonders gut in Bewegung. Oder auch: Wer läuft, während er Verben konjugiert, ist doppelt so schnell. Leider nicht beim Laufen, aber doch beim Lernen.« Jetzt war Carter ganz in seinem Element. Ein bisschen erinnerte er Benny an Daniel Green, der auch diesen Glanz in den Augen bekam, wenn er seine Theorien ausbreiten durfte. Vielleicht war Carter tatsächlich gar kein schlechter Kerl. Nicht, dass Benny Sehnsucht danach verspürte, sich mit ihm anzufreunden, aber er stellte fest, dass er ihn ganz okay fand.

»Ich habe keinen MP3-Player«, sagte er. »Das heißt, ich habe einen, aber zu Hause.«

»Na und?«, fragte Carter schulterzuckend. »Leih dir halt einen in der Bibliothek aus.«

»Da gibt es welche?«

»Klar. Werden kaum benutzt, die meisten haben eigene, und es wird ja auch nicht gern gesehen, wenn man hier mit Stöpseln im Ohr durch die Gegend rennt. Aber für Lernzwecke … leih dir halt einen aus. Hab ich letztes Jahr auch gemacht, als meiner aus dem Fenster gefallen ist.«

»Gibt es vielleicht auch eine Musikbibliothek?«

»Weiß nicht. Denke schon.«

»Danke für den Tipp. Wirklich. Danke. Das ist cool.«

»Gern«, sagte Carter und lächelte. »Ich helfe gern, wenn ich kann.«

»Noch drei Mal«, sagte Cooper zur Begrüßung, als er kurz nach Benny im Stall eintraf.

Benny nickte. »Wird mir fehlen.«

Cooper schnaubte nur. Während er seine Schubkarre und die Mistgabel holte, stellte Benny fest, dass seine Bemerkung gar nicht so ironisch gewesen war, wie er geglaubt hatte. Er hatte sich daran gewöhnt – an das leise Schnauben der Pferde, an ihre glatten Leiber und schnobernden Nüstern, die weich an seinen Taschen herumtasteten, auf der Suche nach Futter. Selbst der Geruch störte ihn kaum noch. Die Arbeit ging ihm leicht von der Hand, und das Schweigen zwischen ihm und Cooper war längst nicht mehr feindselig. Jedenfalls empfand er selbst es nicht mehr so, vielleicht sah Cooper das anders. Was Benny betraf, war die pädagogische Rechnung der Rutherford aufgegangen. Zwar war er weit davon entfernt, Cooper zu fragen, ob sie nicht die Weihnachtsferien zusammen verbringen sollten, aber sein Ekel hatte sich gelegt. Noch immer war Cooper hässlich wie die Nacht, die alten Pickel waren weg, aber durch reichlich neue ersetzt worden – ein besonders fetter saß genau unterhalb seines linken Nasenflügels –, und auch nach zwei Monaten gemeinsamen Stalldiensts zeichnete er sich nicht plötzlich durch bemerkenswerte Intelligenz aus. Aber er störte Benny nicht mehr besonders.

Er öffnete die Box von Galan, dem riesigen, hellbraunen Pferd, zu dem er sich an seinem ersten Abend im Stall nicht hineingetraut hatte. Galan steckte bereitwillig den Kopf ins Halfter und ließ sich auf die Stallgasse hinausführen, er war so friedlich wie immer. Zur Belohnung klopfte Benny den seidigen Hals, holte die zwei Haufen Äpfel aus der Box, die Galan im Laufe des Tages dort gelassen hatte, und fragte sich, was man den ganzen Tag über dachte, wenn man so in der Box herumstand. Morgens kamen die Pferde vier Stunden lang auf die Weide, im Schnitt wurden sie zwei Stunden geritten. Da blieben täglich achtzehn Stunden in der geräumigen, quadratischen Box mit ihren Holzwänden und Gitterstäben. Es kam Benny wenig erstrebenswert vor, ein gut gepflegtes Reitpferd zu sein. Galan jedoch schien ganz zufrieden mit seinem Los zu sein, er schnaufte ihm freundlich in die Armbeuge, als Benny ihn in die gesäuberte Box zurückbrachte, und tastete mit erstaunlich beweglichen Lippen in seinen Taschen nach Essbarem.

»Du hast ganz schön Glück, so dumm zu sein«, erklärte Benny ihm und zog vorsichtig an einem der weichen Ohren. »Wenn du wüsstest, wie öde dein Leben ist, dann hättest du nicht so gute Laune.«

Schnaubend warf Galan den Kopf zurück. Schnell wich Benny zurück – ganz wohl war ihm immer noch nicht, wenn so ein Riesenvieh in allzu viel Bewegung geriet. Aber Galan hatte sich schon wieder beruhigt. Vor der Box war Cooper aufgetaucht, etwas zu abrupt für die Nerven des großen Braunen.

»Penelope«, sagte Cooper.

»Hä?«

»Ist das irgendein Scherz? Ein Streich zum Abschluss?«

»Ich habe keine Ahnung, wovon du redest.« Benny schob sich aus der Box heraus und schloss die Tür. »Was ist los?«

»Penelope. Die kleine dunkle Stute.« Cooper deutete ein Stück den Gang hinunter.

»Was ist mit der?«

»Ist weg.«

»Und was genau soll das mit einem Streich oder Scherz …«

»Schon gut. Du weißt also auch nicht, wo sie ist.«

Benny hob die Brauen und schaute demonstrativ in seinen Taschen nach. »Nee. Tut mir leid, ich hab sie nicht aus Versehen eingesteckt.«

Mit kleinen, misstrauischen Augen musterte ihn Cooper.

»Vielleicht ist sie noch auf der Weide?«, schlug Benny vor. »Vielleicht hat Murray vergessen, sie reinzuholen.«

»Hm«, brummte Cooper und stiefelte davon, um nachzuschauen. Achselzuckend machte sich Benny an die nächste Box. Dort stand Fergus, der ihm seit ihrer ersten Begegnung gern den Kopf in die Rippen oder unters Kinn hieb – ein kleiner Rappe mit flinken Bewegungen und wilden Augen, in denen immer ein weißer Rand zu sehen war. Ihn bestach er vorsichtshalber mit ein wenig Futter, bevor er ihn auf die Stallgasse hinausbrachte. Seine Nervosität übertrug sich auf Fergus, oder die von Fergus auf ihn, beim Herausführen trat der Rappe ihm auf den Fuß, und dann hieb er ihm den knochigen Kopf von hinten auf die Schulter und schnaubte ihm kurz und hart ins Ohr, als Benny gerade den Strick festknotete. »Scheißvieh«, murmelte er und humpelte aus der Reichweite des Pferdes. »Kannst deinen Mist auch gern behalten, wenn du willst.«

Fergus verdrehte die Augen, biss in den Strick und warf den Kopf auf und ab.

»Idiot«, sagte Benny und machte sich an die Box. In Fergus' Fall taten ihm die achtzehn Stunden Boxenhaft nicht leid. Möglich, dass er verträglicher gewesen wäre, wenn er den ganzen Tag mit hübschen Stuten um die Wette hätte laufen können, aber ein saublödes Vieh war und blieb er.

»Nicht da«, sagte jemand vor der Box, fast wäre Benny zusammengezuckt, aber es war nur Cooper mit einem Futtereimer und einer Taschenlampe in den Händen. »Weit und breit nichts von ihr zu sehen.«

»Frag doch Murray, wo sie steckt«, schlug Benny vor und schaufelte eine Ladung glänzend brauner Pferdeäpfel so knapp an Cooper vorbei, dass der den Luftzug spüren musste.

»Klar«, sagte Cooper, blieb aber stehen. »Mach ich. Wenn du mir in die Hand versprichst …«

»Hör mal, was ist das für eine idiotische Idee? Du glaubst doch nicht, dass ich ein Pferd verstecke, um … um was? Um dich noch mal zu ärgern, bevor der Stalldienst rum ist?«

»Nee.« Cooper kratzte sich hinter dem Ohr. »Eigentlich nicht.«

»Und uneigentlich?«

»Na ja. Also du hast nichts damit zu tun?«

Benny verdrehte in bester Fergus-Manier die Augen. »Du bist so dämlich, dass es schon stinkt. Nein. Nei-en. Ich habe kein Pferd versteckt, um dich zu ärgern. Allein die Idee ist idiotisch.«

»Kein Grund, beleidigend zu werden«, knurrte Cooper, stellte den Eimer ab und trottete die Stallgasse hinunter, um bei Murray nachzufragen.

Beim Zurückführen knallte Fergus Benny den Kopf unters Kinn. »Danke«, brummte Benny und war damit beschäftigt, sein Kinn zu betasten und zu überprüfen, ob es noch da saß, wo es hingehörte, als Cooper zurückkam, dicht gefolgt von

Murray. Murray warf einen raschen Blick in Penelopes Box, runzelte die Stirn und verschwand in der Sattelkammer. Als er wieder herauskam, war seine Stirn gefurcht. »Ich muss mal eben ins Büro«, brummte er.

»Was ist denn los?«, rief Cooper ihm hinterher. »Wo steckt sie?«

»Von Hauenstein hat sie vorhin mit rausgenommen. Für 'ne Stunde, hat er gesagt.«

Schlagartig war Benny hellwach. »Wann war das?«, wollte er wissen, aber Murray war schon um die Ecke. Also lief er ihm hinterher. Für jemanden mit so krummen Beinen war Murray ganz schön schnell unterwegs. »Wann hat er sie rausgeholt?«, wollte Benny wissen.

»Nach dem Mittagessen irgendwann. Weiß nicht mehr genau. Hatte gerade zu tun. Verdammt, das gibt Ärger.«

Benny blieb stehen und ließ ihn ziehen. Nach dem Mittagessen irgendwann. Das war mehrere Stunden her.

Ihm war, als streiche jemand mit einer sehr feinen Feder über sein Rückgrat, kaum spürbar. In seinem Bauch zog es unangenehm, die Eingeweide schienen sich zu einem festen Ball zusammenzuschlingen. Überrascht stellte er fest, dass es genau das Gefühl war, das seine Mutter manchmal beschrieben hatte. Er sah sie vor sich, an diesem einen Abend, als eine Freundin nicht pünktlich war. »Es ist etwas passiert«, hatte sie beharrt. Die Freundin war nur eine Viertelstunde überfällig gewesen, als sie damit angefangen hatte. Benny war elf oder zwölf gewesen, und er wusste noch, dass ihn Scheu befallen hatte, Scheu vor dem Ausdruck in ihrem Gesicht und dem Klang ihrer Stimme.

»Ach Annie, nicht schon wieder eine Ahnung«, hatte der Vater geseufzt und sie von hinten mit den Armen umschlungen. Seine Handrücken waren haarig, das war Benny zum ersten Mal so richtig bewusst aufgefallen, von den Ansätzen der Finger an, er hatte sich ein wenig davor geekelt. »Ahnungen sind nichts als Ängste. Und das Leben ist zu kurz, um Angst zu haben.«

Wie Recht er gehabt hatte! Zu diesem Zeitpunkt hatte Anne Reutter selbst nur noch einen oder zwei Sommer zu leben gehabt. Es nagte an Benny, dass er nicht wusste, ob es einer oder zwei gewesen waren. Aber das änderte nichts an seiner Gänsehaut und dem Schauder, der ihn erfasste. »Mir ist, als ob da drin alles ein einziger Klumpen ist«, hatte sie gesagt und sich aus seinem Griff befreit. Das war für sie ein sicheres Zeichen. Und sie hatte Recht behalten. Ihre Freundin hatte sich auf der Autobahn in ihrem kleinen Golf zweimal überschlagen, als sie aus nie geklärten Gründen von der Fahrbahn abgekommen war. Überhaupt hatte seine Mutter oft Recht behalten mit ihren Ahnungen – nicht immer, aber meistens. Nur bei sich selbst hatte sie offenbar nichts gewarnt. Keine Ahnung, nicht einmal die leiseste, bis es zu spät war.

Und jetzt stand Benny da, im Dämmerlicht von Glenshee, und beim Gedanken an Felix verklumpten sich seine Eingeweide.

Verärgert schüttelte er die düsteren Ahnungen ab. *Kunststück,* dachte er. Kunststück, solche Ahnungen zu haben, wenn Wolfshunde aus dem Nichts auftauchten, kleine Mädchen plötzlich verschwanden und Sandy Carter einen davor warnte, sich in die Angelegenheiten des Zirkels zu mischen und irgendwelchen *Vorkommnissen* allzu viel Gewicht beizumessen.

Vor seinem geistigen Auge tauchte das blasse Gesicht von Felix auf. Vollmondrund und vollmondbleich, die Augen erfüllt von schierer Panik. Und jetzt war er auf einem Pferd auf und davon und um Stunden überfällig. Da hätte selbst sein Vater Ahnungen bekommen. *Ängste.* Das war es, was seine

Eingeweide erfasst hatte – Angst. Angst, den kleinen, feigen, offenbar nicht mehr ganz bei Verstand befindlichen Felix heute Nachmittag zum letzten Mal lebend gesehen zu haben.

»Mister Reutter!«, sagte Direktorin Rutherford überrascht und lächelte ihn an. Dann schnupperte sie. »Kommen Sie gerade aus dem Stall? Ihr Strafdienst ist ja nun bald vorbei, richtig?«

Verlegen nickte Benny. »Noch zwei Tage.«

Im Moment sah die Rutherford nicht nach Direktorin aus. Sie trug Jeans und eine weite Bluse, das dunkle Haar hatte sie im Nacken zusammengefasst. Vielleicht hätte er bis morgen warten sollen, statt an der Tür zu ihren Privaträumen zu klopfen. Sie jedoch schien seine Verlegenheit nicht zu teilen. »Was kann ich denn für Sie tun?«, fragte sie.

»Ich würde gern Felix von Hauensteins Akte durchsehen.«

»Felix von Hauenstein«, wiederholte sie. »Sie sind sein Pate, richtig?«

Er nickte. Erleichtert registrierte er, dass sie auf Felix' Namen nicht weiter reagierte. Offenbar hatte er sich wieder eingefunden. Benny und Cooper hatten den Stalldienst noch eilig fertig gemacht, ohne dass Murray oder die Stute wieder aufgetaucht waren, aber wenn Felix verschwunden gewesen wäre, hätte sich die Rutherford anders verhalten.

Sie warf einen Blick auf die schmale silberne Uhr an ihrem Handgelenk und musterte ihn nachdenklich. »Jetzt gleich?«

»Wenn es möglich ist?«

Sie nickte. »Gehen Sie schon mal vor zu meinem Büro, ich lasse die Akte aus dem Archiv bringen. Das Büro ist abgeschlossen, aber ich brauche nicht lange.« Zack, war die Tür zu, ehe er antworten konnte. Also trabte er los. Ihm war ein wenig mulmig zumute. Große Lust darauf, mit der Rutherford zu tun zu haben, verspürte er nicht, es war ihm unangenehm, aber vor allem hatte er das Gefühl, etwas anzufangen, das sich möglicherweise nicht so leicht wieder würde beenden lassen. *Wer A sagt, muss auch B sagen,* dozierte sein Vater in seinem Hinterkopf.

Unterwegs traf er ein paar Schüler, aber niemanden, den er näher kannte. Um die Rüstung des verstorbenen Alasdair MacGregor schlug er unwillkürlich einen kleinen Bogen, ihm war, als würden ihm aus dem leeren Helm Blicke folgen. Tatsächlich wartete er nicht lange, bis die Rutherford kam, jetzt in einem schlichten grauen Kostüm. Sie schloss die Tür des Büros auf, schaltete das Licht ein und bat ihn, sich zu setzen. So spät am Abend wirkte das Büro eigenartig privat, er fühlte sich deplatziert, als würde er jemanden besuchen, der das gar nicht wollte. Die hohen, dunklen Regale starrten ihn stumm an, der Stuhl, auf dem er saß, hatte Klauenfüße.

»Tee?«, fragte sie.

»Nein, danke.«

Offenbar wollte sie selbst einen Tee trinken, sie hantierte mit einem Wasserkocher herum, der auf der Fensterbank stand. Gerade als sie das sprudelnd heiße Wasser aufgoss, klopfte es. Auf die Aufforderung der Rutherford trat ein magerer jüngerer Schüler ein. »Ich bringe die Akte«, sagte er.

»Danke, Mister Woodrow.« Die Rutherford nahm sie ihm ab.

Ein neugieriger Blick huschte zwischen Benny und der Rutherford hin und her, dann war der andere wieder fort.

Die Rutherford legte die Akte vor Benny ab. Er starrte sie an. Dunkelblau wie die Uniformen, mit dem dunkelroten Wappen von Glenshee Castle darauf. Ein Wolfshund und ein Schwert. »*Treue und Stahl*«, sagte die Rutherford. Erstaunt blickte er auf.

»Die Clanworte der MacGregors«, sagte sie. »Eine schöne Tradition, nicht wahr? Mir jedenfalls gefällt es. Als Kind war ich oft in Schottland, ich habe hier Verwandte. Diese Clanverbundenheit, die viele Schotten noch immer empfinden, hat mich immer angerührt und ein wenig neidisch gemacht. Ich habe mir sogar überlegt, welche Worte für meine eigene Familie geeignet wären. Für mich, meine Mutter und meine Schwester. Und vielleicht noch meine Tante, ihren Mann und die einzige Tochter. Mehr war nicht übrig vom stolzen, alten Clan der Rutherfords aus London.« Sie lachte leise, ging um den Tisch und setzte sich ihm gegenüber hin.

»Und welche Worte haben Sie sich ausgesucht?«, fragte er unwillkürlich.

»Gebeugt, aber nicht gebrochen«, erwiderte sie wie aus der Pistole geschossen. »An guten Tagen jedenfalls. An anderen habe ich eher zu *Wir sind zwar im Arsch, aber wasch dir trotzdem die Hände* tendiert.« Sie lächelte. »Schauen Sie nicht so entsetzt drein. Ich war auch mal in Ihrem Alter.«

Schau an, dachte er. In ihm sträubte sich etwas, wie die dicken Borsten eines Stachelschweins. *Ich war auch mal in deinem Alter.* Der Spruch erster Wahl, wenn sich ein Erwachsener anbiedern wollte. Der nächste Schritt war dann, zu erklären, dass man später alles etwas anders betrachten würde, Benny würde schon sehen. Er wartete, aber sie sagte es nicht. Stattdessen betrachtete sie ihn ruhig. »Sie haben noch nie die Akte Ihres Schützlings eingesehen, richtig?«

Er schüttelte den Kopf.

»Gut. Sie ist versiegelt. Um sie zu lesen, brechen Sie das Siegel. Ich bleibe dabei – und es wird nichts notiert oder kopiert. Wenn Sie fertig sind, übergeben Sie sie mir wieder, zur Neuversiegelung. Auch eine alte Tradition, sicher so alt wie das Internat, aber die MacGregors bestehen darauf, dass sie eingehalten wird. Falls Sie Fragen haben, stehe ich zur Verfügung. Ich muss Sie noch darauf hinweisen, dass alles, was Sie lesen, vertraulich ist. Wenn etwas davon diesen Raum verlässt und sich daraus wie immer geartete Unannehmlichkeiten ergeben, ist diese Indiskretion ein ausreichender Grund, Sie der Schule zu verweisen. Selbstverständlich können Sie mit Ihrem Schützling darüber reden, aber mit sonst niemandem. Haben Sie das verstanden, und akzeptieren Sie es?«

»Natürlich«, erwiderte Benny. Sein Mund war trocken.

»Gut.« Sie zog ein Buch aus einer Schublade, schlug es auf und begann zu lesen.

Irritiert wartete er, aber sie sagte nichts weiter. Schließlich wandte er sich der Akte zu. Das Siegel war aus Wachs und trug ebenfalls das vereinfachte Wappen der MacGregors. Zögernd fuhr er mit dem Finger darunter und brach es durch. Es verlieh der Sache eine geradezu absurde Feierlichkeit, er hatte noch nie ein Siegel gebrochen.

Die Rutherford sah nicht auf, als er den steifen Deckel der Akte aufschlug. Es kam ihm falsch vor. Immerhin hatte er Felix nicht gefragt, ob es ihm recht sei, ebenso wenig, wie Elvis ihn, Benny, gefragt hatte, bevor er seine Akte eingesehen hatte, und ihm war es definitiv nicht recht gewesen. Dazu wusste er nicht einmal ganz genau, was er suchte. Es war nur das Einzige, was ihm einfiel, bevor er Felix persönlich abpassen und in die Mangel nehmen konnte.

Er überflog einen beflissenen Brief der Eltern an die Schulleitung, in dem sie ihren Sohn als fleißiges, auffallend intelligentes Kind anpriesen, das sich stets bemühen würde, das hohe Niveau der Schule zu halten. Es klang, als wären sie sich bewusst, dass Felix eigentlich nicht das Zeug dazu hatte, aber das beigefügte Zeugnis der fünften Klasse war so gut, dass Benny staunte. Er fragte sich, was sein eigener Vater der Schule wohl geschrieben haben mochte – oder hatte er alles über die Rutherford und Vitamin B abgewickelt?

Rasch blätterte er weiter. Die Zeugnisse der ersten beiden Jahre auf Glen waren ausgezeichnet. Das hätte er Felix nie zugetraut. Die schlechteste Note war eine Drei in Sport.

Und dann kam die Kopie eines Briefs an Felix' Vater.

Sehr geehrter Herr von Hauenstein,
mit Besorgnis nehme ich zur Kenntnis, dass Sie unserer Empfehlung, Ihren Sohn Felix von der Schule zu nehmen, nicht entsprechen möchten. Selbstverständlich werden wir Felix, der sich nichts hat zuschulden kommen lassen, nicht der Schule verweisen, Ihre diesbezüglichen Befürchtungen sind unbegründet. Vielmehr handelt es sich bei unserer Empfehlung um einen dringlichen Rat zum Wohl Ihres Sohnes. Trotz ausgezeichneter schulischer Leistungen hat sich Felix nie in die Gemeinschaft der Schülerschaft einfügen können. Der Verlust seines Paten William Davenport, zu dem ein vergleichsweise gutes Verhältnis bestand, wird in dieser Hinsicht nicht hilfreich sein.

Zudem waren die Umstände, unter denen Mr. Davenport unsere Schule verlassen musste, durchaus problematisch. Mitzuerleben, wie sein Pate, der ja unter anderem auch eine nicht zu unterschätzende Vorbildfunktion erfüllt, einen psychischen Zusammenbruch erleidet, kann nicht ohne Auswirkungen auf Felix bleiben, der nach Einschätzung seines Klassenlehrers Mr. Fowler eine sensible Natur hat und leicht zu beeindrucken ist. An dieser Stelle möchte ich Sie auch darauf hinweisen, dass bereits Mr. Davenports Eltern nahegelegt wurde, die Eignung ihres Sohnes für ein anspruchsvolles Internat wie Glenshee Castle noch einmal zu überdenken – nicht aus Leistungsgründen, sondern allein aufgrund der psychischen Belastbarkeit. Im Falle Davenport haben sich unsere Befürchtungen als durchaus berechtigt herausgestellt.

Falls Sie nach wie vor darauf bestehen, dass Ihr Sohn Felix weiterhin Glenshee Castle besucht, muss ich darum bitten, dass Sie im Verlauf der Sommerferien einen Psychologen konsultieren und sich in einem unabhängigen Gutachten bestätigen lassen, dass Felix' psychische Verfassung stabil genug ist, um im kommenden Jahr nach Glenshee zurückzukehren. Ich bitte Sie darum im Interesse Ihres Sohnes, dessen Wohlergehen stets Ihr wichtigstes Anliegen sein sollte, so wie es auch das unsere ist.

Mit freundlichen Grüßen,
Robert Blakefield, Direktor

Sorgfältig legte Benny den Brief zurück. Der Brief war auf Sommer letzten Jahres datiert. Direkt dahinter fand er die Kopie des psychologischen Gutachtens. Auch das las er durch, allerdings verstand er nicht viel. Nur, dass der Psychologe am Ende zusammenfasste, keine Einwände zu haben, Felix sei zwar verstört von dem Vorfall, aber nicht im Übermaß und keinesfalls auf eine Weise, die über die normale Reaktion hinausgehe.

Er suchte nach weiteren Unterlagen zum Thema William Davenport, fand aber nichts. Als er schließlich aufschaute, begegnete er dem Blick der Rutherford. »Haben Sie gefunden, was Sie suchen?«, erkundigte sie sich.

Er zuckte mit den Schultern. »Ich weiß nicht, was ich gesucht habe.«

Sie nickte. »Ich bin froh darüber, wie du dich entwickelst«, sagte sie dann und verfiel wieder in den vertraulichen Tonfall vom ersten Tag, als sie ihm erzählt hatte, sie hätte seine Mutter gekannt. »Sehr viel besser, als ich dachte. Nach deinem ersten Abend war ich ein bisschen besorgt. Aber inzwischen sieht es ja richtig gut aus. Wie geht es dir denn hier?«

Benny lehnte sich zurück und erwiderte ihren Blick. Plötzlich fragte er sich, was die Rutherford wusste. Und wie sie zum Zirkel stand. »Ich weiß nicht.«

»Du weißt nicht?«

»Nein. Ganz okay, schätze ich.«

»Ganz okay.« Sie lächelte. »Das ist besser als nichts.«

In diesem Moment klopfte es an der Tür. Ohne auf Antwort zu warten, trat der Anklopfende unmittelbar darauf ein.

Es war Alasdair. Fast wäre Bennys Herz stehen geblieben. Für ihn hatte Alasdair nur einen kurzen Blick übrig, dann wandte er sich an die Direktorin.

»Mrs. Rutherford.« Alasdair nickte ihr zu. »Wir haben ein Problem.«

Sie stand auf. »Mister Reutter, wenn Sie bitte …«

»Felix?«, platzte er dazwischen. »Geht es um Felix?«

Alasdairs blasses, hochmütiges Gesicht wandte sich ihm zu. Er musterte ihn nur. »Von Hauenstein, richtig. Was weißt du darüber?«

»Dass er ein Pferd genommen hat, kurz nach dem Mittagessen, und bis vor einer halben Stunde nicht wieder zurück war. Jedenfalls das Pferd nicht. Ich habe Stalldienst«, fügte er zur Erklärung hinzu. »Cooper hat entdeckt, dass das Pferd fehlt. Ist Felix nicht in seinem Zimmer? Oder irgendwo im Kaminzimmer vielleicht?«

Alasdair musterte ihn nachdenklich, dann schüttelte er den Kopf. »Nirgendwo. Er ist ebenso spurlos verschwunden wie das Pferd. Allerdings haben wir das hier gefunden.« Er trat vor und reichte der Rutherford ein Blatt Papier. Rasch entfaltete sie es.

Benny versuchte einen Blick darauf zu werfen, sah aber nur saubere kleine Buchstaben, die er nicht lesen konnte, vielleicht drei Zeilen, darunter eine geschwungene Unterschrift.

Scharf atmete die Rutherford ein. »Wir müssen …«

»Ich habe bereits Suchmannschaften zusammenstellen lassen. Im Moor sind zwei unterwegs, eine im Dorf. Allerdings sollten wir in Erwägung ziehen, auch im Umland zu suchen. Und die Polizei einzuschalten.«

»Warum erfahre ich davon erst jetzt?«, fragte sie. Ihre Stimme klang ein wenig schrill.

Alasdair hob nur die Brauen. Erstaunt sah Benny, wie sie tief durchatmete und sich mit Mühe fasste. Die Wut in ihrem Gesicht wich eiserner Selbstbeherrschung. »Gut. Ja, ich schalte die Polizei ein. Hat jemand … gibt es einen Hinweis darauf, wohin er geritten sein könnte?«

»Da er ein Pferd genommen hat, vermute ich, er ist nicht in Glenshee geblieben. Vermutlich ist er irgendwo im Hochland unterwegs.«

Mit wachsender Unruhe war Benny dem Gespräch gefolgt. Dass ganz offensichtlich Alasdair hier die Fäden in den Händen hielt, nicht die Rutherford, ließ ihm die ganze Situation unwirklich erscheinen, fast bizarr. »Was steht auf dem Zettel?«, mischte er sich ein, seine Stimme kam ihm unnatürlich laut vor.

Beide schauten ihn an, als fiele er ihnen jetzt erst wieder ein. Die Rutherford warf Alasdair einen schnellen Blick zu, als bitte sie um Erlaubnis. Fast unmerklich nickte er.

»Ein Abschiedsbrief«, sagte sie, in ihrer Stimme lag ein ganz leichtes Zittern. »Es ist ein Abschiedsbrief.«

25 FLUCHT NACH VORN

Die ganze Klasse schien sich im Kaminzimmer aufzuhalten, es herrschte reges Kommen und Gehen, und die Sofas waren erheblich besser besetzt als sonst.

»Mensch«, sagte Gil Darcy, »das wird ja richtig üblich hier. Alle Naselang verschwinden Schüler. Man muss ja froh sein, dass es einem selbst noch nicht passiert ist.«

»Ansichtssache«, erwiderte Oliver, der sich in Bennys Nähe hielt. »In deinem Fall, Darcy, ist es eher zu bedauern.«

Darcy schnitt ihm ein Gesicht.

»Ist aber wahr«, brummte Nicholas Hunter. »Das ist das zweite Mal innerhalb weniger Wochen. Wird das jetzt üblich, dass andauernd Suchtrupps aufbrechen? Dafür zahlen meine Eltern nicht dreißigtausend pro Jahr. Für solche Summen sollte man schon ein bisschen mehr erwarten dürfen, als dass ständig Schüler verloren gehen.«

Benny schrak aus seinen Gedanken auf. *Dreißigtausend*, dachte er überrascht. Bisher hatte er sich keine Gedanken darüber gemacht, wie viel sein Aufenthalt auf Glen wohl kosten mochte. Kurz daran gedacht hatte er, ja, aber wichtig war es ihm nicht gewesen, und erst recht hätte er nicht mit solchen Summen gerechnet. Vier Jahre auf Glen, das waren dann … ihm wurde ein wenig schwindelig.

»Alles okay?«, fragte ihn jemand. Benny schaute auf und

sah Callahans Gesicht. »Ja«, erwiderte er zerstreut. »Ja, alles okay. Sie werden ihn schon finden.«

»Mhm«, machte Callahan unbestimmt. »Ist zu hoffen.«

Vom Abschiedsbrief hatte Benny nichts erzählt, auch nicht davon, dass er das Gespräch zwischen Alasdair und Direktorin Rutherford mit angehört hatte. Dass er dabei gewesen war, als das Verschwinden des Pferdes entdeckt wurde, hatte sich allerdings herumgesprochen. Nur dabei gewesen, verstand sich – entdeckt hatte es Cooper, wie er nicht müde wurde zu betonen. Wenn man Felix rechtzeitig fand, um ihn vor dem Ertrinken im Moor zu bewahren, war es sein Verdienst, fand er. »Die ganze Nacht lang hätte es keiner bemerkt«, prahlte er. »Erst morgen beim Füttern, da wäre Murray aufgefallen, dass ein Pferd fehlt. Bis dahin wäre es schon aus gewesen mit Hauenstein.«

»Wer weiß«, gab Gil Darcy zu bedenken. »Vielleicht reicht die Zeit so auch nicht. Ist ja auch arschkalt. Stell dir nur vor, er ist gestürzt und hat sich ein Bein gebrochen.«

»Oder beide!«, schlug Richard vor.

Sein ironischer Unterton entging Darcy. »Oder beide Beine«, griff er dankbar auf und nickte. »Oder eine gebrochene Rippe hat sich in die Lunge gebohrt. Da hat man auch nicht mehr viel Zeit. Und das bei der Kälte! Ich erfriere ja schon fast, wenn ich nur zur Sporthalle rübergehe. Und dann stundenlang da draußen herumliegen … nee, ich glaube nicht, dass das gutgeht. Unwahrscheinlich, dass er noch lebt. Äußerst unwahrscheinlich. Als Ned Finley da draußen war, da war es ja noch nicht so kalt wie jetzt.«

»Und das würde dir gefallen, richtig?«, fragte Benny und richtete sich auf dem Sofa auf. »Wenn er da draußen erfriert?«

Augenblicklich wurde es still.

»Nee«, sagte Darcy verblüfft. »Wieso denn gefallen? Ich sage ja nur, wie es ist!«

»Wie es ist. Dass Felix mit ein oder zwei gebrochenen Beinen und durchbohrter Lunge irgendwo im Moor liegt und längst ertrunken ist. Natürlich würde dir das gefallen. Viel besser jedenfalls, als wenn sie ihn in zehn Minuten zur Tür reintragen und ihn mit einem heißen Tee wieder auf die Beine bringen.« Bennys Stimme war schneidend. Deutlich spürte er, wie sich in seinem Innern die Tentakel regten. Nur ein hauchfeines Kräuseln, ein leises Flüstern in seinem Verstand.

Wachsam musterte ihn Darcy. »Quatsch. Red doch keine Scheiße, Reutter. Ich hoffe, dass sie ihn bald zur Tür reintragen, gesund und munter. Nur ist es eben nicht *wahrscheinlich*. Das ist alles, was ich sage, nicht mehr und nicht weniger. Man muss realistisch bleiben. Bringt doch nichts, sich da was einzureden.«

»Du bist doch …«, setzte Oliver verächtlich an, da sprang Benny auf.

Erschrocken sprang auch Darcy auf die Beine, aber Benny hatte nicht vor, ihm eine reinzuhauen. Im Gegenteil. Er verließ schnurstracks das Zimmer, lief den Gang hinunter und in den Schlafraum, wo er seine Jacke so eilig an sich riss, dass fast der Haken mit runterkam.

Beim Hinausstürmen prallte er fast gegen Oliver. »Mann«, sagte der. »Warte kurz.«

Es klang nicht, als würde er sich abwimmeln lassen. Widerwillig blieb Benny stehen, bis Oliver ebenfalls seine Jacke geholt hatte. Schweigend liefen sie den Gang hinunter, bogen in den Westflügel ab und nahmen die Treppe nach unten in die Große Halle.

»Wo gehen wir hin?«, fragte Oliver.

Benny zuckte mit den Schultern. Er wusste es nicht, er wusste nur, dass er sich bewegen musste. Ihm war fürchterlich übel, und Glen mit seinen hohen Decken und zugigen Korridoren kam ihm eng und stickig vor.

In der Großen Halle war niemand. Als sie jedoch die Tür aufschoben und ihnen der kalte Wind entgegenblies, hörten sie zu ihrem Erstaunen Stimmen. Im Hof stand ein Polizeiwagen, die Sirene ausgeschaltet. Daneben stand die Rutherford und redete auf einen der beiden Polizisten ein. Beide schauten auf, als die Jungs aus der Halle kamen. Benny und Oliver blieben stehen.

»Wartet mal«, rief die Rutherford und winkte Benny zu sich heran. Hinter den beiden stand ein jüngerer Polizist in der Nähe des knackenden Funkgeräts. Oliver blieb ein paar Schritte hinter Benny stehen.

»Das ist Mister Reutter«, stellte sie vor. »Mister Reutter, das ist Mister Frey, er koordiniert die Suche.« Sie wandte sich an den Polizisten, der die Triefaugen eines in die Jahre gekommenen Bluthunds hatte und müde aussah. »Mister Reutter ist der Pate des vermissten Jungen. Er hat entdeckt, dass das Pferd verschwunden ist.«

»Nicht ganz«, murmelte Benny. »Eigentlich hat Cooper es entdeckt. Ich war nur dabei.«

»Können Sie mir etwas zu Mister von Hauensteins Gewohnheiten sagen?«, fragte Frey, der sich an Felix' deutschem Nachnamen fast verschluckte, und betrachtete ihn mit müden Augen. Er war an die fünfzig und, obwohl er nicht allzu groß war, so bullig, dass Benny unwillkürlich dachte, in den engen schottischen Türen müsse er mit den Schultern stecken bleiben.

»Leider nicht«, sagte Benny. »Ich weiß gar nichts. Ich bin noch nicht so lange hier. Und ich kenne Felix nicht besonders gut, tut mir leid. Vielleicht – irgendwo am See.« Unwillkürlich wechselte er einen Blick mit Oliver, der schweigend hinter ihm aufragte. Oliver zuckte kaum merklich mit den Schultern.

»Am See«, wiederholte Frey, nicht besonders zufrieden. »Na gut.«

»Wo wollten Sie beide eigentlich hin?«, erkundigte sich die Rutherford, plötzlich etwas schärfer. »Sie wollten aber nicht zufällig auf eigene Faust Mister von Hauenstein suchen?«

»Na ja«, murmelte Benny. »Also, kurz am See nachschauen wäre ja nicht direkt …«

»Sie haben wohl vergessen, dass Sie sich nach zehn Uhr abends nicht außerhalb Ihres Trakts aufzuhalten haben«, tadelte sie. »Ich will es dieses eine Mal vergessen. Aber jetzt gehen Sie beide zurück. Ich kann es nicht gebrauchen, dass hier draußen Schüler auf eigene Faust herumstromern und am Ende auch noch abhandenkommen. Draußen haben sich nur die Suchmannschaften aufzuhalten, das ist alles. Seien Sie sich gewiss, dass wir alles tun, um ihn zu finden.«

Wieder wechselten Oliver und Benny einen Blick.

»Haben Sie denn schon am See nachgeschaut?«, erkundigte sich Oliver. »Da ist er wirklich oft.«

»Danke für die Information, Mister Hegeling«, sagte die Rutherford. »Wir werden sie in die Suche mit einbeziehen. Irgendeine spezielle Stelle, an der sich Mister von Hauenstein besonders häufig aufhält?«

Etwas ratlos öffnete Oliver den Mund, aber Benny kam ihm zuvor. »Am Sandweg. Der kleine Weg, der vom Marktplatz aus zu den Kuhweiden führt. Dort ist er gern, glaube ich.«

Die Rutherford und Frey schauten einander an. »Gut«, brummte Frey. »Ich lasse nachschauen.« Er nickte seinem

Kollegen zu, der sich in den Wagen beugte und nach dem Funkgerät griff.

»Und Sie beide sehen zu, dass Sie in Ihren Trakt kommen«, scheuchte die Rutherford sie fort. Ihr Gesicht war blass vor Sorge, sie wirkte zehn Jahre älter und zehn Kilo magerer als vorhin in ihrem Büro.

Eilig hasteten die beiden nach drinnen.

Ohne ein Wort zu wechseln, nahmen sie den direktesten Weg zur Roten Halle, wo niemand war und nur Erinnerungen an die Nacht von Ned Finleys Verschwinden lauerten, und verließen die Burg auf der Moorseite. Erst als sie Glen mühsam umrundet hatten, an den Sporthallen entlang, durch den Windschatten des Ostturms und am Grillplatz vorbei, begriff Benny, wo er hinwollte.

Die Brücke war vergleichsweise hell von den gelblichen Laternen beleuchtet und in Sichtweite der Burg, deshalb stromerte er am Ufer des kleinen Ausläufers des Sees entlang, auf der Suche nach einer seichten Stelle.

»Ohne uns nasse Füße zu holen, kommen wir da nicht rüber«, sagte Oliver leise hinter ihm. »Es sei denn, wir laufen einen halben Kilometer und dann wieder einen halben zurück. Durch dichtes Gestrüpp übrigens.«

Benny nickte. Vermutlich sah Oliver es im Dunkeln gar nicht. Benny ahnte nur seinen hellen Haarschopf als verschwommenen Fleck. Der Himmel war bewölkt, und abseits des schwach beleuchteten Wegs war es dunkel, als wären sie in ein Tintenfass gefallen. Stillschweigend kamen sie überein, zur Brücke zurückzugehen. Eilig überquerten sie sie und trabten den schwach beleuchteten Weg entlang. Nicht weit von ihnen gluckerte und schwappte der See, obwohl er ruhig dazuliegen schien, eine endlose, schwarze Fläche, scheinbar uferlos in der Nacht, in die er nahtlos überging. Obwohl der

Wind ihnen entgegenblies, glaubte Benny das Moor zu riechen, dazu einen schwachen Hauch von Algen.

Dass ihnen etwas folgte, merkte er erst, als sie die Brücke längst hinter sich gelassen hatten. Er wurde etwas langsamer, und Oliver schloss zu ihm auf. »Ich höre es auch«, flüsterte er, ehe Benny etwas sagte.

»Da ist etwas«, zischte Benny.

»Oder jemand. Geh weiter.«

Ein fast unmerkliches Rascheln in den Gräsern am See. Man hätte es für den Wind halten können, aber dafür klang es zu verstohlen. Langsam, aber unaufhaltsam sackten Benny sämtliche Eingeweide auf Kniehöhe und machten seine Beine schwer.

»Vielleicht nur der Wind«, flüsterte er Oliver zu.

»Oder der Kelpie«, wisperte Oliver zurück.

Oder ein kleines Mädchen, das sich von einem Augenblick zum anderen auflöst und Felix solche Angst macht, dass er abhaut, dachte Benny. »Nicht witzig.«

»War auch nicht so gemeint«, antwortete Oliver. Im Licht der Laterne, unter der sie gerade hindurchgingen, sah sein Gesicht quittengelb aus. »Ich …«

Es platschte. Zweimal direkt hintereinander.

Die beiden fuhren heftig zusammen und starrten ins Dunkel.

Es schnaubte. Ganz nah, es fuhr Benny direkt durch die Knochen. Mit einem Mal sah er ganz deutlich vor seinem geistigen Auge, wie sich aus dem Wasser etwas herausschob, ein langer Kopf mit starren Augen und weit zurückgelegten Ohren. Glattes Fell, aus dem Wasser tropfte. Ein weiches Pferdemaul voll scharfer Zähne. Adrenalin schoss ihm durch den Leib, es war ganz egal, dass sein Verstand ihn verspottete, er hatte nicht mehr viel zu sagen. *Lauf!*, zischte eine Stimme ihm zu, trotz des Zischens hallte sie in seinem Kopf nach, als hätte jemand eine riesige Glocke angeschlagen. *Lauf!* Aber er konnte sich nicht rühren.

Und dann tauchte eine Silhouette auf. Ein Pferd.

Es zeichnete sich gegen das Wasser ab, gegen die schimmernde Schwärze des Sees, was unmöglich war, denn es war ebenso schwarz. Dennoch sah Benny es deutlich, vielleicht, weil das schwache Licht der Laterne auf nassem Fell schimmerte und die Konturen des Pferdeleibs nachzeichnete.

»Das glaub ich nicht« hauchte Oliver.

Die Erscheinung schüttelte die Mähne. Etwas stimmte nicht an den Konturen. Sie flossen mit der Dunkelheit zusammen, als sich das Wesen bewegte. Vor Angst verflüssigten sich Bennys Eingeweide endgültig, aber seine Muskeln gehorchten ihm nicht. Das Geschöpf kam näher heran. Wieder ein leises Schnauben, es klang wie eine Frage. Reglos standen die beiden Jungs im schwachen Lichtkreis der Laterne und sahen es herankommen.

Benny streckte eine Hand aus; er konnte nicht anders. Mit einem Mal wusste er, dass dieses Geschöpf ihm nichts Böses wollte. In seiner Gestalt lag eine solche Schönheit, dass es nicht sein konnte. Er trat an den Rand des Lichtkreises und in die Dunkelheit. Reglos wartete das Pferd auf ihn. Ganz still stand es da. In den Augen spiegelte sich schwach das Licht, ob von der Laterne oder vom Mond oder aus einer anderen Quelle, vermochte Benny nicht zu sagen. Heftige Sehnsucht überfiel ihn. Sehnsucht danach, das weiche Fell zu berühren, danach, das Gesicht an den kräftigen Hals zu schmiegen, sich auf den Rücken dieses Geschöpfs zu schwingen. Wen interessierte Felix? Wen der Zirkel? Es gab wichtigere Dinge, viel wichtigere, und Benny stand ganz kurz davor, sie zu begreifen.

Er streckte dem Tier die Hand entgegen. Es machte den Hals lang und schmiegte das Maul in die dargebotene Handfläche. Es war kalt und glatt. Ein Geruch wehte Benny an, als stünde er am Meer. Er atmete tief ein. Alles war gut.

Ein Zittern durchlief die Gestalt, als habe jemand einen Felsbrocken ins Wasser geworfen. Es riss den Kopf hoch. Der Verlust der Berührung hinterließ eine tiefe Wunde in Benny. Sein ganzer Körper schmerzte, plötzliche Schwäche überkam ihn. Seine Ohren nahmen mit einem Mal wieder etwas wahr, und zwar Olivers Stimme. »Hau ab!«, hörte Benny ihn rufen. Ganz knapp an seinem Kopf flog etwas vorbei. Es hätte das Geschöpf treffen müssen, aber das tat es nicht, deutlich hörte er etwas im Wasser aufschlagen.

Das Pferd zischte. Verstört wich Benny einen Schritt zurück. Der Bann war gebrochen. Der Geruch nach Meerwind verlor sich, auf einmal stank es nach fauligem Fisch. Die unnatürlichen Konturen, eben noch so deutlich, verflossen wieder mit der Dunkelheit. Mit einem Mal kam ihm das, was dort stand, nicht mehr vor wie ein Pferd. Noch immer sah er die Augen, in denen sich Licht spiegelte, und er hörte das Wesen zischen wie eine ganze Grube ernstlich erzürnter Schlangen. Dann packte ihn Oliver und riss ihn zurück auf den Weg. Keuchend standen sie da und starrten in die Dunkelheit. »Hau ab«, schrie Oliver, er klang, als wäre er außer sich vor Angst.

Die Konturen des Pferdes lösten sich auf. Es musste eine optische Täuschung sein, denn sie schienen zu verlaufen. Es platschte laut. Und fort war der Spuk. Sie waren allein. Spürbar allein.

Bennys Beine zitterten. Tiefe Traurigkeit überkam ihn. »Warum hast du das getan?«, fuhr er Oliver an.

Der packte ihn bei den Schultern und schüttelte ihn.

»Warum?«, klagte Benny. Die Gelegenheit war fort und würde nicht zurückkehren. Welche Gelegenheit, war ihm nicht ganz klar, aber er spürte den Verlust, als hätte man ihm ein Bein ausgerissen. In seinen Ohren rauschte es. Er wollte verbluten. Er wollte sich auf dem Boden zusammenrollen und sterben. Er wollte zum Wasser stürzen und den See leertrinken, solchen Durst hatte er, solche Gier nach Wasser plagte ihn. Heftig versuchte er sich loszureißen. Oliver schüttelte ihn kräftiger. Wimmernd sackte Benny in sich zusammen. Fischgeruch. Kälte. Seine Hand, in die sich das herrlich kühle, glatte Maul geschmiegt hatte, kribbelte und wurde taub. Er verlor sich in seiner Traurigkeit und seinem Durst, seinem schrecklichen Durst, und vergaß, wo er war.

»Benny!«, hörte er jemanden rufen. Die Stimme verlor sich in der Ferne. »Benny!«

Er schluchzte auf. Alles verloren.

»Benny, Mensch!«, rief die Stimme von eben auf Deutsch, sie hatte einen kräftigen bayrischen Akzent. »Komm zu dir! Du machst mir Angst. Du machst mir richtig Angst!«

Oliver. Benny erinnerte sich an den Namen, ehe er ihn in Zusammenhang mit dem Gesicht bringen konnte, das ihn anstarrte. Oliver. Ein bleiches, gelbliches Gesicht, das über ihm schwebte. Dahinter ein Lichtkranz. Er blinzelte durch Tränen.

»Scheiße. Bist du wieder da? Benny? Benny?«

»Mir ist kalt«, maulte Benny und schob Oliver beiseite. Er saß auf dem Boden. Seine rechte Hand war klatschnass. Er wischte sie an der Hose ab und rappelte sich auf. Die Nachtluft war klar und eisig.

»Bist du wieder okay?«, fragte Oliver. Seine Stimme zitterte.

»Natürlich bin ich okay«, raunzte Benny. Er hatte noch immer Schwierigkeiten, klar zu sehen. Angestrengt stierte er in die Dunkelheit. »Wo ist sie?«

»Wer?«

»Penelope. Die Stute. Sie war doch eben noch da – wo ist sie hin?«

»Da war keine Stute.«

»Natürlich war da eine Stute. Da war doch ein Pferd. Ich erinnere mich deutlich, dass da ein Pferd war. Ich wollte es einfangen. Weshalb haben wir es nicht eingefangen?«

»Das war keine Stute.« Olivers Stimme bebte. »Ich bin so scheißsicher, dass das kein Pferd war, dass ich darauf sofort mein ganzes Erbe verwetten würde. Und mein Leben. Und …«

»Was soll es denn sonst gewesen sein?«, schnauzte Benny ihn an. Er starrte ins Dunkel, aber die Gestalt war fort. Die Stute. Penelope. Er war ganz allein.

»Können wir bitte hier weg?«

So dünn klang Olivers Stimme, so fremd, dass Benny darauf reagierte. Er nickte. Trotzdem musste Oliver ihn mit sich ziehen, damit er sich in Bewegung setzte. Die Traurigkeit schwappte noch immer durch seinen Körper.

Oliver rannte fast und zog ihn mit sich. Sein Atem ging schnell. »Vermutlich hast du Recht«, sagte er, da bogen sie fast schon ins Dorf ein.

»Womit?«

»Penelope. Es muss Penelope gewesen sein, das da eben am See. Sie ist auf dem Weg nach Hause. Pferde finden ja angeblich ihren Stall. Sie ist unterwegs zu ihrem Stall.«

Benny schwieg. Allmählich klärte sich sein Kopf wieder. Soweit er sich eben klären konnte, wenn man gerade einem Kelpie gegenübergestanden hatte. *Klar – du hast gerade einen Kelpie getroffen,* dachte er. Aber es klang nicht so lächerlich, wie er es sich gewünscht hätte. Die niedrigen Häuser und bewachsenen Steinmauern des Dorfs sahen anders aus als bei Tag, wie aus einer anderen Zeit, ihr Anblick bot keinen Schutz vor dem irrealen Gedanken, dass sie eben einem Geschöpf begegnet waren, das es nicht geben konnte. Das stumm daliegende Dorf sah aus, als entstamme es demselben Alptraum wie das Vieh am Wasser, das mit Sicherheit nicht Penelope gewesen war.

Oliver holte tief Luft. »Lass uns zusehen, dass wir hier wegkommen, ja? Irgendwo ins Helle. Irgendwo rein. Du wolltest doch zu Leslie, oder?«

Benny nickte. Oliver starrte ihn mit weit aufgerissenen Augen an. »Wenn sie nicht aufmachen, dann, das schwöre ich, schlag ich ein Fenster ein. Ich bleibe keine Sekunde länger hier draußen.«

Sie bogen um die Kurve, die Straße stieg an. Bennys Beine schmerzten bei jedem Schritt, als wären sie nicht zum Laufen gemacht. Sie kamen zu Gins Haus, Benny wusste nicht, wie man hineinkommen sollte, da war nur die Mauer, aber Oliver ging daran entlang, bog ab, und auf der anderen Seite gab es einen schmalen Weg, der zu einer niedrigen, schmalen Tür führte. Der Polizist von vorhin hätte sich seitlich hindurchschieben müssen, und selbst dann wäre er vermutlich stecken geblieben.

Im Haus, zumindest in der Diele, brannte kein Licht, das kleine Fenster in der Tür war dunkel.

Oliver klopfte mit der Faust gegen die Tür. In der nächsten Sekunde flammte Licht auf, und die Tür wurde aufgerissen. Erschrocken starrten sie einander an, die beiden überraschten Jungs und Gin im Hausmantel. Ihre Haare standen wie ein explodierter Wischmop zu allen Seiten ab und schimmerten rötlich im Gegenlicht.

»Können wir rein?«, fragte Oliver kläglich.

»Was macht ihr denn hier?«, fragte Gin rau. »Himmel. Was tut ihr ausgerechnet in einer solchen Nacht …« Sie schaute über Bennys Schulter, als erwarte sie, dort jemanden stehen zu sehen. »Seid ihr allein?«

»Ja.« Oliver nickte. »Bitte, Gin, können wir reinkommen? Wir müssen mit Leslie sprechen.«

»Reinkommen«, wiederholte sie stumpf. »Leslie. Leslie ist nicht da.«

»Was heißt das, sie ist nicht da?«

»Sie ist … sie schläft heute Nacht im Herrenhaus, glaube ich. Sie kommt und geht, wie sie will. Sie ist nicht da. Tut mir leid.« Ein rasches Blinzeln. »Kann ich ihr irgendwas ausrichten?«

»Du könntest uns reinlassen. Bitte.«

»Ich …«

»Ich gehe da nicht wieder raus. Und Benny erst recht nicht. Nicht, bevor es nicht hell wird.«

So dringlich war Olivers Stimme, dass Gin verstummte. Nachdenklich musterte sie die beiden. Endlich nickte sie. Widerstrebend, so schien es Benny, trat sie beiseite und ließ sie hinein. Fast hätte Oliver sie umgerannt, so eilig drängte er sich ins Haus.

Es war winzig. Eine kleine, vollgerümpelte Diele, eine Küche mit Kamin, einer Sitzecke und einem kleinen Sofa. Der Herd neben dem kleinen, durch Spitzenvorhänge, Blumen und Krimskrams blinzelnden Fenster sah uralt aus und war wuchtig wie ein sturer alter Arbeitsochse, der sich zwischen die Schränke gequetscht und den Sitzstreik beschlossen hatte. Nur zwei Türen gingen in weitere Räume ab, beziehungsweise musste eine davon, wenn sich Benny nicht irrte, nach draußen in den kleinen Hof führen. Immerhin war die Küche recht geräumig.

Ohne weitere Umstände schob Gin sie auf die Eckbank und setzte den unvermeidlichen Tee auf, ohne zu fragen, ob sie welchen wollten. Da saßen sie in ihren Jacken in der warmen Küche, und Benny war noch immer kalt. Und er hatte noch immer Durst. Grauenhaften Durst. Am liebsten hätte er sich mit aufgesperrtem Mund unter den aufgedrehten Wasserhahn gelegt.

»Danke«, sagte Oliver und verlagerte unbehaglich das Gewicht – er bekam die langen Beine kaum unter den niedrigen Tisch gefaltet. »Es hat sich nichts verändert!« Unruhig ließ er den Blick durch die Küche schweifen und lächelte, es war nur ein schwaches Echo seines gewöhnlichen Zähnefletschens.

»Es hat sich vieles geändert.« Sie knallte leere Tassen vor ihnen auf den Tisch. Ganz sauber kamen sie Benny nicht vor. »Was treibt ihr in einer solchen Nacht da draußen? Seid ihr verrückt geworden?«

Es dauerte einen Augenblick, bis ihnen einfiel, weshalb sie hier waren.

»Wir wollten Felix von Hauenstein suchen«, sagte Oliver.

Gin erstarrte. Nur ganz kurz, dann fing sie sich wieder. »Felix von was?«

»Du weißt genau, wen ich meine. Ich weiß, dass Leslie und er …«

»Dass Leslie und er *was*?«, fragte sie scharf.

»Zeit miteinander verbringen«, vollendete er seinen Satz diplomatisch.

Aufmerksam schaute Gin ihn an, dann lachte sie trocken auf. »*Zeit miteinander verbringen*«, wiederholte sie. »Was Leslie tut oder lässt, geht dich nichts an.«

»Das weiß ich. Deshalb sind wir auch nicht hier. Hauenstein ist verschwunden. Er hat ein Pferd genommen und ist fortgeritten. Und jetzt suchen sie ihn überall. Und wir dachten, da Leslie ja offenbar mit ihm zu tun hat, dass sie … etwas weiß.«

»Etwas weiß«, echote Gin.

»Du musst nicht alles wiederholen, was ich sage«, versetzte Oliver ärgerlich. »Uns beiden ist doch klar, dass Leslie manchmal mehr weiß als andere, wenn es darum geht, was in Glenshee passiert, oder nicht?«

»Wissen wir das?«, fragte sie lauernd. Ihre Körperhaltung erinnerte an eine Katze, die auf einen Angriff gefasst war und nicht vorhatte, sich irgendwelche Frechheiten gefallen zu lassen. Als er nicht antwortete, nahm sie die Teekanne, kam zum Tisch und schenkte ihnen ein.

Bennys Mund war so trocken, dass die Zunge am Gaumen klebte. Ohne nachzudenken, griff er nach der Tasse und wollte den kochend heißen Tee hinunterstürzen. Aber seine Hand gehorchte nicht, sie ließ sich nicht schließen. Gerade nahm er die andere Hand zu Hilfe, da fiel Gins Blick auf seine Hand. Sie erstarrte. »Was hast du da?«

Benny sah auf. »Was?«

»Was ist mit deiner Hand?«

»Mit meiner …« Er streckte sie aus und betrachtete sie. Sie fühlte sich kalt an und war vollkommen taub. Jetzt erst fiel ihm auf, dass die Haut seltsam aussah. Blass und mit dem Hauch violetter Flecken übersät, als hätte er sie zu lange in Eiswasser getaucht.

»Nicht an die Augen«, zischte sie, als er sie zum Gesicht hob.

»Ich wollte nicht …«

»Leg sie auf den Tisch.« Sie kam näher, packte sein Handgelenk und drückte die Hand nach unten. Da lag sie auf dem Tisch wie ein Tier, das Gin gefangen hatte, und alle drei starrten sie an. In Bennys Kehle stieg ein Lachen auf. Es kam ihm urkomisch vor, wie sie alle auf diese Hand starrten. Dann wurde ihm klar, dass es sich um seine eigene Hand handelte, und das Lachen verstopfte ihm den Hals.

»Was hast du damit angestellt?«, wollte sie wissen.

»Er hat ein Pferd angefasst«, kam Oliver ihm zuvor. Seine hellen Augen waren auf Gin geheftet. »Eben. Unten am See. Ein schwarzes Pferd. Er hat sich sehr eigenartig benommen.«

Kurz erwiderte sie seinen Blick, dann schaute sie weg. »Komm«, befahl sie und zog Benny auf die Beine, schob ihn zum Waschbecken und drehte den Hahn auf. Eisiges Wasser strömte über seine Hand. Er gab ein seltsames Geräusch von sich, als er es sah – Wasser!

»Durstig?« Gins Stimme war belegt.

Er nickte. Nur am Gelenk spürte er die Kälte, Handfläche und Finger waren gefühllos. Prüfend bewegte er sie. Sie bewegten sich ganz normal.

»Lass die Hand da«, befahl Gin. »Hörst du? Nicht aus dem Strahl nehmen. Nichts anfassen. Hast du die Hand irgendwo abgewischt?«

»An der Hose.«

Rasch untersuchte sie die Hose. Dann griff sie an seinen Gürtel.

»Hey!«, protestierte er.

»Lass die Hand da, habe ich gesagt.« Sie klang so bestimmt, dass er zuließ, dass sie seinen Gürtel öffnete, aber er lief knallrot an. Es wurde nicht besser, als sie die Hose herunterzog. »Aber …«, beschwerte er sich.

»Stell dich nicht so an. So ein Paar magere Jungsbeine ist wirklich nichts, was irgendwen aufregen würde.« Sie öffnete seine Schnürsenkel. »Raus aus den Schuhen.«

Er hob einen Fuß, und sie zog den Schuh aus. Dann den anderen. Streifte die Hose herunter, er trat über den Rand und stand barfuß und in Unterhose da. Zum Glück reichte seine Jacke bis über den Hintern. Er fühlte sich lächerlich, aber niemand lachte. Gin legte die Hose so sorgfältig beiseite, als könnte sie jede Sekunde explodieren, und Oliver betrachtete die Szene mit stummer Aufmerksamkeit.

»Hand dalassen«, erinnerte sie ihn streng und verschwand kurz in der Diele. Als sie zurückkehrte, hatte sie einen kleinen Tiegel dabei. Sie öffnete ihn, und ein scharfer Duft entströmte dem Gefäß.

Mit einem Ruck drehte sie den Wasserhahn zu, es gurgelte widerwillig, und der Wasserstrahl verebbte spuckend. »Zeig her.« Sie klatschte einen Batzen von dem Zeug aus dem Tiegel auf seine Hand und rieb ihn in die Haut ein. Ihre Berührung war fest, aber erstaunlich sanft.

»Na, hier ist es ja gemütlich«, sagte jemand von der Tür her.

Alle drei fuhren herum. Dort stand Leslie. »Du hast mir gar nicht gesagt, dass wir noch Besuch erwarten«, sagte sie vorwurfsvoll zu Gin und musterte Benny. »Und dazu noch halb nackten.«

Flammend schoss ihm das Blut in den Kopf.

Leslie schnüffelte und legte den Kopf schief. »Alles in Ordnung?«

»Sicher«, erwiderte Gin verbissen. »So. Verteil den Rest selbst. Gründlich, auch zwischen den Fingern.« Sie schob Benny beiseite, rieb sich selbst die Hände mit dem Zeug ein und machte sich daran, seine Hose auszuspülen. Gehorsam verrieb Benny die klebrige Paste auf seiner Hand. Es kribbelte schmerzhaft, aber es war auszuhalten.

»So«, sagte Leslie munter. »Und was genau tut ihr hier?«

»Wir wollten zu dir«, erwiderte Oliver ebenso munter. »Und zwar, weil dein neuer Freund Felix verschwunden ist. Spurlos. Mitsamt einem Pferd.«

»Ist das so?«, fragte sie. Ihr Gesicht zeigte keine Regung.

»Allerdings. Und wir dachten uns, du weißt vielleicht etwas.«

»Vielleicht reitet er einfach gern nachts aus?«, schlug sie vor.

»Sicher«, erwiderte Oliver spöttisch. Die Verwirrung war aus seinem Gesicht verschwunden und hatte Wachsamkeit Platz gemacht. Er betrachtete Leslie, als wolle er sie mit Blicken obduzieren.

»Er hat einen Abschiedsbrief geschrieben«, mischte sich Benny ein. »Ich weiß nicht, was drinsteht, aber sie haben einen Abschiedsbrief gefunden.«

Drei Gesichter wandten sich ihm zu. Oliver runzelte ungläubig die Stirn. »Einen Abschiedsbrief? Das fällt dir aber früh ein, nicht wahr?«

Benny achtete nicht auf ihn. Er sah nur Leslies blasses Gesicht, die schiefen Züge, die großen Ohren, die ihm so gut gefielen. In ihren Augen sah er keine Überraschung. Keine Spur davon.

»Du wusstest das schon, richtig?«, schoss er ins Blaue. So richtig würdig fühlte er sich dabei nicht, wie er da stand, in Unterhose und Jacke und mit seiner kribbelnden Hand, die sich langsam wieder wie seine eigene anfühlte.

»Nein«, erwiderte sie langsam. »Aber ich habe es befürchtet.«

26 ERKENNTNISSE

Sie fanden Felix am nächsten Morgen, als es fast schon Mittag wurde. Beziehungsweise: Ein Schafzüchter fand Penelope, die so friedlich zwischen seinen Schafen graste, als wäre sie zu Besuch bei guten Freunden. Es dauerte eine ganze Weile, bis sie sich einfangen ließ. Übermütig nach der Nacht im Freien, galoppierte sie vor dem Bauern auf und ab, sprang schließlich über eine niedrige Mauer und tänzelte an der Steilküste entlang, was ihn verständlicherweise nervös machte und den Fortschritt seiner Bemühungen, sie einzufangen, nicht unbedingt beschleunigte. Hinter der Stute ging es steil abwärts, fast vierzig Meter nackter Fels, an dem ungestüm das Meer leckte. Keine Chance, dass sie den Sturz überleben würde. Also setzte er sich erst einmal auf einen Stein und wartete.

Es dauerte lange, bis die Stute neugierig wurde und sich diesem seltsamen Menschen näherte, der so ruhig dasaß, und sich von ihm schmeicheln und endlich einfangen ließ. Und dann versorgte er zunächst seine Schafe, bevor er sich mit der Stute auf den Rückweg machte und in Erfahrung brachte, wohin sie gehörte. So weit von Glenshee entfernt kannte man zwar die Schuluniformen, nicht aber die Pferde der Schule. Das Sattelzeug von Penelope, auf dem sich das Wappen der MacGregors befand, fand man erst zwei Tage später in einem winzigen Schuppen, den der Farmer bei besonders schlechtem Wetter als Notstall für neugeborene Lämmchen benutzte.

Und so kam es, dass die Suchtrupps erst nach dem Mittagessen an der Küste ausschwärmten. Sie fanden ein wenig Blut an einem der Felsen. Er lag etwa auf halber Höhe, hoch genug, dass das Meer ihn nicht umspülte, und ragte ein gutes Stück hervor, wie eine keck hinausgestreckte Nase. Gut möglich, dass Felix ihn nicht gesehen hatte, als er im Dunkeln den entscheidenden Schritt über die Kante hinaus tat. Diesen einen Schritt, der so unbegreiflich viel mehr Bedeutung besaß als die tausend und abertausend Schritte, die Felix in den dreizehn Jahren davor getan hatte. Ein Schritt ins Nichts. Dann der Aufprall auf der Felsnase, scharfkantig und hinterhältig, die kurz seinen Sturz bremste, aber nicht aufhielt. Weiter, diesmal vermutlich glatt durch, auf die Felsen unten oder direkt ins Meer. Ob er noch eine Weile dort unten gelegen hatte, bevor das Meer ihn sich holte, oder ob er gleich davongespült worden war, vermochte niemand zu sagen. Wann genau er gestürzt war oder vielmehr: gesprungen, das wusste man nicht mit Sicherheit. Es war ja niemand da gewesen.

Benny stellte es sich immer wieder vor, ganz still und für sich, während sich ringsum alles im Taumel des Ausnahmezustands befand. Nach der eigenartigen Begegnung am See musste Felix in den Stall gegangen sein, wo er laut Murray ganz normal gewirkt hatte, ruhig und etwas schüchtern, so wie immer. Allerdings war Murray, der bei Pferden die leiseste Unruhe sofort erspürte, nicht gerade dafür bekannt, bei Menschen ebenso sorgfältig hinzuschauen, vielleicht hätte er es nicht einmal bemerkt, wenn Felix zwei Köpfe gehabt hätte, solange nicht einer davon wieherte. Felix hatte die Stute gesattelt, die als besonders ruhig und freundlich galt. Dann war er am See entlanggeritten, durchs Dorf, wo die Hufe gleichmäßig auf der Straße klackten. Vier Leute aus dem Dorf, stellte sich heraus, hatten ihn gesehen und sich nichts dabei gedacht. Höchstens, dass es ein kalter Tag war für einen Ausritt.

Die Straße hinauf, an den letzten Häusern vorbei, wo ihm aus dem vorletzten noch die alleinstehende Kaleigh O'Linnean hinterherschaute, die seit Wochen kränkelte und aus Langeweile den ganzen Tag am Fenster saß, auch wenn normalerweise draußen ebenso wenig passierte wie im Haus. Die ihm lange hinterhersah, einfach weil es nichts anderes zu sehen gab. Ein kleiner dicker Junge auf einem schmalen braunen Pferd, das sich im Hochland verlor. Nicht einmal eilig habe er gewirkt. Nur ein wenig geduckt, vermutlich der Kälte wegen. Sie habe sich einen Tee gemacht, als er ihrer Sicht entschwunden war, gab sie zu Protokoll, einen heißen Tee mit einem Schuss Whisky, weil ihr kalt geworden war bei der Vorstellung, jetzt durchs Hochland zu reiten, so kalt, dass sich der Schüttelfrost, der sie seit Tagen plagte, direkt verschlimmert habe.

Falls es jemanden gab, der Felix noch nach ihr gesehen hatte, so trieb man ihn nicht auf. Gut möglich aber, dass es einfach niemanden gegeben hatte. Dass er weitergeritten war, ohne noch jemandem zu begegnen. Wenn er nicht schneller geritten war, sobald er außer Sichtweite des Dorfs gewesen war, dann musste er Stunden gebraucht haben. Vor Einbruch der Dunkelheit konnte er nicht bei der Schafweide gewesen sein, denn kurz zuvor hatte der Züchter seinen Tieren noch einen Besuch abgestattet, hatte zwei wollige Leiber betastet, in denen sich Lämmchen befanden, die in dieser kalten Jahreszeit zur Welt kommen würden, was ihm Sorgen bereitete. Schließlich hatte er eins der Schafe mitgenommen, weil es ihm schien, als könnte es diese Nacht so weit sein. Und da war noch keine Penelope auf der Weide gewesen. Die hätte er bemerkt.

Also war Felix erst in der Dunkelheit angekommen. Hatte Penelope im Dunkeln abgesattelt, den Schuppen gefunden, das

Sattelzeug hineingebracht und vorsichtig auf den Boden gelegt. Hatte den Schuppen wieder verschlossen und war dorthin gegangen, wo die Welt aufhörte und tief unten das Meer schäumte, wild und gleichgültig. Und dann ein Schritt. Der Aufprall. Vielleicht Bewusstlosigkeit, vielleicht Schmerz. Der endgültige Sturz nach unten. Vielleicht erneut Schmerz. Vielleicht auch schon nichts mehr.

Ob er noch gespürt hatte, wie ihm Wasser in Mund und Nase drang und bis in die Lungen, wusste niemand zu sagen. Vielleicht würde man es wissen, wenn man ihn fand. Allerdings gab es an dieser Stelle mehrere Strömungen. Eine davon hatte ihn mitgenommen. Entweder die Küste hinunter, in östliche Richtung, oder aufs offene Meer hinaus. Und wenn er aufs offene Meer getrieben war, dann fand man ihn womöglich nie.

Zu Bennys Verwunderung war es dieser letzte Schritt, den er sich nicht vorstellen konnte. Dabei hatte er selbst vor wenigen Monaten noch an der Steilküste gestanden, wenn auch an einer anderen Stelle und am hellen Tag, und die Verlockung gespürt, diesen Schritt zu tun. Diesen einen, so entscheidenden Schritt. Er hatte geglaubt, es sei knapp gewesen, ganz knapp. Hatte geglaubt, dass es nur ein winziger Hauch war, der ihn davon trennte, der ihn abhielt. Eine Entscheidung, die vielleicht mehr Gewohnheit war, weil man solche Dinge nicht tat. Weil man nicht vor U-Bahnen sprang oder vor Busse, weil man sich keine Autobahnbrücken hinunterstürzte, das Messer an der Pulsader nur ansetzte, aber natürlich nicht schnitt, weil man sich bisher immer, immer dagegen entschieden hatte, diesen einen, winzigen, entscheidenden und nicht umkehrbaren Schritt zu tun. Er hatte geglaubt, es sei nur eine Winzigkeit, eine Spur, kaum wirklich eine bewusste Entscheidung. Er hatte geglaubt, es sei ein kleiner Schritt und sozusagen immer erreichbar. Ein Ausweg, der im Notfall immer blieb. Der Tod ganz nah. Oder vielmehr: das Ende des Lebens. Der Tod war ihm egal. Nur: Wenn er nicht mehr mochte, eines Tages, dann würde er es beenden können. Jederzeit.

Jetzt begriff er, dass es nicht so war. Dass in diesem kleinen Schritt mehr lag, als er geglaubt hatte. Dass ihn sehr viel mehr davon trennte als nur die bloße Entscheidung. Den Weg, den Felix genommen hatte, konnte er sich vorstellen: Auf der Stute sitzen, den Kopf gesenkt gegen den unerbittlichen Wind, die fürchterliche Schönheit des kargen Hochlands ringsum, die wehtat und zugleich eine wunderbare Kulisse bot für diese einsame, heroische Entscheidung. Die Stute mit einem letzten freundlichen Klaps auf die Weide zu den Schafen schicken. Sorgsam das Sattelzeug ablegen, das ihm nicht gehörte, damit es keinen Kratzer bekam. Rücksichtnahme bis zum Schluss, Gewohnheit, gute Erziehung und Spott in einem, Fürsorge für etwas Bedeutungsloses, einen Sattel und einen Zaum. Dann eine schöne Stelle aussuchen. Dastehen, dem Wüten des Meers lauschen, den Duft nasser Felsen in der Nase, die Nacht im Rücken. In sich hineinhorchen, ob es Einwände gab. Keine finden. Und dann …

Und da eben hörte es auf. Da kam er nicht weiter. Dieser Schritt. Der funktionierte nicht. Jetzt, wo Felix ihn wahrgemacht hatte, konnte Benny ihn sich nicht mehr vorstellen. Alles in ihm sträubte sich dagegen, bäumte sich auf. Er schob an seinem imaginären Ich herum, das an einer imaginären Steilküste stand, redete mit Engelszungen auf es ein, versuchte es sogar zu überrumpeln. Schubste es hinterhältig, zwang sich, diesen Schritt zu tun, zwang sich mit größter Sorgfalt und Hingabe dazu, es sich vorzustellen, aber selbst als er in seiner Fantasie dann endlich stürzte, blieb das Bild blass und nichtssagend. Er war nicht mit dem Herzen dabei. Er sprang nicht. Er wusste nicht, was es bedeutete und wie es gewesen sein mochte. Es war kein Hauch, der ihn trennte. Es war ein Bergmassiv, ein Gebirge, eine ganze Welt. Es war ihm unmöglich. Er selbst wäre nicht gesprungen.

Die Gründe? Angst hatte er nicht, glaubte er. Er begriff nicht, weshalb ihm der Gedanke an den Tod, an Selbstmord, der lange so selbstverständlich gewesen war und wie ein Freund, der jederzeit zu Besuch kam, wenn man ihn rief, auf einmal so fremd geworden war. Es machte ihn verrückt. Er fühlte sich abgeschnitten von der Welt, mit dem Rücken zur Wand, ausgeliefert und verletzlich, als hätte man ihn seiner Kleidung beraubt, sogar seiner Haut, als würde er splitternackt zwischen allen anderen stehen.

Drei Tage lang suchten sie. Dann gab man auf, rechnete aus, wo die Leiche angespült werden mochte, und benachrichtigte möglicherweise die Polizei hier und da, vielleicht auch nicht. Jedenfalls wurde die Suche eingestellt. Der Fall war klar. Der Brief war da, die Stute, das Sattelzeug, das Blut. Auch das Motiv. Ein labiler Schüler, die Eltern waren von der Schulleitung gewarnt worden, hatten aber nicht gehört. Der konsultierte Psychologe hatte sich geirrt. Das Trauma William Davenport hatte Früchte getragen in einer jungen Seele, die es nicht verkraftete. Felix von Hauenstein war tot. Die Schule summte. Der Unterricht fand weiter statt und floss an Benny vorbei, ebenso wie die Rede der Rutherford, die innig um Zusammenhalt in dieser schweren Zeit bat. Einige Schüler scheuten sich nicht zu weinen. Sandy Carter wirkte wie erstarrt. Elvis sprach terminatorgleich, pappecht, mit wohlgewählten, bedeutungsleeren Worten Benny sein Beileid für den Tod seines Schützlings aus.

Benny wusste damit nichts anzufangen. Er litt nicht. Er war vollkommen neben der Spur, aber weniger wegen Felix, sondern weil er begriffen hatte, dass er nicht so leicht entkommen konnte, wenn er nur wollte. Dass das Totenreich nicht sein Zuhause war, dass er keine exklusive Verbindung nach drüben hatte, keinen Dauerfahrschein, keinen Zugang zu einer geheimen Expressverbindung, nur weil er auf der anderen Seite jemanden kannte. Dass er am Leben hing, was auch immer er davon halten mochte. Festgenagelt. Er litt nicht unter Felix' Tod, sondern darunter, dass ihn dann ja doch alles irgendwie etwas anging, auch wenn es ihm im Augenblick noch bedeutungsloser erschien als zuvor. In schweißnassen, quälenden, traumverseuchten Nächten beneidete er Felix um das, was möglicherweise Mut war. Er wusste es nicht zu sagen. Auf jeden Fall war es Konsequenz. Konsequenz, die er nicht besaß. Er spürte sehr deutlich, dass er am Leben war und es bleiben wollte, aber er wusste nicht, weshalb. Es ergab keinen Sinn. Angesichts der Erkenntnis, am Leben zu hängen – oder vielmehr hing das Leben an ihm und war nicht so leicht abzuschütteln, wie er geglaubt hatte –, verblassten Gedanken an kleine Mädchen, die sich in Luft auflösten, und Kelpies.

Mit klaren, gleichgültigen Augen beobachtete er den Tanz, den die anderen aufführten. Betroffenheit. Mitgefühl. Häme. Sensationsgier.

Callahan verhielt sich sehr anständig, er war eine Zierde für die Menschheit, die sich ansonsten nicht besonders auszeichnete. Keine zur Schau getragenen großen Gefühle, nur weil man sie erwartete und haben sollte, aber ehrliche Betroffenheit, wenn auch nicht im Übermaß. Bedauern, aber keinerlei Bekundungen, was man alles getan hätte, wenn man nur gewusst hätte. Offene Ratlosigkeit. Selbst Oliver und Richard, die sich wieder ganz einander angenähert hatten, waren zwar ein Herz und eine Seele, aber nicht vereint im Spott, sondern in ihrer erstaunlichen Ernsthaftigkeit und Ruhe. Viele andere hatten es schon immer gewusst, einige fanden es nicht schade drum, andere fragten, *Felix wer?*, manche ließen sich in endlosem Sermon über die Schrecklichkeit der ganzen Angelegenheit aus, es sei eine Tragödie. Gil Darcy hatte es sofort gewusst, schon am Abend von Felix' Verschwinden, auch sofort an Selbstmord gedacht statt an einen Unfall, es aber nicht sagen wollen. In Bennys Gegenwart war er etwas sparsamer mit seiner Prahlerei, aber es bestand keine Gefahr. Benny war nicht wütend. Sein Zorn war ausgebrannt. Die Erkenntnis, die sich ihm so ungewollt aufgedrängt hatte, ließ ihm die Welt laut und unverständlich erscheinen, zu fremd, um sich ernsthaft darüber aufzuregen. Er betrachtete Gil Darcys Widerwärtigkeit mit demselben neutralen Erstaunen wie Callahans aufrichtige Gutartigkeit. Es waren Oliver und Richard, die sich Darcy schließlich schnappten, zwischen den Sporthallen. Sie schlugen ihn nicht ernstlich zusammen, die Rede war von einigen Hieben in den Magen, ein paar Ohrfeigen, die mehr demütigten als schmerzten, und Drohungen, so wortgewandt, wie man es von den beiden erwartete. Vielleicht hatte auch nur jemand es aufgeblasen, vielleicht hatten sie ihn nur an die Wand gedrückt und nicht fortgelassen, bis er sich angehört hatte, was sie zu sagen hatten, und weil das so unspektakulär war, dichtete man ein paar Schläge hinzu. Benny war es gleich. Jedenfalls blieb der Vorfall ohne Konsequenzen, nur dass sich Gil Darcy und Lester Morgan und auch Nicholas Hunter im Speisesaal andere Plätze suchten, sonst änderte sich kaum etwas. Benny nahm es zur Kenntnis. Auch, dass Oliver und Richard es für ihn getan hatten, sozusagen. Er verspürte den absurden Impuls, ihnen artig zu danken für dieses unerwartete und unnütze Geschenk, etwa so, wie man einer Tante dankt, die einem bei einem Besuch ein Buch mitbringt, das einen nicht interessiert. Aber er verkniff es sich und sagte gar nichts.

»Das Leben vergewaltigte ihn zu einer nicht erstrebten Reife«, kommentierte Oliver schließlich mitfühlend am Ende des vierten Tages nach dem Morgen, an dem man Felix gefunden oder vielmehr nicht gefunden hatte. Es war ein Zitat von Oscar Wilde, wie Richard erklärte, der nicht einverstanden war, wenn sich Oliver mit so prachtvollen fremden Federn schmückte.

»Das Leben kann mich mal«, erwiderte Benny gleichgültig. Es hatte keinen Schwung, es war keine Absage an irgendetwas, er hatte keine Lust, Energie für etwas aufzubringen, das ihn so wenig interessierte. Er war so weit fort, dass er sich nicht danach sehnte, etwas zu fühlen, sondern danach, sich nach der Sehnsucht zu sehnen, irgendetwas als bedeutungsvoll zu empfinden; er stand neben einem Benny, der neben sich selbst stand. So stumpf war er, dass nichts ihn aufregte. Er versuchte es testweise damit, sich vorzustellen, seine Mutter wäre am Leben und würde noch einmal sterben. Er dachte an das Begräbnis, malte sich alle Details aus, die sonst ein Feuerwerk an Zorn und Ekel und Trauer in ihm in Gang gesetzt hatten.

Aber da war nichts. Da war nur ein Grab, in das ein Sarg hinabgesenkt wurde, anderthalb Dutzend Leute, die starr dreinschauten oder sich mit diversen Körperflüssigkeiten in ihre Taschentücher ergossen, ein Vater, der ihn immer wieder anschaute und sich selbst fragte, was er später Benny fragen würde: Warum er nicht weinte. Der ihm Gefühlskälte unterstellen würde, Wochen später, als Benny noch immer keine Regung zeigte. Von dem sich Benny jetzt seltsam verstanden fühlte, als hätte er sich tatsächlich die ganze Zeit etwas vorgemacht. Trauer und Zorn – wenn sie echt gewesen wären, dann konnten sie jetzt doch nicht wie fortgewischt sein? Vielleicht hatte er sich deshalb so hineingesteigert. Um vor sich selbst zu verbergen, dass da nichts war. Dass er nichts empfand. Dass er leer war. Ein Gefäß, in dem nichts war als das, was man hineinfüllte.

Wie war das bei den anderen? Empfanden sie wirklich so vollständig und eindeutig? Wenn Callahan ihn besorgt musterte – tat er das, weil er wirklich Besorgnis empfand? Oder bildete er sie sich nur ein? Glaubte er, dass er sie empfinden sollte, und tat es vor allem deshalb? Und wo eigentlich war der Unterschied?

Am Morgen des fünften Tages öffnete Benny kurz vor dem Wecken die Augen und wusste, dass er laufen wollte. Seit Felix' Verschwinden war er nicht mehr gelaufen, nur beim Sportunterricht, wo niemand etwas dazu gesagt hatte, dass seine Zeiten schlecht waren wie noch nie. Er hatte keine Lust, und niemand erwartete es von ihm. Schlechter Drill, fand er. Eigentlich hätte er an einer Schule wie dieser hier weniger pädagogische Einfühlerei erwartet. Etwas militärischer: *Reutter, reiß dich zusammen, beweg den Hintern, schlaff rumhängen kannst du, wenn du tot bist, es gibt keine Ausrede dafür, nicht die volle Leistung zu bringen.*

Aber hier war es wie überall: Sie überschütteten einen mit Verständnis, ob man es wollte oder nicht, und vermutlich hatte es auch hier wie überall sonst ein geheimes Verfallsdatum, das ihm nicht verraten wurde, einen Zeitpunkt, an dem es einfach verbraucht oder schlecht geworden war und entsprechend entzogen wurde. Der Tod einer Mutter war innerhalb eines Jahres zu verkraften, besser noch eines Halbjahres. Wie lange mochte wohl der Tod des Schützlings seinen Paten von der Verpflichtung freistellen, sich für etwas zu interessieren? Vermutlich nicht länger als einen Monat. Er fühlte sich wie ein Heuchler, denn Felix' Tod bedeutete ihm ja nichts.

Nur die Gedanken an seinen eigenen, die ließen ihn nicht mehr los.

Leise stand er auf und zog sich an. Falls jemand aufwachte, sagte er nichts. Draußen war es noch dunkel, aber es war nicht mehr die tiefe Finsternis der Nacht, der Himmel hatte bereits einen ganz zarten Blaustich. Trotzdem, dunkel war es. Zögernd stand Benny in den dünnen Laufklamotten am Tor und dachte an die Nacht, in der er und Oliver im Dunkeln zu Gins Haus gelaufen waren. Es war windig wie fast immer, überall knisterte und wisperte es. Die Mauer fühlte sich solide und gut an unter seiner Hand, als er darüberstrich. Er dachte an das Pferd im See. Den Kelpie. Es kam ihm fern und unwirklich vor wie alles andere. Mit einem Mal hielt er es für sehr gut möglich, dass er nicht mehr ganz bei Verstand war. Dass er sich alles eingebildet hatte. Dass dies hier sein erster Morgen auf Glen war und er sich in der Nacht alles Mögliche eingebildet hatte. Vielleicht gab es weder Leslie noch Oliver, weder den Wolfshund noch den Kelpie, und Felix war möglicherweise gar nicht tot – weil es ihn nie gegeben hatte. Im ungewohnt klaren bläulichen Licht des bald heraufdämmernden Morgens war das leichter zu glauben, als dass in diesem riesigen See ein Kelpie herumschwamm.

War es kaum merklich heller geworden, oder vielmehr: eine winzige Nuance weniger dunkel? Benny war nicht sicher. Er wusste auch nicht, wie lange er hier schon stand. Lange genug, um zu frieren, er hatte ja auch nur eine Windjacke an und seine Laufschuhe und ansonsten leichte Kleidung. Beim Laufen fror er so nicht, aber Herumstehen und Grübeln hielt einen weniger warm. *Jetzt entscheide dich,* dachte er. *Laufen oder nicht?*

Nicht, sagte etwas in ihm. Nicht in der Dämmerung. Nicht an diesem See. Nicht, wenn er nicht wusste, was sich dort draußen herumtreiben mochte.

Bevor er zu einem Schluss kam, sah er eine Bewegung. Möglicherweise hätte er Grund gehabt, sich zu fürchten, nach allem, was passiert war, aber er tat es nicht.

Es war der Wolfshund. Er kam aus den Schatten bei der Brücke getrottet, winselte und trabte eilig wieder davon. So nah an der Burg hatte Benny ihn noch nie gesehen. Er dachte daran, wie Felix mit ihm davongegangen war, eine Hand auf dem knochigen, hohen Rücken.

Ehe ihm bewusst wurde, dass er überhaupt daran dachte, stieß er sich von der Mauer Glens ab und lief dem Tier hinterher.

27 DÄMMERUNG

Der Wolfshund hielt nicht an, um auf ihn zu warten. Er lief nur voran, ohne sich umzuschauen. Wenn Benny beschleunigte, tat der Wolfshund es auch, wurde er langsamer, verhielt auch der Wolfshund seine ausgreifenden Schritte. Schließlich achtete Benny nicht mehr auf ihn und lief einfach, die Arme angewinkelt, der Atem gleichmäßig. Die Schuhe federten noch immer ausgezeichnet, aber bald würde er neue brauchen, er tauschte sie alle sechs Monate aus. Mr. Bane hatte ihm sogar nahegelegt, sich ein zweites oder sogar ein drittes Paar anzuschaffen, damit er sich nicht so sehr an ein bestimmtes Paar gewöhnte, dass er nicht merkte, wenn die Dinger ihren Zenit überschritten hatten. Nächste oder übernächste Woche würden Ausflüge nach Inverness stattfinden, damit die Schüler ihre Weihnachtseinkäufe erledigen konnten, aber für neue Schuhe war es finanziell fast ein bisschen zu knapp, weil er so schlau gewesen war, die sechzig Pfund aus dem Brief seines Vaters zu verbrennen – und außerdem waren Ausflüge für ihn wegen Coopers Nase gestrichen. Und Laufschuhe konnte man sich schlecht von jemand anderem mitbringen lassen. Überrascht bemerkte Benny, dass er sich wirklich darüber ärgerte, Felix' Tod oder die Begegnung mit irgendwelchen Ungeheuern aus dem See hin oder her, gute Laufschuhe waren ihm trotzdem wichtig.

Inzwischen kannten seine Füße den Weg so gut, dass er kaum darauf achten musste. Kurz vor der Stelle, wo er und

Oliver dem Ding begegnet waren, das Ausgeburt von Bennys überreizter Fantasie oder tatsächlich ein Kelpie gewesen sein mochte, gab es eine kleine Senke, an der man sich leicht etwas verstauchen konnte, ansonsten war die Straße gleichmäßig. An der Senke war er mit der Aufmerksamkeit bei seinen Füßen, dann spürte er, wie sich sein Herzschlag beschleunigte, unwillkürlich hielt er Ausschau nach etwas, das dem ausgedehnten Schwarz des Sees entstieg. Aber da war nichts. Da war nur Wind, der allgegenwärtige Wind, der durch die Gräser strich, die in der winterlichen Kälte allmählich immer mehr ausdünnten, dürr und strohig wurden und den Blick auf das undurchsichtige Wasser des Sees freigaben. Es schimmerte ölig und wenig verlockend. Es roch auch seltsam, fand er, aber möglicherweise bildete er es sich nur ein. Immer noch war es, als würde er neben sich stehen oder vielmehr neben sich selbst herlaufen, ein Beobachter, seltsam unbeteiligt. Selbst die Furcht, die in ihm aufstieg, kam ihm fremd vor, als wäre es das Herzklopfen von jemand anderem.

Vor ihm wurde der Wolfshund langsamer. Benny beschleunigte, und das Tier tat es auch. Es wartete wirklich auf ihn. Die Luft war voller wirbelnder kleiner Winde, der vertraute Weg fremd, als wandle er in einer anderen Welt, einer Parallelwelt, die nur aussah wie die, die er kannte.

Statt durchs Dorf lief der Hund direkt am See entlang, und Benny folgte ihm, ohne weiter darüber nachzudenken. Mit traumwandlerischer Sicherheit fanden seine Füße den Weg; es war angenehm, keinen Asphalt mehr unter den Sohlen zu haben, sondern festen Sand und Kies.

Was tust du da eigentlich?, fragte er sich selbst, fand aber keine Antwort und suchte auch nicht ernsthaft danach. Es tat so gut, frei durchzuatmen, es tat so gut, nicht nachzudenken, nicht zu grübeln, dass er sich ganz seinem Rhythmus überließ. Lockere, ausgreifende Laufschritte, ein gleichmäßiger, leicht erhöhter Puls, der See zu seiner Rechten, die leere Dämmerung, als wäre er der letzte Mensch auf der Welt. Damit hätte er jetzt gut leben können – der letzte Mensch auf der Welt zu sein. Zurückzukehren nach Glen und festzustellen, dass sie alle fort waren.

Er stellte es sich vor und dachte, dass er nicht einmal nachforschen würde, wo alle geblieben waren. Er würde in die Küche gehen, die er noch nie gesehen hatte, und dort nach etwas Essbarem suchen, nach dem Frühstück durch die Gänge streifen, vielleicht im Stall nachsehen, ob auch die Tiere verschwunden waren oder nur die Menschen. Und dann überlegen, wie er den Winter herumbrachte, allein. Am besten, er suchte sich eins der Häuser im Dorf aus, statt in der zugigen Burg zu bleiben. Vielleicht sogar Gins Haus. Im Frühling musste er dann schauen, ob er hierbleiben wollte oder weiterzog. Vermutlich würde er weiterziehen. Erst einmal in eine der großen, leeren Städte. War es klüger, es zu Fuß zu probieren – wie lange würde er brauchen? Oder sollte er sich an einem Auto versuchen? Oder gar einem Pferd? Egal. Jedenfalls brauchte er einen Vorrat Laufschuhe, und er wollte eine der leeren Städte sehen, deren Geschäftigkeit verschwunden war und eine Stille hinterlassen hatte, wie es sie draußen gar nicht geben konnte, nicht mit all den Gräsern und Bäumen und Wasserflächen und dem Wind. Hier in Glenshee und im umgebenden Hochland war es nicht sehr wichtig, ob es Menschen gab oder nicht, sie waren verzichtbar, ihr Fehlen fiel nicht besonders auf. In einer Stadt war das anders.

Vor seinem Mund bildeten sich Atemwolken. Der Himmel klarte ganz auf, nur noch vereinzelt huschten verschämte, eilige Wolken über den Himmel, nur Fetzen, als schlichen sie sich hastig und verspätet nach Hause und hofften, dass niemand es bemerkte. Jetzt war er ganz im Rhythmus, ganz im Einklang. Bog um die Ecke und erkannte den Sandweg wieder, auf dem er das kleine Mädchen getroffen hatte, Leslies Schwester oder auch nicht.

Dort stand eine Gestalt. Sie war so still und vom schwachen Licht des blass gewordenen Mondes übergossen, dass sie seine Gedanken, allein auf der Welt zu sein, nicht weiter störte, ebenso wenig wie der Wolfshund, der neben ihr stehen blieb. Kurz überlegte er sogar, einfach an ihr vorbeizulaufen, sie still und mondlichtübergossen dort stehen zu lassen, aber dann verlangsamte er zum Schritttempo und hielt schließlich direkt vor ihr an. In der Dämmerung sahen ihre Haare noch dünner und flusiger aus als am Tag, die Ohren noch größer. Dem Gesicht jedoch schmeichelte das Mondlicht. Die Augen waren groß und dunkel, und ihm fiel auf, dass über den unterschiedlich großen Nasenlöchern ein perfekter Nasenrücken lag, schmal und gerade und so fein gezeichnet, als hätte sich ein Künstler lange daran abgemüht, bis er endlich zufrieden war.

»Du bist ja nicht mehr bei Trost«, sagte sie. »Vor ein paar Tagen fast vom Kelpie gefressen worden, und jetzt schon wieder allein unterwegs, mitten im Dunkeln. Du willst es wohl nicht anders, oder? Bist du lebensmüde?«

Er erwiderte ihren Blick. Eine Gänsehaut lief ihm über den Rücken. »Ich weiß nicht.«

Prüfend neigte sie den Kopf und musterte ihn von oben bis unten. »Bist du verrückt?«

»Möglich.« Er sagte es ganz ernsthaft, denn immerhin zog er es in Erwägung. Und ihre Frage hatte sehr ernsthaft geklungen, nicht rhetorisch.

Die Antwort schien ihr zu gefallen. »Was ist dir passiert?«, wollte sie wissen. »Du hast jemanden verloren, der dir etwas bedeutet hat, richtig?«

Er träumte, wurde ihm klar, und Erleichterung durchflutete ihn. Deshalb der Ausflug in der Dämmerung und der seltsame Hund, der ihm vorauslief, deshalb auch das Fremdheitsgefühl. Er träumte.

»Meine Mutter«, sagte er.

»Sie ist gestorben?« Sie neigte den Kopf. In seinem Traum war sie hübscher als in Wirklichkeit.

»Ja.«

»Woran?«

»Krebs«, erwiderte er tonlos.

»Ach so.«

»Was soll das heißen – ach so?«

Sie zuckte mit den Schultern. »Sehr verbreitet. Die meisten Menschen sterben an Krebs, nicht wahr? Früher oder später.«

»Bei ihr war es früher«, befand er bissig. »Sie war gerade mal zweiundvierzig.«

»Hat es lange gedauert?«

Sie fragte es so neutral, als wollte sie wissen, wie weit sein früherer Schulweg gewesen oder was sein Lieblingsessen war. Kurz zweifelte er daran, dass es wirklich ein Traum war, denn seine Eingeweide zogen sich vor Schmerz zusammen. »Nein. Es hat nicht lange gedauert. Sie hatte eine Weile Schmerzen, hat sie nicht ernst genommen, dann hatte sie einen Anfall, ist ins Krankenhaus gekommen, und da haben sie es festgestellt. Keine zwei Monate später war sie tot.«

»Haben sie noch operiert?«

»Nein. Es war ein Hirntumor. Sie konnten ihn nicht operieren. Sie haben sie bestrahlt, und sie hat Medikamente genommen. Sie hat den ganzen Tag gekotzt, ist so dünn und schwach geworden, dass sie kein Wasserglas mehr halten konnte, und hat sich so verändert, dass ich nicht mehr wusste, wer sie ist. Die Ärzte sagten, das sei wegen des Tumors, weil er aufs Gehirn drückt. Und dann hatte sie einen Anfall, als ich in der Schule war, und ist auf dem Weg ins Krankenhaus gestorben.«

»Und seitdem bist du wütend auf die Welt.« Es klang nicht spöttisch, sondern fast ein wenig gelangweilt.

»Leck mich am Arsch.«

»Komm mit.« Sie drehte sich um und ging los, und er schloss mit ein paar schnellen Schritten zu ihr auf.

»Erklärst du mir, weshalb ich hier vor ein paar Tagen deine Schwester getroffen habe und sie wollte, dass ich mitkomme, und warum Felix sie mit Steinen beworfen hat? Und warum zum Teufel sie sich aufgelöst hat und das Vieh da«, er zeigte auf den Wolfshund, der neben ihr hertrottete, »einfach aus dem Nichts aufgetaucht ist?« Inzwischen war er sicher zu träumen. Es war ihm egal, er brannte auf Antworten, auch wenn er sie selbst erfinden musste.

»Das sind viele Fragen auf einmal. Meine Schwester hast du getroffen, nehme ich an, weil du Alasdair eine reingehauen hast, das hat ihr nicht gefallen. Deshalb wollte sie, dass du mit ins Moor kommst – ich glaube nicht, dass man dich lebend wiedergesehen hätte. Jedenfalls sicher nicht bei Verstand. Und Felix hat sie mit Steinen beworfen, weil er der Meinung war, dir damit das Leben zu retten.«

»Und – hat er das?«

»Na ja – du lebst noch, oder?«

Obwohl es sich anfühlte, als platze er schier vor unbeantworteten Fragen, dauerte es eine Weile, bis er die nächste zu fassen bekam, und sie war erstaunlich banal: »Träume ich?«

»Hm.« Sie warf ihm einen listigen Blick zu. »Vielleicht machst du es dir leichter, wenn du davon ausgehst.«

»Was mache ich mir leichter?«

»Das, weshalb wir hier sind, Grau und ich. Ich möchte dir etwas zeigen.«

Fast blieb er stehen. »Weshalb ihr hier seid? Habt ihr gewusst, dass ich komme?«

»In einem Traum wäre das durchaus möglich«, gab sie zu bedenken. »Und falls es kein Traum ist, wäre es denkbar, dass wir seit einer Weile darauf warten, dass du endlich mal wieder deinen Hintern aus der blöden Burg rausbewegst, um mit dir zu sprechen.«

Jetzt blieb er doch stehen. Sie tat es ihm gleich und wandte sich zu ihm um, der Wolfshund trottete einfach weiter.

»Das Vieh am Wasser«, sagte er. »War das wirklich ein … Kelpie?«

Fast unmerklich zögerte sie. »*Der* Kelpie. Wir haben hier nur einen.«

Er lachte auf. Sein Lachen wehte über den See davon. Er fühlte sich unendlich befreit. »Ich träume wirklich.« Er breitete die Arme aus und legte mit geschlossenen Augen den Kopf in den Nacken. Die eisige Luft strich ihm freundlich übers Gesicht, das dürre Gras knisterte, und er glaubte das Mondlicht zu spüren, das milchig über sein Gesicht floss. »Der Kelpie also. Und was wollte er von mir?«

»Leider muss ich davon ausgehen, dass er dich fressen wollte. Gin hat mir ziemlich die Hölle heißgemacht.«

»Er wollte mich fressen.«

»Na, im Grunde meint er es nicht böse. Man kann es sogar als Kompliment verstehen. Er frisst nicht jeden.«

»Na dann.«

»Es ist eher so, dass er Zuneigung zu jemandem fasst und ihn eine Weile beobachtet. Fast, als würde er sich allmählich verlieben. Und wenn er es gar nicht mehr aushält vor Sehnsucht, dann kommt er heraus und … nimmt Kontakt auf.«

»Aha.« Benny öffnete die Augen und grinste sie an. Für einen Traum, fand er, war alles sehr detailliert. Es war schon mal vorgekommen, dass er gewusst hatte, dass er träumte, aber da war es anders gewesen, er hatte nicht so ausgiebig jede Kleinigkeit betrachten können, die Welt war ein wenig nachgiebiger gewesen, instabiler, und hatte sich unter seinem Blick ständig ein wenig verändert. Diesmal tat sie recht solide.

»Er fragt sozusagen an, ob seine Zuneigung erwidert wird. Und wenn ja, dann … nun, dann nimmt er einen mit.«

»Bis tief auf den Grund des Sees, wo er den Kopf wendet, wie ein richtiges Pferd ihn nicht wenden könnte, einen anschaut und dann anfängt, einen lebendig aufzufressen.«

»Oliver«, stellte sie fest und seufzte.

»Richtig. Hat er Recht?«

»Eine von vielen Geschichten. Ich weiß es nicht. Ich habe nie dabei zugesehen, weißt du? Aber man kann davon ausgehen, dass es so ähnlich ist, ja. Jedenfalls frisst der Kelpie Fleisch. Mitsamt Knochen. Ist ziemlich eklig anzusehen.«

»Dann hat ja auch Oliver mir das Leben gerettet, nicht nur Felix.«

»Das waren nicht die Einzigen, die das getan haben«, stellte sie nüchtern fest. »Jetzt komm, es ist nicht mehr weit.«

»Wo gehen wir denn hin?«, fragte er. Sie war sehr klein, stellte er wieder einmal fest, sie reichte ihm kaum bis zur Schulter.

»Zur Kuhweide.«

»Was ist auf der Kuhweide?«

»Kühe.«

Konsterniert verzog er das Gesicht. »Dafür, dass das hier mein Traum ist, könntest du ein bisschen aufschlussreichere Antworten geben.«

»Aber dort *sind* Kühe.« Sie grinste.

»Und wir gehen dorthin, um uns Kühe anzuschauen?«

»Nein. Wir gehen dorthin, um dir etwas zu zeigen.«

»Etwas anderes als Kühe.«

»Richtig.«

»Und was?«

»Das werden wir sehen. Das heißt, ich werde es sehen. Ob du es sehen wirst oder nicht, weiß ich noch nicht. Manche sehen es nie, und wenn man sich noch so sehr verrenkt, um es ihnen zu zeigen. Allerdings kenne ich auch nicht alle Methoden, die es geben mag. Wir werden einfach sehen.«

Für einen Traum, fand er, war das zwar kryptisch und verwirrend genug, aber ihm war inzwischen sehr kalt. Er versuchte, es sich wärmer zu träumen, aber es funktionierte nicht. Stattdessen stieg ihm der scharfe, warme Duft der Rinder in die Nase. Sie erreichten einen Zaun. Ohne weitere Umstände kletterte Leslie hinüber. Benny nahm den Traumzaun nicht ernst, flankte lässig darüber und kam auf der anderen Seite blöd auf. Beißend schoss Schmerz durch seinen Knöchel, und er humpelte fluchend hinter Leslie her. Kälte und Schmerz, und er wachte nicht auf – das war ungewöhnlich, aber er nahm es hin.

Auf einer Seite grenzte die Weide an den See. Nah am Wasser grasten einige Kühe, im Mondlicht sah er die leuchtend roten Bänder nicht, die um ihre Schwänze gewunden waren.

»Wenn das hier mein Traum ist«, sagte er, »dann wundere ich mich, weshalb der Weg nicht einfach am See entlangführt. Das fänd ich nämlich sehr viel besser – eine Laufstrecke einmal rings um den See.«

»Stell dir nur vor«, erwiderte sie spöttisch, »hier leben Menschen, denen es relativ egal ist, ob jemand einmal um den See laufen kann oder nicht. Außerdem zerfasert er dort hinten und hat Ausläufer bis ins Moor, also ins Naturschutzgebiet. Und dort hat sowieso niemand etwas verloren.«

»Ich glaube, ich träume dich ein bisschen netter.«

»Versuch's.« Sie grinste. »Viel Glück. Übrigens stotterst du viel weniger, wenn du glaubst, du würdest träumen.«

»Ich stottere überhaupt nicht!«

»Allerdings tust du das. Schau, da ist er ja.« Sie deutete voraus auf die kleine Herde Kühe. Mitten dazwischen erhob sich eine Gestalt, höher und feingliedriger als die zottigen Hochlandrinder.

Unwillkürlich blieb Benny stehen. »Willst du mich an den Kelpie verfüttern?«

Sie schnaubte belustigt. »Nein, den Gefallen tu ich Alasdair sicher nicht. Warte hier.«

Gehorsam blieb er stehen und schaute zu, wie sie auf die Tiere zuging. Bei ihrem Näherkommen hob der Kelpie den schmalen Pferdekopf. Beim Gedanken daran, wie er gezischt hatte, nicht geschnaubt, sondern *gezischt*, als Oliver den Stein nach ihm geworfen hatte, erschauerte Benny. Plötzlich war er froh, dass er hier warten sollte, näher heran wollte er nicht, auch nicht im Traum. Wo steckte eigentlich der Wolfshund? Er schaute sich um, konnte ihn aber nicht entdecken.

Leslie stand vor dem Kelpie, der den Kopf senkte, und strich ihm über die Nüstern. Ruhig und friedlich war es, die Kühe reagierten kaum auf den Besuch, nur zwei zuckten mit den Schwänzen, während sie weitergrasten. Der Himmel sah mittlerweile aus, als leuchte hinter einer dunkelblauen Kuppel aus Glas ein gleichmäßiges, schwaches Licht. Der See bestand noch immer aus zähem Öl und gluckerte am Ufer zwischen den flüsternden Gräsern. Ganz zart strich der Wind Benny durchs Haar, er war fast zum Stillstand gekommen.

Leslie kam zurück. Der Kelpie schaute ihr hinterher, ohne ihr zu folgen, und senkte dann wieder den Kopf.

»Und was …«, setzte Benny an.

»Schscht. Wir haben es ein bisschen eilig. Setz dich hin, du bist zu groß.«

»Was?«

»Frag nicht, schließlich ist das ein Traum, der muss nicht logisch sein. Setz dich einfach hin.«

Er setzte sich. Die geträumte Erde war eisig an seinem Hintern, die Kälte drang so ungebremst durch die dünne Stoffhose, dass er auf der Stelle festzufrieren glaubte.

Leslie verrieb etwas auf ihren Fingern.

»Was ist das? Kelpie-Schleim?«

»Richtig.«

»Davon bekommt man taube Hände.«

»Ich nicht. Und du auch nicht mehr lange. Schau mich an.«

Er schaute sie an. Ihr schiefes Gesicht war angespannt, die Augen riesig. »Verzeih mir«, bat sie. »Ich hoffe, ich mache das Richtige. Ich meine es jedenfalls gut. Lass die Augen offen, ja? Lass sie offen.«

Er ließ die Augen offen. Sie hob die Hände, und dann drückte sie beide Daumen an seine Augenwinkel und schmierte kühlen Schleim hinein.

Zuerst spürte er gar nichts. Dann schoss ein brennender, heißer, alles versengender Schmerz durch die Netzhaut, wie ein Blitz, so grell und weiß und heiß und zugleich eiskalt, dass er sich mit aller Wucht durch den Sehnerv direkt ins Gehirn brannte. Ob er schrie, wusste Benny nicht. Er hörte nichts mehr über dem Tosen und Wüten des Schmerzes. Er sah auch nichts mehr. Er war blind. Kurz glaubte er, sie habe ihm die Augen ausgestochen. Vermutlich schrie er doch.

»Offen lassen«, drang ihre Stimme durch den Schmerz. »Mach die Augen auf. Mach sie auf, verdammt! Mensch, tu doch einfach, was ich dir sage.«

Es ging nicht. Es tat zu weh. Außerdem wusste er nicht, wie er die Augen öffnen sollte. Waren sie überhaupt geschlossen? Weshalb sah er dann dieses grelle Licht? Jetzt hörte er sich stöhnen, nicht schreien, aber stöhnen, ächzen, es war ein schreckliches Geräusch.

»Augen auf! Benny, bitte. Mach die Augen auf. Dann ist es vorbei.«

Er versuchte es, er versuchte es wirklich. Aber die Lider schienen zusammenzukleben.

Etwas berührte seine Wange, ganz sanft. »Mach die Augen auf«, flüsterte sie ihm ins Ohr.

Da begriff er wieder, wie es ging. Er öffnete die Augen.

Leslie hockte vor ihm, sein Gesicht in beiden Händen. Besorgt betrachtete sie ihn. »Du Idiot. Ich sag doch, auflassen. Jetzt tut es nicht mehr weh, richtig?«

Richtig. Es tat nicht mehr weh. Schlagartig tat es überhaupt nicht mehr weh. Verwirrt blinzelte er und sah, wie Leslie den Kopf wandte und zaghaft lächelte. Hinter ihr stach ein winziger, blasser Sonnenstrahl über den Talrand und verfing sich in ihrem Haar. Es sah aus, als würde sie leuchten.

»Schau«, sagte sie, gab den Blick frei und ließ sich neben ihm ins Gras plumpsen, erschöpft und ungefähr so anmutig wie sein alter Kater.

Zuerst gab es nichts zu schauen. Ein bisschen heller als vorher war es. Der Sonnenstrahl fiel schräg aufs winterlich dünne Gras, auf Schlammpfützen und die Abdrücke von Rinderhufen. Er kitzelte einen moosigen Stein, und das Moos, so fein, dass es bei der geringsten Berührung nachgeben musste, und so hauchgrün, dass es nicht wie von dieser Welt wirkte, leuchtete auf, ganz zart.

Und aus dem Moos stieg eine winzige Gestalt empor. Eben war da noch nichts gewesen. Dann war da plötzlich etwas. Winzig klein, schmaler als der Durchmesser seines kleinen Fingers. Schemenhaft, weil viel zu schnell, sah er es aufsteigen, sah zarte Glieder, sah ein Wirbeln, sah vielleicht sogar Flügel, spinnwebzart, libellenartig, wirbelnd, flatternd, sah das winzige Ding jubelnd dem Sonnenstrahl entgegensausen – und es zerstob. Kaum einen Lidschlag lang war es dagewesen und löste sich schon auf in einen Haufen Lichtsplitter, winzige, stiebende Funken, die so schnell verglühten, als wären sie nie dagewesen.

Ihm fiel der Unterkiefer nach unten, als hätte jemand die Muskeln und Sehnen durchtrennt, die ihn hielten. »Was …«

»Schscht! Schau.«

Weitere Sonnenstrahlen fielen über den Talrand herein und berührten den Boden, die Gräser, das Fell der Rinder. Eine Flut aus blassgoldenem Licht, die sich schäumend über die Wiese ergoss. Und wo das Licht etwas aufleuchten ließ, dort jubelte etwas Winziges auf, eine Gestalt, ein Wirbeln, ein Funke, der sich in die Höhe schwang und zerstob. Überall waren sie. Überall. Er starrte mit offenem Mund. Die ganze Wiese war ein einziges Meer aus winzigen, kaum sichtbaren Gestalten und noch winzigeren Funken. Auch im rötlichen Fell der Rinder stiegen sie auf, er sah den Schimmer ihres Werdens und Vergehens, starrte, staunte, atmete nicht, vergaß zu blinzeln, brachte es nicht fertig, den Blick abzuwenden. Irgendwann wandte er dann doch das Gesicht zu Leslie und sah, wie sie auch aus ihrem Haar herausknisterten, diese winzigen … diese …

»Elfen«, sagte sie und lachte. »Morgenlichtelfen. Schön, nicht?«

Er streckte die Hand aus und berührte ihr Haar. Eins der winzigen Geschöpfe zerstob direkt zwischen seinen Fingern. Er glaubte etwas zu spüren, eine Berührung, die keine war. Rang nach Luft.

»Schau noch zu«, sagte sie leise. »Gleich ist es vorbei.«

Er wandte wieder den Kopf zur Wiese. Sah Springen und Jubeln und Wirbeln und Stieben und Stäuben. Sah, wie es verebbte, wie das Gleißen zu einem schwachen Schimmer wurde. Hier erhob sich jubelnd noch eins der Wesen von einem Grashalm, dort sogar vom Rand einer Schlammpfütze, von einem Sonnenstrahl vergoldet. Dann war es vorbei.

»Es ist nur das erste Licht«, hörte er Leslie neben sich sagen. »Das lieben sie. Du hast Glück, dass heute ein klarer Tag ist, heute war es wirklich schön. Manchmal sieht man gar nichts.«

Eben war ihm die Wiese hell erleuchtet vorgekommen, jetzt stellte er fest, dass es kaum gedämmert hatte, es war nur der Schimmer des ersten Morgenlichts, noch längst nicht richtig Tag. Die Sonne, die verschlafen über den Talrand blinzelte. Ihm war, als seien Jahre vergangen. Benommen tastete er mit beiden Händen nach Grasbüscheln, um sich an den langen, spröden Halmen festzuhalten. »Wo …«

»Hm?«

»Wo sind sie hingegangen?«

»Zurück.«

»Wohin zurück?«

»Dorthin, woher sie gekommen sind.«

»Woher sind sie gekommen?« Die Sehnsucht, ihnen zu folgen, packte ihn. Die Wiese sah so gewöhnlich aus ohne sie, ohne ihr Springen und Funkeln, so karg und traurig, dass der Anblick ihn schmerzte. Wenn es einen Weg gab, ihnen zu folgen …

»O nein«, sagte Leslie und lächelte. »Nicht feensüchtig werden. Komm, reiß dich zusammen. Dafür haben wir keine Zeit.«

»Feen…«

»Feensüchtig, ja. Gibt es. Vielleicht hätte ich dir für den Anfang besser etwas Scheußliches zeigen sollen. Das ist ungefährlicher. Komm schon.« Sie klopfte ihm leicht gegen die Wange. »Starr nicht so. Blinzel mal. Komm zurück. Du kannst sie noch öfter sehen. Aber du kannst ihnen nicht folgen. Es gibt sie nicht mehr.«

»Es gibt sie nicht mehr«, wiederholte er dumpf.

»Genau. Es gibt sie nicht mehr. Sie kommen aus dem Nichts, und sie gehen dahin zurück. Sie existieren nur für den winzigen Moment, in dem die ersten Lichtstrahlen des Morgens die Welt zum Leuchten bringen. Und auch längst nicht überall und immer. Hier sieht man sie besonders oft. Schau, wie sanft die Wiese geschwungen ist, und wie sie dort am See in diesen kleinen hellen Strand übergeht. Sie werden aus der Schönheit des ersten Morgenlichts geboren, und die ist nun mal flüchtig. Nicht weinen, reiß dich zusammen.«

Verwirrt starrte er sie an. Weinen? Er? Er griff sich ins Gesicht, es war tränennass. Verlegen wischte er sich über die Augen und rieb mit den Ärmeln die Wangen trocken. »Wieso sind sie …«

»Fort? Weil der Moment vorbei ist. Die meisten Elfen sind nur sehr kurz da.«

»Sie sind … fort?«

»Ja.«

»Tot?«, fragte er zitternd. Bei dem Gedanken wurde ihm zumute, als habe jemand sorgfältig sein Inneres ausgefegt, besenrein, leer und kalt bis in den letzten Winkel.

»Quatsch«, rügte sie. »Doch nicht tot. *Fort.* Das ist etwas grundlegend anderes. Sie werden nicht geboren, sie werden Gestalt, das ist nicht zu vergleichen.«

»Gestalt«, wiederholte er blöde.

»Du bist ja wirklich völlig durcheinander. Grau!« Sie schaute sich um. Über die Wiese kam etwas herbeigetrottet. Der Wolfshund. Er sah wachsam aus, aber freundlich.

»Schau ihn an«, forderte Leslie Benny auf. »Schau genau hin.«

Der Wolfshund tat den nächsten Schritt, und was er auf den Boden setzte, war keine Pfote mehr, sondern ein Huf. Ein grauer Huf, darüber graues, zottiges Fell. Die nächste Pfote hob sich und war ein Huf, als sie sich senkte. Vier Schritte nur, und es war kein Hund mehr, der auf sie zukam, sondern ein unsäglich hässlicher Ziegenbock, alt, mit eingefallenen Flanken und schrundigen Hörnern. Aufschreiend kroch Benny auf dem Hosenboden rückwärts, Leslie erwischte ihn am Hosenbein und hielt ihn fest. »Ruhig Blut!« Sie kicherte.

Vor Bennys weit aufgerissenen Augen tat der Ziegenbock vier weitere Schritte und war wieder ein riesiger Hund. Bleiche Sonnenstrahlen malten kleine Kringel in das stumpfe, raue Fell. Einen Meter vor ihnen setzte er sich hin, kratzte sich ausgiebig hinter dem Ohr, hechelte und grinste Benny an.

»Ga«, machte Benny. »Ägh.«

»O weh«, seufzte Leslie. »Jetzt bist du wirklich durcheinander, oder? Lass mich dir versichern, du träumst nicht, du bist hellwach, du siehst jetzt ein bisschen mehr als vorher, und das wird vermutlich so bleiben. Erst wird es wieder schwächer, aber wenn du dranbleibst, siehst du irgendwann richtig – immer. Am besten gewöhnst du dich schnell daran. Ich würde dir wahnsinnig gern mehr Zeit lassen, ehrlich, aber leider haben wir keine. Zeit, meine ich. Komm mal zu dir, ja, damit ich dir ein bisschen was erklären kann.«

Sehr langsam drehte Benny den Kopf und schaute sie an. Selbst als er den Mund schloss, kam es ihm noch immer vor, als stünde er offen. Er wollte sagen: *Gut, ich höre.* Heraus kam: »Mmmp«, weil er vergaß, zum Sprechen den Mund wieder zu öffnen.

Leslie zog eine Grimasse, wechselte einen zweifelnden Blick mit Grau und kratzte sich hinter dem Ohr. »Meinst du, das war eine gute Idee?«

Grau grinste und hechelte, seine Zunge war rosa, dünn und ungeheuer lang.

Verzweifelt haschte Benny nach einem klaren Gedanken. Am liebsten wäre er schreiend aufgesprungen. Oder für immer hier sitzen geblieben. Er kniff sich in den Arm, kräftig, es tat weh, aber er wachte nicht auf.

»Also«, sagte Leslie. »Ja, es gibt Feen in Glenshee.«

Benny hustete. Sein Kopf drehte sich. War es so, wenn man betrunken war? Plötzlich hatte er große Lust dazu, es mal auszuprobieren. Literweise. »Feen«, sagte er heiser. »Und … Monster.« Er deutete auf den Kelpie, der sich gerade aus der Herde der Rinder löste, deren rote Schwanzbänder im schüchternen Morgenlicht grell leuchteten. Gemächlich trottete der Kelpie geradewegs zum Wasser, seine Hufe zerrissen die Oberfläche des Loch Dall, er trottete weiter, schnell ging ihm das Wasser bis zur Brust, das Maul tauchte ein, der Kopf, und dann waren da nur noch Wellen. »Ga«, machte Benny und zeigte darauf.

»Er mag kein Tageslicht«, erklärte Leslie. »Und ich wäre dir sehr verbunden, wenn du ihn nicht Monster nennen würdest. Es gibt viel schlimmere.«

»Schlimmere«, echote Benny.

»Er wird für den Rest seines Lebens nur noch wiederholen, was ich sage«, klagte Leslie dem hechelnden Grau. »Ich habe ihn kaputt gemacht!«

»Feen«, sagte Benny und schüttelte kräftig den Kopf, schlug sich ein paarmal leicht ins Gesicht, die Finger klatschten überlaut auf den Wangen. »Feen. Glenshee. Tal der Feen. Morgenlichtelfen. Kelpies.«

»*Ein* Kelpie.«

»Gut. Gut. Zwei Kelpies wären auch zu viel. Einer ist schon zu viel. Kelpie-Schleim, ja?« Er rieb sich die Augen. »Das ist … widerlich. Echt widerlich.«

»Tut mir leid. Ich hätte auch eine Salbe machen können oder nachschauen, ob Gin noch welche im Haus hat. Aber sie zu machen, dauert lange und ist ziemlich lästig, und ich hatte Angst, Gin zu wecken, wenn ich bei ihr nachschaue. Dann ist sie immer so brummig.«

»Dann ist sie immer so brummig«, wiederholte er. »Hätte die Salbe auch so wehgetan?«

»Es hätte *gar* nicht wehgetan, wenn du auf mich gehört und die Augen offen gelassen hättest! Außerdem wirkt der Kelpie-Schleim nun mal besonders gut. Sehr schnell und gut.«

»Merke ich schon.« Er rieb sich die Augen, riss sie wieder auf und schrie sie an: »Feen!«

»Richtig«, seufzte sie und betrachtete ihn mitleidig. »Feen«

»Okay.« Er atmete tief durch. »Ich gehe einfach mal davon aus, dass ich nicht verrückt bin.«

»Das ist kein gutes Zeichen. Dann ist man es meistens.« Sie grinste.

»Ist mir völlig egal. Also: Feen.«

»Richtig«, sagte sie so geduldig, als würde ihr ein Erstklässler das Alphabet aufsagen und nicht über das C rauskommen.

»Und was ist er?« Er zeigte auf den hechelnden Hunde-Ziegenbock. »Ist er auch eine Fee? Eine zottige, hechelnde, sabbernde Fee, die Dosenfutter frisst?«

»Er? Er ist Grau. Einfach nur Grau. Und er frisst nicht. Nie. Na – jedenfalls nicht aus Hunger.«

»Eine Fee. Eine Hundefee.«

»Ein Feenwesen. Ein Gestaltwandler. Aber ja, am liebsten ist er ein Hund.«

Misstrauisch beäugte Benny das Tier. Es schien ihm recht solide zu sein. Mit Mühe widerstand er der Versuchung, mit den Knöcheln gegen die Hundebrust zu klopfen, um zu schauen, ob er dann in einem Nebelstreif verwehte. »Löst er sich auch gleich auf?«

»Ich hoffe nicht! Das wäre schlecht. Nein, Grau gibt es schon sehr lange. Du musst mal auf die Wandteppiche auf Glen schauen. Er taucht zum ersten Mal auf, als die Familie MacGregor die Herrschaft über Glen übernommen hat. Und auf ein paar Wandteppichen sind andere graue Tiere abgebildet. Es gibt einige Geschichten über Wölfe, die urplötzlich Mitgliedern des Clans zu Hilfe gekommen sind, und eine über einen riesigen grauen Hirsch, den niemand einfangen konnte. Ich weiß es nicht genau, aber ich glaube, er ist so eine Art Schutzgeist des Clans. Und solange es MacGregors gibt, gibt es auch Grau.« Liebevoll schaute sie den Wolfshund an. Zur Antwort hechelte er nur zustimmend. Er wirkte ausgesprochen hündisch und gewöhnlich.

»Okay.« Benny schloss die Augen und rieb sich die Nasenwurzel, um besser nachdenken zu können. Er spürte, wie der Wind an ihm riss. Ihm war schwindelig, und in ihm tobte Chaos. Feenwesen also. Gut. Er war in Schottland, und eben hatte er herausgefunden, dass es Feen gab. War ja nicht so schlimm. Nur musste er sich ein bisschen daran gewöhnen, das war alles. Würde höchstens drei oder vier Jahre dauern. Drei oder vier Jahre, in denen er ab und zu mal plötzlich sinnlos vor sich hinlachte oder ein bisschen den Kopf gegen die Wand schlug.

Feen. Er atmete tief durch. Ihm wurde klar, dass Leslie etwas von ihm wollte. Die Dringlichkeit in ihrer Stimme, dass sie es ihm überhaupt gezeigt hatte, war kein Spaß, keine Alberei, und er hatte den Verdacht, sie hatte es ihm nicht gezeigt, weil sie ihn so wahnsinnig nett fand oder damit er sich darüber freute, wie hübsch es war. Also – wie hübsch die Elfen waren. Grau oder der Kelpie waren nicht unbedingt das, was er als hübsch bezeichnen würde. Und, fiel ihm ein, es gab Schlimmeres als den Kelpie?

Als er die Augen wieder öffnete, schauten sie beide ihn an, Leslie und Grau, und eine Gestalt sauste an ihm vorbei, ein verwischter Streif.

»Windgeist«, erklärte Leslie, als sein Kopf herumruckte, um dem Ding hinterherzustarren. »Sie freuen sich, dass du siehst, aber sie sind jetzt gerade ein bisschen scheu. Sie werden sich dir noch zeigen. Die mögen dich.«

»Das ist schön«, sagte er und glotzte dem Wisch hinterher, der wild über den See glitt und … zerstob. Fort? Auch er … fort?

»Es ist schon spät. Du hast das halbe Frühstück verpasst.«

»Interessiert mich gerade nicht so«, gestand er. »Weil … Feen und so. Kelpie. Und alles. Heilige Scheiße, ich habe entweder gerade den Verstand verloren oder herausgefunden, dass es Feen gibt. Das verändert so ein bisschen die Perspektive, weißt du? Ich glaube nicht, dass ich mich je wieder für Frühstück interessiere.«

»Solltest du aber«, ermahnte sie ihn streng. »Das ist immerhin die wichtigste Mahlzeit des Tages, und es gibt keinen Grund, sie zu vernachlässigen. Sie ist keinen Deut weniger wichtig als vorher!«

»Äh – okay. ’tschuldigung?«

Sie nickte gnädig. »Schau, es ist besser, wenn du nicht auffällst. Ich erklär dir schnell die wichtigsten Kleinigkeiten, du gehst zurück nach Glen zum Frühstück, und heute Abend …«

»Heute *Abend*?«

»Genau. Da treffen wir uns bei Gin. Geh direkt nach dem Abendessen laufen oder so, oder halt nach dem Stalldienst. Grau holt dich ab. Dann erklären wir dir ein bisschen mehr.«

»Heute *Abend*?«, empörte er sich. »Du kannst doch nicht einfach sagen, oh, schau, Feen, und dann muss ich bis zum Abend warten, um …«

»Muss«, schnitt sie ihm ungerührt das Wort ab.

»Aber …«

Sie legte ihm zwei schmale, kühle Finger auf die Lippen. »Jetzt halt den Mund und hör zu. Schscht. Hör zu.«

28 NEUE FREUNDE

Bleib nicht stehen und starr nicht an, was du vielleicht siehst – die meisten Feenwesen mögen nicht angestarrt werden, außerdem fällt es auf. Gewöhn dir an, woanders hinzuschauen und aus dem Augenwinkel wahrzunehmen, was sich da bewegt.

Das war die erste Regel, die Leslie ihm eingeprügelt hatte. Er hörte ihre eindringliche Stimme so deutlich, als würde sein Hirn eine Aufnahme abspielen.

Auf dem Weg zurück nach Glen sah er aus dem Augenwinkel hauchzarte Streifen über den See toben. Einmal strich ihm ein durchsichtiges Flirren über das Gesicht, zog ihn am Haar, er hörte ein Kichern im Wind, da zuckte er zusammen, ehe er sich beherrschen konnte. Vergnügt verlor sich das Kichern.

Ein alter Baum bei der Ruine hatte eine seltsame Gestalt, am liebsten hätte er genauer hingeschaut. Nie war ihm aufgefallen, wie sehr die knorrigen Äste Armen glichen, die sich dem Vorbeikommenden entgegenstreckten. Sah er das, weil Leslie ihm den Nüsternschleim des Kelpies in die Augen geschmiert hatte? Oder sah er es, weil er jetzt darauf achtete und überall Bewegung, Leben, Gestalten wahrzunehmen glaubte? Selbst das Gras schien sich anders zu bewegen, das Gluckern des Sees klang, als säßen dort fette Kröten von der Größe eines Schäferhunds und ließen das Wasser in die offenen Mäuler strudeln. Der Himmel war lebendig, und Benny fragte sich, was die einsamen kleinen Wölkchen dort oben sein mochten, die sich zu erstaunlich tierähnlichen Gebilden formten und wieder verwehten – waren es wirklich leblose Zusammenballungen von Wassertröpfchen oder etwas, das *Gestalt geworden* war?

Benny fragte sich, ob manche dieser Wolken, die heute vereinzelt und friedlich über den klaren Himmel trieben, ein Bewusstsein hatten. Er fragte sich, ob einige der Grasbüschel, die so deutlich wisperten, als wollten sie ihm etwas zuraunen, ihn wahrnahmen und wussten, dass es ihn gab. Er starrte den abgesägten Baumstamm am Wegrand an, den er schon einmal näher begutachtet hatte. Üppig entsprossen ihm neue Triebe, seine Oberfläche war mit saftigem graugrünem Moos bewachsen ... tanzten hier im Mondlicht Feen? Elfen? Mondscheinelfen vielleicht?

Er schaute aus dem Augenwinkel, versuchte, den Blick *weit und offen* zu halten, wie Leslie ihm geraten hatte, aber er sah nichts. Überhaupt, so schien ihm, wurde sein Blick zunehmend weniger scharf.

Du blinzelst den Schleim mit der Zeit weg, und zuerst siehst du wieder weniger. Manchmal werden es nur Schemen sein. Macht nichts. Es dauert eine Weile, bis sich deine Augen daran gewöhnen. Deine ... Seele, wenn du so willst. Es wird wieder klarer. Du hast es geschenkt bekommen, für einen Augenblick, aber du musst es jetzt trotzdem noch lernen. Bei manchen hört es wieder ganz auf. Das glaube ich bei dir aber nicht. Ich glaube, du lernst es sehr schnell.

Glen. Waren die Mauern schon immer so himmelhoch gewesen? So dunkel? Unbehagen überfiel Benny, als er näher kam. Seine Schritte klangen hohl auf der Brücke, und das Unbehagen rührte nicht nur daher, dass die Burg ihm so verändert vorkam.

Du bist unangenehm aufgefallen, und außerdem bist du … warst *du Felix' Pate. Das erkläre ich dir auch später. Jedenfalls hat Alasdair dir etwas auf den Hals gehetzt. Etwas, das deine Schritte überwachen soll. Das prüfen soll, ob du siehst oder hörst, was du nicht sehen und hören sollst. Es ist eine Art Krötenkobold, ein hässliches Vieh, schau ihn dir auf keinen Fall zu genau an. Vermutlich wirst du ihn jetzt auch riechen und hören. Es ist eklig, aber lass dir keinesfalls etwas anmerken, hörst du? Das ist sehr wichtig. Er darf nichts merken. Er wartet am Burgtor auf dich. Das wird schwierig, aber tu, als sei nichts los, als sei alles wie immer. Zum Glück traut er sich nicht raus, nicht in Graus Revier, vor allem, wenn es windig ist und er es hier draußen mit den wilderen Windgeistern zu tun bekommt. Er mag es dicht am Boden, sumpfig, warm. Inzwischen hat er sich angewöhnt, am Tor von deiner Schulter zu springen und dort stinkig und sauer herumzuhocken, bis du zurückkehrst. Und wenn du wiederkommst, dann klettert er an dir hoch und kauert sich auf deine Schulter, weil er faul ist und sich gern tragen lässt. Du wirst es spüren. Nicht sein volles Gewicht, aber du wirst spüren, dass da etwas ist. Lass dir* nichts *anmerken, hörst du? Tu einfach, als wäre nichts los. Ganz wie immer.*

Sehr witzig. Das war ja seine leichteste Übung – spüren, wie Krötenkobolde, die ihn überwachten, an ihm hochkletterten, ihm ihren Sumpfatem ins Gesicht bliesen und ihm auf Schritt und Tritt folgten, und sich dabei nichts anmerken zu lassen.

Sein Herz pochte ihm in den Schläfen, als er sich dem Tor näherte. Ganz geradeaus richtete er den Blick, hakte ihn am Tor der Großen Halle fest, das durch den offenen Torbogen zu sehen war. *Fischers Fritze fischt frische Fische,* dachte er unwillkürlich und hätte fast gekichert. Aber vielleicht war es eine ganz gute Idee, sich auf irgendeinen blödsinnigen Satz zu konzentrieren. *Fischers Fritze fischt frische Fische. In Ulm, um Ulm und um Ulm herum.*

Als er durch den Torbogen trat: Bewegung. Etwas Massives, ein fetter Schatten, näherte sich. Schnell, unerwartet schnell und unerwartet massiv, keine flüchtige Erscheinung wie die Morgenlichtelfen, wie die Windgeister, nichts Fernes wie der Kelpie, nichts fast Alltägliches wie Grau, der einfach nur aussah wie ein Hund. Ein Flutschen und Glitschen und Krabbeln und Kriechen, ein Huschen und klatschendes Platschen, ein fettes, plumpes, unsagbar widerwärtiges Herantriefen. Ein Griff in seine Hose, der deutliche Eindruck von Nässe und Schleimigkeit, als krieche Sumpfschlamm an ihm hoch. Zerren an seiner Jacke.

Fischers Fritze fischt frische Fische, dachte Benny verzweifelt. *Fischers Fritze, Fischers Fritze, Fischers Fritze.* Das Tor, hoch und massiv. Die Fugen zwischen den alten Steinen. Das leise Echo des Schmerzes in seinem Knöchel, den er sich beim Sprung über den Zaun lädiert hatte. Konzentrieren.

Es ist wirklich da!, schrie es in ihm. *Lauf! Lauf!*

Ruhig ging er weiter. Das Vieh, fett wie Jabba, erreichte seine Schulter. Triefend und schmatzend hockte es sich hin. Es wog nichts und drückte zugleich Bennys Schulter schmerzhaft nach unten. Ihm war schlecht, so schlecht, dass ihm kalte Galle aufstieg. Er roch das Ding, faulig, süßlich, bitter. Schweflig. Der Geruch, den er manchmal nach dem Aufwachen unter der Dusche loswerden wollte, den er aber oft genug noch im Mund behielt, als sickerte er ihm aus allen Poren und sei nicht abzuwaschen. Na, das wäre ja jetzt geklärt. Es war ein triefender, fetter, stinkender Sumpfkobold, der ihm Tag und Nacht folgte, nicht etwa versagendes Deo oder erstes Anzeichen eines Magenleidens. Benny wollte schreien, das Ding packen und gegen die Mauer schmettern. Vielleicht verwandelte es sich dann ja. Welches Märchen war das noch gleich? Ihm fielen nur Hänsel und Gretel ein und Aschenputtel, mehr gab sein wirbelnder Kopf nicht her, aber die waren es beide nicht. Auch egal. Er würde das Ding nicht an den Hinterbeinen packen und mit aller Kraft gegen die Wand knallen. Er würde schön brav so tun, als sei überhaupt nichts los.

Mit dem Krötenvieh auf der Schulter durch die Gänge. Es grunzte. Ab und an, ohne erkennbaren Anlass, schmatzte es, und jedes Mal bäumte sich Bennys Magen auf. Er stellte sich vor, wie Sabber aus den breiten Mundwinkeln des Viehs tropfte, den es schmatzend abschluckte. Dann fragte er sich, weshalb er sich so etwas Blödes vorstellte, aber er wurde das Bild nicht mehr los. Ihm war nicht gut. Wirklich gar nicht gut. Die Burg kam ihm vor wie ein riesiges Schiff, das im Sturm stampfte und schlingerte. Die Welt taumelte, und er stützte sich an der Wand ab. Weiter. Immer weiter.

Der Gang war unendlich lang, die Wände zogen sich zusammen und dehnten sich in die Unendlichkeit aus, eine Darmschlinge, in der er gefangen war. Benny im Wunderland. Benny in einem lebendigen Gebäude, das ihn verdaute. Panik schwappte durch sein Hirn wie zähe Brühe. In den Taschen ballte er die Hände zu Fäusten.

»Sieh an«, sagte Oliver, als Benny die Tür zum Schlafraum aufstieß.

Er, Callahan, Daniel Green und Richard packten gerade ihre Sachen für die erste Stunde zusammen. Nicholas Hunter war nirgendwo zu sehen, er hatte sich angewöhnt, alles abends zu erledigen, sich morgens nur noch sein Bündel zu schnappen und abzuhauen, zu Gil Darcy, seinem neuen Busenfreund. Die Unzertrennlichen. Benny hätte aufgelacht, wenn er nicht befürchtet hätte, dass er sich dann hätte übergeben müssen. Unzertrennlich. Das waren er und der Krötenkobold jetzt wohl auch. Er wollte raus. Laufen. Laufen, laufen, laufen, während das Biest bis zum Sankt Nimmerleinstag am Tor auf ihn warten mochte.

»Ich möchte wirklich wissen, was das soll«, knurrte Richard, angelte eine einzelne Socke aus seinem Schrank, betrachtete sie argwöhnisch und warf sie kopfschüttelnd wieder zurück. »Du hast das Frühstück verpasst«, stellte er dann erstaunt fest, als sei es ein Ding der Unmöglichkeit, dass jemand etwas so Dummes tat.

»Macht nichts«, brachte Benny heraus. »Ich habe echt keinen Hunger. Überhaupt nicht.«

Callahan musterte ihn prüfend, während die anderen achselzuckend weiter ihre Sachen packten. Oliver feuerte lässig massenhaft Zeug in seinen Rucksack, wie immer, es sah aus, als rüste er sich für eine wochenlange Expedition. Viele Schüler trabten zwischen den Stunden ins Zimmer zurück, um ihre Sachen zu holen, Oliver bevorzugte es, alles, was er an einem Tag brauchte, mit sich herumzuschleppen.

»Du bist ein bisschen blass um die Nase«, fasste Callahan das Ergebnis seiner Betrachtung zusammen.

»Grün«, korrigierte Richard. »Grün im Gesicht ist er. Froschgrün. Geht's dir nicht gut?«

»Doch«, behauptete Benny. »Mir geht's super. Hab nur nicht so viel geschlafen, das ist alles.«

»Mhm.«

Der Krötenkobold gab ein Geräusch von sich, das klang, als stiegen blubbernde Gasblasen durch zähen Schlick und zerplatzten an der Luft. Er kicherte, begriff Benny. Das Vieh kicherte.

Ruckartig überkam es ihn, er krümmte sich und übergab sich direkt vor seine eigenen Füße.

Die Krankenstation war überschaubar – zwei Betten in einem vorwiegend in freundlichem Blau gehaltenen Zimmer am Ende des Westflügels, dazu nebenan ein Büro oder Arbeitszimmer, in dem die Schwester herumfuhrwerkte, eine Toilette und eine kleine Teeküche. Die Schwester war um die sechzig, und Benny war sicher, sie schon mal in Zivil im Dorf gesehen zu haben. Ellen Harper hieß sie, hatte so große Hände wie ein Holzfäller ... und sieben Kinder, wie sie ihm sozusagen zur Begrüßung erklärte: »Sieben Kinder habe ich geboren, alles Jungs bis auf das eine, und keins von ihnen war je so grün im Gesicht wie du, junger Mann.« Dann schickte sie Oliver und Richard fort, weil es nicht nötig sei, dass sie hier herumlungerten, um sich vor dem Unterricht zu drücken, hieß Benny sich aufs Bett setzen und verschwand. Kurz darauf kam sie mit einem feuchten Handtuch wieder, das sie ihm in den Nacken legte. Sie sah ja nicht, wie der Krötenkobold zischend auswich.

Benny biss die Zähne zusammen. Erstaunlicherweise half das kalte Handtuch, wenn vielleicht auch nur deshalb, weil es dem Kobold missfiel, er von Bennys Schulter glitt und sich auf dem Nachttisch zusammenkauerte. Aus dem Augenwinkel sah Benny, wie er die beiden Menschen anstarrte. Er hatte den Eindruck von riesigen, vorstehenden Augen und einem ungeheuer breiten Maul. Mit Mühe unterdrückte er den Würgreflex, der in seiner Kehle aufstieg.

»Besser?«, fragte Schwester Harper.

»Ja. Ein bisschen.«

»Empfindlicher Magen?«

»Nein, eigentlich nicht.«

»Was Falsches gegessen?«

»Gar nichts«, gestand er. »Ich habe schlecht geschlafen und bin dann heute Morgen laufen gegangen. Und da habe ich irgendwie das Frühstück verpasst.«

»Unterzuckert«, tadelte sie missbilligend. »Warte hier.« Sie ging, ihr Hintern war ausladend, der Gang wiegend, irgendwie war es ein beruhigender Anblick. Beruhigender jedenfalls als die Nervosität der dünnen Frau Berger zu Hause, von deren Fürsorge man nur deshalb schnell wieder gesund wurde, um ihr zu entkommen.

Der Krötenkobold, ein dicker, dunkler Klumpen auf dem Nachttisch, rührte sich nicht, bis Schwester Harper kurz darauf mit einem Glas Cola zurückkam. »Hier, trink das.« Sie reichte es ihm. »Ich mache dir ein Sandwich, das isst du danach. Wirst sehen, dann geht es dir besser.«

Gehorsam trank Benny. Es tat wirklich gut. Schwester Harper stellte ihm einen Eimer hin und verschwand wieder. Bevor er die Cola ausgetrunken hatte, war sie bereits wieder zurück und platzierte einen Teller mit einem Käsesandwich darauf direkt vor dem Krötenkobold auf dem Nachttisch, als wollte sie es ihm servieren. »So«, sagte sie. »Mal schauen, wie schnell wir dich wieder auf die Beine bekommen.«

Der Krötenkobold zischte. Es klang hämisch. Er beugte sich vor.

Ihn direkt anzuschauen, um zu sehen, was er tat, konnte Benny schlecht, aber er schaute zum Sandwich, das erschien ihm unverfänglich. Das jedoch hätte er besser bleiben lassen – denn so sah er, wie das Vieh grunzend einen dicken Klumpen Schleim hochzog, das Maul öffnete und das zähe Zeug auf den Toast triefen ließ.

Bennys Magen explodierte. Mit einem Mal sah er sich selbst an der großen Tafel im Speisesaal sitzen und essen, und er sah, wie der Krötenkobold jeden Gang extra würzte, unsichtbar für Bennys Augen. Jedes Brot, jedes Stück Fleisch, jede Portion Gemüse. Wie lange war das Vieh schon da? Und wie oft hatte Benny …

Wäre Schwester Harper nicht so schnell gewesen, wie man es ihr angesichts ihrer gemütlichen Statur nicht zugetraut hätte, dann wäre sein Erbrochenes wieder auf dem Boden gelandet, vermutlich zusammen mit der Cola. Aber sie brachte das Kunststück fertig, ihm gleichzeitig das Glas abzunehmen und den Eimer in die Höhe zu reißen, und so übergab er sich ganz knapp in den Eimer.

»Ach, du Ärmster«, sagte Schwester Harper mitfühlend und legte ihm eine kräftige, abgearbeitete Pranke auf die zuckende Schulter. »Hast dir wohl doch was weggeholt. Na, das bekommen wir auch hin. Erst mal alles raus. Vielleicht ist es nur eine kleine Magenverstimmung.«

Neben Benny fauchte der Krötenkobold. Benny dachte an seine Träume, an das drückende Gefühl auf seiner Brust und an den unangenehmen Geschmack, den er manchmal morgens im Mund hatte. Faulig. Verdorben, pelzig. In Blu-ray-Qualität sah er vor sich, wie er auf dem Rücken lag, schlafend, und wie der Krötenkobold auf seiner Brust hockte, die sich langsam hob und senkte, mühsam aufgrund eines Gewichts, das er nicht richtig spürte, das aber dennoch da war. Und er sah, wie der Krötenkobold eine Hand ausstreckte, in seiner Vorstellung warzig und schleimig, und Bennys Mund öffnete, vorsichtig, um ihn nicht zu wecken. Wie er sich vorbeugte, das Maul öffnete und Schleim in den geöffneten Mund des schlafenden Benny hineintriefen ließ. Wie er, Benny, im Schlaf unruhig wurde, keine Luft mehr bekam und das Zeug … runterschluckte.

Beim dritten oder vierten Mal kam nur noch bittere Galle. Schweißnass und zitternd kauerte Benny auf der Bettkante. Schwester Harper musterte ihn besorgt. »Hattest du irgendwelche anderen Beschwerden? Durchfall vielleicht?«

Er schüttelte den Kopf.

»Ich mache dir einen Tee. Leg dich erst mal ein bisschen hin. Wenn etwas ist, ruf mich einfach, ich bin immer in Hörweite.«

Nicht nur du, dachte Benny. *Nicht nur du.*

Er bildete sich ein, nicht zu Rachsucht zu neigen, aber als er aus dem Augenwinkel sah, wie sich der Krötenkobold regte, dachte er an Alasdair. An den Tag, der so endlos lange zurückzuliegen schien, als er ihm eins auf die Schnauze gehauen hatte. Ganz egal, was der Arsch ihm dann auf den Hals gehetzt hätte, in diesem Moment wünschte er sich, er hätte keine halben Sachen gemacht, sondern so richtig zugeschlagen. So, dass Alasdair danach die Nase am Hinterkopf gehabt hätte.

Er schlang die Arme um die Knie und lauschte dem wilden Rumpeln seiner entleerten Eingeweide. Bis heute Abend war noch endlos viel Zeit, ein ganzes Meer aus Zeit, das sich endlos vor ihm erstreckte. Und zwischen diesem Abend und ihm lagen noch zwei Mahlzeiten. Na, immerhin hatte er eine Ausrede, weshalb er sie ausfallen lassen konnte. Nie würde er wieder etwas herunterbringen, nicht auf Glen, nie wieder!

29 ZIMTSTERNE UND NEUE PROBLEME

»Du bist früher dran, als ich dachte«, begrüßte ihn Gin freundlich an der Tür. Zu Bennys Überraschung lächelte sie ihm zu, bevor sie ihn ins Haus zog und die Tür hinter ihm schloss.

»Der Hund ist noch draußen«, sagte er.

»Grau bleibt draußen und passt auf«, erklärte sie.

»Ach so.« Er folgte ihr in die Küche.

In der Küche saß Leslie am Tisch und spielte in rasendem Tempo Mensch-ärgere-Dich-nicht. Bei seinem Eintreten schaute sie kaum auf. »Und der Stalldienst?«, rügte sie und schlug so schwungvoll eine der roten Figuren, dass sie vom Tisch und in irgendeine Ecke flog. Weder sie noch Gin scherten sich darum, wo sie landete.

»Ich habe keinen mehr.«

»Oh!«

»Ist seltsam. So viel freie Zeit abends«, sagte er verlegen und ließ sich von Gin zum Tisch schieben. Er setzte sich auf den anderen Schenkel der Eckbank und schaute Leslie beim Spielen zu, während Gin Tee machte. Wenn Leslie eine Figur quer durchs Zimmer schlug, griff sie einfach neben sich in eine Schachtel, wo sie einen unerschöpflichen Vorrat zu haben schien, und stellte eine neue Figur aufs Spielbrett. Benny betrachtete kurz ihr Gesicht und sah einen Bluterguss an der Wange, wo Alasdair sie geschlagen hatte. Verlegen senkte er den Blick auf das Brett. »Das ist ja die deutsche Version!«, bemerkte er erstaunt.

Sie nickte und würfelte mit fliegenden Fingern, um mit einer gelben Figur aus dem Haus auszurücken und mit einer Fünf einem Grünen hinterherzurasen. »Das Original«, sagte sie. *»Mensch ärgere dich nicht.«* Sie kicherte über ihre eigene Aussprache. »Bei uns gibt es nur Ludo. Das ist ein bisschen anders. Das hier ist schön schlicht. Gefällt mir besser.«

»Woher hast du das?«, fragte er, nachdem er ihr eine Weile zugeschaut hatte. Sie spielte so schnell, dass er kaum hinterherkam.

»Oliver.«

»Oh.«

Ohne aufzuschauen, lächelte sie. »Ein passendes Spiel für ihn.«

»Bitte?«

»Es beruht auf einem uralten Spiel, bei dem Sklaven auf Bodenmosaiken herumkommandiert wurden.«

»Oh. Hab ich noch nie gehört.«

»Aber es ist eine schöne Geschichte, nicht wahr? Es könnte sehr gut sein, dass es wirklich so war.« Eine grüne Figur flog vom Tisch, von einer gelben so kraftvoll fortgekickt, dass sie gegen einen Schrank prallte, fortsprang und irgendwo in einen dunklen Winkel rollte. »Rachsucht«, sagte sie zufrieden und würfelte erneut.

»Hm?«

»Wichtig bei diesem Spiel. Wie du mir, so ich dir. Das macht einen Hauptteil des Spaßes aus.«

Benny zuckte mit den Schultern. »Um ehrlich zu sein, ich habe mir nie viel daraus gemacht. Es ist …«

»Ja?«

»Schlicht.«

»Du spielst lieber Schach?«

»Eigentlich spiele ich nicht besonders viel. Ein bisschen Skat und Bridge und so Zeug haben wir ab und zu gespielt.«

Neugierig hob sie den Blick. »Du und deine Mutter?«

Er nickte.

Sie musterte ihn genauer. »Du bist grün um die Nase.«

»Das sagen mir heute alle.«

»Wie gefällt dir der Krötenkobold?«

»Hör bloß auf.« Er starrte sie an. »Du hast mir nicht gesagt, wie ekelhaft er ist. Wie soll ich denn da tun, als würde ich nichts merken?«

»Hast du heute etwas gegessen?«, erkundigte sich Gin und stellte ihm seinen Tee vor die Nase, dazu einen großen Teller mit Zimtkeksen.

Sein Magen grollte begierig auf.

Er schüttelte den Kopf. »Ich bekomme nichts runter. Das Vieh rotzt mir auf alles drauf. Ich …«

»Pfui Teufel!«, rief sie. »Du Ärmster. Nicht dran denken. Möchtest du vielleicht ein Sandwich? Ein bisschen Suppe? Suppe hätte ich noch da, ich kann sie ganz schnell aufwärmen. Zwei Minuten.«

»Suppe … also, Suppe wäre schon toll. Wenn das keine Umstände macht?«

»Umstände! So ein Unsinn! Das ist ja wohl das Allermindeste, wenn du fast vom Kelpie gefressen wirst und dann sehend allein auf die Burg geschickt wirst, wo du … ich habe dieses Mädchen schon ins Gebet genommen. Es gehört sich nicht, jemanden mit so etwas derart alleinzulassen. Das habe ich ihr auch gesagt, aber sie macht ja, was sie will.«

Im Weiterspielen lächelte Leslie über die Schimpftirade. Blau gewann, indem die letzte Figur mit einer Sechs und einer darauffolgenden Drei glatt ins Ziel kam. Sie schob das Spiel beiseite, stützte die Ellbogen auf den Tisch und den Kopf in die Hände und betrachtete ihn aufmerksam.

»Was ist das mit dir und Oliver?«, fragte Benny neugierig. »Ich meine – er schenkt dir ein Spiel, er regt sich darüber auf, dass du etwas mit Felix zu tun hast …«

Statt ihn für seine Neugier zu tadeln, weil es ihn nichts anging, zog sie eine Grimasse. »Eine verdammt gute Frage. Was ist das mit mir und Oliver?«

»Schon gut. Ich wollte nicht …«

»Ich frage mich das selbst. Ich hatte ihn mal ziemlich gern, weißt du? Und ich dachte, er mich auch. Aber mittlerweile bin ich nicht mehr so sicher. Ich glaube, dass Oliver Hegeling Menschen gern benutzt. Er meint es nicht böse, er kann nur nicht anders. Er gibt sich nur mit Leuten ab, von denen er sich etwas verspricht. Und das passt mir nicht.«

Mit gerunzelter Stirn griff Benny nach einem Zimtstern und biss hinein. Der Keks war dick und weich und schmeckte so intensiv nach Zimt, dass es ihm fast aus der Nase staubte.

»Ich weiß nicht«, murmelte er. »Zu mir war er eigentlich ziemlich nett.«

»Dann solltest du besser überlegen, weshalb«, beschied sie ihm kühl und fing an, das Spiel in einen Karton zu räumen, der neben ihr auf der Bank gelegen hatte. Es war eine ganze Spielesammlung, eins dieser Dinger, die in fast jedem deutschen Haushalt herumgeisterten und bei deren Anblick sich Benny immer fragte, ob wohl wirklich irgendwann irgendjemand damit spielte.

Leslie griff nach einigen Figuren, die am Rand des Tischs standen. Überrascht starrte Benny sie an – es waren die rausgeflogenen, vermutete er. Jedenfalls hatte sie von vier Farben je vier Figuren in die Schachtel gelegt, wenn er sich nicht irrte, und da stand ein gutes Dutzend weiterer Kegel. Überrascht streckte er die Hand danach aus.

Ein winziges Gesicht tauchte auf, mitten aus dem Nichts. Eine dünne, lange Nase, zausige Augenbrauen, darunter dunkle Augen, die ihn anstarrten. »Nichtjetzt!«, sagte das kleine Gesicht streng, dann war es wieder fort.

Eilig zog Benny seine Hand zurück. Er blinzelte. Eine der Figuren fiel ohne erkennbaren Grund um und rollte auf Leslie zu, die sie einsammelte. »Dankeschön, Sil.«

»Was zum Geier war *das*?«

»Sil. Er ist ein bisschen schüchtern.«

»Bisschen«, hörte Benny aus dem Nichts.

»Sil?«

»Gins treue Seele. Ein Herdgeist. Vollkommen harmlos.«

»Vollkommen harmlos«, zischte es, jetzt aus einer anderen Ecke. »Vollkommen harrrmlosssss!«

»Bunte Figuren sind das Einzige, was er gern aufräumt«, erklärte Leslie. »So ist er wenigstens ab und zu mal nützlich.«

»Nützlich!«, bestätigte die Stimme, ganz nah bei Benny, der zusammenzuckte. Dann sah er, wie ein Zimtstern davongeschleift wurde. »Tapfer und gut«, murmelte die Stimme. »Hab ich verdient!«

»Er ist unsichtbar«, flüsterte Benny schwach.

»Ja, das ist etwas ganz Besonderes bei ihm. Nicht mal ich sehe ihn, wenn er es nicht will. Grau spürt ihn, aber selbst er sieht ihn nicht. Sil kann in eine Art Zwischenwelt zwischen hier und drüben. Er sagt, dort ist nichts außer ihm. Er hat versucht, es mir beizubringen, aber ich stelle mich zu doof an.«

»Großfuß«, kicherte es hinter ihr auf der Fensterbank. »Plump und dumm!«

Leslie stand auf und legte einen Keks unter den Küchenschrank. Auf der Fensterbank zischte es bösartig.

»Still jetzt, Sil!«, mahnte Leslie und setzte sich wieder hin. »Sei nicht so eifersüchtig. Sei gut, hörst du? Lumpi wohnt jetzt hier, und selbstverständlich bekommt er auch einen Keks.«

Es kam keine Antwort, aber das Schweigen, fand Benny, troff nur so vor tiefer Kränkung. Er musste sich Mühe geben, um nicht zu starren, wo es gar nichts zu sehen gab.

Die Suppe, die Gin aufgesetzt hatte, fing an zu blubbern, ihr kräftiger Duft stieg in Bennys Nase, und sein Magen fing schmerzhaft an zu ziehen. »Kann man wegen dem Krötenkobold etwas machen?«, fragte er und riss den Blick mühsam von der Fensterbank los. »Ihn irgendwie loswerden?«

Leslie zog eine Flunsch und schaute Benny an, ein Auge zusammengekniffen. »Wenig«, gestand sie.

»Wenig?«

»Na ja. Wir könnten ihn natürlich vertreiben. Oder dir ein paar Dinge mitgeben, um ihn fernzuhalten. Vermutlich könnte man ihn sogar umbringen.«

»Ehrlich?«, fragte Benny angetan.

»Klar! Aber das alles kommt nicht infrage. Das fällt ja auf. Nein, da ist leider nichts zu machen, wenn niemand merken soll, dass du den Kerl siehst, und glaub mir, das soll keiner merken. Sonst bekommst du Probleme, gegen die der Krötenkobold dir so nett vorkommt wie ein Plüschteddy. Nee, da hilft wohl nur abwarten.«

»Abwarten?«, fragte er entgeistert.

»Ja. Schau, Felix hatte nach William Davenports *Unfall* auch ein Anhängsel. Weil Alasdair wissen wollte, ob er auch sieht. Seiner war nicht ganz so eklig wie deiner, aber schön war das auch nicht. Er war nicht so eklig, aber ziemlich boshaft. Das war auch nicht leicht für Felix. Natürlich, er hat ein paar Dinge tun können, weil er sowieso als abergläubisch gilt. Aber bei dir würde es auffallen, wenn du jetzt auf einmal Eisen in dein Bett legst oder so etwas.«

»Das hilft?«

»Ein wenig. Manchmal.« Sie grinste. »Vergiss es. Zu auffällig. Aber jedenfalls darfst du dir jetzt nicht vorstellen, dass Alasdair eine endlose Armee von Kobolden und anderen Wesen befehligt, die genügend Verstand und Konzentrationsfähigkeit – und Interesse für die menschliche Welt – aufbringen, dass man sie mit solchen Aufgaben betrauen kann. Seine Ressourcen sind kostbar und begrenzt. Dass das Vieh noch immer an dir dranhängt, ist, so wie auch die wenig erfreuliche Auswahl, einmal der Tatsache geschuldet, dass dich die Windgeister lieben.«

»Aha?«

»Ja. Leute, die von bestimmten Feenwesen geliebt werden, lernen manchmal zu sehen. Bei William war das wohl so. Er war ein netter, sehr verträumter Kerl, und ihn haben die kleinen, schönen Feen sehr geliebt. Morgenlichtelfen, Baumnymphen, solches Zeug. Sie haben sich ihm gezeigt. Deshalb ist Alasdair bei dir jetzt vorsichtig. Na, und außerdem ärgert es ihn, dass die Rutherford deiner Aufnahme zugestimmt hat. Das war auch tatsächlich ziemlich eigenmächtig von ihr, das hätte sie gar nicht allein entscheiden dürfen.«

»Aber da kann ich doch nichts für?«

Leslie lächelte unbestimmt. »Das interessiert doch Alasdair nicht. Für ihn bist du von Anfang an ein Ärgernis gewesen. Und dann kommst du an und brichst am ersten Abend jemandem die Nase – klar, dass er dich beobachten lässt. Aber trotzdem hätte er den Krötenkobold vermutlich schon abgezogen, wenn du dich ihm nicht so offen widersetzt hättest.

Ich vermute ja, dass er extra ein so widerliches Exemplar ausgesucht hat, weil er dich nicht leiden kann, und dass es ihm nach eurem … Zusammenstoß besonderes Vergnügen bereitet zu wissen, dass das Ding dir die Träume versaut und ins Essen sabbert. Er kann dich wirklich nicht ausstehen. Für ihn gehörst du genau zu der Sorte von Leuten, die auf Glen nichts verloren haben.«

»Wie traurig«, brummte Benny. »Wo ich ihn doch so wahnsinnig sympathisch finde.«

Stille senkte sich über die Küche. Leslie und Gin sahen einander an.

»Tja«, sagte Leslie.

»Wofür brauchst du mich?«, fragte er.

Überrascht hob sie die Brauen. »Hoppla!«

»Ist doch so, oder? Du hast mir nicht aus lauter Nettigkeit Kelpie-Schleim in die Augen geschmiert und mir diese Morgenlichtelfen gezeigt. Richtig? Du willst irgendwas von mir.«

Leslie und Gin wechselten einen Blick.

»Meinst du, die Wahrheit kränkt ihn sehr?«, fragte Leslie.

»Möglich.« Gin zuckte mit den Schultern. Dann kam sie zum Tisch, setzte sich und schaute Benny an. »Das Mädchen am See«, sagte sie.

»Leslies angebliche Schwester, die sich aufgelöst hat.« Er nickte. »Was war das?«

»Meine Schwester«, antwortete Leslie für Gin. Ihre Stimme hatte einen seltsamen Unterton.

»Deine Schwester hat sich vor meinen Augen aufgelöst«, informierte er sie trocken. »Tut sie das häufiger?«

»Ich weiß es nicht.«

»Verstehe.«

»Das glaube ich kaum.«

»Richtig«, befand er. »Ich verstehe kein Wort.«

Leslie sah unglücklich aus. »Ich weiß nicht, was sie tut oder nicht tut. Schau, ich habe sie nie gesehen. Ich habe nicht mal mit ihr gesprochen. Sie ist seit achtzehn Jahren aus dieser Welt verschwunden, und die einzigen Menschen, die Kontakt zu ihr haben, sind Vater und Alasdair.«

»Schön«, sagte er. »Es bereitet mir ein bisschen Kopfzerbrechen, dass ein Mädchen, das seit achtzehn Jahren verschwunden sein soll, aussieht wie drei oder vier, aber ich nehme an, dafür gibt es eine Erklärung.«

»Sie lebt auf der anderen Seite. In der Feenwelt. Dort vergeht die Zeit anders.«

»Aha.« Er überlegte, noch einen Keks zu essen, entschied sich aber dagegen. Auch dagegen, ein bisschen sinnlos zu lachen oder das Fenster zu öffnen und hinauszuschreien. Er blieb einfach ganz ruhig sitzen, als ob nichts wäre. »Sie lebt also in der Feenwelt. Und warum tut sie das?«

»Weil mein Vater einen Deal mit den Kerrigans abgeschlossen und ihnen für ihre Hilfe sein erstgeborenes Kind versprochen hat, so wie es seit Jahrhunderten und Jahrtausenden Tradition bei den Kerrigans ist.«

»Natürlich.« Benny nickte. »Entschuldige. Das war eine dumme Frage.« Er betrachtete ihr Gesicht, aber sie sah nicht aus, als scherze sie. »Er hat was?«

»Meine Mutter war damals schwanger. Dem Internat ging es nicht gut. Überhaupt nicht gut. Fast hätte er alles verloren. Da hat er einen Deal mit den Kerrigans abgeschlossen, ihnen das Ungeborene versprochen – zu seiner Erleichterung stellte sich später heraus, dass es ein Mädchen war –, und sie haben sie direkt nach der Geburt mitgenommen.«

»Verstehe«, sagte er aufgeräumt. »Das ist nicht besonders nett gewesen von deinem Vater.«

»Nein, nicht sehr.«

»Was hat deine Mutter dazu gesagt?«

»Sie hat den Verstand verloren.«

Benny verlor den Faden. Er starrte Leslie an. »Ehrlich?«

Sie nickte.

»Tut mir leid.«

»Danke.«

Er räusperte sich. Niemand sagte etwas. Es dauerte eine Weile, bis er seine Stimme wiederfand. »Wer, eh … wer sind denn diese Kerrigans?«

»Ein Clan von Kobolden. Leprechauns, um genau zu sein.«

»Das sind doch diese grünen Typen mit den Schnallenhüten, oder?«

»Korrekt.« Sie nickte.

Er lachte laut auf. Sie starrte ihn an.

»'tschuldigung«, sagte er.

Ihr Blick war nicht gerade freundlich. »Die Geschichte meiner Familie«, sagte sie, »geht dich im Grunde nicht viel mehr als einen Scheißdreck an. Und deine Hilfe brauche ich auch nicht. Aber wir haben über dich gesprochen und sind zu dem Schluss gekommen, dass du wissen musst, womit du es zu tun hast. Damit du nicht der Nächste bist, den sie schreiend fortbringen oder der mit leerem Blick im Moor herumstolpert oder so. Ich habe keine Zeit, dauernd auf Schüler aufzupassen, die die Nase ein bisschen zu weit in Sachen stecken, die sie nichts angehen. Ich habe auch noch anderes zu tun, weißt du?«

Es war alles ein bisschen zu absurd, als dass er es recht fassen konnte. »Was?«, fragte er nur.

»Hör zu«, sagte Gin. »Es ist sicher alles ein bisschen viel auf einmal, aber versuch einfach, es so hinzunehmen. Das Wesen, das du am See gesehen hast, war einmal Leslies Schwester.«

»Sie *ist* meine Schwester!«, warf Leslie mit gerunzelter Stirn ein.

»Ich glaube, sie hat dort drüben den Verstand verloren«, sagte Gin. »Und …«

»Sie träumt«, unterbrach Leslie sie barsch. »Alasdair hat es selbst gesagt: Sie träumt. Oder sie glaubt zu träumen. Sie hat sich in einem Traum verloren, und das Einzige, was sie will, ist, ihre Familie zu beschützen.«

Gin wandte sich ihr zu, ihre Augen standen voller Mitgefühl. »Was Alasdair sagt oder …«

»Ich spüre es, Gin«, sagte Leslie eindringlich. »Ich habe das andere Glen gesehen, ich habe ihren Gesang gehört, und sie ist meine Schwester. Ich spüre, wie es ihr geht. Die Verbindung zwischen uns ist … ist etwas Besonderes. Ich weiß, dass sie mitten in einem Alptraum steckt, der nicht aufhört.«

Sie starrte Benny mit so wilden Augen an, dass er sich genötigt fühlte zu nicken. »Klar«, sagte er. »Ein Alptraum.«

Ihr Blick wurde etwas weicher. »Sie meint es nicht böse«, erklärte sie. »Sie weiß nicht, was sie anrichtet. Aber leider ist sie sehr gefährlich, wenn sie glaubt, jemand wäre eine Gefahr für ihre Familie. Für Glen. Sie will ihre Familie und das Tal mit aller Macht beschützen. Sie handelt aus Liebe, aber sie weiß nicht, was sie Sterblichen mit ihrem Gesang antut. Du musst wissen, sie hat keinen Begriff von Sterblichkeit – sie *kann* keinen haben.«

Verwirrt hob Benny die Schultern. »Ja. Klar. Äh – welcher Gesang?«

Leslie seufzte tief. »Vor einigen Jahren tauchte ein neues Geschöpf im Moor auf. Ich habe zuerst nur durch andere Feenwesen von ihr erfahren – sie nannten sie die Schwarze Banshee. Und so nennen wir sie auch. Eine normale Banshee ist nicht gefährlich. Im Gegenteil, sie haben nur einen schlechten Ruf, weil man normalerweise stirbt, wenn man sie hört und so, aber du musst dir klarmachen, dass man da die Kausalkette nicht verdrehen darf. Niemand stirbt, weil sie singen, sondern sie singen, wenn jemand stirbt.«

Natürlich. Benny lächelte, nickte und nahm sich einen Keks.

»Bei ihr ist es … ein bisschen andersrum«, sagte Leslie.

»Ein bisschen«, spottete Gin. »Hör auf, es zu verharmlosen.«

»William Davenport«, sagte Leslie und schaute Gin böse an. »Er hat Feen gesehen. Das hat Alasdair nicht gefallen. Er hat es als Bedrohung empfunden, dass jemand, der nicht in den Zirkel aufgenommen und eingeweiht wurde, Feen sehen konnte. Und da …«

»Der Zirkel?« Benny verschluckte sich, hustete und griff, als er einen Schluck Tee trinken wollte, daneben. Verwirrt versuchte er es noch einmal, diesmal erwischte er die Tasse, vergaß aber, was er damit gewollt hatte. »Der Zirkel …«

»Ja, die Zirkelmitglieder sind eingeweiht. Das ist ein Teil des Deals – dass die Familie MacGregor sehen und ausgewählte Personen ebenfalls einweihen kann. Um ein Netzwerk aufzubauen, das meiner Familie Einfluss sichert, der weit über Glenshee hinausgeht.«

Benny blinzelte. »Okay. Das ist …«

»Das muss dich nicht interessieren«, beschied sie ihm barsch. »Das ist allein mein Problem.«

»Leslie …«, mahnte Gin.

»Ist doch so.«

Eine Weile starrten die beiden einander an. Als sie damit offenbar gar nicht mehr aufhören wollten, räusperte sich Benny. »Wenn mich das alles nichts angeht, weshalb bin ich denn dann überhaupt hier?«, erkundigte er sich bescheiden. Und dann fiel es ihm selbst ein. Es traf ihn wie der Hieb einer riesigen Keule. »Alasdair. Ich habe ihn geschlagen.«

»Richtig.« Leslie musterte ihn interessiert, als sei sie erstaunt, dass er von selbst darauf kam.

»Sie nimmt mir das übel, richtig?«, fragte er. Ihm war schwindelig. »Sie nimmt mir das richtig, richtig übel.«

»Davon ist auszugehen«, stimmte Leslie ihm zu. Ihr Gesicht war ernst, aber er fand, es hätte mitfühlender sein können.

»Deshalb war sie am See«, stieß er hervor. »Sie wollte mich ins Moor locken.«

»Wir gehen davon aus«, sagte Gin. »Wir wissen es nicht mit Sicherheit, aber wir gehen davon aus. Und deshalb musst du sehr, sehr vorsichtig sein. Wir haben keine andere Möglichkeit gesehen, als dir zu zeigen, wie man sieht. Damit du uns nicht für verrückt hältst, sondern begreifst, womit du es zu tun hast. Und damit du eine Chance hast zu bemerken, wenn du es mit etwas zu tun hast, das von der anderen Seite stammt.«

»Sie wollte mich ins Moor locken«, wiederholte er fassungslos. »Was hätte sie dann getan? Was hatte sie vor?«

»Dir ein Schlaflied singen, nehme ich an«, sagte Leslie trocken.

Benny starrte sie an. Er dachte an William Davenport und daran, wie haarscharf er daran gewesen war, ebenso zu enden. »Felix hat mir das Leben gerettet, stimmt's?«, fragte er.

»Vermutlich. Also – vielleicht nicht direkt das Leben. Nicht den Körper. Aber den Verstand.«

In Benny zogen sich die Eingeweide so fest zusammen, dass sie zu einem fetten Klumpen zusammenschmolzen. Er versuchte sich zu erinnern, was er als Letztes zu Felix gesagt hatte, aber es wollte ihm nicht einfallen. Er sah den kleinen, dicken Felix davonwanken, an seiner Seite den Wolfshund, den Gin Grau nannte. Gequält stöhnte er auf.

Leslie trat ihm kräftig vors Schienbein. »Keine Schuldgefühle heranzüchten«, mahnte sie unerwartet freundlich. »Die helfen keinem.«

»Hat die Schwarze Banshee …«

»Was denn?«

»Hat sie … Felix? Ist er deshalb gesprungen? Hat sie ihn erwischt?«

Die beiden schauten einander an, dann sah Leslie zum Fenster. »Ich glaube, du solltest allmählich mal los. Sortier dich ein bisschen. Schlaf drüber. Und morgen …«

»Schlafen.« Spöttisch schnaubte er. »Mit dem Krötenkobold auf der Brust. Verzeih, aber ich weiß nicht, wie ich schlafen soll. Oder essen. Und dann das mit der Schwarzen Banshee …«

»Darum werden wir uns kümmern«, versprach sie. »Grau und ich, wir halten Wache.«

»Die ganze Nacht«, sagte er.

»Ja. Die ganze Nacht.«

»Und der Kobold?«

»Schlaf auf der Seite, dann ist es nicht so schlimm, wenn er sich auf deine Brust setzt. Und wegen des Geruchs …« Sie schaute Gin an.

Die stand wortlos auf und wühlte im Küchenschrank herum. Als sie zurückkehrte, hatte sie einen kleinen Tiegel dabei. »Habe ich heute frisch gemacht«, sagte sie. »Dachte mir, dass du es brauchen wirst.«

»Was ist da drin?«, wollte er misstrauisch wissen, öffnete den Tiegel und schnupperte daran. Es roch nach gar nichts.

»Das willst du nicht …«, setzte Leslie an.

»Schlüsselblumen und Kreuzkraut«, unterbrach Gin sie. »Überwiegend Schlüsselblumen und Kreuzkraut.«

»Mh«, machte er und schraubte das Ding schnell wieder zu.

»Ein bisschen davon unter die Nase«, wies Leslie ihn an. »Ganz sparsam, nur einen Hauch. Dann riechst du ihn nicht mehr.« Ein Lächeln flackerte über ihr seltsames kleines Gesicht. »Hilft nicht, was das Essen betrifft, ich weiß, aber auch da überlegen wir uns etwas. Immerhin musst du ihn für den Anfang nicht mehr riechen. Besser als nichts, oder?«

»Ja ja«, gab er widerwillig zu. »Ein ganz kleines bisschen besser als nichts.«

»Hier«, sagte Gin und reichte ihm eine kleine Schachtel mit Hustenbonbons, wie man sie im Supermarkt kaufen konnte.

»Danke«, sagte er verwirrt und nahm sie entgegen. Sie war sehr leicht.

»Eine beim Einschlafen lutschen. Auf keinen Fall mehr als eine am Tag.«

»Ich ...« Er öffnete die Schachtel, sie war nicht mehr eingeschweißt. Darin lagen ein paar kleine schwarze Pastillen, fünf oder sechs nur.

»Gegen die Träume«, erklärte sie mit unbewegtem Gesicht. »Je seltener du einen lutschst, desto besser. Damit ist nicht zu spaßen, das sind keine Bonbons. Aber ich dachte, du kannst es gebrauchen.«

»Gegen die Träume?«, fragte er erstaunt. »Woher weißt du ...«

»Empfindsame Naturen schlafen schlecht auf Glen. Liebe Güte, selbst in der *Nähe* dieser Burg schlafe ich inzwischen schlecht. Und mir hockt kein Krötenkobold auf der Brust und lässt Gift in meine Träume sickern.«

»Die Träume kommen vom ... vom Kobold?«

»Einige. Vielleicht die meisten.«

»Und ... was träume ich, wenn ich diese Dinger lutsche?«

»Wenn du *eins* lutschst«, korrigierte sie nachdrücklich. »Genau eins pro Tag. Auf keinen Fall mehr.«

»Okay, ich hab's verstanden. Was träume ich, wenn ich davon *genau eins* vor dem Einschlafen lutsche?«

»Gar nichts«, erwiderte sie.

Er hätte sie küssen mögen. Da stand sie, mollig und mit ihrem etwas müden Gesicht inmitten der Wolke aus kastanienfarbenem Haar, und sah aus, als hätte sie seit Wochen nicht richtig geschlafen. Und machte ihm das größte Geschenk, das er seit … das größte Geschenk, so schien es ihm, das er in seinem ganzen Leben bekommen hatte. Eine Nacht ohne Träume. Eine ganz und gar traumlose Nacht. Vorsichtig schob er das kostbare Päckchen in die tiefe Tasche seiner Trainingshose. Die Aussicht auf eine traumlose und erholsame Nacht war so verlockend, dass ihm alles andere auf einmal unwichtig erschien. »Danke, Gin. Vielen, vielen Dank.«

»Viel hilft es ja nicht«, sagte sie zögernd.

»Das reicht erst mal völlig. Danke!«

In ihrem Blick lag Zweifel, als wüsste sie mehr als er. Und das war ja auch so. Aber darüber wollte er jetzt nicht nachdenken. Auch nicht über das Frühstück morgen. Jetzt wollte er nur darüber nachdenken, sich die Salbe unter die Nase zu reiben, sich im Bett auf die Seite oder sicherheitshalber auf den Bauch zu drehen und tief und traumlos zu schlafen. Eine ganze, kostbare Nacht lang.

Er schaute zum Fenster, doch durch die Vorhänge konnte er nicht sehen, wie dunkel es inzwischen draußen sein mochte. Beim Anblick der Fensterbank fiel ihm der kleine Herdgeist wieder ein. *Sil.* Sehr viel netter als sein Krötenkobold, er hätte die beiden gern miteinander vertauscht.

»Darf ich noch einen Keks für den Weg mitnehmen?«, fragte er Gin.

»Natürlich«, sagte sie überrascht. »So viele du willst.«

Benny nahm zwei Kekse. Als er aufstand, legte er unauffällig einen davon auf die Küchenbank und schaute zur Fensterbank hinüber. Es war nichts zu sehen. Vermutlich war der kleine Kerl gar nicht mehr da. Trotzdem ließ er den Keks liegen, wo er war, nur für den Fall. Nach Kelpie und Krötenkobold und Schwarzer Banshee empfand er tiefe Dankbarkeit für die Existenz eines netteren Geschöpfs.

30 DIEBE

Im Feuer gab es keinen Gesang mehr. Der Feuersänger war fort. Das fand Sil schwer zu verstehen, und es fiel ihm immer ein, wenn er durch das Feuer ging. Immer, immer lauschte er, und nie hörte er etwas. In ihm war ein kleiner Fleck, der leer war. Ein Gefühl wie Hunger. Die Großfüße sagten gern, dass man einen leeren Magen hatte, wenn man Hunger hatte. Sil war zumute, als hätte er einen zweiten Magen, einen, der den Feuersänger wollte, keine Schokolade. Aber der Feuersänger war fort. So wie die Großfußfrau, die früher in Sils Haus gelebt hatte. Nur hatte er nichts übrig gelassen. Die Großfußfrau hatte ihren Körper dagelassen, er hatte dagelegen, bis zweimal die Sonne aufgegangen war, riesig und reglos war er gewesen, dieser Körper, und Sil war scheu darum herumgeschlichen, weil er nicht verstand, was los war. Er verstand es nie, diese Körper, die sie zurückließen. Warum nahmen sie sie nicht mit? Brauchten sie sie nicht mehr, dort, wo sie hingingen?

Der Feuersänger hatte keinen Körper zurückgelassen. Sil hatte danach gefragt, aber sie sagten ihm, er sei auch fort, der leere, große Körper. Also brauchte der Feuersänger ihn wohl noch, dort, wo er hingegangen war. Das war schade. Er hatte immer Schokolade in den Taschen gehabt, und wenn er seinen Körper zurückgelassen hätte, dann hätte Sil in den Taschen danach suchen können. Das war nicht frech und aufdringlich, weil der Feuersänger sie dann ja wohl nicht mehr gebraucht hätte. Schadeschade! Schokolade machte ein anderes leeres Loch in seinem Innern zu als das, was sich nach dem Feuersänger sehnte, aber sie hätte ihn bestimmt ein bisschen getröstet. Und Trost hatte er verdient.

Schlupp-Schlupp sah das ein. Das hatte Sil begriffen, als er ihm zum Abschied den Keks auf die Bank legte. Ganz genau hatte er seinen Blick gesehen. Guter Schlupp-Schlupp! Zwei Kekse hatte er gehabt, einen davon Sil gegeben. Das war großzügig, weil er ja viel größer war als Sil und ihm trotzdem die Hälfte gab. Sehr bewegt hatte Sil den Keks geholt, kaum dass die Großfüße alle zur Tür gingen, und hatte sich damit zurückgezogen. Innig dachte er an den schönen Moment, als er hineingebissen hatte. Leider vorbei. Magen wieder leer. Loch im Bauch.

Im Haus war niemand mehr. Alle fort. Nur noch der dumme neue Pixie, mit dem er sich anfreunden sollte. Hockte unter dem Schrank, wischte Krümel zusammen und jammerte in einem fort. »Still!«, zischte Sil irgendwann, und kurz war es ruhig. Dann fing es wieder an.

»Schmutzig«, klagte der fremde Pixie. »Alles schmutzig.« Eine lange Nase schob sich unter dem Schrank hervor, die kleinen Augen musterten Sil. Ängstlich wie die von einer verhuschten Maus. Sil zischte ihn an.

Blitzartig zog sich die Nase wieder zurück. »Saubermachen!«, klagte die hohe Stimme. »Saubermachen!«

»Nichtjetzt«, fauchte Sil. »Nichtdu! Meins! Mein Haus! Mein Herd! Mein Schrank!«

Eine Weile Stille. »Schmutzig«, tönte es dann wieder gequält unter dem Schrank hervor. »So schmutzig!«

Verärgert lief Sil zum Herd und kletterte darauf. Da waren Suppenflecken von gestern. Er leckte sie auf. Er fand eine dunkle Kruste am Rand, die auch essbar war. Ein paar Krümel, die er aufsammelte und in die Ritze zwischen Herd und Wand steckte. So. Weg war der Schmutz. Triumphierend drehte er sich um.

Da stand der fremde Pixie mitten im Zimmer, die Hände voller Staubflocken, die er zum Herdfeuer tragen wollte, und starrte ihn erschrocken an.

»Nichtjetzt!«, fuhr Sil auf ihn los, sprang vom Herd und stürzte sich auf ihn. »Nichtdu!« In einer Explosion davonfliegender Staubflocken huschte der andere entsetzt davon, aber Sil erwischte ihn noch am Ärmel. »Nichtdu!«, wütete er, »nichtdu, nichtdu, nichtdu!« Der andere schrie, aber Sil kümmerte sich nicht darum, er hatte genug. Herzhaft biss er in den dünnen Arm unter dem Ärmel. Noch erbärmlicher schrie der andere auf. Sil ließ ihn los, und er huschte jammernd unter den Schrank.

»So!«, sagte Sil streng. »Nichtdu.«

Jammern und Klagen antwortete ihm. Der andere war nicht tapfer und gut. Ganz bestimmt nicht. Tapfer war er auf keinen Fall, und gut war er auch nicht. Heimlich hinter Sils Rücken die Staubflocken forttragen, obwohl sich Sil gerade kümmerte! Obwohl es Sils Haus war und also auch seine Staubflocken! Hastig klaubte er sie zusammen, es waren lauter dicke, flauschige Bälle, wie sie überall in den Winkeln des Hauses herumlagen. Sil mochte sie. Man konnte sich darin einkuscheln und schlafen, auch wenn sie einen manchmal zum Niesen brachten. Aber diese hier, die wollte er nicht mehr. Die hatte der andere angefasst.

Mit hochgereckter Nase trug er sie zum Feuer und warf sie hinein. So schnell verglühten sie, dass es nur kleine Funken gab und einen Laut, als singe das Feuer einen einzigen, verlorenen Ton.

Das Feuer. Der Feuersänger.

Traurig kauerte sich Sil vor den Kamin. Der andere Pixie rührte sich nicht und gab keinen Laut von sich. Gut!

So leer. Das Feuer war so leer. Kein Gesang. Er wartete, obwohl sie ihm gesagt hatten, dass er das nicht tun musste. Weil nichts mehr kommen würde. Aber obwohl er Warten hasste, tat er es. Nicht weil er musste, sondern weil er wollte. Nach einer Weile wurde ihm langweilig, und er rückte näher, streckte einen langen, dünnen Arm aus und griff in die Flammen. Versuchte, sie zum Singen zu bringen. Kratzte in ihnen herum. Aber es gab keinen Gesang, nur Geräusch. Schadeschade! Er seufzte tief auf.

Keine Lust mehr, hier zu sein. Keine Lust auf das blaue Feuer drüben und die Knöpfe, die er gesammelt hatte, glänzend und rund und vieleviele. Loch im Bauch. Zwei Löcher. Schlupp-Schlupp fiel ihm ein. Vielleicht würde er wieder eins davon füllen. Vielleicht hatte er den Keks noch nicht gegessen. Er aß nicht sehr schnell für einen Großfuß, fand Sil. Nur Suppe aß er schnell, aber für die Kekse hatte er sehr lange gebraucht. Es konnte nicht schaden, mal nachzuschauen.

Er hatte nicht aufgepasst, und eine Flamme biss ihn. Böse zischte er sie an, und sie zischte zurück. Ohne sich noch einmal umzudrehen, ging Sil hindurch, mitten durchs Feuer, um drüben aus einem der Kamine auf der Burg wieder hinauszupurzeln. Aus einem der Feuer, die knisterten, aber trotzdem stumm waren. Die nicht mehr singen würden. Nie wieder.

Nie. Das war ein Wort der Großfüße, das sie ihm zu erklären versucht hatten. Nie wieder, das hieß: Heute nicht, und auch nicht nach Sonnenaufgang, und auch danach nicht. Es hieß, dass man nicht mehr warten musste. Das war eigentlich schön. Es hieß aber auch, dass man etwas nicht mehr bekam. Der Feuersänger hatte nicht nur seinen Körper und all seine

Schokolade mitgenommen, sondern auch den Gesang. Es gab diesen Gesang nicht mehr. Sil hätte an allen Feuern in allen Welten lauschen können, überall. An keinem gab es mehr diesen Gesang. Hier nicht. Woanders nicht. Heute nicht. Nicht nach Sonnenaufgang. Er war fort.

Der Feuersänger war gut und tapfer, fand Sil. Aber dass er den Gesang mitgenommen hatte, das war gemein. Das war sogar schlimmer als das mit der Schokolade, obwohl auch das nicht schön von ihm war. Er erinnerte sich, dass es früher, vor dem Feuersänger, auch keinen Gesang gegeben hatte. Das war nicht schlimm gewesen. Aber den Gesang bekommen und ihn dann nicht mehr zu haben, das war schlimm. Sil war beraubt worden. Schrecklich beraubt. Und der Räuber war fort, das Geraubte unerreichbar. Das war schwer zu verstehen. Es war gar nicht zu verstehen. Er brauchte jetzt Schokolade oder Brei oder wenigstens einen Keks.

Von dem Feuer, aus dem er gekommen war, wechselte er in ein anderes. Der Duft nach Essen durchzog die Gänge. Unten gab es Essen. Warmen Brei, heißen Brei. Dort war er noch nie gewesen, weil das hier nicht sein Haus war und die, die hier lebten, ihn bestimmt nicht beim Herd haben wollten. Aber er würde sich ja vom Herd fernhalten. Er wollte gar nichts von ihrem dummen Herd. Er wollte zu Schlupp-Schlupp und dem Keks, der vielleicht noch da war.

Als jemand hineinging, huschte er mit in das große Zimmer, in das der Feuersänger immer gegangen war, um zu essen. Und staunte. Es war kein richtiges Haus. So hoch die Decke, wie ein kleiner Himmel. Aber nicht blau, und auch keine Wolken. Er duckte sich. Bei so hohen Decken hielt er immer Ausschau, ob dort oben Vögel kreisten. Aber keine Vögel. Nur Lichter. Dreimal viele Lichter. Alles voller Großfüße. Riesige, lange Tische voll mit Essen und Großfüßen, die Essen in sich hineinstopften. Seine Augen wurden vor Unbehagen so groß, dass er sie nicht mehr mit den Händen hätte bedecken können. Das hier war kein Haus, es war viel zu groß, es war eher wie Draußensein. Nichtgut. Aber das Essen gefiel ihm. So viel! Es war schwer, sich zu konzentrieren. Immer wieder schnüffelte er. Immer wieder vergaß er fast, zwischen zwei Lidschlägen zu bleiben. *Verborgen,* erinnerte er sich selbst. *Verborgen!*

Eilig huschte er unter einen langen, langen Tisch. Viele Füße. Und ein paar kleine Koboldwesen, die ihn nicht sahen. Sie schmatzten Krümel, die herunterfielen. Geringschätzig verzog Sil das Gesicht. Habenichtse. Er hatte ein ganzes Haus. Er musste keine Krümel essen. Machte er auch nicht. Nur manchmal.

Er schaute sich die Schuhe an. Vieleviele. Endlich fand er die richtigen. Das war schwer, weil die schönen Bänder fest zugebunden waren, aber er erkannte sie trotzdem. Ein leises Kichern wollte heraus, er zerbiss es und schluckte es hinunter. Dann zog er die Bänder auf. Schön war es, wie sie sich lösten, wie sie frei waren! Wie Schlangen! In ein besonders hübsches machte er einen Knoten und zog ihn fest. Knoten konnte er gut. Dann krabbelte er am Stuhlbein hoch, verborgen, dreimal zerbissenes Kichern im Bauch. Ganz vorsichtig schob er einen Arm tief in die Hosentasche von Schlupp-Schlupp. Aber da war kein Keks. Auch nicht auf der anderen Seite. Also kletterte Sil auf den Tisch, verborgen, vorsichtig, so vorsichtig.

Schlupp-Schlupp saß ganz starr da. Sein Teller war fast leer, es lag nicht viel darauf. Viele redeten, vieleviele, Stimmen überall, sie schwirrten wie Mücken, es machte Sil ganz wirr im Kopf. Schlupp-Schlupp redete aber nicht. Er saß nur. Sil schaute auf seinen fast leeren Teller.

Vor dem Teller saß der schreckliche Krötenkobold, der das Windmädchen verschlungen hatte. Sil fragte sich, ob es noch immer zerbissen in seinem Bauch lag und herauswollte.

Der Krötenkobold hatte ein so großes Maul, dass sich Sil bestimmt hineinsetzen konnte. Wollte er aber nicht. Auf keinen Fall!

Aus dem Maul troff Schleim. Unter dem Krötenkobold war eine kleine Schleimpfütze. Nichtgut. Und jetzt beugte sich der Krötenkobold vor und ließ Schleim auf den Teller fließen. Vor Empörung wäre Sil fast das Kichern entkommen, das in seinem Bauch herumzappelte wie ein fetter Wurm. *So etwas macht man nicht!,* wollte er den Krötenkobold anschreien. Kein Benehmen. Kein noch so kleines bisschen Benehmen! Nicht tapfer. Nicht gut. Überhaupt nicht gut. Ihm fiel nicht ein, wie man so etwas nennen konnte, wenn sich jemand so schlecht benahm, deshalb hätte er *Nichtgut schreien* müssen, so laut schreien, dass die dreimal vielen Lichter oben an der himmelhohen Decke klirrten, es nicht nur sagen, sondern aus voller Kehle *brüllen*, damit es klarmachte, wie sehr so etwas nichtgut war. Beide Hände presste er vor den Mund, um nicht zu schreien, zerbiss und zerbiss und zerbiss Schreie, die in ihm aufstiegen. Dann nahm er eine Hand vom Mund und drohte dem Krötenkobold, der ihn nicht sehen konnte, mit dem Finger. Garstiger, garstiger Krötenkobold! Nichtgut! Nicht tapfer, garstig. Sumpfding! Kein Herdgeist, kein Haus, kein Benehmen. Schmutzig!

»Hast du immer noch keinen Hunger?«, fragte ein Großfuß. Er hatte schöne Ohren, groß und lustig, Ohren, an denen Sil gern gezogen hätte.

Schlupp-Schlupp schüttelte den Kopf. »Nein, immer noch nicht. Mir ist immer noch … irgendwie schlecht.«

Keinen Hunger. Mitleidig streichelte Sil, der inzwischen auf seiner Schulter hockte, ihm über das Ohr. Weil er zwischen den Lidschlägen blieb, verborgen und still, merkte Schlupp-Schlupp es nicht. Er tat Sil leid. Schrecklich war das, kein Hunger und Schleim auf dem Teller. Ob er den Keks gegessen hatte, wenn er keinen Hunger hatte? Vielleicht hatte er ihn in einer anderen Tasche aufbewahrt. Für Sil. Bei dem Gedanken wurde Sil ganz warm. Guter Schlupp-Schlupp!

Der Krötenkobold zischte, Argwohn in seinen gelben, scheußlichen Augen. Schlimmer, schlimmer Argwohn. Sil fasste Schlupp-Schlupps Ohr mit beiden Händen und küsste es. Das machten die Großfüße, um einander zu trösten, sie machten die Lippen aufeinander drauf und schmatzten. Sil schmatzte, so schön er konnte, ohne dass ihn jemand hörte. Armer Schlupp-Schlupp! Er hatte Kekse verdient und Schokolade und Brei. Nicht den Krötenkobold. Er hatte vielleicht einen Keks für Sil aufbewahrt. Er war gut, so gut!

Der Krötenkobold zischte und blähte den fetten, schmierigen Leib auf. Er wurde groß und größer. Größer als ein Großfuß-Kopf, größergrößer als der arme Sil. Schlupp-Schlupp schaute zu dem Großfuß, der neben ihm saß, sein Gesicht war ganz durchsichtig und schimmerte, als ob Algen unter der Haut schwimmen würden. »Hast du die Aufgaben für Mathe fertig?«, fragte er angestrengt. »Ich bin nicht so ganz vorangekommen.«

Mit einem Knall entlud sich der Krötenkobold, die starren gelben Augen unablässig auf Schlupp-Schlupp gerichtet. Grünlich und gelblich waberte es über den Tisch, und es stank schlimmschlimm. Unter sich fühlte Sil Schlupp-Schlupp beben. Einige Großfüße husteten und hielten sich die Nasen zu.

»Wer so einen fahren lässt, sollte sich schämen!«, rief jemand.

Die Gesichter wurden blass und grün. Algengesichter. Nur Schlupp-Schlupp reagierte nicht.

Argwohn in den Augen des Krötenkobolds. Ohne zu blinzeln, starrte er Schlupp-Schlupp an, den guten, armen Schlupp-Schlupp. Er zischte, leise und bedrohlich.

31 TAPFER UND GUT

»Ich habe eine Frage, und ich möchte, dass Sie sie ernsthaft und ehrlich beantworten.« Klein und aufrecht stand Miss Teagle da und ließ den Blick durch die Klasse schweifen. »Ich habe einen Unterrichtsplan, meine Herren. Und auf dem steht für heute schwarz und weiß und schon seit Beginn des Schuljahrs die Vertiefung des Themas Selbstmord. Wir haben uns mit dem *Club der toten Dichter* beschäftigt, allerdings zunächst mit der Figuration und eher abstrakt. Für heute wollte ich mit Ihnen eigentlich tiefer in das Thema Suizid einsteigen. Ich bitte um Ihre persönliche Einschätzung, inwiefern das für Sie tragbar ist oder nicht, angesichts der jüngsten Ereignisse. Ja, Mister Cooper?«

»Also, ich finde das gut«, sagte Cooper und nahm die Hand wieder runter. Es war nur ein ganz kurzer Blick, den er Benny zuwarf.

»Danke für diese qualifizierte Meinung. Noch jemand?«

Gil Darcy fand es »wichtig, dass man über so etwas spricht«, Daniel Green war der Meinung, dass Unterricht eben Unterricht sei und stattzufinden habe wie geplant, und erkundigte sich nach der Alternative für die heutige Stunde, wenn man den Lehrplan umwerfe. Die Alternative war, das Thema erst einmal auszuklammern und die Struktur des nächsten Romans zu erarbeiten. Den hatten offenbar noch nicht alle gelesen, außerdem klang das nach Arbeit, und man war deutlich mehr angetan von der Vorstellung, ein bisschen herumzuplaudern zu können, weil angesichts der persönlichen Dimension der Sache doch hoffentlich nicht einmal die Teagle darauf bestehen würde, dass strenger Bezug auf irgendwelche Romane genommen würde. Curtis MacFallon meldete sich. »Ich halte es für wichtig, dass wir darüber reden und es aufarbeiten«, erklärte er. »Man darf so etwas nicht totschweigen. Die Auseinandersetzung mit unseren Gefühlen, was den tragischen Tod unseres Mitschülers betrifft, ist unabdingbar.«

Benny fügte sich in das Unvermeidliche. Richtigen Unterricht, wurde der Teagle noch versichert, könne man sich augenblicklich ohnehin nicht vorstellen, jetzt sei die Realität des Geschehenen erst so richtig ins Bewusstsein gesickert, und nun sei man kaum in der Lage, sich zu konzentrieren. Wenn sich Benny nicht sehr täuschte, war die Teagle nicht ganz überzeugt und wäre gern zurückgerudert, jetzt war es jedoch zu spät. Also erklärte Cooper, dass Selbstmord feige sei und für ihn nie infrage käme, weil es doch immer irgendwie eine Lösung gäbe. Ian Lee meldete sich und sagte, er würde gern den Film sehen, schließlich beruhe der Roman auf dem Film und nicht umgekehrt, und damit sei das Ganze für ihn eigentlich gar kein richtiger Roman. Der kleine Dave Bennett versuchte tapfer, Parallelen zum Roman zu ziehen, und sagte, Felix hätte ebenso wie Todd Anderson einfach abwarten müssen, bis die Schule vorbei sei und er machen konnte, was er wollte.

»Glaubt ihr denn, nach der Schule wird irgendetwas anders?«, fragte Oliver da erstaunt in die Runde.

»Interessant«, lobte die Teagle. »Eine gute Frage, Mister Hegeling.«

»Vielen Dank, Miss Teagle.«

»Schleimer«, knurrte Richard.

»Wie sehen Sie es denn selbst?«, fragte die Teagle. »Wenn Sie schon mal dabei sind, sich so ernsthaft auf den Unterrichtsgegenstand einzulassen – glauben Sie nicht, dass sich nach der Schule einiges ändert?«

Oliver zog die Schultern hoch. »Ich glaube, dass es immer darauf ankommt, sich irgendwie durchzuschlagen. Dass man sich immer in einem Geflecht von Abhängigkeiten befindet. Dass man immer schauen muss, von wem man abhängig ist und wem man es recht machen muss, um voranzukommen. Und wer damit in der Schule nicht klarkommt, tut es auch später nicht.«

Der Krötenkobold auf Bennys Tisch regte sich gelangweilt. Seit Unterrichtsbeginn hatte er nichts Schlimmeres getan, als dazuhocken und warzig zu sein und vermutlich nicht gut zu riechen, was Benny dank Gins Salbe egal sein konnte. Jetzt fing das leise Blubbern wieder an, das die Schleimproduktion ankündigte. Vorsichtig legte Benny eine Hand auf den Bauch, über dem Magen. Ihm war so ununterbrochen übel, dass er sich nicht mehr erinnern konnte, wie es war, wenn einem nicht danach zumute war, seine Eingeweide quer über den Tisch zu erbrechen. Die ganze Welt hatte einen leichten Grünstich und war verschwommen, und er fühlte sich fiebrig.

»Blödsinn«, fand Dave Bennett, der eindeutig kühner geworden war, seit er sich in Olivers Firma *Transformers* in der Ideenentwicklung sehr hervortat.

»Hey, hey!«, warnte ihn Oliver. »Wer dem Chef widerspricht, dem wird das Gehalt gekürzt!«

Bennett lutschte am Mittelfinger und winkte ihm damit zu. »Also, meine Mutter sagt …«

»Seine *Mami*!«, höhnte irgendwer hinter Benny halblaut.

»… dass sich alles ändert«, fuhr Bennet unbeirrt fort. »Sie ist nicht gern zur Schule gegangen, und jetzt geht sie sehr gern zur Arbeit. Weil sie sich etwas gesucht hat, was ihr gefällt. Und weil man, wenn man erwachsen ist, die freie Wahl hat. Also, jedenfalls dann, wenn man an einer guten Schule mit guten Noten abschließt. Sie sagt, sie würde sich umbringen, wenn sie noch mal ihre Jugend durchmachen müsste, aber jetzt ist sie sehr glücklich.«

»Sagt sie«, brummte Cooper. »Eltern behaupten immer, dass ihnen die Sonne aus dem Arsch scheint. Müssen sie ja.«

»Sie singt jeden Tag«, verteidigte Bennett seine Mutter. Hinter Benny wieherte jemand los, es klang nach Lester Morgan.

»Dann hat sie vielleicht Glück gehabt«, sagte Oliver verdrossen. »Oder sie redet sich ein, frei von irgendwelchen Zwängen zu sein. Ist man aber nicht. Egal, was man macht, es gibt immer irgendwelche Zwänge. Irgendwen, der einem reinreden will. Irgendwas, das man tun muss, auch wenn man nicht will. Ich sehe das doch an meinen Eltern. Sie haben so viel Geld, dass es stinkt, und sie hetzen von einem Termin zum anderen und haben so viel zu tun, dass sie kaum dazu kommen, mal durchzuatmen und zu merken, dass ihr Leben beschissen ist.«

Kurz entstand eine Pause. Selbst Benny, der aus dem Augenwinkel beobachtete, wie der Krötenkobold schnaufend aus den Mundwinkeln auf seinen Tisch triefte und sich umschaute, als überlegte er, was er vollsabbern könnte, war überrascht. »Aber«, sagte er, »warum … lassen sie es dann nicht einfach? Ich meine, wenn sie so viel Geld haben, dann können sie doch einfach – weiß nicht. Die Firma verkaufen? Nicht mehr arbeiten?«

Ihre Blicke trafen sich. Olivers Mund öffnete sich in einem breiten Grinsen, das unangenehm an das des Krötenkobolds erinnerte. »Und dann? Dann merken sie, dass da nichts ist, was sich lohnt. Gar nichts. Wenn die mal eine Sekunde lang anhalten, dann brechen sie zusammen. Die müssen arbeiten und rumhetzen. Und ich sag dir was, Rob Roy: Das ist bei allen so. Jedenfalls bei allen, die Geld haben. Es macht was mit dir, das sich nicht reparieren lässt. Es frisst dich auf. Es macht dich kaputt.«

»Dann schenk es mir!«, jubelte Richard. »Wenn deine Alten über den Jordan gehen und dir alles vererben, dann schenk es mir! Mach mich unglücklich! Ich nehme dein finanzielles Verhängnis auf mich, mein Freund, mein Bruder. Für dich tu ich das gern! Ich würde sogar …«

Was er sogar würde, erfuhr Benny nie. In diesem Moment holte der Krötenkobold tief Luft und blies sich auf. Mit fest auf Benny gerichtetem Blick presste er. Schräg an ihm vorbeischauend sah Benny, wie aus allen Poren übel riechender Glibber quoll, als bestünde das elende Vieh aus lauter verstopften Nasenlöchern, eins neben dem anderen.

»Entschuldigung«, würgte er hervor und schmeckte Galle. Hastig presste er die Hand vor den Mund. »Mir ist schon wieder … ich muss mal eben … tut mir leid.« Er sprang auf und suchte fluchtartig das Weite.

Hinter ihm johlten Cooper und Stone vor Lachen.

Argwohn. Der ganze Krötenkobold war Argwohn. Zwischen zwei Lidschlägen huschte Sil ihm hinterher, folgte ihm, der Schlupp-Schlupp folgte, und drückte sich in einem sehr großen, glänzenden Zimmer an die Wand. Schlupp-Schlupp stand über einer großen Schüssel in einem kleinen Zimmer, das nur aus Tür und zu niedrigen Wänden und der Schüssel bestand, und spuckte Flüssigkeit aus. Dabei machte er Geräusche. Es ging ihm nicht gut. Und damit hatte er Recht. Es war gemein, dass der Krötenkobold ihm aufs Essen spuckte.

Sil verstand nur nicht, weshalb Schlupp-Schlupp dann das unbespuckte Essen freiwillig wieder ausspuckte. Aber er wusste, dass es eine Großfuß-Sitte war, wenn es ihnen nicht gutging. Seine Großfußfrau mit den schönen wilden Haaren machte das auch manchmal. *Mir ist nicht gut,* sagte sie danach, *oh, gar nicht gut.* Und dann trank sie Tee. Gespannt beobachtete Sil, wie sich Schlupp-Schlupp wieder aufrichtete, und huschte vorsichtig hinter ihm her. Würde er jetzt auch Tee trinken? Zum Tee gab es oft Kekse.

Auch der Krötenkobold folgte Schlupp-Schlupp. Seine breiten Füße platschten auf dem Boden. Der Klang gefiel Sil recht gut, vor allem, weil es im Wechsel mit Schlupp-Schlupps Schritten platschte. Die Bänder an den Schuhen waren noch immer offen und frei. Für einen Schritt von Schlupp-Schlupp machte der Krötenkobold zwei. Schlupp-platsch-platsch, schlupp-platsch-platsch, es war fast ein bisschen wie Gesang. Nicht sehr schön, aber ein bisschen. Seine eigenen Schritte waren nicht zu hören.

Kurz blieb Schlupp-Schlupp vor der Tür stehen, hinter der die ganzen anderen Großfüße saßen und eigenartige Dinge besprachen, die Sil nicht verstand. Dann fuhr er sich mit beiden Händen durchs Gesicht, strich die kurzen Haare zurück und wandte sich ab. Schlupp-platsch-platsch ging es den Flur hinunter. Auf der Treppe änderte sich das Geräusch, der Krötenkobold flog mit gewaltigen Sätzen immer viele Stufen empor und wartete dann. Schlupp-Schlupp-schlupp-schlupp-PLATSCH. Es war nicht so schön wie eben. Sil war froh, als sie die Treppe geschafft hatten, auch weil die Stufen so hoch waren. Einen weiteren Gang ging es hinunter, und dann in das Zimmer, in dem Schlupp-Schlupp schlief. Er hatte es sehr eilig, nur mit knapper Not schlüpfte Sil hinter dem Krötenkobold durch die Tür, bevor sie zufiel. Dort bei der Tür kauerte er und schaute zu, wie Schlupp-Schlupp kurz zögerte und dann eilig die Schuhe abstreifte, seine schöne blaue Hose auszog und in eine andere schlüpfte. Die Hose, in der er nach draußen ging. Auch die Jacke zog er aus und eine andere an.

Argwohn. Der Krötenkobold zischte leise. Nichtgut. Aber Schlupp-Schlupp stand nah beim Kaminfeuer und tat, als würde er nichts hören. Als würde er nicht merken, dass er den Krötenkobold wütend machte. Als würde er ihn nicht sehen. Und das war gut so. Niemand durfte wissen, dass Schlupp-Schlupp sah, was verborgen war, das hatten sie Sil sehr lange und sehr oft erklärt. Als wäre er dumm. Aber das war er nicht. Sil war nicht dumm.

Leider war auch der Krötenkobold nicht dumm.

Längst hatte Sil fast vergessen, an Kekse zu denken. Nicht ganz, aber fast. Er sah, wie sich der Krötenkobold aufblies. Ganz gewaltig blies er sich auf. Die gelbe und grüne und schlammbraune Haut mit den Warzen spannte sich. Schlupp-Schlupp beugte sich hinunter und machte Knoten, die keine waren, in die schönen Bänder an seinen Schuhen.

Mit einem Knall, als ob jemand, der nicht sehr geschickt war, etwas sehr Schweres umgestoßen hätte, entlud sich der Krötenkobold. Er spuckte Schlupp-Schlupp an. Eine riesige Ladung triefender Rotz schoss aus dem breiten Maul und traf Schlupp-Schlupp mitten im Gesicht.

Nichtgut, schrie es in Sil auf. *Nichtgut!*

Schlupp-Schlupp schrie auch. Er stolperte rückwärts und schlug die Hände vors Gesicht und starrte mit riesigen Augen den Krötenkobold an.

Der Krötenkobold starrte zurück.

Sie starrten einander an. Direkt in die Augen.

Triumphierend gurgelte der Krötenkobold. Ein schlimmes Geräusch aus seiner warzigen, faltigen, breiten, stinkenden

Kehle. Ein Kichern. Er fuhr herum und platschte schnell auf die Tür zu.

Und Sil verstand. Er verstand ganz genau. Der Krötenkobold wusste, dass Schlupp-Schlupp sah. Und er würde es erzählen. Armer Schlupp-Schlupp. Dann würde *sie* wissen, dass er sehen konnte. So wie der Feuersänger. Und dann würde Schlupp-Schlupp auch fort sein. Er würde seinen Körper mitnehmen oder zurücklassen, vielleicht mit einem Keks in der Tasche, vielleicht auch ohne. Und seine schönen Schuhe würden nicht mehr schlupp-schlupp machen. Keine Zimtkekse mehr für Sil.

Sil war tapfer und gut. Und er war schnell und stark. Er war viel kleiner als der Krötenkobold, aber er war stark, und wenn er wütend war, war er noch viel stärker. Er bekam schwere Schranktüren auf, wenn er wollte, und er konnte fette Krötenkobolde umrennen, wenn er wollte. Und das wollte er.

Genau zwischen zwei Lidschlägen sprang er hervor und prallte gegen den fetten Krötenkobold, der nur zwei oder drei platschende Schritte weit gekommen war. Er knallte gegen die warzige, schmierige Haut. Es glitschte. Sil biss sich fest. Der Krötenkobold gluckerte laut auf und stank, er stank schrecklich, aber Sil biss fester zu. Und dann stieß er sich mit beiden Füßen ab. Sie taumelten über den Boden. Zum Feuer. So riesig der Krötenkobold. So nah das Feuer.

Der Krötenkobold begriff. Vor Entsetzen stülpten sich die Glotzaugen weit vor. Das riesige Maul öffnete sich. Biss zu. Biss in den armen Sil, armer, armer Sil, er spürte Schmerz, schlimmschlimm, als sich die Zähne in ihn gruben. Aber er war tapfer und gut, und das rettende Feuer war ganz nah. Das beißende Feuer. Mit aller Kraft stieß er sich noch einmal mit beiden Füßen ab, versetzte dem Krötenkobold einen so heftigen Stoß, dass der das Gleichgewicht verlor. Ineinander verbissen und verkrallt kugelten sie in die Flammen. Orange und rot und gelb und heiß und beißend und leer. Kein Gesang. Schmerz, schlimmschlimm, das riesige breite Maul, das ihn verschlang. Überall Flammen. Sie flüsterten nicht, sie brüllten. Und sie bissen. Sie bissen. Sie bissen den Krötenkobold, und sie bissen Sil, weil er nicht aufpasste. Verräterische Flammen. Sie bissen so schrecklich wie das breite Krötenkoboldmaul, sie bissen heiß und schrecklich. Es war nur ein kurzer Augenblick, in dem er vor Schmerz nicht wusste, in welche Richtung er sollte, und mitten in den Flammen hing, zu lange. Zu lange. Dann endlich fiel es ihm ein. Das Haus. Die Küche. Brei. Zimtsterne. Die Großfußfrau. Bunte Figuren, die über den Boden kullerten. Wärme.

Das Feuer spie ihn aus. Er hielt den Krötenkobold nicht mehr umklammert, und es hatte sich auch kein Maul mehr um ihn geschlossen. Es war ein gewaltiger Platsch, mit dem er aus dem Feuer explodierte. Überall spritzte Krötenkobold umher, stinkender, zischender Schleim. Es stank schlimmschlimm. Es schmerzte schlimmschlimm. Schmerz. So viel Schmerz. Schmerz über den schrecklichen Verrat der Flammen, der sich in ihn hineinbrannte.

Reglos blieb Sil liegen. Nichts bewegte sich. Die Flammen waren fort, aber sie hatten nicht aufgehört zu beißen. Vergessen. Er spürte, wie es kam. Vergessen. Er dachte an Schokolade, aber er hatte vergessen, wie sie schmeckte. Er dachte an Kekse, aber ihm fiel nicht ein, wie sie rochen. Er dachte an den Feuersänger und seinen Gesang. Aber es waren nur Worte. Er erinnerte sich nicht mehr richtig, wie es gewesen war, wenn der Feuersänger machte, dass die Flammen sangen.

Ein Gesicht tauchte vor ihm auf, winzig, verschreckt und hässlich. Die Nase riesig, der Mund winzigklein und rund.

Kleine Mäuseaugen starrten ihn an. Der Mund öffnete sich. »Schmutzig!«, hauchte eine Stimme entsetzt.

Das Wort bedeutete Sil nichts. Er vergaß, weshalb er hier lag. Das Vergessen kam so schnell, dass es kribbelte. Sil vergaß, dass er ein Pixie war. Sil vergaß, wem dieses Haus gehörte. Sil vergaß den Namen, den sie ihm gegeben hatten. Er vergaß Wind und Wärme und die Behaglichkeit eines Hauses, das ihn barg. Und als er schließlich das Feuer vergaß, hörte er auf zu sein.

32 ABSCHIED

Das Herrenhaus stand still und unverrückbar. Die Fenster schauten auf den Weg hinunter, der nach Glen führte. Hochmütig kam ihr Blick Leslie vor, selbst das Eckzimmer schien sie misstrauisch zu mustern, als sie näher kam. Mit ihrem Beschluss war sie hier nicht mehr zu Hause. Sie war nicht mehr willkommen. Dies hier war der Stammsitz der MacGregors, die zu verraten sie im Begriff war. Damit war sie wohl endgültig keine MacGregor mehr. Nur noch ein Wesen, das im Moor umherstreifte. Leslie, die bei Gin lebte. Eher Leslie McGowan als Leslie MacGregor. Wenn überhaupt eins von beidem. Vielleicht nicht einmal Leslie. Schließlich war es eigentlich nicht ihr Name. Sie hatte ihn unrechtmäßig geerbt. Und das Herrenhaus, das sie seit ihrem ersten Atemzug beherbergt hatte, das sie kannte, seit es sie gab, es wusste Bescheid. Es war nicht mehr bereit, sie zu schonen. Es sah auf sie herunter und sagte verächtlich: *Du weißt, dass du hier nichts verloren hast.*

Die Tür war unverschlossen. Leslie trat ein. Die Stille der Eingangshalle umfing sie. So pompös, wie das klang, war es gar nicht. Der Holzfußboden knarrte an drei Stellen, obwohl er so eingebildet glänzte, die Treppe nach oben war gerade mal breit genug, dass drei Leute nebeneinander laufen konnten, und der Gang oben auf der Galerie war schmal. Elf Zimmer hatte das Herrenhaus, dazu drei Badezimmer und zwei

Hauswirtschaftsräume. Riesig war das nicht, begriff sie, so gewaltig es ihr auch einmal vorgekommen sein mochte. Immer hatte sich alles in diesen Räumen verloren, mehr noch als auf Glen, immer war sie irgendwo allein gewesen, allein mit sich oder mit den Hunden, die später, als die Kerrigans kamen, regelrecht ausstarben. Als brauchte man keine Hunde mehr, wenn man Leprechauns um sich hatte. Ihnen war nichts zugestoßen, nichts außer Alter oder Krankheit, wie jedem Hund. Aber irgendwann waren sie gestorben, sie alle, wie Hunde es nun einmal taten, und ihnen waren keine neuen gefolgt.

Leslie sah sie noch vor sich, die beiden großen Wolfshunde und den kleinen Terrier, die hier gelebt hatten, als sie noch klein gewesen war. Nur der Terrier hatte sie oben in ihrem Kinderzimmer besucht, verrückt nach ihr, immer in ihrer Nähe. Die Wolfshunde durften keine Treppen steigen, sie lagen in der Halle, die Hündin, die schon alt gewesen war, immer in der Nähe des Kamins. Damals hatte es hier ein altes Kuhfell gegeben. Es war, wie die Hunde, lange fort.

Die Fremdheit des Hauses nahm Leslie den Atem. So seltsam hatte sie es sich nicht vorgestellt. Es war, als stünde das Haus seit Jahrhunderten leer, als sei sie jemand, der es fand, lange nachdem es aufgegeben worden war. Ein unrechtmäßiger Eindringling. Möglicherweise war sie im Begriff, dem MacGregor-Clan oder dem, was davon übrig war, den tödlichen Streich zu versetzen. In diesem Augenblick, als sie da in der Eingangshalle stand, in der ihr jede Linie vertraut war, kam es ihr vor, als habe sie eine Vision von einer Zukunft, in der es hier in Glenshee keine MacGregors mehr gab. Und dann? Was gab es hier dann?

»Miss Leslie«, sagte jemand. Sie erschrak nicht; vielleicht hatte sie seine Anwesenheit gespürt, ohne sich dessen recht bewusst zu sein. Er saß rittlings auf dem Treppengeländer, ganz unten vor dem Pfosten, auf den er sich mit den Ellbogen stützte, und streckte die dünnen Beine aus. Die spitz zulaufenden Schuhe, absurd lang, glänzten vornehm.

»Mister Kerrigan«, sagte sie höflich. Dies war nicht der Kerrigan, mit dem Vater den Deal ausgehandelt hatte, damals, vor achtzehn Jahren, aber Kerrigan hießen sie alle, einer wie der andere.

»Ein selten gewordener Besuch«, bemerkte er und betrachtete sie. Es lag kein Misstrauen in seinem Blick, nur Aufmerksamkeit. »Kommen Sie, um Ihre Mutter zu besuchen?«

Leslie nickte.

»Geht es Ihnen gut?«, fragte er. Als sie nicht antwortete, fuhr er sich mit der Hand durch den roten Bart, der sein Kinn säumte. Schon immer hatte Leslie den Eindruck gehabt, sie machten sich lustig, die Kerrigans, machten sich über die Bilder lustig, die man in der Bibliothek oben in den Büchern fand – Leprechauns mit roten Bärten, sorgfältig gestutzt und dabei doch ausladend, in ihren grünen Anzügen und Schnabelschuhen, meist mit Hüten, Melonen oder gar Zylindern. Zoll für Zoll entsprachen sie den Bildern. Zu exakt, als hätten sie genau studiert, welche Erscheinung die Menschen von ihnen erwarteten, und entsprachen ihr in jedem Detail, um sich darüber zu amüsieren.

»Ihre Verletzungen«, sagte er und deutete auf Leslies Wange. »Heilen sie gut, ja?«

Unwillkürlich legte sie die kalten Finger über den Bluterguss, den Alasdairs Hand hinterlassen hatte und der noch immer gut zu sehen war. Gin hatte ihr eine Salbe dafür gegeben. Sie benutzte sie nicht. Sie mochte den Geruch nicht, und sie wollte nicht, dass die blauen Flecken rasch verblassten. Manchmal schaute sie sie an, die Verfärbungen an den Armen, die im Gesicht, die sie leider nur verfremdet im Spiegel studieren konnte, und bestaunte, dass Alasdair Spuren an ihr hinterlassen hatte. Es war eine Verbindung zwischen ihnen, die nicht er, sondern nur die Zeit fortwischen konnte. Sie tat es, aber langsam. Leslies Körper heilte nicht schnell.

»Es tut nicht weh«, sagte sie, als ihr einfiel, dass er noch auf Antwort wartete.

Langsam nickte der Kerrigan. »Schmerz«, sagte er gemessen. »Eine wertvolle menschliche Eigenschaft.« Es kam ihr vor, als verstünde er genau.

»Ihre Mutter ist auf ihrem Zimmer.« Er neigte den Kopf. »Sie ist heute noch nicht aufgestanden. Heute ist einer jener Tage, an denen sie nicht aus ihren Träumen erwachen will. Es ist gut, dass Sie hier sind, Miss Leslie. Es wird ihr guttun, Sie zu sehen.«

»Danke, Mister Kerrigan.«

»Gern. Wenn ich etwas für Sie tun kann, sagen Sie mir doch Bescheid, nicht wahr? Vielleicht möchten Sie einen heißen Tee an diesem kalten Tag? Oder einige belegte Brote?«

»Danke, Mister Kerrigan, aber ich brauche nichts. Ich bleibe auch nicht lange.«

Er lächelte. »Das liegt in der Natur der Sache.«

»Was meinen Sie?«

»Oh«, sagte er, »nichts Bestimmtes. In den letzten Tagen habe ich mir nur verstärkt Gedanken darüber gemacht, wie vergänglich doch alles ist. Hier, meine ich. Hier in der Welt der Sterblichen. Das Kommen und Gehen. Die Flüchtigkeit. Sie bleiben eine Stunde oder zwei, Miss Leslie, vielleicht sogar einen Tag oder ein Jahr. Aber irgendwann gehen Sie fort. Sie alle. Sie werden wohl keine Kinder haben, nehme ich an, Miss Leslie.«

Leslies Rückgrat versteifte sich. »Das nehme ich auch an.«

»Und Ihr Bruder … weiß man es?«

Leslie schnaubte. »Er kennt seine Pflicht. Er wird es versuchen. Ja, er wird sicher Kinder haben. Eins. Zwei. Mehr. So viele ihm eben geschenkt werden. Ich gehe davon aus.« Der Gedanke an Alasdairs zukünftige Kinder berührte sie, und sie wünschte, sie könnte sie kennenlernen, wenn es sie wirklich geben würde. Still im Hintergrund sein und sie aufwachsen sehen.

»Und sie werden so sein, wie die Sterblichen eben sind«, sann der Kobold und legte in sorgfältiger Denkerpose das Kinn auf eine Hand, deren Finger er elegant spreizte. »Sie kommen aus dem Nichts, unplanbar, unberechenbar. Weiß man, wie sie sein werden? Ob sie sich interessieren – für die Geschicke von Glenshee? Oder werden sie sein wie viele andere … an flüchtigeren Freuden interessiert, an menschlicheren Belangen? Werden sie oder wird wenigstens eines von ihnen die Mühen auf sich nehmen, die die bisherigen MacGregors so hingebungsvoll auf ihre Schultern geladen haben? Oder wird ihre Vergnügungssucht oder ihr Ehrgeiz sie hinaustreiben in die Welt dort draußen? Sie ist groß, Miss Leslie, größer und vielleicht voller geheimnisvollerer Zauber als dieses kleine Tal. Es kann einem wohl recht eng hier erscheinen, wenn man jung ist und die Welt einem offenzustehen scheint. Und wenn man nur eine flüchtige Zeitspanne vor sich hat, um von der Welt zu trinken.«

»Sie sind heute so philosophisch, Mister Kerrigan.« Ihr Mund war trocken.

Er lächelte sie an. »Ich frage mich nur, Miss Leslie, was mit uns allen werden wird. Fragen Sie sich das manchmal auch?«

Geradeheraus erwiderte sie seinen Blick. »Fast jeden Tag, Mister Kerrigan.«

Nickend zog er an seinem Bart. »Braves Mädchen. Sie waren schon immer ein braves Mädchen, Miss Leslie. Nun laufen

Sie schon. Lassen Sie Ihre Mutter nicht allein aus ihren Träumen in die Wirklichkeit heraufdämmern. Sie ist dann so einsam. Einen schrecklichen Augenblick lang, bevor sie von einem Traum in den nächsten findet, ist sie immer so einsam.« Er betrachtete sie nachdenklich. »Und einen schönen Geburtstag, Miss Leslie.«

Abschied. Es wurde Leslie in dem Moment klar, als sie das Herrenhaus wieder verließ. Zwar würde sie noch einmal wiederkommen, aber das wäre ein geschäftlicher Besuch und vermutlich der letzte. Sie hatte Abschied genommen. Das Zimmer ihrer Mutter, still und sauber, mitten darin das Himmelbett, das Leslie noch immer mit dem Gefühl erfüllte, die Frau, die darin schlafe, sei eine Prinzessin. Eine gealterte Prinzessin, eine verwirrte Prinzessin. Dornröschenschlaf ohne Prinz. Falls Leslie etwas zustieße, würde sich für sie nicht viel ändern. Es würde keine Tage wie den heutigen mehr geben, an denen sie aus dem Schlaf schrak und Leslie neben ihr lag, um sie auf die Stirn zu küssen und ihr zuzuflüstern, sie sei ja da. Dann würde jemand anders da sein – ein Kerrigan mit heißem Tee, der sie beruhigte und ihr versicherte, alles sei nur ein böser Traum gewesen, es sei alles in Ordnung. Manchmal war es sogar Alasdair. In den Schulferien tat er es manchmal für sie, warten, beruhigen, sie in den neuen Tag führen, wenn sie eine ihrer schlimmen Phasen hatte. Leslie fragte sich, ob es ihn auch so zerriss, sie so zu sehen, oder ob es nur eine Pflicht für ihn war, die er erfüllte, wenn seine Zeit es zuließ. Vermutlich war es für ihn weniger schlimm. Wenn sie ihn sah, erkannte sie ihn ja mitunter. Bestaunte den fast erwachsenen Sohn, den sie vor siebzehn Jahren geboren hatte, und fragte, ob sie so lange geschlafen habe. Ihn hielt sie nicht für ein anderes Kind, das sie verloren hatte, nannte ihn nicht bei dem Namen, der ihrer Erstgeborenen gehört hatte, erzählte ihm nicht wieder und wieder, sie habe geträumt, er sei ertrunken, und er musste nicht wieder und wieder so tun, als wisse er nicht, wovon sie sprach.

Das Herrenhaus erschien ihr so viel leerer als Gins Haus. In der Küche werkelten fleißige, freundliche Hände, der Kerrigan war sicher noch irgendwo, und den Verwalter hatte sie oben im Büro gehört, obwohl er nicht herausgekommen war, um sie zu begrüßen.

Das alles half nichts. Vielleicht, weil so viel Vergangenheit sie anhauchte, wenn sie dort war. Vielleicht waren es die zu zahlreichen leeren Zimmer. Oder die Tatsache, dass Vater nicht mehr da war. Nicht, dass sie ihn ernstlich vermisste, seinen Blick, der durch sie hindurchging, seine poltrige Art, seine stumme, aber nicht wohlwollende Duldung ihrer gelegentlichen Gegenwart und ihrer Streifzüge durch das Moor. Aber ohne ihn war das Herrenhaus verlassen. So sorgfältig es sauber gehalten wurde, Leslie war, als würden unsichtbare Spinnweben in den Winkeln hängen.

Vielleicht waren es auch nur die Hunde, die ihr fehlten. Oder es lag an ihrer Melancholie, dass ihr das Haus heute so verlassen vorkam. Ein einziges Mal in ihrem Leben hatte sie Glenshee verlassen und mit Vater und Alasdair in einem Hotel übernachtet, und sie hatte sich in dieses Hotel verliebt in den drei Nächten, die sie dort verbracht hatten. Zu Tode erschrocken war sie darüber gewesen, wie das Zimmer am letzten Tag ausgesehen hatte, nach dem Packen. Alle Spuren, die sie hinterlassen hatten, getilgt. Unberührt, nur ihre Koffer bei der Tür und ein paar Haare im Waschbecken oder auf den Kopfkissen, die in einer halben Stunde von einer Putzfrau entfernt werden würden. Als wären sie nie dagewesen, sie alle drei. Vater war ungeduldig geworden, Alasdair ärgerlich, als sie sich nicht losreißen konnte von der Leere, die sie hinterließen. Aber dieselbe Leere hatten die Hunde im Herrenhaus hinterlassen. Hatte ihr Vater hinterlassen. Mariah Logan, als sie nicht mehr jeden Tag kam und sich um alles kümmerte. Hinterließ ihre Mutter jeden Tag, wenn sie vergaß, was am Tag zuvor geschehen war. Diese Leere war von ihrer Schwester geblieben, vielleicht am meisten von allen, als die Kerrigans sie sofort nach ihrer Geburt mit sich genommen hatten, spürbare, atembare Leere, ein Bestandteil der Luft, der sich nie wieder ganz verlor. Es war ein Wunder, dass eine solche Leere nicht Gestalt wurde. Dass nichts daraus entstand. Kein graues, stummes Geschöpf, das durch die Räume wehte wie Staub und das Freude daran hatte, einem kurz vor dem Einschlafen mit langen, dünnen Fingern die Kehle zuzudrücken oder die spinnwebartigen grauen Haare über dem Gesicht der Schlafenden auszubreiten, so dass sie keuchend aus dem Schlaf schraken, weil sie zu ersticken meinten.

Vielleicht empfand sie es heute so stark, weil sie selbst bald eine solche Leere hinterlassen würde. Nur fragte sie sich, wer sie empfinden würde. Ob Alasdair zum Fenster des Eckzimmers hinaufsehen und ein Ziehen im Magen verspüren würde, weil sie dort nie wieder stehen würde?

Wohl kaum, dachte sie und riss sich los. Trabte durch den hellen, kalten Morgen. Über dem See trieben müßig die letzten Reste des Morgennebels. Ihr war danach zu baden, aber Gin würde sie umbringen, wenn sie Ende November in das schwarze, eisige Wasser sprang. Letztes Mal war sie danach drei Wochen lang krank gewesen, zum ersten Mal in ihrem Leben. Eine interessante, wenn auch nicht unbedingt wiederholenswerte Erfahrung.

Ihr wurde leichter ums Herz, als sie über den Zaun kletterte und über die Kuhweide lief. Erfreut holte sich Mabel ein paar Streicheleinheiten bei ihr ab. Die zottigen Rinder sahen aus, als wären sie aus einer anderen Zeit entlaufen und nur zufällig hier gelandet. Sorgfältig band Leslie eins der roten Bänder um einen Kuhschwanz wieder fest, das sich halb gelöst hatte, und die dazugehörige Kuh hob den Kopf, wandte sich um und betrachtete sie mit schimmernden, feuchten Augen, als verstünde sie genau, was in Leslie vorging. Vom alten Conway war weit und breit nichts zu sehen, und die Weide war stärker mit Kuhdung gefleckt als sonst. In letzter Zeit trank er wieder mehr, dann vergaß er manchmal seine Kühe für ein oder zwei Tage.

»Oder die Schwarze Banshee hat ihn sich geholt«, sagte sie leise zu der Kuh und strich ihr über die dicke, feuchte Nase. »Kann auch sein, oder? Würdest du ihn vermissen?«

Sie machte einen Abstecher zu Mariah Logans Haus und legte frisches Feuerholz nach. Wenn der Kamin bei diesen Temperaturen ausging, froren manchmal über Nacht die Wasserleitungen ein und platzten. Leslie fragte sich, was mit dem Haus geschehen würde. Vermutlich würde es leer bleiben. Oder vielleicht würde einer der Lehrer von Glen einziehen. Dass Mariah zurückkehren würde, glaubte sie nicht.

Als sie fertig war, schaute sie in die Schublade, wo Mariah ihre Kekse aufbewahrte. Die verkommen zu lassen, wäre jedenfalls eine Schande, und solche Verschwendung hätte Mariah nicht gefallen. Leslie aß drei oder vier und nahm den Rest für Sil und Lumpi mit. Sie steckten in einer kleinen grünen Dose, die sie kannte und liebte, seit sie auf der Welt war.

Der Gedanke an den alten Conway ließ sie nicht los.

Plötzlich sah sie ihn in seinem miefigen Bett sitzen, den Schmutz des vorigen Tages noch an den Händen, neben sich auf dem Nachttisch eine halb leere Flasche und mit weit offenen Augen ins Nichts starrend. Wie schnell würde es wohl bei dem alten Säufer dauern, bis die Schwarze Banshee zu ihm durchdrang? Bei Mariah Logan, alt und allein und schon lange recht müde, war es schnell gegangen. Würde es bei dem sturen alten Mistkerl länger dauern? Oder klappte er womöglich ganz widerstandslos zusammen? Von was würde ihm die Schwarze Banshee wohl etwas singen – von seiner gescheiterten Ehe, der verschwundenen Nichte? Oder fragte sie auch ihn, ob er nicht müde sei?

Ehe sie sich's versah, war sie auf dem Weg zu seinem Hof.

Das Wohnhaus und der Stall im fast rechten Winkel zueinander, im Winkel ein alter Traktor, rostig und längst aufgegeben, der fast unter dem angehäuften Schrott vieler Jahre verschwand. Im Stall zwei zerbrochene Fenster, eins davon mit Pappe verklebt. Kuhdung auf dem Hof und Hundescheiße. Luke kam ihr bellend entgegen. Es war der sechste oder siebte Luke, dieser hier stammte aus einem Wurf aus einem der Küstenorte und war ein halbhoher Mischling mit goldbraunem Fell, fast so zottig wie das der Hochlandrinder. Der alte Conway war wütend darüber, dass er als einziger Welpe des Wurfs recht klein geblieben war, und trat ihn regelmäßig aus dem Weg. Luke war trotzdem ein netter Kerl geblieben, er ließ es sich nur nicht immer anmerken. Also wartete Leslie, bis er seiner Pflicht Genüge getan und sie ordentlich verbellt hatte, dann setzte sie sich auf den Boden, öffnete die Keksdose und schnüffelte hingebungsvoll an ihrem Inhalt. Leise winselnd kam Luke näher und legte den Kopf schräg.

»Du hast so freundliche Augen wie die Kühe, du kleiner Trottel«, tadelte sie. »Wie soll man jemandem mit solchen Augen denn abnehmen, dass er beißen würde, hm?«

In sicherer Entfernung setzte sich Luke hin und betrachtete sie. Vertrauen, das war etwas, das sich bei ihm nicht lange hielt, man musste es bei jeder Begegnung neu erarbeiten. Menschen waren mal nett, mal traten sie nach einem und fluchten, das war unberechenbar, so hatte er es gelernt, und deshalb schaute er, wenn er jemanden traf, immer erst einmal, in welcher Stimmung er war.

»In Keksstimmung«, versicherte sie ihm. »Wie immer, dummer kleiner Luke.«

Er stand auf, kam einen Schritt näher und setzte sich wieder. Fragend beäugte er die Dose. Sie warf ihm einen Keks zu. Er fing ihn nicht auf, sondern wich aus, näherte sich ihm dann vorsichtig und prüfte ihn gründlich, bevor er ihn ins Maul nahm. Luke war der einzige Hund, den Leslie kannte, der sorgfältig kaute. Fast nachdenklich sah er dabei aus, aber die braunen Augen waren schon wieder verlangend auf die Dose gerichtet.

»Ist dein Herrchen in Ordnung?«, fragte sie ihn und warf ihm einen zweiten Keks zu, mit dem er ebenso verfuhr. Die Dose war noch halb voll, aber sie durfte Sil nicht verraten, dass sie auch nur einen der kostbaren Kekse an Luke verfüttert hatte. Dann würde er den ganzen Tag über den schmutzigen, nichtguten Hund schimpfen. Bei dem Gedanken grinste sie.

»Ich mache mir ein bisschen Sorgen um ihn«, erklärte sie Luke. »Er ist …«

»Was machst du verschissene Göre auf meinem Besitz?«, hallte eine Stimme quer über den Hof, rau und heiser von jahrelangem Saufen und Brüllen. »Hau ab, ehe ich dich abknalle! Weg von meinem Hund! Du unnützer Scheißköter, dir werde ich Beine machen!«

Leslie schloss die Augen, als brause eine Böe über sie hinweg. Als sie sie wieder öffnete, war Luke verschwunden. Dafür stand der alte Conway in Unterhose und schmuddeligem

Feinripp in der Tür, seine Schrotflinte in der Hand. Mit der hatte er einmal, vor langer Zeit, auf Oliver und Richard geschossen, als sie auf seinen Rindern geritten waren. Sie war so verzogen, dass er auf zehn Meter Entfernung zwanzig danebenschoss.

»Guten Morgen, Mister Conway. Ich wollte nur nach ihnen schauen. Sind Sie wohlauf?«

»Verpiss dich«, knurrte er und spuckte auf den Boden. »Meinem Hund Kekse geben, ja? Dir werde ich beibringen, was sich gehört. Meinen Hund fütterst du nicht, klar? Ich habe es dir schon tausendmal gesagt, du verdammtes Balg, und wenn dein Vater tausendmal der alte MacGregor ist, ich brenne dir eins auf den Pelz, dass du's dir merkst. Wirst du wohl zusehen, dass du abhaust?«

»Ich sehe, es geht Ihnen hervorragend«, erwiderte sie und strahlte ihn erleichtert an.

Er richtete die Schrotflinte auf ihre Brust. »Eins«, bellte er. »Zwei …«

»Schönen Tag noch, Mister Conway.« Sie winkte ihm zu und wandte sich ab.

»Verschissener Wechselbalg«, brüllte er ihr hinterher. »Dreckiges kleines Miststück. Und bleib ja von meinen Kühen weg, klar? Ich weiß genau, dass du dich bei ihnen herumtreibst. Ich will dich nicht in ihrer Nähe haben!«

Immerhin schoss er nicht. Mit einem Mal fand sie es schwer vorstellbar, dass er stumm in seinem Bett sitzen könnte, den Blick leer und der ganze Zorn versiegt. Am alten Conway würde sich vermutlich selbst die Schwarze Banshee die Zähne ausbeißen.

Wenn er dich getroffen hätte, dann hätte ich ihn umgebracht, hörte sie Oliver sagen. Sie schloss die Augen und lauschte der Erinnerung nach. Wenn sie Erinnerungen willentlich wachrief, blieben sie oft blass und seltsam fremd, als wäre es etwas, das jemand anderes erlebt hatte. Erinnerungen, die von selbst zu ihr kamen, waren schmerzhaft lebendig, wie Wesen, die sie kurz besuchten, wann es ihnen gefiel. Und dann kam eine andere Erinnerung hinterher.

»Ich muss los«, sagte Oliver, der neben ihr auf dem Zaun saß und mit den langen Beinen schaukelte. Es war schon fast zehn Uhr abends, aber noch hell, und Conways Kühe leuchteten rötlich auf dem satten Grün der Sommerwiese. Im Winter wäre längst Kelpie-Zeit gewesen, und Leslie hatte vorhin, als sie Oliver kommen sah, rasch den Eimer mit Fleisch in einem nahen Gebüsch versteckt. Zum Glück war es nicht so warm, dass es zu stinken anfing, und bis der Kelpie kam, war noch Zeit.

»Oder möchtest du, dass ich noch bleibe?«, fragte Oliver.

Überrascht schaute sie auf. »Was?«

Sein blasses Gesicht lief dunkelrot an. »Na ja. Ich meine – falls du noch ein bisschen Gesellschaft haben möchtest.«

»Ja«, sagte sie. »Ich meine, also, wenn du bleiben möchtest, dann bleib doch. Ich habe nichts dagegen.« Sie zuckte mit den Schultern, aber ihre Ohren brannten, und unvermittelt wurde ihr ein bisschen schwindelig.

»Okay«, sagte er. »Dann bleibe ich noch ein bisschen.«

»Okay.«

»Gut.«

Sie lächelten einander an und schauten schnell weg. Das Einzige, was es anzusehen gab, waren die Kühe und der Loch Dall.

»Linus ist diesen Sommer ganz schön dick geworden«, sagte Leslie. Ihre Lippen waren taub. »Und Mable bekommt bald ein Kälbchen. Siehst du, wie rund sie ist? Dabei ist sie eigentlich schon zu alt dafür. Es wird wohl ihr letztes.«

»Schade.«

»Ja.«

»Dass es ihr letztes wird, meine ich. Nette Kuh.«

Leslie nickte. Sie starrten die friedlich grasende Mable an, die sich davon nicht stören ließ.

»Warum ist Richard eigentlich nicht mitgekommen?«, fragte Leslie.

Oliver schnaubte. »Ach, der«, sagte er mit einer wegwerfenden Handbewegung.

»Schon gut.«

»Wir haben uns gestritten.«

»Worüber?«

Ihre Blicke begegneten sich. Sie sah in seine hellen Augen und spürte ihr Herz klopfen. Er war so schlaksig, so spöttisch und so ungeheuer nah, und außer ihnen war kein Mensch hier. Sie war noch nie so lange mit ihm allein gewesen.

»Vermisst du ihn?«, fragte er und hob die Brauen.

»Nein.«

»Gut.«

»Und du?«

Er zuckte mit den Schultern. »Schon.«

»Ihr seid gut befreundet, oder?«

Er nickte nur. »Jetzt gerade«, sagte er dann, »vermisse ich ihn aber nicht.«

Sie starrte geradeaus, obwohl sie spürte, dass er sie anschaute.

»Du bist viel allein, oder?«, fragte er nach einer Weile.

»Ja.«

»Macht es dir was aus?«

Mable schüttelte träge den Kopf, tat ein paar Schritte und versenkte den Kopf wieder im Gras. Leslie ließ sie nicht aus den Augen. »Manchmal«, sagte sie leise. »Meistens aber nicht. Meistens bin ich gern allein.«

»Und jetzt gerade? Wärst du jetzt gerade lieber allein?«

Sie war rot, er war rot, sie schaute weg, er schaute sie an und suchte ihren Blick. »Ich mag es, dass du gern allein bist«, hörte sie ihn sagen. »Das mag ich wirklich an dir.«

Sie gab sich einen Ruck, hob den Kopf und sah ihn an. »Und was magst du noch an mir?«

Er wurde noch röter, aber er antwortete mit ganz normaler Stimme: »Deine Ohren zum Beispiel.«

»Leck mich.«

»Nein, wirklich«, beteuerte er. »Die sind toll! Sie sehen lustig aus und …«

»Findest du mich hübsch?«

Die Frage traf sie beide gleichermaßen unerwartet. Wie erstarrt vor Schreck saß Leslie da und klammerte sich am Zaun fest. Oliver starrte sie an, als hätte sie auf einmal fließend Japanisch gesprochen. Schon gut, wollte sie murmeln, vergiss es. Aber sie tat es nicht. Stattdessen starrte sie zurück und wartete auf seine Antwort, obwohl sie ja wusste, wie sie ausfallen musste, wenn er ehrlich war.

»Schön finde ich dich«, sagte er schlicht.

Sie lachte hell auf, wie befreit. »Du Lügner! Oh, ich …«

Er griff nach ihrem Gesicht, hielt ihr Kinn fest und schaute sie an. Ihr wurde übel und wohlig und schwindelig. Sie wusste, dass sie noch auf dem Zaun saß, aber sie spürte ihn nicht mehr unter dem Hintern.

»Schön«, sagte er nachdrücklich.

In dem Augenblick wusste sie, was gleich geschehen würde. Dass nämlich sie, Leslie MacGregor, im nächsten Augenblick zum ersten Mal in ihrem Leben geküsst werden würde. Sie sah sein Gesicht, es kam ihr fremd vor, sie sah seine Lippen und fragte sich, wie es sich anfühlen würde, sie auf ihren zu spüren.

Ehe sie einen klaren Gedanken fassen konnte, beugte sie sich vor, küsste ihn flüchtig auf die Nasenspitze und grinste ihn spitz-

bübisch an. »Ich finde dich auch schön, Oliver Hegeling. Wunderschön!« Damit sprang sie vom Zaun und lief über die Wiese und zu den Kühen. Halb hoffte sie, er würde ihr hinterherlaufen, aber er tat es nicht. Als sie bei Mabel ankam, sah sie sich um, und da saß er noch immer auf dem Zaun und starrte ihr hinterher.

Und danach war er nicht mehr zu ihr auf die Weide gekommen. Nie mehr.

»Tja«, murmelte sie. »Und so blieb Leslie MacGregor für immer ungeküsst.« Im Nachhinein, dachte sie, war es vermutlich besser so.

Etwas verstimmt machte sie sich auf den Weg zu Gins Haus. Zu ihrer Überraschung fand sie die Tür offen. »Gin?«

Der Gestank traf sie so plötzlich, als wäre just in diesem Augenblick etwas explodiert. Würgend taumelte sie zurück. Es roch, als habe sich der fauligste Sumpf der Welt übergeben, und jemand hätte das gashaltige Erbrochene angezündet.

»Gin?« Angst schoss in ihr hoch, kurz lähmte sie ihre Gedanken und auch ihre Beine, sie konnte sich nicht rühren. Dann presste sie den Ärmel vor die Nase und hastete hinein.

Gin kauerte auf dem Boden, einen Lappen in der Hand. Neben ihr ein Eimer. Totenbleich war ihr Gesicht, die Augen wirkten groß und schwarz. Sie sah nicht auf. Sie wischte etwas auf, tauchte den Lappen in den Eimer, drückte ihn aus und wischte weiter.

Leslie wollte etwas sagen, aber es kam nur ein Würgen heraus. Auf dem Küchentisch sah sie einen geöffneten Tiegel mit Salbe. Sie taumelte dorthin, über glitschigen Schleim hinweg, auf dem sie fast ausrutschte, und rieb sich etwas davon unter die Nase. Der unerträgliche Gestank verflüchtigte sich, ihre Nase wurde taub.

»Was …«

Gin starrte durch sie hindurch. »Hat Benny dich gefunden?«

»Benny?«

»Er ist in den Supermarkt gekommen. Er wollte dich suchen.«

»Nein. Ich war … was ist passiert?« Fassungslos sah Leslie sich um. Überall klebten kleine Stücke … von was?

Sie ahnte es. Sie roch es.

»Sil«, sagte Gin. Es war wie ein Aufschrei.

»Was ist mit Sil?«

Leslie kannte die Antwort, bevor Gin etwas sagte. Sie sah sie in Gins Augen. Sie spürte es an der Leere, die sich schlagartig in ihr ausbreitete.

Doch es war nicht Gin, die antwortete. »Fort«, sagte eine schüchterne kleine Stimme. Langsam drehte sich Leslie um und sah Lumpi auf dem Herd kauern. Auf Sils Herd. Irrationale Wut überkam sie, sie ballte die Hände an den Seiten zu Fäusten und biss die Zähne zusammen, dass es schmerzte, um sich zu beherrschen und den kleinen Kerl nicht zu packen, der es nicht gewagt hätte, den Herd zu berühren, solange Sil noch hier war.

»Da«, sagte Lumpi und zeigte auf eine Stelle am Boden. Leslie und Gin folgten seinem ausgestreckten Finger. In Gins Augen standen Tränen. Sie wusste es schon. Hatte es schon gesehen, und Leslie wusste, was sie sehen würde. Aber sie schaute trotzdem hin, und es traf sie so hart, dass sie wankte.

Ein winzig kleiner Brandfleck im Holz. Kein Körper, kein Sil, keine andere Spur. Nur ein Brandfleck, kaum so groß wie Leslies Daumenabdruck.

33 HEISSER TEE UND HÜBSCHE MÄRCHEN

Im Herrenhaus brannten Lichter. Das Untergeschoss war erleuchtet, im Obergeschoss nur ein Zimmer – das Eckzimmer. Verwundert schaute Leslie hinauf, ehe sie eintrat. Es war noch nicht richtig dunkel, aber dämmrig, und es nieselte leicht. Seltsam – sie hätte geglaubt, es sei kalt genug für Schnee. Aber sie hatten seit Jahren keinen richtigen Schnee mehr gehabt, vor allem nicht so früh im Jahr.

Eingangshalle und Küche waren leer. »Mister Kerrigan?«, rief sie. Aber niemand antwortete. Also stieg sie die Treppen hoch und ging zum Eckzimmer, das am Ende des Flurs lag. Die Tür knarrte ein wenig. Der Duft frisch aufgegossenen Earl Greys stieg ihr in die Nase. In der Fensternische beim Kamin saß der Kerrigan mit übergeschlagenen Beinen auf einem der Kissen, die auf der tiefen, erkerartigen Fensterbank lagen. Ein Tablett mit Tee stand neben ihm.

Er lächelte ihr entgegen, im schwachen Licht sahen seine Züge fast menschlich aus. »Miss Leslie. Sie sind pünktlich.«

»Pünktlich«, sagte sie verwirrt und musste an Benny denken – jetzt fing sie auch schon so an wie er.

»Pünktlich für den Tee«, erklärte er. »Ich habe mir gedacht, dass Sie heute noch vorbeischauen.«

»Sehr aufmerksam von Ihnen«, dankte sie und setzte sich auf ein anderes Kissen in der Nische. Sehr nah saßen sie sich gegenüber und betrachteten einander. »Woher wussten Sie, dass ich kommen würde?«

Nonchalant zuckte er mit den Schultern. »Ich kenne Sie schon sehr lange, Miss Leslie. Sozusagen in- und auswendig.« Er kicherte, wurde aber gleich wieder ernst. »Dies ist Ihre Zeit. Die Dämmerung. Ich dachte, wenn Sie heute noch einmal vorbeischauen, dann in der Dämmerung.«

»Sie wissen mir manchmal ein bisschen zu viel, Mister Kerrigan.«

»Ich kann mich ein wenig dumm stellen, wenn Ihnen das mehr behagt, Miss Leslie.«

Sie überlegte. »Nein, vielen Dank. Ein freundliches Angebot, aber so ist es mir lieber, glaube ich.«

»Sehr verbunden.«

»Sie wissen, weshalb ich hier bin?«, erkundigte sie sich.

Seine scharfen kleinen Augen funkelten. »Ich ahne es. Aber bitte – erzählen Sie.«

»Ich möchte meine Schwester sehen«, sagte sie unumwunden.

Der Kerrigan nickte bedächtig. »Ihre Schwester«, sagte er.

»Ich denke, ich kann sie so nennen«, sagte sie, schärfer als beabsichtigt.

»Oh, das können Sie mit Sicherheit. Ihre Verbindung reicht tiefer, als man das von normalen Schwestern behaupten könnte, möchte ich meinen.«

Vorsichtig pustete Leslie über den Tee und nippte daran. Er war genau richtig, stark und süß und heiß. »Ich glaube, dass sie unsere Mutter sehen sollte«, sagte sie und stellte den Tee ab. Ruhig erwiderte der Kerrigan ihren Blick.

»Es wird nicht besser mit ihr«, fuhr Leslie unbeirrt fort. »Sie sehnt sich nach ihrem verlorenen Kind. Niemand kann es ihr ersetzen. Erst recht nicht ich. Und … ich weiß, ich verlange viel. Ich weiß nicht einmal, ob es möglich ist. Aber wenn wir davon ausgehen, dass es eine Verbindung zwischen meiner Schwester und mir gibt, dann spüre ich möglicherweise, wie es ihr geht. Ich möchte nicht behaupten, dass Sie sich schlecht um sie gekümmert haben, ganz sicher nicht. Aber sie ist und bleibt trotz allem doch ein Mensch. Und ein Mensch braucht Menschen um sich. Ich weiß, dass Sie sie nicht zurückgeben können. Aber ein Ausflug, ein Besuch ... einmal ihre richtige Mutter sehen. Meinen Sie nicht, das wäre möglich? Meinen Sie nicht, das würde ihr helfen?«

»Hm-hm«, machte der Kerrigan. »Helfen. Sie sind also der Meinung, sie brauche Hilfe, Ihre Schwester, Miss Leslie?«

»Wir hatten uns doch darauf geeinigt, dass Sie sich nicht dumm stellen«, erwiderte sie. »Der Tee ist übrigens sehr gut.«

»Vielen Dank.«

»Sie braucht Hilfe, nicht wahr?«, fragte sie. »Es geht ihr nicht gut. Sie ist wütend. Sie ist müde. Sie ist einsam. Ich spüre es. Sie wissen es doch auch?«

Lange hielt der Kerrigan ihrem Blick stand. Dann schaute er aus dem Fenster. »Wir haben uns gut um sie gekümmert.«

»Das weiß ich.«

»Wir haben ihr alles gegeben, was sie wollte. Sie hat mit Feen gespielt. Sie hatte eine Wiege aus Gold. Wir haben sogar Weihnachten mit ihr gefeiert, obwohl das, wenn diese Offenheit gestattet ist, ein furchtbar albernes Fest ist. Aber Menschenkinder lieben es. Wir haben sie mit Geschenken überhäuft.«

Stumm nickte Leslie, in ihrer Kehle steckte ein dicker Klumpen.

»Wir haben ihr zu essen gegeben, was immer sie wollte«, fuhr er fort. »Ihr Geschichten erzählt. Ihr alles erlaubt.«

»Alles – bis auf Besuche in der Menschenwelt«, sagte sie leise. »Sie muss sich im Traum hinausstehlen, ist es nicht so?

Nur in ihren Träumen kann sie die Welt besuchen, der sie entstammt. Das ist es doch, wie die Schwarze Banshee entstanden ist. Sie lassen sie nicht hinüber, wenn sie wach ist.«

»Weil es gefährlich ist! Miss Leslie, Sie verzeihen mir hoffentlich, wenn ich das so direkt sage, aber die Sterblichkeit, sie klebt hier in jedem Winkel. Ich halte das aus, ich bin nicht sterblich. Trotzdem zieht sie manchmal an mir. Ihre Schwester – sie würde sehen, wie hier alles altert. Wie sich alles verändert. Dreimal hat sie die Menschenwelt besucht, zweimal gegen unseren ausdrücklichen Willen. Von jedem dieser Besuche ist sie verändert zurückgekehrt. Sie ist nicht mehr das unschuldige Kind, das sie einmal war. Sie trägt Gift in sich. Schleichendes Gift. Traurigkeit. Und die Traurigkeit erinnert ihren Körper daran, dass er aus Fleisch und Blut ist. Sterblich.«

Zu ihrer Überraschung spürte Leslie Tränen in ihre Augen steigen. »Sie ist traurig?«

»Ja.« Die dunklen Augen des Leprechauns brannten anklagend. »Sie ist traurig. Können Sie mir erklären, weshalb? Sie hat alles, was ihr Herz begehren könnte. Wir haben ihr sogar die Burg gebaut, die sie haben wollte. Sie residiert dort drüben wie eine Königin. Sie *ist* eine Königin. Eine Prinzessin. Ist es nicht das, was kleine Menschenmädchen sein wollen – eine Prinzessin?«

»Sie ist kein kleines Mädchen mehr«, sagte Leslie leise.

»In der Tat«, stimmte ihr der Leprechaun zu, plötzlich ganz nüchtern. »Das ist sie nicht mehr. Die Sterblichkeit ist in ihre Seele gesickert. Wir haben versucht, sie von ihr fernzuhalten. Aber wir haben versagt. Sie ist traurig. Sie ist zornig. Sie ist einsam. Mit alldem haben Sie Recht, Miss Leslie.« Er musterte sie spöttisch. »Und Sie glauben, ein Besuch bei ihrer Mutter würde helfen? Würde die Traurigkeit Ihrer Schwester besänftigen? Die Sehnsucht nach Sterblichem stillen, die unbändige Neugier? Den Zorn um dessentwillen, was ihr genommen wurde und nicht zurückgegeben werden kann, bannen? Hm? Glauben Sie das wirklich?«

Unterschätz den verdammten Kobold nicht, hatte Gin gesagt. *Mir ist nicht wohl dabei. Einen Kobold lügt man nicht an. Nicht einen Leprechaun. Nicht, weil es moralisch falsch wäre, o nein, ganz im Gegenteil. Sondern deshalb, weil er es spürt. Das verlogene Pack hat die Lüge erfunden, und es erkennt sie auf zweihundert Meter im Stockdunkeln. Nimm dich bloß in Acht. Das dreckige Pack kennt das menschliche Herz besser, als du denkst.*

Aber ihr Herz war nicht menschlich. Das, was sie vorhatte, war es auch nicht. Fest schaute sie ihm in die Augen. »Die Liebe einer Mutter, Mister Kerrigan, vermag mehr, als Sie glauben. Sie kann heilen, was unheilbar scheint. Und der Anblick eines verloren geglaubten Kindes, das lebt, kann das Herz einer Mutter heilen. Ja, ich glaube, dass diese Begegnung heilsam wäre. Für sie beide.«

Ihr war schlecht. Aber sie ließ sich nichts anmerken. *Glaube es selbst, wenn du lügst,* dachte sie. Das hatte ihr Alasdair einmal gesagt, vor langer, langer Zeit. Bevor er erfahren hatte, wer sie war. Was sie war. Damals, als er noch ihr Bruder gewesen war.

Mit geneigtem Kopf betrachtete der Leprechaun sie. Das Licht hatte sich nicht verändert, aber jetzt fiel es ganz anders auf seine Züge und ließ die wulstigen Augenbrauen hervortreten, die gewölbten Wangenknochen, die scharf geschnittene Nase. Seine Ohren waren lang und spitz. Die Augen schwarz, allerdings mit Weiß ringsum. Fast menschlich.

»Miss Leslie«, tadelte er milde. »Nun kennen wir uns schon so lange. Und Sie halten es noch immer für nötig, mich anzuschwindeln.«

Ihr Herz setzte einen Schlag aus.

»Wir hatten uns doch darauf geeinigt«, fuhr er leise fort, »dass ich mich nicht dümmer stelle, als ich bin, richtig?«

Stumm nickte sie. Ihr Mund war trocken. Die Kerrigans lasen mitunter Gedanken, aber nur solche, die sich ganz an der Oberfläche befanden. Hatte sie nicht genug aufgepasst?

»Ich halte mich an Vereinbarungen«, sagte er. »Immer.«

»Immer«, wiederholte sie.

Eine der Vereinbarungen war, dass kein Kerrigan jemals Hand an ein Mitglied der Familie MacGregor legte. Und sie trug den Namen MacGregor. Sie war ein Mitglied der Familie MacGregor. Sie war sicher. Vor ihm jedenfalls.

Unwillkürlich lauschte sie nach draußen. Lauschte, ob sich dort etwas regte. Ein dunkler Schatten. Eine liebliche Stimme. Eine Frage. Ihre Schwester wusste im Traum nicht, was sie tat.

»Miss Leslie«, riss seine Stimme sie in die Gegenwart zurück. »Sie schauen drein, als hätten Sie Angst vor mir. Ist das so?«

Sie schaute ihn an. »Ich weiß es nicht genau«, gestand sie. »Ganz sicher bin ich mir schon lange nicht mehr, wem ich trauen kann und wem nicht.«

»Das bedauere ich sehr.« Langsam wanderte sein Blick an ihr hinunter und wieder hinauf. »Sie sind wie eine Tochter für mich. Sicher, genau weiß ich nicht, was das heißt – eine Tochter, ein Vater. Aber so viel oder wenig ich davon verstehen mag, ich weiß doch, dass ich Zuneigung verspüre. Ich verabscheue es, wenn es Ihnen nicht gutgeht. Ich freue mich, wenn Sie fröhlich sind. Angst, Miss Leslie, steht Ihnen nicht gut.«

Sie schluckte und richtete sich auf. »Sie wissen also sehr genau, weshalb ich hier bin, Mister Kerrigan.«

»Ja, Miss Leslie. Ich bilde mir ein, ich weiß es genau.«

»Und weshalb lassen Sie mich dann erst so viel erzählen?«

»Weil ich hören wollte, mit welcher Geschichte Sie mir kommen. Mit welchem Vorwand. Mit welchem Märchen. Oh, schauen Sie doch nicht so. Es ist eine gute Geschichte. Ich bin, muss ich gestehen, ein wenig stolz auf Sie. Die Mutter, die Tochter, die Heilkraft der Liebe – eine sehr menschliche und sehr rührende Geschichte. Sie gefällt mir ausnehmend gut, und Sie haben sie mit Überzeugungskraft vorgetragen.«

Leslies Knochen schmerzten. Das Herz arbeitete schwer, um das stockende Blut durch die Adern zu treiben. Sie fühlte sich wie festgewachsen, auf dem Fleck festgebannt vom bohrenden Blick des Kobolds.

»Sie möchten dorthin, wohin Sie zu gehören glauben«, stellte er sachlich fest. »Fort aus der Menschenwelt und nach … wie nennen Sie es? Nach *drüben*. Als Tauschpfand. Für die Freiheit Ihrer Schwester, die Sie gefangen glauben.«

»Ist sie es nicht, Mister Kerrigan?«, fragte Leslie leise. »Niemand hat sie gefragt, ob sie es möchte – ihrer Mutter entrissen werden und in der Feenwelt leben.«

»Viele träumen davon«, wandte er ernst ein.

»Und für die meisten ist es gut, dass es ein Traum bleibt«, sagte sie fest. »Ein menschlicher Verstand verträgt es nicht.«

Langsam nickte er. »Ein Standpunkt, den ich lange geteilt habe. Dann glaubte ich, wenn man es nur richtig anstellt, dann könne man ein Menschenkind leicht glücklich machen. Sie sind mit so wenig zufrieden, dachte ich, ein wenig buntes Geflatter hier, ein bisschen Tand, Spiel und Muße und kein Schmerz, keine Angst, keine Krankheit. Wenn man von ihnen fernhält, was an unserer Welt weniger schön ist, so dachte ich, wenn man sie beschützt vor den dunkleren Geschöpfen, dann ist es ein leichtes, ein schönes Dasein.«

»Und Sie haben Ihre Meinung geändert.«

»Ich müsste blind sein, um es nicht zu tun. Es ist ein schmerzliches Eingeständnis, aber etwas in der menschlichen Seele scheint den Schmerz zu brauchen. Die Dunkelheit. Dinge, die weniger schön sind. Die Sterblichkeit lässt sich nicht aus der menschlichen Seele verbannen, weil sie in ihr selbst liegt. Sie wächst dort und breitet sich aus. Spüren Sie die Sterblichkeit, Miss Leslie?«

Um nicht gleich antworten zu müssen, nippte sie an ihrem Tee. »Ja«, gestand sie dann ein. »Sie ist in meinen Knochen, meinem Blut, meinen Eingeweiden. Ja, ich spüre sie, Mister Kerrigan.«

»Haben Sie Sehnsucht danach? Nach dem Tod?«

Heftig schüttelte sie den Kopf. »Es ist eher wie eine Krankheit.«

»Ja. Ja, das mag sein.« Er seufzte. »Wie stellen Sie es sich vor – Sie und Ihre Schwester, wie sollen Sie die Plätze tauschen?«

Unsicher zuckte Leslie mit den Schultern. »Wir – wir tauschen einfach. Ich gehe nach drüben. Sie geht nach Hause.«

»Eine Schwester für die andere«, sagte er leise.

»Ist es nicht möglich?«, fragte sie. Ihre Stimme war kaum hörbar. Vielleicht, weil sie die Frage nicht stellen wollte, aus Angst vor der Antwort. Und die Antwort, die sie nicht hören wollte, kam: »Nein.«

»Und weshalb nicht?«, begehrte sie auf. »Weil Sie sie nicht hergeben wollen? Weil Sie unbedingt ein Menschenkind wollen, ganz gleich, wie es ihm drüben geht?«

»Miss Leslie«, sagte der Kobold und lächelte nachsichtig. »Ich muss mich doch sehr wundern. Sie sind doch mit all den Geschichten aufgewachsen, mit all dem Wissen um die Gesetze und Regeln, nach denen das Zusammenspiel zweier so unterschiedlicher Welten funktioniert. Sie müssen doch wenigstens einmal darüber nachgedacht haben, was geschieht, wenn Ihre Schwester unsere Welt verlässt – nach all der Zeit.«

»Wovon sprechen Sie?«, fragte Leslie erstaunt. »Es sind genau achtzehn Jahre.«

»Zeit.« Das Gesicht des Leprechauns verzog sich abfällig. »Ihre Schwester, Miss Leslie, ist kaum gealtert. Sie lebt im Körper eines drei- oder vierjährigen Kindes. Das ist ein Zeichen ihrer Sterblichkeit – sie hätte *gar nicht* altern dürfen. Und doch hat sie es getan. Recht langsam für Ihre Maßstäbe, aber sie ist gewachsen. Sie ist älter geworden, so unmöglich es zu sein scheint. Durch die Verbindung zu Ihrem Vater und Ihrem Bruder? Durch die Sehnsucht, die sie empfindet? Durch ihre Ausflüge, wenn auch nicht in ihrem Körper, so doch in ihren Träumen? Wir wissen es nicht zu sagen. Wir wissen nur, dass sie gealtert ist – durch den bloßen Kontakt mit dieser Welt.« Mit einer etwas abfälligen Geste umfasste er Glenshee, Schottland, Großbritannien, die ganze Welt der Menschen. »Sie kennen die Geschichten von Sterblichen, die in einen Feenhügel gehen und dort eine Nacht verbringen, um zu tanzen. Am nächsten Morgen verlassen sie den Feenhügel wieder und gehen nach Hause. Doch dort wohnen Fremde. Und als sie nachfragen, wo ihre Familie stecke, erfahren sie, dass sie seit Jahrzehnten, wenn nicht gar seit Jahrhunderten tot ist.«

An Leslies ganzem Körper breitete sich stechend Gänsehaut aus, kein sanfter Schauder, sondern ein Gefühl, als stießen Nadeln durch ihre Haut.

»Und was geschieht dann mit ihnen, wenn sie das begreifen müssen?«, erkundigte sich der Leprechaun sanft.

»Ihr Körper altert«, sagte sie wie eine brave Schülerin. »Sie altern in Sekundenschnelle und zerfallen zu Staub.«

»Richtig.«

»Aber meine Schwester – sie ist nicht seit Jahrhunderten drüben, sondern seit achtzehn Jahren. Wenn sie begreift, wenn sie aus ihrem Traum erwacht – dann wird sie achtzehn Jahre alt sein. Sie zerfällt nicht zu Staub. Sie ist achtzehn Jahre alt!«

»Sie verstehen nicht, wie die Zeit zwischen den Welten funktioniert«, stellte er fest. »Die Geschichten über die Menschen in den Feenhügeln – das sind Geschichten. Sie haben einen wahren Kern, aber es sind nur Geschichten. In Wirklichkeit verhält es sich andersherum.«

»Was meinen Sie damit?«, fuhr sie ihn an. »Was heißt das, andersherum?«

Zu ihrer Erleichterung antwortete er ohne Umschweife. »Ihre Schwester hat nicht achtzehn traumverlorene Jahre hinter sich, die in ihrer Erinnerung auf eine einzige Nacht zusammenschrumpfen. Das Gegenteil ist der Fall. Sie hat Jahre damit verbracht, einen einzigen Atemzug zu tun. Sie hat beobachtet, wie ein Baum wächst, von Anfang bis Ende – und sich dafür mehr Zeit genommen, als einem gewöhnlichen Menschen überhaupt zur Verfügung steht. Zeit ist bei uns im Übermaß vorhanden, Miss Leslie. Sie ist nicht begrenzt. Sie hat keine Folgen, denn sie wird uns nicht geizig zugemessen. Man nimmt sich davon, so viel man nur mag. Und Ihre Schwester hat aus dem Vollen geschöpft. Ich kann nur schätzen, welches Gewicht mit einem Mal auf ihren Schultern läge, wenn sie hier herüberkäme und von ihr eingefordert wird, was sie so bedenken- und reuelos verbraucht hat. Wir haben ihr von allem so reichlich gegeben, wie sie nur wollte. Und das, was sie vor allem wollte, war Zeit.«

Leslies Magen war kalt und schien einen eigenen Herzschlag zu besitzen. Sie wartete.

»Zweihundert Jahre werden es schon sein«, sann er. »Vielleicht auch dreihundert. Ich zähle die Jahre nicht. Aber es sind mit Sicherheit nicht viel weniger. Wie lange beträgt noch einmal die Lebensspanne eines Menschen, Miss Leslie?«

Ein Jammerlaut hallte durch das Eckzimmer. Natürlich entstammte er Leslies eigener Kehle, aber ihr war, als hätte ein anderer ihn ausgestoßen. »Dann kann sie nicht zurück«, flüsterte sie. »Alasdair hat Recht. Es gibt keine Möglichkeit. Sie kann nicht zurück! Sie würde sterben, richtig? Sie würde einfach zu Staub zerfallen. Es gibt keine Möglichkeit!«

»Ach, Miss Leslie«, begütigte der Kerrigan freundlich. »Nun verzweifeln Sie doch nicht gleich. Das, was Ihnen vorschwebte, das ist tatsächlich nicht machbar. Aber es gibt doch immer mehr als nur eine Möglichkeit. Man muss sich nur ein wenig Mühe geben. Man muss nur ein wenig nachdenken.«

Wie gebannt hing sie an seinen Lippen. Sie merkte es selbst, und sie wollte es nicht, aber gegen ihren Willen lauschte sie ihm mit der Inbrunst einer Todgeweihten, die auf einmal hört, dass doch Hoffnung bestünde. »Und welche Möglichkeit gäbe es?«, fragte sie, als er keine Anstalten machte, weiterzusprechen.

»Wenn sie hier herüberkäme«, sagte er, »dann bräuchte sie einen Körper, der sich nicht daran erinnert, dass er seine Zeit längst überschritten hat. Einen Körper, der die ihm zugemessene Zeit noch nicht aufgebraucht hat.«

»Einen Körper«, wiederholte sie. Ihre Gedanken rasten. Langsam strich sie mit den Händen, mit ihren kleinen Händen mit den etwas krummen Fingern, über ihren Leib. Über Schultern, flache Brust, Bauch und Hüften. »Einen Körper.«

»Richtig«, lobte er. »Sie verstehen schnell.«

»Aber ... wie ist das möglich? Ich habe noch nie gehört ...«

Mitleidig betrachtete er sie. Sie verstand. Dass sie nämlich nichts verstand. Nichts von der Feenwelt, die ihr immer als ihr eigentliches Zuhause erschienen war. Sie wusste viel weniger, als sie geglaubt hatte. Es war also möglich, die Körper zu tauschen. Einfach so.

»Natürlich nicht einfach so«, rügte er. »Es wäre nicht möglich, sie in einen gewöhnlichen Körper zu stecken. Und einen sterblichen Geist in einen Leib zu stecken, der längst zu Staub zerfallen sein müsste, das wäre ebenso wenig machbar. Aber in Ihrem Fall, dem Ihren und dem Ihrer Schwester, meine liebe Miss Leslie, liegen die Verhältnisse ja nun einmal anders.«

Sie starrte ihn an. Sein roter Bart, die schwarzen Augen, sein ruhiger Blick. Als habe er seit langer Zeit darauf gewartet, ihr diese Möglichkeit zu offenbaren.

»Das habe ich tatsächlich«, sagte er. »Aber mich hindert ein Passus im Vertrag mit Ihrem Vater, solche Möglichkeiten zu erörtern, solange mich niemand fragt. Tatsächlich warte ich bereits seit einiger Zeit darauf, dass Sie sich mir anvertrauen, Miss Leslie. Ich habe Sie ja beobachtet. Ich sehe, wie Ihnen Glenshee am Herzen liegt. Im gleichen fast unvernünftigen Übermaß wie uns Kerrigans, wenn ich das so ausdrücken darf. Sie sind ein Kind Glenshees, wie wir es sind. Ein Teil des Tals. Untrennbar verbunden mit seinem Geschick. Ihr Vater? Er ist fort.« Geringschätzig verzog er die ausdrucksvollen Züge. »Ihr Bruder ist von persönlichem Ehrgeiz getrieben. Und Ihre Schwester … nun, trotz all der Zeit ist sie ein Kind geblieben. Und sie versteht nur sehr begrenzt die Bedingungen der Menschenwelt, die zu verstehen für das Überleben Glenshees jedoch leider bitter nötig ist. Sie hingegen, Miss Leslie – Sie sind ein Kind beider Welten. Sie verstehen. Sie verstehen sowohl die Bedingungen dort draußen – hier – als auch die Wichtigkeit des Tals. Seiner Seele. Sie betrachten es nicht nur als Ressource. Sie wissen, dass es lebt. Dass es ein Wesen hat. Dass man es hegen und pflegen muss, damit ihm kein Schaden zustößt.« Feierlich nahm er den Hut ab und blickte sie treuherzig an. Ihr Herz schlug so wild, dass sie glaubte, hin und wieder kurze Aussetzer zu spüren.

»Es wäre eine Lösung für uns alle, Miss Leslie, wenn Sie uns die Ehre antäten, den Platz mit Ihrer Schwester zu tauschen. Eine Lösung, die weit darüber hinausgeht, die Seele Ihrer Schwester zu retten. Es wäre eine Lösung, um das Tal zu erhalten, das wunderschöne und einzigartige Tal von Glenshee, das Sie als Einzige ebenso sehr lieben wie wir Kerrigans.« Er zögerte. »Und ich könnte Ihre Hilfe wirklich gebrauchen.« Das Eingeständnis kam ihm offensichtlich nur schwer über die Lippen.

»Sie?«

»Ich bin der Letzte.« Er lächelte. »Sie sitzen hier, Miss Leslie, und trinken Tee mit dem letzten der Kerrigans in Glenshee.«

»Aber«, sagte sie verwirrt, »Sie sind doch … wo sind denn dann die anderen?«

»Fort.« Er setzte seinen Hut wieder auf und klopfte einmal kräftig darauf. »In aller Welt. Der Letzte ist im vergangenen Abschlussjahr fortgegangen, mit einem der Absolventen aus dem erlauchten Kreis, den Sie den Zirkel nennen. Oh, zu Recht, muss ich anfügen. Ein ausgesprochen vielversprechender junger Mann. Ihm einen Pixie oder etwas vergleichbar Albernes an die Seite zu stellen, wäre einer Beleidigung gleichgekommen. Nichtsdestotrotz – ich bin der Letzte aus unserem Clan, der noch hier in Glenshee ist. Nun schauen Sie doch nicht so erschrocken drein.« Spöttisch hob er die dichten Brauen.

»Ich wusste nicht«, sagte sie, »dass Sie … dass Sie …«

»Dass unsere Zahl begrenzt ist? Ich weiß. Auch Ihr Vater hat nie darüber nachgedacht. Offenbar scheint Ihre Familie der Ansicht zu sein, dass wir Kerrigans an den Bäumen wachsen und immer, wenn einer von uns fortgeht, einfach einen neuen pflücken.«

Leslie war wie betäubt. »Das heißt …«

»Das heißt, über kurz oder lang wird es Probleme an der Schule geben.« Er nickte.

»Weiß Vater das?«

»Er ist zu beschäftigt«, erwiderte der Kerrigan und winkte ab. »Viel zu beschäftigt. Wir arbeiten auch an einer Lösung. Aber in der sich anbahnenden Krise ist es in der Tat … unhaltbar, wenn Ihre Schwester im Traum als Schwarze Banshee die Schüler des Internats hetzt. Oder wenn sie versucht, Schüler ins Moor zu entführen.«

»Davon wissen Sie also auch«, stellte Leslie matt fest.

»Oh«, sagte er, seine Augen funkelten. »Ich weiß wirklich das meiste, was hier im Tal vorgeht. Bei aller Bescheidenheit, Miss Leslie, aber ich bin recht gut informiert.«

Zitternd holte sie Luft und stieß sie wieder aus. »Ich muss nachdenken.«

»Ich verstehe. Das ist alles etwas neu für Sie. Sie wollen sich sicher auch besprechen.«

»Ich möchte einen Vertrag.«

Gins Stimme hallte in ihr nach – *trau ihm nicht. Trau ihnen allen nicht. Mit Kobolden macht man keine Geschäfte.*

»Einen Vertrag.« Er hob die roten, struppigen Brauen.

»Richtig. Einen bindenden Vertrag über Ihre Mithilfe bei dem … Austausch. Darüber, wie es in Zukunft vonstatten gehen soll. Einen Vertrag über unsere künftige Zusammenarbeit.«

Kurz glaubte sie, er würde zornig aufbrausen angesichts ihres Misstrauens. Aber nein, er lächelte erfreut. »Ein Mädchen nach meinem Geschmack!«, rief er aus. »Sie sind ganz nach meinem Herzen. Einen Vertrag wollen Sie also – Sie sollen ihn haben! Bedenken Sie nur, dass wir uns beeilen sollten, denn man weiß nicht, was Ihre Schwester anstellen wird, und während wir hier schwatzen, vergeht drüben möglicherweise mehr Zeit, als Sie es sich vorstellen können. Einen Vertrag – prächtig! So lange habe ich keinen Vertrag mehr abgeschlossen, das ist ja eine ganz herrliche Vorstellung! Laufen Sie, Miss Leslie – laufen Sie und besprechen Sie sich nach Herzenslust. Und ich werde in mich gehen und überlegen, wie wir es am besten anstellen. Wann treffen wir uns, um die Bedingungen auszuhandeln?«

»Morgen Abend«, sagte sie, ohne weiter nachzudenken.

»Prächtig!«, rief er aus. »Hier?«

Sie schüttelte den Kopf. »In Mariah Logans Haus. Es steht ja jetzt leer. Nach Sonnenuntergang.«

»Eine Stunde vor Mitternacht«, sagte er. »Dann haben wir eine Stunde, um die Bedingungen zu klären. Ein Vertrag muss um Mitternacht besiegelt werden – eine alberne, eine peinliche Regel, aber eine, an die ich mich zu halten habe.«

»Mir auch recht«, sagte sie.

Er streckte eine Hand aus. »Das ist ein Wort.« Erleichtert sah er aus, als wäre ihm eine schwere Last von den Schultern gefallen. Als habe er tatsächlich schon lange darauf gewartet, dass sie ihn endlich ansprach und um Hilfe bat. Da war noch ein wenig Zögern in ihrer Bewegung, als sie seine ausgestreckte Hand ergriff, aber sie tat es, und seine Hand, so klein sie war, fühlte sich erstaunlich groß und kräftig an in der ihren.

»Da wäre noch eine Kleinigkeit, Miss Leslie«, sagte er, ehe er ihre Hand losließ.

An ihrem plötzlich beschleunigten Herzschlag merkte sie, wie nervös sie war. »Und zwar?«

»Der Tausch. Er erfordert einen Anker.«

»Einen was?«

»Einen Anker. Sie müssen einen Menschen mitbringen, der Ihren Anker zur Welt der Menschen darstellt. Sonst können Sie das andere Glen, wie Sie es nennen, nicht betreten. Beziehungsweise: Sie können es nicht wieder verlassen, wenn Sie erst einmal drüben sind, falls es anders läuft als geplant und Sie wieder zurückkehren möchten. Sie dürfen nicht vergessen, dass Ihre eigenen Bindungen an die Menschenwelt zerbrechlich sind.«

»Einen Anker«, wiederholte sie.

»Richtig, Miss Leslie. Einen Anker. Wissen Sie schon, wer Sie begleiten soll? Miss McGowan wäre Ihre erste Wahl, nehme ich an?«

Leslie nickte zögerlich. »Ich weiß nur nicht, wie begeistert sie darüber sein wird.«

34 NACHRICHT VON LESLIE

Es war ein gutes halbes Dutzend Windgeister, die sich an diesem Vormittag auf der Aschenbahn um ihn scharten. Deutlich spürte er die Leichtigkeit, die sie mit sich brachten, die ihr Jubeln und Sausen ihm schenkte, und er erkannte das Gefühl deutlich, auch wenn es nie zuvor so stark gewesen war. Auch zu Hause hatte er es gespürt, wenn er lief. Gab es in Hamburg ebenfalls Feenwesen? Gab es dort Windgeister? Er hatte nicht vor, über Weihnachten nach Hause zu fahren, also würde er nicht nachschauen können. Noch nicht. Aber irgendwann. Bei der Vorstellung, in der vertrauten Stadt Geschöpfe zu entdecken, die er allenfalls gespürt hatte – wenn überhaupt –, aber noch nie gesehen, wurde ihm ganz anders. Auf einmal war Hamburg groß und fremd, nicht mehr klein, eng und drückend. Was für Wesen würden sich am Hafen herumtreiben? Welche im Industriegebiet, wenn es dort überhaupt welche gab? Und was, wenn er ganz Hamburg durchstreifte und kein einziges Wesen fand, das er nicht auch schon vorher gesehen hatte? Aber das konnte nicht sein. Zu eindeutig kannte er das Sausen in seinem Verstand, den Rausch, den das Entzücken der Windgeister in ihm auslöste. Nur war es hier in Schottland ungleich stärker als je zuvor, und seit er sie sah und hörte, kam ihm die frühere Euphorie beim Laufen vor wie ein schwaches Echo.

Trotz der Windgeister lief Benny weiter, als ob nichts wäre, sagte nichts, zuckte mit keiner Wimper. Erstaunlich, wie schnell man sich an so etwas gewöhnte. Na, vielleicht war *gewöhnen* das falsche Wort, aber die Welt wankte nicht mehr, wenn er daran dachte, dass es mehr gab, als er noch vor kurzem gesehen oder gewusst hatte. Nur dann, wenn er allzu intensiv darüber nachdachte, dann wurde ihm schwindelig, und er griff nach irgendetwas Solidem, nach einer Mauer oder einem Holzzaun oder notfalls seiner eigenen Schulter, um sich davon zu überzeugen, dass er nicht träumte.

Er beendete die Aufwärmrunden. Mister Bane winkte ihn zur Bank heran und fragte ihn, ob er Lust habe, an den Wettkämpfen teilzunehmen. Neill Graham, der es hörte, strahlte – die Frage war eine große Ehre, und er schien beschlossen zu haben, dass Benny seine Entdeckung sei und somit jede Ehre, die ihm zuteilwurde, auch auf ihn, Graham, abfärbte. Ihre Enttäuschung, als sie erfuhren, dass er dieses Jahr für jegliche Ausflüge und Wettkämpfe gesperrt war, überraschte ihn, und mehr noch, dass er selbst traurig darüber war.

Trotzdem dachte er für den Rest des Tages kaum noch daran. Er dachte an Leslie. An dieses kleine, blasse Ding mit den prächtigen Ohren, das hinübergehen wollte in eine Welt, die er sich nicht einmal ansatzweise vorstellen konnte. Und an ein anderes Wesen, das dafür herüberkommen sollte. Ganz konnte er es nicht erfassen, nicht ganz begreifen, es kam ihm vor, als sei er in die Handlung eines Films verwickelt worden, dessen Schauspieler die Spezialeffekte und ihre Rollen ausgesprochen ernst nahmen. Und er dachte an heute Nacht. Vor allem an heute Nacht.

Um halb elf, hatte sie gesagt. *Um halb elf an der Brücke. Grau holt dich ab. Sieht so aus, als bräuchte ich dich doch.*

Nach dem Sport und nachdem er sich umgezogen hatte, war er allein auf dem Weg zur Werkstatt, zum Technikunterricht, den beiden letzten Stunden vor dem Mittagessen. Die Nähe des Moors bereitete ihm Unbehagen, jetzt, wo er ahnte, was sich dort herumtrieb, aber zugleich zog es ihn auch an.

Zuerst hörte er die zerbrechliche Stimme nicht, die nach ihm rief, als er gerade durch den Durchbruch in der Mauer in die Gärten gehen wollte, die zu dieser Jahreszeit kahl und etwas trostlos wirkten, aber trotzdem sehr akkurat gepflegt.

»Warte doch!«, drang es dann doch an sein Ohr. Überrascht drehte er sich um, sah aber nichts.

»Hier unten!«, keuchte das Stimmchen. Benny schaute nach unten und sah ein winziges, staubbraunes Männchen in aberwitziger Geschwindigkeit an der Mauer emporklettern. Die Glieder waren lang und dürr, es hatte etwas Spinnenartiges an sich. »Heißt du Benny, oder?«, wollte es wissen, zog sich auf einen kleinen Vorsprung hinauf und schaute ihm etwa aus Brusthöhe ins Gesicht. Die Augen waren blank und neugierig.

»Äh – ja«, sagte Benny und schaute sich um. Plötzlich wurde ihm bewusst, dass er den Kleinen von Rechts wegen eigentlich gar nicht hätte sehen dürfen.

»Leslie schickt mich«, japste der Kleine. »Sie will mit dir sprechen. Sie sagt, du weißt schon, weshalb.«

Vor Erleichterung stieß Benny einen tiefen Seufzer aus. »Leslie. Ja. Aber ich weiß doch schon Bescheid.«

»Wirklich?« Die Augen des Kleinen wurden riesengroß, vor Schreck zuckte Benny zurück.

»Oh!«, rief der Kobold, oder was immer es sein mochte. »Das ist sehr gut!« Er klatschte in die Hände. Dann schaute er sie nachdenklich an, als fielen sie ihm jetzt erst auf, und ballte eine davon zur Faust. »Konzentrieren«, mahnte er sich selbst. »Pass auf, pass auf, pass auf. Eins: Benny heißt er.« Einer der winzigen, langen Finger streckte sich. Verwundert betrachtete Benny ihn.

»Zwei«, zählte der Kleine und streckte den zweiten Finger aus. »Leslie schickt mich.«

»Das hast du schon gesagt«, half Benny aus und starrte das winzige Ding fasziniert an. Das war noch mal etwas anderes als die Windgeister. So nah und so wirklich. Er sah aus, als könne man ihn anfassen. Und vermutlich konnte man das auch. Sogar Kleidung trug er, wenn auch schäbige – zerfetzte kurze Hosen und ein Hemd. Weder Schuhe noch Hut, die Kleidung war von derselben Farbe wie seine staubig braune Haut.

Der Kleine zischte ihn an. »Still. Drei«, der dritte Finger folgte: »Du weißt Bescheid, warum.«

»Ja.« Benny nickte. »Aber danke trotzdem.«

»Vier!«, rief der Kleine und streckte den Daumen aus. Benny stellte fest, dass er nur drei Finger und einen Daumen an jeder Hand besaß. »Nach dem Abendessen an der Brücke. So!« Jetzt strahlte er Benny an. »Alles gesagt! An alles gedacht!«

»Nach dem Abendessen?«, wiederholte Benny überrascht. »Aber – eigentlich wollten wir uns später treffen. Bist du ganz sicher?«

»Sicher!«, nickte der Kleine. »Ganz sicher. Eins: Benny heißt er. Zwei: Leslie schickt mich. Drei …«

»Schon gut, schon gut«, beruhigte ihn Benny. »Ich glaube es dir ja. Also nach dem Abendessen an der Brücke.«

Sorgfältig wiederholte der Kleine seine Fingerzählerei und nickte dann, als er zum Daumen kam. »Nach dem Abendessen an der Brücke. Genau, genau!«

»Okay. Hat sie gesagt, weshalb? Also – weshalb früher?«

Große Augen starrten ihn verständnislos an. »Wer?«

»Na, Leslie. Hat sie gesagt, warum wir uns früher treffen?«

Blinzeln. Dann ein Seufzen und ein gemurmelter Fluch, der erstaunlich unflätig klang. »Eins«, fing der Kleine wieder an, diesmal schrie er fast. »Benny heißt ...«

»Ist schon gut!«, rief Benny. »Ist gut! Ich habe verstanden. Ich frage sie einfach selbst. Vielen Dank für deine Nachricht.«

»Pfffft«, machte der Kleine, sprang von der Mauer und verschwand um die Ecke. Etwas dümmlich schaute Benny ihm hinterher.

»Führst du Selbstgespräche?«

Vor Schreck zuckte Benny heftig zusammen und fuhr herum. Hinter ihm stand Oliver und betrachtete ihn belustigt.

»Äh ... ich ... Spanisch.«

»Spanisch?«

»Ja. Ich ... wiederhole Vokabeln. Hänge echt hinterher.«

»Klang nicht spanisch.«

»War's aber.«

»Dann weiß ich nicht, wozu man Spanisch lernt, wenn es genauso klingt wie Englisch. Ist aber praktisch, finde ich. Dann ist es ja nicht besonders schwierig.«

»Ich ... ich wiederhole immer alles nebeneinander, sozusagen. Also erst auf Englisch, dann auf Spanisch. Dann kann ich es mir besser merken.«

»Aha.« Oliver hob eine Braue. Nur eine. Das hatte Benny fast ein halbes Jahr lang vor dem Spiegel geübt, bevor er erfahren hatte, dass die Fähigkeit dazu angeboren war, und es aufgegeben hatte. »Kannst du das auch mit der anderen Seite?«, erkundigte er sich, um seinen Schreck zu überspielen.

Oliver hob die andere Braue.

»Cool«, befand Benny.

»Wir sind spät dran.« Oliver grinste schief. »Kommst du? Oder willst du lieber noch ein paar Vokabeln in den leeren Garten schreien?«

»Nein«, erwiderte Benny würdevoll. »Ich bin fertig. Meinetwegen können wir.«

»Warte.«

Schon wieder Oliver. Benny erstarrte in der Bewegung, ertappt wie einmal vor ein paar Jahren, als er die Schule geschwänzt hatte, vergnügt nach Hause gekommen war … und dort in der Küche beim Schmieren eines Nutella-Brots auf einmal die Stimme seiner Mutter hörte, die unerwartet krank geworden und zu Hause geblieben war.

Er trug seine Laufklamotten und war schon halb auf dem Weg zur Großen Halle. In den Winkeln des Gangs hingen Schatten, einige, die vom Schein der Lampen geworfen wurden, andere lebendig oder etwas Ähnliches, sie regten sich träge, fast wie schwarze Wasserpflanzen in einer unsichtbaren Strömung.

»Gehst du laufen?«, fragte Oliver.

»Nein«, erwiderte Benny. »Schwimmen. Blöde Frage. Wonach sieht es denn aus?«

»Ich muss mit dir reden.«

Ungläubig schaute Benny ihn an. »Jetzt?«

Oliver war blass. Benny registrierte, dass sein sonst so lässiges Grinsen etwas Aufgesetztes hatte.

»Passt es gerade nicht?«, fragte Oliver.

»Ich wollte noch eine Runde machen. Wie sieht es danach aus? Danach können wir gern reden.«

»Ich komme ein Stück mit«, beschied ihm Oliver und schloss sich einfach an.

»Sei nicht böse«, sagte Benny, »aber ich laufe am liebsten allein.«

»Nur ein Stück. Ich halte dich nicht lange auf.«

Fieberhaft überlegte Benny, was *ein Stück* heißen mochte. Die Brücke war schließlich nicht weit. Aber so schlimm war es auch nicht – Grau wartete oft dort, es fiel nicht weiter auf, selbst wenn er sich sehen ließe. Also protestierte er nicht weiter, sondern zuckte mit den Schultern. »Wie du meinst. Was ist denn so dringend?«

Oliver schwieg. Sie durchquerten die leere Große Halle und traten nach draußen in den kitzelnden Nieselregen, der seit dem frühen Morgen mit nur kurzen Unterbrechungen auf das Tal herabwehte. Unbehaglich musterte Benny Oliver von der Seite. Seine Lippen waren schmal und blutleer, er sah angespannt aus.

»Was ist los?« Mit einem raschen Rundumblick vergewisserte sich Benny, dass nichts da war, das zuhören konnte. Seltsam, wie routiniert ihm das selbst vorkam – und zugleich war ihm sehr deutlich bewusst, dass er keine Ahnung hatte, wie man erkannte, ob da wirklich nichts war. Ob nicht in irgendeinem Grasbüschel etwas Winziges kauerte. Oder ein Wesen wie Sil sich zwischen zwei … wie hatten sie es genannt? Sich zwischen zwei Augenblicken verbarg? Wie sollte er wissen, ob da wirklich nichts war?

Olivers Blick lastete auf ihm. Benny wurde klar, dass er den sichernden Blick bemerkt hatte. Da war etwas in seinen Augen, das Benny noch nie aufgefallen war. Aufmerksamkeit, eine Ahnung, vielleicht sogar ein Verdacht. Benny straffte den Rücken.

»Und, sicher?«, erkundigte sich Oliver trocken.

»Was soll sicher sein?« Halbherzig zuckte Benny mit den Schultern.

»Schon klar. Was schon? Du verstehst nur Bahnhof, richtig? Spanisch, sozusagen.« Unwillkürlich verfiel Oliver ins Deutsche, und Benny staunte wieder einmal, wie anders sich seine Stimme anhörte mit dem ganz leichten bayrischen Akzent, den man nicht hörte, wenn er Englisch sprach. »Egal. Es ist wirklich egal. Hör zu. Ich bin weder blind noch blöd. Ich bin schon ein paar Tage lang auf dieser Schule. Und ich bekomme ein paar Dinge mit.«

Benny fühlte sich wie betäubt. »Ach ja? Und was?«

»Mehr, als du vermutlich glaubst.« Um Olivers Mundwinkel zuckte ein ironisches Lächeln. »Wichtig ist aber gerade nur eins – ich würde an deiner Stelle jetzt nicht da rausgehen. Ich würde überhaupt zusehen, dass ich mich eine Weile nicht allein herumtreibe.«

»Und weshalb?«, erkundigte sich Benny und verfiel unabsichtlich in einen ähnlich ironischen Ton.

»Weil Alasdair aus irgendeinem Grund die Schnauze von dir voll hat. Möglicherweise, weil du für seinen Geschmack zu viel mit seiner Schwester herumhängst?«

»Mit seiner …« Benny wich ein Stück zurück. »Mit Leslie?«

»Mit … wie heißt sie noch?« Oliver seufzte. »Tu nicht so. Ich weiß nicht, was da läuft. Vielleicht will ich es nicht einmal wissen. Aber ich glaube, Alasdair möchte das sehr gern. Hast du wirklich nichts bemerkt?«

»Was denn bemerkt?« Unwillkürlich spannte Benny die Muskeln an, als erwarte er, dass sich Oliver jede Sekunde auf ihn stürzen würde. Oder als wolle er selbst sich gleich auf Oliver stürzen, ganz klar war er sich darüber nicht.

»Pass auf.« Oliver hob eine Hand. »Heute Morgen«, zählte er auf, und seine langen Finger mit den deutlich sichtbaren Gelenken erinnerten frappierend an die des Kobolds bei den

Gärten. »Heute Morgen hatte Ricky Shawfield Aufsicht beim Frühstück.«

»Mag sein.«

»Ich habe auf den Plan gesehen. Er wäre nicht dran gewesen, sondern David Byron. Sie haben getauscht.«

»Na und? Sollen sie doch tauschen, wie sie lustig sind.«

»Ricky Shawfield hat dich beobachtet.«

»Mich?«, fragte Benny erstaunt. »Und weshalb sollte er das tun?«

»Das ist eben die Frage. Jedenfalls hat er es getan, immer wieder ein längerer Blick, und später hat er sich sogar sehr aufmerksam, aber natürlich ganz nebenbei bei mir erkundigt, ob es dir wieder besser ginge, er habe von Elvis gehört, du hättest so eimerweise gekübelt, dass drei Toiletten verstopft gewesen seien.«

»Und was interessiert das Ricky Shawfield?«, erkundigte sich Benny befremdet.

»Eben«, sagte Oliver langsam. »Was interessiert das Ricky Shawfield, zweitbester Schüler der sechsten Klasse, Mitglied des Zirkels, ansonsten nicht interessierter an irgendeinem Viertklässler als an einer toten Fliege auf der Fensterbank?«

In Bennys Eingeweiden verklumpte sich etwas. »Zirkel?«

»Richtig. Shawfield ist ein Zirkelmitglied. Pass auf.« Oliver streckte den zweiten Finger aus. »Vorhin warst du auf der Aschenbahn, ich beim Fechten. Als ich fertig war, da warst du gerade im Gespräch mit Mister Bane. Richard und ich kamen gerade raus, als sich Rudy Higgins und Ricky Shawfield unterhalten haben. Ich habe nicht gehört, was sie sagten, und sie haben auch aufgehört zu reden, als wir näher gekommen sind. Aber sogar Rich hat bemerkt, dass sie über dich geredet haben. Jedenfalls haben sie zu dir hinübergeschaut.

Und das war kein freundlicher Blick, das kann ich dir verraten. Passte jedenfalls überhaupt nicht zu Shawfields rührender morgendlicher Besorgnis um dein Wohlergehen.«

»Mhm«, machte Benny.

»Und später«, sagte Oliver und streckte den dritten Finger aus, »habe ich Shawfield, Higgins, Sandy Carter und Alasdair MacGregor beisammenstehen sehen. Ins Gespräch vertieft. Alasdairs Blick hat mir gar nicht gefallen. Die ganze Körperhaltung. Sehr entschlossen.«

»Und was hat das mit mir zu tun?«, fragte Benny misstrauisch.

»Das war vor nicht mal zwanzig Minuten«, sagte Oliver und ließ die Hand sinken. Er schob beide Hände in die Hosentaschen und betrachtete Benny nachdenklich. »Du gehst fast jeden Abend laufen. Ich habe den starken Verdacht, die wollen dich abfangen.«

»Und weshalb sollten sie das tun?«, fragte Benny. Es klang sogar in seinen eigenen Ohren lahm. Er hatte ja eine deutliche Ahnung, weshalb. Der Krötenkobold. Leslie. Ihre Schwester. Wer vermochte schon zu sagen, was Alasdair wusste? Ihm war kalt in der Magengegend. Auf einmal war er froh, dass Leslie das Treffen vorgezogen hatte. Er dachte an Alasdairs Blick, nachdem Benny ihm ins Gesicht geschlagen hatte. Ein Versprechen hatte darin gelegen. Eins, das er jetzt einlösen wollte – heute?

Oliver antwortete nicht. Er schaute ihn nur an.

»Danke für deine Warnung«, sagte Benny endlich. »Nett von dir.«

Wortlos musterte ihn Oliver. Er sah aus, als wolle er noch etwas sagen. Dann entschied er sich doch dagegen, zuckte mit den Schultern und hob eine Braue, ganz leicht nur. »Mach doch, was du willst«, sagte er heiser, wandte sich ab und ging.

Benny schaute ihm nach. Er wusste nicht, was er denken sollte. Schließlich wandte er sich um und trabte durchs Tor zur Brücke, wo Grau auf ihn wartete.

Schon als sich Benny der Brücke näherte, machte sich ein mulmiges Gefühl in seinem Magen breit, aber er war zu abgelenkt von seiner Grübelei, um es rechtzeitig zu registrieren und es ernst zu nehmen. Dann setzte er einen Fuß auf die Brücke und wusste Bescheid. Er wusste es einfach, mit einer solchen Sicherheit, als hätte er es gerade schriftlich bekommen, dass er mitten in eine Falle lief. Hastig drehte er sich um und sah Sandy Carter und Ricky Shawfield, die vermutlich im Schatten der Bäume gewartet hatten und ihm jetzt den Weg abschnitten. Als er herumfuhr, sah er Rudy Higgins und Alasdair gerade ins gelbliche Licht der Laterne treten. Alasdair lächelte ein wenig.

Idiot, dachte Benny. *Ich Vollidiot.*

»Wie im Bilderbuch«, sagte Ricky Shawfield, verhakte die Finger ineinander und ließ sie knacken. »Mach meinetwegen ruhig ein bisschen Ärger, Kleiner. Aber lauf nicht weg. Ich hasse es zu rennen. Macht mich nur sauer.«

Das Geländer der Brücke war nicht hoch, es reichte Benny gerade bis zur Hüfte. Es kostete ihn ein Blinzeln, dann war er mit einem Satz darauf, sprang ab, quer übers Wasser, und kam sauber am Ufer auf. In seinen Ohren rauschte Blut, darüber hinaus hörte er nicht viel anderes.

Manchmal hatte er Alpträume, in denen er nicht vom Fleck kam. Er rannte und rannte, aber seine Füße schienen am Boden zu kleben, als wäre es zäher Schlamm, Treibsand. Kein besonderer Traum, hatte ihm Erik versichert, sondern ein langweiliger, abgelutschter Standard-Traum, den jeder mal hatte. Trotzdem einer der schlimmsten für Benny, nach dem er schweißgebadet erwachte. Ganz kurz fühlte er sich daran erinnert, als er sich nach der sauberen Landung vom Ufer abstieß und ausrutschte, als zögen unsichtbare Hände ihm die Füße weg. Er schlug hin und rappelte sich wieder auf, und dann rannte er, wozu war er Sprinter, ganz leicht waren seine Füße, ganz leicht sein Körper, kein Problem, die vier Arschgeigen abzuhängen, überhaupt kein …

Drei weite Laufschritte schaffte er, dann packte ihn jemand, und sie gingen gemeinsam zu Boden. Sandy Carter hatte sich mit einem gewaltigen Satz auf ihn gestürzt. Er war schwerer, als er aussah, vielleicht war er auch in der Ringermannschaft und wusste, wie man sein Gewicht verdreifacht, verzehnfacht, jedenfalls presste der Aufprall Benny sämtliche Luft aus den Lungen, und Carters Knie bohrte sich in seinen Rücken, direkt in die Wirbelsäule. Vor Schmerz konnte sich Benny nicht rühren. Er ächzte, krallte die Hände in den lockeren Kies, für mehr reichte sein Bewegungsspielraum nicht aus. Für einen widerlichen Augenblick spürte er nicht einmal seine Beine, als höre sein Körper da auf, wo sich Carters Knie in seinen Rücken drückte.

»Tut mir leid«, hörte er Carter sagen. Dann verdrehte er ihm einen Arm auf den Rücken und zog ihn auf die Beine.

Benny riss die Augen auf, sah verschwommen Laternenlicht, gekrümmte, von Schatten umringte Bäume, Brückengeländer und eine Faust. Sie krachte in seinen Bauch. Benommen sackte er in Carters Griff zusammen. Krötenkobold-Übelkeit. Er schluckte die Galle wieder runter, die hochkam.

»Lass mal gut sein, ja?«, hörte er jemanden verärgert sagen. Carters Stimme. Noch jemand packte zu, sie schleiften ihn mit. Mühsam gewann er die Kontrolle über seine Füße zurück und stolperte zwischen ihnen her. Sie hatten es nicht eilig, trödelten aber auch nicht. Alasdair und Rudy Higgins gingen voran. Bennys Herz raste, er bekam noch immer nicht genügend Luft.

Am See entlang. *Grau,* dachte er, *Oliver,* und: *Scheiße.* Half jetzt aber auch nichts. Sogar nach dem Kelpie hielt er Ausschau. Wenn der jetzt aufgetaucht wäre, hätte er es darauf ankommen lassen und sich auf seinen Rücken geschwungen. Der kalte Klumpen in seinem Bauch war schiere Angst.

Der Weg zog sich endlos. »Was wollt ihr?«, japste er, als er genügend Luft gesammelt hatte, aber das brachte ihm nur ein geknurrtes »Maul halten« von Ricky Shawfield ein und einen Stoß in die Rippen. Dann tauchte die Ruine auf. Sie schleiften ihn hinein, der Eingang war ein dunkles Loch, obwohl das Dach größtenteils fehlte, es roch muffig, obwohl der Wind fast ungehindert zwischen den löchrigen Mauern hindurchfuhr. Licht flackerte auf, eine Petroleumlampe, dann eine zweite. Alasdair hängte eine davon an die Wand, die andere befestigte Rudy Higgins, dann ging er auf ein Nicken von Alasdair hin hinaus.

Benny keuchte. »Ihr könnt mich mal am Arsch lecken«, knurrte er. Alasdair beachtete ihn nicht. Er betrachtete seine Fingernägel im Schein der einen Lampe. Dann blickte er auf. »So«, sagte er leise. »Dann erzähl mal.«

Benny versuchte, seine Arme frei zu bekommen, mehr eine Anfrage als ernsthaftes Wehren. Sie hielten ihn fest. Erst auf Alasdairs Blick hin ließen ihn die beiden älteren Schüler los. Benny rieb sich die schmerzenden Arme.

»Ich hatte ziemlich viel Geduld mit dir.« Alasdair sprach leise, aber nachdrücklich. »Aber jetzt ist sie aufgebraucht. Ich hätte nicht übel Lust, dich im See zu versenken. Leute wie du gehen mir auf die Nerven. Und jetzt mischst du dich in etwas ein, das dich nicht das Geringste angeht.«

Benny starrte ihn an und versuchte, einen klaren Gedanken zu fassen. Es kam ihm ganz unwirklich vor, hier zu stehen, umringt von Zirkelmitgliedern, er kam sich vor wie in einem Film. Aber der Wind pfiff durch die zerstörten Mauern der Ruine, ihm war kalt in der schlammverschmierten Hose, und Ricky Shawfield roch nach Schweiß. Das überzeugte ihn hinreichend davon, dass er nicht träumte. *Scheiße,* dachte er, was ein klarer Gedanke sein mochte, aber leider kein hilfreicher.

»Was hat sie vor?«, fragte Alasdair.

»Wer?«, fragte Benny.

Alasdair nickte Shawfield zu. Seine Miene verriet, dass er nicht vorhatte, die ganze Nacht mit Engelszungen auf Benny einzureden.

Leckt mich doch am Arsch, dachte Benny noch, dann packte Shawfield ihn, drückte ihn gegen die Wand und wollte ihm erneut die Faust in den Magen zimmern. Gedankenschnell drehte sich Benny zur Seite, spannte die Bauchmuskeln an und bekam den Schlag in die Rippen. Ihm blieb die Luft weg. Seine gewohnte Schnelligkeit, wenn er sich prügelte, war nicht da, er bewegte sich wie durch Gelee.

Shawfield setzte nach, diesmal traf er, und Benny ging keuchend zu Boden. Sein strapazierter Magen bäumte sich auf, er erbrach das Wenige, was er herunterbekommen hatte, direkt auf Shawfields Fuß. Shawfield fluchte und trat ihm in die Seite. Dunkelheit. Dann das Flackern der Laterne, Übelkeit, er blinzelte und stellte fest, dass sie ihn wieder auf die Füße gestellt hatten.

In Bennys Bauch tobte sich Übelkeit aus wie ein riesiger Fisch, der gegen den Haken kämpft. Keine Wut. Keine sich regenden Tentakel, keine Dunkelheit, die übermächtig in seinem Verstand zusammenschlug, keine unbändige Kraft, die aus dem Nichts kam und ihn glauben ließ, nichts könne ihn aufhalten. Er fühlte sich klein und ziemlich elend.

»Versuchen wir es noch mal«, schlug Alasdair vor. »Was weißt du über das, was sie vorhat?«

»Von wem redest du?«, spuckte Benny ihm entgegen. Ein jammervoller Versuch, das war ihm selbst klar.

Alasdair sah nicht einmal wütend aus, nur gereizt. »Ich werde mich mit dir nicht die ganze Nacht aufhalten«, informierte er ihn. »Der Kobold, den ich mit deiner – sagen wir, den ich mit deiner *Betreuung* beauftragt habe, ist verschwunden. Ich schicke dir einen Pixie, der dich bittet, dich mit Leslie zu treffen. Erstens antwortest du ihm, was ein relativ ausreichender Beweis dafür ist, dass du siehst, was dich nichts angeht, und zweitens trabst du bereitwillig hier an und bist über die Bitte nicht im Mindesten erstaunt. Dass du siehst und dass du etwas mit Leslie zu schaffen hast, steht fest – um die Informationen brauchen wir keinen Affentanz aufzuführen. Du steckst also ohnehin in Schwierigkeiten. Wenn du weißt, was gut für dich ist, reitest du dich nicht noch tiefer rein. Sag mir einfach, was du weißt, und dann gehst du in dein Zimmer, packst deine Sachen und fährst morgen früh nach Hause.«

»Nach Hause«, wiederholte Benny.

»Richtig. Nach Hause. Was immer du meinst, was es hier für dich geben könnte – eine spannende Geschichte, einen guten Abschluss, irgendeine Zukunft –, es handelt sich um einen Irrtum. Hier gibt es für dich nichts außer jeder Menge Ärger, der eine Nummer zu groß für dich ist.«

Er klang nicht feindselig, sondern nur abfällig. Mit einem Mal sah sich Benny durch Alasdairs Augen – ein Problemschüler, der durch Vitamin B auf eine Schule gekommen war, auf der er nichts zu suchen hatte, ein Viertklässler, der sich in die Belange von Leuten einmischte, die seine Existenz so widerwillig zur Kenntnis nahmen wie die einer Stechmücke und ihm ebensolche Bedeutung zumaßen, ein Junge, der sich nicht im Griff hatte und dadurch für Schwierigkeiten sorgte, die keiner gebrauchen konnte. Es war nicht gerade schmeichelhaft und ernüchterte ihn sehr. Mühsam kratzte er seinen letzten Rest Stolz zusammen – es war nicht viel, nachdem er einen Tag lang kaum etwas anderes getan hatte, als zu kotzen – und richtete sich im Griff von Carter und Shawfield auf. Alasdair hob die Brauen, eher müde als spöttisch.

»Wenn du wissen willst, was deine Schwester tut, dann frag sie doch einfach selbst«, schmetterte Benny so markig, wie er konnte. »Von mir erfährst du kein Wort.«

»O Mann«, brummte Carter neben ihm. Shawfield schnaubte, es klang wie ein sehr kurzes Auflachen.

»Gut festhalten«, sagte Alasdair knapp und nahm eine der Petroleumlampen ab.

Carter und Shawfield packten Benny fester, und Alasdair trat näher, griff in seine Tasche und holte etwas heraus. Was es war, sah Benny nicht, aber als er es in die Flamme fallen ließ, zischte es fürchterlich und knallte. Und dann schoss etwas Winziges, Wirbelndes aus der Öffnung, die Alasdair auf Benny richtete. Es schrie und brannte und prallte gegen Bennys Brust. Sengend schoss Schmerz durch seinen Leib, als hätte ihm jemand eine Lanze aus purem Feuer hindurchgestoßen.

Etwas kroch auf seiner Brust herum, leichte Rauchschwaden stiegen von seiner Kleidung auf. Ein winziges, vor Qual verzerrtes Gesicht aus Flammen, brennende Hände, die sich in seine Kleidung krallten und winzige Brandlöcher hinterließen. Es starrte ihn an und kroch über seine Brust auf sein Gesicht zu. Mit weit aufgerissenen Augen kreischte er auf, so laut, dass sich seine Stimme überschlug, der Schmerz war so fürchterlich, dass er sich wand und nach hinten warf. Aber obwohl er um sich trat, hielten sie ihn fest.

Vor seinem geistigen Auge sah Benny, wie das Vieh ihm ins Gesicht kroch und ihn verbrannte, wie es Spuren aus geschwärzter, versengter Haut hinterließ, wie es sich vielleicht in die Feuchtigkeit seiner Augen grub, um sich zu löschen, und tatsächlich kroch es quer über seine Brust nach oben, schrie ihm ins Gesicht, streckte winzige, brennende Hände aus …

In einer zierlichen Rauchspirale löste es sich auf. Mit einem Mal war es, als wäre nichts gewesen. Sogar der Schmerz war schlagartig fort, aber die Erinnerung sang in Bennys Nervenenden. Er zitterte unkontrolliert.

»Davon habe ich noch ein gutes Dutzend dabei«, sagte Alasdair. »Wie sieht's aus – genug Held gespielt?«

Ungläubig starrte Benny ihn an. Das hier konnte ja wohl nicht wahr sein! *Lieber Erik,* dachte er, *ich schreibe Dir aus der Krankenstation. Letzte Woche haben mich ein paar ältere Schüler, darunter der Sohn des Direktors, mit so einer Art Feuerelfen gefoltert. War unangenehm, dafür geht es inzwischen in Mathe ganz gut. Und was ist bei Dir in Hamburg so los?*

»Ihr seid ja nicht ganz bei Trost«, stieß er hervor.

»Antworte ihm doch einfach«, riet ihm Sandy Carter. »Mann, das bringt doch überhaupt nichts. Sei doch ein bisschen vernünftig.«

»Ich habe nicht den Eindruck, dass Vernunft ihm ein Begriff ist«, sagte Alasdair gelangweilt. »Aber er ist ja auf Glen, um etwas zu lernen, nicht wahr?«

35 RATTEN

Gins Haus war kein Zuhause mehr. Die Empfindung war so stark, dass sie Leslie immer wieder aus der Konzentration hochschrecken ließ. Sie saß am Küchentisch, der aussah wie immer, auf der Bank, die ebenfalls aussah wie immer, und machte sich Notizen zum Vertrag mit dem Kerrigan. Gin war auf der Suche nach letzten Koboldfetzen, eifrig unterstützt von Lumpi, dessen anbiedernde Art Leslie auf die Nerven ging. Sie fanden längst nichts mehr oder kaum noch etwas, aber Gin konnte einfach nicht aufhören zu putzen, immer wieder dieselben Flächen eines Hauses, das Leslie vorkam wie eine blassere Kopie von dem, was es einmal gewesen war.

Lag es an Lumpi? Daran, dass Sil fort war? War ein Haus, das seinen Hausgeist verloren hatte, kein Zuhause mehr? Oder lag es daran, dass sie innerlich schon Abschied genommen hatte?

Dabei war es ja gar kein richtiger Abschied. Sie war ganz sicher, mit Grau zusammen zu Besuch zu kommen, in seinem Körper ausgestreckt. Sie würde Gin nicht verlassen. Nur ihr Körper würde es tun, ihr kleiner, seltsamer Körper, den sie jemand anderem überlassen würde. Seltsam genug für Gin. Aber sie, Leslie, sie würde noch da sein. Sie und Grau. Nicht fort und unerreichbar wie Sil und Felix. Der Gedanke an die beiden schmerzte, und sie lauschte dem Schmerz nach, der den kupfernen Nachgeschmack von Schuld hinterließ.

Mit dem Fuß stupste sie Grau an, der unter dem Tisch lag und ab und zu grunzte. Sie spürte, wie er den Kopf hob und an ihr Bein schmiegte. Vor zehn Minuten war er noch rastlos auf Patrouille gewesen, jetzt ruhte er sich kurz aus.

»Gin?«

»Mhm?« In Erwartung einer Frage zum Vertrag, wie Leslie sie seit Stunden auf sie abfeuerte, hob Gin den Kopf.

»Du bleibst doch, oder?«

Auf Gins müdem Gesicht zeichnete sich Verwirrung ab. Sie sah älter aus als noch vor einigen Wochen, fand Leslie. Es erschreckte sie. Mit einem Mal wurde ihr klar, dass nicht sie Gin verlassen würde. Es war andersherum. Eines Tages würde Gin *sie* verlassen. Würde sterben. Und Leslie würde allein mit Grau in Glenshee umherziehen, in einem Glenshee, in dem jeder Winkel leer war, in dem es keine Gin mehr gab, wo sie auch nachschauten. Der unfreiwillige Verrat, der darin lag, ließ ihren Atem stocken.

»Natürlich bleibe ich«, sagte Gin. Ihre Stimme war heiser und spröde. Sie hatte es aufgegeben, auf Leslie einzureden, und seitdem sagte sie kaum noch etwas. Sie tauchte den Lappen in den Eimer mit heißem Wasser, das vermutlich noch so glasklar war wie beim Einfüllen, so sehr blitzte inzwischen alles, und machte sich daran, den Herd zu schrubben. An den durfte der etwas beleidigte Lumpi nicht dran. »Sei nicht albern, Leslie MacGregor. Wo sollte ich denn auch hin?«

»Das ist gut«, sagte Leslie erleichtert. »Weißt du …«

»Hör auf«, bat Gin müde. »Ich halte das nicht aus. Ich stehe hier solide und dick herum und sehe aus wie ein Fels in der Brandung, aber ich bin es nicht. Wirklich nicht. Ich wäre es gern, aber ich bin so wacklig, dass ich mich an diesem kleinen, nassen Lappen festhalte. Ich kann jetzt nicht Abschied nehmen. Nicht jetzt. Nicht, wenn du willst, dass ich diesen verdammten Vertrag mit diesem verschissenen Kerrigan noch einigermaßen mit Würde durchstehe.«

»Okay«, sagte Leslie schüchtern. Eine Weile war Stille. Darin knisterte Fremdheit. *Ein Abschied,* dachte Leslie, *kann Menschen so entfremden, als träfe man einander zum ersten Mal.* Sie wusste nicht, was sie sagen sollte.

»Willst du einen Tee?«

»Sehr gern.«

»Ein Brot?«

»Mit Wildbeerenmarmelade?« Letzten Spätsommer hatte sie im Moor alles an Beeren gepflückt, was irgend essbar war, und Gin hatte bergeweise Marmelade daraus gekocht.

»Ich schau mal, ob noch ein angebrochenes Glas da ist. Ich gehe nicht extra in den Schuppen raus, Leslie MacGregor. Falls kein Glas mehr da ist, musst du mit Honig vorliebnehmen.«

Die Vertrautheit war schwach und steif, aber es war schon etwas besser. »Honig klingt auch gut.« Leslie grinste erleichtert. »Gin?«

»Ja?«

»Kraulst du mich dann hinter den Ohren, wenn ich mit Grau zu Besuch komme? Das mögen wir beide ganz besonders gern.«

Gin fuhr herum, Tränen schossen ihr in die Augen. »Oh, du verdammtes …«

Irgendjemand hämmerte mit den Fäusten an die Tür. Graus Kopf ruckte hoch. Leslie und Gin starrten einander an. »Benny«, sagte Leslie, und Gin hastete zur Tür.

»Du?«, hörte Leslie sie sagen. Grau knurrte leise.

»Ist Leslie da?«, hörte Leslie jemanden keuchen. »Ich muss dringend mit ihr sprechen. Dringend!«

Gins Einwände wurden offenbar fortgewischt, und kurz darauf tauchte eine lange, schlaksige Gestalt in der Küche auf. Oliver.

Sein Anblick machte sie wütend. Seltsam, dass sein Verrat so viel mehr schmerzte als der von Alasdair.

»Benny«, japste er. »Sie haben Benny.«

Leslie sprang auf. »Was? Wer?«

Auch Grau erhob sich und war mit ein paar langen Schritten bei Oliver. Dessen gerötetes Gesicht wurde blass, aber er wandte den Blick nicht von Leslie ab. Oh, dieses Gesicht, fast farblos, der ironische Zug um den Mund, das, was sie mal für gut versteckten Schmerz gehalten hatte, dieses junge, unfertige Gesicht, das so beweglich war, seine Augen, seine … alles. Alles an ihm tat weh. Der bevorstehende Abschied, die Nervosität, all das legte bloß, was sonst gut verborgen unter der Oberfläche lebte. Leslie fühlte sich roh und wund. Sie hörte Richards Stimme, leise, ironisch und ein wenig bitter, als sie von ihm wissen wollte, was mit Oliver los sei, weshalb er tat, als würde er sie nicht mehr kennen: *Tja, vermutlich braucht er dich nicht mehr. Oliver tut nichts, ohne sich gut zu überlegen, was dabei für ihn rausspringt.*

»Alasdair.« Olivers Augen waren wild, der spöttische Funke darin verschwunden. »Sie haben ihn abgepasst. Ich habe ihn noch gewarnt, aber er wollte nicht … er traut mir nicht. Er ist einfach los, ich wollte dann doch noch hinterher, und da habe ich es gesehen. Ich habe geschaut, wo sie ihn hinbringen. Dann bin ich direkt hierher.«

»Wo?«, stieß Leslie hervor.

»Ruine. Bei der Ruine am Weg nach Glen.«

Grau grollte auf und trabte zur Tür.

»Warte«, sagte Leslie scharf. Er hielt mitten in der Bewegung inne.

Sie näherte sich Oliver. Neigte den Kopf und schaute zu ihm hoch. Baumlang war er, ein junger Baum, wie es in Glenshee sonst keinen gab, hier waren sie alle vom Wind verbogen und verkrüppelt, aber er war hochgewachsen und ganz gerade. Er erinnerte sie an eine junge Birke, die nichts anderes im Sinn hatte, als so schnell wie möglich so hoch wie möglich hinaufzuwachsen. »Und weshalb bist du so …« Sie überlegte kurz. »… hilfsbereit?«

»Leslie«, mischte sich Gin ein, »wenn sie Benny haben …«

»Schscht«, machte Leslie ungeduldig. »Und wenn sie ihn nicht haben? Wenn bei der Ruine irgendjemand auf Grau wartet – irgendetwas? Wenn Mister Oliver Hegeling hier gerade seine Aufnahmeprüfung macht?«

Kränkung flammte in seinen Augen auf. »Meine *Aufnahmeprüfung*? Wenn du mich beleidigen willst, dann mach das später. Ich habe keine Ahnung, was hier gespielt wird – o Wunder, wo doch alle so gern mit mir reden und mir erzählen, was los ist! –, aber die meinen es aus irgendeinem Grund verdammt ernst. Und ich mache *keine* Aufnahmeprüfung. Ich …«

»Du möchtest nicht mehr um jeden Preis die Geheimnisse von Glenshee ergründen – egal, wer sie dir verrät?«, erkundigte sie sich spitz.

»Leslie!«, mahnte Gin, aber jetzt war sie in Fahrt. »Dir ist nicht zu trauen«, stellte sie wütend fest und stieß ihm mit dem Finger hart vor die Brust.

»Nein«, stieß er hervor. »Da hast du ganz Recht.«

»Das weiß ich«, zischte sie.

»Und es tut mir leid. Es tut mir wirklich leid. Ich bin ein Arsch. Ich …«

»Stimmt es?«

»Was?« Verwirrt starrte er auf sie hinunter.

»Benny. Stimmt es? Alasdair hat Benny?«

»Ja.« Seine Augen waren so wild, so verzweifelt. Es war das erste Mal, dass sie Schmerz in seinem Gesicht sah. Es weckte in ihr die Lust, in diesem Schmerz herumzuwühlen, mehr davon zu sehen. Mehr Schmerz. Viel, viel mehr Schmerz. Sie riss sich zusammen. »Bei der Ruine auf dem Weg nach Glen, sagst du.«

»Ja.«

»Lauf.« Sie nickte Grau zu. Lautlos sprang er fort, durch die Tür, die Gin ihm eilig öffnete, hinaus in die Dunkelheit von Glenshee.

»Wenn du irgendwie mit drinsteckst, wenn das eine Falle ist, bringe ich dich um«, informierte sie Oliver kühl. Sie meinte es ernst und ganz wörtlich.

Sein Gesicht wurde hart und kantig. Seit letztem Sommer hatte sich irgendetwas an ihm verändert. Sie wusste nicht, was, und sie wusste nicht, ob es gut war. Jetzt sah er fremd aus, und sie ahnte, wie er als Erwachsener aussehen würde. Es gefiel ihr.

»Leck mich am Arsch«, sagte er. »Leckt mich doch alle kreuzweise am Arsch, du und Benny und überhaupt.«

Sie ließ ihn stehen und lief an Gin vorbei. Grau hinterher.

»Ich finde es bewundernswert, aber irgendwie auch nervtötend«, sagte Alasdair zu Benny. Der hing in Carters und Shawfields Griff und war fast froh, dass sie ihn festhielten, sonst wäre er längst zu Boden gegangen. Ungerührt hatte Alasdair zwei weitere der kleinen brennenden Geschöpfe auf ihn losgelassen. Wenn sie vergingen, hinterließen sie nichts als ein wenig Rauch und die Erinnerung an Schmerz, der rasch verging. Aber solange sie auf ihm herumkrochen, brennend, schreiend, war der Schmerz entsetzlich. Er legte Bennys Nerven bloß. Inzwischen zitterte er wie im Fieber. Aber es war irgendwie auszuhalten. Er wusste ja, dass es vorüberging. Seine Zähne schlugen aufeinander, er biss sie fest zusammen, aber seine Kiefermuskulatur zitterte, als stünde er unter Strom.

»Jedenfalls habe ich dich unterschätzt«, stellte Alasdair fest, stellte die Lampe beiseite und betrachtete ihn nachdenklich.

»Du kannst dir einen weiteren William Davenport nicht leisten«, zischte Benny. Es klang nicht wie eine Feststellung, sondern wie eine Frage.

In Alasdairs Augen glomm etwas auf, und Benny wusste, dass er einen Fehler gemacht hatte.

»So weit geht sie also«, sagte Alasdair sehr ruhig. »Interessant. Sie hat dir keinen Gefallen getan, indem sie dich eingeweiht hat, weißt du das?« Für einen Augenblick verlor sich sein Blick, als schaute er etwas an, das Benny nicht sehen konnte. Vor Angst wurde Benny übel. Er spürte, wie Carters Griff fester wurde.

»Ich vermute«, sagte Alasdair, »was immer sie vorhat – das kann ich mir noch weniger leisten als einen Davenport mehr oder weniger. Und es ist ja nicht so, dass du ein unbeschriebenes Blatt wärst. Jemandem wie dir könnte ohne Weiteres etwas zustoßen, wenn du beispielsweise zu weit ins Moor rausrennst und dich verläufst.«

Draußen ertönte ein Schrei. Wenn es Rudy Higgins war, dann klang er vor Entsetzen wie ein Mädchen. Sie hatten kaum Zeit aufzuschauen, da stürmte er schon durch die leere Türöffnung, kalkweiß. »Da ist …«

Nebel. Dicker Nebel quoll über die Straße. Nicht das feine, helle Zeug, das morgens so oft wie unendlich zarte Kleidungsfetzen über die Wiesen von Glenshee wehte, sondern eine regelrechte Nebel*masse*, so dicht, als könnte man ohne Gewalt die Hand nicht hineintauchen. Er bewegte sich nicht wie normaler Nebel, wehte nicht, sondern floss, folgte nicht dem Wind, sondern einem eigenen Willen. Zartere Ausläufer davon quollen in den kleinen Innenraum der Ruine, und aus dem Nebel hob sich eine Gestalt. Vor Entsetzen keuchte Benny auf.

Das Vieh, das die Türöffnung versperrte, darin aufragte, war fast so hoch wie der Türsturz. Seine Schnauze mit den leicht entblößten Zähnen ragte ein gutes Stück über ihren Köpfen auf. Er füllte den Türrahmen fast vollständig aus, die Augen waren eisgrau und ohne Pupillen, wie blind, die Eckzähne so lang wie Bennys kleiner Finger, das Fell zottig. Nebel schien aus dem Fell zu triefen wie Wasser.

Higgins und Shawfield schrien auf. Sandy Carter nicht, aber das lag wohl vor allem daran, dass er vor Angst vollkommen erstarrte. Benny spürte, wie sich seine Eingeweide lösten.

»Spektakulärer Auftritt«, sagte Alasdair. Er klang gereizt. »Du hast damit nichts zu schaffen, Grau. Du hast dich nicht einzumischen. Sieh zu, dass du Land gewinnst. Geh deiner kleinen Herrin ein bisschen die Hand lecken. Und plustere dich nicht so auf, das ist lächerlich.«

Er war der Einzige, der es lächerlich fand. Ricky Shawfield wimmerte. Higgins gab gar keinen Laut mehr von sich, und Sandy Carters Hand glitt schlaff von Bennys Arm.

Benny selbst stand reglos da und verschwendete keinen Gedanken daran, die Gelegenheit zu ergreifen und zu fliehen, er traute seinen Beinen nicht. Grau? Das war Grau?

»Bist du taub?«, fuhr Alasdair die Erscheinung an. »Ab ins Körbchen mit dir.«

Grau schaute Benny an. Jedenfalls glaubte Benny das, es war schwierig zu beurteilen bei Augen, die aus fließendem Nebel bestanden. Er erwiderte den Blick und spürte, wie er zu zittern begann. Dabei war es kein unfreundlicher Blick, soweit er das beurteilen konnte. Er spürte keine Drohung dahinter, keine Feindseligkeit. Aber das half nicht viel, wenn das Wesen, das einen anschaute, fast zwei Meter hoch war und über fingerlange Reißzähne verfügte. Da wollte man keine *eventuelle* Freundlichkeit, sondern massive Gitterstäbe zwischen sich und dem anderen. Oder, angesichts von Graus offensichtlicher Fähigkeit, sich in Nebel aufzulösen wie Dracula persönlich, eine dicke Panzerglasscheibe. Ohne Belüftungsschlitze.

Grau gähnte und zeigte zwei unfassbare Reihen schimmernder Zähne, die ungeheuer solide wirkten. Ganz sicher nicht wie aus Nebel.

Mit einem Schlag löste er sich auf. Die ganze Gestalt fiel einfach in sich zusammen. Nebel wallte auf wie eine Puderwolke, und aus dem Nebel huschten Gestalten, kindskopfgroß, aber schlank und wendig. Dutzende solcher Gestalten, die durcheinanderhuschten, flitzten, quiekten.

Riesige graue Ratten.

Benny bekam noch mit, wie Alasdair die Augen verdrehte, dann schrien die drei anderen Zirkelmitglieder auf, jetzt auch Carter, und wichen vor Benny zurück, denn auf den stürzten sich die Ratten. Wuselnde, wieselnde Leiber, die an ihm emporkletterten, ihn einhüllten wie ein Mantel aus lauter Körpern. Er schrie aus Leibeskräften, noch vor der Flut aus Ratten schlug die Panik über ihm zusammen. Er bekam keine Luft mehr, die Welt war ein einziges Chaos aus wirbelndem Grau und Schwärze, und hätten ihn die Ratten nicht allein durch ihre Masse auf den Beinen gehalten, wäre er mit Sicherheit gestürzt, hätte versucht, davonzukriechen. Überall kalte, kleine Pfoten, schlanke, geschmeidige Leiber, nackte Rattenschwänze, die wie Würmer über seine Haut strichen, schnüffelnde kleine Nasen, ein seltsamer Geruch wie kurz vor einem Gewitter. Nebel drang ihm in Ohren, Nase und Mund, und mit einem Mal schien er ihn ganz anzufüllen. Benny hörte es rascheln, rauschen und flüstern, als wehe der Nebel mitten durch seinen Verstand.

Urplötzlich war der Spuk vorbei. Wimmernd taumelte Benny zurück, krachte mit dem Rücken gegen die Wand und wischte sich mit den Händen über den Körper, über Gesicht, Brust, Arme, Beine, überall, er spürte die Pfoten, die Schnauzen, die kletternden und drängenden Leiber noch immer.

Endlich schaute er auf. Alasdair stand mitten im Raum, beleuchtet vom Licht der Petroleumlampen. Und zwischen ihnen saß Grau, jetzt wieder ganz wie immer. Ein riesiger Wolfshund, mehr nicht. Higgins, Shawfield und Carter waren verschwunden. Mit riesigen Augen schaute sich Benny um. »Hast du sie …« Er sprach es nicht aus. Er hätte nicht einmal gewusst, was er sagen sollte. Gefressen? Aufgelöst?

»Weggelaufen sind sie«, sagte jemand von der Tür her. Es war Leslie. Sie streckte die Hand aus. »Komm mit.«

Alasdair betrachtete sie. Sie schaute nicht hin. »Komm schon«, drängte sie.

Benommen taumelte er auf sie zu. Alasdair verschränkte die Arme vor der Brust und kniff ein Auge zusammen. »Schön«, stellte er fest. »Das sind ja wenigstens mal halbwegs offene Karten.«

Halb erwartete Benny, dass er sich auf ihn stürzen würde, aber Alasdair rührte sich nicht. Ganz kurz schaute Leslie auf und zuckte zusammen, als sein Blick sie traf. Die beiden starrten einander an, dann wandte Leslie den Blick ab. »Na komm endlich«, sagte sie, ihre Stimme klang belegt.

Benny erreichte die Tür und schob sich an ihr vorbei in die Dunkelheit.

»Gute Nacht«, wünschte Alasdair höflich.

»Nacht«, sagte Leslie leise, wandte sich ab und zog Benny mit sich. Auf dem Weg zurück zu Gin schwiegen sie. Grau trottete neben ihnen her. Erst als sie fast schon das Dorf erreicht hatten, bemerkte Benny, dass Leslie weinte.

36 VORBEREITUNGEN

Sie strandeten bei Gin wie Treibholz, das von einem nächtlichen Meer angespült wird. Mit fliegenden Händen zog Gin sie ins Haus, starrte mit zusammengekniffenen Augen hinaus und schloss dann die Tür. Grau blieb draußen. Benny wünschte, er wäre mit ins Haus gekommen. Er zitterte. Ohne Gin wäre er einfach mitten in der Küche stehen geblieben und hätte weitergezittert, aber sie drückte ihn auf die Bank und machte Tee – natürlich. Er verstand, was sie daran beruhigte. Das Zischen des Wasserkochers und das Klappern der Löffel und Tassen beruhigte auch ihn ein bisschen.

Verspätet bemerkte er Oliver, der schweigend am anderen Ende der Bank saß und ihn betrachtete.

Leslie bemerkte ihn auch. »Raus«, sagte sie zu ihm.

Er stand auf.

»Du kannst ihn da jetzt nicht rausschicken«, sagte Gin leise, aber bestimmt. »Ich nehme an, Alasdair weiß Bescheid?« Fragend schaute sie Benny an.

»Ich habe nichts gesagt. Aber ich glaube, er ahnt etwas.«

»Sie werden überall Posten haben«, sagte Gin. »Nur für den Fall, dass Benny heute doch noch nach draußen geht. Oder du. Oder irgendwer. Wenn Oliver rausgeht, werden sie wissen, dass er hier war. Wie soll er das erklären?«

»Und wie soll er erklären, dass er nachts nicht in seinem Zimmer war?«, erkundigte sich Leslie spöttisch. Sie rieb sich mit beiden Händen das Gesicht. Ihre Haare standen nach allen Richtungen ab. »Spätestens morgen steckt er in Schwierigkeiten.«

Gin ließ den Herd allein, kam zu Benny und nahm sein Kinn in die Hand, um sein Gesicht zu betrachten. Er ließ es ohne Gegenwehr geschehen.

»Haben sie dir wehgetan?«

»Nicht so schlimm.« Er schaute zu Oliver hinüber. »Was macht er eigentlich hier?«

»Stören«, sagte Oliver. »Eine blöde Frage.«

»Er hat uns Bescheid gesagt«, warf Gin ein. »Wegen dir und Alasdair.«

»Oh«, machte Benny und dachte einen Augenblick lang nach. »Raffiniert«, sagte er dann. Seine Stimme klang noch immer nicht wie sonst.

»Was?«, fragten Gin und Leslie gleichzeitig.

»Na ja. Er warnt mich, obwohl er weiß, dass ich ihm kein Wort glauben werde, dann rennt er hierher und tut so, als würde er Hilfe holen, und dann …«

»Falls es dir nicht aufgefallen ist«, bemerkte Oliver. »Ich habe nicht *getan*, als würde ich Hilfe holen. Ich *habe* Hilfe geholt.«

»Für den Fall, dass ich nicht rede«, sagte Benny. »Oder für den Fall, dass ich nicht genug weiß.«

Sie starrten einander an. Oliver war ungeheuer bleich, quer über seine Stirn verlief eine Ader, die deutlich hervortrat. Niemand sagte etwas.

»Ist schon in Ordnung«, sagte Oliver dann. »Ich gehe.« Er stand auf und ging zur Tür.

»Warte«, sagte Leslie.

Er ging einfach weiter.

»Warte!«, rief sie, lief hinterher und packte ihn am Arm. Wie erstarrt blieb er stehen.

»Ist es so?«, fragte sie. »Bist du deshalb hier? Ist es …«

»Verdammte Scheiße«, zischte er, fuhr herum und starrte auf sie hinunter. Auf einmal war zwischen den beiden eine Spannung, wie Benny sie bisher noch nicht wahrgenommen hatte. Als wären sie allein auf der Welt. Ihm war, als müsste er aus Anstand wegschauen, weil es ihn nichts anging.

»Ich habe so die Schnauze voll davon, ein Arschloch zu sein, Leslie! Dabei bin ich keins. Ich … nein, ich bin keins. Ich will nur – scheiße, ich *weiß* es nicht. Ich weiß nicht, was ich will. Ich will, dass da …« Sein Gesicht verzerrte sich. »Dass da mehr ist«, stieß er hervor. »Mehr als die Frage, wie man irgendwie die Zeit rumbringt. Mehr als Geborenwerden und Sterben und dazwischen das Problem, wie man irgendwie die Zeit totschlägt. Mehr als Geld. Mehr als … nichts. Ich halte das nicht aus! Wenn da nicht mehr ist, halte ich das nicht aus! Ich weiß nicht, was ich dann machen soll. Mir ist das so egal. Firma. Geld. Alles. Es ist mir so egal!« Seine Stimme war rau. »Verstehst du?« Er starrte auf sie hinunter. »Verstehst du das?«

Sie war ganz ruhig und schaute zu ihm hoch. »Und du glaubst, da kann ich dir helfen?«

Oliver packte sie an den Schultern, als wollte er sich an ihr festhalten. »Ja. Oder nicht? Grau. Benny. Der Zirkel. Der … Kelpie. Es ist ein Kelpie, oder? Das Pferd im See? Da ist doch wirklich ein Kelpie? Und Benny – er hat doch mit irgendetwas geredet, vorhin, das ich nicht sehen konnte? Bei den Gärten? Spanisch-Vokabeln, dass ich nicht lache! Da ist etwas. In diesem Tal. Da ist etwas mit dir. Du weißt etwas. Da ist mehr. Ich bin doch nicht blind. Da ist doch etwas?«

Lange hielt Leslie seinem Blick stand. Es sah aus, als würden seine Augen glühen. Er machte Benny richtig Angst.

»Ja«, sagte sie schließlich schlicht.

Er ließ sie los. »Gott sei Dank«, flüsterte er auf Deutsch. »Gott sei Dank.« Wie ein Blinder tastete er sich durch die Küche, sank auf die Bank, legte das Gesicht in beide Hände und flüsterte wieder: »Gott sei Dank.« Seine Schultern zuckten. Zuerst glaubte Benny, er würde weinen. Dann nahm er die Hände weg. Er lachte. »Ein Kelpie?«, fragte er.

»Ja«, sagte sie reglos.

»Gott sei Dank. Ein verdammter – ein Kelpie. Himmel. Und … Kobolde, ja?«

»Mehr, als gut für irgendjemanden wäre.«

»Geister?«

»Auch.«

»Feen?«

»Tausende.«

»Tausende«, wiederholte er andächtig. *»Tausende!«*

»Es ändert nicht so viel, weißt du?« Leslie verzog das Gesicht. »Es sind halt … Wesen, die es gibt. Ich weiß nicht, ob das wirklich etwas ändert.«

»Es ändert *alles*«, versicherte er ihr mit Nachdruck. »Oh, Leslie … danke.« Er lachte auf. »Danke! Tausende, sagst du? *Tausende?«*

Stumm nickte sie.

»Hier? Sind hier welche?« Wild schaute er sich um, als erwarte er, sie würden aus den Schubladen quellen, hinter den Schränken hervor, durch die Ritzen unter den Türen.

Unwillkürlich schaute sich Benny um. Er sah nichts.

»Eine Handvoll«, antwortete sie zu seiner Überraschung. »Aber nur ein einziges Wesen, das sich für uns interessiert oder uns überhaupt wahrnimmt. Die anderen haben Besseres zu tun.«

Olivers Hände krallten sich in die Tischkante. »Darf ich sie sehen? Es?«

»Er ist schüchtern«, erwiderte sie trocken. »Und wir haben zu tun.«

Gin schüttelte den Kopf, stellte Tassen auf ein Tablett und knallte es auf den Tisch. »Allerdings.« Sie musterte Oliver. »Wie alt bist du?«

»Vierzehn«, sagte Oliver. »Fast fünfzehn.«

»In deinem Alter fand ich die Welt noch spannend und rätselhaft genug, auch ganz ohne Feenwesen. Was ist mit euch Kindern bloß los heutzutage?«

Oliver blinzelte. »Ich …«

»Die Feenwelt ist kein Abenteuerspielplatz für Leute, die sich vor lauter Luxus langweilen. Es kann gefährlich und auch schrecklich sein. Genauso schrecklich wie alles andere. Wenn du einen Lebenssinn brauchst, dann geh in die Kirche.«

Leslie runzelte die Stirn. »Gin …«

»Ist doch wahr.« Strafend musterte Gin sie. »Ich bin mein Leben lang in die Kirche gegangen. Bis ich dich kennengelernt habe. Und … das alles. Da habe ich damit aufgehört. Weiß gar nicht, wieso. Hat mir gutgetan. Vielleicht sollte ich wieder damit anfangen.«

»Mach doch«, erwiderte Leslie. »Was hat das denn damit zu tun? Wenn es dir guttut, dann geh doch in die Kirche.«

»Mache ich auch«, sagte Gin. »Gleich am Sonntag.«

»Ist ja gut. Ich habe nichts gegen die Kirche.«

»Du bist durch und durch heidnisch«, erwiderte Gin vorwurfsvoll.

»Na und? Trotzdem mag ich die Lieder. Und Kirchen. Sie sind hübsch.«

»Darum geht es nicht. Es geht darum, dass das Leben einen verdammten Sinn ergeben sollte.«

»Das ist Sterblichkeit.«

»Was?«

»Der Sinn. Der Wunsch danach. Die Frage. Das ist Sterblichkeit. Schmerz. Angst. Nur Sterbliche stellen sich die Frage nach dem Sinn. Oder auch: Die Frage nach einem Sinn macht sterblich.«

»Das ist menschlich«, fauchte Gin. »Das ist einfach nur menschlich. Ist das so schwierig zu verstehen, Leslie MacGregor?«

»Überhaupt nicht«, sagte Leslie patzig. »Überhaupt nicht schwierig zu verstehen. Ich verstehe es sehr gut.«

»Es ist die andere Seite der Medaille«, sagte Gin stur. »Auf der einen Seite Angst und Schmerz. Auf der anderen Freude und Liebe. Hörst du? Man kann das eine nicht ohne das andere haben. Es gehört zusammen.«

»Richtig.« Leslie nickte. »Bei … uns. Hier. Drüben nicht. Du musst dich damit abfinden. Schmerz ist menschlich. Nicht universell. Es gibt Wesen, die ohne Leid existieren. Was wirklich unsterblich ist, kennt keinen Schmerz.«

»Und keine Liebe«, versetzte Gin mit harter Stimme. »Und keine Liebe, Leslie. Es gibt das eine nicht ohne das andere.«

»Schon gut. Kann sein. Hattest du eigentlich noch Marmelade da?«

»Was?«

»Vorhin, bevor Oliver gekommen ist, wolltest du mir ein Marmeladenbrot machen. Ich habe Hunger! Haben wir noch Marmelade da?«

Wütend starrte Gin sie an. »Ja. Ein bisschen.«

»Bekomme ich ein Marmeladenbrot?«, bat Leslie. »Dieses Herumphilosophieren macht mich nicht satt. Und noch habe ich einen Körper, der ernährt werden will.«

Erbost starrte Gin sie an, eine ganze Weile. Dann ein Knurren: »Setz dich hin.«

Folgsam schob sich Leslie neben Benny auf die Bank. Sie schaute Oliver an, während Gin verbissen herumhantierte. »Und, geht es dir jetzt besser?«, fragte Leslie ihn. »Jetzt, wo du glaubst, dass die Welt einen Sinn ergibt, nur weil es ein paar Wesen gibt, die nicht jeder Idiot sehen kann?«

Oliver sah etwas unsicher aus. »Ja, ich … denke schon.«

»Prima. Wir machen in …« Sie warf einen Blick auf die große Küchenuhr, die über einem abgewetzten Schränkchen mit Geschirr hing und in Bennys Augen frappierend nach einem Schnäppchen bei IKEA aussah, was nicht sein konnte. »In zwei Stunden und zweiunddreißig Minuten machen wir einen Deal mit einem Leprechaun. Einen Vertrag. Man unterzeichnet ihn nicht mit Blut, sondern mit einem Kugelschreiber, das ist natürlich ein bisschen enttäuschend, aber es ist trotzdem eine große Sache. Bei diesem Vertrag werde ich unter anderem versuchen, etwas für dich und Benny auszuhandeln, damit ihr sicher vor Alasdair seid. Und glaub mir, ihr werdet jede Hilfe brauchen, die ihr bekommen könnt. Hör genau zu, wenn wir verhandeln. Du verstehst ein bisschen was von Verhandlungen, oder?«

Oliver sah aus wie ein Kind, das vor dem Weihnachtsmann stand und feststellte, dass er nebst herrlichen Geschenken auch eine Rute im Sack hatte – und möglicherweise die Absicht, sie zu benutzen. »Äh – einen *Vertrag*? Ja. Also … ein bisschen was verstehe ich davon. Einen Vertrag über was genau?«

»Pass einfach auf, dass er mich nicht übers Ohr haut. Das tun sie ganz gern. Man darf es ihnen nicht übelnehmen. Es liegt in ihrer Natur.« Kurz schloss sie die Augen, als Gin einen Teller mit nicht gerade liebevoll geschmierten Marmeladenbroten zwischen ihnen auf den Tisch knallte. »Danke, Gin.«

»Erstick dran.«

»Sie meinen es vermutlich nicht einmal böse«, fuhr Leslie an Oliver gewandt fort, ohne Gin weiter zu beachten. »Sie sichern sich nur gern ihren Vorteil. Das verstehst du ganz besonders gut, nicht wahr?«

»Ich …«

»Vielleicht ist es gut, dass du hier bist. Ich verstehe nicht sehr viel von Verträgen. Gin und ich zerbrechen uns seit heute Morgen den Kopf, wie wir es am geschicktesten anstellen. Worauf wir achten müssen. Gin meint, wir haben bestimmt etwas übersehen.«

Es war bewundernswert, wie schnell sich Oliver fasste. Er blinzelte einmal, zweimal, dann wurde sein Blick wieder klar. Unwillkürlich fragte sich Benny, wie er mit dem Krötenkobold klargekommen wäre. Vermutlich, dachte er beschämt, besser als er selbst.

»Mit Vertragsrecht kenne ich mich nur bedingt aus«, sagte Oliver, räusperte sich und setzte eine sehr geschäftliche Miene auf. »Sehr bedingt. Aber ich sehe zu, was ich beisteuern kann. Was genau soll der Vertrag denn regeln?«

Leslie und Gin schauten einander an. Resigniert zuckte Gin mit den Schultern. »Schätze, wenn er etwas beisteuern soll, musst du es ihm erzählen.«

Leslie seufzte. »Na gut. Kurzfassung. Wir haben nicht mehr viel Zeit.«

Als sie fertig war, herrschte Schweigen. Benny warf einen Blick auf die Uhr. Noch eine Stunde vierundvierzig Minuten. Er bekam nicht gut Luft und wusste nicht, ob es an dem bevorstehenden Deal lag oder an dem Tritt in die Rippen. Oliver sah mitgenommen aus. Er nahm sich ein Marmeladenbrot, biss davon ab, kaute sorgfältig und schluckte. »Tauschen«, sagte er. »Du willst dort rüber.«

»Ja.«

»Morgen.«

»Wenn es geht? Wir werden sehen. So bald wie möglich.«

»Und dafür musst du sie treffen.«

»Ja.«

»Deine Schwester, die seit ihrer Geburt in der Feenwelt lebt.«

»Richtig.«

»Entschuldige, dass ich alles wiederhole. Ich muss nur sicher sein, dass ich es richtig verstanden habe. Es ist … viel auf einmal.«

Sie nickte.

»Und dazu musst du nach Glen. In einen bestimmten Raum.«

»Richtig. Dort gibt es einen Übergang. Es muss ein Feenwesen anwesend sein und ein Mensch. Dann öffnet sich der Durchgang, wenn man weiß, wie.«

»Und ihr tauscht die Körper bei diesem Treffen.«

»Wenn es gutgeht, ja.«

»Gut. In Ordnung.« Oliver biss erneut vom Brot ab, dann legte er es fort und kaute mühsam, es sah aus, als habe er Angst, an dem Bissen zu ersticken. »Das steht fest, ja? Das ist die einzige Möglichkeit, die du siehst?«

»Richtig.«

»Gefällt mir nicht.«

»Das ist egal.«

Prüfend schaute er sie an. An ihrem Blick prallte er ab, und das schien er zu begreifen. So wie Gin es schon lange begriffen hatte. Benny sah, wie er schluckte, der Adamsapfel an seinem dünnen Hals bewegte sich auf und ab.

»Dieser Leprechaun – was ist dabei für ihn drin?«

Benny erwischte sich dabei, heftigen Neid zu empfinden, fast schon Eifersucht. Oliver stellte nicht nur die richtigen Fragen, sondern er wirkte, als sei er auf einmal ganz Teil dieser Verschwörung. Er war unerwünscht dazugestoßen, während Benny eingeladen worden war, aber es war ein Gefühl, als wäre er, Benny, der Fremdkörper, und Oliver gehörte dazu.

»Sie leben hier, seit es sie gibt.« Leslie schaute zum Fenster, als sähe sie hinter den geschlossenen Vorhängen Dinge, die den anderen verborgen blieben. »Es ist ihr Tal. So wie es das Tal des Kelpies ist und das Tal der Banshees und der Morgenlichtelfen. Sie können nicht fort.«

»Und?«

»Es gibt diese alte Legende vom Goldschatz der Leprechauns.«

Oliver nickte. »Ja, kenne ich. Eine Goldader oder ein Goldschatz, den sie bewachen.«

»Genau. Ich weiß nicht, ob es nur eine Metapher ist oder ob es so etwas wirklich gibt. Wenn ja, liegt es hier in Glenshee. Auf jeden Fall wollen sie das Tal erhalten. Das ist der Kern des Deals: Das Tal wird erhalten. Sie helfen meiner Familie, Fuß zu fassen. Dort draußen. Und dafür sorgen die MacGregors dafür, dass das Tal so ursprünglich wie nur möglich erhalten bleibt.«

»Und jetzt steht die Frage im Raum, ob sie es überhaupt können?«

»So ist es. Die Kerrigans machen sich Sorgen.«

Langsam nickte Oliver. »Kann man ihnen trauen? Deinen zukünftigen Vertragspartnern?«

Leslie zuckte mit den Schultern. »Sie halten sich buchstabengetreu an Verträge. Immer.«

»Buchstabengetreu.« Er lachte. »Haben sie Anwälte?«

»Wie bitte?«

»Oh, buchstabengetreu ist immer Auslegungssache. Kennst du die Geschichte von dem Bauern, der mit einem Kobold oder so einen Vertrag abgeschlossen hat – ich glaube, er hat ihm für seine Hilfe angeboten, dass er im nächsten Jahr alles haben darf, was auf seinen Feldern wächst.«

»Natürlich.« Leslie grinste. »Er hat Kartoffeln angepflanzt. Die waren nicht *auf* seinem Feld, sondern *darunter*. Also ist der Kobold mit einer Riesenmenge Kartoffelkraut abgespeist worden.«

»Er war wütend«, sagte Oliver. »Und da hat sich der Bauer bereiterklärt, um der Fairness willen den Deal zu wiederholen.«

»Der Kobold bestand auf denselben Wortlaut wie beim ersten Vertrag«, bestätigte Leslie. »Weil er besonders schlau sein wollte.«

»Und der Bauer hat Weizen angepflanzt.«

Sie lächelten einander an.

»Das ist die einzige Geschichte, die ich kenne, bei der ein Mensch bei einem solchen Deal gut davongekommen ist«, sagte Oliver schließlich.

»Oh, es gibt noch ein paar mehr«, versicherte ihm Leslie. »Man muss eben ein bisschen vorsichtig sein. Aber Vater hat ja auch einen solchen Deal abgeschlossen, und es hat alles geklappt.«

»Einen Deal, den der Leprechaun jetzt hinter seinem Rücken torpedieren will, wenn ich es richtig verstanden habe«, sagte Oliver trocken.

»Weil die Bedingungen sich geändert haben«, wandte Leslie ein.

»Ich dachte übrigens immer«, sann Oliver, »Leprechauns wären *irische* Kobolde. Egal. Was genau möchtest du von dem Vertrag?«

»Erstens: Dass das Treffen keine Falle ist«, sagte Leslie. »Dass er für die Sicherheit garantiert, dass ich wirklich mit meiner Schwester sprechen kann.«

»Mhm.« Oliver nickte.

»Dann, dass der Schutz des Tals gewährleistet bleibt. Darin sind wir uns ja aber einig. Darauf werden wir nicht achten müssen, da wollen wir ja dasselbe.«

»Hm«, machte Oliver skeptisch. »Wenn du das sagst?«

»Ich kenne die Kerrigans, seit ich auf der Welt bin. Ja, ich bin absolut sicher.«

»Na gut.«

»Der schwierigste Punkt ist wahrscheinlich euer Schutz.«

»Unser Schutz?«

»Ja. Alasdair wird stinksauer auf euch sein. Auf dich und Benny. *Stink*sauer. Auf mich auch. Und auf Grau. Das wird ein wichtiger Punkt, den wir klären müssen: Dass er nicht an euch rankommt. Auch nicht nach eurem Abschluss, auch nicht in dreißig Jahren. Oder in fünfzig. Nicht an euch, nicht an die Leute, an denen euch was liegt.«

»Klingt nicht so furchtbar kompliziert«, sagte Oliver vorsichtig. »Aber genau das macht mir Sorgen. Hast du den alten Vertrag mal gesehen? Den mit deinem Vater?«

»Nie«, sagte Leslie. »Der ist im Safe.«

»Kommen wir da irgendwie ran?«

»Nicht in«, sie warf einen Blick auf die Uhr, »weniger als anderthalb Stunden. Nein.«

»Mir wäre wohler, wenn ich mir so etwas vorher mal anschauen könnte.«

»Klar. Verstehe ich. Aber es ist einfach nur ein Vertrag.«

»Gibt es einen Grund für die Eile? Was spricht zum Beispiel gegen morgen?«

»Neben der Frage, wie wir euch bis morgen Abend beschützen? Und der Tatsache, dass Alasdair weiß, dass wir etwas vorhaben, das ihm nicht gefallen wird? Drüben vergeht die Zeit anders. Jede Minute, die wir vertrödeln, kann für meine

Schwester Jahre bedeuten – oder ebenfalls nur Minuten. Je nachdem. Man weiß es nicht. Je schneller, desto besser.«

Oliver schüttelte den Kopf. »Das kommt mir alles so überstürzt vor.« Er schaute auf die Uhr.

Eine Weile Stille. »Was tust du dann eigentlich da drüben?«, fragte er scheu. »Wenn alles so klappt, wie du es dir vorstellst?«

Leslie lächelte versonnen. »Einem Baum beim Wachsen zuschauen, vom Keimen bis zum Ende. Darüber nachdenken, wie viele Sorten Regen es gibt und wie man sie nennen könnte und wie sie sich auf der Haut anfühlen. *Mensch-ärgere-Dich-nicht* spielen. Ausflüge hierher machen. Zuschauen, wie sich alles verändert und das meiste trotzdem gleich bleibt. Wie sich alles wiederholt. Wie die Kinder meines Bruders aufwachsen, vielleicht irgendwann seine Enkel.«

»Wie Benny und ich unseren Abschluss machen. Wie dein Bruder eines Tages stirbt. Wie vielleicht irgendwann Glen aufgegeben wird und verfällt.«

»Ja. All das.«

Sie saß da, so ruhig, so eingehüllt in diese Ruhe, dass Benny versucht war, die Hand auszustrecken und sie zu berühren. Nur, um zu wissen, ob es möglich war. So weit fort kam sie ihm schon vor.

Oliver sah aus wie verzaubert, auf seinem Gesicht lag ein seltsamer Glanz. Vermutlich, dachte Benny, war es das, was er gesucht hatte. Dieses *Mehr*. Für ihn, Benny, war das nichts. Er verspürte nicht einmal Sehnsucht danach, sich vorstellen zu können, einem Baum von Anfang bis Ende beim Wachsen zuzuschauen. Viel deutlicher spürte er Gins Schmerz. Er lag so offen in ihrem Gesicht, wenn sie Leslie betrachtete, dass er nicht begreifen konnte, dass Leslie es nicht sah. Oder, wenn sie es sah, dass es ihr nicht mehr bedeutete als dieses dämliche

Tal und unendlich viel Zeit, die sie überwiegend allein verbringen würde. Für Gin gab es nicht unendlich viel Zeit. Für Gin gab es nur begrenzte Zeit, von der sie nicht wusste, wann sie aufgebraucht wäre. Eines nicht allzu fernen Tages würde Leslie in Gins Haus kommen und eine gealterte Gin vorfinden, und dann würde sie sich nach ihrer Rückkehr vielleicht in einer endlosen Partie *Mensch-ärgere-Dich-nicht* verlieren, ohne zu bemerken, wie viel Zeit sie verprasste, und wenn sie damit fertig war, lebten in diesem Haus bereits andere Menschen. Die Zeit mit Gin war nicht unendlich. Gins Zeit mit Leslie war nicht unendlich. Sie war geizig in Sekunden abgezählt, die unaufhaltsam ihrem Ende entgegenrinnen würden. Begriff Leslie das nicht? Er schaute das schiefe, kleine Gesicht an, die schrägen Augen, die großen Ohren, den wunderschönen, wie mit dem Meißel gearbeiteten Nasenrücken über der etwas knollig geratenen Nase, und fragte sich betroffen, wie es sein konnte, dass jemand so sehr geliebt wurde und es nicht einmal bemerkte.

37 DER VERTRAG

Der Kerrigan klopfte nicht etwa an die Tür. Auch Grau kündigte ihn nicht an. Um Schlag elf saß er auf einmal auf der Fensterbank, baumelte mit den Beinen und lüpfte höflich den Hut. »Meinen besten Gruß, Herrschaften. Die Damen zuerst und dann die Herren. Das ist ja eine rechte Großversammlung hier.«

Leslie sah Benny zusammenzucken. Oliver gab ein Keuchen von sich, wie sie es einmal von einem scheuenden Pferd gehört hatte, und starrte den Leprechaun mit weit aufgerissenen Augen an. Rasch warf sie einen Blick zu Gin hinüber, halb in der Erwartung, zu sehen, wie sie ein Nudelholz packte, um es dem Kobold über den Schädel zu ziehen. Aber sie stand nur reglos da und starrte den Kerrigan an wie eine schreckliche Erscheinung. Dabei sah er sehr manierlich aus. Der struppige Bart war akkurat in Form gebürstet, die Schnallen an Schuhen und Hut auf Hochglanz poliert, sogar die Augenbrauen schien er sorgsam gekämmt zu haben.

»Sie sind sehr pünktlich, Mister Kerrigan«, sagte Leslie freundlich.

»Oh, eine Selbstverständlichkeit, Miss Leslie.«

»Wir waren jedoch woanders verabredet, wenn ich mich recht erinnere.«

»Wissen Sie, Miss Leslie – angesichts der Komplikationen mit Ihrem Bruder und des nicht unbeträchtlichen Fußwegs, den Sie noch hätten zurücklegen müssen, dachte ich mir, ich erspare Ihnen die Umstände.« Er nickte ihr freundlich zu und setzte seinen Hut wieder auf. Neugierig betrachtete er Benny und Oliver. »Diese beiden jungen Herren wurden mir noch nicht vorgestellt.«

»Mister Reutter und Mister Hegeling.«

»Sehr erfreut.«

»Auch«, krächzte Oliver. »Auch sehr erfreut, Mister …«

»Kerrigan ist mein Name.«

»Angenehm.« Oliver schien unsicher zu sein, ob man angesichts eines so kleinen Gegenübers die Hände schüttelte, und beließ es schließlich bei einem höflichen Neigen des Kopfs.

Leslie gefiel seine Neugier. Verflucht sollte er sein, ruhig dreimal und öfter, aber der Eifer, der so lebhaft in seiner Miene stand, gefiel ihr.

»Miss Leslie«, wandte sich der Kerrigan ihr zu. »Angesichts des Umstands, dass wir nur über eine Stunde dieser einschränkenden Ressource namens Zeit verfügen, sollten wir übereinkommen, dass der Höflichkeit Genüge getan wurde, und beginnen. Es ist ein recht einfacher Vertrag, aber sicher werden wir über einige Punkte dennoch sprechen müssen. Und sei es nur, dass Sie möglicherweise Fragen haben.« Er griff in die Brusttasche seiner Jacke und zog einen gerollten Bogen Papier heraus. »Ich habe mir die Freiheit genommen, einige Punkte schon vorzuformulieren. Wir werden sie besprechen, Ihre Punkte hinzufügen und den Vertrag dann noch einmal gemeinsam durchgehen. Sind wir bis Mitternacht fertig und uns in allem einig, wunderbar, dann unterzeichnen wir beide, und dann kann das von Ihnen gewünschte Treffen morgen Nacht stattfinden. Werden wir uns nicht einig, so treffen wir uns morgen erneut zu weiterführenden Verhandlungen, und wenn es nötig sein sollte, auch tags darauf und so weiter, bis wir alle zufrieden sind. Es ist mir wichtig, dass Sie zufrieden sind, Miss Leslie. Bedenken Sie die Tragweite der Angelegenheit, die zu regeln wir heute zusammengekommen sind. Ich möchte nicht, dass Sie etwas überstürzen. Ein solcher Vertrag ist unbedingt bindend, das sollten Sie im Auge behalten. Wir müssen uns also sorgfältig Gedanken machen, wie wir gewährleisten, dass alle Beteiligten auf ihre Kosten kommen.« Schwungvoll entrollte er das Papier. Es war mit zierlichen, handgeschriebenen Buchstaben bedeckt. Leslie und Oliver griffen gleichzeitig danach.

»Nun«, sagte der Kerrigan und schmunzelte. »Ich sehe, hier haben wir eine Art Anwalt. Lassen Sie ihn nur, Miss Leslie. Soll er lesen. Soll er fragen. Wie ist es, Mister Hegeling – mögen Sie vielleicht laut vorlesen, damit alle zugleich den Wortlaut des Vertrags erfahren, nicht nur Ihre neugierigen Augen?«

Olivers Blick huschte zwischen dem Kerrigan und dem Papierbogen hin und her. Leslie nickte ihm zu. Er nahm die Rolle an sich, glättete behutsam den oberen Teil und starrte darauf. Dann wieder auf den Kerrigan. Wieder aufs Papier. Dass sein Mund leicht offen stand, bemerkte er vermutlich nicht. Betont räusperte er sich. »Ergänzender Vertrag zwischen der Familie MacGregor und dem Kerrigan-Clan, Glenshee.« Er sah auf. »Ergänzend?«

»Oh, eine Formalität«, erklärte der Kerrigan und winkte ab. »Sehen Sie, Mister Hegeling, der Vertrag mit Mister MacGregor ist ja nun ebenfalls bindend, nicht wahr? Und einiges, was wir, nun, *vorhaben*, erfordert gewisse Anpassungen. Dieser Vertrag wird dem ursprünglichen Vertrag als Anhang beigefügt.«

Stirnrunzelnd betrachtete Oliver ihn. »Haben Sie den anderen Vertrag dabei?«

»Selbstverständlich nicht. Er darf nicht aus dem Herrenhaus entfernt werden.«

»Nun«, sagte Oliver, der unwillkürlich in einen ähnlich gespreizten Ton verfiel. »Es wäre ja aber recht naheliegend, dass wir auch den Originalvertrag sehen, nicht wahr? Wenn wir uns hier auf ihn berufen …«

»Die betroffenen Passagen, Mister Hegeling«, lächelte der Kerrigan, »sind in diesem Vertrag wortwörtlich aufgeführt. Nun lesen Sie doch erst einmal.« Er warf Leslie einen nachdenklichen Blick zu. »Ein sehr junger Mensch, nicht wahr?«

»Sehr jung«, bestätigte sie.

»Ich sehe es gern, wenn Besonnenheit bereits in jungen Jahren zu den ausgeprägteren Charaktereigenschaften eines Menschen gehört. Manche entwickeln sie nie. Die meisten versäumen es, möchte ich sogar meinen.« Bedauernd schnalzte er mit der Zunge. »Nun lesen Sie uns den Entwurf vor«, ermutigte er Oliver, der ihn misstrauisch anstarrte.

Ergänzender Vertrag zwischen der Familie MacGregor und dem Kerrigan-Clan, Glenshee

Der vorliegende Vertrag beruht auf dem Clanvertrag zwischen der Familie MacGregor und dem Kerrigan-Clan, hinterlegt zu Händen Angus Rory MacGregor, Glenshee. In einigen Punkten werden Ergänzungen hinzugefügt. Betroffene Passagen sind im vorliegenden Vertrag aufgeführt. Teile des vorliegenden Vertrags betreffen Punkte, die vom ursprünglichen Vertrag nicht berührt werden. Sie sind ebenso vollumfänglich gültig wie die Ergänzungen. Die Familie MacGregor und der Kerrigan-Clan sind zur Einhaltung dieses Vertrags verpflichtet. Handelt eine der Parteien jemals dem Vertrag zuwider, so werden den Schuldigen Elend,

Hunger und große Not treffen, Armut und Verlassenheit jenseits aller Vorstellungskraft. Ein solcher Verstoß bedeutet nicht die Aufhebung des Vertrags. Den Vertrag aufzulösen, ist unmöglich. Er gilt, solange wenigstens noch ein Mitglied des Kerrigan-Clans existiert und solange es wenigstens ein lebendes Mitglied der Familie MacGregor gibt. Hierbei entscheidet die Blutsverwandtschaft über die Familienzugehörigkeit. Angeheiratete oder auf andere Weise nur angenommene Mitglieder der Familie sind weder betroffen, noch im Rahmen der Vertragspartnerschaft geschäftsfähig.

Vertragspartner dieses ergänzenden Vertrags sind:

- *Leslie MacGregor, in Abwesenheit anderer volljähriger Mitglieder des MacGregor-Clans Bevollmächtigte der Familie*
- *Ein ehrenwertes Mitglied des Kerrigan-Clans, selbstverständlich ebenfalls volljährig und bevollmächtigt*

Oliver hob den Kopf. »Volljährig?«, fragte er stirnrunzelnd.

»Blutsverwandt?«, fragte Leslie im gleichen Augenblick leise.

Leslie sah, wie in den Köpfen der beiden Jungs Puzzlestücke ineinandergriffen. Fast war es hörbar. Bei beiden ging es schnell, allerdings kamen sie zu unterschiedlichen Schlüssen.

»Ihr seid Zwillinge?«, fragte Benny ungläubig. »Die Schwarze Banshee ist deine Zwillingsschwester?«

Oliver erwiderte ihren Blick, ohne zu blinzeln. Schaute sie nur an. Was dachte er? Seiner Miene konnte sie nichts entnehmen.

»Seamus, Sohn von Molly«, sagte sie. Er sah sie weiter unverwandt an.

»Man schuf dich aus einem Darm«, fuhr sie mit nicht ganz fester Stimme fort.

»Der Haut einer Kuh
Etwas Speck, und, nanu
Einem prächtigen Schwarm
Toter Fische von Glenshee.«

Sie wusste noch, wie sie nebeneinander auf dem Zaun gesessen hatten. Er hatte jede Zeile nur einmal nachgesprochen und danach nicht mehr vergessen. Ein gutes Gedächtnis. Hatte ihr imponiert.

Reglos sah er sie an. *Sag etwas,* dachte sie. Aber er schwieg.

»Nun ja«, ließ sich der Kerrigan vergnügt vernehmen. »Ganz so barbarisch geht es dabei nicht zu. Ich kann mich nicht erinnern, dass wir tote Fische verwendet hätten. Überhaupt nichts, was nicht frisch gewesen wäre.«

»Was?«, fragte Benny. Sie beachtete ihn nicht. Ihr war schwindelig.

Da streckte Oliver die Hand aus und ergriff die ihre. Zitternd stieß sie die Luft aus, ihr war nicht bewusst gewesen, dass sie aufgehört hatte zu atmen.

Er sagte nichts. Seine Hand war warm. Ihre war kalt. Er begriff. Sie sah es deutlich. Er begriff genau. Und er hielt ihre kalte Hand in seiner warmen und schwieg.

Sie zog ihre Hand zurück. »Blutsverwandt?«, fragte sie heiser, ohne den Blick von Olivers reglosem Gesicht abzuwenden.

»Nun, Miss Leslie … es erfordert gewisse Maßnahmen, um einen Körper zu beleben. Eine Verbindung. Ein Element, um Ihren Geist, Ihre Seele, um *Sie* in diesem Körper zu verankern, der nicht der Ihre ist. Sie sind ein freies, ein körperloses Geschöpf. Man kann die Essenz eines Wesens, das keinen Körper besitzt, nicht in totes Fleisch hineinzwingen. Also haben wir Sie verankern müssen.«

»Mit Blut von meiner Schwester?«, fragte sie. Endlich wandte sie den Blick von Oliver ab und schaute den Kerrigan an.

Er sah verlegen aus. »Nicht … nur«, sagte er. »Verzeihen Sie, Miss Leslie, aber das alles sind uralte Familiengeheimnisse. Die genaue … Rezeptur bewahrt jeder Clan mit größter Sorgfalt. Ich kann Ihnen nur versichern, dass Sie die Anforderungen an Blutsverwandtschaft mit dem MacGregor-Clan in nahezu vollkommener Weise erfüllen. Sie sind eine MacGregor. Und somit sind Sie als derzeit einzige geborene … nun ja. Also, als einzige *volljährige* MacGregor, dem Blut nach, die sich derzeit in Glenshee aufhält, sind Sie das augenblickliche Oberhaupt der Familie. Und somit sind Sie im Rahmen unserer kleinen Verhandlung hier in jeder Weise geschäftsfähig.«

In ihren Schläfen pochte das Blut. Schweineblut, hatte sie manchmal gedacht. Rinderblut. Fuchsblut vielleicht. Aber vermutlich hatten sie Menschenblut verwendet. Zumindest zu einem Teil. Blut der MacGregors.

Blut ihrer Schwester.

»Weiß Vater das?«, fragte sie. »Dass ich dem Vertrag nach als MacGregor gelte? Weiß es Alasdair?«

Der Kerrigan schüttelte den Kopf. »Nein.«

»Aber Sie – Sie wussten es von Anfang an, schon als Sie den Vertrag aufgesetzt haben. Damals, mit Vater. Nicht wahr?«

»Das klingt so sehr nach Berechnung, Miss Leslie. Wir konnten nicht wissen, dass sich Ihr Vater eines Tages von Glenshee abwenden würde, um sein Glück in der Welt zu versuchen. Und wenn er es nicht getan hätte, wenn sich nicht solche Probleme ergeben hätten, dann würden wir hier nicht beisammensitzen. Es handelt sich vielmehr um einen glücklichen Zufall, dass wir diese Lücke entdeckt haben. Den Passus mit der Volljährigkeit und der Blutsverwandtschaft hat Ihr Vater formuliert. Nicht wir. Er hat darauf bestanden.«

»Um mich auszuschließen«, sagte sie. »Und meine Mutter.«

Seine dunklen Augen funkelten amüsiert. »Ich nehme es an.«

»Und Sie haben ihn nicht darauf hingewiesen, dass diese Sicherung in Bezug auf mich keine Gültigkeit besitzt?«

Unbewegt schaute er sie an. »Nein, Miss Leslie. Das haben wir nicht.«

»Die ehrenwerten Mitglieder des Kerrigan-Clans sind niemals mit Kartoffelkraut nach Hause gegangen, nicht wahr?«, erkundigte sie sich.

Ein spitzbübisches Grinsen breitete sich über sein Gesicht aus. »Niemals, Miss Leslie.«

»Dachte ich mir«, sagte sie. »Kommen wir zum nächsten Punkt. Oliver?«

Benny beneidete Oliver um seine Ruhe. Nachdem er anfangs ziemlich blöd aus der Wäsche geschaut hatte, sah er jetzt ganz geschäftsmäßig aus. Er verlas den Rest des Vertrags, der sich überwiegend darauf konzentrierte, Bennys und Gins Schutz gegen eventuelle Übergriffe der MacGregors zu gewährleisten. Oliver wurde in den Vertrag aufgenommen, indem der Kerrigan nachlässig mit der Hand winkte, worauf sich auf dem Papier sein Name zwischen die anderen drängte. In der *Angelegenheit zwischen den Schwestern MacGregor* sicherten die Kerrigans ihre Neutralität zu und versicherten, die Verhandlungen und Bedingungen des Wechsels ganz den beiden Schwestern zu überlassen.

»Was ist mit Leslies Schutz?«, fragte Oliver. »Ihr Name fehlt noch.«

»Das ist in Ordnung.« Leslie verzog das Gesicht. »Ich habe sozusagen einen natürlichen Schutz.«

»Und das heißt?«

»Das heißt, dass niemand weiß, was mit meiner Schwester geschähe, wenn mir etwas zustößt. Vielleicht macht es nichts. Wahrscheinlicher aber ist, dass sie mit mir zusammen sterben würde.«

Oliver hob die Brauen und starrte sie erschrocken an. »Das ist …«

»Ein Nebenprodukt der … Belebung«, warf der Kerrigan ein und schaute zur Uhr. »Der Tod von Miss Leslie, den wir alle uns selbstverständlich nicht vorstellen mögen, würde die Verbindung, die wir geschaffen haben, mit solcher Gewalt zerreißen, dass schreckliche Folgen für ihre Schwester mit Nachdruck nicht ausgeschlossen werden können. Was meinen Sie, Mister Hegeling, weshalb man in früheren Zeiten, als die Menschen sich noch zu benehmen wussten, den sogenannten Wechselbälgern – Verzeihung, Miss Leslie – mit einem gewissen scheuen Respekt begegnet ist? Weil zwischen ihnen und der Feenwelt immer eine besondere Verbindung besteht. Nein, für Miss Leslies Schutz muss nicht gesorgt werden. Wäre das notwendig, ich weiß nicht, ob wir hier noch zusammensäßen. Verzeihen Sie meine Offenheit. Aber möglicherweise hätte Miss Leslies Bruder sie bereits vor Jahren im Moor ertränkt, wenn nicht die außerordentlich große Wahrscheinlichkeit ihm deutlich vor Augen stünde, dass diese Tat eine größere Tragweite haben könnte, als er in diesem Augenblick überschaut.«

Stumm saßen sie da. Gins Gesicht war reglos. Benny schaute Leslie an, die ebenfalls ganz ruhig aussah. Was ging in ihr vor, wenn sie das hörte? Wie war es, wenn der eigene Bruder einen umbringen würde, wenn er nur könnte? Vielleicht nicht aus Berechnung, sondern im Affekt. Wenn ihn möglicherweise schon oft nur die Ungewissheit zurückgehalten hatte, was dann mit seiner Schwester geschehen würde. Mit seiner richtigen Schwester.

Oliver räusperte sich und las weiter vor.

»Die Vereinbarung sollte sich auch auf unsere Angehörigen beziehen«, sagte er heiser, nachdem er fertig war.

»Sicher«, stimmte der Kerrigan zu. »Was möchten Sie in diesem Sinne als Angehörige verstehen? Blutsverwandt? Angeheiratet? Was ist mit Freunden? Haustieren?«

Oliver überlegte. »Vielleicht ist es besser, es nicht an den Personen festzumachen, sondern an der Absicht. Die MacGregors müssen verpflichtet werden, nichts zu unternehmen, was die Absicht verfolgt, uns in irgendeiner Weise zu schaden.« Er schaute Leslie an. »Was meinst du?«

»Zu schaden, zu nötigen oder zu beeinflussen«, ergänzte sie.

»Sehr gut«, stimmte Oliver zu. Mit einem Nicken ließ der Kerrigan noch mehr Buchstaben aufs Papier wachsen, es sah aus, als würden in dem feinen Pergament winzige Blütenranken keimen. Oliver verlas die Stelle noch einmal und schaute auf die Uhr. »Ich würde gern darüber schlafen«, sagte er zweifelnd.

»Es ist eine klassische Passage«, sagte der Kerrigan freundlich. »Nahezu wasserdicht.«

»Nahezu?«

»Nichts ist vollkommen sicher, Mister Hegeling. Bedauerlicherweise wurde der vollkommene Vertrag noch nicht erfunden. Nicht einmal von uns. Man kann nur versuchen, ihn zu optimieren. Größtmögliche Sicherheit, niemals vollkommene. Sehen Sie – uns selbst sind damals beim Vertrag mit dem MacGregor-Clan einige *kleine* Fehler unterlaufen, die uns jetzt schwer zu schaffen machen. Dass Mister MacGregor das Tal verlässt und es der Obhut seines siebzehnjährigen

Sohns überlässt, war nicht vorgesehen, aber wir haben uns nicht gegen einen solchen Fall abgesichert. Wir haben geglaubt, der Schutz des Tals wäre beiden Clans gleich wichtig. Nun stellt sich heraus, dass wir uns geirrt haben. Und dazu kommt: Zwar hat er den Schutz des Tals im Rahmen seiner Möglichkeiten versprochen – aber was, wenn diese Möglichkeiten durch seine Fehlentscheidungen so stark eingeschränkt werden, dass es nicht ausreicht? Und was, wenn er dort draußen in der Welt seinen Weg macht und sich von unserer Hilfe in einem Maße unabhängig macht, das wir nie einkalkuliert haben? Ich möchte Sie nicht mit den Details langweilen, aber ich darf andeuten, dass wir uns zwar nicht in einer konkreten Notsituation befinden, aber durchaus die Entwicklung einer solchen befürchten. Wir haben uns dagegen abgesichert, mit Kartoffelkraut oder den Wurzeln des geernteten Weizens abgespeist zu werden. Aber die Möglichkeit, dass Mister MacGregor vielleicht eines Tages seine Felder gar nicht mehr bestellt, weil er dem Bauerndasein den Rücken kehrt, bildlich gesprochen, die haben wir nicht berücksichtigt. Wir haben noch nie Kartoffelkraut bekommen, nein. Aber wir sehen die Gefahr, in nicht allzu ferner Zukunft sogar noch weniger als das zu erhalten. Nichts nämlich. Die Leistungen des MacGregor-Clans sind an unsere Gegenleistungen geknüpft. Aber wenn unsere Gegenleistungen nicht mehr erwünscht sind, dann steht es Mister MacGregor im Grunde genommen frei, uns unserem Schicksal zu überlassen. Wir hielten unsere Hilfe für wertvoller, als sie es langfristig zu sein scheint.«

»Aber auch er liebt das Tal«, protestierte Leslie halbherzig. »Er wird doch nicht zulassen, dass man es zerstört, solange er irgendeine Möglichkeit sieht …«

Fast schien Zärtlichkeit im Blick des Kerrigans zu liegen, als er sie anschaute. »Für Ihren Vater ist das Tal vor allem eine ergiebige Ressource, Miss Leslie. Aber der Erhalt des Tals in einer Welt wie der heutigen ist eine große finanzielle und zeitliche Belastung. Das haben wir nicht gewusst. Man respektiert heutzutage gewisse Dinge nicht mehr. Es ist schwierig geworden, Abgeschiedenheit zu bewahren, weil Menschen Freude daran haben, solche Abgeschiedenheit in großen Massen heimzusuchen. Natürlich, wir würden uns der touristischen Erschließung unseres schönen Tals entgegenstellen. Wir würden für Unfälle sorgen. Für unerklärliche Ereignisse. Notfalls sogar für das grauenhafte Ende des einen oder anderen Bauarbeiters, als abschreckendes Beispiel.« Seine Augen brannten vor Entschlossenheit. Dann seufzte er, und das Feuer verging. »Aber ob das hilft? Kann man jemandem, der viel Geld in etwas gesteckt hat, so große Angst machen, dass es die Angst vor dem Verlust seiner Investitionen übersteigt? Und selbst wenn sich die Bauarbeiter zurückziehen sollten, haben wir nichts gewonnen. Dann wimmelt es hier vor Pressemenschen, die überall herumstampfen und unserem schönen Tal Beinamen wie *Spuktal* verpassen oder *Tal des Todes*. Ruhe könnten wir dann nicht mehr erwarten. Miss Leslie, uns steht ein langer und großer Kampf bevor. Unsere heutige Vereinbarung ist nur der allererste mühselige Schritt von vielen.« Der Kerrigan räusperte sich, nahm den Hut ab und drehte ihn in den Händen. Er sah schwer betrübt aus. Dann wurde ihm offenbar bewusst, dass alle ihn anstarrten. »Aber genug Trübsal geblasen«, rief er munter aus und setzte den Hut wieder auf den Kopf, der erstaunlich lang und spitz wirkte. »Wir sind ja hier, um es zu richten. Zum Wohlgefallen aller, bis auf Mister MacGregor möglicherweise, und auch dem wird es ja immerhin nicht direkt schaden. Gar nicht, wenn ich es recht bedenke, nur ärgern wird er sich. Pah! Das sei ihm gegönnt. Geärgert haben wir uns auch. Reichlich.« Seine scharfen schwarzen Augen richteten sich auf Benny. »Ihr Einverständnis bräuchte ich noch, Mister Reutter.«

»Mein Einverständnis für was?«

»Für Ihre Rolle als Anker.« Der Kerrigan zog einen weiteren Vertrag aus der Brusttasche. »Den schließen wir zu zweit ab, Sie und ich. Es geht um die Begleitung von Miss Leslie.«

»Morgen?«, fragte Benny. »Meinen Sie, zu dem Treffen mit ihrer Schwester?«

»Richtig. Morgen. Oder übermorgen.« Mit einem Seitenblick auf die Uhr seufzte der Kerrigan. »Es erfordert doch immer mehr Zeit, als man so denkt.« Die Uhr zeigte Viertel vor zwölf. »Verflixte Regeln. Aber tatsächlich ist ein solcher Vertrag nur gültig, wenn er in den Minuten um Mitternacht unterzeichnet wird. Fragen Sie mich nicht, warum, ich weiß es selbst nicht, möglicherweise nur eine dumme Familientradition. Schauen Sie es rasch durch. Dieser Vertrag gewährleistet Ihre absolute Sicherheit. Niemand dort darf Sie anrühren, solange Sie nicht selbst aus freiem Willen tätlich gegen ihn werden. Sie sind der Anker in die Menschenwelt, eine wichtige, aber gänzlich verantwortungsfreie Position. Wäre sie dazu noch gut bezahlt, würde ich Sie darum beneiden.« Er kicherte leise.

»Wozu braucht man einen Anker?«, fragte Oliver.

»Damit das Tor offen bleibt«, antwortete Leslie anstelle des Kerrigans. Ihr Blick zur Uhr war nervös. »Befinden sich im Raum nur Feenwesen, kann sich der Durchgang schließen. Und ob ich jemals als Mensch gezählt habe und ob meine Schwester es noch tut, und was im Augenblick unseres Körpertausches ist, das wissen wir nicht. Also brauchen wir einen Anker.«

»Ich komme mit«, sagte Oliver entschlossen.

»Das ist lieb«, sagte Leslie verwundert.

»Aber leider nicht möglich«, bedauerte der Kerrigan. »Leider. Es tut mir leid. Aber in diesem Punkt war Ihre Schwester sehr eindeutig. Sie hat dem Treffen zugestimmt und ist dem Vorhaben durchaus nicht abgeneigt. Aber sie misstraut den Menschen. Ihre Bedingung ist, dass Mister Reutter der Anker ist. Sie sagt, er habe sie bereits einmal beschützt, obwohl kein Anlass bestand. Das hat ihr sehr imponiert. Sie, Mister Reutter, haben sich offenbar das Vertrauen unseres kleinen Mädchens erworben, kürzlich am See.« Er seufzte. »Es wird schwer sein, sie jetzt so schnell aufwachsen zu sehen«, klagte er. »Fünfzig oder sechzig Jahre der menschlichen Zeit, das ist so wenig. So beklagenswert, so jammervoll wenig, und so schnell vorbei.«

Gemeinsam prüften Oliver und Leslie Bennys Vertrag und fanden nichts zu beanstanden.

»Hm«, machte Oliver schließlich unschlüssig. »Ich habe nichts gegen die Verträge einzuwenden. Obwohl es mir wirklich sehr viel lieber wäre, wenn ich mitkommen könnte.«

»Prächtig!«, strahlte der Leprechaun und warf einen raschen Blick auf die Uhr. »Dann können wir ja loslegen!«

»Kann Grau mitkommen?«, fragte Benny plötzlich. Alle Blicke wandten sich ihm zu.

»Äh«, machte der Kerrigan. »Das ist ... ein recht plötzliches und dafür sehr gewichtiges Ansinnen. Und Sie müssen bedenken, dass dieses Tier ... nun, dass es sich nicht gern in der Nähe von Glen aufhält.«

Gin strahlte Benny an. »Das ist eine gute Idee«, sagte sie erleichtert. »Wenn Grau dabei wäre, würde ich mich erheblich wohler fühlen.«

»Beim Grund des Loch Dall«, seufzte der Kerrigan. »Dann, in Pans Namen, soll es so sein, nur müssen wir zum Ende kommen. Er wird sich doch benehmen?«

»Solange niemand Unsinn anstellt, wird er das tun«, versicherte Leslie. Sogar sie sah erleichtert aus.

»Gut, gut«, sagte der Kerrigan und schleuderte mit einer mürrischen Geste einen weiteren Passus auf den Vertrag. Er sicherte Graus vollkommene Sicherheit auf Glen und gestattete ihm einzugreifen, wenn er die Sicherheit der Verhandlungen aus vernünftigem Grund gefährdet sah. »Wobei ich hoffe«, murrte der Kerrigan, »dass dieses Wesen mit dem Begriff Vernunft etwas anzufangen weiß.«

»Das weiß er«, sagte Leslie sanft. »Danke, Mister Kerrigan.«

»Schon gut«, brummte der Leprechaun. »Ich werde es ihr schon irgendwie erklären. Ich weiß noch nicht, wie, aber mir fällt schon etwas ein. Noch drei Minuten. Und eine kleine Bitte meinerseits: Wenn Sie schon hier und da und dort noch diesen und jenen Passus einfügen, so möchte auch ich mich noch ein wenig absichern – nur für den Fall, dass etwas schiefgeht. Nicht, dass ich Ihnen misstraue – nur für den Fall, dass sich doch unvorhergesehene Probleme ergeben. Nicht unbedingt jetzt. Aber später.«

»Was für Probleme?«

»Solche, wie wir sie beispielsweise jetzt haben«, erklärte der Kerrigan, dessen Gelassenheit angesichts der Aussicht, Leslies Schwester Graus Anwesenheit erklären zu müssen, sichtlich gelitten hatte. »Schauen Sie, es handelt sich um eine Winzigkeit. Um ein Stück Land. Es ist kein wichtiges Stück Land. Es betrifft … nun, ein kleines Stückchen Land ganz am Ende des Tals. Im hintersten Winkel.«

»Und was ist damit?«, fragte Leslie mit einem raschen Blick auf die drängende Uhr.

»Ich möchte, dass es dem Kerrigan-Clan überschrieben wird.«

»Aber – ich glaube, das kann ich nicht. Oder?«

»Doch«, sagte er. »Das können Sie. Oder zumindest können wir festlegen, dass es uns überschrieben werden muss. Es handelt sich in Ihren Augen vermutlich um wertloses Land. Aber für unseren Clan … nun, falls das Tal doch verkauft werden sollte, dann wäre es für uns … dieser kleine Teil des Tals ist uns sehr wichtig.«

Eine Minute. Leslie nickte, und ein Wink des Kerrigans schleuderte eine weitere Passage aufs Papier. Sie beinhaltete die Verpflichtung, den Kerrigans eine Parzelle von vierzig Quadratmetern im Umkreis eines bestimmten Baums im südlichsten Teil des Tals zu übertragen, zudem die Aufhebung der Passage aus dem Originalvertrag, dass die Kerrigans keinerlei weltlichen Besitz am Tal pflegen dürften. »Das ist dazu leider nötig«, sagte der Kerrigan zerknirscht.

»Schon in Ordnung«, winkte Leslie ab. Aus einem Glas auf der Fensterbank zückte sie einige Kugelschreiber und verteilte sie. »Ich glaube nicht, dass dieses Stück Land irgendwem etwas bedeutet – außer natürlich Ihrem Clan.«

Im Blick des Kerrigans lag Dankbarkeit, als er sie anlächelte. Sogar Benny verstand, dass dieses Stück Land in der Tat mehr bedeutete als nur ein wenig Erde und einen Baum. Vor seinem geistigen Auge sah er, wie Touristen in einem von den MacGregors aufgegebenen Glenshee herumstreunten … und dort hinten in der Ecke auf eine von Leprechauns errichtete Mauer stießen, hinter der sich angeblich ein Brunnenschutzgebiet befand oder auf dem ein kleines Häuschen stand.

Und darunter, irgendwo auf diesen vierzig Quadratmetern, befand sich eine Goldader oder der gewaltige Koboldschatz des Kerrigan-Clans.

38 SCHWESTERN

Die Große Halle wimmelte vor Kobolden. Sie saßen auf dem Treppengeländer, hingen in langen Reihen unter der Decke und an den Wänden, grinsten Benny, Leslie und Grau aus jedem Winkel an. Sie saßen auf den Wappen, Schilden, den Rändern der Wandteppiche und den polierten Waffen. Grün und rot bekleidet und alle mit demselben idiotischen Lächeln von Ohr zu Ohr. Selbst Grau grollte tief in der Kehle auf. Bennys Herzschlag setzte aus. Dann begriff er. Da war also die ganze grüne und rote Pappe geblieben.

»Mrs. Lieberman«, sagte Leslie. »Letztes Jahr hat sie überall Rentiere aufstellen lassen.«

»Anspruchsvoller Kunstunterricht«, sagte Benny nach einem tiefen Atemzug gefasst.

»Sie verbindet es mit dem Wirtschaftsunterricht. Ein Spiel, bei dem die Schüler Material einkaufen und verarbeiten und die Ergebnisse im Eiltempo verkaufen, bis der Markt gesättigt ist und etwas anderes gewünscht wird, und dabei so gut wie möglich die Balance zwischen günstigem Masseneinkauf und Lagerkosten und Restbeständen – du verstehst.«

»Ach so«, sagte Benny. »Hübsch jedenfalls.«

»Sehr«, stimmte sie zu. »Ich habe mich schon gefragt, was es dieses Jahr sein wird. Sie dekorieren immer am 30. November, so dass ab Dezember alles hübsch und weihnachtlich ist.«

»Die Dinger hängen hier einen ganzen Monat lang?«

»Fast, ja. Bis Weihnachten eben. Dann kommt die Neujahrsdeko.«

»Luftschlangen? Sektgläser aus Pappe?«

»Wart's ab«, sagte sie geheimnisvoll.

Wie einer wortlosen Absprache folgend, hörten sie beide mit dem Geplapper auf und schauten zur Treppe. Sie kam Benny breiter vor als sonst, höher, als wäre es ein gutes Stück Arbeit, sie zu bewältigen. Noch mehr als an seinem ersten Tag auf Glen, der so lange zurückzuliegen schien, und noch fremder. Statt der Pappweihnachtsmänner und -kobolde sah er das kleine Rudel Erstklässlerzwerge vor sich und Alasdair, der sie herumscheuchte. Und seinen Vater.

Grau schmiegte den Kopf in Leslies Hand. Er war spürbar nervös, ganz anders, als Benny ihn draußen und bei Gin kannte. Sichtlich unwohl fühlte er sich, und seine Gegenwart verlieh Benny nicht halb so viel Sicherheit, wie er gestern Nacht noch geglaubt hatte.

»Komm«, sagte Leslie. Gemeinsam stiegen sie die Treppe hinauf.

Glen lag so still da, als wäre niemand außer ihnen hier. Benny glaubte den Wind zu hören, der draußen an den dicken Mauern entlangstrich, hungrig und verloren. Er spürte seinen Körper so deutlich und bewusst, wie er es sonst nur beim Laufen tat, das regelmäßig pumpende Herz, die Lungen, die Luft einsogen und ausstießen, die kribbelnde Haut, die Muskeln und Sehnen bedeckte. Den ganzen Tag war es ihm schwergefallen, nicht darüber nachzudenken, dass Leslies Körper von Koboldhänden geschaffen worden war. Sie hatten kaum darüber gesprochen. Überhaupt hatten sie nach einer seltsamen Nacht auf dünnen Matratzen und Decken in der Küche kaum über alles geredet. Bleiche Gin, rastloser Oliver, Kekse, Tee, Marmeladenbrote und *Mensch-ärgere-Dich-nicht*.

Und Grau, der aufgehört hatte, seine Runden zu drehen, und ständig in Leslies Nähe blieb. Der Tag war viel zu schnell vorübergegangen, aber im Rückblick kam es ihm vor, als hätten sie wochenlang dort gesessen. Wochenlang Kekse und Tee und Marmeladenbrote und das Klackern der Würfel. Kein Sil, der die Figuren still zurückbrachte, sondern Lumpi, der empört krähte, wann immer eine bunte Figur durchs Zimmer flog, und sie unablässig schimpfend zurück auf den Tisch stellte.

»Da hast du mir eine Pest angeschleppt«, hatte Gin Leslie vorgeworfen. »Er mag ja alles sauber machen, schön und gut, aber wenn ich einen Haustyrannen hätte haben wollen, dann hätte ich geheiratet. Ich darf den Pullover von gestern nicht noch mal anziehen, weil er einen kleinen Fleck hat und außerdem ein winziges Loch ausgebessert werden muss, ist das zu fassen?« Ihre Stimme hatte keine Schärfe, sondern klang müde, aber sie hatte den ganzen Tag ihr Bestes gegeben, sich ganz normal zu verhalten, bis sie am Ende völlig erschöpft davon war.

Das alles schien so lange zurückzuliegen, als stammten die Erinnerungen aus einem anderen Leben. Jetzt waren sie hier auf Glen. Stilles, fremdes Glen. Und noch fremder wurde es, als sie, ohne jemandem begegnet zu sein, den Schweinetrog durchquerten. Die Türen der Speisesäle standen offen, die Böden und dunklen Bahnen der langen Tafeln glänzten.

»Sind wir schon in der Feenwelt?«, fragte Benny unwillkürlich. »So ein bisschen? Es ist so fremd hier.«

»Das weiß man nicht immer mit Sicherheit«, erwiderte sie, und er wünschte, es hätte scherzhafter geklungen. »Schscht, Grau. Ist ja gut.«

Die Schatten, an deren träges Fließen sich Benny in den paar Tagen nicht hatte gewöhnen können, lauerten fast reglos in den dunklen Ecken und Winkeln der alten Burg. Er erwischte sich dabei, dass er Oliver beneidete, der jetzt bei Gin zu Hause saß. Andererseits waren die beiden dort jetzt wahrscheinlich vollkommen damit beschäftigt, beim Warten nicht verrückt zu werden.

Er dachte an den Vertrag. Ihm würde nichts passieren. Er würde nur zuschauen, wie die beiden Schwestern die Körper tauschten, wie auch immer so etwas aussehen mochte. Scheu warf er Leslie einen Seitenblick zu – in diesem Körper würde bald jemand anders wohnen, aus diesen Augen schauen und diese Haare aus der Stirn streichen.

Grau würde zu Gin laufen, wenn alles vorbei war. Damit sie Bescheid wussten. Dann würde Oliver zurück nach Glen kommen, und sie beide, er und Benny, würden vermutlich noch eine Weile im Kaminzimmer sitzen, Nachtruhe hin oder her, dann würden sie schlafen gehen und eine Weile, vielleicht ein paar Tage lang, die Fragen aushalten, wo sie gesteckt hatten, bis die anderen es aufgaben. Und dann würden sie abwarten. Abwarten, wie es sein würde. Und wenn sie Grau sahen, würden sie sich immer fragen, ob er allein war oder ob Leslie zu Besuch kam. Immerhin – diesen Trost hatte Gin. Nach dem Tod seiner Mutter hatte sich Benny ein paarmal eingebildet, sie käme in Gestalt kleiner Tiere zurück. Einmal hatte ein Eichhörnchen vor seinem Fenster gesessen und ihn lange gemustert, so aufmerksam, wie Eichhörnchen es sonst höchstens für wenige Sekunden zustande brachten, aber dieses hatte ihn angesehen, als würde es über ihn nachdenken. Da hatte er fest geglaubt, gegen alle Vernunft, dass sie nach ihm schaute. Und manchmal hatte er geglaubt, ihren Blick in Jabbas Augen zu sehen, wenn der Kater ihn betrachtete. Ein dummer, ein kindischer Trost, an dem er sich manchmal wider besseres Wissen heimlich festgehalten hatte.

Aber für Gin würde es anders sein. Sie würde Grau anschauen und *wissen*, dass Leslie zu Besuch gekommen war. Würde ihren Namen sagen, und statt zu blinzeln und davonzutrotten, würde Grau sie vergnügt anhecheln, den Kopf in ihre Hand schieben und sich die Ohren kraulen lassen, und Gin würde wissen, nicht hoffen oder glauben oder sich wünschen, sondern *wissen*, dass es wirklich Leslie war. Fort, aber nicht tot. Und sie würde über Gin wachen, solange Gin lebte. Er wusste, dass es ein schlechter Moment war, ein unpassender, aber ihn überfielen heißer Neid und Zorn auf den Krebs und die Dummheit seiner Mutter, die bis zur letzten Sekunde mit dem unliebsamen Arztbesuch gewartet hatte, die klaglos die Schmerzen hingenommen hatte, bis es zu spät war. Zorn, weil andere sich nicht trennen mussten. Weil es nicht fair war und weil es keinen Vertrag gab, auf dem stand, dass es fair zugehen musste. Niemanden, bei dem er einfordern konnte, dass so etwas nicht geschah. Weil er so hilflos ausgeliefert war. Aber der Zorn war ein anderer als der, den er kannte. Kein Tentakel regte sich in seinem Innern, und keine unheimliche Kraft erfüllte ihn und ließ ihn glauben, er sei unbesiegbar. Klein und hilflos fühlte er sich, und er wünschte, er wäre nie nach Glen gekommen.

Leslie spürte, wie sich Bennys Zorn regte, bevor die Schatten es taten. Sie schaute ihn von der Seite an, und da war es, dieses seltsame Lodern in seinen Augen. Da kam auch schon Bewegung in die Schatten, sie glitten lautlos übereinander, schienen sich, obwohl sie keine Nasen besaßen, schnüffelnd zu strecken, lauschten ohne Ohren, suchten. Behutsam legte sie Benny eine Hand auf den Arm, und er fuhr zusammen. »Schscht«, machte sie.

Irgendwann, eines Tages, würde er begreifen, dass dieser Zorn keine Krankheit war, nichts Fremdes, das über ihn kam, weil etwas in ihm kaputt war, sondern ein Teil von ihm, der schon immer dagewesen war und mit dem er umgehen lernen musste wie mit einem heraufziehenden Gewitter. Aber so weit war er noch nicht. Vielleicht würde sie es erleben können, ihm vielleicht sogar dabei helfen können, es zu entdecken, wenn er in Glenshee blieb. Sie hoffte es. Aber das alles war so unwägbar wie das Wetter im nächsten Jahr, und es lohnte sich nicht, jetzt darüber nachzudenken.

Der Schreck hatte Benny abgelenkt, die Schatten zogen sich wieder zurück. Aufmunternd lächelte sie ihm zu, und nach kurzem Zögern lächelte er zurück. Hübsch war er, fand sie, auf eine unauffällige Art hübsch mit dem aschblonden Haar und den grün gesprenkelten Augen und dem schmalen Körperbau des geborenen Läufers. Trotzdem sehnte sie sich nach Oliver und wünschte, statt Benny wäre er jetzt hier. Oliver mit seinen aufmerksamen, spöttischen Augen und den zu langen Zähnen und dem zu langen Gesicht, das sie ein wenig an das des Kelpies erinnerte. Oliver, der nicht hübsch war, und auch *nichtgut*, wie Sil gern betont hatte, *nichtgut*, obwohl selbst Sil ihm nach der letzten Nacht eine gewisse Tapferkeit wohl nicht hätte absprechen können. Sie fragte sich, was er jetzt über sie dachte. Was er je über sie gedacht hatte.

Wie verabredet erwartete der Kerrigan sie am Durchgang zum Ostturm. Leslie schob den Gedanken an Oliver beiseite. Der Leprechaun stand an der Tür wie ein Butler, und sein etwas ironisches Lächeln machte klar, dass es ihm bewusst, vermutlich sogar Absicht war. »Miss Leslie«, sagte er. »Mister Reutter. Und … Mister Grau.«

Grau schnaufte misstrauisch. Von den Leprechauns hatte er sich immer ferngehalten, wenn es möglich war.

»Sie sind pünktlich.« Der Kerrigan lächelte. »Kommen Sie. Ihre Schwester erwartet Sie bereits.«

Ihre Schwester erwartet Sie bereits. Die Worte hallten in Leslie nach wie Glockenschläge, ihr Echo wischte die Gedanken an Oliver und Gin und auch an Sil beiseite.

Ihre Schwester erwartet Sie bereits.

Nicht die Schwarze Banshee. Ihre Schwester. Nicht träumend. Wach.

Ihr Herz schlug furchtbar schnell und trieb ihr das Blut ins Gesicht. Erwartungsvoll folgte sie dem Kerrigan. Grau und Benny liefen neben ihr, flankierten sie, in ihren Gesichtern lag Misstrauen. Aber jedes Misstrauen, das Leslie noch empfunden haben mochte, war ausgelöscht angesichts der Aussicht, in wenigen Augenblicken zum ersten Mal seit achtzehn Jahren ihrer Schwester gegenüberzustehen, mit der sie so eng verbunden war, dass der Tod der einen auch den der anderen bedeuten mochte.

Der Ostturm war prachtvoller ausgestattet als der Rest Glens. Auf den Gängen lagen dicke weinrote Teppiche, die das Geräusch ihrer Schritte schluckten, an den Wänden sah Benny Gobelins, Waffen, Porträts. Es war, als wären sie unterwegs zu einer Audienz bei einem König. Einer Königin wohl, in diesem Fall. Dass der Leprechaun mit seinen kurzen Beinen keine Probleme hatte, ihnen vorauszulaufen, ohne dass sie ihn einholten, erstaunte ihn, aber er fand nicht heraus, wie er es anstellte. Jedenfalls sah es nicht aus, als würde er sich sonderlich anstrengen müssen.

Der Kerrigan führte sie eine gewundene Treppe hinauf. Dies musste ein kleinerer Turm sein, es ging ein ums andere Mal im Kreis, und sie stießen weder auf Türen noch auf Gänge. Endlos schien sich die Treppe in die Höhe zu schrauben, fast ging Benny der Atem aus. Als er sich fragte, ob der Turm wirklich so hoch sein konnte, drehte sich der Kerrigan um und lächelte. »Nein, Mister Reutter. Selbstverständlich wird der Übergang in eine andere Welt von ein paar Besonderheiten begleitet. Und sei es nur, damit man sich der Besonderheit des Moments bewusst wird. Wir sind bereits in einem Teil des Turms, der sich nicht mehr in der Menschenwelt befindet, aber auch noch nicht in der Feenwelt. Wir sind mitten dazwischen. Sehen Sie aus dem Fenster.« Er zeigte auf eine schmale Öffnung in der Mauerwölbung, die Benny vorher nicht gesehen hatte.

Dankbar für die kurze Verschnaufpause, blieb Benny stehen und schaute hinaus. Dort draußen war … nichts. Wirbelndes Grau, wie von hartem Wind vorangepeitschter Nebel. Eine ganze Weile schaute er stumm hinaus. Die anderen warteten ungeduldig. Endlich löste er sich von dem Anblick und schloss sich ihnen wieder an. »Was ist das da draußen?«

»Wonach sieht es denn für Sie aus?«

»Nach Nebel.«

»Nun, dann wird es wohl welcher sein.« Der Kerrigan grinste vergnügt. »Keine Angst, Mister Reutter, es ist vollkommen sicher hier.«

»Ich habe keine Angst. Ich wüsste nur gern, wann wir da sind.«

»Wenn wir alle bereit sind«, erwiderte der Kerrigan. »So lange müssen wir wohl oder übel noch im Kreis laufen, eine Stufe nach der anderen, immer weiter hinauf.«

Leslie blieb stehen. »Ich bin bereit«, sagte sie und neigte den Kopf, als lausche sie in sich hinein. »Doch, ich bin es. Benny?«

»Hmhm?«

»Hast du Angst? Sag es ruhig, daran ist nichts Schlimmes. Es verzögert alles ein bisschen, aber es wäre nicht schlimm, du kannst es ruhig sagen.«

Mit gerunzelter Stirn lauschte auch Benny in sich hinein. Angst? Nein. Er schüttelte den Kopf. Er staunte selbst darüber, aber Angst hatte er nicht.

»Es wäre in Ordnung«, sagte sie leise.

»Ich habe wirklich keine Angst. Meinetwegen können wir da jetzt rein. Ich habe auch allmählich genug vom Treppensteigen.«

Skeptisch verzog sie einen Mundwinkel. »Gut, nicht Angst. Nennen wir es Vorsicht. Wenn du meinst, es besteht Anlass zur Vorsicht ...«

»Nein. Ja. Schon. Aber das ist ja jetzt auch egal, oder?«

»Es ist nicht Mister Reutter«, mischte sich der Leprechaun leise ein. Beide schauten ihn an und folgten gleichzeitig seinem Blick.

Grau, der hinter ihnen mit langen Hundebeinen die Stufen erklomm, zitterte. Sein langer, schlanker Leib wirkte mager, in den dunklen Augen stand ein gehetzter Ausdruck.

»Oh, Grau«, sagte Leslie bestürzt und kniete sich neben ihm hin. »Du musst doch keine Angst haben.« Behutsam nahm sie seinen Kopf in die Hände und schaute ihm in die Augen. Er winselte.

»Und um mich musst du dir auch keine Sorgen machen«, sagte sie fest. »Ich will es so. Und wir sind ja nicht getrennt. Wir sehen uns doch noch, du und ich. Oft, wenn du möchtest.«

Zögernd leckte der riesige Wolfshund ihr über die Hand. Er bot einen jammervollen Anblick.

»Jetzt kneif nicht«, bat sie ihn. »Es ist die einzige Möglichkeit.«

Halbherzig schlug er ein paarmal mit der langen Rute, schaute weg und ließ es dann zu, dass sie seinen Kopf mit sanfter Gewalt wieder zu sich herumzwang und ihm in die Augen sah. »Grau, hör zu. Es ist für alle das Beste. Sie kann wieder nach

Hause, und ich kehre dorthin zurück, wohin ich gehöre. Es wird schon gutgehen, hörst du? Es … ich kann es nicht beschreiben, aber es ist, als müsste es genau so sein. Als sei es seit Ewigkeiten so bestimmt. Und das spürst du doch auch, oder?«

Er versuchte, ihr den Kopf zu entziehen, und knurrte leise, als sie ihn unerbittlich festhielt.

»Du spürst es auch, oder? Dass es so sein muss und nicht anders?«

Benny fragte sich, ob Grau hätte sprechen können, wenn er gewollt hätte. In den dunklen Augen stand Qual. Möglicherweise, dachte Benny, war es für ihn eine unmögliche Aufgabe. Der Schutzgeist des MacGregor-Clans als Beschützer eines Wechselbalgs, das streng genommen gerade gegen den Clan vorging … so groß die Freundschaft sein mochte, die er für Leslie empfand, so schwierig musste es für ihn sein.

Leslie zog ihn an den Ohren. »Im schlimmsten Fall weigert sie sich, und wir gehen wieder nach Hause. Ich verspreche dir, dass ich das tu – wenn sie es nicht möchte, dann werde ich das akzeptieren. Dann gehen wir nach Hause und überlegen uns eine andere Lösung.«

Ihre Stimme ließ keinen Widerspruch zu. Widerstrebend fügte er sich. Gab dem Druck der kleinen Hände nach, schmiegte seinen Kopf an ihre Wange und grollte tief in der Kehle. Benny sah, wie er die Augen schloss, als ringe er um Fassung. Das hatte er noch nie einen Hund tun sehen, aber Grau war ja auch kein Hund.

Eine Weile ließ Leslie ihn gewähren. Dann schob sie ihn sanft fort. »Bereit?«, fragte sie.

Grau starrte sie an. Dann nieste er und senkte den Kopf.

»Gut.« Sie richtete sich auf. Das Gesicht des Leprechauns war nachdenklich, aber er sagte nichts, sondern nickte nur und ging weiter voran.

Bereits hinter der nächsten Biegung der Treppe erstreckte sich plötzlich ein Gang vor ihnen. Er war lang und prächtig ausgestattet, der Teppich doppelt so dick wie unten, so dass man fast wie auf mit Tannennadeln gepolstertem Waldboden lief. Im Vorbeigehen warf Benny einen Blick auf die Wandteppiche. Manche zeigten Glen aus verschiedenen Perspektiven, auf anderen waren Jagdszenen zu sehen. Auf mindestens dreien, die er flüchtig anschaute, entdeckte er einen riesigen grauen Wolfshund.

Zu Bennys Erstaunen dehnte sich der Gang weder aus noch zog er sich zusammen. Es war ein ganz normaler Gang, nur dass er eben zufälligerweise am Ende einer unendlichen Treppe lag, die sich durch wirbelnden Nebel hinaufschraubte, aber er war bereit, solche Details zu vernachlässigen angesichts der erstaunlichen und willkommenen Eigenschaft des Gangs, sich nicht zu verändern und ganz normal und fest und zuverlässig zu sein.

Im gesamten Gang gab es nur eine einzige Tür. Sie lag ganz am Ende, und auf sie hielten sie zu.

Leslie war nicht imstande, irgendetwas Zusammenhängendes zu denken, als der Kerrigan die Tür öffnete. Sie war ganz Herzklopfen und Aufregung. Und Angst. Tiefe Scheu vor diesem so lange herbeigesehnten Moment erfasste sie. In dem Augenblick, als sie hinter Grau, der sich vordrängelte, durch die Tür trat, wollte sie am liebsten fortlaufen. Zurück zu Gin, um das Gesicht an ihrer Brust zu vergraben und einfach nur Leslie zu sein.

Hinter der Tür lag ein gemütliches, nicht allzu großes Zimmer. Zwei Sofas, ein Sessel, ein Kamin. Ein Tisch an einer Längsseite, auf dem ein paar Erfrischungen bereitstanden – Wasser, Saft und Kekse. Neben dem Kamin eine schmale Tür.

Vermutlich zur anderen Seite, dachte sie und sah vor ihrem geistigen Auge, wie sie später durch diese Tür gehen würde statt durch die, durch die sie den Raum betreten hatte.

Dann sah sie nichts anderes mehr als ihre Schwester.

Sie saß auf dem Boden vor dem Sofa und sortierte Herbstlaub. Ihr langes blondes Haar war sorgsam geflochten, eine komplizierte Frisur, bei der sich mehrere feine kleine Zöpfe mit einem dicken Strang am Hinterkopf vereinten, der lang und schwer den Rücken hinabfiel. Sie trug ein einfaches blaues Leinenkleid. Ihre Augen waren konzentriert auf das Laub gerichtet, ein großer Haufen vor ihr, den sie zu drei kleineren ordnete. Leslie erkannte keine Gemeinsamkeit der Blätter auf den unterschiedlichen Haufen. Weder sortierte das Mädchen nach Größe, noch nach Farbe, und auch Schönheit schien nicht das Kriterium zu sein – nach sorgfältiger Prüfung, bei der die Kleine das Blatt einer Eberesche hochhielt und es gegen das Licht betrachtete, wanderte es trotz seiner zerrissenen Kanten auf denselben Haufen wie zuvor ein nahezu perfektes Eichenblatt.

Sie ist verrückt, dachte Leslie benommen. Der Gedanke kam so plötzlich und schrecklich, dass sie ihn stumm wiederholte. Was, wenn sie zu spät war? Wenn ihre Schwester bereits unrettbar den Verstand verloren hatte, wie ihre Mutter – wenn fortan zwei Geister im Herrenhaus spuken würden, zwei traumverlorene Geschöpfe, die nicht wussten, in welcher Zeit sie sich befanden und mit wem sie sprachen?

Da hob ihre Schwester den Kopf und schaute sie an. Die Augen waren klar und blau. Ihr Gesicht erinnerte Leslie an ein Kinderfoto der Mutter, das in einem alten Familienalbum in der Bibliothek klebte.

Hinter Leslie fiel die Tür zum Gang zu.

»Da bist du ja endlich«, sagte die Kleine und lächelte.

Sie sahen einander ähnlich. Am See vor ein paar Tagen, da hatte Benny gedacht, die Ähnlichkeit sei nicht allzu groß, aber jetzt sah er sie in aller Deutlichkeit. Mit Mühe widerstand er der Versuchung, sich die Augen zu reiben. Leslie war wie ein älteres Zerrbild der Kleinen. Als wäre ein hübsches Kind in einen schrecklichen Unfall verwickelt worden und stünde nach Jahren voller Operationen, die es einigermaßen wiederhergestellt hatten, vor seinem kindlichen Spiegelbild. Das Haar hatte denselben Goldton, aber das des Mädchens war voll und glänzte. Beide Gesichter waren klein und herzförmig, aber während in dem der Kleinen die Proportionen ausgewogen waren, waren sie bei Leslie verzerrt, schief, und im Kontrast fiel es mehr auf als sonst. Leslie war ein Abbild der Kleinen in einem zerbrochenen Spiegel.

Das Mädchen stand auf. Das zerrissene Blatt, das sie eben zuoberst auf einen Stapel gelegt hatte, hob sie auf und nahm es mit. Wenige Schritte, und sie hatte den Abstand zwischen beiden überbrückt. Mit kindlichem Eifer streckte sie Leslie die Hand mit dem Blatt entgegen. »Für dich!«, sagte sie.

»Danke«, flüsterte Leslie, die den Blick nicht abwenden konnte, und nahm das Blatt entgegen wie das kostbarste Geschenk, das man sich vorstellen konnte.

Wäre Grau nicht gewesen, der neben Benny stand und vor Anspannung zitterte, hätte Benny nichts Böses gedacht. Aber Grau war da, und er bebte. Seine Anspannung übertrug sich auf Benny. Er sah die Kleine an und erinnerte sich an ihr Zischen, an die plötzliche Schwärze ihrer Augen. Aber das am See war ihr Traumabbild gewesen. Die Schwarze Banshee. Dies hier war ein echtes kleines Mädchen, drei oder vier Jahre alt.

Ihre Augen sind älter, dachte er beklommen. Er machte sich klar, dass dieses kleine Mädchen dort seit ihrer Geburt in der Feenwelt lebte. Der Gedanke war zu bizarr, um es zu begreifen.

»Ich habe mir gedacht«, sagte das kleine Mädchen, »dieses Blatt passt zu dir.«

Leslie schaute das Blatt nicht an. Sie sah aus wie verzaubert. Sie starrte nur auf die Kleine.

»Es war auch müde«, flüsterte das Mädchen und streichelte Leslies Hand. »Da ist es vom Baum gefallen.«

Leslie traten Tränen in die Augen. Umständlich ließ sie sich auf die Knie sinken und war auf Augenhöhe mit dem Mädchen. Sie streckte die Hände aus, in der einen noch immer das Blatt, und fasste die Kleine an den Schultern. Neben Benny erschauerte Grau wie im Fieber.

»Warst du sehr einsam?«, fragte Leslie.

Reglos starrte die Kleine sie an. »Nicht so sehr wie du«, erwiderte sie dann.

»Woher weißt du das?«, flüsterte Leslie.

Zurück, dachte Benny. Eine üble Vorahnung stieg in ihm auf. *Weg von ihr!* Aber er war wie gelähmt und gab keinen Ton von sich.

»Ich habe dich beobachtet«, sagte die Kleine und nickte ernsthaft. »Manchmal habe ich dich beobachtet. Du bist gern am See. Du hast dich mit dem Kelpie angefreundet und mit Kühen unterhalten. Du bist ums Herrenhaus gestrichen, als würdest du dir wünschen, du wärst dort zu Hause, und wüsstest doch, dass es niemals so sein kann. Du hast Alasdair geliebt und liebst ihn noch, obwohl er dich andauernd beleidigt und dich manchmal sogar schlägt, weil er dich nicht ertragen kann. Vater wäre es am liebsten, es gäbe dich nicht. Mutter glaubt, du seist ich. Der einzige Mensch auf der Welt, den du hast, ist diese dicke alte Frau, die in dem kleinen Haus am Dorfrand wohnt.«

Benny sah, wie Leslie bleich wurde. »Das … stimmt«, sagte sie unsicher. »Aber das ist keine alte dicke Frau. Das ist Gin. Sie ist sehr lieb.«

Mit einer wegwerfenden Bewegung schleuderte die Kleine ihren Zopf nach hinten. »Ist mir egal, wie sie heißt. Wenn ich will, mache ich, dass zwanzig Jahre vorbei sind. Dann ist sie tot.«

Heiß stieg der Gedanke in Benny auf, dass dieses Treffen nicht gut verlaufen würde. Nicht wie geplant. Gar nicht wie geplant. Neben ihm grollte Grau dumpf auf.

»Das ist … sehr schlecht erzogen«, sagte Leslie irritiert. »So etwas solltest du nicht sagen.«

»Ich bin nicht schlecht erzogen«, entgegnete die Kleine. »Ich bin *gar* nicht erzogen. Und ich bin auch kein Kind mehr, du dämliche Kuh. Ich bin Hunderte von Jahren alt, ich bin eine Königin und eine MacGregor, und du bist nichts weiter als ein Haufen Rindereingeweide, Darmschlingen und Knochen, der durch einen Zauber zu laufen und zu sprechen gelernt hat.« Sie befreite sich von Leslies Händen und trat zwei Schritte zurück. »Sie hat wirklich geglaubt, ich würde mit ihr tauschen«, sagte sie verwundert. »Sie hat es *wirklich* geglaubt!«

Aus einer Nische neben dem Kamin trat jemand hervor. Schmal, etwas größer als Benny, dunkle Haare und helle, spöttische Augen in einem Gesicht, das wie dafür gemacht war, ungefähr zweihundert verschiedene herablassende Grimassen zu ziehen. »Hab ich dir doch gesagt.« Er warf Benny einen sehr kurzen Blick zu, dann schaute er wieder die Kleine an. Sein Lächeln war liebevoll.

Leslie kniete stumm auf dem Teppich und wandte den Blick nicht von der Kleinen ab. Sie sah aus wie betäubt.

»Das da«, zischte das Mädchen und zeigte auf ihr größeres Pendant, »das da ist kein Angebot, das ist eine Unverschämtheit. Dieser … Körper! Wie kannst du annehmen, dass ich tauschen will? Ich habe *alles*! Ich habe Zeit, so viel ich will, ich habe Spaß, so viel ich will, und ich passe auf, dass niemand unsere Familie beleidigt. So ist es doch, Alasdair?«

»Nun ja«, sagte er und setzte sich aufs Sofa. Voller Ekel sah Benny das amüsierte Funkeln in seinen Augen. »Manchmal, das musst du zugeben, ein bisschen *zu* sehr.«

»Niemand beleidigt ungestraft unsere Familie«, zischte sie wütend. »Niemand!« Ihre blauen Augen richteten sich auf Benny. »Du übrigens auch nicht. Du warst am See lieb zu mir. Das will ich nicht vergessen. Aber du hast meinen Bruder geschlagen. Das vergesse ich auch nicht. Ich weiß noch nicht, was ich mit dir mache, aber mir fällt schon noch etwas ein.«

»Meine liebe, gute kleine Königin«, ließ sich der Kerrigan mahnend vernehmen. »Denkt doch bitte an den Vertrag. Mister Reutter hier ist durch den Vertrag geschützt.«

Alasdair schoss dem Kobold einen unangenehmen Blick zu, der ahnen ließ, dass das Geschäftsverhältnis zwischen Kerrigans und MacGregor-Clan gelitten hatte, aber er sagte nichts.

»Ich spucke auf den Vertrag«, erklärte die Kleine wütend, stampfte von Leslie fort und trat mit einem kleinen, in einem hübschen Schnallenschuh steckenden Füßchen die Blätterhaufen, dass das Laub durcheinanderwirbelte. »Ich spucke darauf, und dann esse ich ihn auf.«

»Das ist weder appetitlich noch erlaubt, meine liebe kleine Königin«, bedauerte der Kerrigan.

»Ich erlaube es mir«, fauchte sie ihn an. Dann strich sie zwei feine Strähnen des hellgoldenen Haars, die sich aus den Zöpfen gelöst hatten, aus der Stirn und beruhigte sich von einem Augenblick auf den anderen. Die Bewegung, mit der sie die Haare zurückstrich, erinnerte Benny frappierend an Leslie.

»Ich wollte dich selbst sehen«, sagte die Kleine und schaute wieder Leslie an, die wie erstarrt auf dem Boden kniete und sich noch nicht wieder gerührt hatte. »Aber nicht, um zu verhandeln. Nicht, um in einen stinkenden Körper aus Schlachtabfällen einzuziehen und mich um eine Frau zu kümmern, die nicht weiß, wer und wo sie ist, nur weil sie zufällig meine blöde Mutter ist. Nicht, um ein paar Jahre im Moor herumzustreunen, bis mein Körper verfällt und ich sterbe. Nein, ganz bestimmt nicht. Aus was haben sie dein Gehirn gemacht, du komisches Ding?« Ihr helles Lachen klang, als riesle Wasser über scharfkantige Steine. »Ich weiß es!«, rief sie. »Aus Kuhdung! Stimmt es, Mister Kerrigan? Aus Kuhdung, oder?«

»Ihr benehmt Euch beschämend«, bemerkte der Leprechaun tadelnd. »Ganz und gar nicht wie eine Dame.«

»Nun«, zischte sie, »ich bin aber eine! Ganz im Gegensatz zu diesem … Ding da. Schau mal, Alasdair – weint es?«

Alasdair beugte sich vor, um nachzuschauen. »Ausnahmsweise nicht«, stellte er fest.

Benny konnte sich nicht rühren. Jeder Atemzug schmerzte. Ging es Leslie ebenso? Sie tat ihm so leid, so unendlich leid! Er wünschte, er könnte sie in den Arm nehmen und von hier fortbringen, zurück zu Gin. Er wünschte, sie wären nicht hergekommen. Warum sagte sie nichts? Warum bewegte sie sich nicht? Sie sah aus wie eine Statue, auf die Hagel einprasselte, so hart, dass kleine Stücke absplitterten. Ekel. Ekel in seinem ganzen Körper. Warum ließ sie sich das gefallen? Warum von diesen beiden?

Er schaute Alasdair ins hochmütige Gesicht und sah einen verzogenen, eingebildeten Scheißkerl, der ohne nachzudenken versuchte, so zu sein, wie sein Vater ihn haben wollte – der Vater, der Alasdairs einzige Schwester an einen Haufen

Kobolde verschachert hatte, weil er es nicht fertigbrachte, aus eigener Kraft die Karriere zu machen, die er anstrebte. Und die Kleine – sie mochte einmal bedauernswert gewesen sein, ein Baby, fortgegeben und verraten, vielleicht schrecklich einsam in der Feenwelt. Vielleicht aber auch nicht. Er vermochte sich nicht vorzustellen, wie sie gelebt haben mochte und wie sie wohl gewesen wäre, wenn sie bei jemandem wie Gin aufgewachsen wäre. Aber das zählte jetzt auch nicht mehr. Was zählte, war das, was sie jetzt war, oder nicht? Und das war ein aufgeblasenes, grausames Geschöpf, ein Zwischending aus verzogenem Rotzgör und Monster. Ja, Monster – schlimmer als der Kelpie. Und schlimmer als das, was er für die Schwarze Banshee gehalten hatte. Traumverloren, in einem Alptraum gefangen – von wegen. Mit einem Mal war er ganz sicher, dass sie sehr genau wusste, was sie tat. Vielleicht begriff sie es nicht, weil sie nie gelernt hatte, was es hieß, ein Mensch zu sein. Aber er hatte den Verdacht, dass sie es genau wusste. Und am Ende war auch das egal. Alles, was zählte, war, was sie jetzt war: ein Ungeheuer in der Gestalt eines Kindes. Irreparabel verkrüppelt, wenn auch nicht am Körper.

»Ich«, sagte Leslie. Ihre Stimme war kaum zu hören. Sie räusperte sich mühsam und versuchte es erneut. »Ich …«

»Nicht mal richtig sprechen kann sie«, bemerkte die Kleine mitleidig. »Ich … ich … äh, ich.« Es war eine lächerliche Grausamkeit von der Sorte, wie Benny sie vom Schulhof kannte, aber sie traf. Weshalb traf so etwas einen so hart?

»Was … möchtest du von mir?«, fragte Leslie hilflos. »Warum dieses Treffen, wenn du nicht nach Hause willst?«

»Ach«, seufzte die Kleine. Ihr hübsches Gesicht verzog sich zu einem Schmollen. Benny wusste, dass es reizend aussah, aber er empfand es nicht. Er empfand nichts als Ekel vor diesem süßen Gesicht.

»Ich wollte dir einfach nur sagen, dass du Alasdair in Ruhe lassen kannst«, teilte die Kleine geziert mit. »Er weiß schon, was ich will und was nicht. Er versteht mich. Und du kannst aufhören, im Moor mit mir zu reden. Ich habe nicht immer zugehört, weil es mich gelangweilt hat. Aber ich wollte dir doch sagen, dass du damit aufhören kannst. Du musst mir nicht erzählen, dass Mutter mich liebt – natürlich tut sie das, das weiß ich, auch wenn es mich nicht sehr interessiert. Und du musst mir nicht sagen, dass du hoffst, dass es mir gutgeht. Erstens geht es mir gut, und zweitens interessiert mich nicht, was du hoffst und was nicht. Ja, dieses dämliche Gequassel könntest du dir wirklich mal sparen, das wäre schön. Aber vor allem wollte ich dir eins mal direkt sagen, so von Angesicht zu Angesicht.« Sie näherte sich Leslie wieder ein Stück. »Und zwar, dass du mir einen echten Gefallen tun könntest. Einen richtig großen, tollen Gefallen. Damit würdest du mich wirklich glücklich machen.«

Benny sah Leslies Gesicht nicht, aber er sah die Hoffnung in ihrer Körperhaltung, und er hörte sie in ihrer Stimme. Am liebsten hätte er sie geschüttelt. Weshalb hielt sie denn noch die andere Wange hin? Weshalb ließ sie es zu, dass diese beiden lächerlichen, erbärmlichen Gestalten so hemmungslos auf sie einprügelten? Mit einem Mal ekelte er sich vor ihrer Verletzlichkeit und Schwäche fast so sehr wie vor den beiden Geschwistern.

»Und was?«, fragte Leslie, sie war kaum zu hören. »Was kann ich für dich tun?« Natürlich wusste sie ebenso gut wie Benny, dass jetzt der nächste Schlag kommen würde. Sie hielt ganz still.

Die Kleine seufzte. Sie trat ganz nah zu Leslie, nahm zärtlich ihr Gesicht in beide Hände und näherte die Lippen ihrem Ohr. Leslie ließ es geschehen. Grau und Benny spannten sich beide an, als erwarteten sie, dass die Kleine gleich zubeißen würde.

»Ich würde mich ganz wahnsinnig freuen«, flüsterte das Mädchen in Leslies Ohr, und obwohl sie flüsterte, war ihre Stimme deutlich zu hören, »wenn du verblödeter Wechselbalg endlich damit aufhören würdest, mich *Schwester* zu nennen. Sieh mal, es tut mir wirklich leid, aber du wirst verstehen, dass ich das als beleidigend empfinde.« Über Leslies Schulter lächelte sie Benny zu. Fast erwartete er, ihre Augen würden sich wieder schwarz färben, aber sie blieben klar und blau. »Würdest du das für mich tun? *Bitte?*«

Leslie würgte. Unwillkürlich ballte Benny die Fäuste und trat einen Schritt näher.

»Neutralität, Mister Reutter«, mahnte der Kerrigan scharf. Das Mädchen grinste Benny an. »Na?«, fragte sie Leslie, ohne den Blick von Benny zu wenden.

»In Ordnung«, flüsterte Leslie tonlos. »Mach ich nicht mehr.«

»Danke«, wisperte die Kleine. »Das ist wirklich sehr, sehr lieb von dir. Danke.«

Sie ließ Leslie los. »Dann war's das. Mister Kerrigan, bringen Sie die drei doch wieder fort. Ich glaube, ich möchte jetzt etwas anderes tun. Ich weiß noch nicht, was, aber das hier langweilt mich schrecklich.« Ihre Stimme bekam einen klagenden Unterton. »Auch dieser blöde Vertrag – ist es wirklich unbedingt nötig gewesen, dass Sie diesen Jungen schützen? Und dieses Vieh gefällt mir auch nicht. Es soll weggehen! Dieses struppige, hässliche Vieh – ich mag es nicht ansehen! Es hat mir wehgetan, draußen im Moor. Es tut mir weh, wenn ich träume. Es lässt mich nicht träumen, was ich will. Dabei darf ich doch tun, was immer ich will, Mister Kerrigan, ist es nicht so? Ich bin eine Königin. Und eine Königin sollte sich nicht an Verträge halten müssen. Ich bekomme Kopfschmerzen davon. Ich bekomme Kopfschmerzen vom Gestank dieser Welt. Ich will wieder nach Hause!«

Leslie starrte sie an. Ihre Augen waren glasig.

Ungewollt grob packte Benny sie am Oberarm. »Komm«, sagte er und zog sie auf die Füße. »Gin hat bestimmt einen heißen Tee für dich, wenn wir zurückkommen. Und ein paar Kekse. Und sie wird sich so sehr freuen, dich zu sehen!«

»Und ein paar Kekse«, echote die Kleine belustigt. »Ein paar Kekse für den Wechselbalg. Reicht da nicht eine Handvoll Gras? Kann sie sich nicht einfach zu den Kühen auf die Weide stellen?«

Benny starrte sie an. Leslies Arm hing schlaff in seinem Griff. »Du bist so lächerlich, wie du winzig bist. Halt endlich das verdammte Maul.«

Ihr Mund blieb offen stehen. Ihr Blick irrte zu dem Kerrigan.

»Handgreiflichkeiten«, sagte der. »Handgreiflichkeiten sind ihm und allen Anwesenden verboten. Beleidigen, o meine liebe kleine Königin, meine Schönste, darf er Euch nach Herzenslust.«

»Ich erlaube das nicht«, schrie sie. »Ich erlaube nicht, dass diese Person so mit mir spricht! Alasdair!«

Alasdairs Gesicht war weiß vor Zorn, aber er stand ganz still. »Warte eine Weile«, sagte er. »Mir wird etwas einfallen. Er wird es bereuen.«

»Jetzt!«, zischte sie. »Ich will, dass es ihm *jetzt* wehtut!«

»Die Welt ist ungerecht«, sagte Benny kalt. Jetzt war der Zorn da, der vertraute Zorn – aber er war anders als sonst. Er schlug nicht über seinem Kopf zusammen und schaltete seinen Verstand aus. Nur seine Angst. Er hatte keinen Funken Angst vor diesen beiden Gestalten, und er hätte auch keine gehabt, so glaubte er, wenn ihn kein Vertrag geschützt hätte.

»An der hast du nichts verloren«, sagte er zu Leslie. »Komm.«

Sie rührte sich nicht.

Aber Grau tat es. Er trat einen Schritt vor Leslie und Benny und richtete den Blick der gelben Augen auf das Mädchen.

»Er soll aufhören, mich so anzustarren«, nörgelte sie. Alasdair stand auf und stellte sich vor sie. »Verzieh dich schon«, sagte er. »Blödes Vieh.«

»Komm, Grau«, wiederholte Benny. »Wir gehen.«

Graus Fell zuckte. Im Nacken sträubte es sich, wie eine Welle lief es seinen hohen, schmalen Rücken hinab. Er zitterte.

»Grau«, flüsterte Leslie, die endlich aus ihrer Starre erwachte.

Grau wandte sich um und schaute sie an. Lange schauten sie einander an, so kam es Benny vor. Länger, als es sein konnte, als befänden sie sich in einer ganz eigenen Zeit, die nur ihnen beiden gehörte.

Und dann wandte Grau mit einem Ruck den Kopf zu den Geschwistern, entblößte die Zähne und sprang.

Grau sprach nicht. Er sprach nie. Ihr Leben lang hatte Leslie in seinen Augen lesen müssen, was er wollte und dachte, und Gin behauptete manchmal, weither sei es bei ihm nicht mit dem Denken, er sei eben doch nur eine Art Hund, Verwandlerei und Feenwesen und all das hin oder her; ein desertierter Wachhund der MacGregors, der sich nur eben zufällig in Nebel auflösen konnte. Aber Leslie wusste, dass es nicht so war.

Sie sah seine Qual, und das rüttelte sie wach. Es war wie ein heller Lichtschein, der in eine dunkle, winzige Kammer fiel, in der sie sich eingeschlossen hatte. Doch es war kein freundliches Licht, kein Sonnenstrahl und auch nicht das warme Flackern einer Kerze. Es war wie grelles Neonlicht, das erbarmungslos die Schatten zurücktrieb, bis ihm alles nackt und bloß ausgeliefert war.

Aber sie begriff nicht.

Sie sah ihn vor sich, wie sie ihn zum ersten Mal gesehen hatte. Wenige Monate war sie alt gewesen, ein eigenartiges Kind, ein Säugling noch, verformt und seltsam, das nicht an der Brust der Mutter trinken mochte, weil trotz aller Bemühungen und Künste der Kerrigans ihr Magen keine Muttermilch vertrug. Ein Kind, dessen klarer Blick die Mutter um den Verstand gebracht hatte, weil darin nicht die blauäugige Unschuld eines Babys gelegen hatte, sondern ein voll entwickelter Verstand. Allein auf einer Decke hatte sie gelegen, auf der Wiese am Fluss, weil ihre Mutter den ersten von unzähligen Anfällen erlitt, um sich nicht eingestehen zu müssen, was sie längst ahnte.

Feiner Nebel wehte über die Wiese. Und aus diesem Nebel war Grau getreten. Ein riesiger Hund, wie er auch auf einigen Bildern im Haus der MacGregors zu sehen war, einer wie die beiden, die im Herrenhaus auf dem Kuhfell lagen und meistens schliefen. Sie hatte ihm entgegengeschaut, ohne Angst. Hatte einfach nur geschaut, wie sich sein riesiger Kopf senkte, die lange Schnauze voller Zähne, die er hinter den Lefzen verbarg. Sie hatten einander angesehen, und sie wusste, dass er gekommen war, um es zu beenden, bevor es richtig anfing. Damals hatte sie geglaubt, es sei, weil sie keine wirkliche MacGregor war und er es erkannte. Später, als sie ihn auf dem Clanwappen gesehen hatte, auf den Wandteppichen, war sie ganz sicher gewesen. Er beschützte die Familie MacGregor, und sie gehörte nicht dazu. Ein sehr kurzes Leben wäre das gewesen, wenn er sanft ihren winzigen Schädel mit den riesigen Zähnen zerknackt hätte. Aber sie schauten einander lange an, und er tat es nicht. Stattdessen legte er sich irgendwann neben sie und wärmte ihren kalten kleinen Leib, bis Mariah Logan mit wehenden Röcken über die Wiese gelaufen kam, um die kleine Miss Leslie zu suchen.

Jetzt schauten sie einander an, und sie sah die Qual in seinen Augen, die ihn zerriss. Diesmal war es genau andersherum. Damals hatte er sie lange angeschaut und sich entschlossen, ihr nicht wehzutun und sie zu beschützen. Jetzt schaute er sie an, und sie sah, wie er sich anders entschied als damals.

Ich liebe dich, dachte sie. *Dummer Grau. Es wird ja alles nichts helfen. Du verschaffst Glenshee nur ein wenig Zeit – nicht mehr.*

Er wandte sich von ihr ab. Und sprang.

Unwirklich wie ein Traum war es, und wie manchmal im Traum wusste Benny, was geschehen würde, als hätte er es schon einmal gesehen, und konnte es doch nicht aufhalten. Grau sprang, die entsetzlichen Zähne entblößt. Alasdair warf sich ihm entgegen, aber die Wucht von Graus Angriff stieß ihn beiseite. Und dann war da nichts mehr zwischen Graus Zähnen, die so fest und wirklich waren, und einem kleinen Mädchenkörper. Nichts mehr außer einem dünnen blauen Leinenkleid.

Es ging sehr schnell. Grau hielt sich nicht lange mit ihr auf. Sie hatte Zeit für einen schrillen, hohen Schrei. Mehr nicht. Dann war es vorbei. Benny schaute hin, aber er sah nicht viel, nur den riesigen Leib des Wolfshunds, darunter ein Fetzen Blau, und ein wenig Blut war gegen das Sofa gespritzt. Eine winzige Kehle war es nur, ein einziger Biss genügte.

Alasdair schrie auf. Es war ein Schrei, wie ihn Benny noch nie gehört hatte. Mit irren Augen packte Alasdair den Schürhaken beim Kamin, aber da wich Grau bereits zurück und hinterließ Hellblau und Goldblond und leuchtendes Rot auf dem Boden. Ohne Alasdair zu beachten, wandte er den riesigen Kopf zu Leslie. An seiner Schnauze klebte Blut.

Hinter Benny ein Keuchen. Er fuhr herum.

Leslie war weiß wie eine frisch gekalkte Wand. Sie öffnete den Mund, aber es kam weder ein Laut heraus, noch tat sie einen Atemzug. Ihre Augen sahen nichts mehr. Die Beine, die etwas krummen, dünnen Beine, gaben nach. Benny fing sie auf. Sie wog fast nichts.

Keine Verletzung. Kein Blut. Kein Röcheln. Nur entsetzliche Stille. Benny hielt sie und spürte, wie etwas in ihr den Zusammenhalt verlor. Wie das, was Leslie gewesen war, sich verflüchtigte wie Nebel. Es ging so schnell. Es war eigentlich schon vorbei, ehe er es recht begriff. Sie schlief nicht ein, sie starb nicht einmal richtig, sie verging nur, und alles, was er in Händen hielt, war eine leere Hülle aus Fleisch und Knochen und Muskeln und Sehnen.

Fassungslos starrte er auf sie hinunter. Sah zu Grau auf. Der stand da, die Schnauze blutig, die Augen kalt und gelb. Benny öffnete den Mund, aber es kam kein Ton heraus.

Grau wandte sich ab. Streifte Benny im Vorbeigehen ganz leicht. Mit der blutigen Schnauze schob er die Tür auf, drückte sich durch den Spalt und war fort.

Mit offenem Mund starrte Benny den Kerrigan an, als erwarte er von ihm eine Antwort. Der Leprechaun saß auf der Anrichte neben einer Glaskaraffe voll Milch und betrachtete die Szene, die sich ihm bot. »Neutralität, Mister Reutter, Mister MacGregor«, sagte er heiser. »Ich muss doch sehr um Neutralität bitten. Die Schwestern haben verhandelt. Die Schwestern haben entschieden. Ein tragischer Ausgang, gewiss, aber es ist, wie es …«

»Du Stück Scheiße«, fauchte Alasdair. Seine Stimme war voll Zorn, die Augen jedoch seltsam leer. Er kauerte sich neben das, was von seiner Schwester übrig war, seine Hände irrten über den kleinen Leib, aber er schien sich nicht zu trauen, sie zu berühren. »Oh, bei Pan«, flüsterte er und hatte Benny und den Kerrigan offenbar ganz vergessen. »Nein. Nein, nein, nein! Bitte – *nein!*«

Der Kerrigan betrachtete ihn eine Weile nachdenklich, dann wandte er sich wieder an Benny. »Mister Reutter, wenn ich Sie vielleicht bitten dürfte zu gehen? Ich halte die Zusammenkunft für beendet. Wir haben Dinge zu besprechen, Mister MacGregor und ich. Äußerst wichtige Dinge. Die kleine Königin ist tot. Ja, sie ist tot. Der Tod von Monarchen erfordert sofortige Maßnahmen, was das Königreich betrifft.« Die kleinen, flinken Augen wanderten zu der Gestalt im hellblauen Leinenkleid und weiter zu Alasdair, der noch immer neben ihr kauerte und jetzt ganz vorsichtig eine Hand nach ihrem Gesicht ausstreckte – und sie wieder sinken ließ. Mit einem Mal konnte Benny ihn nicht mehr verabscheuen.

»Mister Reutter?«

Benny zuckte zusammen und schaute in das Gesicht des Kerrigans. Es war ruhig und gefasst. Er sah weder überrascht aus noch entsetzt, nur ein klein wenig ungeduldig, als stehle ihm Benny lästigerweise seine Zeit.

Das hier ging ihn nichts an. Plötzlich wurde ihm bewusst, welch ein Glück er hatte, wenn er aus der Nummer wirklich ohne Schaden rauskam. Wenn Alasdair ihn tatsächlich in Ruhe ließ und auch der Kerrigan kein weiteres Interesse mehr an ihm hatte.

Sein Blick irrte durchs Zimmer und blieb an Leslies reglosem Leib hängen. Zerbrechlich sah er aus und viel kleiner als vorher. Benny starrte den verlassenen Körper an. Er fühlte sich taub und leer.

»Wenn ich Sie bitten dürfte, die … nun, die sterblichen Überreste von Miss Leslie mitzunehmen?« Der Kerrigan war seinem Blick gefolgt. »Wir wissen ja mit Überresten nichts anzufangen, von uns gibt es keine. Aber ich glaube, Menschen haben für so etwas Verwendung, nicht wahr?«

»Verwendung«, wiederholte Benny stumpf.

»Bedauerlich«, seufzte der Kerrigan und schaute Leslies Körper an. »So viel Arbeit, und nun so nutzlos. Übrigens habe ich den Nasenrücken geschnitzt, damals, wussten Sie das?«

Stumm schüttelte Benny den Kopf.

»Na ja. Woher auch? Jedenfalls eine ausgezeichnete Arbeit. Sehr bedauerlich.«

»Das Ding wird nicht auf dem Friedhof unserer Familie begraben.«

Benny brauchte einen Augenblick, um zu begreifen, dass es Alasdair hasserfüllte Stimme war, die er gehört hatte. Er wandte den Kopf. Alasdair war aufgestanden und starrte ihn an, die hellen Augen loderten.

»Welche Familie?«, erkundigte sich Benny. »Eine verrückte Mutter, ein Vater, der nicht da ist, und du. Schöne Familie.«

»Neutralität!«, mahnte der Kerrigan, und das war gut so, denn sonst hätte sich Alasdair den Schürhaken gegriffen und wäre damit auf Benny losgegangen. Sie starrten einander an, und Benny begriff, dass er immerhin eines geschafft hatte: Er war kein lästiger Niemand mehr. Für den letzten Spross der glücklichen Familie MacGregor war es jetzt eine persönliche Angelegenheit.

Er bückte sich und schob die Hände unter Leslies Schultern und Beine, dann hob er sie behutsam hoch. Sie wog fast nichts. Die Stille ihres Leibs verschlug ihm den Atem. Seine

Mutter hatte er nie tot gesehen. Überhaupt hatte er noch nie einen toten Menschen gesehen.

»Miss Leslie war streng genommen kein Mensch«, gab der Kerrigan freundlich zu bedenken.

Mehr, als du überhaupt einen Begriff davon hast, dachte Benny, und am nachdenklichen Blick des Leprechauns sah er, dass der Kerrigan auch diesen Gedanken gehört hatte.

Er brachte Leslie heim. Durch die Tür, die sich für ihn öffnete, den Gang hinunter, die Treppe, die jetzt nur noch wenige Windungen hatte. Durch das leere Glen und über die Brücke und den ganzen Weg am See entlang bis zu Gins Haus. Er musste an die Geschichte von dem alten Weiblein denken, das sich von Wanderern tragen ließ und dabei immer schwerer wurde. Leslie wog den ganzen Weg über fast nichts, aber der Gedanke an Gin und Oliver wurde immer schwerer, und als er endlich vor Gins Tür stand, überlegte er fast, Leslie einfach nur auf der Schwelle niederzulegen und sich fortzustehlen. Er wollte Gins Augen nicht sehen, wenn sie Leslie sah, er wollte ihren Schrei und ihr Weinen nicht hören, und er wollte nicht wissen, wie Oliver reagierte. Und vor allem wollte er nicht erklären, was geschehen war. Durchs Tal wehte der übliche Nebel, und er fragte sich, ob Grau irgendwo dort draußen war.

Lange stand er vor der winzigen Tür des winzigen Häuschens, in dem Gin nun doch ganz allein sein würde. Endlich griff er Leslies Körper ein wenig anders, so dass ihr Kopf in seiner Ellbeuge ruhte, und klopfte.

NACHSPIEL

Die Heizungen in der Bibliothek waren lauwarm, aber Benny kam es vor, als müssten sie glühen, so heiß war ihm. Er saß am Rechner und starrte auf den Monitor, auf dem eine leere Mail darauf wartete, geschrieben zu werden. Endlich tippte er:

Hallo Erik,
was hier passiert ist, wirst Du nicht glauben.
Wo fange ich an? Also …

Ratlos ließ er die Hände sinken und lehnte sich zurück. Wo anfangen? Wo aufhören? Wie sollte Erik verstehen, was passiert war – und wie sollte er es glauben? Er schaute auf die Zeitanzeige in der unteren rechten Ecke des Monitors. Seit fast zwei Stunden saß er hier schon, hatte ungezählte Male ein oder zwei erste Sätze geschrieben, sie angestarrt und wieder gelöscht. Er löschte auch diese, beugte sich vor und legte das Gesicht in die Hände. Leslie. Der Kelpie. Das unaufhörliche Huschen in den dunklen Winkeln von Glen. Alasdairs steinernes Gesicht, als sie einander auf dem Korridor begegnet waren.

Gins Augen, als sie die Tür geöffnet hatte. Gins Schweigen. Gins vollkommenes Schweigen. Sie hatte ihm Leslie abgenommen, sie aufs Sofa gelegt und stumm betrachtet. Ihr Gesicht gestreichelt. Nicht geweint. Nichts gesagt. Und vor allem: Nichts gefragt. Benny hatte erklären wollen, was geschehen war, aber sie hatte ihn nicht gehört. Als zählte es nicht, wie es geschehen war, nur, *dass* es geschehen war. Irgendwann, vermutlich hatten sie es nicht lange ausgehalten, vermutlich waren nur wenige Minuten vergangen, waren Benny und Oliver vor ihrem Schweigen geflohen.

Oliver … er hatte alles wissen wollen. Benny glaubte noch immer seinen Krallengriff um die Oberarme zu spüren, als Oliver ihn vor dem Haus gepackt und tonlos gezischt hatte: »Was zum Teufel ist passiert?«

Ihm hatte er es erklären können, er war ja dabei gewesen. Aber wie sollte man es jemandem erklären, der nichts wusste? Es war nicht möglich, begriff er. Es war ganz einfach nicht möglich. Vor allem, weil er selbst nicht alles verstand. Plötzlich fühlte er sich einsam, und so sehr er Einsamkeit sonst schätzte, diesmal tat es weh.

Erneut beugte er sich vor.

Hallo Erik,
bist Du über Weihnachten zu Hause? Ich komme in den Ferien nach Hamburg. Wär schön, Dich mal wiederzusehen.

Grüße und so,
Benny

Er schickte die Mail ab, starrte noch eine Weile auf den Monitor und schrieb rasch eine zweite Mail:

Hallo Papa,
habe das Flugticket zerrissen. Habe es mir aber anders überlegt. Bitte schick mir ein neues, ich würde gern an Weihnachten zu Hause sein.

Benny

Diese Mail starrte er lange an, bis er sie abschickte. Dann lehnte er sich wieder zurück, schaute auf den Monitor und seufzte. *Was soll's?*, dachte er. *Zu Hause* – ein richtiges Zuhause gab es für ihn nicht. Aber immerhin würde er zu Weihnachten im vertrauten Wohnzimmer sitzen, vermutlich auch dieses Jahr ohne Tannenbaum, würde mit seinem Vater ein von Frau Berger vorbereitetes und aufgewärmtes Essen verspeisen und nachts in seinem eigenen Zimmer einschlafen. Es gab Schlimmeres.

Kurz entschlossen beugte er sich wieder vor, gab in die Betreffzeile einer neuen Mail »P.S.« ein und schrieb:

Ich hätte dieses Jahr gern einen Tannenbaum, wenn es Dir nichts ausmacht. Danke, Benny.

Ehe er nachdenken konnte, schickte er auch diese Mail ab. Dann saß er da und fragte sich, wie Gin Weihnachten verbringen würde. Vermutlich würde sie morgens wegfahren, in ein Dorf in der Nähe, in dem es eine Kirche gab, um irgendeiner Messe beizuwohnen. Oder hatte sie ihren Plan, wieder in die Kirche zu gehen, nach Leslies Tod aufgegeben? Am liebsten hätte er sie gefragt. Aber er traute sich nicht zu ihr. Er traute sich nicht, anzuklopfen und dem Schweigen ins Gesicht zu sehen, das von ihr und dem Haus Besitz ergriffen hatte. Er ekelte sich vor seiner eigenen Feigheit, aber er brachte es nicht über sich.

Eine Weile schaute er noch auf den Bildschirm, aber es gab nichts mehr zu sagen. Als er aufstand, eilte ein Erstklässler herbei, um seinen Platz am Rechner einzunehmen, obwohl nicht mehr viel Zeit blieb, es war kurz vor zehn, und bis auf die besetzten Plätze vor den Computern war die Bibliothek wie ausgestorben. Benny schob die Hände in die Taschen seiner Uniformjacke und schlenderte davon. Im Vorbeigehen nickte er Miss Fish zu, die freundlich zurücknickte. Er fand sie noch immer hübsch, aber als er durch die Tür trat, hatte er sie fast schon vergessen.

»Sie sehen aus, Miss Fish, als würden Sie ihn bedauern.«

Die Stimme war leise, freundlich und besaß einen ausgeprägten Akzent, aber bis auf Miss Fish konnte sie niemand in der Bibliothek hören. Sie schaute nicht hin. Sie wusste ja, wer es war und wo er saß: auf seinem Lieblingsplatz auf dem Faxgerät, wo er mit den Beinen baumelte und sie beobachtete.

»Ich bedaure die ganze Angelegenheit, Mister Kerrigan«, erwiderte sie leise. »Die MacGregors, vor allem die Schwestern, Mister Reutter und auch Mister Hegeling. Sie alle haben viel verloren.«

»Und viel gewonnen«, wandte er ein, und als sie doch hinschaute, sah sie das Funkeln in den dunklen Augen. »Und viel gewonnen, Miss Fish. Denken Sie doch nur – die Schwestern haben zur Ruhe gefunden, Mister Reutter sieht nun, was ihn nichts angeht, und Mister Hegeling – auch wenn er nichts sieht, er weiß doch, dass da mehr ist, als er je zu hoffen wagte.« Die vollen Lippen verzogen sich spöttisch.

»Werden Sie deswegen etwas unternehmen?«, erkundigte sie sich rasch. »Wegen Mister Reutter, meine ich?«

Der Kerrigan neigte den Kopf und betrachtete sie forschend. »Sie klingen so besorgt. Halten Sie mich denn für einen Unmenschen?«

»Das ist eine Fangfrage, nicht?«

Er lachte leise und schüttelte dann den Kopf. »So viel Misstrauen in dieser Welt!«, klagte er. »Und Ihre eigentliche Frage, Miss Fish, ist doch: Wenn wir Sie nicht mehr brauchen, um Teile des Tals aufzukaufen und für uns zu verwalten – unternehmen wir dann etwas gegen *Sie*? Sind Sie uns lästig geworden? Sind Sie nun, da wir Sie nicht mehr brauchen, ein nutzloser, aber gefährlicher Mitwisser, den wir lieber heute als morgen los wären?«

Sie sah zu, wie zwei Schüler die Bibliothek verließen, und schaute dann auf ihre unruhigen Hände hinunter. Das fehlende Glied des Ringfingers fiel ihr sonst kaum mehr auf, aber jetzt stach es ihr regelrecht ins Auge, eine bleibende Erinnerung an einen Vertrag mit einem anderen Kerrigan. Damals hatte sie nicht gewusst, dass sie ihre Hilfe gebrauchen konnten. Sie hatte geglaubt, einen überschaubaren Deal abzuschließen, ohne zu verstehen, was sie mit dem Glied eines menschlichen Fingers wollten. Inzwischen war sie fast sicher, dass sie das Stück Fleisch und Knochen weggeworfen hatten. Dass sie nur hatten sehen wollen, wie ernst es ihr war. Ob sie wirklich das Messer ansetzen würde oder ob sie im letzten Augenblick davor zurückschrak.

»Bin ich Ihnen denn lästig geworden?«, fragte sie und schaute ihm in die dunklen Augen, die so freundlich und aufmerksam waren.

»Ein wenig«, erwiderte er gemessen. »Ein klein wenig, Miss Fish. Aber das muss unsere freundschaftlichen Beziehungen ja nicht über Gebühr beeinträchtigen, nicht wahr? Immerhin bin ich heute hier, um Sie um einen kleinen Gefallen zu bitten. Ganz nutzlos sind Sie also nicht.«

Noch nicht, dachte sie. An seinem Lächeln sah sie, dass er den Gedanken gehört hatte.

»Wie kann ich Ihnen denn helfen?«, wollte sie wissen.

Er wackelte mit den Füßen, faltete die Hände über dem Bauch und schaute sie wohlwollend an. »Was verstehen Sie von Börsengeschäften, Miss Fish?«

NEBEL

Nebel. Seit Tagen gab es keinen Nebel mehr im Tal. Die Luft war trocken und kalt, die Sicht schmerzhaft klar. Beim Atmen stach sie in den Lungen. Warm war es nur direkt vor dem Kamin. Das Holz ging zur Neige. Gin sah den Stapel neben dem Schuppen schrumpfen, ohne mit der Wimper zu zucken. Das Feuerholz war Leslies Aufgabe gewesen, das Feuer die von Sil. Lumpi hatte Sils Aufgabe übernommen, schimpfend und murrend, wie er bei jeder Arbeit schimpfte und murrte. Die Aufgabe von Leslie übernahm niemand. Gin brachte es nicht über sich. Ihr war, als müsste Leslie heimkehren, wenn nur der Stapel genügend zusammenschmolz, als müsste sie auf einmal in der Tür stehen, die Augen verdrehen und sagen: *Liebe Güte, Gin, so geht das nicht.*

Auch den Kelpie fütterte sie nicht. Es war nur eine Frage der Zeit, bis er sich auf die Suche nach Nahrung machen würde, aber Gin brachte es nicht über sich, in der Morgendämmerung mit einem Eimer voller Schlachtabfälle auf ihn zu warten. Vermutlich hätte er von ihr ohnehin nichts genommen.

Glen war weihnachtlich verwaist. Oliver und Benny waren über die Ferien nach Hause gefahren. Überall im Dorf brannten Kerzen oder hingen Lichterketten in den Fenstern, hier und da stand eine Krippe mit geschnitzten Hirten, Engeln und Schafen, Tannenzweige zierten die Türen. Nur bei Gin nicht. Die Weihnachtsdekoration war Leslies Aufgabe gewesen. Dieses Jahr war das erste, seit Gin denken konnte oder vielmehr wollte, an dem sie nicht darüber stritten, ob Weihnachten nun ein christliches oder ein heidnisches Fest sei. Nachts lag sie lange wach und lauschte auf Leslies Atem in der stillen Küche.

Grau hielt sich fern, aber sie wusste, dass er sich manchmal ans Haus heranschlich. So weit er sich eben traute. Dass er manchmal am Ende der Straße stand, dort, wo das Dorf endete, und mit gelben Augen das Haus anstarrte, in dem er so lange zu Hause gewesen war. Die langen Gliedmaßen geduckt, Kopf und Schwanz gesenkt, das Maul halb geöffnet. Sie wusste es, ohne ihn zu sehen, sie spürte seine Gegenwart seit fast vier Wochen. Es zermürbte sie.

Manchmal stellte sie sich vors Haus und schaute die Straße hinunter, diese seit einigen Tagen so nebelfreie Straße, und wartete, aber dann ließ er sich nicht blicken.

Der Schutzgeist der MacGregors. Das hatte Leslie angenommen, und Gin hatte es ihr nie ausgeredet. Im Stillen hatte sie es immer besser gewusst, aber manche Erkenntnisse sprach man besser nicht aus, weil sie Unheil anrichteten. Unheil, das jetzt ohnehin geschehen war. In Gin wucherte der Schmerz wie ein Tumor, und er fraß sie nur deshalb nicht auf, weil sie ihn im Zaum hielt, indem sie wartete.

Sie wartete. Und sie wartete. Heiligabend kam und ging, sie hatte geglaubt, dass Grau Heiligabend kommen würde oder am Morgen danach, aber er tat es nicht, und ihr sank der Mut. Aber sie wartete weiter. Eisern. Ihr blieb ja nichts anderes übrig.

Als sich Grau endlich herantraute, war das alte Jahr fast vorüber. Aus einigen Fenstern war die Weihnachtsdekoration bereits verschwunden, Glenshee lag kalt und schneefrei da, und der See war ölig schwarz wie immer. Die Nacht war schlimm gewesen, und Gin fühlte sich alt, als sie vor die Tür trat, um die Straße hinunterzusehen. Sehr alt und sehr allein. Außerdem hatte sie einen hartnäckigen Husten.

Grau stand am Ende der Straße, als hätten sie sich verabredet und sie sei verspätet. Von hier aus war er kaum mehr als ein Schemen. Als sie die Arme vor der Brust verschränkte und ihm entgegenschaute, wurde ihr der Hals eng, und sie biss die Zähne zusammen. Stumm stand sie da und sah zu, wie er nähertrottete.

Einst, dachte sie, hatte sich zum ersten Mal ein menschlicher Fuß auf den Boden von Glenshee gesenkt. Ein menschlicher Fuß, und vermutlich kurz darauf die Pfote eines Wolfshunds, der ihn begleitete. Vor ihrem geistigen Auge sah sie, wie der Nebel im Tal um Füße und Pfoten floss und das Bewusstsein erwachte, dass mit der Ankunft eines Menschen in Glenshee das Ende angebrochen war, vor sehr, sehr langer Zeit. So stellte sie es sich vor. Sie wusste nicht, ob es stimmte. Nur wer Grau war, das wusste sie. Das hatte sie immer gewusst.

Er kam näher. Den Kopf gesenkt, die Schritte zögernd, Schuldbewusstsein in jeder Bewegung. Nur – wessen Schuld? Wer hatte gezögert, zu Gin zu kommen, weil er sich nicht traute, ihr unter die Augen zu treten? Sie stand da und wusste es nicht, hoffte nur, hoffte, und er kam so schmerzhaft langsam näher, dass sie glaubte, an den aufsteigenden Tränen zu ersticken.

Endlich war er heran. Blieb stehen, die Augen gesenkt. Einen fürchterlichen Augenblick lang war Gin überzeugt, er sei allein. Aber um es zu wissen, musste sie seine Augen sehen. Seine Augen, in denen Graus Einsamkeit loderte, Trauer, das Wissen um die Vergeblichkeit aller Bemühungen. Vielleicht nur das, nicht mehr. Aber da war die Hoffnung, dass er nicht allein gekommen war.

»Grau«, sagte sie.

Er zitterte.

Sie atmete tief ein. »Leslie?«, fragte sie scheu.

Er zitterte wieder, ein Schauer, der über den ganzen langen Leib rann. Und dann, endlich, hob er den Kopf und sah sie an.

ANHANG

GLOSSAR

Banshee

»Der Legende nach, Miss Leslie, sind Banshees weibliche Geister, die den bevorstehenden Tod eines Familienmitglieds ankündigen. In manchen Geschichten hocken sie in Hecken, in anderen am Wegrand, und in schottischen Geschichten waschen sie gern Totenhemden in Flüssen oder Seen. Meist hört die Person, für die die Banshee singt, sie selbst nicht.«

»Der Legende nach, Mister Kerrigan. Und wie ist es in Wirklichkeit?«

»Anders, Miss Leslie. Selbstverständlich ganz anders.«

Dämmerungskobolde und Morgenlichtelfen

»Mister Kerrigan, was ich mich schon sehr lange frage …«

»Ja, Miss Leslie?«

»Die Morgenlichtelfen, die Dämmerungskobolde – gäbe es die Dämmerung ohne die Kobolde, die das Licht auflecken? Gäbe es das Morgenlicht, wenn nicht Tausende oder Millionen oder so unvorstellbar viele von ihnen, dass mir dafür kein Wort mehr einfällt, wenn nicht *unzählige* Feen jauchzend werden und vergehen würden und das Stieben und Funkeln ihres kurzen Daseins … also, was ich meine: Feiern sie die

Morgendämmerung, Mister Kerrigan? Oder *sind* sie die Morgendämmerung?«

»Das fragen Sie mich jedes Jahr, Miss Leslie.«

»Ich weiß. Ich hoffe, dass Sie es mir irgendwann beantworten.«

Herdgeist

»Sie nennen unsere Pixies in der Küche Herdgeister, Mister Kerrigan. Aber sind nicht Herdgeister und Pixies etwas Grundverschiedenes?«

»Nein, Miss Leslie. Ein Herdgeist ist jedes unsterbliche Geschöpf, das sich gern den niederen Arbeiten in einer menschlichen Küche widmet. Ihr Kelpie könnte ein Herdgeist sein, wenn er auf die Idee käme, tagein, tagaus das schmutzige Geschirr sauberzulecken und mit dem Schweif die Herdplatten zu schrubben.«

»Ist das die offizielle Definition eines Herdgeists, Mister Kerrigan?«

»Es gibt keine offizielle Definition eines Herdgeists, Miss Leslie. Es gibt Gerüchte, Geschichten, Sagen, Legenden, Vermutungen ...«

»Schon gut.«

»... Spekulationen, Wunschdenken, Horrormärchen, Fantasien ...«

»Ich habe verstanden.«

»Das bezweifle ich, Miss Leslie.«

Kelpie

»Sie sollten ihn nicht füttern, Miss Leslie. Ein Kelpie gehört nicht zu den Wesen, auf deren Freundschaft man sich verlassen kann.«

Leprechaun

»Sind Sie, Mister Kerrigan, eigentlich ein Kobold? Ist Kobold der Oberbegriff, und Leprechauns, Pixies und so weiter sind … Mister Kerrigan? Es tut mir leid, ich wollte nicht … war ich unhöflich?«

»Unwissend, Miss Leslie. Sehr unwissend und an der Grenze zur Unhöflichkeit.«

»Dann helfen Sie mir doch bitte, indem Sie meine Frage beantworten.«

»Miss Leslie. Wenn ich Sie fragen würde, ob Affe der Oberbegriff sei und Menschen und Gibbons Unterarten …«

»Dann würde ich sagen, dass Primat der Oberbegriff sei und alle Affen und Menschen darunterfallen.«

»Sehen Sie, Miss Leslie, und das unterscheidet uns Leprechauns von den Menschen. Die Menschen wollen sich unbedingt mit dem in einen Topf geworfen sehen, was sie hinter sich gelassen haben. Wir Leprechauns bestehen auf den elementaren Unterschied, den unsere kulturellen Errungenschaften zwischen uns und dem gemeinen Kobold ausmachen. Wenn Sie unbedingt ein Affe sein wollen, steht es Ihnen natürlich frei, sich so zu nennen. Ich aber bin kein Kobold.«

Mäusemädchen und Krötenkobolde

»Ich habe vorhin ein seltsames Wesen bei der Treppe zum Garten gesehen, Mister Kerrigan. Ein Wesen mit dem Körper eines Menschen und dem Gesicht einer Ratte, so groß wie eine Katze.«

»Ein Rattenkobold, ja. Das ist arg. Mit dem werden wir noch Ärger haben.«

»Wo kommt er her?«

»Aus dem grauen Wirbeln zwischen den Welten, Miss Leslie, wie wir alle.«

»Ja, natürlich. Aber warum ist er Gestalt geworden? Was ist er für ein Wesen?«

»Diese Frage, Miss Leslie, kann ich Ihnen ausnahmsweise ganz genau beantworten. Gestern las Ihre Mutter ein Gedicht, in dem Ratten durch die Leiche eines Mädchens kriechen und sie aushöhlen. Sie war angewidert ob der Bösartigkeit dieser Geschöpfe. Nun, sie sind nicht bösartig, sie sind einfach, wie sie sind, aber der Ekel Ihrer Mutter war so lebendig, dass er Gestalt wurde und aus den feuchten Winkeln des Kellers gekrochen kam. Tierkobolde sind die niedersten von allen, und fast immer werden sie Gestalt, weil Menschen unterstellen, andere Geschöpfe wären ebenso verabscheuungswürdig wie sie selbst.«

»Mister Kerrigan?«

»Verzeihung, Miss Leslie. Aber ich bin sehr ärgerlich. Rattengift wird jedenfalls nicht helfen. Nichts wird man so schwer los wie die Gestalt gewordenen Vorstellungen davon, wie die Welt sei – je falscher sie sind, desto unausrottbarer das unerfreuliche Ergebnis.«

Nymphe

»Mister Kerrigan, was würde eigentlich mit einer Flussnymphe geschehen, wenn man den Fluss begradigt, in dem sie lebt?«

»Das kommt ganz darauf an, Miss Leslie.«

»Und worauf?«

»Wie die Nymphe darauf reagiert. Die meisten werden wohl einfach klagend vergehen. Nymphen lieben die Freiheit und das Dahinsprudeln und Tosen und Toben ihres Flusses oder die Beständigkeit ihres Baums, daraus sind sie entstanden. Aber es soll Nymphen geben, die von etwas hartnäckigerer Natur sind. Sie klammern sich an dem fest, was sie hervorgebracht hat. Und wenn es sich verändert, verändern sie sich mit.«

»Und was würde das im Fall der Nymphe bedeuten, deren Fluss begradigt wird?«

»Dass Sie ihr nicht über den Weg laufen möchten, Miss Leslie. Sie nicht und auch sonst niemand, der seinen Verstand noch beisammen hat. Bestenfalls ist sie ein elendes Geschöpf, dessen Anblick auch das härteste Herz dauert. Vom schlimmsten Fall wollen wir so kurz vor dem Schlafengehen nicht reden.«

Pan

»Ich habe vorhin gehört, Miss Leslie, wie Sie sagten, es würde Pan ganz sicher nicht gefallen, wenn ein kleiner Teil des Moors für den Tennisplatz trockengelegt würde.«

»Richtig! Da stimmen Sie mir doch zu, Mister Kerrigan?«

»Aber natürlich.«

»Es gefällt ihm also nicht?«

»Pan ist es völlig egal. Aber mir gefällt es nicht, also stimme ich Ihnen zu.«

»Aber Pan ist der Gott der belebten Natur – wie sollte es ihm egal sein? Ihm wird ja wohl ein Stück Moor tausendmal lieber sein als so ein blöder Tennisplatz?«

»Sie sind ganz durchdrungen von der Vorstellung eines Gotts, der sich in alles einmischt, Miss Leslie. Aber Sie unterliegen einem gründlichen Missverständnis. Pan urteilt nicht, er straft nicht, er findet nichts gut oder schlecht. Pan ist. Und ob da ein Stück Moor ist oder ein Stück Tennisplatz, ist für Pan nicht von Belang. Beides ist Pan – auf ganz unterschiedliche Weise.«

»Aber, Mister Kerrigan – ein Stück Moor ist doch irgendwie … mehr Pan als ein Tennisplatz, oder?«

»Wissen Sie, Miss Leslie – wenn Pan ein Gott wie der christliche wäre, dann wäre das, was Sie da sagen, Blasphemie.«

»Oh! Das wollte ich nicht. Ich dachte nur …«

»Schauen Sie nicht so besorgt drein. Da Pan eben nicht so ist wie der christliche Gott, gibt es keine Blasphemie. Also ist es ein reiner, verzeihlicher Irrtum, und es wird Sie sicher kein Blitz treffen, nur weil Sie Unsinn reden. Pan schätzt den Unsinn – ebenso wie sein Gegenteil.«

Pixie

»Ich habe vorhin eine Abbildung eines Pixies gesehen, Mister Kerrigan. Er hatte Flügel. Gibt es Pixies mit Flügeln? Ich habe noch nie einen gesehen.«

»Dann klatschen Sie doch in die Hände und sagen Sie: Ich glaube fest an geflügelte Pixies. Vielleicht haben Sie ja Glück, und irgendwo ploppt einer aus dem Nichts.«

»Haben Sie denn schon mal einen gesehen?«

»Nein, Miss Leslie. Der gewöhnliche Pixie hat ja schon seine Schwierigkeiten damit, seine vier dünnen Gliedmaßen zu bewegen, ohne sich hoffnungslos darin zu verheddern. Danken wir Pan, dass sie im Allgemeinen keine Flügel besitzen, man wäre ja seines Lebens nicht mehr sicher.«

Wechselbalg

»Mister Kerrigan, in fast allen Geschichten, die ich lese, sind Wechselbälger bösartig.«

»Das ist korrekt, Miss Leslie.«

»Sie sind wirklich so?«

»Nein, Miss Leslie. Aber es ist korrekt, dass sie meistens so dargestellt werden.«

»Sind sie wirklich aus einem verwandelten Stück Holz?«

»Selten, Miss Leslie.«

»Und was sind das für Wesen, die Kinder aus ihren Wiegen stehlen und dafür einen solchen Wechselbalg hinterlassen? Warum tun sie das?«

»Dafür, Miss Leslie, gibt es so viele Gründe, wie es Wesen gibt, die das tun. Und ebenso gibt es so viele unterschiedliche Wechselbälger wie Wesen, die einen solchen Tausch vornehmen. Aber immerhin, Miss Leslie, wird überhaupt etwas dagelassen. Und unterschätzen Sie nicht, was erforderlich ist, um so einen Wechselbalg herzustellen. Primitive Kobolde kostet die Belebung einer Baumwurzel viel Mühe, und kultiviertere Geschöpfe verwenden auf die Erschaffung ihres Tauschobjekts entsprechend aufwendigere Arbeit. Wechselbälger werden nur selten aus Bösartigkeit hinterlassen. Es ist eine Geste des guten Willens.«

Windgeister

»Mister Kerrigan, weshalb gibt es so viele Windgeister und so wenige Geister der anderen Elemente? Feuergeister, Wassergeister … ich kann die, die ich gesehen habe, an einer Hand abzählen. Und einen Erdgeist habe ich überhaupt noch nie gesehen.«

»Und was halten Sie für wahrscheinlicher, Miss Leslie? Dass es sie nicht gibt … oder dass Sie nur nicht genau genug hinschauen?«

DER WECHSELBALG VON GLENSHEE

Seamus, Sohn von Molly
Hörst du die Mutter klagen?
Ach, mein Kind, sie klagt nicht mehr
Verzagt und fragt und sagt nichts mehr
Liegt vergessen und begraben
In den Mooren von Glenshee

Seamus, Sohn von Molly
Hast du dich jemals gefragt
Warum, mein Kind, deine Glieder krumm
Sind, einer der Füße andersrum
Man von dir nicht mehr verlangt
Als von den Rindern von Glenshee?

Seamus, Sohn von Molly
Man schuf dich aus einem Darm
Der Haut einer Kuh
Etwas Speck und, nanu
Einem prächtigen Schwarm
Toter Fische aus Glenshee

Seamus, Sohn von Molly
Deiner Mutter wahrer Sohn
Sitzt warm und so geborgen
Und bar aller irdischen Sorgen
Auf einem goldenen Thron
Unter der Erde von Glenshee

Seamus, Sohn von Molly
Hörst du die Mutter weinen?
»Nehmt doch mit, was ihr nur wollt
Hab nur leider gar kein Gold
Einzig nenn ich den Meinen
Diesen Bastard von Glenshee«

Seamus, Sohn von Molly
Wir haben die Mutter gehört
Nahmen mit uns flugs ihr Kind
Und wir trugen Sorge geschwind
Dass kein Mann sie mehr anrührt
Für alle Zeiten in Glenshee